A WOMAN IN GREY

論創海外ミステリ73

灰色の女

A.M.Williamson
A・M・ウィリアムスン

中島賢二 訳

論創社

A Woman in Grey

(1898)

by A. M. Williamson

目次

主要登場人物

テレンス・ダークモア……主人公の青年
ウィルフレッド・アモリー卿……テレンスの叔父。前内務大臣
ポーラ・ウィン……テレンスの従妹で婚約者
ジェローム……アモリー卿の秘書
ウィームズ……アモリー卿の執事
コンスエロ・ホープ……謎の美女
ミス・トレイル・ヘックルベリ……ホープ嬢のお相手役
ジョナス・ヘックルベリ……ミス・トレイルの兄。蜘蛛農園の主
ハナ・ヘインズ……アベイ館の元女中頭
ジョージ・ヘインズ・ハヴィランド……ハナの養子
フローレンス・ヘインズ……ハナの養女
ファニー・エドワーズ……アベイ館の元女中
レペル……パリに住むユダヤ人
ヴァレン……元監獄付き医師
トーマス・ゴードン……弁護士
マーランド……ロンドン警視庁の刑事

一章　恐怖の館

冷え冷えとした十月末の夕闇が辺りに垂れ込め、川面からは霧が立ち昇っていた。すでに日の沈んだ西の地平線には、ほの暗い黄色い残光が帯のように長くたゆたっていた。そしてそのかすかな光の上に、新月の尖った先端がクリーム色の靄《もや》を通して赤く光っていた。辺りに漂う水と枯れ葉の臭いが、崩れかかった日時計の礎石にもたれて立っている私の嗅覚を鋭く刺激した。

川は私の前方五十ヤードほどのところを流れていたが、こんな季節のこんな時刻では、ウズラクイナがときおり挙げる時季外れの甲高い鳴き声を除けば、辺りはひっそりと打ち捨てられたように静まりかえり、人の姿もまったく見えなかった。

右手には、〈恐怖の館〉の名で周辺の村人たちにずいぶん古い時代から知られるローン・アベイ館がそびえていたが、この館のように、廃墟と化すこともなく何百年もの長きにわたって風雪に耐えてきた建造物は、イギリスでもそう多くはなかっただろう。

大修道院《アベイ》という呼び名からもわかるように、この建物は、メアリー女王の統治時代（一五五三〜一五五八）には修道院として使われていた。しかしその後、エリザベス女王の時代（一五五八〜一六〇三）になって、ラヴレス卿の一族が屋敷として所有するところとなり、エリザベス女王《ヴァージン・クイーン》が行幸されたこともあると言い伝えられている、由緒ある館としても知られていた。

アベイ館は、厳めしいというよりもむしろ奇異な雰囲気を湛えた建物だった。真っ平らな正面部分が川に対して四十五度くらい斜めに建てられているところや、壁面が無数の小さな窓で飾られていること、また樫《かし》材でできた丈の低い薄汚い扉がはまっている正面ゲートのアーチ門の上に、大時計を載せた時計塔が鎮座しているという特異な外観などが、館にそんな感じを与えていたのだろう。ラヴレス卿の後の何代にもわたるアモリー家の主《あるじ》たちは（彼らはラヴレス卿の子孫だった）、館の本体に種々様々な様式の翼棟《よくとう》を付け加えていったが、そうした新翼のなかには、修道院であった建物本体ほど、時の経過がもたらす損傷に耐えることができないものもあった。

このローン・アベイ館には、秘密の部屋にまつわる言い伝えもあったらしいが、その正確なところは、すでにまったくわからなくなっていた。むしろもっとよく知れわたっている、正真正銘の幽霊話とでもいうべき言い伝えが二つあった。ひとつは時計塔にかかわる話で、もうひとつは、現在は塵芥《じんかい》に埋まっている濠《ほり》に関する話だった。それがまた、どちらもひどくおどろおどろしいものだったので、一マイルほど離れた村のお喋り好きの女たちは、今でもそんな話を飽きもせずに繰り返しては、怖々と肩越しに館の方を振り向いて見るのだった。

庭木は伸び放題、芝生には雑草が生え放題、庭には壊れた彫像やイタリア式花瓶があちこちに転がったままで、館に続く広々とした草地だけが、かつての大邸宅の名残《なごり》を留めていた。ここまで荒れるにまかされていたローン・アベイ館を、ちょうどそのころ買い取ろうとしていたのが、他ならぬ私の叔父であるウィルフレッド・アモリー卿だった。叔父は、先のトーリー党政権の下で内務大臣を務めた人である。

ローン・アベイ館が、エリザベス女王の御代《みよ》以来ずっとアモリー家の屋敷だったことは間違いないが、そこに住んでいたのは、家系図上では私たちとは別の古い流れを汲む一族であった。しかし、そちらの一家の栄光の時代は去ってすでに久しかった。館を引き継いでいた者たちは、半世紀以上にわたって、そこを貧困からの隠れ家のようにして身を潜めて暮らしていたらしい。そして、その家屋敷はついに、私が今こうして十月の最後の夜、日時計の礎石の傍らで川霧に包まれて立っているときから数えてちょうど二十年前に、かつて、アモリー家の女中頭を務めたことのある老女に売り渡されてしまった。元女中頭は、身内の一人が死んで遺産が転がり込んだおかげで大金持ちになり、その金を投じて、かつての主人の屋敷を買い取ったという話であった。

貢献というのも妙だが、この老女がアベイ館にたいして為したことといえば、〈恐怖の館〉にまつわる数ある恐ろしい話に輪をかけて、特に血の凍るようなぞっとする話をもうひとつ付け加えただけだったのではあるまいか。というのは、今から七、八年前のこと、この女中頭は、時計塔の中にあった自分の寝室で殺害されてしまったからである。私の叔父は、この悲劇的な事件および殺人犯の裁判に関して、内務大臣という職務上の立場から、いくつかの点でかかわっていたらしい。しかし、どの程度かかわっていたかは、私はほとんど何も知らなかった。私はたまたまその事件当時、太っ腹な叔父が、私の教育の仕上げという意味で送り出してくれた世界漫遊の旅行中だったからである。

しかしその殺人事件があって以来、この館は久しく空き家になったままで、管理人も置かれていない状態が続いていた。乞食だって、こんなお化け屋敷の屋根の下に潜り込んで泊まる勇気は出なかっただろう。その後この建物と土地は、殺された老女の養子の所有になっていたが、それが売りに出されて、広告に載ったのはごく最近のことである。しかし、この報が叔父の耳に届くとすぐ、彼は、できることなら自分が買い取りたいと心に決めたようだった。

叔父は日頃から、その古い館が一族の手から離れたことを至極残念がっていた。まだ一度もアベイの建物内に入ったことはないんだが、何となく、その奇妙な古い館に一族の者ならではの愛着を感じるんでね、と私によく言っていた。たしかに今はかなりひどい状態になっているらしいが、修復不可能というわけでもあるまい、と思っていたのだろう。実は、私がこの日ここへやって来たのも、叔父がそんなことを心に決めた結果だった(館の所有者は、たまたまこの時期イギリスを離れていたが、代理人との予備交渉はすでに済ませてあった)。私は、とりあえずローン・アベイ館のありのままの状況を見たとおりに報告するように言われて、ここへやって来たのである。

この夕べ、濃い川霧の中に佇《たたず》んでいた私は、世の中に悲しいことも不安なことも何ひとつないのんきな身分だった。叔父のおかげで、これまで金に不自由することもなかった。叔父が最近公職を引退したので、これまで自ら買って出ていた個人秘書は間もなく辞めることになっていたが、その代わりに、政府関係の良いポストが約束されていた。私はまだ三十前だった。友達はたくさんいたが、敵といえるようなものはいなかった。健康状態は申し分なかったし、顔だってまんざらでもないと自惚《うぬぼれ》ていた。私の従妹《いとこ》で、ポーラ・ウィンという名の美しい女性とも、すでに婚約していた。もっとも、普通の若いロマンチックな男が将来の妻を愛するほど、ポーラを愛しているとはいえなかったかもしれない。しかし、かといって他に好きな相手がいるというわけでもなかった。その点では、彼女とて同じようなものだったろう。私たちが結婚すれば、これまで二人の面倒を全てみてきてくれた叔父は大いに喜ぶことだろう。私たちは幼なじみだった。だから、これからも別にこれといった不満もなく、一緒に仲よくやっていけるものと信じていた。

私の将来の展望は、このように明るいはずだった。しかし、古い日時計の残骸にぼんやりともたれて、これから探索にかかろうという建物を眺めているうちに、自分の気持ちが別にこれといった理由もないのに、なぜか急に惨めに落ち込んでいくのを感じていた（私はその日ロンドンから出てきたのだが、途中で汽車が遅れたために、そこに着いたのはかなり遅い時刻になっていた）。

私はこんな理不尽な思いにひたっていたが、ふと何かに引かれたように、時計塔の方向に眼をやった。どういう理由があったか知らないが、女中頭は、あの大時計の下の部屋を自分の寝室に選んで、そこで殺されてしまったんだな、ちょうどあの鎧戸《よろいど》の下りた窓の後ろ辺りで、とぼんやりそんなことを思いながら。

突然、視界の端で何かが動いたように思われた。急いでそちらに眼をやると、驚いたことに、これまでずっと止まったままになっていたはずの大時計の、金メッキを施した大きな二本の針が、文字盤の上をするすると動いているではないか。

この時計が時を告げなくなって久しいことに疑問の余地はなかった。しかし今、長針が十二を、短針が五を指したとき、大時計がもはや止まっていないことがはっきりした。というのも、ひび割れていたが、荘重に時を告げる鐘が五時を打ち出したのだから。大時計は五つ時を打ち終わると、しばらく唸るような残響音を低く響かせていたが、やがて、辺りはいつもの静けさに戻っていった。

私は驚きのあまり、しばらく、この事態をどう考えてよいのかわからなかった。

こんなことが、黄昏《たそがれ》時の薄気味悪いかすかな明かりや、空に低く懸かる月の光の中で起きたのでなく、朝の陽光が周囲の景色を美しく照らしているときに起きたのであれば、どこかの悪戯者《いたずらもの》が、幽霊話などものともせずに館に入り込んで、止まったままになっていた時計を動かしてみる気になったのだろう、と軽く考えてすませたかもしれない。だが、そのときは、自分でも理由はわからなかったが、ぞくっと寒気が背筋を走るのを覚えたことは確かである。

しかし、自分の取るべき行動に迷いはなかった。館の探索を明朝にするか今夜にするか、そのときまではっきりとは決めてなかったが、この瞬間に決まったのだ。私はすぐに、先ほどからずっと陰鬱な気分で見つめていた正面入口へと雑草の生い茂った馬車道に沿って足早に向かった。一、二度ドアを力一杯押してみると、そのまま簡単に中に入れることがわかった。

入ったところは薄暗く、部屋というよりも、モダンな玄関ホールのようなだだっ広い広間だった。そこの空間は、ずっと先まで伸びて闇の中に消えていたが、開いた低いドアから差し込む黄昏の光と、階段の踊り場の窓のステンドグラス越しに漏れている色鮮やかな微光のおかげで、僅かばかりの家具の残骸がまだ見て取れた。広間には開いたままのドアがいくつかあって、その奥に暗闇が黒々と口を開けているのが見えた。地下墳墓《ふんぼ》もかくや、と思わせるような臭いも漂っていた。

私は片手でドアを押さえながら、ステンドグラスから漏れる赤や紫や黄色の光があちこちに斑《まだら》になって落ちている、磨り減った浅い踏み段のついた幅広い樫の階段を見上げて立っていた。辺りは死のような静寂に満たされていた。私は誰かが階段を降りてくるか、上から窺っているのではないか、となかば期待して眼をこらしたが、それらしき人の姿は見えなかった。

今さっき、古い大時計が鳴り出したのも出し抜けだったが、今度も同じように出し抜けに、どこか上のほうで、ドアか床板がギーッと鳴った。私はすぐに音のしたほうに向かって階段を上ったが、踏み板は私の重みで呻《うめ》くような音を立てた。これで、私の動きはばれてしまったことだろう。私は、窓の隅にベンチのしつらえてある踊り場を過ぎてさらに先へ進んでみたが、そこから先は手探りで進むしかなかった。というのも、踊り場の先は、窓に鎧戸が下ろされていたために真っ暗闇だったのだ。

足が平らな床についたことで、階段を上りきったと何とかわかった。そのまま、両手を前に突きだした姿勢で、壁に触るまで進んでいくと、すぐに閉じたドアに行き当たった。私はそれを開けてみた。

灰色の黄昏の光が、割れたガラスが二枚はまったほこりだらけの窓を通して差し込んでいた。それが闇を見透かすのに多少役立ってくれた。微光を頼りに眼を凝らすと、廊下沿いに、まだいくつものドアがその先に並んでいるのが見えた。私はそれも全て開け放った。こうして、やっとのことで、廊下がどこへ続いているのかわかる程度の明かりを得ることができた。私は、時計塔と殺された老婆の寝室に通じる階段が右手に隠れているはず、と見当をつけてゆっくりとそちらへ向かっていった。

やがて、主廊下と思われるところから、もうひとつ、もっと短い狭い廊下が伸びているのを見つけたので、間違いなく別の翼棟に続いていると思われる左手の階段は無視して、そのまま進んでいくと、外れのところで、階段を隠した形になっている半開きのドアにぶつかった。これが塔へ通じている階段だと私は確信した。

そのドアを押してやると、錆び付いた蝶番《ちょうつがい》が陰気な音を立てた。そのときもう一度、人殺し女の幽霊が出ると言い伝えられた上の階のほうから、緩んだ板をそっと踏むようなかすかな足音が聞こえてきた。

その階段をさらに数段上がっていくと、また新たな踊り場に出たが、そこにもドアがひとつあった。このドアの向こうが、数年前に殺人事件が起きた部屋にちがいあるまい。事件のあった日から今日に至るまで、その部屋で眠った者も暮らした者もいないはずだ。ドアには掛け金は掛かっていなかった。私はドアが手から離れるところまでそっと押してみた。すると、家具がきちんと整えられた、暗い部屋の内部が朧気《おぼろげ》に見えた。天蓋付の大きなベッドがひとつ見えたが、ベッドのカーテンは、すでに朽ち果てて枠から垂れ下がっていた。他には整理ダンスが一つと椅子が二、三脚、それに、鏡がはめ込まれた扉の付いた大きな衣装ダンスが見えた。タンスの鏡は、ちょうど破れた鎧戸の真っ正面にあったから、今まさに消えなんとする外の光が、鏡面に当たって反射していた。

黒ずんだ、ちぎれたカーテンの向こうに、もうひとつドアが見えたが、それは、反対側の階段に通じるドアらしく、たぶん、時計の機械装置を収納した部屋に通じるものであろう。いま覗いている部屋には人の気配がなかったから、いっこうに姿を見せない謎の存在は、さらに上へ行ったものと見当をつけ、こちらも上へいって探索を続けようと心を決めた。だが、私が分厚い絨毯の上を二、三歩進んだところで、何かがベッドから床へ急いで降りたような、せわしなげな衣擦れの音が聞こえた。私はぎょっとして思わず立ちすくんだ。

私は鏡と正面から向かい合う位置で立ち止まった。そして、その青白い鏡の奥に映っているものを見たとき、あまりの恐怖に、私の心臓の血は一挙に逆流したような気がした。

私は一瞬のうちに、村の旅館の女将から聞いた話をまざまざと思い出した。それは、犯した罪の報いのために、獄に繋がれ、自由を奪われ、最後に（間接的にではあったが）命を失うことになった娘が、亡霊となって夜な夜なこの時計塔に現れ、恐ろしい罪の行為を毎晩繰り返すようになった、という気味悪い話だった。亡霊となった娘は、毎晩のように、恩人の老女を絞め殺す仕草をし、ベッドから飛び降りると、骨に届くほど深く食いちぎられた片手を必死に押さえて、悔恨の呻き声を挙げながら時計塔の階段を駆け下りていくというのだ。

最初に鏡を覗き込んだときは、カーテンがベッドを隠していたから、ベッドも、その朽ちた布の陰にいたとおぼしき存在も、私には見えなかったのだろう。しかし今や、破れた鎧戸の隙間から差す陰気な光が、灰色の服を着た、背の高い、亡霊のような女の姿を鏡の中に映し出していた。その女は部屋の真ん中に、そして私の真後ろに立っていた。

二章　灰色の女

私は急いで窓辺に駆け寄ると、鎧戸を大きく開け放ち、できる限り部屋に光を入れて、女性というものをこれまで一度も見たことがなかったかのごとく、珍しげにその女を見つめた。そしてその女が、まるで絵か彫刻の人物ででもあるかのように、その顔立ち、着ているものの特徴などを、遠慮なく検分してやろうとした。

眼の前に立っていたのは飛び抜けて美しい女性だった。その美しさは、驚くべきものだった。時と場所の効果を差し引いても、地上のものとは思えぬ不思議な美しさだった。それは、水の精《ウンディーネ》のような美しさ、と形容したらよかったかもしれない。

女は上背があり、ほっそりとした容姿だった。かすかに身体を揺るがせながら、ひるむことなく私の視線を見返しながら立っているところは、まるで、風にそよぐ百合の花のような風情《ふぜい》だった。顔は透き通るように白く、美しく咲き誇る木蓮の花弁を思わせた。女の顔の中の唯一の色といえば唇の色だけだったが、それは真っ白な顔の地肌から、雨の後のカーネーションのように、しっとりとした鮮やかな美しい紅色を浮かび上がらせていた。両眼の上で長く濃いめの眉が美しい弧を描き、美しい睫《まつげ》がそれを縁取っていたが、その眼が青なのか灰色なのか、それとも黒なのかは識別できなかった。しかし、切り下げ前髪もなく、形の良いギリシャ型の額から後ろに流している髪は、金髪というよりも、むしろ、薄い琥珀《こはく》色のように思われた。

服はパールグレイの綾織りの生地のものらしく、現代風の仕立てだった。私は、女がその服にマッチした、二、三本の柔らかい羽根飾りのついた麦藁帽子を手にしていることに気がついた。帽子を持っていた手が、たまたま窓の近くにあったから、薄暗がりの中でも見えたのだろう。それは、まことに奇妙な手袋で被われていた。だから、こんなに狼狽《ろうばい》していたにもかかわらず、それを見て怪訝《けげん》に感じたのだと思う。

私は不埒《ふらち》にも、彼女の顔を無遠慮にじろじろと見つめていたが（しかし、そうしたのも当然だろう）、なぜかそのときは、こちらから何か言葉をかける気になれなかった。〝灰色の女〟は、帽子を持った手を私の視界から隠すと、彼女のほうから先に口を切った。

「わたくしのことを、幽霊だと思われたのでしょうね？」

女の声は優しく、低いコントラルトだったが、それは奇妙にもすぐには消えず、少しずつ辺りに染み入っていくように思われた。

「正直に言って、ほんのちょっとの間でしたが、そう思いました」私は素直に答えた。「ぼくはあなたから不意打ちを喰らわされてしまったわけですから」

「それで、今もわたくしのことを謎めいた女だとお思いなんでしょうか？」彼女はさらに訊いてきた。

「たしかに、世間一般のご婦人よりも謎めいていると思っています」

「わたくしがその気になれば、あなたをもっと当惑させることもできますのよ。でも、わたくしは乞食でもありませんし、泥棒でもありません。まして幽霊などではありません」

「始めから、あなたのことを乞食だの泥棒だのとは思っていませんよ。あなたはご自分を謎の存在のままにしておきたいのかもしれませんが、しかし、こちらから、ひとつ質問してもよろしいですか？　今からほんの少し前に、時計を捲《ま》いてこの大時計に時を告げさせたのは、あなたではありませんか？」

「ええ、わたくしです」

「わざわざそんなことをなさったのには、何か特別の目的でも？」

「もちろんです。しかし、それを説明する義務はないと思いますけど」

「たぶんぼくはそのわけを推測できますよ」と私は言ったが、彼女の美しさ、その思いがけない出現、奇妙だがそれでいて優雅な物腰などにすっかり心を奪われていて、自分の周りをとり巻いている薄気味悪い状況のことはすっかり念頭から去っていた。

「そんなこと、絶対に無理だと思います。でも、あなたが思っていらっしゃることは、わたくしにも推測できましてよ。あなたは、わたくしが単純な悪戯心から時計を動かしたのだと思っておいでなんでしょう？　齢の割に、ずいぶん子供っぽい気紛れを起こしたものだと思っていらっしゃるんでしょう？　長年にわたり大時計が時を告げるのを聞いたことのない、迷信深い村人をびっくりさせてやろうとしてのことと」

「正直に言って、そんな思いが心に浮かんだのは事実です」

「この数分の間に、あなたが正直に言ってくださったのはこれで二度になりますわね。あなたが世情に通じている方だということはよくわかりました。わたくしがこの恐ろしい悲劇の部屋に上がった目的は、もうこれで果たしてしまいましたから、これから下へ降りることにいたします。でも、あなたはまだ、ご自身の目的を果たしていらっしゃらないんでしょう？」

「時計がどうして動き始めたかという謎を解いたという点では、目的を果たしたといえますよ」

「それでは、まだ、謎の半分がわかっただけですわ。あとの半分も、解いてみるおつもりはありますの？」

女は、たくさんのドアが並んでいる廊下へ通じる階段を先に下りていった。私も彼女のあとについて下りたが、彼女の髪と衣服から、名も知らぬ花のものらしき芳香がかすかに漂ってきた。

不可思議な名状しがたい磁力のようなものが、女のいるほうから運ばれてくるようだった。私は、何か一種の電流のようなものも自分のほうへ伝わってくるように感じて、身体がぞくぞくするのを覚えた。女は階段の降り口のところで急に立ち止まった。

「あなたがこちらにいらしたのは」彼女は尋ねた。「この館を調査するためだったのでしょうか？」

「ええ、そうです」私は驚きを隠せぬまま答えた。ここまで、この女性の言うことに驚かされづめだったから、もう驚くことも残っていないと思っていたのだが。「でも、真っ暗だったものですから……」

「後は幽霊に任せておこうとお考えになったのですね。それでは、明朝、もう一度ここへいらっしゃるわけでしょうか?」

「ええ、そうしたほうがよいと思っています。今晩は村の旅館に泊まることにしていますから」

「まあ、そうでしたの!」その声は、叫んだというより息を吐いたといったほうがいいような声だった。「あなたも村の旅館にお泊まりなのですか。実は、わたくしもそこに泊まっておりますの。それでは、もし、お差し支えないようでしたら、帰り道をご一緒させていただけるとありがたいのですが」

「ぼくが、もしも差し支えがあると……」と私は言いかけたが、彼女はわざと事務的な口調を装って素早くこちらの言葉を遮った。

「あなたは、きっとびっくりなさいますわ」彼女は出し抜けに言った。「わたくしに、人の心を読む能力が備わっていると申し上げたら?」

「当面は、ぼくの驚く能力は少々鈍ってしまいましたよ」私は冗談めかしてそれに応じた。

「それなら、かえって好都合ですわ、面倒が省けますもの。それではひとつ、あなたの心を読んでお見せいたしましょうか。わたくしには、あなたがなぜ〈恐怖の館〉にいらしたか、その理由がわかっているんですもの。あなたのお名前だって正確にいえましてよ。どうです、わたくしのいうことをお信じになりますかしら?」

私は差し障りないように、ここは曖昧に笑って誤魔化しておくことにした。私たちはそのときまでに、私が最初に押し開けて入ったドアのところまで戻ってきていた。

「あなたのお名前はテレンス・ダークモアさんでしょう?」

結局、私にはまだ驚く余力が残っていたのだ。きっと村の宿屋で私の名を聞いたのだろうと一瞬思ったが、すぐに、自分がまだそこで名前を告げていなかったことを思い出した。それに、私の知る限り、この近所で私の名前を知る者は皆無のはずだった。

「あなたは、叔父さまのエセックス（イングランド東南部の州）のお屋敷でお暮らしでないときは、ロンドンのポーツマス・スクエアの邸宅にお住まいでいらっしゃいますね? わたくし、そこの番地だっていえましてよ。でもこれでもう、わたくしがあなたのことを詳しく存じ上げていることが、おわかりになりましたでしょう。それに、あなたが紳士でいらっしゃることもわかっていますし、安心して、ひとつだけお願い事をしても大丈夫な方であることもわかっていますのよ」

「ひとつとおっしゃらずに、いくつでもどうぞ」私は小さな声で呟くと、なかば呆れ顔で相手の顔をつくづくと見つめた。

「ひとつで結構ですの……さしあたりは。実は、村へ戻る前に見つけておかなくてはならないお墓がこの館のどこか近くにあるのですが、あなたにもそこまでご同行願えますかしら?」

「墓ですって?」私はぽかんとした顔で聞き返した。

「ええ、アベイの敷地内にお墓がひとつあるはずなんです。そんなものがあるのではここを買うのはやめにした、なんて叔父さまはおっしゃいませんでしょうね?」

私はその問いには適当にぶつぶつ呟くだけにして、お供をするのはかまわないが、墓の場所については何も知らないので案内はできない、と付け加えておいた。

「それはよくわかっております。お墓は自分で見つけられると思います。もちろん、前にそのお墓を見たことがあるからではありません、ただ、それがここにあることは伝え聞いているものですから。それに……この館と敷地のちょっとした図面もありますので、きっと役に立つと思います」

私たちは門に通じている、暗く陰気な馬車道に立っていた。足下は昨日降った雨のために湿ってぬかるんでいた。

時刻はほぼ六時になっていただろうか。そして、十月も間もなく終わろうというころだったから、黄昏の薄闇は、すでに本物の夜の闇に変わろうとしていた。だが、まだ前方を容易に見透かすことができた。少し先にある川は、鋼《はがね》のような色を湛えて流れていた。川の遙か向こうに、雑木の生い茂った低い丘陵が見えた。しかし、この程度の明るさでは、〝灰色の女〟がドレスの胸から取りだした、黄ばんだ小さな紙きれのようなものに書かれた細々した地図らしきものはとうてい読みとれそうになかった。

「マッチをお持ちでしょうか?」彼女は図面に眼をやりながら不意に尋ねた。

私は銀のマッチいれをポケットから取り出すと、一本抜いてそれを擦《す》ってやった。

小さな黄色い光の輪が、女の持っている紙とその端を握っているほっそりとした白い手の周りを明るく照らし出した。

私はそのとき、奇妙な被いで隠されている彼女の左手から眼を離すことができなかった。それは、時計台の部屋で最初に気づいたものだった。その手は、普通の意味で手袋をしているのではなかった。五本の指の全てが、五つの細い金の輪に通されていて、細い鎖でその輪に留められている、小さい真珠玉を使った細かい編み細工が(それは絹の古風な婦人用長手袋に似ていた)手の甲を被い、それが、手首にぴちっとはまっている金のブレスレットにもう一度固定されているらしかった。

私は、こんな奇妙な装身具が女性の手を飾っているのを、これまで一度も眼にしたことはなかった。それを見た今も、あまり感心する気にならなかった。その手袋に似たものは、あまりにも奇妙で目立ちすぎていたから、私には、かえって美的とは言えないように思われたのだ。

私がじっと見ていると、急に女が顔を上げたが、そのとき、彼女の美しい顔に、一瞬、険しい表情がさっと走ったようだった。

「わたくしの図面を御覧になっているのですか?」彼女は努めて明るい調子で尋ねた。だが、その声には、紛れもなく、ある種の不安が隠されていた。

「いいえ、ぼくは……」

女は図面をたたむと、それをドレスの胸元にしまった。

「この小さな図面には、なかなか興味深いことが書かれていますのよ」と、彼女は私が言い終わらないうちに言葉を続けた。「アモリー家の方なら、どなたにとっても、格別に興味深いような……少なくとも、わたくしにはそう思えますけど。マッチは消してくださって結構です、もう、必要ありませんから。それに、いつまでもそうしていると、指を火傷なさいますわ。これでやっと、探していたものを見つけることができると思います」

マッチが消えたばかりのときは、夜の闇は漆《うるし》のように濃いものに思われたが、すぐに、いくらか明るさが戻ってきた。しかし、月はすでに沈んでいて、西の空には黒い雲が湧きあがっているようだった。川から吹いてくる湿った風が女の琥珀色の髪を乱したが、彼女は真珠の編み細工に飾られた手で乱れた髪をそっと撫でつけた。しかし、私のほうをちらっと見ると、急いで、髪を直す手をスエードの手袋をした右手に切り替えた。

「このまま行けば、間もなく〈修道院長の散歩道〉に出るでしょう」〝灰色の女〟は言った。女が地図をしまってから、沈黙が破られたのはこれが最初だった。

「あなたは、この土地は初めてだとばかり思っていましたが」私は急いで口を挟んだ。

「そうは申しませんでしたわ。探している墓はまだ見たことがないとは申しましたけど。実は、この土地にはずっと以前に来たことがございます……子供のころでしたが」

女の明るい口調は、今はすっかり影を潜めていた。彼女の口調には、自分でも制御の効かない何物かに心を突き動かされているようなところがあったが、それが何であるのか、私には見当もつかなかった。そのことを尋ねてみたい気がしないでもなかったが、結局、そんな勇気も出ないまま黙って歩いているうちに、間もなく、濠に沿って走っている小道にぶつかった。

「〈修道院長の散歩道〉」と、私は彼女の言葉に思いを巡らしながら繰り返した。「すると、何世紀もの昔、修道院長が袋に入れた宝を濠の水底に沈めて隠したあとで、謀反《むほん》を起こした修道士たちによって、院長自身までも淀んだ水底に沈められてしまったと語り継がれている場所は、ここか、この近くだったんですね。ぼくは、まだ、今日初めてその伝説を聞いたばかりです。言い伝えによれば、院長の死体もその宝も、とうとう見つからずに終わったというじゃありませんか。そうであれば、ぼくがここに住むことになったら、すぐにでも、その二つのものを探してみなくてはいけませんね」私は冗談のつもりでそう言って笑った。

「もしもわたくしがあなたの立場にあれば、そんなことで時間を無駄にしませんわ」彼女はきっぱり言った。

「もしあなたが、これからずっとここにお住まいになるなら、チャンスを充分に生かすことがおできになりますもの。あなたのお顔に書いてあることが、『人は見かけによらぬもの』という諺《ことわざ》の新たな証拠でないかぎり」

「ぼくの顔に何て書いてあるんでしょうか？」私は問い返した。

「あなたのお顔には、ご自分は論理的にものを考えることのできる人である、と書いてありますわ。ところで、わたくしがそれについて、ひとつヒントを差し上げたら、あなたは、わたくしに何をしてくださいますか？」

「ぼくがそのチャンスを生かすためのヒントを、とおっしゃるのですか？」

「ああ、あなたは、やはりわたくしが思っていたとおりの方ですわね。もう、理路整然と考えておいでですもの。そうです、わたくしは、そう申し上げるつもりでした。わたくしは、喩えて言うならば、謎の糸玉の糸の端を握っていますので」

女は今、静かに低く垂れ込めてきた闇を通して私のほうをじっと見つめた。彼女の顔と髪が、月の光のように朧気に光っていたが、その表情はもはやはっきりとは見えず、ただ、大きな神秘的な眼だけが宝石のように深い光を放っていた。

「あなたは、いったい誰なんですか？」私は出し抜けに叫んだ。そんなことを訊くつもりはなかったはずが、思わず口から出てしまったのだ。

「そんなお尋ねは、何の意味もないことでしょう。今晩のところは、〈時計係〉ということにしておいてください！」そう言って笑ったときの彼女の声は、若々しく華やいでいた。「でも、あなたはまだ、わたくしの質問に答えてくださっていませんね。もう一度お訊きしますが、あなたにヒントを差し上げたら、何をしてくださいますかしら？」

「何か、ぼくにしてほしいとお望みのことがあるんですか？　もしそうであれば、ぼくに賄賂を使う必要はありませんよ」

「わたくしはいつでも、いただいたものにはきちんとしたお礼をしたいと願っております。それに、特に、あなたからいただきたいものがございますので。もっとも、あなたのお手を煩わさなくても、結局は手にできそうですけど。信じていただけないかもしれませんが、わたくしが〈時計係〉を務める気になったのも、率直に申し上げて、それを手に入れたいというはっきりした目的があったからなのです」

私には、この女の言う率直は他の女の謎以上に深遠な謎のように思われた。

「おわかりになったら、かえって変ですわ！　わたくしは必ずしも、自分自身のことだってよくわかっていないんですもの。実は、あなたにお願いしたいと思っているのは、あなたの叔父さまのウィルフレッド・アモリー卿にお会いできるように取り計らっていただきたいということなのです」

この女に対する漠然とした疑惑に、言葉に尽くしがたい当惑が入り交じり始めた。

「ぼくの叔父に会いたいとおっしゃるんですか、どうしてでしょう？」

「理由はたくさんありますが、どれもが至極もっともなものだと思っております。ウィルフレッド卿は、誰だって知り合いになりたいと思う方ですもの。わたくしが俗っぽい野心家で、卿のような有名人に会いたいのかもしれません。卿は今後、わたくしにとって……少なからず関心のあるこの館にお住みになるからかもしれません。わたくしは新聞に記事も書きますので、卿にインタビューをしたい気があるのかもしれません。どれでもお好きな『かもしれません』を選んでくださって結構ですのよ」

「本当の理由をおっしゃってくだされば……」と私は言いかけたが、女は私を遮った。

「世慣れた殿方が女性に理由を問いただすなんて野暮ですわ！　わたくしがウィルフレッド卿にお会いしたいのは……ただ、お会いしたい方だから、というのがその理由ですもの。それで、あなたにお願いをいたしました……それも、ごく簡単なお願いだと思っていました。だって、あなたとわたくしは奇妙な出会い方をしましたけど、わたくしが怪しい女でないことは、あなたにもおわかりだと思っていましたので」

こちらが承知するのは簡単なはずの願いを拒んだ、と言って私を責める女の声は、セイレーン（美声で船人を誘い難船させたといわれる半女半鳥の海の精）の声のように甘かった。そのため、私は少しばかり悔恨の思いに苦しめられながら、自分はけっして願いを拒んだわけではない、そちらから具体的に、どうしてほしいのか言ってくれれば、叔父に引き合わせることを約束するのに吝《やぶさ》かでない、と断言した。

私から約束の言葉を引き出そうと懸命だったはずなのに、女は私が実際にそれを口にしたときには上の空の状態で、こちらの返事も耳に入っていないようだった。

私たちは、右手に濠を、左手に葉を落とした瘤《こぶ》だらけの古い楡《にれ》の木立を見ながら、〈修道院長の散歩道〉を進んでいた。しかし彼女は不意に立ち止まった。そのとき、彼女がほとんど啜り泣きかとも思えるような声を挙げて息を呑みこむのが、私の耳に聞こえた。

「あの向こうに……お墓があります」彼女は前方を指差しながら囁いた。

私は彼女の指の差すほうを眼で追った。すると、草の中に墓石がひとつ、青白く光っているのが見えた。その墓石は、楡の木立の外れにある一本の木の下に、真っ直ぐぽつんと立っていた。それは、いかにも寂しげに、孤独な死を物語っているような雰囲気を漂わせていた。

「こちらへ！」と彼女は言った。

私は言われるままに、生い茂っている濡れた雑草をかき分けて彼女のあとについていった。そして私たちは、小さな塚のようになっている場所の傍らに並んで立った。

私はそこに誰が埋葬されているのか知らなかった。一時間前まで、こんなところにこのような墓が存在することさえ知らなかった。だが今は、私の心は胸騒ぎを覚えていた。小さく盛り上がった土が、何か不気味な謎を秘めているように思われてきた。

「マッチを二、三本擦って、いっぺんに燃やしてくださいませんか?」と彼女は言った。

私は言われたとおりにした。私の手に覆われて、マッチの炎は揺らぎもせずに明るく燃え上がった。闇の中に一点だけ明かりができたことで、周囲の闇がいっそう濃くなり、それが幕のように私たちをとり巻いているような感じがした。どこか濠の遠くのほうで、蛙がゲロゲロと鳴く声や、ときおり、水の跳ねる音も聞こえてきた。風が出たらしく、向こうの丘陵の木々の梢《こずえ》を吹き抜けていく、苦しみ彷徨《さまよ》う亡霊の声にも似た風の音も聞こえた。

フローレンス・ヘインズ、一八九二年七月十一日没、享年二十四歳

私は、その短い墓碑銘を口に出して読んでみた。するとその名前は、すでにどこかで聞いたことはあるが、はっきりと思い出すことのできない、何か不快な連想と関係ある名前のような気がしてきた。

それから突然、私はその名前を思い出したが、そんな人非人《にんぴにん》の墓に帽子を取った自分が忌々しくなって、苛々した気持ちに襲われた。

「ふん、そうだったのか」私は嫌悪感を隠そうともせずに叫んだ。「でも、あの女の遺骸がこんなところに埋められたなんて奇怪なことですね。彼女は監獄の埋葬所に埋められていて然るべきですから」

「そうでしょうか?」と、私の不思議な道連れは、これまでとはうって変わった無邪気な口振りになって訊き返すと、膝立ちの姿勢のまま私を見上げた。やがてマッチが消えた。「その女のことを話してくださいますか?」

「あなたはご存じないんですか?」私は、まさかそんな、といった口調で訊き返してから続けた。「その話は、まあ、そう大した話ではありませんが、二十年前に、この館に女中頭として勤めていた老女にまで遡ることなのです。老女は女中頭を辞めたあと、オーストラリアに渡った親戚から思いがけない遺産を贈られて大金持ち

になったのですが、彼女は何千ポンドかの金の投資先として、ちょうどそのころ売りに出されていた、ローン・アベイ館を買い取っておこうという気になったらしいのです」

「叔父さまのウィルフレッド・アモリー卿が、一族の館をそんな赤の他人の手に渡さないで、ご自分でお買いになろうとしなかったのが不思議ですわね」〝灰色の女〟は出し抜けに私の言葉を遮った。私は、なぜか、この女は、そのことについて私の返事を聞きたがっているらしいと感じた。

「先ほどからのお話ですと、あなたはぼくの叔父についてずいぶんいろいろのことをご存じだとお見受けしていましたが」私は少しばかり皮肉を効かせて聞き返した。「叔父の人生の最大の悲劇についての話は、まだ、お耳に達していないのでしょうか？」

「奥さまがひとりっ子だったお子さまを連れて、叔父さまの許を去られたということをおっしゃっているのですか？」

「じゃあ、やっぱりお聞きになっているんですね。そうです、叔父の身に何かと厄介なことが起き始めたのは、たぶん、そのころからだったと思っています。叔父には財産を手にしようという野心はありませんでした。叔父の悲劇が、レディー・アモリーとひとり娘を、アメリカで起きた悲惨なホテル火災で失うという形でその頂点に達したのは、ちょうど、ローン・アベイ館がミセス・ハナ・ヘインズに買い取られた直後のことでした。ぼくは当時八歳か九歳でしたが、この恐ろしい事件のことは今でもはっきりと憶えています。叔父が強度の憂鬱症に取りつかれて、その後長いこと外部の事柄に関心を示さずに暮らすようになったのも、このときからだったと承知しています。

その後、叔父にしろ私たちの誰にしろ、ローン・アベイ館のことも、そこに住んでいた老女のことも、新聞に殺人事件のニュースが載るまでは、ほとんど思い出すことはなかったと思います。ぼくは、そのころイタリアに滞在していました。ちょっと待ってください、あっそうだ、殺人事件があったのは、七年前のまさにこの月のはずです。ローン・アベイ館という文字を新聞で見て、そのニュースに気づいたのです。ハナ・ヘインズという老女はなかなかの守銭奴で、しかも、辺鄙《へんぴ》な館に引きこもって暮らしていましたから、親しい友達もなかったようです。そんな生活の寂しさを紛らわせようとでも思ったんでしょうが、彼女は、良人《おっと》の先妻の息子を養子にして一緒に暮らしていました。それからもう一人、小さな女の子も養女として育てていました。その娘は、フローレンス・ヘインズという名で通っていましたが、その娘の両親のことを知る者は誰ひとりいませんでした。

娘は村の学校へ行くことになりましたが、何か、激しい気性を見せたことがあったとかで、間もなく学校を追い出されてしまいました。だから彼女はその後、恩人の養子息子の他には一人の友達もいないまま大人になったのです。その養子のほうは、激しく荒い気性の娘とは対照的に、誰に聞いてみても、大人しくて優しいハンサムな若者だったということです。

ハナ・ヘインズ自身も、一緒に暮らすには楽な相手とはとてもいえない女性だったらしく、養母とフローレンスの間では、喧嘩が絶えることがなかったそうです。養子の名前は忘れましたが、ハナは、ときおり遺言書を作り直しては、全財産をその養子に残すことにしたかと思うと、すぐにそれを破棄して、フローレンスに有利な遺言書に書き換えたりしたという話でした。さっき言いましたように、七年前の十月のある夜、当時、この〈恐怖の館〉にひとりだけ勤めていた女の召使が、ミセス・ヘインズと十八になったばかりのその娘の間で起きた凄まじい喧嘩を漏れ聞いてしまいました。老女は、明朝弁護士を呼んで新しい遺言書を作り、おまえなんか一文無しにしてやる、と娘に向かって息巻いて脅したそうです。養母が娘に言うのが聞こえたということでした。『いいかい、今度のが最後の遺言書になるんだよ。これでもう、おまえにはわたしの金はびた一文だって渡りはしないのさ』と。翌朝、女中頭が時計塔の中の寝室のベッドで殺害されているのが発見されました。彼女は首を絞められた上に、女性がボンネットを留めるのに使う長い針で刺されていたそうです。ピンは、その娘の持ちものであることが証明されました。それに、その娘の名前の入ったハンカチが、殺された女の手に握られていたのです。

フローレンス・ヘインズの姿は見えませんでしたが、その後、ボート小屋にいるところを発見されました。川伝いに逃げるつもりでそこへ行ったらしいのですが、片方の手を、骨に届くほど食い切られて、肉と血管がひどく傷つけられたために、出血多量で気を失ってしまったのです。彼女の言い分はこうでした。真夜中に助けを求める声が聞こえて、それがミセス・ヘインズの声だとわかったので、急いで養母の部屋に駆け上がってみたが、真っ暗で何も見えなかった。すっかり静まりかえっていたので、おそるおそるマッチを探そうと手探りしていると、誰かが自分の側《そば》をすり抜けながら激しくぶつかってきた。それで、必死で相手の服を摑んで取り押さえようとしたところ、取っ組み合いになり、手をひどく嚙まれてしまい、握っていた手を離してしまった。それから、逃げる相手を追って階段を駆け下りた。一階の開いたフランス窓を通って追いかけると、前方の薄暗がりの中を逃げていく男の姿がちらっと見えた。さらに追おうとしたが、結局、ボート小屋の中で倒れて気を失ってしまった。

しかしこの話は、あまり信憑性が高いように思われませんでした。それに、彼女には不利な証拠がたくさんありました。二人の女がいつも喧嘩していたことは広く知られていましたし、養母の金は、明日にはたぶん永久に、娘の手に渡らなくなるようにすると決められていました。だからその晩が、養女の最後のチャンスだったのです。さらに、彼女をますます黒だと思わせる状況がありました。彼女は、事件の数日前に、ミセス・ヘインズから、ロンドンへ行って、老女がロンドン・ノース・ウェスタン銀行に預けていた預金のほぼ全額を引き出してくるように頼まれた事実を認めないわけにはいかなかったからです。ミセス・ヘインズがそんなことをする気になった理由としては、金融不安の噂があったことが考えられます。彼女としては、次の安全な預け先が決まるまで、財産を一応現金の形にして、手元に置いておきたかったのでしょう。

フローレンスは全ての預金を紙幣に換えて、鞄に入れて持ち帰ったことを白状しました。しかし、ミセス・ヘインズがそれをどこに保管したかはまったく知らなかったと頑固に言い張りました。しかし、フローレンスはその場所を知っていて、その金を盗み出し、それをどこかへ巧みに隠したのだろうと推定されました。その後、屋敷中の窪みや隙間がくまなく探されましたが、結局、その金は最後まで出てきませんでした」

「老女の養子を疑った人は一人もいなかったのですか?」〝灰色の女〟は尋ねた。

「事情聴取は行われました。しかし、養子には怪しいところはまったくないようでした。彼は、事件の三、四日前からロンドンに行っていて、その日は留守でした。たしか、仕事口を探しに出かけたというような話でした。彼は銀行から金が下ろされたことも知りませんでしたし、かりに知っていたとしても、ミセス・ヘインズが生きていれば、間違いなく翌日作られることになっていた遺言書により養子に残されることになる金ですから、彼には養母を殺す動機が皆無だったのです。そのうえ、彼にはなにがしかの貯えもあったはずです。一方、娘の方は、彼女の恩人が残してくれたかもしれない金を除けば、まったくの無一文でした。彼女は死刑の判決を受けましたが、弁護に当たった勅選《ちょくせん》弁護士であるゴードン氏の尽力で、彼女に対する同情の声が大きく湧き上がりました。まだ齢が若いこと、証拠は状況証拠ばかりであることが大いに強調されました。そして、当時、内務大臣であったぼくの叔父が、最終的に終身刑に減刑することに決めたのです」

「そんなの、死刑よりも酷いですわ!」私の連れは叫んだ。「叔父さまには、そんな若い娘のためにもう少し寛大な処置をお取りになれる権限はありませんでしたの?」

「たぶん、あったでしょう。しかし、叔父は彼女の有罪を堅く信じていました。ですから、犯人が終身刑にされたことで、すでに充分寛大に扱われていると思ったのです。それで、彼女はウォーキングの監獄に入れられることになりました。二年前に、彼女がほとんど刑期を残したままで獄死することがなかったら、今もそこに収監されていたことでしょう。ローン・アベイ館は彼女に遺されることになっていましたから、彼女の死により、その後、それは養子のヘインズ青年の所有になったというわけです」

「五年も監獄に！　五年も生きながら死んでいたなんて！　気の毒な娘は死ねたことをどんなにか感謝したでしょう！　もし、わたくしがウィルフレッド・アモリー卿だったら、夜中に暗闇の中で目覚めたとき、人をそんな過酷な目に遭わせた自分の責任を必死で忘れたいと思うでしょう」

「叔父は、この件では良心の呵責に苦しんでいるとは思いませんが」私は答えた。

「ウッ！」と、彼女は一声叫ぶと、そのまま立ち上がった。「あなたに、その女の話を聞かせてくれなんてお願いしなければよかったと思います。こんな話を伺って、何だか寒気がしてきましたもの。薄ら寒いような……胸がむかつくような気がしてきました。さあ、もうこんな悲惨な死にかかわる場所はおしまいにしましょう。宿へ戻れば、明かりも、暖炉も、夕食も、乾いたスリッパもありますもの。さあ、参りましょう、さあ！　わたくしのほうから、あなたに夕食を御一緒してくださるようにとお願いいたしますわ、もちろん、わたくしたちと一緒にという意味ですけど」

三章　電報を打ったのは？

「もちろん、わたくしたちと一緒にという意味ですけど」

女が最後に口にしたこの言葉を心の中で繰り返したとき、私は激しい好奇心に捉えられた。複数形で言うところをみると、人の姿をした歩く謎とでもいえそうなこの女性も、ひとりではなかったということになるわけだ。だとすれば、親戚の者か友人と一緒に宿に泊まっているのだろうか。どちらにせよ、謎に満ちた女に、そのような連れがいると思っただけで、これまで、私の眼に少々薄気味悪く映っていた女の一面が幾分消えて、彼女も、私がよく知っている他の女性たちと同じ次元の、気の置けない存在に近づいたような気がしてくるのだった。

「ご招待は喜んでお受けしますよ、あなたがおひとりでなくても」と私は大胆になって答えたが、彼女の連れのことを訊いてみるほど大胆にはなれなかった。

「ええ、わたくしはひとりではございませんのよ」彼女は答えた。

その話し振りには、私が連れのことを知りたがっているのはわかっているが、自分から教えるつもりはない、と悪戯っぽくほのめかしているような響きがあった。

彼女は歩幅の大きい、流れるような足取りで先を急いでいたから、歩調を合わせて進むには、私もかなり急ぎ足で歩かねばならなかった。彼女は背が高く、しかもすっくと背を伸ばしていたので、並んで歩くと相手の頭の天辺《てっぺん》が私の顎のあたりまできた。私は六フィート三、四インチは優にある大男だったので、たいていの女性だと一フィート以上、下に見えるのが普通だった。

まださほどの距離も行かないうちに、駅から宿のほうに向かう道の角を曲がって、箱形の馬車がやって来て私たちを追い抜いていった。それをやり過ごそうと急いで道の脇にのいたとき、ちょうど馬車灯の明かりが、私たちの顔に降りかかった。そのとき、驚いたことに、馬車の中から従妹のポーラが大声で私の名前を呼ぶのが聞こえた。

これには私もまったく仰天した。そもそも、ポーラのことなどこのところずっと頭になかった上に、まして、彼女がこんなところに思いがけず姿を見せるなどと夢にも考えていなかったからだ。それでも私は、馬車はすぐに止まるものと信じて、思わずそちらに向かって歩きかけた。一秒とも言えないくらいの僅かな間だったが、私は、自分の不思議な連れのことを完全に忘れていた。だが、〝灰色の女〟は、私の腕に軽く手を触れることで自分の存在を思い出させた。

「待ってください！」彼女は言った。「ちょっと待ってください。教えてくださいませんか、馬車に乗っていらっしゃるのはどなたでしょうか？　叔父さまのウィルフレッド・アモリー卿もご一緒なんでしょうか？」

「わかりません」私は慌てて答えた。「しかし、私を呼んだのは従妹のミス・ウィンです。たぶん叔父も一緒だと思います。叔父は、こんなところへポーラを一人で来させはしないでしょうから。それにしても、いったい何があって……」

「さあ、あなたのお約束をお忘れにならないでくださいね。それを実行していただくときが来たのですから。今こそ、お約束をどういうふうに実行なさるか決めていただくときなのですから。ほら、もう馬車が止まります！　わたくしはつい今し方、今夜、宿で一緒にお食事を、とあなたをお招きしたばかりです。でも、これは撤回いたします。その代わり、あなたのほうからわたくしを招待してくださらなくてはいけません。もし承知してくだされば、あなたがお尋ねになったことは全てお教えいたします。どうか、叔父さまがいらしたら、友人が二人（どちらも女性であると付け加えてくださいね）たまたま、同じ宿に宿泊していることがわかったので、今晩、個室の食堂を用意して二人を夕食に招待してある、とおっしゃっていただけませんか。一人はかなり年輩の女性であることも付け加えておいてくだされば、お従妹さんが、あなたに詳しい説明を求めることもないと思いますが。叔父さまには、友達と会ってもらえればとても嬉しいとおっしゃってください。どうか、わたくしのためだと思って承知してください。ああ！　やっぱり、ためらっておいでですね。でも、お気持ちはよくわかります。だってわたくしたち、まだお会いしたばかりですものね。それに、その出会い方も、ちょっと普通じゃありませんでしたもの。それと、お従妹さんのことも考えていらっしゃるんでしょう？」

彼女の手は（真珠の編み細工で被われたほうの手だった）まだ私の腕にかけられていた。その柔らかな感触が、なぜか、私の魂にじかに感じられるような気持ちがした。突然、私には、ポーラのことも世間の因習も、ちっぽけで取るに足らない、どうでもよいことのように思われた。こんな素晴らしい眼の背後に、邪悪な心が隠れているわけはない、と私は心の中で呟いた。

「あなたのことをよく理解できないのですが」私は言った。「でも、あなたにそう言われれば、ぼくとしては、お求めどおりにするか、見損なわれてしまうか、他に選ぶ道はありませんね。とにかく、ここはおっしゃるとおりにしましょう」

「本当にありがとうございます！　それでは、ひとまずここでお別れいたします。あまり長く馬車を止めさせたままにしては、不審に思われるでしょうから。でも、皆さまには、友人のミス・ホープに別れの挨拶をしていた、と言っておいてくだされればすみますわ、きっと。憶えておいてくださいね、わたくしの名前はミス・ホープですから」

そう言うと、彼女は私に返事をする間も与えずに行ってしまった。

予想したとおり、叔父は年より老けた青白い顔を馬車の窓から突き出して、馬車のほうへ向かって来る私を不安そうに見守っていた。私がなかなか来ないことにポーラが腹を立てているのは明らかだった。彼女は、クッションに沈み込むようにもたれたまま、私に声をかけてくれる気もないようだった。

私が近づいていくと、叔父のほうから先に口を切った。

「やあ、これは嬉しい驚きだね、テリー」叔父は言った。「どうやら、おまえは無事で怪我もしてないようだから」

「ぼくが無事で怪我もしていないですって？」私は呆気にとられて訊き返した。「一体全体、どういうことなんですか？」

「いや、明らかにどこかに手違いがあったんだよ。どうやら、その手違いも、わしとポーラが心から感謝して良いような性質のものらしいがね。とにかく、わしの言葉におまえが驚いたことが充分な答えになっているよ。おまえが無事ということなら、ロンドンへ戻る汽車はあと二時間はないわけだから、おまえのことを問い合わせようと思って急いで向かっていた旅館へ、おまえも一緒に来るのが最善の方策だろう。さあ、御者《ぎょしゃ》にそこへ行くように言ってくれ、テリー。おまえも早く乗りなさい」

まだ狐につままれたような気持ちは残っていたが、私は言われたとおりに、叔父たちが駅から乗ってきたかび臭い辻馬車に乗り込むと、叔父と従妹の正面の座席に腰を据えた。

「まず最初に」私は馬車が再び動き始めるとすぐに切り出した。「どうして、叔父さんがポーラを連れて、わざわざロンドンからこんなに急いでここへ来ることになったのか、そのわけを聞かせてくださいませんか？叔父さんはぼくからの電報を待つことになっていたはずですが。ぼくがまずあの古い館を見て、大修理や大改造が必要だと判断した場合、ぼくは今日ここに残り、叔父さんが明朝こちらまで出ていらして、ご自分で確めることになっていたのではなかったんですか？　その必要がないときは、ぼくは今晩中にロンドンへ戻って……」

「その打ち合わせに関しては何の手違いもなかったんだよ。だが、話を先へ進める前に、おまえがこれをどう説明するか聞かせてもらうことにしよう」叔父はそう言うと、細長い紙きれを私に手渡した。それは明らかに電報で、封筒は付いていなかった。

私は、ウィルフレッド叔父が持ち歩く習慣にしている旅行用ランプの明かりを頼りにして、電報に素早く目を通した。

「大至急オイデ乞ウ」私は声に出して読んだ。「甥ダークモア氏、事故ニ遭遇シ負傷、マーチンヘッド村、大熊亭ニ収容サル」

「だから、わしは来たのさ」叔父は言葉を続けたが、私は驚いて呆然としたまま紙切れを見続けていた。「ポーラも、もちろん一緒に来ることを望んだのだよ」

しかし、この妙な電報をどう考えたらよいのか、私にも皆目わからなかった。叔父といろいろ話し合っても、何ら結論らしきものは出なかった。だから、私の連れに関するポーラの言外の好奇心を満足させてやる仕事が残っていて、かえってほっとしたくらいだった。私はへどもどしながら、嘘半分真実半分を口にしてポーラの追求をかわすと、謎の女と彼女の連れを食事に招待する約束をした件を持ち出した。

その結果、叔父とポーラはその晩は私とともにマーチンヘッドの旅館に泊まって、ホープ嬢と、彼女と一緒に旅をしているらしい連れの女と会うことに話が決まった。ここまでは、事態は一応スムーズに運んだのだった。大熊亭に着いて晩餐の部屋も確保したので、私は急いで村の電報取扱所へ出かけてみた。しかし、そこでわかったのは、貧しい身なりの小さな薄汚れた子供が、偽情報を伝える電文を置いていったということだけだった。

私が自分の部屋を出て急いで階段を下り、晩餐が供されることになっている部屋のドアを開けたちょうどそのとき、宿の広間の時計が八時十五分を告げた。

テーブルには、すでに五人分の晩餐が用意されていた。色鮮やかな各種の菊が安物の花瓶に生けられて、テーブルの中央や部屋の隅に置かれていた。暖炉では火がパチパチと弾けながら赤々と燃えていたが、ディナーは八時半からと命じてあったので、部屋の灯は低く落としてあった。まだ、誰も来てなかった。

私は、ドアを半開きのままにしておき、無意識に火のほうに歩み寄った。そのとき、かすかな衣擦れの音がしたので、私は思わずそちらに眼を向けた。

見ると、ミス・ホープが戸口を額縁のようにして立っていた。しかし彼女はもはや、先ほどの〝灰色の女〟ではなかった。私は女性の衣類に詳しいほうではないが、彼女の着ているドレスは、今の時代の服というよりもかなり前の時代のものらしく、絵画などの中でよく見かけられるドレスに似ているように思われた。琥珀色の髪の型も現代風でなく、両側を膨らませた形に結われていて、ダイアモンドの光る小さな櫛《くし》が、綺麗なピンク色の両耳の後ろで、美しく光る、丸くカールさせた髪を留めていた。

彼女のドレスは黒のビロード地だった。その上に、幅の広い透けるように薄いレースの肩掛けを羽織っていた。全体がまるで、丈の高いすらりとした女性がそのまま古い絵画の中から歩み出してきたような感じだった。興奮しているらしい面持ちのせいもあって、彼女は前にもまして見るものを当惑させるような美しさに輝いていた。

「あなたがここのドアを開ける音が聞こえましたので、向かいのわたくしの部屋からちょっと覗いてみてから、ひとりで来たんですのよ」彼女は言った。「さっきお別れするときに、時間がなくてお話しできなかったことを先にお伝えしておきたいと思ったものですから。実は、あなたが叔父さまとお従妹さんに引きあわせてくださることになっているもうひとりの〝お友だち〟というのは、わたくしのお相手役《コンパニオン》なんですの。名前はちょっと変わっていて、ミス・トレイルといいますが、実は、顔のほうがもっと変わっているんですのよ。それをあらかじめ知っておいていただこうと思って、こんなことを申し上げる気になったんです。それから、彼女が、何よりも可愛がっているペットをここへ連れてきても、どうか気になさらないでくださいね。彼女はそのペットを夜も昼も、片時も離そうとしないんですから。あなたは、ご自分の約束を立派に守ってくださいました。ですから、わたくしも、他の方たちの来る前に、わたくしの約束を果たすことにいたします。わたくしは、あなたが間もなく、ローン・アベイ館にお住みになると思っておりますが、そうなった晩には、どうか、わたくしの忠告に従って、そこで殺された女の例に倣い……時計塔のあの部屋を御自分の部屋にお選びになってください。これは冗談で申し上げているのではありません。あの女中頭は賢かったのです。彼女がそこを自分の部屋にしたのには、そうするだけのしかるべき理由があったのです。気紛れでそんなことをしたのではけっしてありません」

「あんな凶悪な連想に付きまとわれている部屋に、どうしてぼくが暮らさなくてはならないんでしょうか?」

私は訊き返した。「館には、明るくて感じの良い、そんなケチの付いていない部屋はいくらでもあるでしょうに」

「あなたが……あなたの『問答』をよく理解し、それから利益を得るためには、あの部屋にいなくてはならないのです。あの部屋をおいて他にそんな部屋はないからです」

「ぼくの『問答』!」私は間の抜けたような口振りで繰り返した。

「シーッ! 人が来ます。ミス・トレイルです」

ホールに重い足音が聞こえた。それに続いて、私には何の音か判別できなかったが、奇妙な得体の知れない、軽やかなパタパタという音がそれに続いて聞こえてきた。彼女の美しい顔に、すでに驚くべき変化が現れていた。自分のお相手役が来ることを恐れる必要があるとも思えなかったが、彼女がそのとき見せたのは、どう見ても恐怖の表情としか言いようがないものだった。

ホープ嬢が口にしたばかりの謎のような言葉は、まだ耳の中で響いていたが、私は主人役としての務めを果たそうとドアのほうへ向かった。

私がもう数歳齢が若くて、自己抑制をする訓練も不十分のままだったら、ミス・トレイルの顔を眼にしたとたんにぎょっとなって、自分の狼狽を表に出してしまっていただろう。ミス・トレイルは、背が低く、太っていて、おまけにひどい猫背で、身体のどこかに奇形を隠しているような感じの女だった。喉首は短く、それが前に突きだしている両肩の間に窪みこんでいるので、まるで喉首そのものがないように見えた。そして、幾重にもなった大きな顎が、胸の膨らみの上で襞《ひだ》をなしていた。大きな口は唇が薄く平たかった。顎は大きく角張っていた。鼻梁《びりょう》は残忍そうに反っていたが、鼻そのものは目立って小さく、赤ん坊の鼻のように丸い鼻だった。

ゲジゲジ眉毛の下にある、吊り上がり出っ張った灰色の二つの眼は真ん中に寄っていて、中国の人形の眼を思わせた。肌は古い象牙のように、黄ばんですべすべしていた。明らかに鬘《かつら》とわかる真っ黒な髪は、出っ張った丸いおでこの上で二つに分けられていた。私は、この奇妙な女の年齢についてまったく判断のしようがなかった。というのは、その顔は皺ひとつないのに、それでいて、若さというものを少しも感じさせない、ビルマの偶像のそれにそっくりだったからだ。たぶん、四十から六十の間くらいと、かなりの幅をもって考えておくのが無難だろう。

奇妙な女のかたわらで、見たことのない小さな獣が走ったり跳ねたりしていたが、私はそれを一目見ただけで激しい嫌悪感に襲われた。それはネズミのような小さな頭をして、紡錘《ぼうすい》型の尾を持ち、短い薄茶色の毛で被われていた。その獣の軀《からだ》は、先に鋭い爪の生えている細くて小さい脚の割には、不釣り合いなほど丸々と太っていた。

得体の知れない獣が自分のほうへ近寄ってきたとき、私は、たぶんいささか大仰に身をかわしたのだろう。ミス・トレイルは低い気取った声でこう言った。「あらまあ！　この人ったら、あたしの可愛いマングースちゃんが怖いのかしらねえ？」

こう聞いただけで、この女が淑女でないことを知るに充分だった。

私は別にそれを怖がったわけでないことを告げてから、できるだけお愛想を言おうとしたが、そんな間もないうちに、叔父とポーラが階段を下りて来るのが開いたままのドア近くに立っていた私の眼に入った。

暖炉の側にいたホープ嬢も、二人のほうに眼をやった。私は何気なく、一瞬ホープ嬢のほうに眼を向けたが、彼女は私に見られたことに気づいていなかった。彼女の両頬はピンク色に染まっていた。真珠の編み細工で被われた手は、大きく波打つ胸のレースに押し当てられていた。

ホープ嬢の興奮は、すぐに私にも波のように伝わってきた。

ポーラと叔父は、ちょうど部屋の敷居まで来たところだった。だが、彼らを紹介するはずだった私の言葉は、結局、口から出ることなく終わることになった。というのは、背の高いほっそりした叔父が、ホープ嬢の美しい顔を虚ろな表情で見つめたまま、突然、まるでよちよち歩きの赤子のように、よろよろと前に倒れかかったからだ。私は急いで駆け寄って懸命に叔父を抱きとめたが、その拍子に、テーブルクロスをどこかに引っ掛けてしまい、花を花瓶ごとテーブルから転げ落としてしまった。ワイングラスもいくつか、私の足下で砕け散った。

四章　魅入られて

ウィルフレッド・アモリー卿は、一般には背の高い人だと思われていた（私自身は叔父よりもさらに三、四インチ高かったが）。しかし、叔父を抱きかかえて、隅にあったすべすべした馬巣織《ばす》り張りの長椅子に運んだとき、まるで子供を抱いているような頼りなさに、叔父のことを心配する気持ちとは別の、何となくもの悲しい気持ちがしたことも確かだった。

私は叔父をそっと長椅子に降ろして、頭を私の腕で支えてやるつもりだった。しかしホープ嬢は私のほうへ歩み寄ると、それはよくないといって私をとめた。私は、叔父の発作は彼女の神秘的とさえ言えそうな美しさを目のあたりにしたことに原因があったのだろうと思っていた。

「頭はできるだけ低くしてあげてください」彼女は言った。「失神の発作のときには、そうするのが一番よいのです」

ホープ嬢は、意識のない叔父の額に水を少し振りかけようとしかけたが、ポーラがホープ嬢と長椅子の間に割って入ったので、それはできなかった。

「やめてください、叔父に手を触れないでください！　叔父の具合が悪くなったのは、あなたの姿を眼にしたせいなんですから！」ポーラは腹立たしげに叫んだ。「テレンス、この人にここから出るように言ってちょうだい！」

私はそのとき、叔父のことが心配で頭が一杯だったが、それでも、この二人の女の際だった相違に気がついた。妻になるはずのポーラと、すでに私を魔法の網に絡め取ってしまった、雪と月光の精のような女との相違に気づかずにはいられなかったのだ。

ポーラが二十四歳であることはもちろん知っていた。ポーラの美しさは、豊かに実ったオリーヴのように今がその真っ盛りだった。たしかにポーラはまことに美しい女性だったが、その目鼻立ちやその細部には、いうなれば、完璧に仕上がったという感じが欠けていた。そして、このときほど、その欠点が私にはっきりと意識されたことはなかった。濃い褐色の髪は、艶やかで豊かに見えてはいたが、美容師などがよく使う鏝《こて》やその種の道具の力を借りて、頑固な直毛にウェーヴをつけて直したものだった。たしかに、肌の色と眼は素晴らしく美しかった。それに顔の色は申し分なかった。しかし、睫は細く不揃いで、眉には個性が感じられなかった。口と顎は文句なしに美しかったが、少し肉づきが良すぎるきらいがあった。鼻は鼻梁部が少し高すぎ、大きな耳は下げた髪で一部は巧みに隠されていたが、耳たぶは厚くて目立ちすぎで、感じの良いものとは言いがたかった。たぶん、ポーラ・ウィンほど堂々と白い喉首に頭を載せて歩いている女もいなかったろうし、パリの高級婦人服店の最新モードの婦人服を見事に着こなせる女も少なかったろう。しかし腰は、良く張った胸と肩の釣り合いからするとやや細すぎた。隙ひとつなく靴を履いた足も甲が平たく、綺麗にマニキュアを施した手も、画家によって好まれる、ほっそりした指とハシバミの葉のような形の良い爪が備わっていないのが難点だった。私はここまでちょっと不躾《ぶしつけ》なほどポーラの容姿の欠点を列挙したが、それでも彼女は、通りや公園に出れば、男たちがすかさず振り返り、華やかなイヴニングドレスを着て劇場に姿を見せれば、彼らのオペラグラスが一斉にそちらへ向けられるような女だった。

もう一人の女性はこの無言の競争で、ポーラの失点になるあらゆる点で勝っていた。私はホープ嬢の歳を知らなかったが、彼女のほうがポーラよりはるかに初々《ういうい》しく見えた。自然の女神が、ホープ嬢の姿、顔かたちの細部に至るまでかくも美しく完璧に仕上げたことを思えば、女神はきっと、自分の作品をこよなく愛しながら、それらを形造っていったのだろう。キューピッドの弓のように形良く、白い肌の上にバラの花弁のように美しく造られた上唇の涼しげで深みのある口元の表情。鼻の先は微妙に反っているが、それが、かえってギリシャ彫刻のようになりすぎるのを防いでいる。濃く長い睫、貝殻のような、小さいピンクの耳。そして、そよ風が水面を軽く渡るときのようなかすかなさざ波が、その琥珀色の金髪の上で戯れている。

私はいつもポーラを背の高い女だと思っていた。だがホープ嬢と並ぶと、ポーラは急にちっぽけな、取るに足らない、ごく月並みな女になってしまった。たぶんこんなことは、ポーラのこれまでの人生で初めてだったろう。そして、ホープ嬢の鈴を振るような柔らかで美しい声を聞いたあとでは、ポーラの声は耳障りに聞こえるばかりだった。ウィルフレッド叔父が意識を取り戻したのも、そんなポーラの騒々しい声が急に聞こえたためだったのではあるまいか。

叔父は、最初のうちはぼんやりと辺りを見回していたが、次第に周りの状況がわかってくると、視線をホープ嬢のほうにゆっくりと向けた。私はこれまで、叔父の顔にそんな表情が浮かぶのを見た憶えはなかった。叔父の何となく淋しげな表情、何かに没頭しているような知的な表情、自分自身にも世間一般にも満足していないような優しい皮肉のこもった表情を私は見慣れていたし、それらが微妙に入り交じって、独特の表情を作ることも知っていた。しかし、叔父の疲れた顔が、このとき見せたような表情をとることがあるとはこれまで知らなかったのだ。そのときの叔父の眼には、消えて久しい青春の輝きのようなものが光っていた。浮き世の事柄にすっかり飽きてしまった人を思わせるいつもの表情は、一瞬のうちに消えてしまった。それは、表情の変化というよりも、むしろ変身といったほうが相応しかったかもしれない。

叔父は黙ったままだった。私は、ゴーゴン（頭髪が蛇の魔女。直視する者を石に変えたという）のような顔をしたミス・トレイルが、ほとんど期待にうち震えるような様子を見せ、新たな事態を見守っていることに気がついて、ぞっとするような嫌悪を感じた。

「もし、わたくしの存在がウィルフレッド・アモリー卿をご不快な目に遭わせたのなら、心よりお詫び申し上げます」ホープ嬢はこちらが驚いてしまうほどの謙虚さでポーラの非難に応じた。「もちろん、わたくしたちはこれで失礼いたします。さあ、参りましょう、トレイルさん」

このとき、叔父が口を開いた。

「お待ちください、お願いです、どうか、まだ、お帰りにならないでください！」叔父は懇願するような口調で言った。「テレンス、さあ、わしに腕を貸してくれ、そうすれば、きちんと起き上がれるだろう。わしはもう大丈夫だから、こんな恥ずかしいところを見せてしまったお詫びをみなさんに言わねばなるまい」

私が手を貸すと、叔父はしゃんと座り直したが、すぐに苛立たしげな溜息をつくと、もう一度、長椅子にもたれ込んでしまった。

「残念ながら、まだ少々目眩《めまい》がするようです」叔父は言葉を続けた。「すみませんが、水を一杯いただけませんか？」

叔父はそう言うと、額に振りかけるつもりだった水の入った水差しをまだ手に持って立っているホープ嬢のほうに眼を向けた。彼女は言われたとおりにしようとした。だが、ポーラはさっと手を伸ばすと、ホープ嬢の手から水差しをひったくり、グラスをぱっと取り上げた。ホープ嬢は、このような礼を失した扱いをされても、別段抵抗する様子も見せずに、自分に向けられた叔父の眼を優しく訴えるように見返しただけだった。

「おまえは、わしに水を飲ませないつもりかね？」叔父はポーラに詰問した。それから、私がこれまで聞いたことのないほど厳しい口調で私の従妹に言った。「ポーラ、おまえは、身の程を忘れているぞ！」

結局、ホープ嬢がグラスに水を注いで叔父に飲ませることになった。彼女は片膝をつくと、ほとんど叔父の髪に触れんばかりに近づけた左手を、寝椅子の肘にかけてグラスを差し出した。

たぶん、彼女が私に及ぼした不可思議な力が、私の神経を研ぎ澄まされたものにしていたのだろう。私は、彼女が他の人に及ぼした力までも感じ取れるような気がした。ともあれ私は、自分の全身の神経に電気的衝撃が走るのを感じたが、彼女が近くにいることが叔父に与えたはずの興奮も、わがことのように理解できると思った。

叔父はホープ嬢の眼をじっと見つめた。私は長椅子の端に立っていたので、二人の横顔をじっくり観察することができた。叔父の手は、彼女が差し出したグラスを取ろうとしながらもためらっていた。

「あなたがホープさんで、甥のダークモアのお友だちなのですね？」叔父は尋ねたが、具体的に何かを知りたくて質問したというより、ただ、彼女の声を聞きたくて訊いただけだったのだろう。

「はい、そうです。少なくとも、知り合いであると思っています」彼女は答えたが、その声も、叔父を見返す眼差しも、まるで子供のように柔和で優しいものになっていた。先ほどまでの、人をからかうような、人をはぐらかすような、魔力めいた魅力はすっかり陰を潜めていた。「わたくしたちは、今日、思いがけない出会いをいたしました。そのことは、ダークモアさんからあとでお話しがあると思います。でも、こうしてウィルフレッドさまにお会いできて本当に嬉しく思っております。わたくしといたしましては、あなたさまが元気になられて、お加減が悪くなったのはわたくしのせいではないとおっしゃっていただくまでは、とてもこの部屋を出る気になれません。実際のところ、自分自身にも、わたくしが何をしたのかわかっていないのです。ですから、どうか、あれはわたくしのせいでないとおっしゃっていただきとうございます」

「いや、それが、一概にあなたのせいでないともいえないものですから、私も困っているんですよ」叔父はホープ嬢が口のところまで運んでくれた水を口にしたあとで言った。「しかし、あなたに落ち度があった、というようなことでは絶対にありません。ただ、あなたが、私にとってとても大切だった人にまことによく似ていたものですから……それも、奇跡的といっていいほどに……。それで、私がドアのところであなたを見たときには、時計の針が一挙に四半世紀も逆戻りしたような気がしてしまいました。亡霊を目のあたりにしたって、こんなにわれを忘れるようなことはなかったはずですよ。私に一瞬われを忘れさせたのは、眼の前に見たあなたが、血肉を備えた女性であるという事実そのものだったのですからね。テリー、おまえがわしという人間を知るようになってから、それも、もうずいぶん長いことになるはずだが、わしがこんな恥ずかしい姿を人前に晒したことは、これまでに一度もなかったことを証言してくれるね」

叔父はにこにこと微笑んでいたが、ほとんど片時たりともホープ嬢の顔から眼を離そうとしなかった。

「そのことでしたら、はっきり証言できますよ」私も努めて明るく返事をした。「それに、ポーラだってそうしますよ、きっと」

私は、叔父に従妹のことを思い出してもらいたかった。というのは、たしかにポーラはこれまでホープ嬢にことさら無礼な態度をとっていたから、叔父に厳しく叱責されるのも当然だと思っていたが、その一方で、彼女のことが可哀想な気もしていたのだ。ポーラの顔は額から顎の辺りにかけて、屈辱と怒りのために真っ赤になっていた。彼女は足で床をトントンと踏みながら、赤い唇を少し開けてかすかに息を弾ませていた。そして、手にした小さなレースのハンカチの皺を伸ばすふりをしながら、それをしきりに捻り回していた。

ミス・トレイルは、例のマングースをすぐかたわらに従えて、私が叔父に駆け寄ったときにテーブルから落とした花や皿、ナイフ、フォーク、それに割れたグラスなどを、これ見よがしにせっせと拾って片づけていたが、ときおり、こっそりと視線を投げて、ポーラや長椅子の周りの私たちを窺っていた。

「こんなに親切にしていただいて嬉しく思います」ウィルフレッド卿は、傍らに膝をついているホープ嬢に微笑を向けながら言った。「興奮性の人騒がせな人間を気取りたくはありませんが、病人というのもこうしてみると、なかなか良いものですね。老人にもこんな埋め合わせになる楽しみがあるなんて、今までは夢にも思わなかったことですが」

ホープ嬢はかすかに顔を赤らめると、グラスを持っていた手をそっと引っ込めた。

「お元気になられて本当によかったですわ」彼女は立ち上がりながら呟くように言った。

そのとき、ドアをそっとノックする音がしたので、二人の会話はそこで途切れた。ノックの音に続き、こぎれいな身なりの中年の給仕が、何があったのかまったく知らないまま、大きなスープ鍋を両手で抱えて入ってきた。

「ちょっとした事故がありましてね」ミス・トレイルが気取った声で説明した。「この部屋があんまり大きくなかったのと、最近のご婦人が履くスカートがいけないんですよ」ミス・トレイルは、自分の当意即妙の説明は上手いものだろうといわんばかりの顔で、こちらを横目で見ながら言った。私はそんな言葉を聞いても、この女は本当のことを言うよりも嘘をつくのが好きなのだろうと思っただけだった。きっと、やむをえない嘘を言うだけに留めず、必要のない嘘までついて喜ぶようなタイプの女なのだろう。「でも、もう大丈夫ですよ」ミス・トレイルは言葉を続けた。「あたしがほぼもとどおりに直しておきましたから。だから、割れたグラスの代わりを二つ三つと、お花のために新しい水を持ってきてくれるだけで結構ですよ。この程度の指図を出しておくだけでいいでしょうかね、ダークモアさん？　もっとも今夜は、あたしたちはお客ですから、こんな口出しをするのは余計だったかもしれませんがね。あたしはいつも、ミス・ホープのすること全てに責任を持っているので、ついつい余計なことまでやっちゃうのかしらね」

こういった家事の処理では女性は男性より本当に優れていますね、と私は当たり障りのない言葉で小声で礼を言っておいた。それから、ミス・トレイルが見るも嫌らしいマングースを脇に抱えたまま、サイドボードに置かれているワインの瓶のラベルを読んでいるのを眼の隅で確認し、私はポーラの方に向き直った。

「ポーラ、ぼくたちの心配もこれで終わったようだよ」私はつとめて明るく彼女に話しかけた。「叔父さんも、もうしゃんとして大丈夫みたいだしね。だから、今晩はきみがホステスであることを忘れちゃ駄目だよ、ミス・ホープとミス・トレイルは、きみのお客さまなんだから」

私たちは間もなく、何事もなかったかのようにテーブルに着いたが、ウィルフレッド叔父の思慮深い表情の色白の顔は、普段よりも青ざめているように思われた。しかし、気分はもう完全に良くなったらしく、ときおり軽やかに機知に富んだ言葉を口にしながら、いつも衣のように彼をくるんでいる悲しげな雰囲気をすっかり脱ぎ捨てて、いかにも楽しげに話をしていた。そんな叔父を見るのは、私にとっても思いがけない発見だった。

ホープ嬢の顔が叔父の人生から姿を消した誰かの顔によく似ていることについては、彼は二度と触れようとしなかった。それが誰の顔であったのか、私たちに話すこともしなかった。叔父と私の関係は、腹蔵《ふくぞう》のない、細やかな愛情に結ばれたものだったが、叔父の失神の原因に関して質問するのはけっしてしてはいけないことであろうし、彼のほうからその秘密を語ってくれることもなかろうと推測した。私は、そんなことに興味を持つのは僭越《せんえつ》だろうと思った。だが、それが叔父に対する愛情ゆえなのか、ホープ嬢に対する関心ゆえなのか自分でもよくわからないまま、どうしても自分の思いがそちらへ行ってしまうのを抑えかねていた。そして、どんなに懸命になって忘れようとしても、心の中で、すぐにその問いを繰り返している自分に気づくのだった。

偶然似ているというだけで、叔父があんなに心を動かされたとすると、ホープ嬢と同じような、月の光にも似た不思議な美しさを持つ女性が他にもいて、叔父の過去の人生に深くかかわったということだろうか？　ホープ嬢自身も、自分の顔を見せるだけで、叔父に強い印象を与えることができると知っていたのだろうか？　そうだとすると、それが、彼女があんなに叔父に会いたがった理由だったのか？　彼女は、役柄に合わせて念入りなメーキャップをする女優のように、意図して作り出そうとした印象をさらに完璧なものにするため、わざわざ、あんなに古風な衣装を身にまとったのか？　そして、左手を被うあの奇妙な真珠の編み飾りは、そんな遠謀深慮《えんぼうしんりょ》のひとつの小道具なのだろうか？

たんにその見慣れない手袋を不思議に思ってか、それともその意味に気づいてかは判断できなかったが、叔父の視線が、一度ならずそれに引きつけられたことに、私はもちろん気づいていた。ただ、叔父がその手に視線を向けると、ホープ嬢はかすかに戸惑ったような様子を見せて、叔父の注意を手から逸らそうとしたように私には思えてならなかった。ポーラもまた、この風変わりな編み飾りに気づいていた。もっともポーラは女だから、こういうものに気づかなかったら、かえって不自然だったろうが。そして、私がどんなに満たされない好奇心で苦しんでいたとしても、ポーラのほうが、私よりも遥かに自らの心を千々に乱していたこともよくわかっていた。

叔父はホープ嬢に、現在のことであれ過去のことであれ、彼女の生活振りや身の回りのことについては一切質問しなかった。しかし一度か二度、相手がその気なら簡単に口にできるような話題に水を向けようとした。しかしホープ嬢は、私に対してほど直接的には出ず、叔父に対してはもっと巧みに、そして、私と二人だけのときには見せなかった子供のあどけなさに似た素直な態度をみせて、そういった話題を避けていた。

　その間ミス・トレイルは、理由は違うだろうが、ポーラと同様に沈黙を守っていた。ポーラは、洒落れた中年の給仕が神妙な顔をして誇らしげに私たちの前に並べてくれた様々な料理を形ばかりつついているだけだったが、ミス・トレイルは、出された料理をひとつひとつせっせと味わっていた。このお相手役の女は、叔父がローン・アベイ館のことについて話し始めるまで、私たちの足の間を走り回っているマングースの餌にと、皿から料理を一つまみ取ってやるとき以外は、自分の皿から眼を上げることはほとんどなかった。食卓で交わされている会話にも、あまり関心を示そうとはしなかった。しかし話題がローン・アベイ館のことになると、盗み見るような視線を叔父からホープ嬢へ、つぎにホープ嬢から私へそっと走らせるのだった。その顔には、嫌々ながらもそちらを見ないではいられない思いに人を誘う、何か不可思議な邪悪な力のようなものが隠れていた。私は、このお相手役と女主人を結びつけているのはいったい何なのだろうか、と怪訝に思わないわけにはいかなかった。そしてそれが何であるにせよ、親愛の情では絶対ないはずだと結論を下した。

「甥の話ですと、今日、ローン・アベイの中で彼にお会いになったんだそうですね」ウィルフレッド叔父はホープ嬢に語りかけた。叔父には始めからそんな素振りがあったが、内心、ホープ嬢の個人的事柄に話を進めたいようだった。「あなたがこの古い館に関心を持たれたのは、たんなる物見遊山《ものみゆさん》客の好奇心からでしょうか、それともあなたは、これまでにもここを訪れたことがおありだったんですか？」

「こちらに参りましたのは、今回が初めてではございません」ホープ嬢は明るい声で返事をした。「でも、初めてこちらに参りましたのは、ずいぶん昔のことです。ですから、わたくしの子供時代の思い出には、ローン・アベイ館やこの近所の小道などにまつわるものがたくさんございます。その館はいつも、わたくしにはとても魅惑的なものでした。わたくしは今でも……ああ、ローン・アベイに住むためになら、どんなことでもできそうな気がいたします。もしわたくしがお金持ちであれば、自分でそれを買い取って、その古風な魅力をそっくりそのまま残して、美しく改装したいとまで思っています。わたくしは、今日、敷地の中を歩き回りながら、そんな空想をして楽しんでおりました……もしわたくしにお金がたっぷりあったら、ローン・アベイ館をどういうふうに改装しようかなどと考えながら」

「あなたのそんなお気持ちをうかがってしまうと、私がローン・アベイを買い取るつもりだと申し上げるのは、何だか残酷なことをするような気もしますが」ウィルフレッド卿は言った。「でも、あなたの改装プランをおっしゃってくだされば、それを大幅に取り入れてもいいんですよ。私の気持ちは、館の改装計画についてはまだ完全に白紙の状態ですから、あなたから現実的なアドバイスがいただければありがたいくらいに思っています。典型的な現代の若者である二人からは、そんなものを期待するのは無理でしょうからね」叔父はそう言いながら、私とポーラに微笑みかけた。「それでは明朝、あなたと……トレイルさんにご同行願って、館と敷地を一緒に見ていただいた上で、お考えがあったら聞かせていただくというのはどうでしょう？」

「もちろん、喜んでご一緒いたしますよ」ミス・トレイルは躊躇することなく叔父の言葉に応じた。

「わたくしたちが、まだここにおりましたなら」ホープ嬢がここでちょっと力を込めた調子で口を挟んだので、私が思わず眼を上げると、二人の女が視線を交わすのが眼に入った。それが何を意味するのかよくはわからなかったが、私は、お相手役の眼に、絶対そうするようにと言っているらしい強い決意を、言われたほうの眼に、いくらか脅えながらも、相手の言うことを聞くまいとしている表情を読みとることができた気がした。

「もし、私のこんな考えを承諾して下されば」叔父は言葉を続けた。「あなたのご提案にしたがって館を修復し、ローン・アベイが人の住めるようになった暁には、私は、いや、私たちは、あなたにローン・アベイにゆっくり滞在していただこうと思っています」

ホープ嬢は、完全に本気というわけでもなかったろうが、叔父のこの提案にかなり好意的に応じる気があるようだった。しかし、私はポーラが苛立たしげに、そわそわとしだしたことに気がついた。彼女は寒気がすると不平を訴えたが、私は、友達のアネズリー夫妻と一緒に行くことになっていた『ローエングリーン（ワグナーの楽劇。一八五〇年初演）』の公演に行き損ねたことを怒っているんじゃないのかい、といって彼女をからかっておいた。

これがきっかけになって、話題は偽電報の件に移ったが、私はこの話題を、間接的であれここで持ち出したことを後悔しなかった。叔父が偽電報で呼びだされた経緯を、外見上はミス・トレイルに話しているように見せながら、その実、ホープ嬢に説明しているとき、私はホープ嬢の顔を注意深く観察する機会を持てた。ときには叔父の眼に応えるように上げ、ときにはそっと優しい睫の陰に伏せる穏やかな眼差しから、ホープ嬢が電報の件について何も知らないのは明らかだった。私はホープ嬢の眼の美しさに、心臓が痛むほど感動した。ミス・トレイルは、叔父の巧みな話術に対するお世辞のつもりか、本当に興味を引かれてのことかはわからなかったが、ときおり、まあ、とか、おや、といった大袈裟な声を挙げて、驚いたように眼を上に向けて、自分からも偽電報について様々な説明を試みていた。しかし私には、そんな説明も、どれひとつとして真面目に取り上げてみるほどのものには思えなかった。

「お戻りになったときに」ミス・トレイルは締めくくった。「お宅がすっかり荒らされていた、なんてことでなければいいんですがねえ。だって、偽電報があなたをロンドンから去らせるための陽動作戦だったって不思議じゃありませんもの。それとも、あなたは有力な方ですから、あなたの存在が誰かの邪魔になって、そのためこんな淋しい田舎へ誘い出されたのかもしれませんよ。ですからね、サー・ウィルフレッド」ミス・トレイルは叔父に呼びかけるときいつも付ける称号をやけに気取った調子で口にした。「ですから、もしあたしがあなたなら、今晩は自分の身の安全に格別注意を払う努力をするんですがねえ」

叔父も私もこれには笑ってしまった。

「ともかく明日中に、ぼくは、この電文を郵便局に持ってきた子供を捜してみるつもりです」私は言った。

私がそう言ったとき、ホープ嬢は、暖炉の側の低い椅子から急いで立ち上がった。

「トレイルさん、もう失礼しなくてはいけない時間ですわ」彼女は右の手首を飾っている小さな腕時計を見ながら、はっきりした声で言った。

ひょっとしたら私の想像だったのかもしれないが、ホープ嬢の声にはやや緊張した抑揚があったように思われた。だから私は心の中で自問した。やはり彼女はあの偽電報に何かかかわっていたのだろうか？　自分で電報を送ったのでないにしても、送るようにミス・トレイルを唆《そそのか》したのだろうか？

私はこんな思いを自分の頭から閉め出そうとしながら、まあ、そんなに急いでお帰りにならなくても、と言う叔父の声を聞いていた。

しかしホープ嬢は、明朝の最初の便に間に合うように書いておかなければならない手紙があるので、と言って聞かなかった。

「それではまた明日お目に掛かりましょう」叔父は彼女が別れ際に出した手を取って言った。「それで、そのあとはどういたしましょうね？　私も姪ともどもに、あなたのロンドンのご住所を是非とも教えていただきたいとお願いしてよろしいでしょうかね、それとも、あなたはこのままずっと……謎の存在のままでいらっしゃるおつもりでしょうか？」

「私は自分の居所を謎にしているだけですわ」彼女はそう言って笑った。「それも、当分の間だけにすぎません。またお目に掛かる機会もきっとありましょう……明日以降も」

「いつ、どこででしょうか？」ウィルフレッド卿は軽い口調を装って訊こうとしたが、それは上手くいかなかった。

「来週、あなたさまのところへ来るあらゆる招待をお受けくだされば、お尋ねの件は自ずとわかることになりますわ」そう言いながら、彼女は私のほうに視線を向けた。私はそれを、私も叔父と同じように行動するようにという意味だと解釈した。

私の手で押さえて開けていたドアが、奇妙な二人連れの女性の背後で閉まってしまうと、叔父は額を手でひと掃きして、ここで初めて目が覚めたような顔をした。

「ああ、やれやれ！」彼はにこにこしながら言った。「この一、二時間というもの、わしは二十五才の若さに戻ったような気がしたよ。しかし、すぐにもう一度、五十路の年寄りに戻らなくちゃあならないわけだがね。

あの女性は、いったい誰なんだい、テリー？　もし差し支えがないなら、聞かせてもらえないかね？」

「ホープ嬢ですよ」私はやや無愛想な口調で答えた。

「ほう、おまえはわしに教えてくれないつもりなんだね。それなら無理にとは言わないさ。それじゃあ、これでお休み。おまえたちも少しは二人だけでいたいだろうからね」

叔父が行ってしまうと、ポーラは眼を輝かせて私のほうへ駆け寄ってきた。しかし、それは叔父がほのめかしたような感情に浸るためではなかった。ローラも私も、そんな感情過多になるにはもう大人すぎたのだ。

「テリー、あの女はいったい誰なの？」ポーラは息を切らせたような声で訊いた。「彼女はここで何をしようとしているの？　ウィルフレッド叔父さまをどうしようっていう気なの？　ねえ、あなた聞いてよ、あの女は何かを狙ってるのよ、きっと何かを手に入れようとしてるんだわ。あなたは愚かにも騙されてるのよ。彼女はその気になれば、叔父さまと結婚してしまうわよ。そうなったら、わたしたちはどうなってしまうの？　だって、わたしたちは叔父さまの財産を全て受け継ぐ権利があると信じてこれまで育てられてきたんでしょう？　でも、叔父さまの心は、あの女にすっかり魅入られてしまったのよ、テリー。だから、わたしはあの女が憎らしいの、殺しても飽き足らないくらいに！」

五章　鍵と問答

私はその晩自分の部屋に戻ると、ドアに鍵をかけてじっくり考え込んだ。女性にあるまじき激越な感情で醜く変わったポーラの顔の残像が、日中に太陽を長く直視したあとのように、いつまでも眼の奥に残っていた。

「あの女は、その気になれば叔父さまと結婚してしまうわ。そうなったら、わたしたちはどうなってしまうの？　だってわたしたちは、叔父さんの財産を全て受け継ぐ権利があると信じて、これまで育てられてきたんでしょう？」

この言葉は私の記憶からいつまでも消えず、これが自分の妻になるはずの娘の口から出たのかと思うと、胸の辺りが激しくむかむかしてきた。彼女がこれまでウィルフレッド叔父に献身してきたのは、そのためだったのだろうか？　叔父の与えてくれる贅沢《ぜいたく》な生活と、叔父の死後に自分のものとなる金が目当てだったのだろうか？

だがたぶん一番厄介なのは、ポーラが、私も彼女とまったく同じように考えていると信じて疑わないことだった。だからポーラにすれば、彼女の表現を借りると、一目会っただけで叔父の心を「魅いられ」たものにしてしまった女に対して、私たちは共同戦線を張って戦わなければいけない、ということになるのだろう。つまり、あの女が叔父に取り入ってその信頼を摑み、叔父の財布をしっかりと押さえて私たち二人を安穏な地位から追い払ってしまうことになるのを、何としても一緒に阻止しなくてはならない、と言いたいのだ。

ふん、馬鹿馬鹿しい！　ポーラからそんな卑しい動機や、そんな利己的な計画をほのめかされて、私は腐ったものを嚙んだような嫌な気持ちがした。

ウィルフレッド叔父は私にとって昔から、その容姿も含めて、男のあるべき理想の姿を体現した人だった。秀でた美しい額、年々銀色を増していく髪を載せた卵形の憂いを帯びた顔、何か夢に憑かれたような灰色の眼、生まれの良さを示す鼻筋の通った高い鼻、毅然とした表情を浮かべ甘い悲壮感を漂わせて軽くへの字型に結ばれた薄い唇、才気と決断力と大胆さを示している顎等々は、私が子供のとき以来ずっと、理想的な男性像として憧れていたものだった。私は生まれつき、対象が何であれ、美しいものは何にでも熱烈に情熱を傾ける気質なのだ。

　叔父は自分の過去や、心の最も奥底に秘めた感情については寡黙だったが、叔父との間には、私がイートンジャケット（イギリスの名門パブリックスクール、イートン校の制服）を着てぴかぴか光るシルクハットを被り、叔父が大好きだった田舎道の散歩に遠くまで同行したころから、お互い黙っていても、いつも密接な心の通い合いはあったと思う。私は、彼が甥の私を何かと心にかけて世話をしてくれたこともあって叔父が大好きだったが、それ以上に、叔父という人間そのものが好きだったのだと思っている。ポーラと私は、子供のときからの遊び友達であったわりに、二人の間で、思っていることを親しく語り合うことはなかった。私はこれまで、彼女の叔父に対する尊敬の念が私のそれよりいくぶん少ないことをあまり気にしていなかった。ところがこうして、ポーラが激怒のあまり自分の本心を私に明かしてしまった今、私は彼女に対してすっかり醒めた気持ちになってしまった。私はポーラという人間を分析的に観察し始めたが、そんなことはこれまで一度もしたことはなかった。そう思うまいとしても、子供のときから感じていた従兄妹同士としての親愛感や、自分の将来を彼女と結びつけてもよいと思うことになったその美しい顔を愛でる気持ちが、自分の心の中でどんどんしおれていくのを感じないわけにはいかなかった。ポケットに両手を深く突っ込んで、宿の自室の固い椅子に足を投げ出して憮然《ぶぜん》として座っていたとき、もうこれで二度と自分のフィアンセに会う必要がなかったらどんなにか嬉しいだろうに、というのが、残念ながら正直な気持ちだったと思う。

　私が座っていたのは、田舎のホテルの中でも特に小さな部屋だった。その部屋には暖炉さえ備わっていなかった。下の階に置かれた、イギリスではあまり見られない奇妙な型の暖房装置らしきものの醜い黒いパイプが、床を貫いて二階の私の部屋に突き出ていた。何気なしに椅子をパイプに近づけて手をかざしてみると、ほのかな暖かみがその辺りに感じられたことからして、その暖房器具が下の部屋で使われていることは明らかだった。しばらくの間、私は不愉快な思いを反芻《はんすう》しながら、さほど遠くないところから聞こえてくる、ざわざわした人声を聞くとはなしに聞いていた。間もなく、耳に届いている声は、パイプを通している床と天井の隙間を抜けて聞こえてくるものだとわかった。

最初のうち、それは聞き取りにくい、ざわざわと聞こえる人声にすぎなかった。やがて、そんなことも気にならなくなった。しかし、そのとき不意に、紛れもなくよく知っている声が聞こえてきたので、私はハッとして急いで立ち上がった。そのままそこに座って、それを聞き続けることを自分に許すわけにはいかなかったからだ。その場を離れなくてはいけないと私は思った。しかし、すでに聞こえてしまったその言葉は、突然の一撃を喰らったかのように私の耳をひりひりと痛ませた。

「あなたがわたくしを脅迫するつもりなら、もう、こんな生活を我慢するつもりはありません。だから、はっきり言っておきますけど、こんなことは、これでおしまいにしなくてはなりません。さもないと、今後、何があっても知りませんから」

そう叫んだのはホープ嬢だった。それは、彼女が何らかの事情で、ぎりぎりの絶望に追い込まれたことを物語るような調子の声だった。

「馬鹿なことを言っちゃ駄目ですよ！　全て、あなたが自分で招いたことなんですから！」あのお相手役の低い声が耳障りな音を響かせた。

私はすでに立ち上がっていた。そして、立ち聞きする誘惑を心から閉め出すように、わざと大きく足音を響かせて部屋の一番隅へ移動した。

立ち聞きは卑しい振る舞いで、嫌悪すべき行為であることに疑問の余地はない。しかし、このときほど自分がその誘惑に屈しそうになったことはなかった。私は下にいる不思議な美しい女性が、清廉潔白の身であると信じたかった。彼女がかりに何か秘密を抱えているにしても、その秘密は、悪戯好きなところはあっても根は気高い女性が、行きずりの人や広く世間の人々から隠しておいて何ら疚《やま》しくないような、罪のない秘密であることを確信したかった。

おそらく、あと二言三言聞いておけば、今後ホープ嬢にどんな中傷が浴びせられようと、堂々と弁護してやれるような情報を手にできるのではないだろうか、だから今、ここでそれを聞いておかないと……。しかし、私は下から聞こえてくる二人の女の声にも、おのれの心中の誘惑の声にも耳を塞ぐことにした。私はわざと床板をギシギシ音高く踏み鳴らしながら、部屋の中をあちらこちらへと歩き回った。それから窓を開けると、えてしてどこの田舎ホテルでも修理を怠っていて動きの悪くなっている、寝室のベネチアンブラインドをわざと騒々しく押し開けた。

それでもまだ、ときおり、きれぎれの単語や、やや長い文章がどうしても耳に飛び込んできた。話し手たちが興奮しているのは明らかだった。彼らは周囲のことを全て忘れてしまっているようだった。

「それじゃあ、あなたはそれを最後までやり抜くつもりか、それとも、そんな気はないっていうのか、いったいどっちなんでしょうね?」ミス・トレイルが甲高い声で詰問した。

「はい……はい……するつもりですとも! 何度だって、はい、と言いますわ! ただし、わたくしなりの仕方でするっていうことですけど。さあ、もうこれでおしまいにして休ませてください」

「あなたが、あの老女の部屋へ探しに出かけたものを見つけたかどうか言ってくれさえすれば、あたしのほうはおしまいにしてかまわないんですよ」

「わたくしが何かを探しに行ったなんて、どうして、あなたは知っているんですか?」

「そりゃ、あたしがあなたのことをちゃんと知ってるからですよ。それに、あそこには探す値打ちのあるものがあるってこともね」

このとき、偶然私が小さな据わりの悪い椅子に躓《つまず》いて、それをひっくり返していなかったなら、私もついに、もっと先を知りたいという誘惑に負けていたかもしれないところだった。だがその物音で、たちまち下の部屋は静まりかえった。静寂はその後、私が床《とこ》に入って、暗闇を見つめたまま眠れずじっと横になっていた間も、一度も破られることはなかった。

いったい何を種にして、ミス・トレイルはあの美しい女主人を怖がらせるような力を振るうことができるのだろう？ そもそもホープ嬢は、何を自分なりの仕方でやり抜く気なのだろうか？ ミス・トレイルが口にした「老女の部屋」とは、〈恐怖の館〉の時計塔の中にある、あの不思議な薄暗い部屋のことを指しているのだろうか？

「お客さまは、昨日の晩、あの大時計が十五分ごとに時を告げたのにお気づきになりましたか？」例の愛想の良い給仕が私に尋ねた。給仕は昨晩私たちが夕食をとるのに使った小さな客間で、忙《せわ》しげに朝食の支度にかかっているところだった。

私は昨夜は遅くまで寝つけなかった。だが、朝は早々と起きて下に降り窓外の朝の光に照らされた景色を眺めることにしたのだった。マーチンヘッド村のみすぼらしい小さな灰色の煉瓦でできた家々も、今は燦々《さんさん》と朝日を浴びて美しい佇まいを見せていた。

「うん、教会の時計の音には気づいていたね」私は上の空で返事をした。「寝たのは二時十五分が鳴ってからだったから」

「いいえ、お客さま、鳴ったのは教会の時計ではございませんよ。それでこんな差し出がましいお尋ねをする気になったのですが。今、村ではこの話で持ちきりでして」

「ほう！」私は驚いた声を出した。私はこの給仕が話しかけてくるまで、昨夜、ローン・アベイ館の時計塔の金箔を施した細い針が文字盤の上で出し抜けにくるくる廻るところを見たことをすっかり忘れていた。だが給仕の言葉で、大時計を捲いたのが灰色の女であったことをまざまざと思い出した。給仕が何を言いたいのかも理解できた。「それじゃあ、どうしてアベイ館の大時計が急に時を告げ始めたと村の人たちは考えているんだい？」

「はあ、それが、いろいろな説がございましてね。ミセス・ヘインズが殺されたのは、たしか、私がこの村へ来て二、三年経ったころでした。ご存じかと思いますが、村人たちはみんな、その事件後に時計が時を告げなくなったことを淋しく思っておりました。なにせ村の年寄りたちも、あの時計が昔からずっと変わらず十五分ごとに時を告げていたことを憶えているくらい、誰もが聞き慣れていた鐘でしたから。私の聞いた話では、ローン・アベイ館は最後のアモリー家の方々が出ていかれてミセス・ヘインズが引っ越してくるまでの数日間を除けば、それまで何百年にわたって、一度も無人になったことがなかったそうです。ところが、ミセス・ヘインズが殺されて、館も戸締めになってしまいました。その後は時計も長いこと鳴らないままに放置され、聞き慣れた時の鐘が聞こえなくなったのは、まことに奇妙な感じだったそうですよ。そのうちに誰がいうとなく、迷信深い年寄り連中の間に、もし塔の時計が再び動くようなことがあるとすれば、それは、ずっと心に懸かっていたことを告白しようと思って戻ってきた、ヘインズ婆さんの亡霊によって、時計がもう一度捲かれるときだろう、なんていう怪談話が広まってしまいまして、今ではそれが、村じゅうで知らない人のない話になってしまったのでございます」

「それじゃあ、ミセス・ヘインズには、何か心に懸かっていることでもあったのかい？」私は給仕に訊いた。

「はい、村人の話によれば、ミセス・ヘインズは、アモリー家の秘密を摑んでいたとか、または摑もうと躍起になっていたということで、一介の召使にすぎなかった彼女が、莫大な金を投じてその屋敷を買い取ったのも、そういう魂胆があったればこそ、というのがもっぱらの噂でした。私が耳にしたのは、大体こんなところですが、おそらくは大半が埒《らち》もない話でございましょう。そんな噂が出たのも、ヘインズ一家の召使をしていたファニー・エドワーズという娘が、ミセス・ヘインズの殺害されたあとに余計なことを喋ったのがもとなのだろうと私は思っておりますが」

「ファニー・エドワーズはどんな娘だったんだい？」私は急いで訊き返した。

「ウェールズ出の娘でしたが、背が高く美しい容姿の、眼の大きな、豊かな黄色い髪をした娘だったと憶えております。村には何人か、ファニーに熱を上げている若者もおりまして、彼女がどこへ行くとも言わずにここを去ってしまったときには、がっかりした者も一人や二人ではなかったと聞いております。実は私は、今度のことは、そのファニーがマーチンヘッドに戻ってきて、時計を動かして村人を驚かしてやろうとしたのではないかと思っておりました。彼女は、そのくらいはしかねないところのある大胆な娘でしたから。それに、彼女は時計の捲き方も知っていましたからね」

「ほう！　すると、その時計の仕組みには、何か普通の時計とは違ったところがあったっていうのかい？」

「そこなんでございますよ、お客さま。あそこに住んでいたのは、殺されたミセス・ヘインズと、その年寄りを殺してのちに監獄で病死することになった彼女の姪と、ミセス・ヘインズの養子になったハンサムな若者で、紳士としての教育も受けていたヘインズ氏、それに女中のファニーの四人でした。そして、大時計の仕掛けについて知っているのも、この四人だけだったと言われています。ミセス・ヘインズは昔、時計の捲き方をアモリー令夫人から教えてもらっていて、それを他の三人に教えたのだとファニーはよく話しておりました。あの大時計は、鍵や捲き上げ機を使って動かす、普通のタイプのものではなかったそうですよ」

それはこれまで私が思ってもみなかったことだった。給仕の話は、じっくり考えてみる材料を提供してくれているように思われた。しかし、私は不意にこれ以上話を聞く気はなくなった。彼女にもう一度会える時が早く来てほしい、と身を焦がすような待ち遠しさを感じるばかりだった。ポーラと叔父が一刻も早く朝食に下りてきてほしいと願った。食事を済ませたら、ホープ嬢とミス・トレイルが私たちと一緒にローン・アベイ館を調べにいくという、昨日ほぼ確約してくれていた約束を果たすように、ホープ嬢に迫ろうと思ったのだ。

懐中時計を出してみると、九時半になっていた。

「きみ、知っているかい？」私は給仕に唐突に尋ねた。「昨晩ぼくたちと一緒に夕食をとったご婦人たちは、もう朝食を済ませたんだろうね？」

「はい、とっくにお済ませになりましたが」給仕は答えた。「あのお客さまは、今朝とても早い時間に朝食を召し上がりました。あの方たちがもうお発ちになったのは、お客さまもご存じとばかり思っておりましたが」

「もう発ったって！」

ドアのところで給仕の言葉を鸚鵡《おうむ》返しに言ったのは、ウィルフレッド叔父だった。

一緒に下りてきたポーラは叔父のかたわらに立っていたが、ちょっと意地悪な表情を見せて、綺麗な口の片端を上げるようにして微笑んだ。これは彼女の小さな癖だった。

「もしも、マングース好きの婦人とミス・ホープのことでしたらね」ポーラは、私たちが問題にしなくてはならない女性が他にもこのホテルにいるかのような口振りで言った。「わたし、あの人たちが発ったことは知ってたわ。わたしの部屋は玄関ドアの真上だから、一時間ばかり前に起きたとき、あの二人がトランクを二つとマングースを軽装馬車《フライ》に乗せて出ていくのが見えたのよ」

ポーラは頭をぐいと反らすと、私たちにもたらした知らせに満足しているらしく、すこぶる明るい顔をして部屋に入ってきた。それから、暖炉の側に歩み寄ると、手を暖めながら指にはめたいくつもの指輪をひとつひとつじっくり点検し始めた（彼女はそんなことをするのが大好きだった）。私が以前婚約者の義務として彼女に与えたブリリアントカットのダイアの指輪も、もちろんそこにあったが、彼女はそれをこれ見よがしに、ルビーとサファイアの指輪の間にはめて、いっそうそれが目立つように気を配っていた。

その間ウィルフレッド卿は無言だったが、これしきのことに不釣り合いなほどの失望の色が叔父の顔にはっきり出ているのに、私は気づかないわけにはいかなかった。

私はといえば、自分自身、全ての人、全てのものに対して、理不尽で説明のつかない苛立ちを感じるばかりだった。私は、自分の耳の中で、人をからかうような笑い声とともに、「見た、来た、勝った、そして、都合に合わせて姿を消した（ジュリアス・シーザーの言葉のもじり）」と、小さく繰り返し言っているホープ嬢の声が聞こえたように思った。

私は今はもうローン・アベイ館に関心がなかった。朝食の後で、お義理のように館の調査をするのかと思うと、腹立たしさが募るばかりだった。もう腹も空いていなかった。朝食を食べる気も失せていた。紅茶だって苦いにきまっている。トーストだって冷えているだろう。

「ちょっと思いついたんですが」私は朝食が片づけられるのを待って口を開いた。「もし、あの奇妙な電報について、郵便局で何も聞くことができなかったら、土地の新聞に広告を出して、あれを持ってきた子供に、申し出てきたらお礼をすると言ってみたらどうでしょうか？　もちろん、昨日の晩も言いましたように、どこかの阿呆が、あんな馬鹿げた冗談をやってみただけのことかもしれません。でもぼくは、この謎が解けるまではどうしても完全に落ち着いた気分になれそうにありません。どうでしょう、この案は叔父さんの賛成をいただけるでしょうか？」

叔父も、そうするのがよかろうと言ってくれた。それで、まず宿の勘定を精算したら、先に私たちの僅かな手荷物を村の駅に送っておくことに話が決まった。私たちは偽電報の件を片づけて、ローン・アベイ館の状況を調べ終えてしまったら駅へ向かうということにした。

宿を出る前に釣り銭を待っているとき、私は宿帳をちょっと見てみようという気になった。

捜している名前を見つけるのに、さほど手間はかからなかった。この時期、村の川沿いのホテルに客はそう多くはなく、一、二ページめくっただけで、「ミス・ホープ、ミス・トレイル、ロンドン在住」という文字が二日前の日付のところに書かれているのを苦もなく見つけることができた。

私は昔から、筆跡はそれを書いた人の人柄を現す、という俗諺《ぞくげん》を何とはなしに信じていたが、そこに残っていた文字は、几帳面ではあるが、生気のない筆跡で書かれた、「左傾書体」として知られている字体の典型のような文字だった。私はなぜかこれを書いたのがミス・トレイルであって、ホープ嬢であってほしくないと願っていた。

郵便局へ行ってみても、事態は昨夜以上の前進は一歩も見られないことがわかっただけだった。私の要求で出してもらえた電文も、私にしろ誰にしろ何の心当たりもない、これといった特徴のない筆跡で書かれたものだった。そのあとで、私は、ここから数マイル離れたウィザートンの町で発行されている週刊新聞に載せてもらうための広告文を作った。さらに、電報と郵便業務の代行をしているマーチンヘッド村の菓子店の窓にも掲示してもらうために、同じものをもう一通書いておくことにした。

ローン・アベイ館に行くには二通りの道があった。ひとつは、草地を下って川に出て、その川沿いに行けばよかった。もうひとつは、四分の一マイルほど曲がりくねった馬車道沿いに進んで、高い門を潜って入る道だった。この門はマーチンヘッド村の大通りの外れにあった。ローン・アベイ館の敷地は、大部分は十世代以上も前から生い茂っている蔦《つた》で被われた高い煉瓦の塀に囲まれていたが、その先の牧草地が広がっているところまで来ると、不揃いに伸びた柊《ひいらぎ》の高い生け垣に囲まれていた。

私たちが無人の侘びしげな番小屋の横を過ぎていくとき、遠くに見える時計塔の時計が十一時を打った。ウィルフレッド叔父は、その音に気づきぎょっとした顔をした。

「あれはアベイの時計だろうか?」と叔父は尋ねたが、それは質問というより叫び声に近かった。「とすると、まことに奇妙なことだね。だって、あそこには時計を捲けるような者はもう誰も残っていないんだろう? わしは幼少のころ、子供特有の怖いもの見たさのような好奇心で、何世紀にもわたって語り継がれてきたローン・アベイ館の怪談話をいくつも聞かせてもらって楽しんだものだよ。その中には、行方不明になって死んだラヴレス卿によって考案され、お気に入りの者だけが操作の仕方を教えてもらったという、あの時計の素晴らしい仕掛けにまつわるかなり薄気味悪い話もあったんだ。だから子供のころは、いつか大人になったら大時計の仕掛けを調べてやろうと真剣に思ったものさ。しかし、結局、そんな思いは満たされないまま終わってしまった。その後、あの川の側を通るときには、川のほうからローン・アベイ館を未練がましく窺ったこともあったんだが、実際には、今朝の今朝に至るまで、ローン・アベイの門の中に足を踏み入れたことさえなかったよ。しかし、わしがこの先祖の屋敷を手に入れたいと思った気持ちの多くは、幼いときに夢中になって聞いた、大時計の話に負っているものと信じているんだ。だから、時計の仕掛けの秘密が公になってしまっていたら、わしの熱意の半分くらいは失せてしまっただろうな」

だが、そのアベイ館は昨日とは、すっかり様子を変えていた。慌てて床を走る足音や床の軋る音が、私たち訪問者を悩ますこともなかった。大きな玄関ホールはやはり墓場のように静まりかえっていたが、辺りの様子は、ずっと陽気で明るく、ステンドグラスから差し込んでいる明るい日の光が階段を美しく照らしていた。

時計塔の中にはコルク抜きのように螺旋《らせん》になった短い階段があったが、それが急に小さな部屋のドアで行き止まりになっていたため、それより先は螺旋状に進むことはできなかった。そのドアを越えると、階段は、時計とその内部装置を収めた部屋に通じるドアに向かって真っ直ぐに伸びていた。

「殺人があったっていうのは、この部屋じゃなかったかしら？」ポーラが怖々と尋ねたが、私には、彼女がかまととぶっているとしか思えなかった。私たち三人は、私が昨日思いがけないことを体験した現場に向かってゆっくりと上っていった。「あなたと叔父さまで先に行ってちょうだい。もしも怖いものが見えたら、わたし、あなたたちについていかないから」

「棺台のように大きなベッドと、ほこりを通してきみの脅えた顔が映っているのが見える薄汚れた鏡のはまった衣装ダンスがあるだけだよ」と私は言ってやったが、二十四時間も経たない前に見た、鏡の中の亡霊のような姿を思い出して背筋がぞくっとした。

私は部屋に入ると、一晩中吹き荒れていた風で閉まってしまった鎧戸を、もう一度押し開けた。ウィルフレッド叔父も続いて入ってきたが、ポーラは戸口のところでためらっていた。

それでも、抜け目のないポーラの眼は、外の日差しにもかかわらずこの場所に不吉な影を落として垂れ込めている薄暗がりの奥まで見通したらしかった。彼女は部屋に飛び込んでくると、ベッドの脇に駆け寄り、興味深げにその上に屈み込んだ。

「ほら、これを見てちょうだい!」ポーラはかつてはベッドの上掛けであったが、今はもとの紫の地に不吉な茶色の染みが二つ三つ付いている、黒ずんでぼろぼろになったぼろ切れにすぎない布の上に載っているものを指差した。見ると、布のしわくちゃになった襞の中に、しおれかかった白い菊の花が隠れているのが見えた。

「今日か、少なくとも昨日のうちに誰かがここに来て、この花を落としていったのね」ポーラは言葉を続けた。それから、私のほうに鋭い視線を投げると、「あなた、昨日ここに来たの?」と訊いた。

「うん」私はためらいがちに答えた。

「それじゃあ、あのマングース女のお友だちも来たのかしら?」

「ホープ嬢は、ぼくより先にここに来たんだと思うよ」

ポーラは菊の花を部屋の隅へ投げ捨てるつもりなのか、それを摘み上げた。だがそのとき、花と葉に隠れていた何かを見つけると、空いたほうの手でそれを素速く押さえた。

「おや、他にもまだ落ちているものがあるわ!」彼女は叫んだ。「これじゃあ、まるで屑拾い女だわ」そう言いながら彼女は小さな真鍮製の鍵をこちらに差し出して見せた。「誰にせよ、菊の花を落とした人がこれも落としたのよね、きっと」

「おまえは少し大袈裟だよ」ウィルフレッド叔父は言った。「見たところ、何の変哲もないごく普通の鍵じゃないか。もしそれがホープ嬢のものだとすれば、パリ製のボンネットの入っている帽子入れの鍵じゃないのかな」

「どうして男の人って、いつもボンネットのことばかりで、ハットのことを言わないのかしらね」ポーラははぐらかすような口調で呟いていた。「とにかく、これは大変なめっけものだわ! それに、わたしがこの鍵を見つけたんだから、持ち主が返せって言うまでは、わたしが持っている権利があると思うんだけど」

男が二人掛かりで臨んでも、女一人を扱いかねるのはよくあることである。ポーラがこれ見よがしにその鍵を、女性がハンドバッグの中に入れておきたがるがらくた類と一緒にしまい込むのを見ながら、叔父も私も、困ったことをするものだと思ったが、あまり強いことも言わなかった。

「それじゃあ、時計の仕掛けを見に行きましょうか?」私は強ばった声で言った。昨晩感じた、ポーラから身を引いてしまいたいという思いが、またもや、まざまざと蘇ってきた。

「駄目よ!」ポーラは命令口調で叫んだ。「私はまだこの部屋を調べ終わってないんだから。ほら、ここの窓からの眺めは素敵だわ。それに、この壁にはめ込んだ造りになっている変わった書き物机を見て」

ポーラは、粋なテーラー仕立てのコートからハンカチを取り出すと、机のほこりを払い始めた。その机は、この塔の部屋の誰か古い住人の好みに合わせて特別に作られたものらしかった。ひょっとすると、それはハナ・ヘインズのものであったかもしれない。小さな机だったが、重い紫檀《したん》製のこともあって、幾分無骨な作りのように見えた。広げると書き物用に使える蓋が取り付けられていた。机の前の壁の上方に、いまだに新品のように見える、絹の布で裏張りをした観音開きになったガラスの戸が二枚はまっている棚があった。机の蓋はポーラが素速く引っ張って開けて、インクの染みの付いた色褪せた紫色の革の裏張り、錆びたペン、中に溜まったがらくた類を見せてくれたことからもわかるように、鍵は掛けられていなかった。

「ガラスの戸には鍵が掛かっているわね」ポーラは残念そうに言った。「中に何が入っているのか見ることができるとよかったんだけど。わたしって、しっかり鍵が掛かっていると、かえって見たくなっちゃうの」

「死んだ人の持ち物でもかね?」ウィルフレッド卿はドアのほうに向かいながら、少しばかり軽蔑的な口調になって尋ねた。しかし、叔父がドアのところまで行き着かないうちに、ポーラは、突然の衝動に駆られたように、大急ぎでハンドバッグをかき回して真鍮の鍵を取り出すと、それをガラスの戸の鍵穴に差し込んだ。

「ポーラ!」私は大声で警告した。しかし、彼女に私の言うことを聞く気があったとしても、もう手遅れだった。すでにガラスの戸は大きく開いていた。中に二段になった棚が見えた。一段は空だったが、もうひとつの段には、三、四冊の革の装丁の本が置いてあった。

「備忘録ね、きっと」ポーラは真剣な声で言った。「奇妙な古めかしい筆跡で書き込みがしてあるわ。それに『イングランド旧家史』と聖書が一冊あるわよ。それだけだわ。だけど……聖書の横に置いてある、奇妙な図面みたいなものが書いてある紙は何かしら？　ねえ、叔父さま、この聖書も図面もアモリー家の物なんでしょう？　この聖書には、こんなにたくさんのアモリー姓の人の出生や結婚の日付が書いてあるもの。一番始めは、ええっと、一六九二年だわ。それから、この紙の天辺に、もう消えかかっているけれど、インクとペンで、『アモリー問答、アモリーノ名ヲ名乗ル者ハ、スベカラクコレヲ熟知スベシ』と活字体で書かれているわよ」

「『アモリー問答』だって！」私は鸚鵡返しに叫んだ。〝灰色の女〟の言葉が一瞬のうちに私の心に蘇った。「あの部屋で、そしてあの部屋でのみ、あなたはあなたの問答を知り、そして、それにより利益を得ることができるのです」

戸口のところにいた叔父も、急ぎ足でポーラのところに戻ってきた。

「何だって！　『アモリー問答』がここにあるだって！」叔父は叫んだが、彼の声は私の声以上に、ありありと驚きと興奮を物語っていた。「どうしてそんなものが、ここに戻ったんだろう？　まさか……」彼は不意に言葉を切った。「ちょっとわしにそれを見せてくれ」叔父はやや置いてから言葉を続けた。「それから、その聖書も」

六章　大魔王ト修道士ヨリ

「叔父さまが『まさか』のあとに何て言おうとしたのか、おっしゃってくださるまではお渡ししません」ポーラは、叔父が聖書と羊皮紙を受け取ろうと手を伸ばしているのも無視して言った。

「わしは、『まさか、盗まれていなかったのだとすると』と、言おうとしていたんだよ。しかし、おまえのやり方はあまりフェアじゃないね」叔父は答えた。そう言われて、さすがのポーラも、その革装丁の聖書を、問答の書かれているたたんだ羊皮紙と一緒に叔父の手に渡した。

「もう三十年近く昔のことになるはずだが」叔父はその聖書の表紙やタイトルページをじっくりと見ながら言葉を続けた。「私の妻の兄で、私には又従兄弟にあたるヒュー・アモリーがカクストン本の聖書（十五世紀の初めに出た聖書）が紛失したといって大騒ぎをしたことがあったんだよ。彼は元々、本の大好きな男だったから、彼にとって、もちろんそういった稀覯本《きこうぼん》そのものも貴重だったが、そのページの間にいわゆる『アモリー問答』を隠しておいたという理由もあったのだ。わしはその聖書紛失の件が、わしの入ってるクラブで話題になっているのを聞いたことを憶えているし、たくさんの新聞に、それを発見してくれた人にかなりの額の謝礼を提供するという広告が載ったのを見た記憶もある。しかし結局、それが発見されないままになってしまったのは間違いないね。もし見つかっていれば、ヒュー・アモリーの負債を支払うために彼の蔵書が全て売り払われたときに、その聖書のことも当然耳にしたはずだからね。しかしここに一点の疑いもなく、その聖書が存在しているというわけだ。そして『アモリー問答』も」

叔父はこのとき、しばらくは、大時計の仕掛けのことだけでなく、ホープ嬢が姿を消したことに失望していたことさえ忘れていたのだろう。また、ポーラが不埒にも、自分が見つけたからといって、他人の持ち物を勝手に覗いたことも許してしまったようだった。

叔父は聖書を置くと「アモリー問答」を広げた。

「ここにアモリー家の秘密と……その悲劇が全て隠されているわけだよ」ウィルフレッド卿は、書き物机の上に置かれた羊皮紙の皺を伸ばしながら、何かに思いを巡らしているような声で言った。

羊皮紙には、建物の一部の未完成部分を表した設計図かと思われるようなぼやけた線が数本引かれていて、その下に、問いと答えが対になった形で書かれていた。しかし、それは初めて見る者にとって、ほとんど意味をなさない文句だった。私はなかば自分のために、それを声に出して読んでみた。

ソレハ何処《いずこ》ニ隠サレシカ？
深キ水底ニ

イカナル権利ニヨリ引キ揚ゲラレシモノカ？
正当ナル所有権ニヨリ

誰ヨリ奪イ取リシモノカ？
大魔王ト修道士ヨリ奪イシモノナリ

何人ノ手ニ帰スベキモノナリヤ？
コレヨリ後ハ、アモリー家ニ

秘密ハ何時《いつ》ニ明カサルルヤ？

遂ニ厄《わざわい》ノ終ワリシトキニ

ソレハ何処ニアリヤ？

正シキ時至ラバ、緑ナルモノ動キテ、光ガ道ヲ示スベシ

道ハ上へ、ソレトモ下へ？

最初ハ上へ、ヤガテ下へ、全テ図ニアルガ如シ

「見た限り、まったく意味不明な文言ですね」私は最後まで読んでしまうと大声で言った。「いったいこれをどう解釈したらいいんでしょうね、それとも、何か、これを解く鍵でもあるんですか？」

「それは、これまでのところ誰にもわからなかったんだよ」ウィルフレッド叔父は答えた。「しかし、アモリー家の中で、ローン・アベイ館を継いだ一族の全ての男子は、二十一歳の誕生日にこの問答を全てそらんじることに決まっていたんだ。少なくとも、館が売り払われ一族が離散してしまうまではね。そんな習慣が今も続いているかどうかは知らないが」

叔父は、私にはきわめて親しいものになっている内省的な表情を眼に浮かべると、深々と溜息をついた。というのは、ウィルフレッド叔父の妻は、やはり、彼の又従妹に当たる人で、今話に出たほうのアモリー家の一族の女性だったのだ。そして二十年このかた、両家の間を疎遠にしてしまったのも、そんな厄介事が根にあったからだった。叔父がそのことに日に二度も、しかも直接的に言及するのを聞いたのはこれが初めてだった。

「ちゃんとした頭のある男たちが、何世代にもわたって、そんな古臭い馬鹿げた迷信にたぶらかされているなんて、ぼくには理解できませんが」

「それが一概に迷信とも言えないんでね」叔父は言った。「むしろ、おまえが、アモリー家の一員であるわしや他の誰かが『アモリー問答』のことを口にするのをまだ一度も聞いたことがないというのでむしろ驚いたくらいなんだよ。ほら、羊皮紙の天辺のところの、インクの消えかかった飾り文字の間に、一六五一年という日付が見えるだろう？　それから、問答の下のイニシャルはR・V・Aとなっている。つまり、この『アモリー問答』は、ラヴレス卿ロバート・ヴィクター・アモリーによって書かれたということを示しているんだよ。彼はチャールズ一世（在位一六二五〜四九。ピューリタン革命で処刑された）の親友だったが、王党派と議会派との内乱のとき、オリヴァー・クロムウェルに狂人だと見なされたために、運よく投獄もされず、死刑にもならずにすんだのだ。この塔を建てさせたのもラヴレス卿だったし、驚異的に見事な出来映えだと言われた、時計の機械装置を考案したのも彼だった。しかし、彼が狂っていたか正気だったかはともかく、ラヴレス卿は王政復古の数週後に行方不明になり、そのまま死んだものと考えられてしまった。しかし、彼の遺言書には何ら不備な点はなく、法定相続人とその子孫は、ラヴレス卿の作成した『アモリー問答』を暗記するということを唯一の付帯条件として、正式に彼の財産を代々受け継いでいくことに決まったのだ。こんな経緯があって、その後の相続人たちは全て、その問答を暗記することになったのだよ。少なくとも、わしの世代まではな。だから、その羊皮紙が聖書とともに消えてしまったとき、ヒュー・アモリーが弱り果てたのは当然だったのだ」

「そういうことであれば」私は思ったとおりを口にした。「ミセス・ヘインズが女中頭としてローン・アベイ館の何から何までを仕切っていたときに、彼女が聖書と羊皮紙の両方を盗んだ可能性が高いように思いますが。もっとも、彼女がその羊皮紙にどのくらい価値を置いていたかはわかりませんけど。聖書については、足が付かないように注意して手際よく売り払うことができれば、かなりの金になるとわかっていたんでしょう。しかし、『アモリー問答』は彼女にとって、わざわざ盗むだけの価値はあったんでしょうか？」

こんな自分の思いを口にしたとき、私は昨日聞いた言葉が、もう一度耳の中で鳴り響くのを感じた。

「もしあなたがものを考えることのできる方ならば、溺死した修道院長や水に沈んだ宝を探すこと以上に、あなたは、ご自分のチャンスをより有効に活用できるのです。私は謎の糸口の端を握っています。それを差し上げたら、あなたは何を下さいますか？」

ひょっとして、この黄ばんだ羊皮紙の中に、その「糸口」があるというのだろうか？

突然、私の眼には、『アモリー問答』がこれまで以上に大きな意味を持っているように思えてきた。

「わたしたちはまだ、これが叔父さまのおっしゃる、アモリー家の謎と悲劇の全てにどうかかわっているのか、聞かせていただいていないんですけど」とポーラは言ったが、彼女の声は少々私の思考の邪魔をした。

「ああ、そのことか！」叔父も、明らかにここで瞑想から覚めたような顔をした。

「まだ話してなかったかな？　それはこういうことなのだ。ラヴレス卿ははっきりしたことは言い残さなかったが、会う人ごとに、この問答を作ったことを自慢していたと言われている。しかし、そのうちに、そんな問答を作ったこと自体が、彼の狂気が進行している証拠と考えられるようになってしまった。彼の時計に関する趣味は、問答に比べればむしろ副次的なものだったが、彼の時計道楽も、書いては直しを繰り返していた『アモリー問答』と何らかの意味で関係があったらしい。そしてこの羊皮紙が、今おまえたちが見ているとおりの未完成で何の説明もない図面と一緒に、まさしくこの部屋に、インクの色も鮮やかに書かれたばかりになっているのが見つかったと言い伝えられているのだ。しかし、その後、誰ひとり当の書き手の姿を見たものはなかったという。もちろん捜索も行われたが、全て無駄に終わった。そしてしまいには、彼が何らかの方法で自らの命を絶ったことは疑問の余地のない事実と考えられて、彼の相続人たちが卿の遺言書に従って財産を継承することが許されたというわけなのだよ。だから、『アモリー問答』は常にラヴレス卿の失踪の謎の重要な部分を占めてきたというわけだ」

「わたしたち、今その問答を見つけたわけだけど、これからそれをどうしたらいいのかしら？」ポーラは訊いた。

「ヒュー・アモリーはもう亡くなってしまっているから」叔父は悲しげに言った。「我々三人が彼の一番近しい身内ということになるのだろうね。この聖書と羊皮紙をどう扱ったらよいのか、わしにもよくわからないが、当面、わしが責任を持って預かっておくことにしよう」

「それじゃあ、この鍵は？」ポーラはにっこりしながら言った。「わたしはあくまでもこれは自分で持っていることにしたいんだけど。そして、もしわたしがこれをどう使うつもりかお話ししたら（話すつもりはないけれど）、お二人ともきっと眼を回すでしょうね！」

七章　暗闇の中

「まあ、みなさん、本当によく来てくださいましたわね、特にウィルフレッド卿におかれては、学術的な著作を執筆中でお忙しいというのに。もちろん、秘書のジェロームさんも一緒でかまいませんのよ……たしか、秘書の方はそういうお名前でしたわね？　でも、あんまりお仕事に根を詰めてはいけませんわ。ヘイゼルマウントにいらっしゃる間くらいはお部屋に引きこもらずに、せいぜいわたしどもとお付き合いくださいね。あら、ウィンさん、わたしたちが外国で三年過ごしている間に、ますます、お綺麗になりましたこと。まあ、テリー、あなたったら本当に恰幅《かっぷく》の良い青年紳士になりましたね！　たいした男振りですよ。でも、そんなことをわたしの口から言わないほうがいいのかも。わたしがそんなことを言ったら、あなたはますます増長してしまいますものね」

前回会ったときはミセス・トム・タワーズにすぎなかったが、今はレディー・タワーズに出世した女主人は、こんな気さくな調子で私たちを迎えてくれた。レディー・タワーズはお喋り好きの小柄な女性で、話し出すと、比喩的に言えば、イタリック体で話すといった感じの人だった。彼女はこれまでに小説を何冊か書き、ともかくもそれを出版していた。レディー・タワーズと赤ら顔で太った人の好い良人は（ウィルフレッド叔父とはオクスフォード大学以来の知り合いだったが、国王一家の肖像画を上手に描いて、その後ナイト爵を授けられた画家だった）、夫婦ともども自由に生きる芸術家たちを崇拝していて、自らの周りに絶えずそういうタイプの代表的人物を集めていた。

タワーズ夫妻は、私もずいぶん小さいときから多少は知っていたが、私たちとは全然タイプのちがう人たちだった。彼らが親しくしている人々を私たちが見るのも、舞台の上か、コンサートホールでその演奏を聞くときくらいだった。また、洒落た小説本の表紙に、そういった人々の名前を見ることもあった。事実、この主人役の夫妻にしても、ミスター・トーマス・タワーズがサー・トーマスとなって、レディー・タワーズを伴って世界一周旅行に出て以来、私たちは、この日まで一度も彼らに会ったことはなかったのだ。この夫妻は最近になって、家財とともに売りに出されたある破産貴族のサリー州の屋敷を買い取ったのだった。私たちがそこを訪れたのは、二、三日遊びに来るようにという招待が、つい先日、出し抜けに私たちのところへ舞い込んだからだった。だがもし、サー・トーマスとレディー・タワーズに、私たちが彼らの招待に応じた理由を推測できたら、二人とも、あまり嬉しい気はしなかったのではなかろうか。というのは、私たちは、ある共通した一点を除き、三人三様の身勝手な動機があってその招待を受けることに決めたのだから。

　叔父は自分の動機を話してくれなかったが、それは説明されずともわかっていた。叔父はもともと社交はあまり好きでなく、気心の知れた友人と夕食をともにするときか、贔屓《ひいき》にしているライシーアム劇場（ロンドンにあった有名な劇場）の初日公演の日を別にすればめったに外出しなかった。しかし叔父は、この一週間にかぎっていつもの行動様式を変更していた。私はもちろんその理由を知っていた。

　この一週間は、叔父は招かれればどこへでも出かけることにしていた。社交のシーズンはすでに終わっていたが、招待状はいくらでも来た。だがどこへ行っても、叔父の希望の星ともいうべき、あの女性の顔を見出すことはできなかった。私はいつも、叔父に付き添っているのが彼のためであるし、叔父も私が近くにいることを望んでいるから、と自分に言い聞かせて、叔父と行動をともにしていたから、叔父の思いはわかりすぎるくらいわかっていたのだ。

　叔父が二、三日滞在するつもりでヘイゼルマウントへやって来たのは（忙しく仕事に追われている最中だったから、秘書を同行させる許可を求めなければならなかったが）、自分の知らない人たちが大勢集まるタワーズ夫妻のハウスパーティーに出席すれば、他では見つからなかったあの女性に会えるかもしれない、と思ったからだった。

私が来たのは、叔父の期待とまったく無関係といえなくもないが、私自身もいくらか期待するところがあったうえに、叔父から是非とも一緒に来るように、と言われたためだった。

ポーラは昔からこの夫妻と反りが合わなかった。ポーラはかつて、一度ならず、レディー・タワーズに剣突《けんつく》を喰らわせたことがあった。いつも夫人のことを、小さな顔の両脇に垂らした灰色の巻き毛の間からじっと見ている眼がプードル犬の眼にそっくりだ、といって腐《くさ》してもいた。ポーラはそもそも、そんなボヘミアン風の連中より自分はずっと格上の人間だと思っていた。たしかに、ポーラとタワーズ夫妻に共通点は何もなかった。それにもかかわらず、彼女は、今回私たちについてヘイゼルマウントに来るために、一つ二つ約束していたパーティーを犠牲にした。もっとも初めのうちは、タワーズ夫妻のパーティーに行かないように叔父を説き伏せようとしたのだったが。だからポーラの動機が、叔父を自分の監視下に置いておくことであるくらい、彼女かららほのめかされずともわかっていた。

つまり、叔父の秘書のジェロームを別にすれば、私たちが揃ってサリー州の大きなカントリー・ハウスに赴くことになったのは、間接的にではあったが、〝灰色の女〟が最後に口にした言葉に促された結果だったといえよう。

「せっかくあなた方が来てくださったのに、こんなにひどいお天気になってしまって!」レディー・タワーズは喋り続けた。私たちは客間で立ったまま話していた。ちょうど夕食前の、手持ちぶさたな気詰まりな時間だった。「何だか薄気味悪いようなお天気じゃございません? わたしって、どちらかというと迷信深いほうですので、これじゃあ、怖くなってしまいますわ(『マクベス』の冒頭部分を暗示している)」

たしかにその日の空模様は、詩人か空想家だったら、世界の終末の前触れと思うかもしれないような、怪しい雲行きだった。

私は幼いときから雷雨になると、奇妙に説明のつかない憂鬱な気分になったものだった。だからこの夜も、惨めなほど気が滅入っていた。ホープ嬢がここに来ていて、神秘的な魅力を湛えた素晴らしい顔を私に向けてくれるか、私にはちっとも面白くない客たちが彼女の美しさに思わず顔を輝かすのを見たりすれば、こんな激しい雷鳴の音を耳にしても、ひび割れて調子の狂ったヴァイオリンの音に神経を痛めつけられるような気分にならなかったかもしれない。わたしはそんな勝手なことを考えていた。

だが実際には、ホープ嬢の姿はそこになかった。そしてこの日は日曜日で、彼女が謎のように現れ謎のように姿を消した日から数えて、ちょうど一週間が経過していた。だから、彼女の約束が、結局、空手形だったことは明らかだった。

ミセス・ロードロートンという婦人も招かれていたが、レディー・タワーズによれば、「一年に十回も版を重ねた、〝愉快なほどショッキングな〟『白く塗られた墓』という小説を書いた人」だということだった。

彼女の夫君だという人も招かれて来ていたが、「それはもう素敵なプロ顔負けのアマチュア奇術師」なのだと、レディー・タワーズは力を入れて解説してくれた。「歌手志望の若いお嬢さん方のアイドルである、ハンサムなテナー歌手のフィッツロイ・ダーモット氏もいらっしゃいますわよ。それに、『琥珀の中の蠅』の作者で、その表題にちなんで、〝琥珀の魔女〟の名で知られている、才気溢れたアメリカの女流作家もお招きしていますの。もちろんあなた方もその作品はもうお読みになっていると思いますけど。誰もがあの本は競って読みましたものね」そして珍しいことに、叔父も私もその本は読んでいた。

私は二、三カ月前にその本について叔父と話す機会があったが、そのことはそれきり忘れていた。私たちは口にこそ出さなかったものの、お互いの密かな期待がタワーズ邸で満たされなかったことにがっかりしていた。しかし、叔父と私の心を捉え、忘れがたい読後感を残してくれた奇妙な小説を書いた女流作家に会えそうだというので、私たちのしおれかかった気分もいくぶんか回復した。ところがどうも、その望みまでも満たされることがなく終わりそうな形勢になってきた。というのは、そのアメリカ人女性は、体調が悪くて部屋から出られない状態だというのだ。

飾らないボヘミアン流を良しとするヘイゼルマウントの屋敷では、夕食後は婦人たちが男たちをディナーテーブルに残して引き上げる、というイギリス式習慣は行われず、女性たちもそのまま男たちと一緒に残って、たわいもない話に花を咲かせたり、金色の吸い口の付いたトルコタバコを吸ったり、吸う真似をしたりしていた。私は、もうかなりの歳ではあるがまだまだ美しいミセス・ロードロートンと並んで座った。彼女は盛んに警句を散りばめてあれこれ話していたが、理解力に乏しい私の耳には、嘘っぽく聞こえるばかりだった。

十時ごろに、レディー・タワーズが立ち上がったので、私たちは彼女について食堂から大きな四角いホールへ出たが、そのときは正直言ってほっとした。二十フィートほど前方に、つづれ織りの幅広い布が掛けられていた。それが私たちの目から客間を隠すようになっていて、大きな観音開きの扉の部分をカーテンのように覆っていた。

私たちはその客間に向かっているところだった。みんなお喋りをしながら、ゆっくりそちらへ足を進めていた。そのとき突然、サー・トーマスがつい三十分ほど前に嬉しそうに話していた自慢の電気照明が一斉に消えた。私たちは動くに動けなくなってしまった。同時に建物全体が、足下の地下室で爆発でもあったかのような雷鳴のごとき反響音とともに激しく震動した。婦人のグループから、脅えているのか面白がっているのか判然としない叫び声が一度上がった。だがそのあとは、何事かと、全員が黙ったまま耳を澄ませていた。

ホールの暖炉の赤い燃えさしが発するかすかな明かりと、巨大な偶像の頭をかたどったインド式ランプの、大きな藪睨みの赤い眼から出ている不気味なルビーのような色の気味悪い光を別にすれば、辺りは完全な闇だった。

照明が消えたとき、私たち客は無意識にひとかたまりになって身を寄せた。そのとき、ホールの端のほうからかすかな衣擦れの音がした。同時に、仕切りのつづれ織りを支えている吊り棒を真鍮のリングがスルスルと走る音が聞こえた。まだ何も見えなかったが、カーテンが開けられたことは、誰にもわかった。暖炉の火は、焚いてほしいと誰しも願っていたが、依然として消えたままだった。どこか開いているのか、冷たい外気が、私たちの顔や、婦人たちの剝き出しの首に容赦なく吹きつけてきた。

ランプの小さな光や、暖炉の灰受け石の明かりはほとんど役に立たず、開けられたばかりのカーテンの間には、黒々とした闇が口を開いていた。

啜り泣くような風の音が止むと、甘く激しくむせび泣くようなエオリアンハープの音がどこからともなく聞こえてきた。そして、細長い客間の一番外れらしいところで、かすかに光る白い小さな光の点が次第に大きくなり始めた。

最初はいくつかの微粒子が、きらきら光る雪片のようにあちらへこちらへと流れていた。私たちはすっかり驚いて口も利けないまま、身動きもせずにそれを客間の外から見つめていた。やがて、幻想なのか現実なのか定かでないかすかな光が、徐々に人の形を取り始めた。

霧のような曖昧模糊《あいまいもこ》とした形状の雲みたいなものが、徐々に古典的で優美な織物のような形に変化し、それが真っ白く、真っ直ぐに立ち上がり始めた。純白で厳かで、何となく経帷子《きようかたびら》を思わせるところがあった。

その下に、まるで柔らかい襞が人の形を隠しているかのように、もっと実体のある丸みを帯びたものが見えてきた。すると、この不思議なものの真ん中あたりで、小さな鳥のようなものが二つ、慌てたようにバタバタとあちらこちらへと動き回るではないか。これが止むと、軽く組み合わされた両の手がはっきりと見えてきた。

私たちの眼の前に現れたこの不思議なものは、ゆっくりと立ち上がりながら形を変え（それは動きながらなかば固体へと変化していく煙のような感じだった）、今や、はっきりと女性の姿へと形を変えつつあった。その女性の姿は、まるで周囲を閉ざす暗闇の中にぽっかり浮かび出た月のようであった。女性は生き返った死体か幽霊にふさわしい純白の、身体にぴったりとついた衣をまとっていた。しかしその顔は、腰の下まで届くほど長く伸びた髪に隠されて見えなかった。小さくウェーブのかかった、淡く光るその髪は、喩えようもなく美しかった。

不可思議な女性の姿は、ほんの僅かな間、そよ風に揺らぐ百合の花のようにかすかに動いたことを除けば、じっと静止したままだった。しかし突然、彼女は意表を突くように両手を上げると、豊かに波打っている髪を顔から払いのけた。すると、宝石のように深みのある美しい二つの眼が、その顔に輝いているのがはっきりと見えた。

私にはその顔を確かめるまでもなかった。というのは、真珠の編み飾りに包まれた左手が、その人物の正体をすでにはっきり語っていたからだ。

少し先に食堂を出た叔父は、私のすぐ側に立っていた。電灯が消える直前に、私たちの肩が触れ合ったことを私は意識していた。そして、豊かな髪が二つに分かたれて、ここ何日にもわたって叔父の心を占拠していたはずの顔がはっきりと現れたとき、叔父がそれを認めて心底驚いていることを確信した。

叔父を気遣う気持ちが、激しい痛みのように私の身体を貫いた。一週間前に、叔父が気を失ったことを思い出したからだった。私は無意識のうちに手を伸ばして、必要ならいつでも叔父を支えようとした。私がちょうどそうしたとき、暗闇に咲く百合の花のようなその姿が一瞬のうちに掻き消えた。それは、アッという間もなく跡形なく消え失せた。私たちがその残映を追って眼を凝らしている間に、再び全ての照明に灯が点《とも》った。

私たちはもとどおりに、夜会服を着て、ありふれた地主屋敷の暖房の行き届いた、明々と電灯に照らされた大きな部屋に集っている月並みな男女に戻っていた。客たちはみんな、突然、魔法の国から解放されたような感じを味わっていたが、耳の中では、外の雷鳴に加えて、気味の悪い魔女たちの人を馬鹿にした叫び声がいまだに反響しているような気がしていたにちがいない（『マクベス』の冒頭部分を踏まえている）。

私たちはお互いの顔を見合っていた。たとえ最初でないにしても、少なくとも私が二番目に思ったのは、ウィルフレッド叔父のことだった。顔は青ざめていたが、叔父は、かたわらにいる、ショートカットの髪が彼の肩にも届かないほど小柄なレディー・タワーズにそつなく微笑みかけているところだった。

「なかなか見事なものでございましょう?」レディー・タワーズは誰かれかまわずに話しかけていた。「ねえ、奥さま、ご主人がこんなに見事なお手並みを披露されたからには、あなたにもお祝いを申し上げなくてはなりませんわね。今のは、わたしがこれまでに見た、どんなプロの奇術師の技よりも見事でしたもの。きっと、皆さまもそうお思いですよ。コンスエロもとっても素晴らしかったですけど。彼女は魅惑的な妖精のようでしたでしょう？　コンスエロ！〝琥珀の魔女〟さん！　さあ、こちらに出てきて、生身のあなたを見せてくださいな！」

客間の入り口のつづれ織りのカーテンはすでに閉まっていたが、もう一度リングがバーの上を滑り、今度は、明かりの点された室内を見せるために、それが大きく開かれた。そこには、ロードロートン氏とその協力者が並んで立っていた。彼らは、ステージでカーテンコールに応える役者のように、にこにこしながら我々に向かって会釈した。

叔父は数人の客と一緒にその部屋に入っていった。興奮した人々の声や質問の声が私の立っているところまで聞こえてきた。ロードロートン氏がその芸の絡繰《からくり》について熱を入れて説明しているのも聞こえてきた。私はまだホールに立ったままだったが、なぜか心のうちに、白い手を真珠のミトンにくるんだあの女性に挨拶にいったり、近寄ったりすることをためらわせるものがあった。

それでホールの隅に退き、そこにあった東洋風のソファーに腰を下ろして、色鮮やかな模様の入ったクッションの間に身を沈めた。

私はしばらくホールの陰に隠れるようにして座り、じっと思いに耽っていた。やがて、絹の裏地付きの繻子《しゅす》織りスカートが象眼模様の床を滑る乾いた衣擦れの音がしたので眼を上げた。ホールをこちらへ向かって来たのはポーラだった。最初、彼女が私を探しているものと思って立ち上がりかけたが、彼女は明らかに誰か他の人を探しているらしく、私の少し手前で急に立ち止まった。少しすると、メインホールから外の庭に通じる狭く薄暗い廊下のほうから、青白い病み上がりのような顔にびっしょり濡れた髪を張り付けた、痩せた小柄な若い男がやって来た。若者の灰色の旅行コートもずぶ濡れで、水玉が額や頬から滴っているのが、明るい電灯の光の中ではっきりと見えた。

「そう、それで、あなたはどんな知らせを持ってきてくれたの？」ポーラは横柄な口調ながらも、一刻も早く返事を聞きたそうだった。

「お、お願いですから、ウィンお嬢さま、ちょ、ちょっと気を落ち着かせる時間をくださいませんか」叔父の秘書はどもり口調で言った。やって来た若者はジェロームだったのだ。「お尋ねになる前に、ちょっと一息入れさせてください。あそこの外のところで、大変なものに鉢合わせしてしまいまして」彼はそう言いながら、痩せた手で自分のやって来た方向を指差した。「まったくもって、肝を潰すような経験をしたものですから。いったいこのヘイゼルマウントというお屋敷は何なんでしょうね？　ここでは猛獣でも飼っているんでしょうか？」

「マングースのことを言ってるのね？」ポーラは軽蔑したような口調で言った。

「いいえ、お嬢さま、これは真面目な話なんです。私は、危険な猛獣のことを申し上げているんですから」

ポーラとジェロームが、このとき、秘密めいたことを話し合う必要があろうなどと、私は思ってもみなかった。

たしかにこれまでも、ポーラが退屈まかせに、ジェロームにコケティッシュな視線を一、二度投げかけているのに気づいたことはあった。しかし、ポーラは誰とでもふざけてみせるところのある女だった。だがジェロームにすれば、ウィンお嬢さまのために忙しく使い走りをするのは、無上の喜びであったのかもしれない。

その夜レディー・タワーズは、ジェロームにも一緒に夕食をと愛想よく勧めていたが、叔父の秘書は頭痛を口実にして姿を見せなかった。私はジェロームのことなどほとんど念頭になく、明日の仕事に備えて自分の部屋に籠もって身体を休めているのだろう、くらいにしか思っていなかった。

しかし、ジェロームは今ここにいる。そして、息を切らして帽子も被らずにやって来て、何か身体的恐怖でも味わったかのように、滑らかに口も利けない状態に陥っているではないか。私はこの男が昔から好きになれなかったが、彼の尋常ならざる状態を見て、何となく好奇心を掻き立てられた。

自分の存在をわざわざこちらから教えるまでもあるまい。ポーラが、近くにいる人に聞かれてまずいようなことを、叔父の秘書風情に話す必要があるわけはない。こちらからそんな気を回したようなことをすれば、ポーラを暗黙のうちに侮辱したことにもなりかねない。

「あなたは、いったい何のことを言ってるの?」彼女は苛々した口調になって尋ねた。「何だか急に頭がおかしくなっちゃったみたいね!」

「九死に一生を得た思いでした」ジェロームはやや落ち着きを取り戻すと答えた。「私がここを出てお嬢さまのご用命を果たすために設けた口実は、ご存じのとおりです。私が自分の部屋にいるものと皆さんが思っているとき、そっと抜け出して、そして……」

「ああ、ジェローム、早く要点を言ってちょうだいよ」ポーラは相手を遮った。「あなたは手紙を持ち帰ってくれたの?」

「はい、お嬢さま」

「で、新しい情報は?」

「これはきわめて重要な情報だとお思いになりますよ、きっと。しかし……私は……お嬢さま、申し訳ありません、どうにも具合が悪くて……これはけっして仮病ではありません。手紙は……すぐお渡しいたします。すみませんが、その前に、呼び鈴を鳴らして、ブランデーを少し持ってくるように言っていただけませんか……全てのものが、ぐるぐる廻っているように見えるものですから」

ジェロームは女のような小さな手を額に当てると、倒れまいとするかのように、手探りするような格好でよろめいた。そして、ちょうど半回転したところで、秘書の顔が私のほうに向いた。それが死人のように青ざめているのが、こちらからもはっきりと見えた。彼は立っていられないらしく、為すすべもないままポーラのドレスの袖にしがみついた。繊細な絹モスリンの縫い目の裂ける音が私の耳にも届いた。だがポーラは、ちっぽけなふらふらしている男を支えてやろうともせず、逆に無意識に身を引いた。

私はソファーから跳ね起きると、急いで大股で駆け寄った。しかし、間に合わなかった。ジェロームはよろよろと後ずさりすると、すべすべに磨き上げた床でバランスを失い、音高く仰向けに倒れざま、後頭部を思い切り床に打ちつけた。

ガツンという音とポーラの悲鳴を聞いて、客たちが全員客間からぞろぞろと出てきた。

レディー・タワーズは物事を穏やかに処理できない人だった。彼女のいるところ、いつも騒々しい雰囲気が漲《みなぎ》っているのが普通だった。だから、このときも、呼び鈴がけたたましく鳴らされて、気付け薬、気絶した男の顔に振りかける冷たい水、真っ青な唇に無理矢理注ぎ込むブランデーなどを取りに、召使たちがあちこちへと走り回らされることになった。何が起きたのか、誰ひとり理解できる者はいなかった。具合が悪いと思われていたジェロームが、なぜ、こんなときに自分の部屋から出てきたのかもわからなかった。

「この人がずぶ濡れになって、妙な顔をして入ってくるところに偶然出会ったんです」ポーラは何食わぬ顔で説明した。「音楽室があまりに暑すぎたものですから、ちょっとこちらに出てみたんです。そのとき、ジェロームさんが来るのが見えたので、具合はどうかって訊いたんです。彼の言うには、外に出て少し散歩して外気に当たっていれば頭痛が治るかもしれないと思ったんだそうです。ところが、何かは知りませんが、この人をすっかり脅えさせるようなことが外で起きたらしいんです。わたしは、最初てっきり、彼がロードロートンさんの奇術を見て仰天したとばかり思っていました。だってあの奇術は、とても見事で面白いものでしたけど、あそこに現れた幽霊は、気の弱い人間が見たら、誰だって失神しかねないほど真に迫っていましたもの。でも、そうではなかったんです。この人は、何か野生の動物に、それもすごく危険な動物に遭遇して危うく命拾いしたことを、口も上手く利けない状態でしたが、何とかわたしに説明しようとしていました。しかしその途中で、ブランデーを持ってくるよう頼んでほしいと言いだして、わたしが何もできないうちに早くも失神してしまったんです。もちろん、彼の言う野生の動物なんて、まったくの戯言《たわごと》にきまっています。タワーズ奥さまのところで猛犬を庭に放しているなら話は別でしょうけど」

「まあ、とんでもない！」小柄な女性は叫んだ。「もちろん、うちには猛犬などいませんわ。アッ、でもトム、ジェロームさんはひょっとして、今朝わたしたちに注意のあった、あの恐ろしい獣を見たんだとは考えられませんか？」

「奥さま、まさか！　あの虎のことをおっしゃっているんではないでしょうね？　バーンズ屋敷から昨夜逃げ出したっていう？」ミセス・ロードロートンが叫んだ。

「たしかに、ありえないことではないですな」サー・トーマスは深刻な顔で応じた。「ジェロームさんが早く正気に返って、何を見たのか話してくれるといいんですがね」

「タワーズ奥さま、これ以上ぐずぐずせずに」ポーラは本気で心配しているみたいに早口で言った。「この人をすぐ彼の部屋へ運んだほうがいいと思うんですけど」

ポーラがこう言ったとき、ジェロームが薄眼を開けた。

「て、手紙は……」秘書はくぐもった、不自然な声を発した。「ど、どこに……」

「あなた、そんなに脅えるなんて、いったい何を見たって言うの、さあ、わたしたちに話してちょうだい」と、ポーラは厳しい口調で言った。

「お、お願いです、も、もう少しブランデーをください」ジェロームはどもって言った。「ありがとうございます。私は……どうもまだ頭がくらくらしていまして……もう大丈夫です、そいつは、館の外のすぐ側にいたんです……並木道から僅か二、三ヤードのところでした。私は……大急ぎで歩いていました……一息入れようと足を止めたときでした。突然、奇妙な刺激臭が漂ってきました。それが、動物園の虎の檻の臭いをまざまざと思い出させたんです。動物園に行ったのはもう何年も前のことになりますが、一瞬のうちにそのときのことが、はっきりと……。私はじっとしていました。すぐ間近なところで、何かが息をするような音が聞こえたからです。それから、振り向いてみると、並木の外れの木々の間を、夜の闇よりもさらに黒々としたものが、こちらへ近寄ってくるのが見えました。赤く燃える石炭のように光る二つの眼と、私は正面から向かい合うことになりました。それで思わず叫んでしまったんです。そいつが離れていったのは、私が叫んだためだったのかどうかはわかりません。とにかく、あれこれ考える暇もないうちに、私は庭の芝生に出る廊下の外れのドアに飛び込むと、それを閉めてこちらへ駆け込んだのです。お話しすることはこれで全てです。手紙のことを別にすれば。それで、お、嬢さま、私は……」

「気の毒に、ジェロームさんはまだ自分で何を言っているのかわかっていないようですわ」ポーラが不意に大声を出した。「あなたは自分の部屋に連れていってもらいたいんでしょう？　頭に濡れタオルでも載せてもらいたいと思っているんでしょう、どう？」

「はい……はい、そうしてください！　頭の調子がすごく変ですから。何かがプツンと切れてしまったような気がしてます……頭の中で」

ジェロームの二倍はありそうな、がっしりした体格の二人の従僕が、すぐに手を貸してジェロームを立ち上がらせると、だらりと垂れた両腕の下をしっかり両側から支えるようにして、小柄な男を秘書室へ連れていった。

従僕たちが彼を立たせたとき、折りたたまれた紙が一枚、ジェロームのコートのポケットから床に落ちるのが見えた。たまたま、私はそれが落ちた一番近くにいたので、身を屈めてそれを拾い上げた。自分が見るために書かれたのでもない、そんな紙切れを読む気など毛頭なかったはずだが、事務員ふうの、筆太な大きな字で書かれた文の一部が突然、一番上になった紙面の周りの文字から切り離され、私の意識にくっきりと印字されたような錯覚を覚えた。「当方で確認できたところによれば、現在コンスエロ・ホープの名で通っている女性は……」

種々様々な感情で私の血は煮えくり返った。叔父の秘書がこっそり使いに出された用件が何であったかがこうして一挙に判明したとき、ポーラとジェロームに対する怒り、驚愕、嫌悪、そして何よりも、そのページを広げて残りの文字も見てみたいという激しい願望が私の心を襲った。

「それって、気の毒なジェロームがひどく気にかけていた手紙じゃないのかしら？」ポーラは何食わぬ顔で言った。「とにかく、彼が落としたことはたしかね。わたし、これから自分の部屋に戻るところだから、メイドにこれを彼の部屋に届けるように言ってやるわ」

私は黙ってそれをポーラに手渡した。彼女はすぐにそれを持って立ち去った。どうしようかと一瞬迷ったが、ジェロームの加減はどうか、と慇懃《いんぎん》に聞きに行くほど偽善者の真似をするのは自分には無理だと諦めて、他の客たちのあとについてゆっくりと音楽室へ入ることにした。

そこには、演奏者用の席や大きなグランドピアノが備えられていた。数多くのインド製の装飾品や壁掛けも美しく飾られていて、陳腐ではあったが、なかなか感じの良い音楽部屋だった。そこに足を踏み入れたとき、私はやっと不快な夢から覚めたときのような、ほっとした気分を味わった。

「あなたを探しにいこうと思っていたところでしたのよ」レディー・タワーズの声がドアの内側でした。「お気の毒な秘書の方も、じきに良くなりますよ、きっと。主人は今、万が一そんな恐ろしい猛獣がまだこの辺りを徘徊しているかもしれないからと、三、四人の者に銃を持たせて屋敷中を見回らせています。それから、虎が逃げ出したバーンズ屋敷にも使いの者を送ってあります。ご存じかと思いますけど、バーンズっていう人は、見せ物用の動物を持っていて、冬の間は自分の屋敷の敷地内でそんな動物を飼っているんです。こんなことになってしまって、この後、きっと抗議の集まりが開かれるでしょうね。近所の人々をこんな危険な目に遭わすことは許されないっていう話になりますよ。

ところで、あなたにはまだ〝琥珀の魔女〟、そう、ミス・ホープを紹介していませんでしたね？〝琥珀の魔女〟って彼女に打ってつけの名前だと思いません？ ほら、あそこでライトを浴びてピアノのところに座っておられますわ。主人がホープさんに一曲歌ってくれるようにお願いしたものですから」

「実は、ぼくたちは、以前に会ったことがあるんです。ホープ嬢はそうおっしゃっていませんでしたか？」私は訊いた。

「ウィルフレッド卿のことはいくらかご存じだとおっしゃってましたわ。本当のことを言いますとね、ミス・ホープのほうから……、あら、わたしって本当に駄目な女だわ！　そのことは絶対言わないって、約束していたんですもの。つまり、あなた方をここにお招きするときに、ミス・ホープがここにいらしていることはウィルフレッド卿には内緒にしておこうと、決めてあったんですのよ。ホープ嬢は、ウィルフレッド卿をびっくりさせようと、仮病まで使ったんですもの。ロードロートンさんと二人だけで（どちらも、もう、ほぼ一週間ここにおられます）、あの降霊術のような手品をする計画を立てていましたわ。ロードロートンさんは、ここで毎晩のように素晴らしい奇術を披露してくれていましたので、わたしたちは毎回新奇な奇術を期待してましたの。でも、間違いなく、今日の出し物がクライマックスでしたわよ。彼も、もうこれ以上素晴らしい出し物はお見せになれないでしょうね」

たぶん私からの返事を期待してだろうが、レディー・タワーズはここで言葉を切った。しかし、ピアノの前に座ってフィッツロイ・ダーモット氏に微笑みかけているホープ嬢にすっかり心を奪われていた私は、夫人に返事をするのも忘れていた。

「あなたはジェロームさんのことを考えておいでなんでしょう？　それとも、虎がまだこの家の辺りをうろついているだろうか、なんて思っておいでなんですか？」レディー・タワーズは言葉を続けた。「さあさあ、そんなに深刻な顔をなさらないでくださいな！　それより、〝琥珀の魔女〟の歌を一緒に聴きましょうよ」

私たちが近づいていくと、ホープ嬢は顔を上げて私の眼をじっと見つめた。ピアノの上に載っているピンク色のシェードの付いたランプの明かりが彼女の顔を美しく照らしていた。

ホープ嬢は小さく微笑みを浮かべると、私の一度も聞いたことのないもの悲しい小曲を、楽譜なしでそっと弾き始めた。そして、甘い豊かなコントラルトの声で歌い始めた。その声の美しさに、私は飲んだばかりのワインで身体が熱くなっていくのにも似た感動を覚え、全身が震える思いだった。ホープ嬢が歌ったのは、ヴィヴィアンがマーリンに向かって（アーサー王伝説で、魔女ヴィヴィアンは予言者マーリンを愛している）、「わたしを一切信じるな、さもなくばわたしの全てを信じよ」と歌いかける歌だった。それを歌っているときにも、彼女は私から一度も眼をそらそうとしなかった。他の人たちには、彼女がピアノの上に置かれた二本の蠟燭の間を真っ直ぐ見つめて歌っているとしか見えなかっただろう。しかし私には、彼女が私だけを見ていることがわかっていた。歌の歌詞は、私に向けたメッセージであることも、美しい口元にかすかに浮かぶ謎めいた微笑が私のためだけであることも、はっきりとわかっていた。私は心を奪われたように立ち尽くしたまま、全てのもの全ての人の存在を忘れて、ただ〝琥珀の魔女〟とその眼の不思議な魅力のことだけを考えていた。そしてそのとき、突然私の心の秘密が、自分自身に剝き出しに暴露されるのをはっきりと意識した。それはあたかも、焼けつく砂漠の熱風が、裸のままの私の魂の上を吹き抜けて、火のような息吹でそれを焼け焦がしていくような感覚だった。

この女性は（天使なのか悪魔なのかまだ定かではなかったが）、そのとき、私に人生の新しい意味を、そう、愛の意味を教えてくれたのだった。

私は従妹のポーラ・ウィンと婚約の身だったが、もうすでに、この新しい女性を全霊で愛していた。つい一週間前は彼女の存在さえも知らなかったというのに。

玉を転がすような美しい声が、ホープ嬢の綺麗に曲線を描いた口からこぼれるように溢れ出て、優しい眼がなかば警告するように、なかば懇願するように私に向けられていたとき、私はできることなら、彼女の足下に身を投げて、襞で彼女の足を隠しているローブの裾にキスしたいくらいの気持ちだった。

私はこれまでの二十九年の生涯で、喜びも悲しみもそれなりに味わい、生の喜びが強健な肉体の中で激しく脈打つのを感じたこともあったはずだ。しかし今、私の過去の感情は遙か遠景に退いてしまい、地平線の彼方に小さく群をなして見える小高い丘のようなちっぽけな存在となってしまった。そして、この新たな圧倒的な感覚が、妙なる朝の光を浴びて輝く高山のように、呆然と見つめる私の前に迫ってきた。これはまさしく、私にとって、新しい朝の日の出だった。

それから、自分の心臓の音が耳の中で音高く聞こえ出すと、彼女の歌声は聞こえなくなり、周りを取り巻くバラ色の明かりも消えていった。そして私がポーラを裏切り、自分自身を裏切り、父以上の存在であった人を裏切ったことを自覚した。

誰もがホープ嬢に祝福の言葉を述べ、彼女の歌について月並みなお世辞を言っていた。全ては五分くらいのうちに起きたことのはずだったが、私には、人生のこの一幕の短さが実感できなかった。あの魅力的な声で、「わたしを一切信じるな、さもなくばわたしの全てを信じよ」と命じられてから、すでに何年もが経過したように思われた。私は人生の最大の危機に直面し、それと格闘した。そして、その戦いに敗れ、力なく悔恨に打ちひしがれ、惨めな思いを抱いていた。しかし同時に、天にも昇るような幸福感も味わっていた。

ホープ嬢が歌い終えたとき、叔父が音楽室へ入ってきた。たぶん叔父は、歌い手や聴衆の邪魔をせずに部屋へ入るタイミングを待って戸口に立っていたのだろう。しかし、叔父も彼女の歌を聞いたことは明らかだった。叔父が彼女に近づき、身を屈めて何か話しかけたときの表情から、私にはそれがはっきりとわかった。ポーラもすでに部屋に来ていた。彼女はホープ嬢の歌に賛辞を一言も口にしなかったが、フィッツロイ・ダーモット氏がポピュラーな軽歌劇の中の一曲を歌ったときには盛大に拍手した。その後ポーラとフィッツロイ・ダーモット氏が隅のほうで楽譜を挟んで話しているのが見えた。

全身の血が震えるような意味深い言葉が、私の耳の中で鳴り響き、それが何度も何度も繰り返された。「私は彼女を愛している！　私は彼女を愛している！　私は彼女を愛している！」

もう他の物音は一切聞こえなかった。網膜にはっきりと残っている幻影以外のものは一切見えなかった。ピンク色の光を浴びた優美な顔、表情豊かな眼、歌詞を口ずさむときに開けた唇。

私は遠くにあるテーブルのほうへふらふらと歩いていくと、そこに腰を下ろし、豪華な装丁が施されている、来訪者名簿のページを機械的に繰っていたことまでは朧気に記憶している。しかし、自分がそのあとで何をしたかはほとんど憶えていない。

すぐかたわらで呼びかけてくれた声で、私は苦しいような楽しいような長い夢想からハッとわれに返った。

「レディー・タワーズから、マダム・パッティ（一八三四〜一九一九。スペイン生まれのソプラノ歌手）のサインをあなたにお見せするようにと言われたものですから。それから、メアリー・アンダーソン（一八五九〜一九四〇。アメリカの舞台女優）のサインも同じページにあるっておっしゃっていましたわ」

私は顔を上げて急いで立ち上がったが、きっと、悪戯を見つかった小学生のように真っ赤になっていただろう。私は自分が潜り抜けてきたばかりの人生の危機を痛切に意識していた。それに、自分の感情を表に出すのがすごく怖かった。

「どうぞお掛けになったままで。わたくしも隣に掛けさせていただきますから」〝琥珀の魔女〟は言った。「レディー・タワーズは、この名簿が大変自慢ですのよ。もう何年にもわたって、彼女を訪問した有名人に全てサインしてもらっているんですって」彼女は微笑みながらこちらの蒙をひらいてくれるような調子で言葉を続けたが、そこには、私の当惑に反応したように、彼女もかすかに当惑している様子が見受けられた。「ウィルフレッド・アモリー卿のお名前も、わたくし、ここに見つけましたのよ、でも、あなたのお名前は見つかりませんでしたけど」

「ぼくは無名な人間ですから」私は何とか気を楽にしようとしながら、そして、相手からもそう見えるように努めながら返事をしたが、どちらも上手くいったとはとても思えなかった。

「それなら、無名の方々がこの世の中のスペースをたくさん占めなくちゃならない理屈になりますわね。だって、あなたって、すごく立派な体格をしていらっしゃいますもの。わたくし先日の夜に、あなたとご一緒に歩けてすごく嬉しかったんですの。あなたが、わたくしを小さく感じさせてくれましたから。わたくし、男の方より背が高いことにはもう飽き飽きしているんです……男の方を上から見下ろすようなことは。でも、あなたを見下ろせるような人はいませんわね」

私たちは二人とも、とにかく会話を切らさないようにと懸命になって、思いつくことを片端から口にしていた。そして彼女のそんな当惑の様子を見ているうちに、自分の存在にこの女性の穏やかな自制心を乱すほどの力があるような気がしてきて、わくわくする興奮を覚えるのだった。いや、ひょっとして、と私はこの期に及んでもまだ自問した。こんな当惑の素振りさえも、この女性は意図的に演じて見せているのだろうか？

「あなたのお名前はここにあるんですか？」私は訊いてみた。

「ええ、お探しになる気になれば見つかるはずですけど」

私は黙ったままページを繰った。それはすぐに見つかったが、失望の色を隠すことはできなかった。その名前が、マーチンヘッド村のホテルの宿帳で見たとき、彼女の連れが書いたことにしておきたいと思った、あの何の変哲もない小綺麗な筆跡とそっくりの、左傾書体と呼ばれる筆跡で書かれていたからだった。

「わたくしの下手な字がお気に召さないようですわね」ホープ嬢は言った。彼女は悪戯っぽくそう言ったが、その声の抑揚と眼の表情には、自分の筆跡を私がどう思うかをかなり重要視しているらしい様子が窺われた。

「わたくしがここに滞在していることを知って、驚かれました？」彼女は、私がページをめくるのを待って尋ねた。

「さあ、それは何とも言えません。あなたが、マーチンヘッドで叔父にヒントを出されましたので、普段よりも少々社交に努めていましたからね。ぼくたちは、今度こそあなたにお会いできるかもしれないと思いながら、いろんなところからの招きに応じて、そのつど期待を裏切られてきたんですよ。しかし、今夜のあなたの登場振りには、いささか……何ていうか……控えめに言っても、面食らいました」

ホープ嬢は笑い声を上げた。「まあ！　でも、わたくしには演劇的センスみたいなものがあるんですのよ」

「たしかにそれは当たっていますね」

「そんなふうにおっしゃられると、何だか非難されているような気がしてしまいます。でも、そうでないことを願っていますけど。たしかに、少々露骨にやりすぎたように思います。でもあれは、ロードロートンさんがわたくしをその気にさせてしまったせいなのです。彼は前の晩に、これまでに何度も大成功を収めている彼の十八番《おはこ》の奇術の仕掛けをわたくしに話してくれました。そして、あなたならきっと立派に助手を務めてくれるだろう、とおっしゃって、わたくしの自尊心をくすぐり、その気にさせてしまったのです。それで、わたくしもあんなことをする気になってしまいました。演劇用語でいうところの、〝効果的な登場〟をしてみるのも一興かもしれないと思いましてね。そのとおりにいきましたでしょう？　でも、全ては、あなたの叔父さまに楽しんでいただこうと思ってしたことなんです。その点では、あなたにも感謝していただかなくてはなりません」

「楽しんで、というのは、文字どおり正確な言葉なんでしょうか？」

「それではいけませんの？　でも、あなたは、わたくしに小言をおっしゃりたいようなお顔をしてますわね。さあ、もう他のことを話しましょう。たとえば、逃げ出した虎のこととか。今だって、あそこのカーテンが半分掛かった窓から、虎の気味悪い眼がこちらを睨んでいるかもしれませんもの。ああ、怖い、怖い！」

「ぼくに話題を選ばせていただけるなら、虎のことよりもあなたのことについてお話ししたいのですが。実は、あなたがアメリカ人で、叔父もぼくも忘れ難く思っている本の著者だと聞かされて本当に驚いたものですから」

「それはどうもありがとうございます。わたくしがものを書いたことに、みなさんが驚かれるのはよくわかりますわ。そんなことをおっしゃってもお世辞にはなりませんのよ。でも、わたくしがアメリカ人だっていうことに、なぜ驚かれたのですか？」

「お見かけしたところも話し振りも、まったくアメリカ人のようには見えませんので」

「あら、そんなのは間違った思い込みですわ！　たとえば、ミス・トレイルはいかがですか？　彼女はアメリカ人に見えまして？」

「あの人なら、何にだって見えますよ」私は不快感を隠さずに答えた。

「まあ、どういう意味でおっしゃっているんでしょう？　ミス・トレイル本人がここにいなくて、直接あなたに聞き返すことができないのが残念ですわね。でもわたくし、彼女に休暇を与えたのです。彼女には、どこかこちらの辺鄙な土地に親戚がいるということでした。それで今は、あの大切なマングースを連れて四、五日の予定でそちらに行っております」

そのときはまだ、まさか自分がミス・トレイルの親戚の者と知り合うことがあろうなどと夢にも思っていなかったから、私は適当なことを呟いてお茶を濁しておいた。

「でもあなたが」私は大胆に言葉を続けた。「アメリカ人であるというのは本当でしょうか？」

「レディー・タワーズの言葉を疑っていらっしゃるんですか？　彼女とは一年前にニューヨークで出会ったのです。わたくしたち、それ以来ずっと仲のいいお友だちですの……社交の場でのお友だちという意味ですけど。わたくしの本当の友人は、イギリス中を探しても、いいえ、世界中を探しても、たった一人いるだけですから。たぶん、あなたも、いつか、その友人にお会いになるだろうと思いますけど」

嫉妬の激痛が私の心臓を貫いた。

「もしできれば、もしお構いなければ、お尋ねしておきたいことが山ほどあるんです」私は早口になって言った。「まず、あの白い菊の花のことからおうかがいしたいのですが」

「まあ！　あの花が謎を解く鍵だとお考えなんですの？」彼女は私が知りたいと思っていた部分に力を込めて言った。それが、私の好奇心をいっそう強く刺激した。「ともあれ、あなたがきちんとお尋ねくだされば、いつの日にか、あなたのご質問に答えられるときがあるかもしれません。でも、その間、わたくしが先ほどあなたに……そして、他の方々に歌ってお聞かせした歌をお忘れにならないでくださいね」

あの歌を忘れるだって！　そうできたら、どんなに良かったろう。そして、あの歌だけでなく、できることなら、啓示のように私に訪れた思いも忘れてしまいたかった。私は、そんなことを口から出さずにはいられない気がしたが、何とか気持ちを抑えて沈黙を続けた。彼女は、奇妙な、なかば弁解するような口調でこう言った。

「先週の金曜日にわたくしがウィルフレッド・アモリー卿に、いつかお願いごとをするときがある、と申し上げたのを憶えていらっしゃいます？　ええ、そうなんです、わたくしは今夜、それも、つい先ほどここの温室で、ウィルフレッド卿にそのことをお願いしました。花の香が優しく匂っていたからかもしれませんが、花々に誘われて、無意識のうちに『イエス』とおっしゃったみたいでした。先週はわたくしも……もちろん、こんなにすぐにお願いするときが来るなんて夢にも思っていませんでした。でも今は、物事って予期しないように進むものだ、とつくづく思っております。あなたはどうお思いですか？」

「ええ……ぼくも最近はそう思っています」私も小さな声でそれを認めた。

「それで、ウィルフレッド卿は、わたくしにとても優しくしてくださいました。卿がここにいらっしゃる間は……専属の秘書の方が仕事のできない間は、わたくしがお手伝いするのを許してくださいましたもの。ジェロームさんには、休暇を与えようと考えていらっしゃるようでした。もしそうされたら、わたくしがウィルフレッド卿の臨時秘書になるかもしれませんのよ。さあ、これだけお話ししたら、あなたも少々驚かれたでしょう？」

「あなたは、初めてお会いしたときから、人を驚かしづめでしたよ」

「それでは、今はどうなんでしょう？　あなたは……不快にお思いではないでしょうね？　わたくしが、あなたや……ウィン嬢に嫌な思いをさせることにはならないでしょうね、わたくしとミス・トレイルが、叔父さまのお住まいで、皆さま方としばらくご一緒させていただくことになりますから。専属秘書になれば、当然そういうことになりますから」

ホープ嬢は可愛い窪みのある肘をテーブルに載せると、右手のバラ色の掌で顎を支えて私の顔をじっと覗き込んだ。彼女は自分の感化力を意識して、計算ずくでそんなポーズをしているのだろうか、と私は無理して思ってみた。

私は何と返事してよいのかわからないまま、しばらく黙り込んでいた。

「さあ、教えてくださいな」と、ホープ嬢はちょっと幼げな口調で言った。

「ぼ、ぼくとしては、そ、それはもう、とても嬉しいことですけど」私は思わずどもってしまった。しかしそう答えながらも、今夜、あんなにはっきりと自分の心の秘密を知ってしまった以上、私とこの女性と婚約者のポーラの三人が、毎日ひとつ屋根の下で暮らすのはもう不可能になってしまった、と心の中で思っていた。何か口実を見つけねばなるまい、すっかりのぼせてしまっている叔父と、七日間で私の心を征服してしまった彼女との間で、そんな奇妙な雇用契約が履行されている間は、叔父の家以外のところに居を定めねばなるまい、しかし、そんなことはさしあたり先延ばしにして、もう少しあとになってから考えることにしたほうが良いかもしれない……。私は心の中であれこれと思い迷った。

「ウィン嬢のほうは請け合えない、とおっしゃるんでしょう?」

「どうして、そうお思いになるんですか?」

「わたくし、わかっているんです」ホープ嬢は急に弱気になったような口調で言った。「ウィン嬢はわたくしのことを嫌っておられますもの。それは容易にわかりましたわ。だって、考えてみれば、わたくしを好きになれるわけがありませんものね。でも、そんなにお怒りになるわけがあるのでしょうか? わたくしが、ウィン嬢に対しても、彼女の将来に対しても、害になるようなことをするわけがありませんもの。ウィン嬢の邪魔になるようなことをするつもりはありません。でも、あなたは……それにウィン嬢も、わたくしがウィルフレッド卿のために本気で働こうとしているのではない、と思っておられるかもしれませんね。わたくしがただ、著名な方のお宅を訪問して、そこのご一家と親しくなりたいだけなんだろうとお思いになって。しかし、ダークモアさん、これは誓って申し上げますが、たとえ私の動機がどのようなものであっても、少なくとも、そんな俗悪な薄汚れたものではありません。わたくしが拙《つたな》いながらも『琥珀の中の蠅』を書き、ウィルフレッド卿がそれをお読みになって評価してくださっていなかったなら、わたくしは、卿の秘書が病気で仕事ができなくなったこんな短期間のことであっても、秘書にしてほしいなどと言い出したりは絶対にしなかったでしょう。ことさら自分の著作を自慢するわけではありませんが、それは、少なくとも、わたくしがまったくの無学ではなく、人並みの知性は持ち合わせていると証明してくれていると思っています。それに、ウィルフレッド・アモリー卿も、今は、女に委ねてはまずい大きな政治上の秘密もお持ちではないでしょう。アメリカにいましたときには、住んでいたルイジアナ州で上院議員の個人秘書を三、四週間務めたこともございます。その上院議員の奥さまは、わたくしの個人的なお友だちでしたし、ワシントンのお宅にも泊めていただきました。わたくしは、実務経験もそれなりに積んだつもりでおります。むしろ、その仕事を続けなかったのは失敗だったと思っています。ですから、数日もすれば、わたくしに秘書が務まることはわかっていただけるはずですわ！」

私たちは、お互いのことで頭が一杯になっていたらしい。なぜなら、ホープ嬢は、自分の言わんとすることを私に納得させ、認めさせようと躍起になっていたようだし、私は私で、世の中には他にも女性がいるということを忘れて、彼女の存在にただひたすら夢中になっていたのだから。レディー・タワーズに呼びかけられたときは、二人とも急に目が覚めたような気持ちだったと思う。

「あの人たち、戻ってきましたよ」レディー・タワーズは言った。「虎の捕り物に駆り出されていた人たちが。でも、サリー州の自宅の庭で虎狩りだなんて話があるかしら！　至るところを隈なく探したそうですけど、虎はおろか、虎の足跡ひとつ見つからなかったそうですよ。ですから、少なくとも今晩はもう安心です。たぶん、ジェローームさんは具合があまり良くなかったので、錯覚を起こしたんでしょうね。ジェローームさんも虎の逃げた話は聞いていたんじゃないかしら。だとすれば、あんな暗闇や雨風の中なら、どんな茂みだって虎に見えてもおかしくないですもの。なんなら、象に見えたっておかしくないですよ。移動動物園のバーンズ氏は、虎はここから十マイルか十五マイル先にいるらしいという知らせを受けた、と言っていたそうです。わたしは、あなた方が今晩悪夢にうなされるといけないと思ってお知らせにきたんですよ。虎も明日の朝までには、十中八九捕まってますよ」

「わたくし、ジェローームさんが虎を見ることができたなんて、ちょっと羨ましく思ってるんです」ホープ嬢はそう言って明るく笑った。

八章　窓越しに見えたもの

ヘイゼルマウントの二日目は、寝苦しい夢を見ているような一日だった。

午前中、ポーラは叔父がホープ嬢を秘書に雇うと決めたことで、叔父と喧嘩をした。私は何とか二人の間を取りなそうと努めたが、かえってポーラに悪く勘ぐられるばかりだった。彼女は、そのうちに手痛い復讐をするようなことを匂わせて、私の心をひどく苦しめたうえに、それを意地悪く面白がっているようだった。

昼食時には、〝琥珀の魔女〟が叔父のにわか秘書になったことについて、悪意のない冗談が客たちと叔父の間で大いに交わされた。叔父は、彼女の仕事ぶりは素晴らしいの一語に尽きると断言し、予想していたよりもはるかに有能な秘書を得ることができたと、いかにも嬉しそうな様子だった。

叔父がこんなことを口にするとき、私は、ホープ嬢がしきりに彼のほうへ訴えるような眼差しをテーブル越しに送っていることに気がついた。彼女の顔は普段よりもさらに白く、眼の下にかすかな青い隈が浮いていた。私は、叔父とポーラの喧嘩のことをホープ嬢と話す機会もなかったし、話す機会を捉えようという気も起きなかった。しかし、彼らの間で交わされた眼差しから、その喧嘩がかえって二人をいっそう確固たる信頼関係で結ぶことになったと確信できた。

結局、ポーラにできたのはそれだけのことだったのだ。もう叔父さまとは口を利かない、と言っていたとおり、ポーラは叔父に一言ものを言おうとしなかった。昼食時に一度、そして夕食時にもう一度、叔父のほうからポーラに話しかけたが、いずれのときも、彼女は聞こえない振りをし通した。しかし、そんな二人のよそよそしい関係も、別段、他の客たちの注意を引くことはなかった。

私たちは翌朝狩りに出かけることになっていた。天候も、軽い霜《しも》が降りるくらいぴりっと引き締まった。そんなわけで夕食後、私は他の男性客とともに銃器室へ場所を移した。銃器室は一階にあって、その部屋には、庭の芝生に出られるドアと、ホールの階段の登り口のすぐ近くに出られるドアの二つがあった。階段の真ん中あたりの壁に小さい窓が切られていて、そこから銃器室の中が見えた。そこからホールに光が入るようになっていた。

階段は二階の寝室への近道になっていたから、客も含めてこの屋敷の誰もがその階段を盛んに利用していた。私も階段の上り下りの途中に、窓越しに何度も銃器室の中をちらっと覗いていた。しかしこの日の夜まで、中に足を踏み入れたことは一度もなかった。

この夜は暖炉に威勢よく火が焚かれていたから、煙突に向かって轟々《ごうごう》と燃え上がる炎が数組の甲冑《かっちゅう》、幾丁もの猟銃、台に載せた狐の頭部、狩りをする人々を描いた絵画、誇らしげに壁に飾られている立派なカモシカの角などの上に、ゆらゆらと赤い光を投げかけていた。

銃器室は、男の客がたむろするにはうってつけの部屋だったが、あまりスペースはなく、燃えさかる暖炉の火でそこの空気は耐えがたいほど熱かった。そのため階段側に切られた小さな窓は、いつもどおりに開いていたが、もうひとつの窓も開け放っておこうということになった。しかし、掛け金の具合が悪くてその窓枠を上げることができなかった。その代わりに、私たちは、外の芝生に通じるドアを少し開けたままにしておくことにした。だが、たったこれだけのことが原因になってその後ここで起きることになった奇妙な事件を、ほんの僅かでも予想できた者は一人としていなかった。

サー・トーマスは、古風で珍しい銃器の類をいくつか収集していて、それが滅多に見られないものであり、入手も難しいものだというのが自慢の種だった。その夜は、そんな収集品についてわたしたち客の感想を聞きたいということで、客たちはみな取り下ろされた銃を前にして、それぞれ賞賛の言葉を述べることを期待されていたわけである。私は心に重くのしかかるものがあって、どうしても、そんな社交的会話に身が入らないでいた。というのはポーラが今朝、「今夜どうなるか見てなさいよ」と声にも眼にも悪意を漲らせて脅したことが忘れられず、そのことがしきりと気になっていたのだ。そして、もう「今夜」になっていた。時刻はすでに夜の十時を過ぎていた。

私はなんとか適当な口実を見つけて客間に戻った。客間のドアに近づいたときは、ほっとくつろいだ気持ちだった。中からピアノの音とともに、荘厳な『魔王』の曲を歌うホープ嬢の豊かなコントラルトの声が聞こえてきた。なら、結局、何も起きなかったのだ！　私はホープ嬢の歌が終わるのを待ち、ドアを開けて中に入った。

「銃器室であなたに会おうと思っていたんだけど」ポーラは言った。「でも本当はあなたにここに来てほしかったの」ポーラはにこにこしながらそんなことを言ったが、彼女の言葉には、何か隠された意味があるように思われた。「エドワーズさんの歌は本当に素晴らしかったですわね」ポーラはレディー・タワーズのほうに向き直って言葉を続けた。

「エドワーズさん？　ああ、ホープさんのことですね、あなたのおっしゃっているのは？」女主人は気軽な調子でポーラの間違いを訂正してやった。「ええ、本当にお上手でした」

「あら、それじゃあ、わたし、奥さまにもこの方にも、お詫びを言わなくちゃいけませんわね」ポーラはピアノの前に座っている女性に無表情な眼を向けながら、わざとらしく慇懃な口調で応じた。「わたし、この方が、ここでは筆名のミス・コンスエロ・ホープのほうを好んでお使いになるのをつい忘れちゃったんですもの。なかなか意味ありげなお名前ですこと。でも、本名のファニー・エドワーズだって、少しも悪いお名前だとは思いませんわ。単純で、気取らない響きがありますもの。実は、わたしたちの一族の者が昔から住んでいたローン・アベイ館に、かつて、ファニー・エドワーズという名前の美しい女中が勤めていたことがありました。彼女は、ある殺人事件で証言台に立たなくてはならなかったんですが、そんな話も、今となるとずいぶん遠い昔のことですけど！　ですから、彼女はもう三十近くになっていると思います。背が高くて、金髪で、あなたとスタイルもそっくりだったんですってよ、エド……ホープさん。もう間違えてはいけませんわね。その女中は、ずっと以前にアメリカに渡ったんだそうです。ひょっとして、その女中さんが、あなたのお近くに住んでいたなんてことありませんでした？　お会いになったことはありませんでしたか、ホープさん？」

ポーラが、こんな奇妙な質問を最後にやっと言葉をとめたとき、客間の静寂は、ほとんど肌に感じられるほど緊迫したものになっていた。

私はこの恐ろしい一、二秒の間、急に口が利けなくなったように黙り込んでいた。百合の花のように優雅で、生まれながら上流階級に属する者特有の言葉遣いをするこの美しい女性が、小作人の出で、村の宿で聞いた話によれば、マーチンヘッド村の田舎の若者との色恋ざたも平気だったという、館の下女のファニー・エドワーズだなどということがありうるのだろうか？

私もこれまでに、ホープ嬢の正体についてずいぶんいろいろと疑ってみたのは事実である。しかしこの一日二日は、彼女がアメリカ人で、自分自身で名乗っているとおり、ルイジアナ州出身のミス・コンスエロ・ホープであるというレディー・タワーズの言葉を信じる気になっていた。

これまでにいろいろと思い廻らした推測が、一瞬、そのときも私の心をよぎったが、すぐに、そんなことを思った自分を激しく責めた。そんな自分がつくづく嫌になった。もちろん、ポーラのことも嫌になった。私は、意地悪く落ち着き払って、どうだ、といわんばかりに微笑みながら座っている、憎らしいほど美しいポーラの横面を思い切り張り飛ばしてやりたい気持ちになっていた。

ホープ嬢は、ポーラにどう答えるつもりなのだろうか？　雷鳴を轟かせた黒雲とでもいうべきものの説明を固唾《かたず》を呑んで待っている客たちに、ホープ嬢はどう釈明するのだろうか？

私も固唾を呑んで待っていた。だが、彼女はにっこり笑ってレースに被われた美しい肩をすくめただけだった。

「いやですわ、ウィンさん！」彼女はその後、かすかに南部訛を見せて叫んだ。「あなたのおっしゃることとって、何かのメロドラマのおつもりでしょうか、それとも、みなさんを楽しませてあげようとでもおっしゃるんですか？」

ホープ嬢は椅子にもたれるとそっと扇子《せんす》を動かした。すると、扇子の金銀の模様がきらきらと光った。

「わたくしも、あなたのおっしゃったファニー・エドワーズのことはもちろん聞いておりますわ。でも、それを聞いたのはアメリカでではありません。あなたのご一族が昔から住んでいらしたというローン・アベイのすぐ側のマーチンヘッドでですわ。先週、あなたとそこの宿でお目にかかりましたわね。たぶん、あなたが思っていらっしゃるのは……」彼女は、こみ上げてくる笑いにこれ以上言葉を続けられなくなったようだった。

「いいえ、あなたのおっしゃりたいことは、と言い直したほうが良さそうですが、わたくしが変装したファニー・エドワーズだっていうんじゃありませんの？　だとすると、ずいぶん滑稽なお話ですわね！　このお屋敷では、演劇的センスを持っているのはわたくしだけでないことがよくわかりました。でもわたくしは、けっして自分から舞台を作ったりいたしません。舞台が作られていれば、ときには演じることもありますけれど。それとこれとはまったく違うことですもの！」

「たしかに、あなたは演技がお上手ですわ」ポーラは怒りに震えながら言い返した。「取りかかったことは何だって上手におやりなんでしょう、ベッドメイキングでも食器洗いでも。それはローン・アベイ館でファニー・エドワーズがしていた仕事ですけど」

「まあ、お気の毒に！　ファニーもそんなことをするのは嫌だったでしょうに、きっと？」

「でしょうね。でも、小説を書くのはずっと楽しかったんでしょうよ」

ホープ嬢はもう一度笑った。「何だか、大変な論戦になってしまいましたわ！　みなさんは、わたくしたちを引き離したくて仕方がないのに、それも怖くてできないみたいですわね。さあ、ウィンさん、あなたはなぜわたくしが『単純で気取っていない』エドワーズという本名を隠しているとお思いになったのか、そのわけをみなさんにお話しくださらなくてはいけません。そうすればレディー・タワーズのほうから、わたくしの家系を詳しく話していただくことにしますから」

「あなたは本当に……ここで、みなさんの前で……わたしがなぜ、あなたの名前がコンスエロ・ホープでなく、ファニー・エドワーズだと信じたか、そして、今もそう信じているか、その理由を言ってほしいんですか？」

「あら、ウィンさん、とうとうお認めになりましたね。さあ、あなたには、根拠がおありなんでしょう。是非とも、それを詳しくお聞かせくださいませんか？」

「あなたって本当に……勇気のある人ね」

「罪なき者ゆえの勇気でしょうね、きっと。わたくしは、無垢の意識は自分のためにならない、というジョウゼフ・サーフィスの意見（シェリダンの戯曲『悪口学校』第四幕三場）には絶対に反対なんです。それどころか、無垢の意識は極めて心地よいものと思っていますから。あら、銃器室へ行っていた方々もお戻りのようですね。ウィルフレッドさまもわたくしの考えに賛成してくださいますか？」

ホープ嬢がこう言ったのは、叔父がちょうどそのとき（私が銃器室に残してきた男たちと一緒に）ドアのところに姿を見せたからだった。

「私があなたのご意見に無条件に賛成なのは初めから決まっていますよ」叔父は慇懃な口調でホープ嬢の言葉に応じた。「論じている問題が何であれ、そう思っていただいていっこうにかまいません」

しかし、叔父がポーラに眼をやったとき、彼の顔はさっと曇った。

「今ウィンさんが、ホープという名前をわたくしから取り上げた理由を説明してくださるところですの。いえいいえ、どうかお口を出さないでくださいませ、ウィルフレッドさま。口を出されたら、わたくし、怒りますわよ！　さあ、ウィンさん、どうぞ先をお続けになって」

ポーラは自分が得点を挙げるつもりのところで逆に追いつめられた形になり、怒りのあまり赤くなったり青くなったりしていた。

「あなたは〝ミス・ホープ〟ではありません、どんなに自分でそう言い張るつもりでも」ポーラは叫んだ。「私は、ロンドン一腕の良い私立探偵の調査結果に基づいて言っているんですから。それに、こんなことを暴露するのを別に恥じてもいません！　もし、みなさんが、この腹黒い企みに気がついたら……」

「さあ、さあ、ウィンさん」レディー・タワーズがポーラを遮った。「あなたって、わたしがよく憶えている小さいころから少しも成長してませんねえ。悪戯好きで、臍《へそ》曲がりなところが少しも治っていないんですから。でも、もうそんなこと言っちゃいけませんよ、絶対に。私立探偵だなんて、本当に、ぞっとするような話ですもの。もちろん、冗談を言っているだけでしょうけど、あなたにこんなことを、これ以上続けさせておくわけにはいきませんよ。ウィルフレッドさま、ポーラと二人きりになったら、しっかり叱ってあげてくださいな」

ポーラはすでに立ち上がっていた。そして、気まずい立場に置かれたレディー・タワーズが喋り続けている間も、ポーラは唇まで灰のように青ざめたまま震えながら、言葉を挟む機会を待っていた。

「叔父には奥さまのおっしゃるような、わたしを叱る機会は、もうないでしょう」ポーラは叫んだ。「叔父がこの人の正体をはっきりとわかってくれないうちは、二度と口を利くつもりはありません。叔父の家の屋根の下に暮らすつもりもないと伝えてあります。自分の言葉が誰に聞かれようと、少しも気になんかしていません！　今朝叔父と喧嘩したあとで、このお宅でするべきことをしたまでです。それでは、さようなら《オー・ルヴァール》。みなさんはホープさんと、せいぜい楽しくお過ごしください。わたしはそんなの……」

「ポーラ」ウィルフレッド叔父の厳しい声が響いた。「おまえはもうこれ以上は一言も口を利いてはならぬ。おまえは幼稚な子供が受けるに相応しい扱いを自分で招いたのだ。出て行きなさい。後でわしのほうから連絡する」

そう言ったときの叔父の語調は、氷のように冷ややかで厳しいものだった。もし自分がポーラの立場にいたら、私はすっかりしおれてしまっただろう。

私は、その部屋に入ってからずっと立ったままだった。ドアの近くに立っていたから、ポーラが美しい首に頭を真っ直ぐに載せて堂々と部屋を横切って来たとき、機械的に二、三歩進み出て、戸口に下がっているカーテンを押さえてやることになった。だが彼女は、私には一瞥もくれずに出て行った。

「レディー・タワーズ」叔父は切り出したが、彼の声がこんなに老け込んだものに聞こえたのはこれまで一度もないことだった。「あなたにも、ホープ嬢にも……ここにおられるみなさまにも、姪のしでかした嘆かわしい無礼な行動について、何と言ってお詫び申し上げたらよいものやらわかりかねています。本当に、言うべき言葉も見つかりません。ただ、信じていただきたいのは……」

「あんなことは、神経が昂ぶって口にしただけの、愚にもつかない話ですよ。若いお嬢さん方が残念ながらよく罹《かか》る、ちょっとしたヒステリーのせいだと信じていますよ」レディー・タワーズは大きな声で答えた。「明日になれば、ポーラだってきっと後悔するでしょう」

「もちろん最初は冗談だったのです。それなのに、わたくしが浅はかにも、しばらくそれにおつき合いしてしまったものですから」ホープ嬢が言葉を添えた。「お詫びを申し上げなくてはならないのは、むしろわたくしのほうですわ。ですから、お詫びのしるしという意味で、それから、こんなことをみなさんに忘れていただくために、お開きにする前に陽気な歌を一曲歌わせていただきます」

ホープ嬢は足早にピアノに歩み寄ると、少し震える声で、明るい感じのフランスのシャンソンを一、二節歌った。ホープ嬢は歌い終えると、次の曲を歌い始めるのに先だって、白い指を鍵盤に走らせていた（左手を被う真珠の編み細工がはっきりと見えた）。そのとき、召使がたたんだ便箋を小さな銀の皿に載せて入ってきた。

「申し訳ありませんが奥さま」召使はレディー・タワーズに困ったような口調で囁いた。女主人は演奏者の邪魔をさせまいとするかのように、苛々した仕草をはっきりと召使に見せた。「しかし、これは、特に重要で緊急を要する伝言であるとのお指図を受けておりまして」召使は言い張った。

「そう、それなら仕方ないわね」レディー・タワーズは言った。そして、その皿はホープ嬢にそのまま差し出された。

何であれ、こんな陰気な気分でいるよりはずっとましだと思って、私はミセス・ロードロートンとたわいもないお喋りをしながらホープ嬢のほうを窺っていた。ホープ嬢は召使に何か答えているようだったが、こちらまでは聞こえてこなかった。私は好奇心に打ち勝つことができず、ホープ嬢が伝言らしきものを読んでいる間も、ずっと彼女から眼を離すことができなかった。

ホープ嬢は、困ったような、どうしていいのかわからないような様子で手紙をじっと見つめていた。サー・トーマスが、もう一曲聞かせてもらえないなんて嫌ですよ、と言ったとき、彼女は、かすかにハッとした様子を見せた。

「あの、もしお許しいただけるなら、代わりに明日歌わせていただくことにしたいのですけど」彼女は明るい声で言った。「わたくしが、この伝言の求めにお応えするために、唐突にお休みなさいと申し上げて、大慌てにここを失礼しても許していただけますわね、奥さま？　本当に大事な用件ですので」

実際に、もうずいぶん遅い時間になっていた。誰ひとり、時間がそんなに速く流れたことに気づいていなかった。あちこちで、大急ぎに「お休みなさい」の挨拶が交わされ始めたとき、誰もが内心ほっとしたのは明らかだった。

男たちの中には、喫煙室へ行って一服してから寝ようという声もあって、二、三人が大きな四角いホールの向こうへ姿を消した。しかしウィルフレッド叔父は、真っ直ぐに自分の寝室のほうへ向かっていった。

しかし、私は床に就くような気分にはとてもなれなかった。叔父の顔がどうしても頭から離れなかった。とにかく一度、寝る前に叔父に会っておかなくてはなるまい、少なくとも、叔父が私を必要とした場合、いつでも役に立つつもりでいることと、叔父をけっして忘れているのではないことを叔父に示しておかなくてはと思ったのだ。それ以外に、こんな妙に当惑した気持ちを忘れる方策など、どうしたって思い浮かびそうにない気がしていた。

私は二十分か三十分自室にこもっていたあとで、もう一度ドアを開けて外に出てみた。廊下には人気はなく、夜中に階段を上がり下りする人に危険がないようにとの配慮で点されているランプのかすかな明かりを除けば、辺りは真っ暗だった。

三十分前に喫煙室へ行った男たちがまだそこに残っているのは間違いなかったが、屋敷全体は、大きな田舎屋敷の人々が寝静まったあと特有の静けさに満たされていた。

私は叔父の寝室のある翼棟へ行ってその部屋のドアをノックしてみるつもりで、そっと階段を下り始めた。しかしゆっくりと下りていくと、階段の途中にある窓から、銃器室の中の暖炉の火がちらちらと燃えているのが見えた。私の眼は、自然に銃器室に引きつけられた。

銃器室は廊下同様に、電灯は全て消されていた。しかし暖炉の赤い炎がぼんやりしたグロテスクな影に追いかけられているように、壁の上でゆらゆらと揺らいでいた。そして、その赤い薄暗がりの真ん中に、白い人の姿が立っているのが見えた。

最初は、赤い光と暗い影が交錯して溶け合っていたので、ちらっと見えた人影は自分の目の錯覚かもしれないと思った。しかし一瞬立ち止まって眼を凝らして見下ろしてみると、驚いたことに、それは紛れもなく、ふわりとした白いディナーガウンを羽織ったホープ嬢であった。そして、雪のように白い彼女のうなじと剝き出しの腕に、暖炉の赤い火が断続的に反射していた。

私は、ホープ嬢の私生活や個人にかかわる事柄を詮索したいという気持ちをことごとく己の心から閉め出したと信じていたし（自分の心の奥底を知ったと悟ったときに）、今もそう信じている。しかし私は、自分の情熱に陶酔しながら、また、そんな情熱に中途半端な反発を感じながら、彼女を純粋に愛していた。だから階段の途中に立ち止まって、こちらは見られることなく、彼女をじっと見下ろす気にさせたのは、何かもっと高潔な、同時にもっと執拗な思いに急かされてのことだったはずである。

私が覗き込んだとき、炎が一瞬パッと明るく輝いて、彼女の顔の表情をはっきりと浮かび上がらせた。それは、何か恐ろしい危険に直面したことを知りながらも、けっして取り乱したり尻込みしたりしない、勇敢な女性の毅然たる表情だった。

そもそも、あの美しい顔をそんな表情に変えてしまうような、何がその部屋にあるというのだろう？　誰が彼女と一緒にいるのだろう？　誰が彼女を脅迫しているのだろう？　ひょっとして誰かが、おまえの秘密を知っているぞと囁いているのだろうか？　受け取るのを私も見ていたあの伝言が、彼女を銃器室へおびきよせたのだろうか？　これは、いったい……？

そのときなぜか私の眼は、銃架の上のある、階段側の窓の真っ正面の位置に掛かっている、盾のような形をした古風な大きな鏡に引きつけられた。

その鏡は、掛けられている角度のせいで（それを見ている私の眼には）、正面の壁ではなく、銃器室の床を映していた。鏡が僅かに横にずれていたために、鏡に背を向けて立っていたホープ嬢は、光る鏡の面には映っていなかった。そこには、何か生き物が動いているのが映っていたが、それを見た私は、もはやそこから眼を離すことができなくなってしまった。そこに映っていたのは、艶やかな黄褐色の毛皮を持ち、二つの眼をぎらぎらと光らせ、今にも飛びかかろうとしてうずくまっている、しなやかな野獣の姿だった！

九章　死との戦い

私は自分がまったくの無力であることを悟ると、恐ろしさのあまり激しい吐き気に襲われた。私にいったい何ができるだろう？　どうしたら、ホープ嬢を救うことができるだろうか？　私が不用心に一声呻き声を挙げただけで、悲劇を早めてしまうだけになりはしまいか？　それを食い止めるためなら、自分の血の最後の一滴まで使っても惜しくないと思っているのに。

下にいる美しい女性は身動きひとつしなかった。迂闊に助けを求める声を挙げたりすれば、うずくまっている黄色い固まりに、身構えて飛びかかる合図を与えることになるだけだ、と彼女は直感的に理解しているようだった。そうなったら、その後に起きることは！　恐ろしさのあまり、額から滝のような冷や汗を流しながらも、私はこの苦悩の一瞬に、網膜に焼き付いている恐ろしいものの姿から、自分の心を無理矢理に他へ向けようとした。

とにかく、彼女を救わねばならない。どうして、こんな恐ろしいものがこんなところに現れたのかと考えている暇などないのだ。とにかく、先のことは考えずに、今やれることをやるしかない。

自分が身を乗り出している窓の大きさを急いで目測した。それは小さな窓だったが、私の身体が通り抜けられないほど小さくはなかった。

もし、たかだか十フィートか十二フィート下の銃器室の床めがけて飛び降りることができれば、虎の真後ろに着地するだろう。着地の音がするまでの間、一切物音を立てずに行動できれば上手くいくかもしれない。なぜなら、すぐ後ろで思いがけない音を聞いた虎は、振り向くと考えるのが自然だろう。そして虎が私に襲いかかってくる隙に、ホープ嬢は虎を招き入れることになった、庭に開いたドアから逃げるチャンスを摑めるだろう。

打てる手はそれしかなさそうだった。だから、その試みはやってみるだけの価値があるだろう。暖炉の炎が鏡の中にぎらぎら光る虎の目玉を最初に映しだしたときからずっと、懊悩《おうのう》の苦しみの時間が延々と続いているように感じられたが、実際には、虎に気づいてから行動計画を考えて実行に移すまでに、一秒とは経っていなかったと思う。

好都合にもその窓は蝶番で開け閉めする形の窓で、いつものようにすでに開いていたから、それを開けることで音を立てる心配はなかった。

私はそっと身体を引き上げると、窓の下枠に膝をつく姿勢をとった。眼下に、見ただけで頭がくらくらしてしまいそうな黄褐色の縞模様がゆったりと延びているのを見ながら（虎がホープ嬢のところに行き着くには、テーブルを飛び越えるか迂回しなくてはならないだろう）、私は両足を揃えて一気に飛び降りた。

このときまで、下の部屋で聞こえるような音は一切立てていなかったはずだ。しかし、私が磨き上げた床に着地して、横ざまに倒れたことで大音響が挙がった。

ほんの一瞬だったが、私はショックで半気絶状態だった。無数の星が暗闇の中から滝のようにこぼれ落ちるのが見えたような気がしたことを憶えている。流れ落ちる星の瀑布《ばくふ》の轟きも、耳の中で鳴り響いていた。私の目測が正しければ、十フィートか十二フィート飛び降りただけのことで、大したジャンプではなかったはずだ。しかしこのときは、とにかく飛び降りなければ、という気持ちに急かされていて、どんな格好で着地するかはほとんど問題にならなかった。口で説明すると長くかかってしまうが、私はすぐに膝立ちになった。そして虎に組みつかれていなかったら、そのまま立ち上がっていただろう。

ホープ嬢が甲高い悲鳴を一声挙げた。私にはそれが聞こえたはずだが、聞いたという意識はほとんどなかった。星の瀑布の向こうにホープ嬢の姿を探そうとしたが、部屋全体が、すでに、渦巻きながら私に向かって迫ってくる黒々としたものに掻き消されてしまっていた。それから、奇妙な刺激臭がツンと鼻をついた。どんな事態になっても自己保存の本能は残るものらしく、私は盲目の衝動の命じるままに、虎の喉にしがみついた。しかしすぐに、私は、大ハンマーのような虎の前足で押さえつけられてしまった。

腕と肩がじりじりと灼けるように痛んだ。虎の毛皮の発するむっとした、鼻の曲がりそうな悪臭で息が詰まりそうになりながら、死ぬこと自体はそれほど怖いとも思わなかったが、こんなに臭い思いをして死ぬのだけは真っ平だ、と思っていた。

だが、そんなことを思ったのもそこまでだった。突然、耳を聾《ろう》せんばかりの銃声がすぐ側で響き、どろっとした生暖かい虎の血が私の顔に降りかかってきた。虎は断末魔の吼《ほ》え声を挙げた。

私の肩を押しつぶさんばかりに押さえていた虎の前足の力が急に緩んだ。さらに、もう一発銃声が轟いた。私は、自分の上に崩れ落ちて来た、山のような、まだひくひく動いている虎の身体の下敷きになって息が詰まり、一瞬、意識が遠のいた。

急に新鮮な空気が肺に流れ込んできてわれに返った。というのは、これまで死の苦悶に痙攣していた虎が、脇腹を下にしてごろりと横になったので、私の身体がやっとその重みから解放されたのだ。

血が（私の血ではなかったが）眼に滴り落ちてきたので、自由になるほうの手でそれを拭った。左腕はまったく力が入らず、肩からだらりと垂れていた。しばらくは、生きているという実感も薄らいで、生きていようがどうしようがどうでもいいような感じだった。

ホープ嬢の柔らかい指が、もう一度私を立ち上がらせようと、力を込めて握るのを自分の腕に感じることができた。いや、力を込めてというより、気持ちを込めてというのが適切かもしれない。間近に彼女の顔を見て、彼女の激しい息づかいを耳にしたことで、私に初めて新たな活力が蘇ってきたようだった。

「ああ、神さま、ありがとうございます」ホープ嬢は繰り返しながら涙を流していた。

私は八十歳の老人のように、力なく床から自分の身体を持ち上げた。しかし完全には立ち上がることができず、そのまま、よろよろと後ろによろめいて、やっとのことでテーブルにもたれて踏み止まった。私は不覚にも、かすれた嗚咽の声を挙げていた。よろめいたときに何かに蹴躓いたが、見ると、それはまだ硝煙の残っている猟銃だった。

虎は床に長々と伸び横腹を下にして横たわっていた。腹部の白い毛は鮮血に染まっていたが、もはやぴくりともしなかった。

「撃ち殺しましたわ」ホープ嬢は言った。「わたくしたち、これで助かりました！ でも、ああ、なんて恐ろしい姿でしょう！ 脳漿《のうしょう》と血が一緒に流れ出しています。それに、あの恐ろしい眼。もう、とても忘れられそうにありません。これからは、いつも眼に浮かんできそうです」

「虎のことは考えないように。見てはいけません」私は息を弾ませて言ったが、自分で何を言っているのかよくわからないまま、ずきずき痛む引き裂かれた肩の筋肉と、虎にがっしり押さえられている自分の姿を想像の中で見ているような気がしていた。「あなたの素晴らしい勇気が、ぼくの命を救ってくださったんです、ですからぼくは……ぼくは……」

「で、どうなさると？ でも、あなたのほうこそわたくしの命を救ってくださったんですのよ。さあ、ダークモアさん、もう、すべて終わったんです！ わたくしの力ももう尽き果ててしまいました。誰か早く来て、あの恐ろしい虎の死骸を片づけてくれればいいのに。このままでは、どうしたって見ないではいられませんもの。ああ、もう駄目、気持ちが悪くて！」

私は自分が弱っていることも、自分の肩の激痛のことも忘れて跳ね起きた。そして傷ついていない右手で、ホープ嬢をしっかり抱きとめた。彼女はすでに気を失っていた。力なく、ぐったりとその美しい肢体を私の胸に委ねていた。私は全身の血管の血がカッと熱くなるとともに、力が沸々と湧いてくるのを感じていた。この奇妙な陶酔の瞬間、世界にはこの美しい女性と私以外に住む者はなく、愛以外にいかなる義務もなく、私を愛から隔てるいかなる障害も存在していないかのようだった。

間もなく、階段とホールの双方に人々のやって来る気配がして、廊下に通じるドアをガタガタと揺する音が聞こえた。

「一体全体、ここで何があったんですかね？」サー・トーマスが無頓着な調子で叫んでいるのが聞こえた。「誰か中にいるなら、ドアの鍵を開けてくれませんか！」

「ちょっと、そこまで行けないんです」私は叫び返した。「ですから、庭に出るドアのほうに廻ってください」

私がそう叫んだとき、私の腕の中で、その美しい女性の身体がかすかに動くのが感じられ、かすかな溜息も聞こえた。彼女は意識を取り戻しかかっていた。

「やっと、みなさん来てくださいましたね」ホープ嬢は呟いた。「でも……でも彼女が外から鍵を掛けてしまったのです」

「外から鍵を掛けた？」私は呆気にとられて訊き返した。「いったい誰がそんなことをしたっておっしゃるんですか？」

しかし、ホープ嬢はそれには答えてくれなかった。彼女は私から身体を離すとひとりで立っていたが、その間にもサー・トーマスはドアの向こう側から呼びかけていた。誰かが階段に上がって、壁の窓から私たちを見下ろしていた。しかし、そこからは虎の死骸も血の跡も見えなかったにちがいない。

私はふらふらした足取りでドアのところへ辿り着いたが、ホープ嬢の言ったとおりだった。いずれにしても、内側には鍵はなかった。

「みなさんには、心配しなくて大丈夫と伝えてください」私はサー・トーマスに呼びかけた。遠くのほうで、怯えたような女性たちの声が聞こえたからだ。「ホープ嬢が……虎を撃ち殺してくれたんです……そういうことなんです……これでやれやれです！」

外でどっと歓声が挙がるのが聞こえた。もうそれ以上、ドアの外に止まって質問しようという者はいなかった。誰もが、私の忠告に従って、速やかに庭側のドアから銃器室へ入って、好奇心を満足させようとしているのは明らかだった。すぐに、凍った芝生の上を駆けてくるサクサクという足音が聞こえ、それから、それぞれに少しずつちがった取り乱し方をした服装の男たちや召使たちが、部屋に雪崩れ込んできた。

「わたくしは何よりもまず」ホープ嬢は穏やかに言った。彼女は、質問や叫び声で何を言っているのかも聞きとれない大混乱を収めようとしていた。「何よりもまず、ここから出していただきたいんです。もうこの部屋は二度と見たくありません。みなさんはおわかりにならないかもしれませんが、ダークモアさんは、あそこの窓から飛び降りて倒れたあと、わたくしが銃を取りにいって駆け戻って虎を撃つまでに、ほとんど虎に殺されかかっていたんです。ご覧ください、あの方の腕は血だらけですし、服はぼろぼろです、ああ、みなさんがこれ以上お尋ねになると、わたくしは、頭が変になってしまうか、気を失ってしまいます！」

ホープ嬢の声は、異常なまでに興奮していた。しかし、彼女と私に本物の死の危険が迫っていたときは、彼女は沈着そのものだったのではなかったか？　事実、私たちが死なずにすんだのは、彼女の勇気もさることながら、その沈着さに依るところが大きかったのだ。なのに今は、ホープ嬢はまるで子供のように頼りなげに怯えていた。しかし……どんなに私の眼に自分をスフィンクスの謎のごとき存在に見せようとも……ホープ嬢も所詮ひとりの女性だったのだろう。こう考えれば、全てのことに説明がつく。

ポーラと病人のジェローム二人を例外として、屋敷内の全ての者が喫煙室に集まった。

心配は無用、と私が強く言い張ったにもかかわらず、私の肩の傷を手当てさせるために大至急医師を呼んでくるようにとの指示を受けて、馬丁《ばてい》の一人が一マイルほど離れた村へ使いに出された。私は、ホープ嬢を早く二階へ上げて床に就かせるようにと人々に勧めた。それには、レディー・タワーズがすぐに心から賛同してくれたが、彼女も、付け巻き毛もなく、驚くほど長いヘアピンから髪を垂らしたまま、という取り乱した恰好だった。しかし、他の人々と同様に、レディー・タワーズもそこを立ち去りかねていた。誰もが、何か名状しがたいものに心引かれたかのように、同じ質問を繰り返しては、同じような返事を受け取っていた。

すっかり興奮した面持ちのホープ嬢は、どうやら、質問には何でも答えるつもりになっているらしかった。

だが、誰もが一番知りたがったことだけには奇妙に沈黙を守っていた。だから、彼女が他のことに多弁なのは、何か意図を持ってそうしているのだろうと推測せざるを得なかった。

つまりホープ嬢は、どうして彼女が銃器室へ入ることになったかについては、巧みに答えを避けていたのだ。ホープ嬢は、その部屋に暖炉の火が見えたので、部屋へ戻ろうと階段を上がる前に、ちょっと覗いてみようとしただけだと人々に納得させようとしていた。

「そうして」彼女は自分の説明が不十分なことを聞き手たちに忘れさせようとしているかのように、慌てて言葉を続けた。「わたくしが暖炉のほうへ歩み寄って、火をじっと見つめて立っていますと、部屋の反対側から、大きな猫が喉を鳴らすような音が聞こえてきたのです。急いで振り向くと、大きな二つの眼がこちらを睨みつけているではありませんか。でもしばらくは、そんなものがそんなところに見えるなんて信じられませんでした。ですから、炎をじっと見続けていたせいで、錯覚を覚えたのだろうと思いました。でも、そこにいるものの正体がわかるのに、さほど時間は要りませんでした。虎はわたくしがその部屋へ入る前に、庭の芝生側のドアから入っていたにちがいないと判断しました。そのとき、自分が本当に怯えていたのかどうか、よくわかりません。ただ奇妙に平静な気持ちになって、虎がいつ飛びかかってくるだろうか、それとも、昔、本で読んだことがあるように、（そうする勇気があれば）じっと怯えずに相手の眼を見返していれば追い払うことができるだろうかと考えながら、必死で虎の眼を睨んでいたのです。ただときおり、暖炉の炎が小さくなると、暗闇はいっそう恐ろしげに見えました。ちょうどそんなとき、凄まじい音が突然聞こえました。それで、そちらを見ると、大きな男の方が階段の上の窓から飛び降りて、そこへ虎が襲いかかっていくのが見えたのです。最初はそれが誰なのかわかりませんでした。でもそんな最中にも、きっとダークモアさんにちがいないと思っていました。ダークモアさんほど背の高い方はそういませんもの！　ダークモアさんがわたくしを救うために飛び降りてくれたことはすぐわかりました。それで今度はできるなら、わたくしが何かする番だと考えました。もちろん、わが身も救わなくてはなりません。だって、虎は簡単にわたくしたち二人を殺すことができたのですから。幸い、わたくしには銃の知識が多少ありました。そして、さらに運のよいことに、わたくしの摑んだ銃には弾が装塡されていたのです。そうでなかったら、銃床で虎の頭を殴りつけなくてはならなかったでしょう。あまり効き目はなかったかもしれませんが、それでも……」

「昨日、みなさんに新式銃の利点をご説明したあとで、カートリッジを外すのを忘れていたんですよ」サー・トーマスがここで口を挟んで事情を説明をした。「そのことをころっと忘れて、銃をテーブルの上に置いたままにしていたのが幸いしました！　さあ、先を続けてください、ホープさん」

「もう、これで全てです……わたくしにお話しできることは。でもダークモアさんは謙虚な方ですから、ご自分のことはお話しにならないかもしれませんね」彼女は言葉を結んだ。その声は涙と笑いで震えていた。

「しかし外からドアに鍵が掛かっていたのは理解できませんな」サー・トーマスはまだまだ聞き足らないといった顔で言った。

十章　新たな厄介ごと

「二、三日は充分気をつけて、じっとしていなくちゃいけませんよ。さもないと、腕の傷がひどく悪化することもありますから」と医者は言ったが、「充分気をつけて」とは、部屋で大人しくしているようにという意味らしかった。

しかし私には、そんな勧めに耳を貸す気はまったくなかった。明日になれば、私にはやらねばならぬことが山ほどあるのだからのんびりしている余裕などないだろう。そのうえ、明日の夕方にここを出立することは、前から決まっていた。たしかに、己の羽根を焦がす火の周りを飛ぶ蛾のごとく、このままここに留まりたいという誘惑も強かったが、自分のために叔父の計画が狂ってしまうのも気に入らなかった。

私は医者の忠告を無視して階段を降りる前に、ポーラの部屋のドアをノックして、彼女がまだ部屋にいれば、どこか外でちょっと話をしたいと言ってみようと心に決めていた。そんな気になったのは、昨日、私がもう少しポーラの扱いを如才なくやっていれば、夜に起きたあの嘆かわしい事態は避けられたかもしれない、という気持ちが心のどこかにあったためだろう。

傷ついた左腕をきちんと包帯で吊ってから、心に決めたことを果たそうと部屋を出た。だが、ポーラの部屋のドアを三度ノックしても返事がなかったので、そのまま帰ろうと向きを変えたとき、ちょうどレディー・タワーズがこちらへやって来るところだった。彼女は、何だかひどく慌てている様子だった。

「まあ、あなたったら」レディー・タワーズは興奮した口調で叫んだ。「起きて外へ出てしまうなんて、何て無鉄砲なんでしょう！　でも驚かなくても良いのかしら？　じゃあ、あなたもご存じなんですね……ミス・ウィンのことは、全部お聞きになっているんですね?」

「いいえ、何も聞いていませんが。そもそも、聞かなくちゃならないようなことでもあったんですか?」

それに答える代わりに、彼女はしわくちゃの紙を私に差し出した。「これが銃器室の床に落ちていたのを執事のドルトンが見つけて、今さっきわたしに渡してくれたんです。『ポーラ・ウィン』と署名がありますから、あなたが昨晩、あそこで落としたものにちがいないと思っていたんですよ」

書かれた文字を見たとき、私はつくづく、その文字が間違いなく意味していることを知りたくなかった。それは鉛筆による走り書きで、慌てて書かれたものであることは明らかだった。署名もあったし、ポーラの筆跡に間違いなかった。


邪魔がなくなったらすぐに、銃器室まで来てください。怖くなければ来られるはずです。わたしはお待ちしていますから。

ポーラ・ウィン

「これが今朝になって、銃器室で見つかったんですか?」私は考え込んでいるような口調を装って訊いた。

「ええ、くしゃくしゃに丸められて落ちていたんだそうです。わたしはあなたのものにちがいないと思ったんです……それとも、ひょっとしたら、ウィルフレッド卿のものかもしれないとも。でも、あなたは銃器室にいらしたでしょ。ウィルフレッド卿は晩餐の後、他の方々と一緒のとき以外はいらっしゃらなかったわ」

「どうもありがとうございました……返していただいて」私は曖昧な口調で礼を言っておいた。それから、それを折りたたむと上着の内ポケットにしまった。

「ああ、それじゃあやっぱり、あなたのものでしたのね。それなら、あなたは、ウィン嬢が昨夜……こんな言い方をして何ですけど……あんなにかんかんになって客間を飛び出していったあとに、彼女にお会いになっているんですね？　もちろん、嫌ならお返事はしなくて結構ですよ。でも、主人もわたしも、こんなふうにウィン嬢に出ていかれてしまって、寝覚めが悪くって困っているんです。何だかわたしたちに落ち度があったような気がして」

「出ていかれた、とおっしゃいますと？」私は鸚鵡返しに言った。「奥さまのお宅から出ていった、という意味でしょうか？」

「ええそうです、早朝だったようですけど。じゃあ、あなたにもおっしゃらなかったんですか？　それじゃあ、ウィルフレッド卿も、このことはご存じないんでしょうか？　ああ大変、わたしからお伝えしなくちゃならないのかしら？　何て困ったことが起きたもんでしょうね！　若い男の人が気絶したと思ったら、お嬢さんが怒り出すし、虎が飛び込んできて大騒ぎになるし……床は血だらけになるし。わたしの一生で、この一、二日ほど大慌てしたことはありませんよ、テリー、もう、本当に！」

「これはぼくの推測ですが」私は思いきって口にした。「たぶん、ポーラは気が咎めていたんです。そして、今朝になって、非難を正面から受けるだけの勇気が出なかったんでしょう。ただ、ぼくとしては……」私は急に言葉を切った。私はレディー・タワーズに自分の身内の厄介事を打ち明ける気になれなかった。だから言いかけていた言葉を切り替えて、「ただ、ぼくとしては、奥さまがいつものように優しく、ふつつかな従妹を許してくださるように願っています」と言い繕って言葉を結んでおいた。

「馬鹿なことをおっしゃらないでくださいな！　許すだの許さないだのと言いっこなしですよ」彼女はカールした髪を揺らせながら応じた。「さあ、朝食にいらっしゃい、どうせ、あなたは先生の言うことも聞かずに、部屋を出てしまうような人なんですから」

私は言われたとおりにした。そして、急いで朝食を済ませると、直ちに叔父の部屋へ向かった。

驚いたことに、叔父は部屋にいなかった。あとで知ったことだが、叔父は朝食室へ行く前に、私の様子を見に出かけていたのだ。だからこのときは、お互い行き違いになっていたのだろう。私は、叔父の書斎で待つことに決め、そこで彼と二人だけで落ち着いて話し合って、ポーラを今後どう扱ったら良いか決めようと考えた。

暖炉の火はパチパチと音を立てながら勢いよく燃えていたが、部屋は空っぽだった。私は大きな椅子を火の側に寄せて座ると、レディー・タワーズが先ほど渡してくれた紙切れを取り出し、じっくりとそれについて考えてみることにした。そこに書かれている言葉が、私に向けたものであったとも私に見せるつもりのものであったとも、一瞬たりとて思いはしなかった。これは前夜、召使がホープ嬢に手渡し、そのため彼女が急に客間を退去することになった手紙にちがいないのだ。

ホープ嬢を銃器室へ来させることで、ポーラは一体何を狙ったのだろうか？　そして就中《なかんずく》、ホープ嬢が慌てた様子で口にしたところから判断すれば、外から銃器室のドアに鍵を掛けたのは、ポーラということになりはしまいか？

私はこんな疑問を自分の心に問いながら、ポーラが「殺してやりたいくらい憎い」と言っていた女を銃器室におびき寄せた、彼女の心の裡を忖度《そんたく》して愕然とした。そのときドアにノックの音がして、私はハッとわれに返り、急いで「どうぞ」と答えた。

戸口のところに立っていたのはホープ嬢だったが、彼女は私の姿を認めると、入るのを躊躇しているようだった。

「ウィルフレッド卿がこのお部屋で」彼女は言った。「新しい秘書の手を必要としているかもしれないと思ったものですから。あなたはもう、ご自分の部屋から出てもよろしいのですか？」

「医者は駄目だと言っています。でも、ぼくは医者連中に対して、強情は最上の策である、と自己流を通していますから。さあ、どうぞお入りください。あなたにお会いしたいと思っていたところでした」

ホープ嬢は黙って部屋へ入って来て、私の言葉に同意したことを示してくれたが、腰を下ろそうとはしなかった。彼女は私と向かい合って立ったまま、こちらの言葉を待っていた。

「もうお聞きになっていますか」私は切り出した。「従妹がここを出ていったことは？」

「レディー・タワーズがそうおっしゃっていました。でも、ウィン嬢の話はしないことにしませんか。わたくしはまだ、昨夜、あなたが命を救ってくださったことのお礼もきちんと申し上げていないのですから」

「お礼だなんて！」私は短く応じた。私は彼女をまともに見る勇気が出なかった。自分の心にあること、眼の表情に出ているはずのことを彼女に悟られたくなかったからだ。「ぼくたちはあの銃器室で、ちょっとの間でしたが、一緒にずいぶん恐ろしい体験をしたものですね……でも、それがぼくたちの友情を強固にしてくれるのでは、と思っているんです」私はもっと言いたいことがあったが、ホープ嬢が不意にここで口を挟んだ。

「あなたがわたくしのお友達になってくださる、とおっしゃるんですか？」

「もちろんです、心からそうなりたいと願っています！」それから、私は出し抜けに付け加えた。「あなたは昨夜、なぜ銃器室へ行かれたのですか？」

「なぜって？　わたくしがレディー・タワーズや他の方々にした説明をお聞きになりませんでしたの？」

「いや、それはたしかにうかがいました。しかし、本当のわけを教えていただきたいのです。これは、たんなる好奇心でお尋ねしているわけではありません」

「わたくし、あなたにも……他の方々にも、申し上げた以上のことをお話ししようがありません」

「じゃあ、話すつもりはないとおっしゃるんですね？」

「はい、まあ、そんなところでしょうか」

「あなたをそこへおびき寄せた人物を庇《かば》おうとして、お話しになるつもりがないんですね、わかっています」

ホープ嬢は、ハッと驚いた表情の眼をこちらに向けた。

「おっしゃる意味がわかりません！」

「ぼくにはわかっているんです、従妹のポーラがあなたにあそこに来るように手紙を書いたことを。ぼくが知りたいのは、従妹がぼくと同じように、階段の上の窓から覗き込んで銃器室にいるものを見た上で、わざとあなたを罠へおびき寄せたのだろうかということです」

「ダークモアさん！　なぜ、そんなことをお尋ねになるのですか？」

「あなたの口から、それを否定する言葉をどうしても聞きたいと願っているからです。ご覧ください、これはあなたが落とされた手紙です。宛名も書いてなく、ぼく宛てのものかもしれないと思って読んでしまいました。でも、それは間違いでした。『邪魔がなくなったらすぐに、銃器室まで来てください。怖くなければ、来られるはずです。わたしはお待ちしていますから。ポーラ・ウィン』と書いてあります。ポーラは最後に署名しなくてはなりませんでした。署名がなければ、あなたは、あそこへは行かなかったでしょうからね。それであなたは行きました。さあ、あなたは名誉にかけて、ぼくの考えていることが……恐れていることが、間違っていると断言してくださいますか？」

「シーッ」ホープ嬢が不意に言った。「ウィルフレッド卿がお戻りのようです」

振り向くと、叔父が戸口に立っているのが見えたが、彼の顔は真っ青で、表情は気味悪いほど硬かった。

「答えてやってください、ホープさん」叔父は言った。「甥の疑念は当たっているのでしょうか？」

私と二人だけのときは、ホープ嬢はいつでも自分の力を意識した、紛れもない大人の女性だったが、それが叔父に向かうと、彼女はまったくの小娘のように幼なげで、従順で、無邪気な存在になってしまうのだった。今も彼女は、もう降参しました、というような仕草で手を投げ出した。

「でも、どうして、そんなことに、わたくしが……どうしてそんなことにお答えできましまして？」彼女はおずおずしたような口振りで叫んだ。「手紙はたしかに受け取りましたわ、それは間違いありません。否定しようがありませんもの、ダークモアさんがそれを手に持っていらっしゃるのですから。それに、わたくしは、自分がポーラさんのおっしゃることや、なさることを怖がっていると思われるよりも、あそこへ出かけたほうがましだと思っていたものですから。それで、ドアを開けて入ってみたんです。でも、そこには誰もいませんでした。そのとき、背後でドアが閉まり、外から鍵が掛けられたのです。鍵の廻る音が聞こえました……そして……そして誰かが……」

「さあ、続けてください」ウィルフレッド卿は物静かな抑揚のない調子を変えずに言葉を継いだ。

「誰かが『お休みなさい』と言う声が聞こえたように思いました。でも、そう思っただけなのかもしれません」

「それで、そう言ったのは、私の姪だとお思いになったわけですね?」

「はい、こちらから呼びかけたのですが、返事はありませんでした。それだけです……わたくしにわかっていますのは」

「姪が階段の窓のところを通って、部屋に戻っていくのをご覧になりましたか?」

「はい……誰か、人がそこを通るのが見えました」

「姪は、そこからあなたのほうを見下ろしましたか?」

「ああ、ウィルフレッドさま、もうご容赦ください。おわかりでございましょう、昨夜あんなことが客間であった後で、そんなご質問に答えなくてはならないのは二重に辛いことですもの」

「いや、これは何としても答えていただかなくてはならないのですよ、ホープさん。ポーラはあなたのほうを見下ろしたのでしょうか?」

「はい」

「それなら、ドアに鍵は残っていなかったのだから、彼女が持っていったにちがいないですね。さあ、これも答えていただかなくてはなりません。彼女は窓のところに、どのくらい長くいたのでしょうか? 彼女はそこを立ち去る前に虎を見たとお思いですか?」

「わたくしにはわかりません。それに……あなたさまにも、こんなことを、わたくしにお尋ねになる権利はないと思いますが」

「ないかもしれません。しかし今は、権利だの何だのと言って立ち止まっている場合ではありません」叔父は悲しげな口調で答えた。「ポーラには、あなたの前で直接尋ねてみなくてはならないでしょう。テリー、呼び鈴を鳴らしてくれ。わしはポーラをここへ呼んで、是が非でも彼女の口から直接答えさせるつもりだ」

「でも、ポーラはもうここにいないんですよ」と私は言ったが、叔父がまだその事実を知らないことも、私の口から最初にそれを叔父に伝えようとレディー・タワーズに約束したことも、これまですっかり忘れていたのだった。「ポーラはここを出ていってしまったんです、今日の早朝に、自分の小間使いを連れて」

「そうか、わしがよく気をつけていれば察知できたかもしれなかったのにな！　わしはあれの脅し文句をすっかり失念してしまっていた。しかし、ポーラがこんなふうに自分から姿をくらましたとなれば、もう自分の罪を認めたようなものだ」

「どうか、お願いです」ホープ嬢は、少女のように青ざめた顔になって懇願した。「そんなことは、無理矢理にわたくしから聞き出した上でのご判断ですから、はっきりとしないことは、できるだけポーラさんに有利になるように考えてあげてください」

十一章　自由の身に！

私は、ロンドンへ戻ればポーツマス・スクエアの叔父の家で、ポーラと顔を合わせる可能性がないとはいえないと思っていた。しかし、いざ戻ってみると、ポーラがその家にいたのは荷造りを指図する間だけで、荷物をすぐに友人のアネズリー夫人のところへ送らせたことを知った。翌朝、彼女から私宛てに手紙がきて、五時にアネズリー邸にひとりでいるので来てほしい、としたためてあった。これには私も少々驚かされたが、とにかく、その時間にイートン・テラスのアネズリー邸へ出かけてみた。ポーラはすぐに、外出着の格好で現れた。

「ご機嫌はいかが？」ポーラは冷ややかに言った。「あなたが来ると思って、アネズリー氏が紹介してくれた弁護士のところから急いで戻ったところなの。何のことで弁護士のアドバイスが要るのかは想像がついているでしょう？」

「いや、皆目わからないね」私は努めて真面目くさった調子で返事をしたが、彼女の軽薄な調子が気に入らなかった。

「あら、そう、それならそれで良いわ。でも、あなたも随分鈍くなったのね、昔はそんなことなかったはずなのに。じゃあ、呼び鈴を鳴らしてお茶を持ってくるように頼んでちょうだい」

「先に話をしようじゃないか？」私は彼女を自分のペースに引き込もうとした。

「駄目よ、そんなの。せっかちなところがいかにも男の人らしいわね！　話は先に延ばせるけど、お茶はそうはいかないでしょう。放っておけば苦くなっちゃうんだから。ああ、でもここは気楽でいいわ！」そのとき、身なりの良い、粋な感じの従僕が盆を持って現れた。「あなたはご存じかしら」ポーラは言葉を続けた。「わたし、アネズリー夫妻とこれからすぐに外国へ行くつもりなの。行き先は南フランスとイタリアだけど。わたしがしばらくいなくなったら、あなただって、わたしのことを少しはありがたく思うようになるんじゃないかしら」

ポーラは小さな白い歯を見せてかすかに笑ったが、それが、彼女の顔に一種酷薄な印象を与えた。

「こうしてポーツマス・スクエアから離れて」ポーラは続けた。「自分がいなくなった後のことを遠くから見物するのは、とても面白いでしょうね……まるでお芝居のように。だって、まず、危険がひとつ取り除かれたんですもの。あなたのお友達のホープさんがいくら変わり者でも、無防備な独身男が二人で住んでいるところへは押し掛けられないでしょうからね。あら、忘れてたわ、叔父さまは独身者ではなく男やもめでしたっけ。でも、とにかく、世間の習わしっていうものがありますからね。だから、わたしがいない間は、あの女もあなたたちに近づけないわけよ。だから、気の毒なジェロームを雇い続けない限り、秘書の席は空席のままにしておかざるをえないでしょうね」

私はポーラが渡してくれた紅茶に口を付けないまま、それをテーブルに置くと、まっすぐに彼女の眼を見つめた。

「きみが留守をしたって、ホープ嬢が訪ねて来るのを止めることはできないよ、ポーラ。叔父さんが誰か申し分のない付添い役《シャペロン》の女性を家に入れるのか、どうやっていくつもりなのか、ぼくにはよくわからないけどね。でも、ホープ嬢はきっと叔父さんのところへ来ることになると思うよ」

ポーラは意味不明の怒りの叫び声を小さく挙げると、さっと立ち上がった。

「ああ、あの女は……あれは女の姿をした悪魔だわ！」彼女は悲鳴に似た声を挙げた。「あの女はわたしたちにとって、何て呪わしい存在だったんでしょう……そして、これからもそうなのよ！　それなのにあなたときたら、この間の夜、事態をそのままに放っておけなかったんですもの。偶然の成り行きが、あの女をこっちの邪魔にならないように片づけてくれるところだったっていうのに。そうなっていれば、誰も責められることなく、全てにけりがついていたかもしれないのよ。でも、あなたは藪蛇《やぶへび》なことをしないではいられなかった。あら、わたしはちゃんと聞いて知っているのよ。みんなが、彼女が難を逃れたことを祝福していたときはあそこにいなかったけど。あなたもずいぶん馬鹿なことをしたものね……あなたって本当に大馬鹿者だわ」

「何てことを言うんだい、ポーラ！　きみは自分の言っていることがわかっていないんだね？」私たちは二人とも立ち上がって、じっと睨み合った。

ポーラは、私の眼にただ事でない色を見ると、少しばかり怯《ひる》んだ様子を見せた。彼女の唇は真っ青になっていたが、それでも彼女はそれ以上一言も口を利こうとしなかった。私は初め、ポーラを責めようと思っていたわけではなかった。お互い言わなくてはならない言葉が、自然に口から出るようにしたいと思って、それを待っていただけだった。だが、ポーラの常軌を逸した厚顔ぶりに度肝を抜かれて、私は思わず自制心を失った。

「それじゃあ、やっぱり思っていたとおりなのか！」私は食いしばった歯の間から呟いた。「きみは殺人者になりかかったんだよ！」

「まあ、何するのよ？」彼女は叫んだ。「その手を離してよ。男らしくないわね！　わたしを痛い目に遭わせようっていうつもり！」

私は自分がポーラの手首を摑んでいることに気づいていなかった。

「ポーラ、きみはよくもあんなことを？」

「だってあれは自分のためだけでなく、あなたのためでもあったのよ。それに、わたしは……何もしなかったわ。彼女は自分の意志であそこへ行ったのよ。よしなさい、と言う義理はわたしにはないもの。あとから、あなたがいらぬお節介をしたって聞いたけど、こっちは別にあんな女を恐れてはいないわ。彼女がたとえ何を疑っているにしたって、わたしを正式に告発することはしないわ、絶対。それに彼女には、わたしがあの部屋に虎がいたのを知っていたということはわかりようがないんだから。たとえ、わかっていたと言ったって、わたしはそんなことは知らなかった、と言い張るつもりよ。それに、あなただって、このごろはスパイみたいなことをしているようだけど、まさかわたしを裏切ることまではできないでしょう。少なくとも、それだけはあなたを信頼しているわ。あの女も何も言わないでしょうね、きっと。わたしは彼女のことをよく知っているの。さあ、聞いてちょうだい、テリー、あの女がどんなに自分で否定しようと、彼女はファニー・エドワーズなのよ。わたしは確信しているわ。それに、それよりも、もっと悪いことがあるはずよ。さあ、わたしの言うことをよく聞いてちょうだい。彼女は何か暗い秘密を心の奥に隠しているのよ」

「いずれにしても、きみが墓場まで持っていかなくちゃならないほどの暗い秘密ではないだろうがね」私は言った。

「わたしをそんなに責めなくたっていいでしょう」彼女は言い返した。「あんなことをしたのも、あなたのためだったって言ったばかりなのに。あなたはわたしを観察して、こっちのことを密かに探って、いわば、わたしを泳がせていたのよ。それなのに、今度はわたしを攻撃して、あの女を護ろうとするんですもの。ああ、何てことでしょう！　たぶん、あなたも、あの女に魅入られてしまったのね？　どうして、もっと早くこのことに気がつかなかったんだろう？　あなたは……ああ、今になると、あなたの顔に書いてあることがはっきりわかるわ！　裏切り者！　あなたはここに来て、わたしを告発するつもりなんでしょう？　あの女を愛しているものだから！」

私は黙ったまま怒りに震えてポーラの前に立っていたが、心は惨めな気持ちで一杯だった。

「さあ、どうして返事をしてくれないの？　する気はないの？　わたしなんかの質問に返事をするのは沽券《こけん》にかかわるからだと思わせたいんでしょう、そんなことを尋ねる権利はわたしにはないって言いたいんでしょう、わかっているわよ、そんなことぐらい。でも本当は、あなただってわかっているはずだけど、あなたは返事ができないから返事をしないのよ。さあ、さっさとあの女のところへ帰ったらいいわ。あなたとの約束はなかったことにしてあげるから。あなたがわたしのことを愛していなかったように、わたしだってあなたを愛していなかったんだから。それだけのことだわ。さあ、もうこれであなたは自由の身よ」

私が答える間もないうちに、怒りで真っ青になったポーラはさっと私の側をすり抜けると、ドアを激しく開《あ》け閉てして出ていってしまった。私はしばらく、彼女が戻ってくるか伝言でも届けられるかと思って、じっと立《た》ったまま待っていた。しかしひとり取り残された私は、これからどうしたらよいものか、すぐには頭も回らなかった。

ここへやって来たことで、何か成果を挙げただろうか？　ある意味で成果は皆無だった。なぜなら、ポーラの態度を軟化させたり、彼女を悔い改めさせたりできた形跡を、何ひとつ見つけることはできなかったのだから。だが、別の意味で成果は大きかったといえるだろう。ポーラは結局、自分の罪を認めたのだから。そのことを知っているのは、私と叔父とホープ嬢の三人だけですむはずだと私は信じ、またそう願った。ポーラのしでかしたことを確認したショックは大きかったが、彼女に不当な濡れ衣を着せていたのでないことを知って、心のどこかで、ある種の落ち着きを感じていた。それに加えて、腹立たしい鎖からも完全に解放されたという、有頂天になりそうな喜びを感じたのも事実だった。

しかし同時にまた、激情に駆られ理性を失ったポーラから投げ返された自由を受け取る権利が、本当に自分にあるのだろうか、と心の中で自問した。彼女の言葉を額面通り受け取ったとしても、自分の行為を正当化できるだろうか？　ポーラが罪を犯したにしろ、自分で公言したとおり、もう私を愛していないにしろ、彼女が自ら招いた罰とはいえ、最も古い最大の友人であった叔父の愛までも失ってしまい、人生の危機に立たされているこんな今こそ、私が彼女に付き添ってやるべきではないだろうか？

こんなふうに、自分の心に問いかけている間、私は時間がどれだけ経ったのかも気づかなかった。たぶん、アネズリー夫人が戻ってくるまでに三十分くらいは経っていただろう。そのときばかりは、アネズリー夫人に会えて嬉しかった。夫人が戻ってきてくれて心底ほっとした。夫人が戻ったことで、ひとつの問題におのずと決着がついたからだ。アネズリー夫人が在宅となれば、ポーラともう一度話し合おうとしても意味がないだろう。結局、決定的な言葉はすでに口にされてしまったのだ。そして……私はついに自由の身になった！

どうやらポーラは、叔父と私の生活圏から自らの意志で完璧に姿を隠してしまったようだった。叔父の秘書のジェロームも、表向きは休暇中ということで不在だった。そして何週間かが経過した。〝灰色の女〟も、レディー・タワーズ邸にいたときはすぐにロンドンに戻るつもりだと言っていたが、未だにこちらに戻っていないようだった。叔父がホープ嬢の動静を知っているのかどうか、私には判断がつかなかった。しかしある朝、二人で朝食のテーブルについているとき、執事のウィームズに席を外すように言った叔父の様子から、何か特別の話があるのだろうとすぐに察しがついた。

「テリー！」叔父は執事がドアを閉めて出ていくとすぐさま口を切った。「わしはおまえから祝福をもらいたいんだがね」

「無条件で差し上げなくちゃいけませんか？」私は笑いながら応じた。

「まあ、そういうわけでもないんだが。実は、やっとのことで〝琥珀の魔女〟が……」叔父はそのニックネームを愛しそうに口にした。「……ロンドンに戻ってきたんだよ。わしは彼女に会ったんだ。そしたら、彼女ははっきりとわしに約束してくれたんだ」

身体中の血が凄まじい奔流となって頭に流れ込んできたような気がした。周りのものすべてが、大混乱をきたして足下に崩れ落ちていくような感じだった。叔父の言葉はひとつの意味にしか取りようがない。ポーラはそうなるのではないか、と予言していたが、悪い知らせは準備して待てるものではない。悪い知らせはいつだって、晴天の霹靂《へきれき》のようにやって来るのだから。

「お、おめでとうございます」私はどもりながら言った。「そ、それで、結婚式の日取りはいつに決まったんですか？」

「結婚式？　まさか！　おまえはわしが……いやはや、おまえもずいぶん馬鹿なことを考えるんだね！　もう少し、わしという人間をわかってくれていると思っていたんだが。ホープ嬢は、正式にわしの養女になることに同意してくれたんだよ。彼女には、近い親戚はもう一人も残っていないというのでね。おまえにもわかるだろうが、こういうことになったからには、きちんとすべて正式にやらなくてはいけないだろう」

「もちろんです」

一旦は落胆した気持ちが大きかった反動で、安堵感も強烈だった。私はしばらくものを言う気になれなかった。私は自分の顔が心の内を暴露しているのではないかと心配で、立ち上がってテーブルを離れた。しかし、叔父から逃げ切ることはできなかった。ウィルフレッド叔父も立ち上がると、私の両肩に手を掛けて私の眼をじっと覗き込んだ。

「二つほど質問させてもらうよ、テリー」叔父は優しい口調で言った。「この計画は……わしのこの希望は、おまえにとって気に入らないものだろうかな?」

「いいえ、断じて、そんなことはありません」

私は女学生のように自分の頬が赤らむのを意識した。

「それを聞いてわしも嬉しいよ。わしはかつて、おまえの幸せを考えて将来計画を立てたんだが、それは失敗だったようだ。ポーラとおまえはお互いに相性が悪かったからね。だから、間違いが手遅れにならないうちに正されたのはよかったと思っている。そこで次の質問だ。これはおまえの顔を見て気づかないわけにはいかなかったので訊くんだが、おまえは正直なところ、コンスエロ・ホープのことをどう思っているんだね?」

「ウィルフレッド叔父さん!」私は思わず叫んだ。

「すまん、すまん、しかし、これでもう返事はもらったも同然だ! それでは、この話はこれで終わりにしよう、テリー。これ以上話すのは少々時期尚早のきらいがあるからな。ただ、もうおまえは自由の身だということを忘れないように。おまえはこれから自由に、幸せになっていいんだ。幸福が自分の近くにきたときには、それを取り逃がしてはいけないよ。自分自身のことをいうなら、わしにとって、人生の喜びは、妻と一人娘が死んだときに全て縁のないものとなってしまったはずだった。しかし、今ごろになって、やっと自分の間違いに気がついたんだ。人の世の喜びがもう一度蘇ることもあるっていうことを知ったわけだよ。それはすべて、おまえの……そしてコンスエロのおかげだ。ある意味で、彼女のことではおまえに感謝しなくてはならないのだよ。おまえがいなかったら、わしが彼女に会うこともなかったかもしれないのだからね。さあ、こうしておまえと腹蔵なく話し合ったわけだから、おまえに聞く気があれば、どうして、初めて彼女の顔を見た瞬間から、彼女とわしの運命が解きがたいほどに絡み合っているように思えたか、そのわけを聞かせよう。そもそも、わしは……」

「申し訳ありません、玄関にひどく妙な子供が来ておりまして、すこぶる重大な用件があるから是非ともお会いしたいと言ってきかないものですから」と言う声が聞こえた。見ると、ウィームズが真面目くさった老いぼれ顔に、ほとほと困り果てたという表情を浮かべて戸口のところに立っていた。叔父の打ち明け話が聞けたかもしれない滅多にない一瞬は、こうして泡のごとく消え去ってしまった。

「差し出がましいことをするつもりはございませんでした」老執事は懸命に弁解に努めていた。「呼び鈴が鳴らされるまでは、けっしてお邪魔しないつもりでおりました。しかし子供の様子にただならぬ感じが見受けられたもので、あえてお知らせに上がったわけでございます。わたくしが何とか理解した限りでは、その子供は、旦那さまにお知らせしなければならない大変重要な情報を持っているとか、旦那さまが失くされた貴重品を見つけたとか、申しております。名前を訊いても名乗ろうとはせず、田舎からわざわざ出てきた、と言うばかりでして」

「子供を引き留めておいてよかったんだよ、ウィームズ、たとえ、また新たな物乞いが来ただけのことだとわかったとしてもね」叔父は言った。「テリー、おまえが代わりにその子供に会ってくれないかね？　今は、見ず知らずの者に会うような気分になれないんだよ」

熱を帯びたような輝きは、とうに叔父の眼から消えていた。ぎこちなさそうな落ち着かなげな自意識の表情だけがそこに残っていた。叔父は軽く肩をすくめると、少しばかり申し訳なさそうな作り笑いを私に向けてから、朝食室と隣り合っている書斎にそのまま姿を消した。

すぐにウィームズが、色の黒い、目つきの鋭い、ひょろっとした十二、三才くらいの少年を連れて入ってきた。子供は、齢の割に抜け目のなさそうな、用心深い目つきをした賢そうな感じの子供だったが、目や鼻や口元を奇妙にぴくぴく動かしていたから、執事が「ただならぬ感じ」といったのも頷《うなず》ける気がした。

「きみはどうしてわざわざ、ウィルフレッド・アモリー卿に会いにきたんだい?」私は質問した。

「小父さんがアモリー卿かい?」少年は鋭く問い返した。

「ちがうよ。でも、きみの用件はぼくが扱って良いことになっているんだ」

「扱って良いか悪いかは、おいらの知ったこっちゃないんだ。だけど、おいらを騙す気なら、こっちは一言も喋らないからね。用事っていうのは、ウィザートン新聞に載った広告のことなんだよ。これだけは最初に言っておいたほうがいいだろうな」

「ああ、そうか!」私は驚きを抑えることができなかった。「実は、新聞に広告を出したのはぼくだったんだよ。すると、広告に書いておいた、電報を持っていくのを引き受けた少年とは、きみだったというわけかい?」

「まあ、そんなところかな。とにかく、この家の住所が広告に載っていたから、ウィルフレッド卿の居場所がわかったのさ。それに、手紙を書くというのも、おいらにとってはあんまり上手い手ではなかったからね」

「どうしてだい? きみの情報を郵便局か新聞社に託しておいてもよかったんだよ。それが満足のいくものだったら、報酬はきちんと受け取れたんだから」

「ふん、たしかに、二ポンドはもらえたろうがね! ところが、黙っていれば、おいらはもっともらえるんだよ!」

「へー、そりゃ本当かい! すると、きみはなかなかの商売上手なんだね。それで、きみの知っている情報を元手に、こっちと取り引きしようっていうわけかい?」

「図星だよ、小父さん。電報を持っていったのはおいらだったんだ。そのときは、あの女の人は郵便局まで出かけるのが億劫だからおいらに頼んだんだろうと軽く考えていたのさ。だから、新聞の広告のことを耳にしたときは、知ってることを言っちゃおうと思ってたんだ。ところがそのすぐあとで、電報を頼んだ人のほうから、黙っていればもっとお金を出すって言ってきたもんだからね。だから問題は、小父さんに教えたら、小父さんのほうはいくら出す気かっていうことなんだ」

「三ポンドなら満足するかい？」

「だめだめ、黙っていればもっともらえるんだから。五ポンドで手を打たないかい、小父さん？　これよりは、びた一文もまけないぜ」

「ぼくだってこれ以上は絶対に出さないよ」私は五ポンド紙幣を財布から取り出すと、それを子供の前に差し出した。「さあ、きみの話を聞かせてくれたまえ」私は言った。「そして、きみが本当に電報を持っていったということを証明でき、それをきみに頼んだ人物のことを詳しく話してくれれば、きみはこのお金を受け取ってすぐに帰っていいんだよ」

「そんな証明、簡単にできるさ。あれは十月の最後の日だったんだ。あの同じ日の夜に〈恐怖の館〉の大時計が鳴りだして、マーチンヘッドの近くに住んでいる人はみんなぶったまげたんだからね。だけど、おいらが電報を持っていったときは、まだ鳴り始める前だったよ。時計は、そいつを届けて家へ戻ったらすぐ鳴りだしたんだから。最初に鳴ったのは五時だったのをよく憶えているぜ。おいらと母ちゃんは、村の外れでちっちゃな店を出して、薬草や、いろんな木の根っこや球根なんかを商っているんだよ。二人で森へ入って、売れるやつを採ってくるんだけどね。ところがある日のこと、つまり、時計の鳴った日の二、三日前っていうことだよ、女の人が二人、母ちゃんの店にやって来てローン・アベイ館のことや、昔そこに住んでいた人のことを根掘り葉掘り尋ねたんだ。若いほうは、背が高くて綺麗な人だったな。灰色の服を着てたよ、そして、色が白くて、髪は明るい色だった。もう一人は、これはほんとにおかしな恰好だったよ。腕に変てこな生き物を抱いていたけど、おいらはこれまで、あんなものを一度も見たことがなかったからね。とにかく、その女と同じくらい変てこな生き物だったんだ。二人とも、母ちゃんの薬草のことをすごく知りたいみたいだった。もちろん、母ちゃんは話してやったよ。母ちゃんは薬草の話が大好きだから！　母ちゃんが、人を殺せる木の根っこのことを話してやっているのがおいらにも聞こえてきた。でも、二人とも、母ちゃんが奥にしまってあるのを見せるまでは信じようとしなかったけどね。もちろん、そんなものを売りはしなかったさ。二人は、頭痛か何かに効く薬草を買うと、おいらに話しかけてきたんだ。若いほうがおいらに半クラウン銀貨（旧貨幣で二シリング六ペンス）をくれたよ。だから、母ちゃんはすっかり喜んじまって、その女の人に、アベイでヘインズ婆さんを殺して、今はアベイの敷地の中に埋められている娘のことを話したんだ。それから一日か二日したあとに、おいらは年寄りのほうが道を歩いているのに出会ったんだよ。ひどく急いでいるようだったけど、おいらの姿を見つけると息を切らしながら、『おまえさん、郵便局まで行ってこの電報を打ってきてくれないかい？』っておいらに頼むんだ。そして、半クラウン銀貨を渡して、釣りは取っておきなってね。そして、おいらがきちんと電報を打ったことがわかったら（朝になれば、はっきりすることだって言ってたけど）、その婆さんか連れのほうが、翌朝もう二シリングの駄賃をくれるって言うんだよ。おいらはもちろん喜んで行ったさ。次の朝、約束通り、手紙にくるんだ二シリング銅貨が郵便で届いたけどね。おいらはその金をどうやって使おうかとばっかり考えていたから、もう、電報の使いのことはあんまり考えなかったんだ。ところが、『偽電報』とお礼の話を村でみんなが喋っているのが聞こえたもんだから、もちろん、おいらは耳をそばだてたっていうわけさ。それで、新聞社へ行こうと思っているところへ、もう一通手紙が来て、おいらが黙っていて、広告に返事をしないでいれば（もう広告は見ていたけどね）、四週間したら、広告のお礼の二ポンドの代わりに三ポンド出すって書いてあったんだ。だからおいらは考えたね。あの二人は二シリングの約束を守った、だから、金貨で三ポンドっていう約束もきっと守るだろうなってね。だけど、だが待てよ、とおいらはもっと考えたさ。小父さんからたっぷりお礼をもらったほうがもっと得じゃないかって。さあ、これで全部話したぜ。じゃあ、これはもらっとくよ」

　私は返事も感想も言う気になれず、黙ったまま五ポンド紙幣を子供に渡した。急に黒々とした沈鬱な気分に襲われた。胸に重い石を置かれたような気がして、吐き気のようなものがこみ上げてきた。

十二章　墓の人影

それから三カ月が過ぎ、季節は早春となった。しかし〝灰色の女〟は、彼女が前内務大臣の養女になる件を正式に発表するのは、ローン・アベイ館の修復が完成して、アモリー卿がそこへ住むようになるまで延ばしてほしいと強く求めた。もっとも、彼女はその理由を誰にも言おうとしなかった（あの不思議なお相手役、ミス・トレイルに言った可能性はあるが）。

ローン・アベイ館の修復工事は大車輪で進められていた。館の内でも外でも、大勢の職人たちが作業にかかっていた。全てはホープ嬢が用意し、ウィルフレッド叔父が承諾した計画案に従って運ばれていた。庭師も六人がかりで館の周りで働いていた。全体的に見れば、期間の短かかったことを考慮に入れると、工事は奇跡に近いスピードで進捗《しんちょく》していた。

「あなたがローン・アベイ館で暮らし始めたら」と、ホープ嬢はかつて私に言ったことがあった。「もしお嬢でなければ、わたくしもそちらへまいります。でも、あなたより先に行くようなことはいたしません。これはたんなる気紛れかもしれませんが、わたくしには、あの館が奇妙に懐かしく思えてならないのです。新しい館では、全ての物事が、新たな秩序に従って動いてほしいと願っています」

ホープ嬢は工事完成までの間、クイーンズ・ゲイトにあるレディー・タワーズのロンドン邸で暮らしていた。ときには、叔父の仕事を助ける真似事をすることもあったが、私とはなるたけ顔を合わせまいとしているようだった。それに私のいるところでは、あまり嬉しそうな様子も見せなかった。だが、〝社交界〟はホープ嬢を放っておこうとしなかった。彼女の美しさ、彼女の周りに漂う謎めいた香気、そして一風変わった小説の著者であることなどが、彼女をすっかり社交界の〝寵児《ちょうじ》〟にしてしまったのだ。

アネズリー夫妻と旅行中のポーラは故国で起きているこんな事態の変化を知っているのだろうか、と私は時々思うこともあったが、彼女からの音沙汰は完全に途絶えたままだった。私たちの生活が何かとポーラに影響されていたことも、今では次第に過去のこととなっていくようだった。月々の支給金はポーラが仰々しく雇っている弁護士を通して相変わらず送られていたが、ポーラと私たちとの繋がりは、これだけになってしまっていた。

コンスエロ・ホープとウィルフレッド・アモリー卿の正式な養子縁組みは、ローン・アベイ館改修完成披露パーティーも兼ねて、四月の第二週に晩餐会と舞踏会を開いて、盛大に祝われることに決まった。

私は、内務省に近くて便利なこともあって、ホワイトホール・コートに部屋を借りていたが、気が向いたときには、土曜日曜をアベイ館で過ごすつもりだった。しかし、館の改修が完成して、装いを新たにした姿を見せるはずの舞踏会の当夜まで、おまえは見ないでいるほうが良いというのが叔父の考えだった。たぶんそれは、ホープ嬢の考えでもあったのだろうと思う。

叔父は召使たちを先に遣《や》っておいてから、披露パーティーの前夜にアベイに出かけていった。レディー・タワーズは、パーティーの当日にホープ嬢を連れて行く約束になっていて、夫人はそのあと、そのまま一週間以上そこに滞在するとのことだった。

パーティー当日、私はマーチンヘッドの駅に降り立ったとき、何だか夢の真っただなかにいるような奇妙な感じに襲われた。荷物だけ先に送っておいて、館まで歩いていくことにあらかじめ決めていた。だから、駅にどの汽車で着くかも、わざと知らせないでおいたのだった。

マーチンヘッドはもうすっかり春めいていた。川沿いに広がる田園地帯には、四月の中ごろ特有の、穏やかな、心を浮き立たせるような陽気が大気中に感じられた。駅から村へ通じる近道になっている野原の中の道を進んでいくと、足下から雲雀《ひばり》が一羽、さえずりながら晴れた空へ舞い上がっていった。遠くには、満開のピンク色の林檎の花や、雪のように真っ白な早咲きのサンザシの花がどこまでも続いているのが見えた。

やがて、最後の踏み段（羊などの家畜用の柵を越えやすくした工夫）を越えると、もうそこは、あちこちに小さな家が点在する村の外れだった。私はさらに、キングサリの木々に覆われた田舎家風別荘や、新築の別荘の前を過ぎて、満開になった栗の白い花と緑の葉がアーチをなしている道に沿い、ローン・アベイ館に向かった。

私の少し前方を、引っ越し用の荷車がガタガタと音を立てて進んでいた。荷車はしばらくの間、長く伸びているエメラルドグリーンの美しい眺めを無粋に遮っていたが、間もなく、ローン・アベイ館のほぼ真っ正面に当たるところに建っている、小さな、小綺麗な別荘風の家の前に止まった。

昨年の秋に初めてこの土地を訪れたとき、〈鳥の巣荘〉と呼ばれているこの別荘風の家に、「貸家、家具なし」の札が出ていたことを思い出した。こうしてみると、最近になって借り手がついたのだろう。〈鳥の巣荘〉という名前が、少々そぐわないような気がしたが、こぢんまりした低い造りの別荘は、なかなか住み心地が良さそうな雰囲気を見せていた。建物は綺麗に刈り込まれた生け垣からほどよく奥に引っ込んでいて、その気になれば、二階の窓から、向かいのローン・アベイ館の高いゲートを出入りする人を見張ることもできそうだった。

ここに新たに住む人は（ウィルフレッド叔父の一番の隣人ということになるが）、ひょっとして自分の知っている人だろうか、それともまったくの赤の他人だろうか、とぼんやり考えながら、私は何気なく二階の窓に眼をやった。そのとき、中央の窓のカーテンの間に、深紅の色がさっと動くのが見えて、私の眼は釘付けになった。

深紅の服を着た女がこちらを窺っているようだった。しかし、黒い眼と黒っぽい髪が見えたと思った瞬間、モスリンのカーテンがさっと引かれて、後は赤い服がちらっと窓に映るのが見えただけだった。

私は、誰かがあからさまに身を隠そうとしたことにすっかり驚いてしまい、しばらくの間、その家から眼を離せなかった。なおもじっと見つめていると、着いたばかりの家具を入れようとするらしく、玄関のドアが勢いよく開いた。

二階の窓に映った深紅の影はすでに消えていた。

私は歩きながら考えた。なぜ、叔父の新しい隣人は、私に姿を見られてはまずいと思ったのだろうか？間もなくローン・アベイ館の高い通用門まで来たが、私はすぐに門を潜らず、久しく無人になっていた番小屋の戸口のところで子供が二人遊んでいるのをしばらく眺めていた。それから、ふと気紛れが起きて、この門からでなく、別の入り口から入ってみようという気になった。特に何時に着くと期待されていたわけではないのだから、少しばかり回り道をしたって、誰の迷惑にもなりはしまい。

高い塀と、綺麗に刈り込まれたばかりの延々と続く生け垣に沿ってしばらく歩き、さらに庭園の外れも通り越していくと、ローン・アベイ館の敷地と境を接している牧草地の端に出た。三角形になっている草地の隅の踏み段を飛び越えて、今度は生け垣の内側に沿って進んだ。遠くに川が白く光って流れていたが、私のいるところと川との中間ほどのところに、一本の高い木が、老婆殺しの犯人フローレンス・ヘインズの墓に覆いかぶさるように立っているのが見えた。

私はその墓を二度と見たいとは思わなかった。ローン・アベイ館が、そんな凶悪な女に永久の休息所を与えていることにも、相変わらず腹立たしい思いを抱いていた。しかし、なぜかそのときは、もう一度その場所を通って〈修道院長の散歩道〉沿いに館へ戻ってみようという気持ちになっていた。

ところが驚いたことに、そこにはすでに先客がいた。近づいていくと、すらりとした人の姿が、日を浴びた黄緑色の木々の若葉を背景に、影絵のように浮かび上がった。男が一人、両手を後ろに組んだまま、草の中に低い墓があることを示す石のすぐ側に、じっと立っているではないか！

男の背中はこちらに向けられていて、弾力のある芝生を踏んで近づく私のかすかな足音は聞こえなかったらしい。だから、私の靴に踏まれた小枝がパキッと音を立て、男がハッとして振り向くまでに、私はすでにかなり男に接近していた。彼が黒っぽい髪をした、隙のない身なりをした若い男であることもしっかり確認していた。男はこちらに顔を向けたが、その顔は、僅か一瞬であっても、一度見たらけっして忘れられそうにない顔だった。彼は、近づいていく私を肩越しにじっと見つめていたが、そうでなくても、これから二十年はその顔を忘れることはなかったろう。それは、これ以上ハンサムな顔は考えられないといった顔だった。事実、男の顔は整いすぎていて、若い娘たちがちやほやする俳優か、彫刻家のモデル以外に、こんな顔があるとは考えられなかった。しかしその顔からは、この男にある種の逞しさが秘められていることも感じ取れた。

一瞬、私は男が話しかけてくるものと思って立ち止まった。しかし彼は、生き生きとした青い眼を問い質すようにじっと私に向けたまま、かすかに唇を開きかけたが、そのまま何も言わずに下を向くと、小さなステッキを後ろ手に握って、足早に立ち去っていった。男は私の来た道を引き返した。男が少し先まで行ったとき、私は彼のあとをつけてみたいという誘惑に打ち勝つことができなくなった。私はなぜか、彼が本通りまで出たら、そのあとどちらへ向かうのかを知っておきたいという、理屈に合わない、しかし、抑えようのない好奇心に捉えられてしまった。

見知らぬ男は一度も振り返らずにそのまま小道を進むと、小さな踏み段を越えて本通りに出た。私も急いでそこまで行き、彼の行方を眼で追った。

道はまっすぐに伸びていた。本通り上には、彼の他に人影はなかった。やがて、男が足早に〈鳥の巣荘〉の門に入っていくのが見え、私の好奇心は一応満足させられた。

私はそれだけのことを見届けると、道を引き返してゆっくり館へと向かった。

〈修道院長の散歩道〉沿いに植えられていた古い木々は、新たに、奇を衒《てら》った恰好に刈り込まれ、以前のように繁り放題伸び放題ということはなくなっていた。前に見たときには、厚く青味泥《あおみどろ》で覆われていた濠の水も、今はすっかり綺麗に澄んでいた。ローン・アベイ館は、百年くらい前のその昔、この館に住む人々が隆盛を極めていたころはかくや、と思わせるばかりに変身した姿を見せていた。濠の向こうには、エメラルドグリーンのビロードを敷き詰めたように美しい滑らかな緑の芝地が広がっていた。そして、真っ赤なチューリップの咲き誇る花壇が、芝の緑をところどころで飾っていた。日時計の礎石の下には、様々な草花が咲き乱れていた。

灰色の石造りの古い建物は、うららかな春の美しい眺めといささか不調和に、相変わらず人を厳しく寄せ付けない気配を見せて聳《そび》えていたが、辺りには名状しがたい、心を浮き立たせるような賑々《にぎにぎ》しい雰囲気が漲っているのが感じられた。私には最初、どうしてこんな陽気な感じがするのかよくわからなかった。しかし、重厚な樫の鏡板の前に置かれた、青と白の大きな陶器の花瓶を薄暗がり越しに見ながら、塔の下の大きく開かれた正面扉に近づいていくうちに、そのわけが次第にわかってきた。館の窓という窓には、鮮やかな色の模様の入った、透けるように薄い絹のカーテンが掛かっていた。館の近くには、紅白縦縞のキャンバスの大天幕が張られていた。さらに、細長い深紅の絨毯が、馬車道から、鉄の蝶番の付いた、彫刻模様が彫り込まれた大扉のところまで、すでにきちんと敷かれていた。

誰かが館の中でピアノを弾いていた。ピアノの調べは風に乗って私の耳にも聞こえてきた。私はしばしそれに耳を傾けた。だがそのとき、出し抜けに塔の大時計が時を告げ始めたので、私はぎょっとした。大時計は、残響音を鈍く響かせながら、五回続けてその殷々《いんいん》たる音を響かせた。それが止むと、頭上から明るい笑い声が降ってきた。見上げると、時計の下の出窓に二つの顔が並んでいるのが見えた。それは、ウィルフレッド叔父とコンスエロ・ホープの顔だった。

晩餐会は終わった。その席では、ウィルフレッド卿とその美しい養女の健康を祈って何度も祝杯が上げられ、素晴らしい祝辞も数多く披露された。

外の芝生の上には、鮮やかに彩色された無数の提灯《ちょうちん》が紫色に染まった空を背景に下げられていた。大天幕は照明で目映いばかりに明るかった。どこか見えないところから、ハープとバイオリンの調べが聞こえてきた。花の香りは至るところに満ち満ちて、白いバラと黄色のチューリップが、黒ずんだ樫の鏡板を背景に美しく映えていた。

続々と馬車が到着し、早めに舞踏会へやって来た客たちを降ろしているところだった。アベイ館の数ある寝室も、今夜はきっと空きがないだろう。マーチンヘッドのホテルも満員のことだろう。だが、時計塔のあの呪われた部屋を私が使うことを羨ましく思う者は一人もいはしまい、と私はふとそんなことを考えた。

エリザベス女王の御代以前に修道院の食事室として使われていた大広間が、この日は舞踏室に使われることになっていた。無数の明るい灯が、磨き上げられた床に反射していた。その向こうに、客間と繋がった造りになっている現代風の温室があった。叔父のかたわらに立っているコンスエロ・ホープの姿が、客間と温室のドアの間の大きな通路で、新たに入れたばかりの鉢植えの棕櫚《しゅろ》の木を背に、くっきりと浮かび上がっているのが見えた。

これほど美しいコンスエロを見るのは初めてだった。彼女はいつもどおり、〝灰色の女〟の姿ではあったが、そのときの彼女のドレスは、夏の夜の月の光のように透明な、真珠を思わせる灰色だった。私は彼女の服についてもともと詳しく知っているわけではないが、その日の服は、まるで柔らかな霧が彼女の周りに漂っているような感じだったことを憶えている。そして、その霧の中から、素晴らしい顔、首、腕が、ほとんどこの世のものとも思えない美しさでほのかに輝いていた。私は彼女から眼を離すことができなかった。

「今晩は踊られますか?」私は黙ってしばらく彼女の側に立っていてから訊いた。

ホープ嬢は、明るく輝く眼を私に向けた。

「それはわかりません。わたくしの新たな義務と責任を忘れてはなりませんから」

「もし、踊られる場合には、ぼくと最初に踊ってくださいますか?」

「『はい』と申し上げたいと思っていますし、ウィルフレッド卿もそれをお望みだと思います。でも、今夜は自分の中に、何か……超能力みたいなものが感じられて、それで……」

「あなたには、いつもそういうものが備わっているように思っていましたが」私は彼女の言葉を遮った。

しかし、ホープ嬢には私の言葉が耳に入っていないようだった。

「わたくしは何か事が起きる前に、それを察知できるような気がしているんです」彼女は続けた。「たとえば、あなたが最初にわたくしにダンスを、とおっしゃることもわかっておりました。でも、たとえそれをお受けしても、その通りにはいかなくなる事態が起きることもわかっているんです。不思議でしょう？　でも、わたくし、そんな予感が次々に感じられてしまって、何だか熱に浮かされたような気分になっているんですの」

「あなたは、今夜、幸せではないんですか？」私は長い睫に隠されている彼女の眼の奥を覗き込むようにして尋ねた。

「わたくしが幸せかどうかとお訊きになるんですか？　幸せでないなんてお返事したら、わたくしはとんでもない恩知らずということになりましょう。わたくしは今、道のない山をやっと苦労して登って、しばし休息しているような幸せを感じております。でも、そうして休息している間にも、まだまだ越えていかなければならない、もっと高い山を目の前に見ているような気持ちなのです。あなたには、わたくしの言う意味がおわかりにならないと思いますけど。でもわたくしは、なぜかあなただけには、言わないままにしておいたほうがいいことまで、お話ししてしまいたい誘惑に負けてしまいそうな気がしています」

もし私がホープ嬢の顔の表情を正しく読みとったとすれば、それは私の共感を求めている表情だった。彼女がいつもまとっている謎のベールを不意に捨て去りたくなったことを物語っている表情のはずだった。

「もし、あなたが何か助けを必要としていて」私は驚いて言った。「そして、ぼくの助けがお役に立つとおっしゃるなら」

「ああ、あなたは、わたくしがどのような助けを必要としているかご存じありません。でも、わたくしにそれを与えることのできる人は、この世に一人もいないのです、たとえそれが、わたくしにこれまで一番親切にしてくれた友人であっても」

「ぼくの叔父のことをおっしゃっているのですか？」

「いいえ、あなたの叔父さまとはまだ知り合ってから、それほど間がありません。わたくしの申し上げているのは、以前、『親友が一人いる』とお話しした人のことです。そのときは、その人の名前まではお話ししませんでしたが」

何カ月か前に自分の心を深く刺し貫いた、あの惨めな嫉妬と同じ苦しみにまたしても苦しめられながら、私はそのときのことを思い出した。

「あなたも、その人のことはご存じだと思っていますが」彼女は奇妙に弁解するような口調で言葉を続けた。「わたくしは、あなたがその人の名前を口にされるのを聞いたことがありますもの。獄中で命を落とし、川の近くの寂しい場所に埋められた、あの不幸な人殺し女フローレンス・ヘインズのことをお話しになったときです。彼女の裁判ではその人が彼女の弁護をした、とおっしゃったはずですが」

「トム・ゴードンのことでしょうか？」私は理不尽な嫉妬の炎に身を焼かれながら聞き返した。

「はい、わたくしの言おうとしたのはトム・ゴードンのことです。ウィルフレッド卿は、その弁護士がわたくしの友人であることをご存じです。叔父さまは、彼にも今夜の会に出席するように招待状を送りました。ですから、きっと来るだろうと思っております、はっきりした自信はありませんが」

「あなたの不思議な予感でも、そこまではわからないんですか？」私はほとんど不機嫌な声になって尋ねた。私は自分がゴードンを憎んでいることを自覚していた。そして、彼が頭の切れる辣腕《らつわん》弁護士であるがゆえに憎んでいた。それが彼女にとって、ゴードン弁護士の一番の魅力になっているのだろうと思いながら。

「ええ、そこまではわかりません。ただ、何か不穏な、予想もしていなかったような、たぶん、痛ましいようなことが、こんなに楽しい勝利の真っただなかにも（わたくしにとって、今夜はある意味で勝利であると思っていますから）、起きないではすまないような予感がしてならないのです。こんな妙なことを感じなければいいのにと、どんなにか願っているのですが、そんな予感が向こうから聞こえてくるやるせなく甘いハープの調べのように、わたくしの全神経を疼《うず》かせるのです」

「少なくとも、ぼくと最初に踊ると約束だけでもしてくださいませんか？」私は執拗に食い下がった。「あなたが約束を果たすことができなくてもかまいません。もし、あなたと踊ることができなければ、今日は誰とも踊らないことにします。あなたも同じ約束をしてくださいますか?」

「あなたのおっしゃるのは、わたくしがあなた以外の人とは踊らないと約束せよ、という意味ですか?」

「そうです、たとえば、もしゴードン弁護士が来ても、彼とは踊ってほしくないのです」

〝灰色の女〟は、普段は感情や心の動きをベールの下に隠していたし、私もそれを見抜くほど敏感ではなかった。しかし驚いたことに、このときは、真珠のように白い彼女の頬にバラ色の波がさっと広がっていくのが見えた。

「ゴードンさんは、わたくしには、どうこうしてほしいというような言い方はいたしません。あの方はわたくしにしてほしいことは、自分の権利として要求します。その場合……わたくしは、それに従わなくてはなりません」

こんなふうに言われて、私は一瞬頭が混乱した。いずれにしても、私は自分が彼女に何の権利も持っていないことを忘れていた。自分が彼女を愛していること、嫉妬に心を苛《さいな》まれていること、それに、こんな惨めさから逃れたいという思いだけが痛切に意識された。

「他の男を意のままにできるあなたが、ゴードン弁護士によって意のままにされるなんて、彼はあなたにとって何者なんですか?」私は叫んだ。「いったい彼は何をあなたに……」

ホープ嬢の顔に浮かんだ表情が、私の口から出かかった言葉を止めた。

「さあ、おしまいまでおっしゃってください。おっしゃらなくてはいけません」彼女はなかば囁くように言った。

「申し訳ありません。ぼくがあなたに対して何の権利もないことはわかっています。ぼくは、あなたが彼に約束を与えてしまったのか……彼の妻になる約束を与えてしまったのか、とお尋ねしようとしていたのです」

「まあ、とんでもない、そんな約束はしていませんわ」

ホープ嬢はホッとしたような顔になって微笑むと、不意に向きを変えた。招待客たちがどんどん到着し始めていた。私は三分間ほど彼女を独占していたのだ。私に期待できるのはここまでだった。しかしそのあと、間もなくダンスが始まろうというころ、私は彼女の前に行って待った。

「このワルツを是非とも一緒に踊っていただきたいのですが」私は彼女に頼んだが、私の口振りは、こんな場合に相応しくないほど思い詰めたものだったと思う。ともあれ、彼女が私の求めを拒絶するにせよ同意するにせよ、なぜ、そんなことが、たんにダンスの約束以上の大きな意味を持つのか、私には立ち止まって考えるだけの余裕がなかったのだ。

「何としても、とおっしゃるんですか？　それでは、少々強引すぎませんかしら？　でも、わたくしの予感は当たらずに終わりそうですわね」

『人世は夢』のメロディーが流れてきた。人々は踊り始めた。私は大胆にも彼女の腰に腕を廻した。すると、真珠の網飾りを着けた彼女の手が私の肩に置かれた。

次の瞬間、私たちは一緒に踊り始めているはずだった。だが、甲高い声が私とホープ嬢の周りに張られていた一種の結界を破った。

「コンスエロ、急いで！　あたしと一緒に来なくちゃだめですよ！　ぐずぐずしている暇はないんですよ。あなたに是非とも話さなくちゃならないことがあるんだから」

そう叫んだのはミス・トレイルだった。彼女は、黒と深紅の繻子織りの服を着たおぞましいばかりの姿で、偶像のような眼を興奮した様子でぎょろぎょろさせながら、ずんぐりした太った手で、ホープ嬢の薄地のドレスの袖を引っ張った。

〝灰色の女〟は、ハッとしたようにそっと私から身を引いた。

「それ、どういう意味ですか？」彼女は囁いた。

「質問している暇なんかないんですよ。さあ、話ができるところへ行かなくちゃあね。早く支度してくださいよ。どうすべきか思案しなくちゃならないんだから」

そう言いながらミス・トレイルは、気の進まないらしいホープ嬢を、まだ腰に回している私の腕から引き離した。ミス・トレイルには私の存在が眼に入っていないようだった。たぶん、彼女は私のことを憶えていなかったのだろう。

ホープ嬢は一度私のほうを振り向いたが、そのまま、声を落とすことも思い至らないほど興奮して早口で喋っているお相手役のあとについていった。

「よりにもよって彼がやって来たんですよ、しかも、こんな上手くいったっていうときに。会っても大丈夫かしらね？　それとも、他に何か打つ手があるかしらね？　まず、あなたが先に温室に入って、彼と顔を合わせる前にそこで気持ちを落ち着かせておくことができればいいかもしれない！　彼を連れてきたのは彼らなんですよ。これは、ひょっとしたら、陰謀でしょうかねえ？」

「わたくしには、あなたの言う意味がわかりません。『彼』だの『彼ら』だのって、いったい誰のことですか？」美しい唇は呟くように訊いた。

「ああ、もう手遅れだ！　彼らがやって来ましたよ！」

私が最初に思ったのは、コンスエロ・ホープが愛しているか恐れているらしい、辣腕弁護士のトム・ゴードンのことだった。私はそう思いながら振り向いた。だが、開け放たれた大きなアコーディオン・ドアのほうへ眼をやったとき、私は自分の見たものを信じる気になれなかった。

玄関ホールと客間の間で、ここからははっきりと見えない男の腕にもたれて立っている、背の高い、黒い髪の美しい女がポーラだなどということが、本当にありうるのだろうか？

だが、それはポーラだった。そして、その前にいるのは間違いなくアネズリー夫妻だった。私がイタリアかフランスにいるとばかり思っていた三人を見つめて呆然と立ち尽くしていたとき、従僕の一人が、会釈をしながら大声で彼らの名前を呼び上げた。「アーサー・アネズリーご夫妻、並びにミス・ウィン、ミスター・ジョージ・ヘインズ・ハヴィランドご一行のお着きでございます」

彼らは、叔父がダンスをする気のない客たちと談笑している客間の奥へ向かってやって来た。ポーラは昂然と顔を上げて、赤い唇に挑戦的な笑みを浮かべ、黄色の繻子織りのドレスを大きく揺らしながら部屋へ入ってきた。黒い髪には、ダイアの髪飾りが光っていた。彼女の手は、あの見知らぬ男の腕に軽く掛けられていた。私がつい二、三時間前に、フローレンス・ヘインズの墓のかたわらで俯いているのを見つけ、借り手の付いたばかりの〈鳥の巣荘〉の門に姿を消すのを見届けるまであとをつけた男だ。

彼らが叔父と挨拶を交わしているのが見えた。叔父がぐっと肩を張るのも見えた。それは、叔父が何か大きな精神的努力をするときにときおり見せる、気力を集中させるためにする仕草だった。ポーラは相変わらず微笑んだまま（感じの悪い微笑だった）ハンサムな見知らぬ男を叔父に紹介していた。しかし、私はこれ以上待っていられなかった。舞踏室を出て彼らのいる客間へずかずかと入っていくと、ポーラに手を差し出した。

私がそんなことをしたのは、どんな厄介ごとが起きたときにも常に叔父のかたわらに付いていなくては、という昔から習慣になっている気持ちの他に、たぶん、はっきりと意識はしていなかったが、〝灰色の女〟に心の準備をさせる時間を少しでも長く稼いでやりたいという気持ちに急かされたこともあったのだろうと思う。だが、ホープ嬢が何を恐れているのか、何のために心の準備をしなくてはならないのか、私には皆目わからなかった。しかし、私は彼女を心から愛していた。そして、できるときには、どんなことをしてでも彼女の盾になってやらなくてはという盲目の思いに自分がしっかり捉えられていることを感じていた。

「きみは、ぼくたちに不意打ちを食らわせたかったのかい、ポーラ？」私は低い声で言った。彼女は、私が差し出した手を取ろうともしなかった。

「そうよ……でも、ずいぶんと……びっくりしたでしょう……」彼女は客間の周りや向こうの舞踏室の方へ素早く鋭い視線を向けながら言った。「わたしたちイギリスに戻ったの……まあ、その……予定外の時期ではあったけど。そうしたら、ここで舞踏会があるって聞いたものだから顔を出すことにしたわけ。招待状の来るのを待ってなくてもよかったんでしょう？」

「そりゃ構わないさ、きみが来たかったのならね」

「それに、アネズリーさんたちもここの川が大好きだから、この近くに別荘を借りたのよ。〈鳥の巣荘〉っていうんだけど」

「なるほど！　そうすると今日の午後、あそこの窓のところに見えた赤い服の女性はきみだったのかい？」

「女の人の姿が見えたっていうの？　それじゃあ、そのときに〈鳥の巣荘〉にわたしかミセス・アネズリーがいるとわかってしまっていたら、不意打ち効果が駄目になっていたところだったのね。わたし、どんなことがあっても、それだけはしたくなかったのよ。そうそう、あなたにヘインズ・ハヴィランドさんを紹介しておくわ。ヘインズ・ハヴィランドさんは、去年の秋、ウィルフレッド叔父さまにローン・アベイをお売りになった方よ。もとはヘインズ姓だったんだけど、その後、なにか家庭の理由で、ハヴィランドを付けて名乗ることになったんですって。私たち、ニースでお会いしたの。それで、数日前に一緒にイギリスに戻ったというわけなの」

私にはもう、ポーラがなぜこの男をイギリスにつれて戻ってきたのか、なぜ眼に狡《ずる》そうな表情を浮かべて彼に微笑みかけるのかもわかっていた。ポーラは、この男ならきっと、〝灰色の女〟を見れば正体を見抜くことができるだろうと信じていたのだ。ヘインズ・ハヴィランドは、ローン・アベイ館で女中頭をしていた老女の養子だった。もしもこの男と知り合うことで、他に何も得るところがなかったなら、召使の養子という事実だけで、ヘインズ・ハヴィランドと名乗る男などポーラの眼中に絶対入りはしなかったろう。ところが今は、ポーラはヘインズ・ハヴィランドと一種の信頼と友情に結ばれているような様子を見せながら、彼の腕にもたれて立っているではないか。

「叔父さまは、わたしのしたことを許して忘れてくれるっておっしゃったわ」彼女は奇妙に激しい思いのこもった視線を私に向けて言った。「わたし、自尊心を傷つけられるのは好きじゃないから辛かったけど、でもお願いしたの。さあ、今度はあなたにお願いするわ、あなたも、許してくださるかしら？」

「許すとも、喜んで。許さなくてはならないようなわけがあるならね」

「なにも、叔父さまに、わたしをもう一度もとの立場に戻してって頼もうっていうんじゃないのよ」彼女は言葉を続けた。「わたしはもう自由になったんだもの。それに、今晩は、叔父さまが正式にわたしの後釜を決めたことを公表したわけですものね。でも、わたしたちはみんなお友達でいられるわ。こんなことをヘインズ・ハヴィランドさんの前で話しても、あなたは別に気にしなくていいのよ。この方は最近ずっとわたしたちと一緒だったから、秘密にしておくようなことは何もないんですもの。でも、先日のわたしの無礼を許してくれなくてはいけない人が他にもいるかぎり、完全に幸せな気分にはなれないの。もちろん、ホープさんのことを言ってるのよ。だからお願い、わたしを彼女のところへ連れて行ってちょうだい」

「ホープ嬢は踊っているんじゃないかな」私はどぎまぎしながら答えた。「でもここには、きみの友達もたくさん来ているんだろう、ポーラ、きみを見てびっくりして喜ぶような。そっちへ先に挨拶したほうがいいと思うんだけどね」

「そうはいかないわ。彼らなら待たせておけるもの」

「それじゃあ、ぼくが連れて行くしかないか」私は言った。「でも、ヘインズ・ハヴィランドさんにダンスの機会をなくしてしまうのはよくないね。ぼくが彼に誰かパートナーを紹介してあげよう」

「ヘインズ・ハヴィランドさんは、あとでわたしと踊るつもりよ」ポーラはそう言うと、彼のほうにちらっと蠱惑《こわく》的な眼差しを向けた。

「ウィン嬢が、ホープさんは素晴らしい方だとしきりにおっしゃるもので、大いに好奇心を掻き立てられましてね」ポーラの連れが口を挟んだ。

ちょうどその時、塔の大時計が厳かに十一時を告げ始めた。最初の低い音が鳴った瞬間、その衝撃がこの男の全身を振動させたように見えた。聖人を思わせる美しさは、すでに彼の顔から消えていた。そして、じっと聞き耳を立てている彼の姿勢は、苦悶している人のそれに他ならなかった。

「……八、九、十、十一！」大時計の時鐘は殷々と鳴り響いた。

時鐘が十一回鳴り響いたあとで、一秒にも満たない間だったが、かすかに震えている男の全身の筋肉に、これで終わりか、それとももうひとつ鳴るのか、と激しく緊張して待ち受けているらしい様子がはっきり見て取れた。それから、時計がそのまま静まりかえると、彼は恐ろしい夢から覚めた子供のように、ほっと小さくひとつ溜息をつくと、かすかな笑みを浮かべた。

「ああ、驚きました」ヘインズ・ハヴィランドは言った。「急に時計の音がしたものですから、一瞬ギクッとしたんですよ。あの大時計を捲く仕事に関して、一種の秘密めいた話があったことを思い出したものですから。私は時計の秘密は何も知りませんでしたが、殺された養母は時計の動かし方に精通していたようです。しかし非常に用心深くて、義母は私にはその仕組みを打ち明けてくれませんでした。うっかりしてましたが、ここはもう一度、もとの所有者のアモリー家の方々の手に戻ったのでしたね」

自分の心の動揺を気づかれたと思ってこんな説明をしたのだろうが、とうてい納得のいくものとは思えなかった。私にはなぜか、この男が、大時計がそのとき十二時を打つかもしれないと恐れていたように思えてならなかった。だから、時鐘が十二にひとつ足らない数を打ったのを知って、あんなに安堵した顔を見せたのではあるまいか。

「誰が時計をもう一度鳴るようにしたのかわかったら、きっと面白いことになるでしょうね」ポーラは言った。「まあ、そんなことどうでもいいけれど、ねえ、わたしの従兄《モンクザン》さん、ホープさんを探すのに手を貸してくれるの、それともくれないの？」

「ぼくには手を貸しようがないんだよ。どこへ行けばホープ嬢が見つかるのか知らないんだから」

「あら、そう、あなたにその気がないなら、叔父さまが助けてくれるでしょうね、きっと」

ポーラはそう言うと、完全に彼女の言いなりになっているらしい男の腕に依然としてもたれながら、私を押しのけるようにして出ていきかけた。だが私としては、二人の動きを座視しているわけにはいかなかった。コンスエロがまだ舞踏室にいて、これから起きるかもしれない事態に備えているなら、何としてもそこへ駆けつけてやらねばならない。抑えがたい衝動が私にそう命じていた。

まず、必死で彼女の姿を探してみたが、ホープ嬢の姿はどこにも見えなかった。すでに最初のダンスは終わっていた。次の曲が始まっていたが、踊る人々の中に彼女はいないようだった。

舞踏室のフロアーは混み合っていたから、私は踊っている人々を避けながら急いで人気のない温室へ滑り込んだ。それから、さしあたりすることはなくなったと感じながら、棕櫚の木の下に田舎風のベンチが設えてある部屋の片隅に行って腰を下ろした。そこは丈の高い鉄砲百合に上手く隠される形で、どちらのドアからも死角になっていた。だから、恋人たちが愛を囁くのには打ってつけの場所だったろう。だが、私の目的にもぴったり合致していた。しばらく誰にも邪魔されずに、じっくり落ち着いて考えてみるために、これ以上相応しいところもなかったのだ。

しかし、私がその人目につかない片隅に腰を下ろして一分と経つか経たないうちに、外側のドアから誰かが入ってきて、私の背後を通り過ぎていくのがわかった。床の上に衣擦れの音がしたあとで、男の足音がそれに続いたが、さらにベンチに人の腰掛ける気配が伝わってきた。

こちらとしては、まことに居心地が悪いことになってきた。たとえプロポーズの言葉であっても、他人の愛の囁きを立ち聞きするのは愉快なことではない。しかし、私は出るに出られなくなってしまった。ためらっているうちに、男のほうが話し始めた。ゴードン弁護士にはここ何年も会っていなかったが、それが、フローレンス・ヘインズの無実を証明しようとして頑張った有名な弁護士の声であることはすぐにわかった。

「どうするつもりなんです?」弁護士は誰かに尋ねた。

「わかりません」答えたのは、紛れもなくコンスエロ・ホープの声だった。

「あなたの勝利の瞬間とも言うべきときに、こんなことになるとは不思議ですな、もし、本当にそうだとすると」

「でも、人生って不思議なものですわ。わたくしの人生ほど不思議なものもないでしょうけど」

「私があなたの危険に気をつけ、あなたを護ってあげられるとしたら、あなたは何をしてくれますか?」

「何がおできになると?」

「私に打つ手がまったくないわけではないのは、おわかりでは。他の連中は、とっくに、そんなことはわかっていたんですから」

「わかっております。あなたがわたくしのためにしてくださったことには、深く感謝していますから」

「感謝ですと! 私たちは、そんなものは卒業したはずじゃないんですか、コンスエロ。私はそれ以上のものを望んでます。さあ、今夜、返事をお願いします。返事はひとつしかないはずですよ」

「ゴードンさん! あなたは、わたくしを脅迫しようというおつもりですか?」

「いや、そんなふうには思っとりません。しかし、自分にもまだわからないんだが、ときどき、自分の中に気の狂った、捨て鉢になった悪魔が巣くっているように思えることがあるんですよ。その悪魔は、あなたが私を愛すると言ってくれさえすれば、あなたのためとあらば、私を地の果てにでも行かせるんだが、あなたが私を愛さないとなると、今度は私をあなたの敵にしてしまおうとするんですな。神かけて言いますがね、そんなことになったら、私が何をしでかすか自分でもわからんのです。だから、はっきり言っときますが、どうか、私をこれ以上苦しめるようなことはやめてください」

「ああ、お友達になってください。真の私心のないお友達に!」

「馬鹿なことをおっしゃっちゃいけませんよ! あなたのような女性に対して、男は『私心のないお友達』になどなれっこないんです。さあさあ、一度あなたにキスさせてくれませんか、そうすれば、以前にもそうしたように、あなたと危険の間にこの身を投げて見せますから。なに、嫌だと? よし、もうこうなったら、何としても!」

私はこれ以上我慢できなかった。ここまでは何とか自分を抑えていたのだ。二人の間で最初の言葉が交わされたあとも私が身を隠していたこと以上に、こんなやりとりを立ち聞きされたと知れば、いっそうひどく彼女の気持ちが傷つくと思ってしたことだった。しかし、指でしっかり耳に栓をしていても、感情に駆られてますます高まっていく二人の声を完全に塞ぐことはできなかった。自分がゴードンに殴りつけられたかのように、私の血は煮えくり返った。私はベンチからがばっと立ち上がると、周りの植木鉢を蹴倒しながら、茂みの外へ大股に歩み出ていき、激しく息を弾ませて弁護士を睨みつけた。

ホープ嬢は提灯の仄暗いバラ色の光越しに立ち聞き者の顔を認めると、小さくハッと声を挙げたが、私はその声に胸を切り裂かれる思いだった。〝灰色の女〟はすぐにゴードンから身を引くとこちらへやって来た。一秒にも満たない僅かな間、彼女は私の腕に手を置いた。彼女のほっそりとした身体に震えが電流のように走るのを感じ取ることができた。狂ったように激しい喜びが、崩れ落ちる大波のように私に襲いかかった。彼女は反射的に私に保護を求めてきたのだ。しかし、すぐにわれに返り、気力を取り戻したようだった。だが私には、そんな一瞬の彼女の動きが何よりも嬉しかった。

ゴードン弁護士は座っていたベンチから急いで立ち上がると、しばらくは黙ったまま、不機嫌そうな顔で私に向かい合っていた。彼は私より背が低かったが、それでもかなりの上背があった。歳は私より十歳以上は上だったと思う。色は浅黒く、筋骨は逞しかった。濃い眉と、眼窩《がんか》の底できらきらと光る灰色の眼が特徴の、不敵な面構えをした中年男だった。そして、胡麻塩の縮れ髪をもじゃもじゃに生やした大頭が、この弁護士に独特な風貌を与えていた。

「こりゃ驚いた！」ゴードンは唸るように叫ぶと、しばらく私を睨《ね》めつけていたが、その声には、何かに思い当たって怒っているといった奇妙な響きが感じられた。「こりゃ驚いた！」彼はさらに力を込めて、考え込んでいるような調子でもう一度繰り返した。「よりにもよって、テレンス・ダークモアだったか！　これにもっと早く思い至らなかったとは、私もとんだ大間抜けだな！」

ゴードンはそれ以上一言も発せず、大きな頭をがっくりと落とすと胸の前で腕を組んだ。それから、引きつった指で神経質そうに腕をとんとんと叩きながら、私たちの側を通って庭の芝生に通じる、さきほど彼らが入ってきたドアから外へ出ていってしまった。

「コンスエロ！」私は彼女に呼びかけた。これまで、彼女の洗礼名を口にする勇気はなかったが、このときは、それが意図せずに、ごく自然に私の口から出たのだった。「許してください！　ぼくは罠に落ちたのです。あっという間に、こんな羽目になってしまったのです。あなた方の話を聞くまいと努めました。でも今は、聞いたことを後悔していません。さあ、ぼくを、あなたが是非とも必要としている、その友人にしてください。そして、いつの日か、友人以上の存在に。そうすれば、ぼくは……」

「シーッ！」彼女は私の言葉を止めたが、その声には、奇妙な、ほとんどこの世のものとは思えないような厳かな響きがあった。「今夜のことが、わたくしにとってどういう結末になるのか、それは神さまだけがご存じです！」

ホープ嬢は私の存在も眼に入っていないのか、それとも忘れてしまったかのように、私から少し身を引くと無数の蠟燭の白い光が流れ出ている舞踏室のドアのほうへ行ってしまった。まるで、冷たい夜気がすっと吹き込んできて、私たちを隔て越えることのできない壁を作ってしまったような感じだった。私には、彼女を引き止めることなどとてもできなかった。だから、ちょうどそのとき三人の人間が戸口を塞ぐ形にならなかったら、私は彼女が行ってしまうのを、立ち尽くしたまま見送るしかなかったはずである。やって来たのは、ポーラ、ウィルフレッド叔父、それに、ヘインズ・ハヴィランドと名乗っている男だった。

それがどんな危機であったにせよ、ついに危機は到来したのだ。全身の血が激しい勢いで心臓に逆流するような感じを味わいながら、私は〝灰色の女〟のかたわらへ歩み寄った。

「コンスエロ」叔父が彼女に呼びかけた。「あなたの許しをほしがっている人をつれてきたよ。わしは、もう少しあとにしたほうがいいんじゃないか、と言ったんだが、聞き入れてもらえなくてね」

「これまでの数々の失礼を許していただけるかしら、ホープさん」ポーラは手を差し伸べながら、滑らかな口調で言った。「あなたに古くからのお友達を紹介することで、少しでも罪滅ぼしができれば嬉しいんだけど。だって、久しく会っていない昔のお友達に再会するのは、誰にとっても嬉しいことでしょう？　それに、そんな二人を引き合わすのは、自分にも幸せなことですもの」そう言うと、ポーラは軽く首を傾げて、彼女のかたわらに立っている、聖人のように整った顔の男にホープ嬢の注意を向けた。

ほんの一、二秒でも、あんなハンサムな顔が毒々しい表情を浮かべることができるかどうかはともかく、私は、男の生き生きした青い眼から、鋭いパチッという音とともに火花が散ったかのような錯覚を覚えた。瞬時のうちに男の眼の表情が一変した。彼の眼は〝灰色の女〟にじっと注がれていた。たちまち、奇妙に当惑した表情が、悪意のこもった表情に取って代わった。そして顔全体が神経質そうに震えた。もしも人の表情にそんなことができるなら、その表情はホープ嬢の魂を刺し貫いていたのではあるまいか。こんな激しい表情が、やがて、じっと睨みつけるようなしつこいものに変わっていった。

ポーラにちらっと眼を遣ると、彼女も、この新しい友人の顔に浮かんだ奇妙な表情を食い入るように見つめているところだった。

私はホープ嬢に差し出がましい様子を見せる気にはなれなかったが、それでも不安な気持ちには勝てず、思わず彼女のほうに眼を向けた。少なくとも、表面から見る限り、私が心配するには及ばなかったのかもしれない。ホープ嬢は、見たところ、不安そうな様子はまったく見せていなかったのだから。

「わたくしには、何のことやら皆目わからないのですけど」ホープ嬢はそっと息を吐くように言った。「ポーラさんは、古くからのお友達とおっしゃいましたけど、わたくしは、あなたにどこかでお会いしたことがあるのでしょうか？」彼女は子供のようにあどけない微笑を浮かべながら訊いた。

「私も、どう考えたらいいのかわかりかねています。私も本当に、と、と、当惑しているところで……」ヘインズ・ハヴィランドはどもりながら応じた。

「それに、わたくし」コンスエロ・ホープは言葉を続けた。「ヘインズ・ハヴィランドさんというお名前は今晩初めて耳にしたばかりです」

「ああ、がっかりだわ」ポーラは努めて明るい口調で言った。「古いお友達同士を引き合わせることができるとばかり思っていたのに。でも、とにかくお二人ともローン・アベイ館のことはよくご存じだから、共通の話題には事欠かないでしょう? さあ、ヘインズ・ハヴィランドさん」ポーラはここでふざけたような調子で付け加えた。「ホープさんと握手してお友達になってあげてくださいな」

ヘインズ・ハヴィランドは言われたとおり、インド人のような黒いほっそりした手を差し出した。何となく蛇を思わせる手だった。このときもう一度、聖人のような美しい眼に、ちらっと険悪な表情が走り、青く光った。彼の指が、差し出されたコンスエロの手に触れた。その瞬間、ホープ嬢はハッと喘ぐような声を挙げてさっと手を引っ込めた。

「わたくしをあちらへ連れて行ってくださいませ」彼女はウィルフレッド叔父に囁いたが、嗚咽のためはっきりした声にはならなかった。「このダンスは……わたくし……踊る約束がしてあるものですから」

「ああ、何ということだ!」ヘインズ・ハヴィランドが呟く声が、私の耳に聞こえた。彼の顔は、半開きになった唇まで真っ青になっていた。そしてその眼は、真珠の飾りに被われたホープ嬢の手に釘付けになっていた。

十三章　夜と夜明け

誰もが舞踏会は大成功だと言った。ローン・アベイ館は、終始、さながらお伽《とぎ》の国のような観を呈していた。しかし私はその間を、催眠術にかかったような気分で過ごしていた。

時間はのろのろと経っていくように感じられた。私は、アベイ館を美しく飾る、彩色を施した提灯のきらめきの向こうに広がる紫色の夜の闇を見つめながら、囁くような音を立てて流れる川近くの、あの不思議な墓のことをずっと思っていた。

今では規則正しく時を告げるようになっていた塔の大時計が、深夜の二時半を低く告げたところだった。ちょうど、最後の客を乗せた馬車が出ていき、並木沿いに走る車輪の音が次第に消えていった。

私が自分の部屋にもどったのは、それから二十分ほどあとのことだった。私の居室は、時計塔内にある、幽霊の出ると言われていた部屋だった。晩餐時には大急ぎで着替えをしなくてはならなかったので、ここまで、新たに自室となった部屋のことに思いを巡らしてみる暇はなかった。そして今、こうして静まりかえった真夜中に、一人その部屋に閉じこもってみると、前回この場所を見たときの様子が、一瞬のうちにまざまざと記憶に蘇ってきた。だが、あのときと今では、部屋の様子は何と変わってしまったことだろう。

かび臭い色褪せたカーテンや、過去の悲劇を思い出させるようなものは全て取り除かれていた。旧式な家具も、殺された老女が横たわっていた、あの恐ろしげな天蓋付きのベッドも、全て現代風の感覚のものに置き換えられていた。黒い鏡板を張った壁には、私の好きな水彩画や版画が掛けられていた。暖炉の前には、大きな白い毛皮の敷物が敷かれ、部屋の隅には本棚が置かれ、窓の下には書き物机があった。叔父の従僕が私の所持品をきちんとしまってくれた化粧台の上には、色鮮やかな花が飾られていた。

全てが明るい陽気な雰囲気に変わっていた。部屋は、幽霊だの何だのといった陰気くさいものを一切寄せ付けない雰囲気になっていた。しかし、ベッドに横になって、次第に弱まっていく石炭の赤い火を見ているうちに（普段使われていない部屋から夜の冷気を取り去るために燃やしておいてくれたのだろう）、この部屋を館の他の部屋と永久に異質のものに変えてしまった薄気味悪い感じが、否応なしに迫ってくるような気がして、他のことは一切考えられなくなってしまった。

私はなかなか眠れなかった。奇妙な形をした影が、暖炉の炎の揺れるのに合わせて壁にぼんやり浮かび上がった。そして、真夜中の闇と静寂に包まれ、館の他の人々から自分一人だけが離れたところにいるという少々薄気味悪い思いにひたっているうちに、何だか身体の芯が冷えていくような感じがした。

突然、ハッとして肘をついて身体を起こした。暖炉の火が最後に一度揺らめくと、そのまま部屋は真の闇になった。直後に、ベッドの頭部の上の辺りで、何かが動きながらそっと息をしているような音が聞こえたのだ。誰かがそっと足を下ろすような、床板がかすかに軋む音も聞こえた。しかし、私は床につく前に部屋のドアに施錠したことを確信していた。だからこの部屋は、他の人間が出ることも入ることもできないはずだった。

次の瞬間、正体は不明だったが、何かが私に触れたような気がした。長々と溜息をつくような息が頬に感じられた。私は、これまで味わったこともない迷信的な恐怖に駆られて、ベッドから跳ね起きると、手探りで炉棚のところまで行ってマッチを擦った。

蠟マッチの炎が一瞬ぱっと燃え上がって、私の周りに、直径二、三ヤードほどの明るい円を作った。やがて、マッチのちらちら揺らめく火が次第に小さくなっていった。そのとき、何かが床と天井の中間辺りの壁の上を這っているのが見えた。いや、実際は、見えたというより、見えたような気がした、というほうが適切だろう。私はそちらへ二、三歩近寄ってみたが、その間に、それは闇の中に溶け入るように消えてしまった。

それはあっという間の出来事で、得体の知れないものは、現れたと思う間もなく消えてしまったから、私には、何かを見たと断言できるような話ではなかった。しかし、微塵の疑いもなく、人の手が、または人の手らしきものが、綺麗に磨かれた黒い鏡板の壁の上をすっと動いたことだけはわかっていた。

私はしばらくじっと息を殺して待った。しかし指が熱くなってきたので、化粧台の上の蠟燭を点けることもせず、マッチを吹き消した。部屋が真っ暗闇になるとすぐに、再び溜息とも呻き声ともつかぬ声が静寂を乱した。

私は根が迷信を信じない人間だったから、これまで二十九年間の生涯で出合った様々な不気味な事態にも、臆病な振る舞いをしたことは一度もなかったと思っている。このときも、危険を恐れる気持ちは毛頭なかったはずだ。だが、蜘蛛のように壁を這い回る灰色の手と、暗闇の中で聞こえる、空気を深々と吸い込むようなシユーッという音のことを思うと、健康そのものの私の血流も、心なしか乱されてしまいそうだった。

私のベッドは、かつてもうひとつのベッドがあったところに置かれていた。だから、もう一度徹底的に部屋を調べてみようと蠟燭を点けたときは、この部屋に入り込んだ者に一度ならず姿を見せたと言い伝えられている、殺害されたハナ・ヘインズの、鮮血を滴らせた姿の亡霊のことが心にあり、さっきまで自分が寝ていた枕のほうを見ないではいられなかった。しかし、私の頭でできた凹みと、床の方に垂れ下がった乱れたベッドカバー以外には何も見えなかった。いや、正確に言えば、遠くからベッドのほうを見やりながら、何も見えないと思っていた。しかし、蠟燭を眼の前に掲げて部屋の中を歩き回っているうちに、ふとベッドに近づいたそのとき、自分の眼か頭が意地悪な錯覚を起こしたとしか思えないようなものが視界に飛び込んできた。

つい先ほどまで、落ち着かないまま、何とか眠ろうとして頭を置いていたレースのフリル飾り付きの枕一面に、それまではなかったはずの真っ赤な染みが付いているではないか。夏の夕立の雨粒くらいの丸い染みが、白いリンネルの上一面に付いていていた。そして、それがところどころで重なり合っていた。私は自分の眼が見たものをほとんど信じられないまま、蠟燭をかざしてじっとその染みを見つめていたが、それは、揺らめく光の中でてらてらと濡れたように光っていた。

もう、とても眠るどころではなかった。

ある程度神経を落ち着かせることはできたが、自分の眼が見たものを忘れることはとうていできない相談だった。白み始めた空の鋼色の光が窓の暗闇を最初に切り裂いたとき、私は心底ほっとした。

東の空がゆっくりと、言いようもない美しい薔薇色に染まっていき、カナリヤの胸毛のような金色がたゆたいだしたとき、私はベッドを出ると、ひりひりするほど冷たいシャワーを浴び気分を爽快にして、闇の中であった謎めいた出来事は何の実態もない悪夢の中のことだ、と思うことにした。

だが、それが起きたことは確かだった。私はけっして夢を見ていたわけではなかったのだ。枕の上の真っ赤な点々と、ハンカチの上に見つけた一筋の血の跡が、充分すぎるくらいにそのことを証明していた。しかしどちらも、明るさを増した日の光の中で見ると、そんなことが起きたときの不気味さはすっかり影を潜めているように思われた。

私は六時前に着替えをすませてしまうと、ロビーと廊下を抜けて、塔と大ホールを隔てている階段を二つ下りた。それから、重い樫の扉の閂《かんぬき》をそっと外して、早朝の爽やかな空気の中へ踏み出した。

私は無意識のうちに川へ足を向けた。朝日を反射してきらきら流れている川へ近づいていくと、すぐに、新しく造られたばかりのボート小屋が眼に入った。小屋は完成しておらず、ボートはまだ、そこにしまえるようになっていなかった。しかし、昨日ボートを使った者がいたとみえ、一艘のボートが、この近所の人は正直者ばかりだから大丈夫とでもいうように、きちんと繋がれることもないまま放置されていた。

私は櫂《かい》を手にすると、小屋の屋根の下からそっとボートを押し出した。

川堤沿いに柳と栗が生い茂っていた。その枝が川面の方へ大きく張り出して、新緑のトンネルを作っていた。

私は辺りの穏やかな景色を楽しみながら、櫂を水平に上げてボートが流れるに任せることにした。私の胸は生まれて初めての深刻な恋で甘く疼いていたが、その感覚は、私だけしかいないらしいこの美しい自然の中で、さらに痛切なるものに高まっていくような気がした。

眼を牧草地の方向に巡らすと（蜘蛛の巣に懸かった朝露がダイアモンドの屑のようにきらめいていた）、突然、白か薄い灰色の服を着た人の姿が眼に飛び込んできた。コンスエロ・ホープにちがいない。ほっそりとした、しなやかな、普通の女性より高い上背から、見間違うはずはなかった。

ホープ嬢は何か目的があるらしく、急ぎ足で歩いていた。私は櫂にもたれたまま、彼女が軽やかな弾むような優雅な足取りで歩いていくのを眼にして、何となく嬉しい気分になった。朝のこんなに早い時間に、いったいどこへ行こうとしているのだろう、とも思わなかった。自分自身が着替えて外に出ていたのだから、彼女が同じようなことをして何の不思議があろうか？

だが、しばらくそうしてホープ嬢の姿に眼を注いでいるうちに、彼女が何か特別の意図を持って、フローレンス・ヘインズの墓にまっしぐらに向かっているらしいことがはっきりと見て取れた。その墓の笠石はボートに座っている私からもよく見えた。

そんなことに気がつくと、急に怪訝な思いが湧いてきて、早朝の夢のような気分も、それほど牧歌的なものでなくなってしまった。一度ならず、ホープ嬢を謎めいた力で引きつけたあの殺人犯の墓に、一体全体どんな秘密が隠されているのだろうか？

ホープ嬢はすでにそこに着き、墓の傍らに跪《ひざまず》いていた。しかし、背中がこちらに向けられていたから、何をしているのかはわからなかった。

私は櫂を取り上げた。魔法をかけられたような、筆舌に尽くしがたいほど美しい早朝の時間はすでに終わっていた。私はそのままボートを出そうとした。しかし、そのとき墓のほうに向かってやって来るもうひとつの人影を認めて、漕ぎ出すのをやめにした。

やって来たのは男だった。その男は、昨日私が本通りから牧草地に入った踏み段のある辺りから、こちらへ向かって来るところだった。

最初のうち、ホープ嬢が自分に向かって近づいて来る人影に気づいていないのは明らかだった。だが、すぐに気がつくと、彼女はさっと立ち上がった。それから、一瞬、奇妙に強ばった姿勢でじっと立っていたが、すぐに館に向けて歩き出した。

男はホープ嬢に追いつこうという意思をはっきりと見せて、彼女の後を追っていた。それは、紛れもなくへインズ・ハヴィランドだった。

これだけの事情を呑み込むと、私は、とりあえずボートを漕ぎ出さずにおこうと心を決めた。〝灰色の女〟が私の存在なり保護なりを必要としていないとはっきりわかるまでは、このままここで待っていよう、と思ったのだ。

ホープ嬢は男の数ヤード先を急ぎ足で歩いていたが、逃げ切れないと思ったのか、不意にくるりと振り向くと、毅然とした態度で男の近づいてくるのを待っていた。男はすぐに彼女のところまでやって来た。見ている私の心臓は早鐘を打っていた。

へインズ・ハヴィランドは帽子を取った。昨日と同じソフト帽だった（その帽子は、絵に描いたようにハンサムな顔に特によく似合っていた）。彼はホープ嬢の手を取る気らしく片手を差し出したが、彼女が握手を拒むように、両手を後ろに隠すのが見えた。

しばらくの間、二人は立ったまま、穏やかに話しているようだったので、私は、自分が顔を出すまでもあるまいと思い始めた。そのとき、ホープ嬢は相手がこれ以上近づくのを押し戻そうとするかのように、右手を素早く上げると、掌を彼の胸に当てて、腕を一杯に伸ばして彼を近づけまいとした。左手は後ろに隠されたままだった。私としては、もうこれ以上黙って見過ごすことはできなかった。

私はボートを舫《もや》う間も惜しんで岸に飛び移ると、低い堤を駆け上り、彼らのほうへ向かって一目散に走った。

ホープ嬢は男と揉み合っているところだった。男はホープ嬢の後ろに隠された手を摑もうとしているらしい。彼女が必死で身を解こうとしているのは明らかだったが、ホープ嬢は一声も発しなかった。彼女は、危急に際しても軽々しく悲鳴を挙げるような女性ではなかったのだ。

二人とも横顔をこちらに向けていたから、私は彼らに見られることも、露に濡れた草を踏む軽い足音を聞かれることもなく、数ヤードのところまで接近することができた。

男は私を認めると、ぎょっとしてホープ嬢から身を引いた。私は、猫がネズミに飛びかかるときに見せる、真剣さと意地悪さが入り混じったような気持ちを味わいながら、男の肩をぐいと掴んだ。

男をしっかりと抑えつけて、相手の筋肉の力がこちらの指の下で抜けていくのを感じながら、私は自分の肉体的優位をはっきりと意識していた。私の頭は彼の頭よりも一フィート以上も上にあった。相手は、取っ組み合うにも値しないほど、惨めでちっぽけな存在だった。

思いがけない攻撃に遭って、彼は神経質そうに一度、身体全体をぴくっと震わせたが、その後は抵抗しようとさえしなかった。しかし私は、相手をしっかり抑えつけながらも、自分の体力を誇る気持ちが指の先からすり抜けていくように感じていた。つい昨晩、あの温室で、彼女を救うつもりでゴードンとの間に割って入ったときに、〝灰色の女〟の口にした言葉が、突然、思い出されたからだった。

ホープ嬢のためを思ってしたことが、またしても、本人から余計なことと受け取られたらどうしよう？　私のことを、いつも人の動静を窺っていて、他人の私事にしょっちゅう口出ししようとする、嫌味なお節介人間だと思いはしないだろうか？

だが、ホープ嬢の眼に怒りの表情は見えなかった。

「ありがとうございます、ダークモアさん！」彼女は叫んだ。「あなたはひどく無体《むたい》な面倒事からわたくしを救ってくださったんです。この人は、つい昨夜まで名前さえ聞いたことのない人でしたのに、わたくしに対して許しがたい無礼を働こうとしたのですから。気が狂っていると考えておくのが、こんな行為を最大限好意的に解釈したことになるんでしょうね」

ヘインズ・ハヴィランドは、狐につままれたような顔をしてホープ嬢をじっと見つめていた。ホープ嬢の言葉そのものを注意深く聞いているというより、どこかで聞いたことのある声の響きをもう一度聞けるのでは、と期待しながら彼女の言葉に聞き入っているようにも見えた。しかし、突然、彼は私のほうに眼を向けた。

「驚きましたね、ダークモアさん！」彼は叫んだ。「あなたはこの州一の力持ちなんでしょう？　そんなブロディングナグがリリパット（『ガリヴァー旅行記』にある大人国と小人国）と戦うのはフェアじゃありませんよ。私は潔く罪を認めます。たしかに誤ったことをしました。ですから、お詫びしなくてはなりません。しかし、それにしても、あなたがもう少し遅れてきてくれたらよかったんですが！」

「きみはぼくにでなく、このご婦人に謝らなくてはいけないんだよ」私は残忍な気持ちを抑えるようにして言った。「なんなら、ぼくが謝らせてやろうか、今、この場で！」

「この人に謝るですって？」彼は鸚鵡返しに言った。「この人に謝れって言うんですか？　お断りします……今のところは……確信のいくまでは……」ホープ嬢に向けた彼の青い眼がキラッと光ったが、それは彼女の心の奥底まで貫き通したかのようだった。「私がこの人に謝るだなんて、誰にもさせはしませんよ、そんな馬鹿なことを！」

男の言葉と表情に、こちらを侮辱する気なのがはっきり出ているのを感じて、私はカッとなった。

「きみにそうさせるつもりの人間が、ここにいるのが見えないのか！」私は叫んだ。

こんな言葉が私の口から出たとたん、男がたちまち臆病者になってしまったのがはっきり見て取れた。彼は私を恐れていた。私の優れた体力を恐れていた。

「もうこれ以上、私たちが話し合う必要はありませんね」彼は突然口走った。「私が間違っていました。この方に嫌な思いをさせたり、不都合な思いをさせたというならお詫びします。しかしもし、私に言い訳ができるとするなら、この事実にこそ……しかし、まさか！　どうして、そんなことが考えられるだろうか？　いえいえ、私は、アモリー家の方々と気まずい関係になりたいなどと毛頭思っておりません。ですからホープ嬢には、これまでのことを全て許していただきたいと願っています」

「もう結構です」彼女は毅然とした口調で言った。

「ダークモアさんは如何でしょうか?」

にっこり笑ったときの男の顔は、天使のように美しかった。

「ホープ嬢が許すとおっしゃるなら、ぼくは別に構いませんよ」

「どうもありがとうございます。私はこの懐かしい土地を、まだ人が起きていない早朝に散歩したいと思っただけなんです。まさか、こんな出会いがあるとは夢にも思っていませんでした。どうも……その……衝動に駆られたようなことをしでかして、大変失礼いたしました。どうか、私のお詫びの気持ちをお汲みいただいて、これがお二方に不愉快な思い出として残らないように願うばかりです」

ヘインズ・ハヴィランドは、ソフト帽を持った手を大きく振ると、優雅に外国人風の会釈をした。

結局、何のかんのと言いながら、彼はなかなか見事な退出振りを見せたのだった。私は、ヘインズ・ハヴィランドが野原を横切って遠ざかっていくのをしばらく見ていた。それからホープ嬢のほうに眼を移すと、驚いたことに、彼女のこれまでの昂然たる態度が虚勢だったことがはっきりした。彼女は、眼を閉じたまま木に寄りかかっていたが、頬も唇も、血の気をまったく失っていた。

「コンスエロ!」私は心から心配になって大声で呼びかけた。

ホープ嬢はもう、私を撥《は》ねつけるような素振りを見せなかった。彼女の睫がかすかに震えて、瞼《まぶた》が一度開けられたが、それはすぐに閉じられた。

「さぞかし、わたくしに訊きたいことがおありでしょうね?」彼女は言った。「でも、あなたのお尋ねは、わたくしを苦しめることになるだけです。今ほど、自分がこんなに弱い存在であると感じられたときはありません。でもあなたは、わたくしをどのような苦境から救ってくださったのか、まだご存じないのです。たぶんわたくし自身も、充分には理解できていないのだと思います。わたくしは、あの男のことも、彼がもたらすかもしれない危機的な事態にも、心の準備ができていませんでした。これからは、負けないようにいたします。でも、本当に危ないところを救ってくださいました。ですから、今後はあなたのおっしゃるとおりにいたします。

さあ、どうぞ、何でもお訊きになってください。今後、そのことをずっと悔やむことになるかもしれませんが、あなたのお尋ねには、全て包まずお答えするつもりですから」

私は黙ったまま彼女を凝視した。そして、ゆっくりとこう言った。

「あなたには、もう何もお尋ねしません。説明も望みません。あなたは、ぼくがあなたを愛していることをご存じないのでしょうか?」

「あなたが……あなたがわたくしを愛している、とおっしゃるのですか?」

「ええ、自分の全存在をかけて愛しています。長所も短所も持ったありのままの男として、あなたへの恋に狂った人間として、あなたのことを気遣う正気の人間として、全身全霊をもって愛しています。お許しくださるなら、ぼくはあなたのために生きたいと思っています。あなたのために死ねるなら、これまで生きてきたことも無駄ではなかったと思っています」

「そんなにまで……わたくしのことは、何か謎を持った女らしい、というくらいしかわかっていらっしゃらないのに……そのようなことまでおっしゃってくださるんですか? あなたの憎しみを、いえ、軽蔑すら招きかねない事情のある女かもしれないというのに?」

「そんなことが何でしょう? もしあるとおっしゃるならそれ以上のことがあったってぼくは平気です。昨夜、あなたをお助けするために手を貸すのを許してほしいとお願いしました。そして、あなたは今こうして、あなたを護る強い腕が必要なことをお見せになったのです。さあ、ぼくの腕があなたを護る腕になってよいと約束してください。それ以上のものを望みはいたしません。あなたは女王です。そして、女王は常に無謬《むびゅう》の存在なのです」

「ああ、なんて忠実な方なんでしょう!」彼女は呟いた。「でも、その忠誠心は、どのくらいの試練に耐えることができるでしょうか?」

「ぼくに試練を与えてください」私は必死になって懇願した。

ホープ嬢は私の言葉を聞いていないようだった。彼女は遠くを見るような表情で、数ヤード先にある墓の上で波のように揺れる草と、きらきら輝く川面の方へ眼をやった。

私はホープ嬢の両手を取ると、それを自分の唇に押し当てようとした。しかし彼女は私に取られている手から、左手を被っている編飾りに視線を落とすと、初めて聞く薄気味悪い声を一声発した。そして、その手を私の手から振り解いた。

「愛はわたくしには縁のないものです……わたくしは、普通の女のように殿方を愛するわけにはいかないのです！　ある大義に身を捧げていますから。その結末がどうなるかは、神さまだけがご存じです！　しかしどうかそれまでは、わたくしのことを普通の女だと思わないでください。血肉を備えた女ではなく、夢の中で出てくるような儚《はかな》い女だと思っていてください。大きな目的を追い求めてさまよっている魂みたいな存在だとお考えください。それ以上のものには……あなたに対してそれ以上のものにはなれない身ですから！」

　ホープ嬢は素早く私から身を引くと、くるりと振り向いて館の方へ戻りかけた。

「わたくしが、あなたの信頼と忠誠のお気持ちをありがたく思っていることは神さまがご存じです」彼女は出し抜けに口にした。「たしかに、わたくしには信頼と忠誠心に裏打ちされた勇気を持っている方が必要です。でも、この時を境に、あなたがそんなことをおっしゃったことはなかったことにして、わたくしたちの間に一切何もなかったことにすると約束してください。そして、全てを忘れてくださると……」

「死ねば忘れられるかもしれません。いや、死んでも忘れられないと思います」私は答えた。

「ああ、あなたは思うとおっしゃるんですね……男の方はいつだって思うとしかおっしゃらないんですから！　さあ、少なくとも、愛のことは二度とわたくしに口にしないと誓ってください！」

「あなたの心に、ぼくに対する愛がこれっぽっちもなく、これからも絶対にありえようがないとおっしゃるなら、二度と口にいたしません」

「わたくしは、今は心というものを持つことができない女なのです。いつの日か、わたくしも心と肉体を持つ権利を許されるかもしれません。しかし、それが許されないときは、わたくしは、存在したことなどなかったかのように、見ている間に消えていく泡のようなものだったとお思いください。たしかに、今日一日は、わたくしはまだ呼吸をしていますけれど、明日という日はないのかもしれません。でも、わたくしは微笑みます。日の光を喜び、美しい花々を慈しみ、真に幸せな方たちとお話しします……普通の生活を送っている方々と。さあ、これであなたにはお返事したことになるかと思います。わたくしは心を持てない女なのです……あなたにも、他のどなたにも！」

十四章　不意打ち

何時間かが経過した。私は人殺し女の墓のかたわらで、自分の心と戦わなくてはならないことになってしまった。そして、自分が勝ったとはとうてい思えなかった。それは未来が決めてくれることなのだから。だが、ホープ嬢の決定的な言葉にもかかわらず、私は未来に対する全ての望みを放棄してしまったわけではなかった。もし、何か夢中になってしなければならない大仕事があれば、こんな失望の苦しみも、少しは耐え易いものになったのではあるまいか。こんな辛い思いの最中《さなか》に、幸い、しばらく忘れていたことが不意に思い出された。昨晩、自分の部屋で起きた不思議な出来事が思い出されたのだ。私は、昨日は館に一泊して、今朝になってから帰っていく友人たちに別れの挨拶をすませてしまうと、時計塔の中の部屋を徹底的に調査する仕事に取りかかった。正直言って、気持ちを集中できる仕事が見つかってほっとした。もっとも、そのころには、昨夜の出来事も、それほど重大なことには思えなくなっていたのだが。

しかし結局、その調査も拍子抜けな結果に終わる運命にあった。どう見ても、部屋の鏡板に秘密のドアや出入り口があるようには思えなかった。言うまでもなく、昨夜の人騒がせな出来事は自分の腹の中だけに納めておくつもりだった。そもそもその出来事は、私の心の中で、もうずいぶん隅の方へ追いやられていた。それに、もしそれが何かの悪巧みだとしたら、そんなことをしでかした者に、してやったと思わせないほうが得策だろうと考えたのだ。

さらに新たな事態が現れるのを待つことにして、私は昨夜のことは誰にも言わずにおいた。本当は、叔父を驚かさずにアベイを離れることができれば、それが一番よかったのかもしれない。しかし、あらかじめ出立の日と決まっていた月曜日までは、館に残らなくてはならないものと承知していた。それに、私の力を試すような機会が早々と与えられることになるかもしれないという期待もあった。そしてそれは、早くもその日の夜にやって来た。その日、晩餐の席に着いたのはごく少数だった。昨夜の賑やかなパーティーの後だっただけに、いっそう寂しく感じられた。館には、ウィルフレッド叔父と、もうこの屋敷の娘ということになった〝灰色の女〟と私自身の他には、サー・トーマス、レディー・タワーズ、ミス・トレイルの三人が残っているだけだった。

抑えがたい思いに駆られて、私は叔父の正面に座っている美しい顔に何度も眼を向けた。しかし、ホープ嬢のほうへ眼をやるごとに、彼女もこちらへ奇妙な探るような視線を向けていることに気づき、私は大いに驚いた。その視線が私に何かを問いかけていることは明らかだった。間違いなく、それは答えを要求していた。さりげなく客間で婦人たちと一緒になれたら、私はすぐにそれに応えようと心に決めた。

晩餐はまだ終わっていなかったが、〝灰色の女〟のもの問いたげな眼差しに気づいたのは私だけでなかったことがはっきりしてきた。ミス・トレイルもすでに気づいていたからだ。ミス・トレイルはホープ嬢の様子に当惑したような、不愉快そうな態度を見せていた。やっと食事が終わって婦人たちが立ち上がると、お相手役は急ぎ足でホープ嬢を追った。そしてドアのところで追いつくと、渋っているホープ嬢の綺麗な腕に手をかけた。いつもミス・トレイルに付きまとって離れないマングースが、ホープ嬢のドレスの長い裳裾《もすそ》にちょこんと座っているのが見えた。

珍しい年代物のワインの入ったデカンターが、叔父の肘のところに置かれていた。叔父が男同士でそれを楽しむつもりであるのは承知していたが、私はテーブルをサー・トーマスに任せて、早々にそこを失礼し、ホープ嬢が物思いに耽っているような風情で弾いているピアノのほうへ向かった。しかし、マングースを両腕に抱いたミス・トレイルに途中で捕まってしまい、私はやむなく、隣の空いた椅子に腰を下ろした。彼女は待ってましたとばかりに、マングースのことを得々と喋り始めた。こちらも黙っているわけにもいかず、会話を続けるだけの意味で、このお気に入りのペットをどこで手に入れたのですか、と訊いてみた。ところが驚いたことに、ミス・トレイルの顔はみるみるうちに赤くなった。その赤みは、ヘアピースの間に見える額にまで広がっていった。

「まあ、ダークモアさんも随分人が悪いですねえ！」彼女は叫んだ。「あたしがこの子をどこで手に入れたか、とっくにご存じなくせに。あたしの口から言わせようっていうつもりなんでしょう？　でも、そう簡単にはめられはしませんよ。あなたに嘘をつく気もありませんしね」

私はマングースの出所など知らなかったし、そんなことを相手に言わせるつもりも毛頭なかった。そう口の先まで出かかったが、急いで気持ちを変えて、それは言わないでおいた。私は意味ありげに微笑を浮かべておくだけにして、相手がこちらの表情を好きなように解釈するに任せておいた。

「あなただってそこへお行きになったじゃありませんか」彼女はぎょろっとこちらを見ながら言葉を続けた。

この女は、私がどこへ行ったといいたいのだろうかと訝《いぶか》しく思ったが、こちらから質問をすることで、その問いの返事に代えておくことにした。「それで、ぼくがそこへ行ったとしますと？」

「あたしは、あんな小僧の言うことを信じちゃ駄目って言いたいんです。正直なところをぶちまけちゃうと、電報を打ったのは、罪の無い悪戯だったんですよ、誰の害にもならないようなね。思いついたのは、あたしなんですよ。コンスエロは、そんなことをするのは嫌だと言っていました。だから、あたしが電報を打ったと知ったときは、すごく腹を立ててましたよ。あのチビがあたしたちのことをあれこれ喋ったでしょうから（たぶん、他にも嘘八百をおまけに付け加えて）、あなたのお聞きになったことは、ウィルフレッド卿には伏せておいてほしいんですよ、お願いですから。結果的には、あの偽電報がウィルフレッド卿に幸せをもたらすことになったのに、そこのところを理解していただけず、そんな汚い手を使ったなんて怪しからぬ女だ、とあたしのことを悪くお取りになるかもしれませんからねえ」

ミス・トレイルの出っ張った藪睨みの眼は、真剣なあまり顔から飛び出さんばかりになっていた。私も面食らってしまい、彼女の言葉をどう理解したらいいのかよくはわからなかったが、相手が何のことを喋っているのかわかってきた。ミス・トレイルは偽電報の絡繰がばれてしまったことを知って、自分とホープ嬢が気まずいことにならないように、と懸命になっていたのだ。私は明確な返事をわざと避けて、こう言った。

「なるほど、あなたのおっしゃる意味はよくわかりますよ、トレイルさん。でもそれが、あなたがマングースをどこで手に入れたかということと、どう関係があるんでしょうか？」

「あなたは、ずいぶんたくさんお聞きになっているでしょうから」彼女は抜け目のない口調で応じた。「あたしがこのマングースを、あの小僧の母親から買ったっていうことも、お聞きになったと思うんですがね。ほら、薬草を商っている女ですよ。でも買ったのはずいぶん昔のことだったから、あのチビが憶えているはずはないんですけどね。あの子の母親は、『可愛いマングースを売りたし』と新聞に広告を出したんです。うちの親戚に、あたしが移動動物園でマングースを見て以来ずっと、その獣の可愛らしい賢こそうな顔が大好きになって、一匹手に入れたいと思っていたことを知っている者がいましてね、その新聞をあたしに送ってくれたんですよ。当時、あたしが暮らしていた……その……勤め先まで。あたしはそれを見て、大急ぎでマーチンヘッドへ出かけていき、この可愛いペットを手に入れたというわけなんですよ。そんな経緯があったから、コンスエロと一緒にマーチンヘッドのホテルに泊まっていたとき、もう一度、薬草売りの女を訪ねてみる気になったというわけでしてね。去年の十月のことですけど、それはあなたもよく憶えておいででしょう？」

ミス・トレイルはもっと話を続けていたそうだったが、ホープ嬢がピアノの前から立ち上がるのを見ると、大慌てで自分も立ち上がり、もうマングースを寝かせてやらなくてはと言いながら引き上げていった。ミス・トレイルの姿が消えると、ホープ嬢は私に合図の手招きをした。

「あなたにひとつお尋ねしたいことがあるんですが」ホープ嬢は単刀直入に切り出した。「あなたが正直にお答えくださる方であることは、よくわかっています。ご記憶でしょうか、わたくしがあなたに初めてお会いした日に（お会いしてすぐ、という意味ではありませんが）わたくしからお話ししたことを？　そのとき、あなたがこちらに住むようになったら、時計塔の中の部屋をご自分の部屋にするようにと申し上げたのを？　あなたのお時間と関心を……アモリー問答をしっかりと記憶しておくことに向けられるのが賢明である、とお話ししたことも？　あの日のわたくしの言葉に、思い当たるようなことがその後ありましたでしょうか？」

「いいえ、何も」私はつい先ほど墓の傍らであったことは何でもなかったかのように、できるだけさり気ない口調で話そうと懸命に努力をした。「翌日、叔父とポーラと三人でアベイに行き、ちょっと妙なものを見つけるまでは」

「まあ、何を見つけたのでしょう？　いったい何を見つけられたのですか？」彼女は鋭い口調で聞き返した。

「見つけたのは、従妹のウィンでした。ご存じのように、今私の部屋になっているあの部屋のベッドの上に、しおれかかった菊の花が一輪置いてあったんです。その下に小さな真鍮製の鍵が隠れていました。その鍵は、従妹が勝手に確かめてわかったのですが、壁にはめ込まれた小さな戸棚の鍵穴にぴったり合いました。その中に、いろいろな物に混じって、古い聖書と、問答が書かれた羊皮紙がありました。たぶんあなたは、前々からアモリー問答のことをお聞きになっていたでしょうが、ぼくはあなたにお会いするまで、一度もそんな物の存在を聞いたことはなかったんです」

「ええ、多少は。で、その他に何がありましたか？」

「よくは憶えていないのですが、二、三冊本があったように思います。ひとつは、イギリスの旧家の歴史に関するものでした。たぶん、ぼくの思うには……」

「ああ！　わたくしなら、それをもっと詳しく調べてみたでしょうに。それらが破棄されてしまっていないなら、今でもそうしたいと思っていますけど」

「今晩、ぼくに本当にお話しになりたかったのは何だったんですか？」私は尋ねた。「もっと、他にお話があったのではありませんか？」

「いいえ、お話しすることはもう何もありません。知るべきことは、あなたが独力で見つけ出さなくてはいけません。申し上げようとしたのはそのことでした。あなたはもう、わたくしの忠告に従おうとされましたか?」

「いや、まだ……」

「もう、従ってくださったかと思っておりましたのに。ある図面がすでにあなたの手にあるかもしれない、と思ったものですから。もし、もうそれをお持ちなら、それが誰の物であるか、ちょっとだけヒントを差し上げていたわけですから、あなただけがそれを持っているのは、ちょっとフェアじゃないとおわかりでしょう」

「すると、今晩、ずっと気になっていた、あなたのもの問いたげなお顔の意味はそういうことだったんですか!」私は叫んだ。「ぼくがあなたの大事なものを手に入れて、それを隠し持っているとお考えだったんですか?」

「では、持っていらっしゃらないんですね?」

「ええ、持っていません。誓って申し上げます」

「誓う必要はございませんわ、あなたのここまでのお言葉だけで、充分すぎるほどですもの。でも、そういうことになると、起きた事態は、思っていた以上に、わたくしにとって大きな危険を孕《はら》んだものになりそうですし、あなたにとっても……ウィルフレッド卿にとっても、深刻な事態になりそうな気がいたします。といいますのも、わたくしは、ある大事なものを失くしてしまったんです。どんなことをしてでも、それを取り戻さなくてはなりません。とても口でお話しできないほど大変なことが、それを見つけた人次第で決まってしまうものですから」


私はその日の夕食時にミス・トレイルと言葉を交わしている間、彼女が正式なディナーパーティーにでも出るときのように、きちんと手袋をしていることがずっと気になっていた。これから先しばらく彼女の住まいにもなるはずの館の内輪の夕食の席で、そんな改まった恰好をする必要はないだろう、と思ったのだ。ところが、翌朝の朝食時に、今度は、ミス・トレイルの右の手首が、細長い絆創膏で幾重にも巻かれていることに気がついた。

「まったくみっともないことですわねえ？」彼女は弁解するような口調で言った。「悪戯っ子のマングースが、ここを爪で引っ掻いたんですよ。昨夜は手袋で何とか誤魔化せましたけど、朝御飯のときは誤魔化しが効きそうにありませんから、こうして絆創膏を貼っておいたんです。でも、みなさん、気にしないでくださいね。きっと、一日か二日で治りますから」

ミス・トレイルの手首は恐ろしく腫れ上がっているようだった。赤く炎症を起こした皮膚が絆創膏の間に見えた。そのうえ、かなり体調が悪そうな顔色をしていた。

これまで、ミス・トレイルの本当の年齢がさっぱり見当がつかなかったが、こんな今朝の姿を見ると、少なくとも、五十にはなっているだろうと判断した。私は、昨夜は何に悩まされることもなくよく眠れたが、彼女はきっと寝苦しい夜を過ごしたのだろう。昼食時に、ミス・トレイルは姿を見せなかった。午後になってレディー・タワーズから聞いたところだと、ミス・トレイルの具合がすこぶる悪くて、ベッドに寝かしつけられ、医者も呼びにやられたとのことだった。

ホープ嬢はたぶん、彼女の友人に付きっきりになっていたのだろう。とにかく、ウィルフレッド卿が彼女にお茶を淹《い》れてほしいと思ったときも、ホープ嬢の姿は見えず、レディー・タワーズが気軽なお喋りをしながら、その代役を務めていたのだから。

「トレイルさんもお気の毒ですこと！」この小柄な女性は興奮した口振りで話しているところだった。「わたし、診察に来てくれたハズブルック先生が上から降りてくるのを待ち伏せて訊いてみたんですの。自分ではとてもあの部屋に行く気になれませんでしたから。だって、あのマングースときたら、わたしのスカートの下に潜り込んで、大きなネズミみたいな恰好で、踵に這い上がってくる癖があるんですよ。トレイルさんの病気は、ただの頭痛だろうくらいに軽く考えていたんです。でもこんな大事になったのは、あの手の引っ掻き傷のせいなんですって。先生のお話では、何か古釘みたいなもので深く切ってしまったから、敗血症でも引き起こしたら大変なことになるかもしれない、ということでしたよ。でも、ちょっとおかしくありません？　朝はたしか、傷はマングースに引っかかれてできたものだって聞きましたもの。でも、とにかく、そんなにひどいことになっていると知って、あとでお見舞いに行きました。そのとき、トレイルさんはわたしが先生と話をしたと聞くと、いやに興奮して、先生から聞いた話は誰にも口外しないでくれって頼むんです。だから、このことは誰にも言わないつもりですよ、もちろん、あなた方三人を除いてですが。コンスエロが側に付き添っていましたが、わたしが入っていくと、トレイルさんは口実をこしらえて彼女に席を外させました。きっとコンスエロに心配を掛けずに、先生が自分の病状をどう見立てたのか、わたしから訊くつもりなんだろうと思いました。ところが、それが違うんですよ。トレイルさんは、このまま際限もなくベッドから離れられなくなりそうだとか、もっとひどくなっても、頭だけはおかしくなりたくない、というようなことをぶつぶつ呟いていました。そんなことになるのが怖かったんでしょうね、きっと。それから、急に慌てたように、妙なことをわたしに頼むんです。彼女が寝る前まで着ていたドレスのポケットの袋を、そのまま内側から引きちぎってほしいって言い出すんですもの。その服は、彼女がすぐにも起き出して、もう一度着ようと思っているみたいに椅子に掛かっていました。『ポケットの袋を引きちぎるですって！』と、わたしは驚いて訊き返しましたよ。正直言って、トレイルさんはもう頭がいかれちゃったんだと思いました。いえ、今だって思ってますけどね。だから、『どうしてポケットの中の物を取ってあげるだけではいけないんですか？』と訊き返しました。するとトレイルさんは、こっちが何かひどく侮辱的なことを言ったような顔をしてわたしを睨みつけると、それでは絶対に駄目だって言い張るんです。ポケットごとじゃなくちゃいけない、それも、誰かが部屋に来る前に急いでやってくれって。きっと、妄想に陥っていたんでしょうね。でも、病人には調子を合わせておくのが一番の薬とわかっていましたから、大人しく、言われたとおりにポケットを引きちぎって渡してあげたんです。トレイルさんは、それを私の手からひったくるようにして受け取ると、枕の下に押し込みました。ちょうどそのとき、コンスエロがラベンダーの香りのする芳香塩を持って戻ってきたんです。もちろんわたしだって、ポケットの中身は何なんだろう、と好奇心を感じましたよ（わたしって、好奇心の強すぎる女かしらね、テリー？）。だから、上からちょっと軽く握ってみたんです。指の中で何かが潰れたような感じでしたけど、どう考えたって、あの人のポケットに特段の興味を引くようなものが入っていたなんて考えられませんでしょう。所詮、哀れな病人の馬鹿げた気紛れだったんですよ」

「おっしゃるとおりでしょう」ウィルフレッド叔父は慇懃にレディー・タワーズの言葉に同意して、やっとのことで夫人のお喋りの洪水を切り抜けた。「もう一杯お茶を淹れてくださいますか？　今度は砂糖は抜きにしてください」

その日のお茶の時間は、昔この川沿いの地方に来たことのあるレディー・タワーズが、久々に館の近辺を廻ってみたいと特に希望したこともあって、いつもよりも早めに設定されていた。ホープ嬢も一緒に出かけることに決まっていたが、病気の友達をそんなに長い時間放っておくのも気が進まないというので、代わりに私に行ってくれという話になっていた。

だが、レディー・タワーズのお喋りに二時間も付き合わなくてはならないのは、そのときの私の気分ではとても耐えられそうになかった。叔父のほうに助け船を求める視線を送ると、叔父も無理に来いとは言わなかった。私は馬車のところまで一緒に出ていって、彼らが出かけていくのを見送った。館の中は、ミス・トレイルと彼女の看護に残ったホープ嬢と私だけになった。私はすぐに客間へ戻る気にもなれず、館で一番美しい部屋のひとつである図書室へ行こうか、それとも、叔父が私の〝隠れ場〟に決めてくれた喫煙室に行こうか、としばし迷ったが、結局、喫煙室に行くことにした。

そこは天井の低い正方形の部屋で、四辺のひとつの面全体が大きな窓になっていた。アモリー家の紋章と紋章銘になっている「勇気か死か」の文字が、窓にはまった美しいステンドグラスを飾っていた。窓の反対側の壁面は、見事な彫り物が施されている細い炉棚を備えた巨大な暖炉で占められていた。炉床は奇妙な格好の継ぎ目板で囲まれていた。背の高いどっしりした樫の椅子が一対、暖炉の前に置かれていたが、そこにもたれて座っていれば、座っている人の姿は、部屋のどこからも、まず見られることはなかったろう。出入り口はひとつしかなく（地面から二フィートの高さにある窓から飛び込もうと思わない限り）、画廊としても立派に機能を果たしている細長く広々としたホールの端のほうから、綺麗な鏡板のはまった低いドアを通ってその部屋へ入るようになっていた。私は自分がこの後間もなく、ここで演じられるドラマの主役の一人になるとも知らずにドアの取っ手を回した。ドアを開けたとき、中からはっきりと人声が聞こえてきた。

「もう行って……さあ、早く行ってちょうだい。そんなにわたしを疑っていちゃだめ！　あなたにはきちんと約束したんだから！」

女が一人、開いた窓から必死に身を乗り出すようにして立っているのが見えた。窓は真ん中の部分だけが広く開いていたが、テラスになった庭は、左右の窓枠に掛けた彼女の両腕を包んでいるひらひら揺らめく優雅な袖で、私の視界から遮られていた。だが、私は足早に走り去る人影を見逃さなかった。一瞬のことだったが、影のように黒々とした人影が閉じられたステンドグラスの向こう側を通り過ぎていくのが眼に入った。しかし、ほんの一瞬見ただけで、しかもずいぶん離れていたから、それが誰なのかはもとより、それが男か女かすら判別できなかった。

窓際に立っていた女は慌ててこちらを振り向いた。だが、それがポーラだと知って、私はびっくり仰天した。彼女は黒いドレスに身を包んでいたが、その服も、間もなく演じられる運命にあった奇妙な一幕の劇の中で重要な役割を演じるはずだった。もちろん、彼女がそんなことを目論んでそのドレスを選んだのではなかったろうが。それは今述べたように黒いドレスで、絹地の上に真っ黒な刺繍模様の入った柔らかい透かし織りをあしらったもののようだった。

「ポーラ」私は思わず大声で呼びかけた。「きみはどうやってここへ入ったんだい？」

「窓からよ」彼女は澄まし顔で答えた。「あなたにどうしても会いたかったの。だから、ここで待っていれば、いずれあなたが来ると思っていたのよ。叔父さまたちが馬車で行ってしまうのを見張っていたわけ。憶えているでしょう、あなたと叔父さまと三人で、去年の十月に、この大きながらんとした侘びしげな館に初めて来たときのことを？　あなたがこの部屋がすごく気に入って、叔父さまは、それなら、おまえ専用の隠れ場にすればいいっておっしゃったわね」

「きみと一緒に来て、今さっき、窓から飛び出していったのは誰なんだい？」私は、ポーラのいつになく優しい調子の声を無視する振りをして尋ねた。

彼女は驚いたような顔をみせた。

「誰も一緒になんか来なかったわ」彼女は答えた。「ここへ来てから、ずっと一人だったもの」

「でも、ぼくがドアを開けたとき、きみは、少なくとも、誰かに話しかけていたよ。窓の側を走り去っていった誰かさんとね」

「そんなことないわ、あなたは勘違いしているのよ、テリー。あなたも知っているでしょう、わたしに昔から困った癖があったことは？　わたしって、興奮したとき一人でいると、ひとりごとを言ってしまうの。じゃあきっと、今もそうしていたんだわ、自分でも気がつかないうちに。とにかく、こうしてあなたを見つけることができてほんとによかった。でもわたしの話っていうのは、ちょっと話しづらいことなのよ。ああ、テリー、わたしが何を言おうと思ってここに来たか想像つく？」

ポーラの声は優しく甘えるような声だったが、こんなことは、これまでに一度もなかった。小さいころから、彼女は目立って冷静な子供で、ほとんど自信過剰ともいえるような態度をいつも取っていた。彼女はもっと若いときから、うら若い娘特有の気弱さなど、薬にしたくても持ち合わせていなかった。それが今は、その冷静さの衣もすっかりなくしていたようだった。彼女は足早に数歩こちらへやって来ると、明らかに興奮している様子を見せて、手を組み合わせたり解いたりしながら私のかたわらに立っていた。いつもは大胆なきらきらした眼も、そのときは、けっして私の眼を見ようとしなかった。

「そんなこと、ぼくにはわからないよ、ポーラ」私はあまり冷淡になりすぎないように気をつけながら答えた。「残念ながら、きみのほうから言ってもらわなくちゃなるまいね」

ポーラは手を私の手に重ねた。その掌は乾いていて焼けるように熱かった。

「わたし、あなたの愛がほしいの、テリー！」彼女は息が詰まったようなかすれた声で叫んだ。「あなたにもう一度わたしをもとに戻してってお願いにきたの。本当よ、何なら、跪いてお願いするわ！　ああ、そうね、あなたが何を言いたいかわかってるわ。あなたのことを愛したことはなかった、なんて言ってしまったんですものね。たしかに、あのときはそう思っていたかもしれない。だって、わたしの邪魔をしたあの女に対する憎しみと嫉妬で気が狂っていたんですもの。でも、本当はいつだってあなたのことを愛していたのよ。そりゃあ、ときどき怒ったりもしたけれど。あなたと別れてひとりになって、それからイタリアに行ったんだけど、だんだん、自分が逃してしまったものの大きさに気がつき始めたの。だから、少しした後で、もう国へ帰らなくちゃいけないと思い始めたのよ。たまたま、アネズリーさんがこちらに、〈鳥の巣荘〉という別荘があることを見つけたのも好都合だったわ。それで、舞踏会の日にあなたたちを驚かそうと思って計画を立てたっていうわけよ。そして、そのとおりにいったでしょう。全てが計画どおり順調にいったのよ、わたしだけを別にしてだけど。テリー、だってわたしだけが駄目だったんだもの。ほんとに悲しかったわ、あなたがあの女と一緒にいるのを見たときや、わたしが何か意地悪をしそうだと疑って、あなたが彼女を護ってやろうとしているのを見たときには。ほんとに、どうしようもないほど悲しかった！　そして、そのとき初めてわかったの、これまでは半分しかわかっていなかったことがよ。わたしがあなたを心から愛しているっていうことが、あなたがこの世の何よりも、誰よりも、大事な人だっていうことが。だから、あなたを何としても自分のものにしなくてはいけないって。ああ、テリー、あなたって、何から何まで、どんな男の人よりも優れているわ。背丈だってあなたみたいに高い人はいないし、あなたみたいにハンサムで、勇敢で、高貴で、力も強い人なんていないもの！　さあ、お願い、わたしを元に戻してちょうだい、さもないと、わたし、死んでしまうから！」

「お願いだから、そんな言い方はやめてくれないか、ポーラ？」

ポーラは私のかたわらに跪くと、私の両手に火のように熱いキスの雨を降らせ始めた。そんな彼女を見ているうちに、なんだか空恐ろしくなってきた。

「自分の愛はもう他の女に与えてしまったなんて言わないでちょうだい。わたしが叔父さまの家を出たのだって、そんなに前のことじゃないし、わたしたちって、ついこの間まで結婚することになっていた間柄じゃない。わたし、これからは優しい淑やかな女になるつもり……あなたが全てをもとに戻そうって言ってくれれば、あなたの気に入るように何だってするつもりなの」

「ぼくの前に跪くのだけはやめてくれ、ポーラ！　さあ、立ってくれないかい、お願いだよ！」

私は彼女を抱き上げて立たせようとした。しかし、彼女は私に縋《すが》りつくと、私の両手に火傷をするかと思えるほどの熱い涙を流しながら、絶対に立ち上がろうとしなかった。

「あなたがわたしのしたことを全て許すって言ってくれて、わたしを愛するって約束してくれるまでは、このまま立ち上がらないわ。でも、わたしの犯した罪で、結局、誰も被害を受けたわけではなかったのよ。たしかに、あれは罪深いことだったわ、それはよくわかっているの。いえ、あのときでもわかっていたわ。さあ、あなたがわたしをもとのようにしてくれなければ、もう、自殺するしかないのよ！　でも、わたしが自殺したって、わたし以外の人には痛くも痒くもないことね。誰一人、気にする人もいないんだもの！　ウィルフレッド叔父さまだって、もうわたしのことは愛してくれていないし、昔は社交界へ出れば、少しは幅が利くと信じていたのに、あっという間にみんなわたしのことなんか忘れてしまったんだもの。テリー、わたしの胸が張り裂けそうなのが、あなたにはわからないの？　ねえ、どうして返事してくれないの？」

「きみの望むような返事ができないからだよ」私は彼女を立たせてやろうとしながら小声で言った。「きみは、ぼくに何を求めているか、わかっていないんだよ」

「どうしてなの？　男の人がわたしを愛するのって、そんなに難しいことなの？　ヘインズ・ハヴィランドさんだって、わたしを愛しているわ。あの人は、ハンサムで、お金持ちで、頭が良くって、それに生まれだって、少なくとも片方の親はまともだわ。一度、退屈していたこともあったし、あなたや叔父さまに腹が立っていたから、その当てつけに、あの人のプロポーズを受け入れてしまおうかとまで思ったのよ。あの人、わたしにもう十回以上求婚したんだから。でも、あなたは……コンスエロ・ホープを愛しているのね」

「ぼくが彼女を愛したからって、報われはしないだろうがね」

「ああ、何て残酷な返事なんでしょう！　もうこれで、なぜあなたがわたしを嫌うのか……なぜわたしを立ち直らせてくれることも拒むのかよくわかったわ。あなたはコンスエロ・ホープのことだけを考えているのね」

ポーラは立ち上がると、私の眼を正面からじっと覗き込んだ。「あなたは氷のように冷たい眼をしている！」彼女は叫んだ。「今日のことも、そしてこれまでにあった数々の面倒なことも、みんなあの女のせいだったって感謝しなくてはいけないんでしょうね……全てがコンスエロ・ホープのおかげだったって」

ポーラはそれだけ言うとくるりと振り向き、開いている窓から芝生に飛び出すと、一瞬のうちに姿を消してしまった。たぶん彼女は、私が後を追ってくるものと期待したのだろう。しかし、そのときは、追いかける気になどとてもなれなかった。私は窓辺に歩み寄ってポーラを眼で追おうとしたが、彼女の姿はもうどこにも見えなかった。

そのまま窓辺に立っていると、アベイ館を何世代にもわたって飾っていた分厚い蔦のカーテンの中で、何か、カサカサと音がした。どこかに立ち聞きしていた者がいて、私たちの今のやり取りを盗み聞きしていたのかと思い、慌てて辺りを見回したが、それらしき人の姿はどこにも見えなかった。そしてすぐに、そんな些末事は私の頭から消え去った。

私は機械的に部屋の端まで戻ると、腕を組んだまま首をうなだれ、見るとはなしに大きな暖炉の中をじっと見つめて立っていた。炉の中では、叔父が酔狂で手に入れた流木の薪の山が虹色の炎を上げて美しく燃え盛っていた。

今さっき潜り抜けたばかりの場面以外のことは一切忘れていた。私は暖炉の近くに立っていたが、部屋の奥のほうで床がかすかに軋むような音が一度聞こえたように思った。そしてもう一度、今度はたしかに、すぐ後ろで同じような音がした。しかし、振り向く間もなく、背中と脇腹に焼け火箸を差し込まれたような激痛が走った。私はそのまま前のめりに倒れて、床に激しくこめかみを打ちつけた。そして、そのあとのことは何も覚えていなかった。

十五章　真珠の秘密

　私は自分がどのくらいの時間、暖炉と、その前に置かれた、背に彫り飾りの施された丈の高い長椅子の間に倒れていたのか、今でもよくわからない。結局、どうして意識を回復したのかもわからなかった。しかし、私は長い眠りから不意に覚めたように、重い瞼を見開いてわれに返った。

　ポーラが窓から逃げるようにして出ていったときは、部屋は午後のかなり遅い時間特有の長く低い日差しに満たされていた。しかし目覚めたときには、迫りつつある夕闇の影が部屋の隅々をすでに満たし、勢いよく燃える暖炉の火が眼に明るく感じられたことを憶えている。最初、私は自分に何が起きたのかさっぱりわからなかった。動こうとしても動けず、左の脇腹に激しい痛みが走るのを感じるばかりだった。それから、徐々に記憶が戻ってきて、頭も次第にはっきりしてきた。

　私はあのとき、ポーラを追って窓のところへ行った。そして、姿の見えない未知の敵から攻撃を受けることがあろうなどと夢にも思わず、暖炉のところへ戻ってその前に立っていた。そのときに卑劣にも、後ろから襲われたのだ！　敵はいったい誰だったのだろう？　誰が私を襲ったのか？　それは判明するだろうか？　そんなことを思いながら、私は、自分の身体の奇妙な状態を訝しく思っていた。

　私はこれまでひどい怪我をしたことはなかったが、外科医学に関する知識を拾い集めるのは結構好きだった。その方面の本も少しは読んでいたし、それを職業としている人たちと話したこともあった。特に、武器による負傷などに詳しい軍医たちとよく話をした。ナイフによる負傷の場合、間違いなく私が感じたような痛みを感じるだろう。傷が深く、急所に近ければ、失神を引き起こすこともあるだろう（もっとも私が失神したのは、倒れた際にこめかみを強打したためだろうと思っていたが）。しかし、激しい痛みと周りの状況をはっきりと意識していながら、身体を動かすことも、声を挙げる力も全てなくなってしまったことを、どう説明したらよいのだろうか？

生き埋めになったらこんな感じなのだろうか、とふと思った。そして、土の下でゆっくりと窒息していく恐怖をまざまざと味わっているような気がしてぞっとした。何時間もの長い時が経過したように思われた。しかし、苦痛が時間を長く感じさせただけなのかもしれない。そこのところは、自分にもわからない。しかし、やっとのこと、ドアを勢いよく開ける音が耳に入った。

「ああ、よかった！」私は心の中で思った。「誰か来たんだ……たぶん召使だろう……これで自分がここに倒れているのを見つけてくれるだろう。すぐにここから運び出されるだろう」

私のところからは人の姿はまったく見えなかった。だが、すぐにポーラが話す声が聞こえてきた。彼女はもう一度アベイに戻っていたのだ！　いや、たぶん、〈鳥の巣荘〉へは帰らなかったのだろう。

「わたしと一緒に来てくださってどうもありがとう」彼女は優しい声で話していたが、そこには何となく空々しい響きがあった。「彼の口から直接あなたに話してほしいと思ったものだからお呼びしたの。それに、わたしだけでなく、彼もそう望んでいたはずだから。でも、あの人ここにいないわね。まあ、何てがっかりさせるんでしょう！」

「それでは、あなたの口からおっしゃってくださいますか、それとも、またの機会まで待ちましょうか？」

それは〝灰色の女〟の声だった。私は、ポーラが彼女に嘘をつこうとしていると直感した。

「いいえ、今でいいんです」ポーラは素っ気なく言った。

「では、どうぞ、ウィンさん」

「わたしが従兄のテレンス・ダークモアと、たぶん間違いなく、もう一度婚約し直すことになるだろうとあなたにお伝えしたかったの。そうなったら、あなたからも、お幸せに、と言っていただけるかしら？」

「もちろんですわ」

「でも、あなたはわたしたちの仲を裂こうとしたのよ。いえ、実際にもうこの何カ月間、わたしたちの仲を裂いて辛い思いをさせたんだわ。あなたは、わたしから彼の愛を奪い取ろうとしたんだから」

「ウィンさん、それはわたくしにたいする侮辱です」

「わたしがあなたを侮辱しただって？　あなたを？　あなたなんか、何と言われたって仕方のない人なのよ！　ああ！　あなたのことで怪しいと睨んでいるところの半分でも立証できたら、こっちの勝ちなのに！」

ポーラは、私が倒れているほうへ近づいてきながら、ますます甲高い声を張り上げていた。それから私のすぐ側まで来ると、彼女は急に、黒豹を思わせるような足取りで暖炉のほうへ歩み寄り、そこでくるりと向きを変えた（助けたくても助けようのない、もう一人の女性と向き合ったにちがいない）。それと同時に、黒い絽《ろ》織りの薄物のドレスがふわりと広がった。そのドレスがあかあかと燃える暖炉の火の上で、一瞬、黒い透明の雲のようにたなびくのが見えた。火に気をつけるように、と私が喉を振り絞って叫ぼうとしたのは、ごく当たり前の人情だった。しかし、私の口は固く封印を施されたままで、どうしても声を挙げることができなかった。

「疑惑を立証できさえしたら！」ポーラは激高したまま繰り返した。「さあ、今こそ……わたしが立証してみせてあげる。この館で殺害された老女の養子であるヘインズ・ハヴィランドさんが、あなたのことを何て言ったか知ってるの？　わたしは、彼ならあなたを知っているだろうと思ったのよ。あの人は殺人事件が起きるまで、ずっとここに住んでいたんだから。そして、あなたが昔この屋敷にいたことも、あなたとこの館との繋がりを覆い隠している謎があることも、わたしにはわかっていたのよ。でも、いろいろな巡り合わせがあなたに幸いしたんでしょうね。ヘインズ・ハヴィランドさんは、あなたのことを、正体を秘していたい、いわく付きの女二人のうちのどっちかではないか、と睨んでいたのよ。しかし、あなたにじかに会っても、それを確信することができなかった。あなたには、何か普通の人とは思えない雰囲気がまとわりついているわ。だからわたし、ときどき、あなたは普通の女なんかじゃなくて、悪霊じゃないのかって本気で考えることもあるのよ。あなたのことを、向こうの濠の淀んだ水の下から、長い間隠されてきた罪を背負って立ち現れた亡霊なのかもしれない、と本気で思ったこともあったわ。ヘインズ・ハヴィランドさんがあなたを見て『ああ、何ということだ！』と呟くのを聞いて、彼に尋ねたの。質問責めにしたの。すると彼はこう言ったわ。『彼女が手に着けている真珠の飾りを引き剝がすことができれば、あの女と対等の立場に立てるんだが』って。さあ、わたしがそれを引き剝がしてあげるわ、コンスエロ・ホープさん、あなたは、そう名乗っているんでしょう？　わたしはその真珠の秘密を暴いて、それを世の人々に大声で触れて廻るつもりなんだから！」

ポーラのドレスの裾は私の髪をかすめたが、椅子の陰に倒れている私の姿は彼女の眼にまったく入っていなかった。

「お待ちなさい！」コンスエロは鈴を振るような凛とした声で言った。「わたくしに手出しをしようとするのなら、覚悟してからになさってください！　わたくしのこの手袋は秘密を護っているというだけでなく、厳かな誓いでもあるのですから。心に誓った使命を全うする前にこれを取られるくらいなら、命を捨てたほうがましだと思っているのですから。わたくしたちが二人とも、女であることを忘れないでください」

「あなたが、わたしがこの世で一番大事に思っていた男の愛を奪った女だということ以外は全て忘れたわ。さあ、これまでは、どちらが恋しい男の気持ちを引きつけるかの勝負だったけど、今からは力と力の勝負よ。あなたがなぜそんな真珠の飾りを手に着けているのか、力ずくで暴いて見せてやる」

こんな乱暴な言葉がポーラの口から出たとたん、コンスエロ・ホープが叫び声を挙げた。一瞬、私は、ポーラが言ったとおりのことを実行に移そうとホープ嬢に飛びかかったものと思い込んだ。しかし、それはわが身の危険を恐れての声ではなく、相手に警告を与える叫び声のようだった。

「アッ！」ホープ嬢は恐怖を抑えたような悲鳴を挙げた。「火が点《っ》いてます！　あなたのドレスに！」

ますます濃さを増していく宵闇の中で、長椅子の陰で死んだように横たわっている私の眼にも、これまでとは違った、奇妙な真っ赤に揺らめく明かりが急に意識された。これでもう百回目くらいになりそうだったが、私はもう一度私を押さえつけている不可思議な力からわが身を自由にしようと必死になってもがいた。だが精神と肉体が完全にばらばらになってしまったようで、どうすることもできなかった。

ポーラの悲鳴が、休日の静かな館の空気を繰り返し繰り返し切り裂いた。ポーラは今や、わが身の危険をはっきりと悟っていた。赤い火が天井にも反射して、それがあちこちへと動き回るのが私の眼にも見えた。彼女が悲惨な状況に陥りかかって、完全に平静さを失ったまま、部屋の中を駆け回っていることが、倒れている私にもよくわかった。

「助けて、助けて!」彼女は叫んでいた。すぐさま、ポーラが私の視界に飛び込んできた。ぞっとしたことに、彼女の身体は、爪先から頭の天辺まで、ちろちろと燃える小さな炎に包まれていた。ポーラは追ってくる〝灰色の女〟から必死に逃げようとしていた。

「あなた、私を殺すつもりなのね」ポーラは絶叫した。

「いいえ、救おうと思っているんです」相手は、澄んだ冷静な声で応じた。「お願いだからじっとしていて!」何か大きな黒い物が渦巻いたように見えたが、ホープ嬢がインド製の敷物の中にしっかりとポーラを包み込んだのだった。

「さあ、床に横になってその中に転がり込みなさい。そうしないと助かりませんよ」ホープ嬢の声には、有無を言わさぬ厳しさがあった。

背の高い、灰色の服に身を包んだ、女神のような姿が私の視界に入った。一方、敷物にくるまって転げ回っているポーラは、もう一度視界から消えた。それから、恐怖と苦痛の低い啜り泣きが聞こえ、不意に椅子か何かの小さな家具が倒れる音が聞こえた。こんな大騒ぎのあとで、再び静けさが戻ってきたが、それがかえって薄気味悪かった。私は心を張りつめて耳を澄ましていたため、自分の痛みのことはすっかり忘れていた。

「もう完全に消えましたよ」コンスエロがやっと口を開いた。彼女の声は、叫び出しそうになるのをやっと抑えて話しているらしく、奇妙に震えていた。「さあ、ご覧なさい! もうこの敷物を取り除いても炎はひとつも上がっていませんから。もう大丈夫です。顔にも傷ひとつありません。どう、痛みますか？」

「よくわからないわ、頭の中がぐるぐる渦巻いているみたいで。ああ、でもあなたに助けてもらうくらいなら、死んだほうがましだったわ！　どうして、あなたは……わざわざわたしを救ってくれたりしたの？」

「あなたのためだけに救ったのではありません。あなたを救うのは、わたくしのためでもあったのです。ですから、わたくしに感謝する必要はありません」

「わたしだって、あなたに感謝する気なんかないわ。ああ、でも本当に気分が悪い！　そんなにひどく火傷をしたとも思わないけど、何だか死にそうな気がする。今の恐ろしさったら、とても言葉では言い尽くせそうにないもの。でも、なぜテリーがここにいなかったのかしら？　どうして、あなたに救ってもらわなくてはならない羽目になったのかしら？　お願い、彼を探してきて。いえ、いいわ、あなたにそんなこと頼まない。あら、あなたも火傷したの？　その手よ！　真珠の飾りがなくなってるじゃない！」ポーラの声は、紛れもなく、憎しみに満ちた刺々《とげとげ》しい勝利の声に変わっていた。「さあ、もうこれで……逃がさないわ！　全てを暴いてやるから！」

「何ですって！　それでは、あなたは人非人ですよ、ウィンさん。あなたを救ったことを恩に着せる気はありませんが、事実は厳然と残るはずです。あなたを救ったのはわたくしです！　あなたは、わたくしがあなたを救うときに蒙った火傷で苦しみ、無力になっているときに、それに付け入ろうとするおつもりですか？　いけません、そんなことができるとしたら、あなたはもう、女性ではありません」

「できるわよ、やってみせてあげる！　わたしだって苦しいんだから。だからその点では互角よ。良心の咎めなど感じやしないわ。まあ、あなたって牝虎のように強いのね！　助けて！　テリー！　あっ、やったわ、見たわ、……ついに見たわ！　もうこれで、あなたは、わたしの意のままになるしかなくなったのよ！」

それから、しんと静まりかえった。台風の眼に入ったような不気味な静けさだった。まもなくコンスエロが口を開いたが、それは、知らない人が聞いたら、彼女の声とはわからなかっただろう。

「そう、あなたは見てしまいましたね。そして、それを上手く利用するつもりでしょう。でも、そんなことができると考えたら大間違いです。いいですか、ウィンさん、わたくしは、あなたの言いなりになどなりませんよ。あなたは天国の天使でも寛恕《かんじょ》できないようなことをしたのです。あなたの言いなりになるですって！あなたのほうこそ、わたくしの言うとおりにしなくてはならないのです！」

「それ、どういう意味？　どうしてそんな顔をしてわたしを見るの？」

「その意味は」コンスエロは、一語一語を銀の鈴を振るような声でゆっくりと言った。「あなたでさえ、絶対に破る気になれないような宣誓をした上で、卑劣にもわたくしから無理矢理もぎ取った秘密を、今後何人にも口外しないと誓うまでは、この部屋からあなたを出すつもりはないということです」

ポーラは挑戦的に笑った。

「どうやって、わたしをここに引き止めておくつもりかしら？　わたしだって、あなたと同じくらい強いことはお見せしたばかりでしょ。いいえ、わたしのほうがもっと強いわ」

「でも、あなたをここから出しはしません。どうやってとお聞きになるのですね？　すぐにわからせてあげますよ！」

私には何も見えなかったが、スカートがさっと動く音と、磨かれた床をハイヒールの靴が素早く走る音が聞こえた。それから、ドアの錠に鍵をかけ、鍵を急いで引き抜くときのかすかな金属の擦れる音がした。

ポーラはきっと窓から出ていくだろうという思いが、私の頭の中を素早くよぎった。〝灰色の女〟はドアからの退路を断っただけなのだから。しかし、またも衣擦れと足早な靴音がして、窓が激しい音を立てて閉められるのがわかった。その窓は、私の記憶では、非常に奇妙な旧式な方法で鍵を掛けるようになっていた。コンスエロもポーラも、そのことを知っているのだろうか？

窓の片側に下がっている鎖を引っ張ると、精巧な溝の掘ってある長い真鍮の棒が下りてくる仕組みになっていた。その棒は、窓の幅だけの長さがあって、それを差し錠と鍵でしっかり固定するようになっていたのだ。

窓の幅は広かったが、別々に仕切られた窓枠が四つあり、それぞれが内に開くようになっていた。窓ガラスは（美しいステンドグラスで紋章が描かれていた）、彫り飾りを施した木細工で小さな部分に仕切られていたから、たとえ、向こう見ずな人間が頭から窓に突っ込んでも、人が通り抜けることは絶対に不可能だ。

だから、真ん中までその棒を下ろして、一旦窓を締め切ってしまえば、ここからの出入りは実質的にできなかった。そして、ホープ嬢がその仕組みを知っているのかどうかという疑問は、そばだてていた私の耳に届いた音で、明確に答えが与えられた。

最初に、これまで開いていた真ん中の窓枠が激しい音とともに閉められた。次に、鎖が引かれて、窓を塞ぐ横棒が下りてくるガラガラという大きな音がした。最後に、差し錠がカチッと掛けられて、鍵を回す音が聞こえた。窓を閉め切るのとドアに鍵を掛けてしまうのを併せても、六秒とはかかっていなかったろう。

「その鍵をちょうだい」ポーラは負けずに、歯を食いしばっているような声で言った。

「あなたが、破ることのできない誓いを口にするまでは、この鍵は渡しません。たとえ、わたくしからそれを取り上げようとしたって、あなたには、そんなことはできないのです。わかっているはずです。わたくしの顔を見るだけでわかるはずです」

「あなたは女じゃなくて悪魔だわ。でも、あなたなんか怖くないわ。わたしを閉じこめたからって、どうしようっていうの？　あなたは自分自身も閉じこめちゃったのよ。わたし、助けを呼ぶわよ。そうすれば、誰かがそれを聞きつけてくれるはずだから、そうなったら……」

「今は、この屋敷には誰もいません。あなた自身、ダークモアさんはどこかへ行ってしまったと言ったではありませんか。それに今日は日曜日ですから、召使たちも、たぶん夕食時までは戻らないでしょう」

「みんなが馬車で戻ってきたとき……」

「でも、そのときまでにわたくしに約束していなければ、あなたは助けを求めて叫ぶことはできないでしょう。そのときはもう、永久に手遅れなのですから」

「それ、どういう意味なの、この悪魔！　わたしを殺すっていうの？」

「わたくしがどうするか、自分にもわかりません。しかし、あなたがわたくしの命令に従うまでは、あなたをここから出すつもりはありません。さあ、五分間だけ考える猶予を与えましょう。それ以上は絶対にだめです」

「助けて！　助けて！」と叫びながら、ポーラは重い樫のドアを叩いていた。しかし、それが誰かの耳に聞こえることは九分九厘ないことが私にはわかっていた。ドアの外は狭い廊下になっていて、人は滅多にそこへ足を踏み入れることはなかったからだ（館の事情は私にはわかっていた）。こんな休日の夕暮れに、誰にせよ、そこへ入ってくるとはまず考えられないことだった。だが、〝灰色の女〟の口にした、あの禍々《まがまが》しい脅迫の言葉は、どういう意味なのだろうか？　彼女は「永久に手遅れ」になると言うことで、ポーラに何を伝えようとしたのだろうか？

そう口にしたときのホープ嬢の声には、死にものぐるいになった者ならではの響きがあった。私は、彼女がやむにやまれずにするかもしれないことを思うと、恐ろしくなった。

高貴にも〝灰色の女〟は、自らも火傷を負いながら、わざわざ最悪の敵を火から救おうと努力したはずだった。それなのに、彼女は感謝されるどころか、裏切られ、悪《あ》しざまに罵しられたのだ。そして追いつめられて、私が想像するだに尻込みしてしまうある秘密を、どんな犠牲を払ってでも隠そうとしているのだ。こうなったら、〝灰色の女〟は、できる全てをためらわずするにちがいない。

しかし、ホープ嬢の心に、敵を殺すことは入っていないはずだ！　そう、そんなことは絶対ないだろう……窮地に追いつめられて、ポーラの卑劣な行為を女性の面汚しだと言って非難したときでも、そこまでは思っていなかっただろう。だが私は、彼女が今、追いつめられた者だけが知る捨て鉢な力に加え、自分の大義を正しいとする確信に促され、相手を体力的に圧倒できるという自信に力を得て、その血を煮えたぎらせていると信じていた。

ついに、事態は女同士の決闘になってしまった。だから〝灰色の女〟は、殺すまではしなくとも、盲目の怒りに駆られて、その敵に終生消えることのないような傷を報いとして与えるつもりかもしれない。私は、ますます暗さを増していく夕闇の中で、為すすべもなく仰向けに倒れたまま、自分の無力に切歯扼腕《せっしゃくわん》しているしかなかった。

「さあ、鍵を渡してちょうだい、さもないと、力ずくで奪いとってやるから！」ポーラは駄々っ子のように大声で喚《わめ》いた。

「言葉に気をつけなくてはいけません！」相手は囁くように言っただけだった。だが、その言葉は、小声でも凛と響き渡り、ポーラの絶叫よりもはっきりと私の耳に届いた。「わたくしに手を触れようとしないほうが、あなたの身のためですよ。さあ、あなたを精神的に縛り、もしもそれを破ったら、昼夜の別なくあなたを苦しめることになる宣誓の言葉を、わたくしの後について復唱してもらいましょう。そうしたら鍵を渡します。さあ、誓っていただきましょう……」

「いやよ、誓う気なんかないわ！　あなたに、はっきり言っておくけど（こんなことを言ってやれるのは、あなたに初めて会って以来一番嬉しいことよ）、わたしはここを出たら、あなたがどんなに否定しようとしたって、あなたの秘密を世間に言い触らしてやるつもりよ、ウィルフレッド叔父にも、あなたの愛しているテレンスにもね」

再び、さらに険悪な事態が起きる前触れのような恐ろしい静寂が辺りを覆った。それから、短い、息を呑んだようなポーラの悲鳴がしたのに続き、何か物の倒れるような音がした。その声を聞き、全身の毛穴から汗の代わりに血が滲み出すのではないかと思えるほどの努力の末に、私はここまで自分を生きながら死人にしていた、奇妙な恐るべき呪縛を引き破ることができたのだった。ついに呻き声が口から出た。ついに動くことができた。私は渾身の力を振り絞って、やっとのことで立ち上がった。しかし、すぐにもう一度床に倒れこんでしまった。午前中に炉端の椅子の上に積み上げて置いた本も一緒に崩れ落ちた。そして、その日これで二度目だったが、意識が再び遠のいていくのが朧気にわかった。

十六章　ポーラの行方

「ダークモアさん……テレンス、さあ、わたくしに話してください。ああ！　誰があなたをこんな目に遭わせたのですか？」

そんな言葉も、私には激痛と諦めの中で見る朧気な夢の一部のようにしか思えなかった。私は懸命に眼を開けようと努めたが、鉛のような重石で瞼を押さえつけられているような気がしていた。それから、自分の頭が暖かく軟らかい女性の腕で支えられていることを意識した。植物が冬の長い冷たい眠りのあとで、春の兆しを初めて感じ取って、自分の中に命が再び動き出すのを知ったときは、さぞやこんな気持ちがするのだろう、というぼんやりした思いが、茫然自失している私の脳の中をゆっくりと過ぎていった。そんなことを思っているうちに、間もなく、重い瞼を開ける力が戻ってきた。

思っていたとおりだった。コンスエロ・ホープが私の上に屈み込んでいた。私はすぐ、真珠の飾りに被われていたはずの彼女の左手に眼を向けたが、その手にはすでにレースのハンカチが巻かれていた。

「話すことがおできになりますか？」彼女はもう一度訊いた。「あなたは、すぐ手当てをしなくてはいけない状態のままずっと倒れていたんです。でも、わたくしたちは、そのことに少しも気づきませんでした。そんなに真っ青なお顔で、見ているのが怖いくらいです。それに血も出ています。いったい、誰がこんなことをしたんでしょう……誰が……？」

「わかりません」私は答えたが、自分の耳にも自分の声とは思えないようなかすれ声だった。「ぼくのことは考えなくて大丈夫ですから……さあ……ご自分の心配をしてください。そうだ、彼女はどこにいるんでしょう……彼女は……ポーラは?」

ホープ嬢は膝をついて私の頭を支えていたが、白く美しい神々しいばかりの首を振り向けると、肩越しに後ろを見た。

「ウィンさんに来てほしいのですか?」彼女は尋ねた。「でも、あなたの声はウィンさんにも聞こえているはずです。それでは、彼女に来てもらいましょう。彼女はあなたのかたわらにいる権利があるのですから。そうしてウィンさんにあなたの側に座ってもらいましょう」

ホープ嬢は私に話しかけるというよりも、私たちから見えないところにいる第三者に語りかけるように言った。しかし、それに応える者はどこにもいなかった。近づいてくる足音もしなかった。ホープ嬢は少しの間待ってから、再び話し出した。

「こちらへいらっしゃい、ウィンさん。あなたのお従兄さんがお呼びですよ。わたくしたちの喧嘩を、あなた方の間に持ち込んではいけませんわ。誰かが、恐ろしい卑劣なことをしたんですから。ダークモアさんは誰かに背後から襲われたのです。でもあなたは、このことにまったく関知していないんでしょう。後ろめたい気持ちがあって、黙ったまま見えないところに隠れているわけではないんでしょう? わたくしは、さっき言ったことを全て撤回いたします。さあ、もう自由にここから出ていって、わたくしについてお知りになったことは、お好きなように話して結構ですよ。でも、ダークモアさんの側に来たくないなら、せめて助けを呼びにいってあげてください。さあ、鍵を渡しますから!」

ホープ嬢は空いているほうの手をドレスの胸に入れると鍵を取り出して、ポーラがそれを受け取るようにと腕一杯に伸ばした。だが、ポーラが近寄ってくる気配はまったくなかった。

「わたくしの近くに来たくないにしても、そんなに窮屈に隠れている必要はないんですよ」冷静な声が優しく繰り返した。そう言いながら、コンスエロは遠くのほうへ鍵を放り投げた。鍵はガチャッと音を立てて床に落ちた。それでもポーラは鍵を取りに来なかった。衣擦れの音も聞こえず、一切何の物音もしなかった。部屋を覆っている静寂が、かえって私に様々なことを思わせた。気を失う直前に、何か物が倒れるような音を聞いたことも思い出した。ポーラが〝灰色の女〟の言葉を、額面どおりに信じることができないとしたら、これからどうなるのだろうか？　コンスエロが脅迫したとおり、もう「永久に手遅れ」だとしたら、どういうことになるのだろう？

「どうして……ポーラは来ないんでしょうか？」私は喘ぐようにして、何とかそれだけの言葉を口にした。私は、何か大きな軟らかい生き物が胸の上にのしかかっているような、恐ろしいばかりの無力感と必死で戦った。「いったい何があったのですか？」

「ダークモアさんが、あなたに来てほしいっておっしゃっているのが聞こえないんですか、ウィンさん？」コンスエロはますます暗さを増していく影に向かって問いかけるように言った。今はもう、部屋はすっかり暗い影に包まれていた。「ああ、あなたという人は、暖かい血の流れていない、鉄の心臓を持った人なんですね。わたくしがこの人をあなたから遠ざけようなどとしていないことを、確かめにも来ないのですか？」

しかし、ホープ嬢の必死の言葉にも返事はなかった。依然として、部屋は静まり返ったままだった。

「ダークモアさん」〝灰色の女〟は、しばらく黙っていたあとで言った。「これから、あなたの頭をそっと下ろします。さあ、いいですか、炉端の椅子からクッションを取って、枕の代わりにしますからね。そうしたら、鍵を拾ってきます。そして、召使たちを探してきます。そうすれば、ウィルフレッド卿や他の方々が戻っていなくても、召使たちがあなたを部屋へ運んでくれるでしょうし、馬で医者を呼びに行ってくれるでしょうから。それに、わたくしがここを出れば、きっとウィンさんも姿を見せるでしょう。知ったばかりの秘密を、あなたに教えたいと思っているでしょうから。ええ、わたくしはそれでちっとも構いませんから」ホープ嬢は一種挑戦的な口調になって言葉を続けた。「ウィンさんは、そうしたければそうすればいいんです。運命が、わたくしの手から秘密を取り上げたのですから」

ホープ嬢は、ゆっくりと私の頭を腕に沿って滑らせて枕に下ろした。それから立ち上がると、部屋の中を探るように見回した。

「あなたのお従妹さんはどこかに隠れています」ホープ嬢は軽蔑を込めて言った。彼女は、子供じみた隠れん坊などに馬鹿馬鹿しくて付き合っていられないといった素振りを見せながら、先ほど投げ捨てた鍵を拾い上げると、足早にドアに歩み寄り、錠を開けてドアを大きく開け放った。そして、ポーラが自分の側をすり抜けて、外へ飛び出そうと走ってくるものと、なかば期待しているように後ろを振り向いた。

クッションを枕代わりにして姿勢を変えていたから、開いたドアがはっきりと私の眼にも入った。私は間の抜けたように横たわったまま、ドアをじっと見つめていた。それから、ポーラが背の高い長椅子の後ろか、キャビネットの出っ張った棚の背後から姿を現すのではないかと思いながら、眼を凝らして部屋の向こうの隅の暗がりを窺った。部屋はすでにすっかり暗くなっていたが、もし彼女が出てくれれば、見落とすことは絶対になかったろう。しかし部屋は、炉端の向こうの隅で単調に時を刻んでいる大きな置き時計の音を除けば、何の物音もしなかった。

たぶん五分か十分が経過したのだろう。外の廊下を走ってくる足音が聞こえ、戸口のところに、二人の召使が姿を見せた。ポーツマス・スクエアから来ていたウィームズと、叔父の従僕のハリスだった。

「ぼくを運ぶよりも先に」私は言った。「この部屋を隈なく探してみてよ。部屋の隅も、隠れ場所になりそうなところも、どこも見落とさないように頼むよ。この部屋にぼく以外に誰かいるのかどうか、しっかり確認しておかなくちゃならないんだから」

彼らは渋々ながら私の言葉に従った。というのは、二人はホープ嬢から、私を自室へ移せそうなら速やかに運ぶようにと命じられていたのだ。ウィームズは（私が子供のときから叔父に仕えていた）、丁重な口調ながらも、私を部屋へ運ぶのが遅れるようなことがあってはならない、と部屋の探索に強く異を唱えた。

しかし、私は説得されなかった。すぐに部屋に明かりが灯されて、二人がきびきびと歩き回りながら、あちこちの家具を動かしている音が聞こえてきた。私は一応それに満足した。

「誰もおりませんが、坊ちゃま」ウィームズは戻ってくると、心配そうに私の上に屈み込んで言った。「この部屋には、ネズミ一匹たりとて潜んでおりませんよ。窓には横棒がはまっていますから、犯人がそこから出たということはありえませんし。それにしても、悪党めが！　きっと狭い廊下に通じるドアから出たのでございましょう。でも、これからすぐに外の捜索にかかります。坊ちゃまを襲った男はどんな様子の男でした？　いやいや、まだ、安静にして、口をお利きにならないほうがよございましょう」

探すように命じたのは殺人未遂者ではないことを、この際、ウィームズに説明する必要はあるまいと私は考えた。

老執事が話しているとき、コンスエロが戸口のところに現れて、ちらっと部屋を見回した。

「ウィン嬢が消えてしまいました！」彼女は叫んだ。

私は、ウィームズとハリスに抱えられて運ばれていきながら返事をした。

「誓って言いますが、あなたがこの部屋を離れている間に、ここを出た者はいませんでしたよ」

しかし、自分の言葉が口から出ると、まるで他人がそう言ったかのように、そこに怖ろしい奇怪な意味が含まれているような気がしてきた。私が意識を回復してからポーラが部屋を出ていなかったとすると（彼女が出ていないことに絶対の自信があった）、ポーラは私が気を失っている間に、どこへどう消えてしまったのだろう？

だが、いずれこんな謎めいたことも、単純で合理的な説明が与えられるだろう、と私は自分に言い聞かせた。今はショックと失血で体力も落ちている。元気になれば、論理的な推理能力もきっと戻ってくるはずだ。

再び激痛の発作に襲われて一瞬眼を閉じたとき、下の並木道を走る馬車の車輪のゴロゴロという音が聞こえてきた。叔父たちが戻ってきたのだ。

叔父は起きた事態を知らされると、すぐに私の部屋へ上がってきた。どんな突発的な緊急事態に遭っても常に冷静さを失うことのない叔父は、このときも顔は真っ青だったが、落ち着いた態度を崩すことはなかった。

「コンスエロが話してくれたんだよ」叔父は言った。「おまえは何も話さなくてよい。すぐに医者も来るだろう。明日になれば、きっとよくなるから」

ウィームズとハリスが私に付き添っていた間に、すでにコンスエロの指示で、召使が馬でマーチンヘッドへ医者を呼びに送り出されていた。召使は間もなく戻り、僅かに遅れて医者も到着した。

何か強心剤らしいものが投与され、傷は急いで念入りに調べられた。

「間一髪で助かりましたよ」傷のことがよくわかっているらしい医者は断言した。「襲ったのが誰であれ、あなたを殺すつもりだったことは間違いありませんね。何か特殊な凶器が使われたようです、細くて鋭い……長い刃物でしょう。さもないと、傷がこんなに深いということは考えられませんから。しかし、凶器は大きなピンほどの太さもないでしょう。たぶん、一番小さなタイプの懐剣《かいけん》でしょうかね。ありふれたものではありませんが、そう考えると、出血が少なかったことの説明もつきます。

ある意味では、そんな事情が幸いして助かったんです。あなたはずいぶん長い時間、何の手当もないまま倒れていたわけですから、普通ですと出血多量で助からなかったでしょう。しかし、もし犯人がもう少し正確に狙って突いていたら、出血の多少の問題でなく、即死だったと思いますよ。あなたはきっと物音を聞きつけて、相手がまさに突きかかろうとしたとき、反射的に身体の向きを変えたんでしょう。それで、即死せずにすんだんです。しかし、まだまだ油断は禁物ですよ。私の指示をしっかり守っていただき、絶対安静、飲食はこちらの指示したものだけをとっていただきます。そうすれば、一週間したら起きても大丈夫。それより前は一日たりとて許しませんよ」

「口を利くのもいけないと言われても、守る気はないからね」私は言った。「どうしても、ここではっきりさせておかなくてはならないことがあるから。黙って寝ていなくてはならないなんてことになったら、焦れったくて、かえって発熱してしまいそうだよ」

「話だけなら、くたびれるまで話していいですよ。疲れたらそこでやめればいいんですから」ハズブルック医師はにっこりして言った。

私は医師の許可をいいことに、自分が傷を負わされた直後に起きた、奇妙な症状のことを詳しく話すことにした。医師も叔父も、真剣に私の話を聞いてくれた。

「そういう症状には、納得のいく説明はひとつしかないですね」医師は答えた。「懐剣に毒が塗られていたにちがいありません。それが、インドの薬草のクラーレとグラニールを混ぜて作った毒物だとすると、あなたに現れたような症状を引き起こすと考えられます。それを凶器に塗った目的は、相手がすぐに死ななくても、ものも言えず、動くこともできなくすることにあったのでしょうね。そうしておけば、たとえ計画が部分的に失敗しても（この場合、即死させるのが目的ということになりますが）騒がれることもありませんし、犯人が逃げる時間的余裕もできるわけです。毒の幾分かは、あなたの上着や下着などで拭い取られることになったのでしょう（特にグラニールの方は、毒性が強いものですから、そうだとすれば幸運でした）。まあ、私の推論が正しいかどうかは、毒物の分析をしてみれば、いずれはっきりしますよ」

最初に思ったのは、とにかく、ポーラに会わねばということだった。それで、直ちに会いに来るように、と強く求めた伝言を〈鳥の巣荘〉のポーラへ届けてほしいと頼んだが、叔父は私の希望にかなり驚いたようだった。

ポーラが私との関係をもとに戻してほしいと頼みに来たことは、叔父に言わないでおくことにした。伝えるのは、ポーラに直接会って、彼女がホープ嬢に対して何をするつもりだったのかを聞き出してからでも遅くはないだろう。ポーラがドアの合い鍵を持っていた可能性も完全には否定できないと思ったが、彼女が、私の失神中に〝灰色の女〟と何らかの取り決めをして、部屋を出たと考えるのが自然かもしれない。ポーラが煙のように消えてしまうのはありえないことだし、ドアと窓以外に、その部屋には出口はなかったのだから。とすれば、ポーラは、窓かドアから出たとしか考えられない。私は、ポーラが私の呼び出しに応じてローン・アベイ館に必ず来ると信じていた。そのときに、この謎をはっきりさせるつもりだった。

三十分ほどして、〈鳥の巣荘〉へ遣った使いの者が、ミス・ウィンは今日一人で外出したまま、午後どこにいるのか不明で、まだこちらには戻っていない、というアネズリー夫人の手紙を携えて戻ってきた。実際、夫妻もウィン嬢のことが心配で、彼女の居所がわかったときには、こちらへも教えてもらえればありがたいと言っているとのことだった。

私の気持ちは落ち着かず、不安は高まる一方で、そのうちに熱も出てきた。だからその晩は、それ以上話すことは体力的にできなかった。不可解な事件を詳しく調べに館を訪れた、地元の警察の捜査員たちと話すことも禁じられてしまった。ロンドンから呼び寄せた看護婦も夜遅くなって最終列車で到着したが、事はだんだん大袈裟なことになってきて、私は、いうなれば精神病院の管理下に置かれたような状態になってしまった。ポーラがすでに〈鳥の巣荘〉へ戻ったのか、それともまだ戻っておらず、彼女の捜索のための手立てがなされたかを訊くのも許されなかった。しかし、翌朝にはかなり回復したので、ハズブルック医師は、ウィルフレッド叔父とロンドン警視庁《スコットランド・ヤード》からやって来たマーランド刑事に、私の部屋に入ってもよいと許可を出した。

マーランド刑事は細面の小柄な男だった。形の良い顎と、ひときわ鋭い眼を除けば、いたって冴えない風貌の刑事だった。私はすぐに、マーランド刑事がすでに叔父の知っている情報は全て聞かされていることを知った。彼は他にもいくつかの事実を摑んでいるらしかったが、それを、プロとしての洞察力で見抜いたのか、ホープ嬢と言葉を交わすことで聞き出したのか、私としてはそこのところを知りたくて、しきりと気がせいた。

「この辺りの村人や小作人たちが、昨晩の傷害事件について、どんなことを噂しているかご存じでしょうか、ダークモアさん？」ハズブルック医師は私に尋ねた。「無学な連中は、あなたが、人間でなく幽霊に襲われたと思っているんですよ。この屋敷に出るとずっと言われてきた、数多くの幽霊のひとつに」

マーランド刑事はそれを聞いて微笑んだ。私も一緒に笑ったが、実際のところ、私にとっては笑い事ではなかった。もしも村人たちが、舞踏会の終わった直後のあの夜に私が体験したことを知ったなら、つまり、どこからともなく、私の枕と顔の上に滴り落ちてきた血のこと、腕は見えないまま壁板沿いにのろのろと動く皺だらけの手のことなどを知ったなら、村人たちは、自分たちが思っていることの正しさが見事に証明されたと思うにちがいない。私は心の中でそう呟かざるをえなかった。刑事は、私が刺される直前に立っていた場所、取っていた姿勢、耳にした物音等々を私の口から詳しく説明させたあと、しばらく黙ったまま立っていた。

「あなたは、ご自分に敵がいたと認識していますか?」マーランド刑事はやっと沈黙を破った。「つまり、あなたのお知りになっている範囲内で、あなたを取り除いておきたいと思っているような者がいるか、ということですがね?」

「いませんね、まったく見当もつきませんよ」

「あなたがこちらに提供してくれる情報が、これから大変重要なことになると思うんですがね」刑事は言葉を続けた。「どうも臭うんですよ、ウィン嬢の失踪が、直接的にせよ間接的にせよ、この傷害事件に絡んでいるみたいでしてね。ウィルフレッド卿にはもうお話ししてありますが、警視庁は、私が二つの件を一括して扱うのが最善策だと判断してます。実は、ローン・アベイ館にお邪魔したのは今回が初めてではありません。七年前の〈インズ殺人事件を手がけたのが私でしたから。そんなわけで、今回また、私がロンドンから出てくる巡り合わせになったんです」

マーランド刑事はそう言いながら、私の寝ている部屋に何か思い当たる節があるようだった。彼は、私がそこを自分の寝室に選んだことを不思議に思っているらしく、好奇心を抑えかねたような顔で、部屋のあちこちを黙ったまま見回していた。だが、彼の瞑想に付き合っている暇は私にはなかった。というのは、彼が口にしたばかりの言葉がはっきりと耳の奥にこびりついて、火の文字で書かれたようにくっきりと眼の奥にも焼き付いているような気がしたからだ。

「ウィン嬢の失踪?」私は鸚鵡返しに言った。「じゃあ、彼女はまだ見つかっていないと?」

「〈鳥の巣荘〉では、昨日の四時以降、誰一人ウィン嬢の姿を見ていません。ウィン嬢は外套も着ずに、薄着姿で出ていったということでした。ハンドバッグすら持たずに手ぶらだったそうです。ウィン嬢のメイドや友人たちは、なぜ彼女が出かけたのかさっぱり意図がわからないということでした。私がこれまでに確かめえた限りでは、ウィン嬢は昨晩の六時か、せいぜい六時を少し過ぎたころ、他の場所で目撃されたのを最後に、その後は誰一人姿を見ていないのです」

「なら六時には?」私は合いの手を入れたが、心臓がやけにどきどきしてきた。

「その時間に、ウィン嬢は、ホープ嬢(ウィルフレッド卿の養女だそうですね)と一緒でした。ホープ嬢の話ですと、二人はあなたが失神していた部屋で話を交わしていたそうです。もっとも、あなたが動き出すまでは、あなたの存在にはまったく気づかなかったそうですがね。そこで、あなたにお尋ねしたいのですが、ダークモアさん、あなたはその日、それ以前にウィン嬢に会って話をされたんでしょうか?」

「ええ、会って話はしたけど」私は答えたが、コンスエロがすでに刑事に証言をしてしまったことを思い、彼女がどの程度まで話したのか、または話さなかったのかを知りたかった。

「ウィン嬢と交わした話は、あなたのお考えでは、その後あなたに起きたことやウィン嬢の失踪に、何か関係あるようなものだったのでしょうか?」

「いや、全然」私は慌てて答えた。「これまでぼくたちの間に結ばれていた婚約関係のことを話していただけだからね。そのあとでウィン嬢は、アネズリー夫人が心配するだろうから〈鳥の巣荘〉へ帰ると言って部屋を出ていきましたよ、窓からね。きみも見たと思うけど、その窓は地面よりちょっと高いだけの造りなんだ。彼女は芝生を横切って走って帰っていった。本当は、ぼくがすぐあとを追えばよかったんだけど、一、二秒そのまま彼女を見送っていただけで、引き返して暖炉の火をじっと見ていたんだよ。ほとんどその直後に刺されて倒れたことは、さっきお話ししたとおりですよ」

「ウィン嬢は、誰か怪しい者が近くにいるとあなたに警告しに戻ったのではありませんか? それが、彼女がもう一度館に戻った動機ではなかったんでしょうか?」

「いや、彼女が戻ったのは、ぼくと別れてからしばらく経ったあとだったと思う、ずいぶんあとだったという気がするな」

「あなたがウィン嬢と話している間に、男であれ女であれ、誰かがその部屋に隠れていた可能性はあるでしょうか?」

「それはあるね。ぼくたちが窓に背を向けて話している間に、開いていた窓から入ってきた者がいたかもしれないから。実際、ぼくもそう考えたくらいだよ。だって、ウィン嬢が出ていった直後に事が起きたわけなんだから。彼女が帰ったあとに誰かが入るだけの時間は、まずなかったと思うんだけど」

「ダークモアさん、あなたは、そのとき窓は開いていたとおっしゃいましたね。すると、そのあとで窓が閉められたこともご存じだったんですね?」

私は、この問いにどう答えるのが賢明なのだろうかと考え、いささか動揺してしまった。大分減ってしまっていた身体の血が、頭にどっと上って来るような気がした。私はしばらく黙ったままでいた。結局、マーランド刑事のほうから話し出したが、そちらが返事をためらっている理由はわかっている、と言わんばかりの自信に満ちた相手の視線に、私はますます居心地が悪くなった。

「ホープ嬢はもうすでに、どうしてドアと窓が閉められることになったか、説明してくれました」刑事は言った。「私は、あなたがドアが閉められていたのをご存じだったかどうかをうかがっておきたいだけです」

「ドアと窓の閉められる音はたしかに聞こえたな」私はわざとゆっくりと答えた。

「ああ、なるほど、すると、あなたは二人の女性の会話のほとんどを聞いていることになりますね?」

「うん、多少はね」私は曖昧に答えた。「しかし、ぼくの記憶というか、不完全な意識というか、そんなものに頼っての判断は、ちょっとまずいんじゃないのかな?」

「そのときお聞きになったことを話していただけませんかね?」刑事はぶっきらぼうに言った。

「それは無理ですよ」私は応じた。それから、私たちはお互い眼を見つめ合った。「まったく思い出せないんだから」

「それは残念です」マーランドは無関心を装ったふうに答えた。「そうなると、ホープ嬢のかなり微妙な、いや、かなり物騒な問題についての証言が、裏づけのないままになってしまうんですがね」

「意味がよくわからないんだけど」私は無表情を装って答えた。

「私の言う意味は、ホープ嬢は、ウィン嬢との間で喧嘩があったと認めているということです。彼女はウィン嬢と喧嘩をして、ウィン嬢をその部屋に閉じこめて、そこから出るのを不可能にした……いや、したはずだと言うんです。ですから、あなたの証言は、ホープ嬢によってドアが閉められたあとに、ウィン嬢が部屋を出ていないということを証明するのに役立つわけです。喧嘩といえば、その、まあ、何かといろいろのことの動機にもなりますしね。あなたも、その辺の事態がどうなっているかはよくおわかりのはずですが。私は法律家ではありません。一介の刑事にすぎません。しかし、この謎はどうしても解き明かしたいと思っています。それでも、あなたはわれわれに手を貸す気はないとおっしゃるんですか？　あなたが耳にしたこととか、部屋で起きたことについて、自分としてはこんなふうに思うとあなたのほうから意見を出して、私にヒントをくださる気はありませんかね？」

突然、奇妙な神経性の震えの発作が私を襲った。全身ががたがたと震え始めた。事件の全ての局面が明るい電光の元に照らし出されて、それが自分の心にくっきりと刻み込まれたような感じだった。

「ぼ、ぼくが……お、起きた事態を思い出せないと、厄介なことになるっていうのは、よ、よくわかるけど……」私はどもりながら答えた。眼の前に血のように真っ赤な靄が漂ってきた。その中で火花が花火のように弾けて、さらに小さな無数の火花となって広がった。

だが、黙っていたら死刑だと言われたとしても、私はもう一言も口が利ける状態ではなかった。もはや、マーランド刑事の姿もハズブルック医師の姿も見えなかった。ただ、「ああ、気を失ってしまいました！　こうなるんじゃないかと心配していたんです」と言う医師の声が、どこか遠くのほうで聞こえただけだった。

十七章　羊皮紙

　それから一週間が経過したが、私は、自分の部屋の外で何が起きていたのかほとんどわからないままだった。刺激的な情報が私の耳に入らないように極力配慮されていたが、そのこと自体が私の気持ちを焦れったい苛々したものにさせた。

　最初のうち、高熱の出た日も二、三日はあったが、あとは概ね経過は良好で、ハズブルック医師が予想したよりも早く体力も回復し、七日目には部屋を離れることができるまでになった。

　傷はもう完全に癒えていた。まだしっかりと力が入らず、自分の身体でないような気がすることもあったが、実質的には全快したと考えていいようだった。

　叔父に付き添われてゆっくりと階段を下りたのは、午後の三時か四時だった。叔父は、私がまるで幼児ででもあるかのように、手を引いてやろうと言って聞かなかった。

「コンスエロが、おまえを特別に私室《ブドワール》へ招待したいというのでね」叔父は言った。「わしたちにお茶を出してくれるつもりらしいんだよ。わしはここ三、四日続けて、こちらから彼女のところへ行っているんだ。ミス・トレイルも大分良くなってきたようだが、まだ自分の部屋から出て客間まで行く気になれないというんでね」

「ほう、だとするとミス・トレイルはまだ正式な病人というわけですか？」私は尋ねたが、ホープ嬢の付き添い女のことをそれほど心配しているわけではなかった。

「そうなんだよ、実際、あの人の容態はこれまでずっと深刻だった。先生の話では、一時はかなり危険な状態だったそうだよ。しかし、介護が行き届いていたから、危ないところは切り抜けることができたんだろう。

コンスエロの献身的な介護があったからね。コンスエロは自分のお相手役に自分以外の者は近づけようとせず、昼夜付きっきりだったよ。レディー・タワーズもわしも、もう少し自分の身体のことも考えなくてはいけない、と口を酸っぱくして忠告したんだが、コンスエロは耳を貸そうとしなかった。特に最初の一日二日、ミス・トレイルは譫妄《せんもう》状態に陥っていたから、コンスエロが側に付いている意味はあまりなかったんだがね」

ホープ嬢は自ら戸口のところに出て、私たちを待っていてくれた。

「どうぞお入りください」彼女は言った。「あなたがお元気になられたと聞いてとても嬉しく思っておりました。でも、ダークモアさんは、これまで一度もわたくしの部屋にいらしてくださいませんでしたわね、ウィルフレッドさま？　本当は、レディー・タワーズも、ダークモアさんの回復をご自分の目で確かめられるまで滞在なされればよかったんです。ダークモアさんが、わたくしの部屋のあれをご覧になって、何ておっしゃるか是非とも知らせてほしいと頼んで帰られたんですもの。さあさあ、こちらへどうぞ。あなたにはまだ重病人の役柄を務めていただかなくてはなりませんから、この長椅子がよろしいでしょう。きっと、ここより相応しいところはないとお思いになりましてよ」

私は彼女の指差す方へ眼を遣ったが、素晴らしい虎の毛皮が暖炉の近くに寄せられたソファーの上に敷かれているのを見て、思わず立ちすくんだ。

「レディー・タワーズの知りたいというのは、このことなんですか？」私は驚いて尋ねた。

「ええ、そうです。もちろんおわかりでしょ、これはあの虎の皮ですの。サー・トーマスがあなたをびっくりさせる贈り物にしようと、送ってくださったんですの。ほら、白と金のクッションの向こうを睨んでいるあの顔を見てくださいな。あんなことがあったあとで、あなたがこの上にお座りになるなんて、何だか詩《ポエティック》的なことだとお思いになりません？」

ホープ嬢は、会話に間が空いてばつが悪くなってはいけないと思っているらしく、ちょっと神経質そうな早口で話し続けた。私は、頭の後ろにある刺繍の入ったクッションの位置をホープ嬢に直してもらい、こっそりと嬉しい気分を味わいながら彼女に調子を合わせていた。彼女がクッションの位置を甲斐甲斐しく直してくれていたとき、先日焼けてしまったのとそっくり同じ真珠の飾りが再び彼女の左手を被っていることに気がついた。ホープ嬢は、緊急時に備えてこんな奇妙なアクセサリーをいくつも用意しているのだろうか？

ホープ嬢は、ドレスデン製の優美な紅茶カップでお茶を淹れてくれた。私たちは三人とも、先週起きた奇妙な出来事には触れないように、言葉を選んで会話を続けた。

私たちが話をしていると、すぐ隣か近くの部屋から、小さな呼び鈴の音が聞こえた。コンスエロは、いつもの彼女と思えないほど慌てて立ち上がった。

「ミス・トレイルですわ」彼女は大きな声で言った。「彼女の部屋はこの部屋のもうひとつ向こうですの。でも、呼び鈴が聞こえるようにと思って、ドアを開け放してあるんです。わたくし、ちょっと見てきますので失礼いたします」

ホープ嬢は程なく戻ってきたが、彼女の顔には、驚いたような表情が出ていた。

「ミス・トレイルがあなたとお話ししたいんですって、ダークモアさん」ホープ嬢は言った。「たぶん、彼女の気紛れかと思いますが、もし、ご迷惑でなかったら、ちょっと付き合ってあげてくださいませんか？」

「ええ、いいですとも、行ってきましょう！」私は大声で応じた。ホープ嬢は私が立ち上がるのを、少しばかり心配そうな顔で見ていた。

「おひとりで行っていただきましょう」彼女は言った。「小さな図書室を通り過ぎたところにある、ウィルフレッド卿からいただいた居間にいますから」

ホープ嬢は図書室と言ったが、それは、ガラスのはまった戸棚に本がずらっと並んでいるだけの、たんなる通路のようなところだった。その向こうに、ミス・トレイルの居室があった。

私はノックしてからちょっとためらっていたが、耳障りな声が「どうぞ」と言うのが聞こえたのでそれに従った。ミス・トレイルは、マングースを肩に乗せたまま、長椅子の上に半分寝たような恰好で座っていた。

「ああ、やれやれ」ミス・トレイルは私を見るとわざとらしい陽気な声で言った。「あなたもあたしも、そろって惨めなことになっちゃいましたねえ、二人そろって同じときに怪我をするなんてねえ。でも、あたしが古釘に手を引っかけただなんていう先生の馬鹿話を信じちゃ嫌ですよ。あんな話はまったくのナンセンスですから！　ところで、あなたが刺された件については、どういう説明がなされているんですか？」

私は寝椅子のかたわらの椅子に腰を下ろすと、包帯の巻かれたミス・トレイルの手首にちらっと眼をやった。

「それが何とも説明のしようがないんです。あなたには、何か心当たりでもおありですか？」

「あるかもしれませんよ」ミス・トレイルは謎めいた口振りで答えた。「でも、あなたをお呼びしたのは、そんな話のためではないんです、ダークモアさん。ところで、あなたはいつごろからもう一度動き出すおつもりですか？」

「みんなが何と言おうと、あと一日二日の内には、ここを出るつもりですが」

「あら！　そうすると、今週の終わりまでにはロンドンへお戻りになるんですね？」

「ええ、遅くともそれまでには。それで、ぼくがロンドンへ行ったら、あなたのためになにかお役に立てることでもあるのですか？」

「あなたにお願いしたいことは、ロンドンとは関係ありません。でも、これが心に懸かっているうちは、とても元気になれそうにない気がしてきましてねえ。それでは、ひとつ頼まれてくれますか？」

「ええ、お役に立てるなら嬉しいです」私は友好的に応じたが、彼女は素っ気なくこちらの言葉を遮った。

「そんな月並みなことを言ってくれなくていいんですよ」彼女は苛々した口調で叫んだ。「あなたがあたしのことを嫌っているのはわかっているんですから。でも、あたしには他に信頼できる人がいないんです。しかしあなたなら、一旦約束したことは、卑怯な真似をせずに最後まできちんとやってくれる人だと見込んでいますんでね」

献身的に看病したホープ嬢に対する恩をすっかり忘れているらしいミス・トレイルの言葉に、私は少々苛々した。

「今も申しましたように、喜んでお役に立つつもりです」私は繰り返した。「でも、信頼できる人が一人もいないなんておっしゃるのはいけませんね、だって、ホープ嬢が……」

とてつもなく狡猾そうな表情が、東洋の偶像のような顔をさっとよぎった。

「ああ、なるほどね！　でも、そんなことを聞いたら、コンスエロはびっくりするでしょうよ。今は全てをお話しするわけにはいきませんが、彼女が何と思おうと、あたしが彼女のためになりたいと願っているのは嘘偽りのないことですからね。これだけは断言しておきますよ、ダークモアさん、あたしを助けることは彼女を助けることにもなるんです。これは、彼女を大変な金持ちにするかもしれないことなんですよ。しかも……あなたの叔父さまのウィルフレッド卿くらいの……今のところはまだ無理でしょうがね」

私はミス・トレイルを端《はな》から信用していなかった。だから、ホープ嬢のためにもなることだと確約をもらっても、ミス・トレイルの求めに無条件に応じることを約束するつもりにはなれなかった。だから、まず、彼女の依頼の中身を聞いておかなくてはなるまい。

ミス・トレイルが私がためらっているのに腹を立てていることはすぐわかった。しかし、私の手助けが、軽々しく捨て去れるほど、彼女にとって無価値なものでないことも明らかだった。

「あたしは今、手も足も出ないものですからねえ」ミス・トレイルは拗《す》ねたような口振りで続けた。「手紙を書きたいだけなのに、それもできないんですよ、手がこんなになっちゃったもので。それに、コンスエロに頼むわけにはいかない性質のことだし。まして、召使に頼むわけにもいかないんですよ、たとえ、コンスエロがわたしをひとりにしてくれたとしても……もちろん、彼女があたしをひとりにするはずはないんだけど。でも、まさかあなたに頼むとは彼女だって思いつかないでしょうよ……だからこれが一番の安全策ということ……さあ、あたしのことを可哀想だと思って、向こうの窓の側の机から、フールスキャップ判の大きな封筒を取ってきてくれませんか……そう、その左のです。どうもどうも。そしたら、そこに座って宛名を頼みます。

いいですか、『ジョナス・ヘックルベリー殿、蜘蛛農園、マーケット・ペイトン近郊、ハンプシャー州』と書いてください。重ね重ねお礼を申しますよ、それじゃあ、それをこちらへお渡し願います」

ミス・トレイルが私に頼もうとしている、そんなに大事な要件の中身とは何なのだろうと私は用心深く様子を窺いながら、とりあえず、言われるままにすることにした。

ミス・トレイルは私から封筒を受け取ると、宛名を念入りに確かめて満足したようだった。それから横目でこちらをちらちらと窺いながら、怪我をしていないほうの手でポケットを探り始めた。すぐに、折りたたんだボロ切れのようなものを引っ張り出した。ちょっとの間、真剣そのものといった表情でそれをひねくり廻していたが、ボロ切れの周りを留めている二、三本のピンを抜こうとしていることは明らかだった。しかし、片方の手と腕が包帯でぐるぐる巻きになっているので、思うようにピンを抜くことができず、最後は自棄《やけ》を起こしたみたいに、その布切れを投げ出してしまった。

「ああ上手くいかない！」彼女は怒り声を挙げた。「すみませんが、あなた、やってくれませんか！　とにかく急いで、中のものを出して封筒へ入れてください」

ミス・トレイルは灰色がかった茶色の布袋を私に渡したが、手にしたとたん、それが周りをピンで留めた婦人服のポケットであるとわかった。ミス・トレイルが病に倒れた初日に、服のポケットの袋をもぎ取ってくれと有無を言わさずに頼まれたという、レディー・タワーズの話がすぐ頭に浮かんだ。

私は指示されたとおりに、幾重にもたたまれた紙のように見える黄ばんだ羊皮紙を引っ張り出した。それに眼をやったとき、どこかでそんなものを見たことがあるような気がした。しかし、ミス・トレイルは、私にゆっくりそれを見ている暇を与えようとせず、早く渡すようにと苛々した身振りで催促した。

「さあさあ、早く！」彼女は叫んだ。「誰か来るといけないから。コンスエロが来るかもしれないから。さあ、これでよしと。封筒はできたと。封もしたと。じゃあ、あなたはこれをしっかり保管してくださいよ。これが大変な額のお金だと思って、大事にしていてくださいよ。そして、郵便局へ行けるくらいに元気になったらすぐ、これを書留郵便で出してくれなくちゃいけません。でも、これが無事着いたと聞くまでは、あたしは心配で心配で生きた心地もしないでしょうよ、きっと」

ミス・トレイルがこんなことを言っていたちょうどそのとき、コンスエロが部屋へ入ってきた。

ミス・トレイルの顔が真っ赤に染まった。彼女は無意識に私から封筒を取り戻そうとするかのように、こちらに手を差しだしたが、すぐにハッとしたように手を引っ込めると、慌てて何食わぬ顔を装った。しかし、そんな用心も手遅れだった。私の手にある封筒に関心があることも、それを〝灰色の女〟から隠しておきたいことも、はっきりと顔に出てしまっていたからだ。

私はまだ、ミス・トレイルの依頼を引き受けると完全に決めたわけではなかった。ミス・トレイルは期待していたようだったが、私には彼女に助け船を出してやる気は露ほどもなかった。

すぐに、コンスエロの美しい眼がその封筒に留まった。最初、彼女は尋ねかけるように私の眼を見上げ、次に、ミス・トレイルに厳しい表情を向けた。

「ナオミさん」ホープ嬢は呼びかけた。私はこれまで、ミス・トレイルの洗礼名を一度も聞いたことはなかった。「あなたがわたくしを騙していたことはもうわかっているんです。ダークモアさん、その封筒の中身が何であるか、わたくしに教えてくださいませんか?」

「これではぼくは板挟み状態ですね」私は答えた。

「おっしゃるとおりです。では、そのことをお尋ねするのはよしましょう。代わりに、別の質問をさせていただきます。ミス・トレイルがあなたにそれを発送するように頼んだと思いますが、ちがいますか? あなたはその中身はご存じない、その価値もご存じない。でも、ミス・トレイルにはそれを自分のものだと言う権利はありません……盗まれたとはいいませんが、わたくしが失くしたもののはずです。憶えていらっしゃいますか? つい先頃、ある夜にわたくしがあるものを失くし、それがひょとしてあなたの手にあるかと思ったことがありましたね。そして今この瞬間、あなたがそれを手にしていることは十中八九間違いないと信じています」

「ぼくはどうしたらいいんでしょうかね?」私は子供のような口振りで尋ねた。ミス・トレイルを裏切るようなことを口にするのも望まなかったが、何であれ、〝灰色の女〟に対する背信行為には一切手を貸すつもりはなかった。「ミス・トレイルに代わって封筒に宛名を書いてくれないかと頼まれたんです。中身は、トレイルさんのものと理解していましたが」

「そう、あたしのものですよ、あたしのものですよ」ミス・トレイルは繰り返し言い張った。彼女には、同じ言葉を繰り返す癖があった。「ダークモアさんに、わたしに代わって手紙を出してきてほしいって頼んだだけですよ。あなたには何の関係もないことですよ」

「もし関係ないなら」ホープ嬢は言った。「開封して中身を見せて証明してください。わたくしには、そう要求できる権利があります。わたくしが間違っていたら、謙虚にあなたの許しを乞いますから」

「さあ、隠しちゃって、ダークモアさん! 彼女に渡しちゃだめ!」ミス・トレイルは肘をついて起きあがろうとしたが、それ以上はどうしようもなく、怒り狂ったように金切り声を挙げるばかりだった。

コンスエロは一言も言わなかった。私のほうをちらっと見ただけだった。しかしそれで充分だった。私としては、ミス・トレイルによって封をされた封筒をホープ嬢に渡すことはできなかった。ホープ嬢も渡せとは言えなかったのだろう。私は、病人のベッドのすぐ近くの机にそれを置いて、そのまま部屋を出ようとした。しかし、コンスエロが私を呼び止めた。

「行かないでください、ダークモアさん」ホープ嬢はそう言うと、もう一度ミス・トレイルの方へ向き直った。「もう一度だけ言います、ナオミさん、それを開封して中身をわたくしに見せてください!」

悔しそうな涙がミス・トレイルの藪睨みの眼に大きく膨れあがり、それが頬を伝わって流れ落ちた。包帯をしていないほうの手が封筒をさっと引ったくった。

コンスエロはそれを止めようとしなかった。しかし、ミス・トレイルが掴んだ封筒をガウンのポケットに押し込もうとしたとき、コンスエロは決然とした口調で言った。

「あなたのことでは、これまでずいぶん我慢してきましたが、もうこれ以上我慢できません！　わたくしの言うことを聞くか、永久にわたくしのもとを去るか、どちらかに決めてください！」

ミス・トレイルは、大切な宝物をポケットにしまいこもうとしていた手を止めると、呆気にとられたような顔で〝灰色の女〟をまじまじと見つめた。

「あなた、気が狂ったの！」彼女は刺々しい口調で言った。「まるで、あたしたちが別れることができるみたいなことを言うじゃないの！　でも、あんまり思い切ったことはしないほうが身のためなんだけどね！　言うことすることにもっと注意しなくちゃ駄目ですよ、さもないと、あたしは……」

「あなたの好きなようにしたらいいでしょう。そうしたいなら、わたくしを傷つけて、ついでに自分自身も滅ぼしてしまえばいいんですから。あなたもよくわかっているとおり、わたくしが倒れるときは、あなたも道連れです！　さあ、その封筒をお渡しなさい！」

ミス・トレイルはかすれた声で泣き出すと、問題の封筒をホープ嬢に投げてよこした。

「勝手にしたらいいんですよ、あなたみたいな愚かな夢追い女は！」ミス・トレイルは怒りの涙を流しながら叫んだ。「しかし、警告しておきますがね、この館の屋根の下にいる限り、あなたは、もう一瞬たりとて、心の安まるときはないんですよ。もう、あなたには何ひとつ得るものはないんだから……あたしにも得をさせないつもりだろうけど。ウィルフレッド卿に話しちゃいますよ、卿があなたにどんなふうに騙されているかって……」

コンスエロは、蔑むような叱責の眼差しを相手の眼にじっと向けた。ミス・トレイルもその気迫に押されたのか、言いかけた言葉を途中で呑み込むと、あとは力無く意地悪げに見返すばかりだった。

ホープ嬢は素早く一、二歩進み出ると、屈み込んでそのしわくちゃの封筒を床から拾い上げた。

ホープ嬢は、お相手役の顔を正面から見据えながら封を破ると、ミス・トレイルが入れたばかりの羊皮紙を取り出した。

「やはり、わたくしの思っていたとおりです」ホープ嬢は言った。「よくもこんな真似ができましたね、ナオミさん？　わたくしには、絶対に取っていないと誓っておきながら。ダークモアさん、わたくしは、近々するつもりでいたことを今この場ですることにいたします。この羊皮紙をあなたに差し上げます。これはあなたのためのものなのです」

私は当惑したまま突っ立っていたが、彼女は構わずそれを私の手に押しつけた。

それは、ホープ嬢が「図面」と呼んでいたものだった。私たちが初めて出会った晩、濃くなりつつある夕闇の中をフローレンス・ヘインズの墓へ向かう前に、彼女がドレスの胸から取り出したものだった。「おっしゃる意味がわかりませんが」私は大声で言った。「なぜ、これがぼくのものになるんでしょうか？　しかし、かりにぼくのものだとしても、あなたがそう希望しているだけなのではありませんか？　ぼくとしては、そこに描かれたものを見ることなしに、このままあなたにお返ししたいとお願いするしかありません」

私はそれを返そうと差し出したが、ホープ嬢は頑として受け取ろうとしなかった。彼女の顔には、悲しげな、私には皆目意味の理解できない奇妙な微笑が浮かんでいた。

「あなたが賢明な方であれば、それをよく調べてみてください」彼女は言った。「他のことと関連づけてじっくり考えてみてください」

ホープ嬢がそう言ったとき、ドアを軽くノックする音が聞こえた。彼女がドアの前に懸かっているカーテンを引くと、従僕が立っていた。

「旦那さまが、ヘインズ・ハヴィランドさまをホープさまのお部屋にお通ししてもよいかとお尋ねでございます。旦那さまは、ホープさまを煩わせるようなことはしたくないとお考えのようですが、ヘインズ・ハヴィランドさまが、直接お目にかかって、ダークモアさまも同席のところでお伝えしたいニュースがあるとおっしゃっているとのことですので」

コンスエロは、まるで棒を飲んだかのように、一瞬その場に立ちすくんだ。きつく結んだ唇は震えていた。

しかし、一秒としないうちに、彼女はいつもの口調で言った。

「ウィルフレッドさまには、ヘインズ・ハヴィランドさんにお会いします、とお伝えください」

従僕が会釈して姿を消すと、ホープ嬢は私のほうへ向き直った。

「わたくしは、ヘインズ・ハヴィランドさんがこの屋敷にいらしていることは知っていました」彼女は言った。「ミス・トレイルがあなたに会いたいと言ったあとで、ウィルフレッド卿はハヴィランドさんのところへ下りていきました。それで、わたくしはこちらへ来ることにしたのですから」

ホープ嬢はお相手役を見ずに私だけに向かって話していたが、自分の言葉をミス・トレイルにも聞かせるつもりなのであろうと私は推測した。

「ご存じのように」彼女は言葉を続けた。「先日の朝のあの方の振る舞いは、あまり礼儀に適ったものではありませんでした。当然わたくしは気を悪くしておりました。でも、あの方にも弁明の余地があったと思っています。あの方は、わたくしを、ご自分がかつて知っていたどなたかと思い違いをしていたようですから」

ホープ嬢は信頼のこもった視線を私に向けると、先に立って部屋を出た。部屋を出るとき、私はミス・トレイルに簡単な月並みな言葉をかけたが、彼女はこちらをじろっと睨み返しながら、私の挨拶を受け入れただけだった。

「今日のことは絶対に忘れませんよ。絶対に許しませんよ、ダークモアさん」ミス・トレイルは言った。「あなたにもコンスエロにも、いつか思い知らせるつもりですよ。コンスエロにもあなたにも、必ず借りは返しますからね！」

ホープ嬢の綺麗に整った私室にもう一度足を踏み入れたとき、ウィルフレッド叔父とヘインズ・ハヴィランドがちょうど上がってくるところだった。ヘインズ・ハヴィランドは、気遣いを見せて私の傷の具合を尋ねると、コンスエロの差しだしたお茶を真面目くさった顔をして飲んだ。

「ヘインズ・ハヴィランドさんが下で話してくださったことは、わしにはちょっと驚きだったよ」叔父は言った。「ハヴィランドさんはポーラと婚約していたっておっしゃるものだからね。ポーラが失踪する二、三週前に、ポーラと結婚の約束をしたんだそうだ」

客の眼がこっそりと自分に注がれていたのがわかっていたから、私は初めから努めて平静を装っていた。しかし、このとき突然に足下の床が抜けたとしても、このニュースを聞いたほどには驚きはしなかったろうと思う。私は、ポーラが気分に任せて婚約を結んだり破棄したりできる女であることを思い出した。しかし、彼女のことを語るヘインズ・ハヴィランドの声には、真剣な感情を思わせる響きがあった。

「おわかりだと思いますが、ダークモアさん、ポーラと結んでいた関係のことは、あなたとウィルフレッド卿にお話ししなくてはと思いまして。私が『結んでいた』と過去形で申しましたのは、口にするのも辛いことですが、彼女が生きているとはもはや信じることができないからです。私が皆さま方に劣らずポーラの捜索に関心を持ち、それが上手くいくことを心から願っていることも是非わかっていただきたいのです。そして何よりも、この捜索でお手伝いができればと願っています。実はその件ですが、サー・ウィルフレッド、今回の捜索では、まだ充分に手が尽くされているとは言えないように思えてなりませんが」

「その点はお考え違いをしていますよ」叔父は威厳をもって答えた。「アネズリー夫妻は私にその必要を知らせてくださる前に、すでに警視庁に刑事の派遣を要請していましたし、マーランド刑事はロンドン警視庁でも、飛び切り優秀な捜査官として有名な人ですからね。マーランド刑事には、もうひとつの事件のほうも調べてもらっています。彼は、それが姪の失踪とどこかで関係していると睨んでいるようですが。彼はこの近所のことはよく知っているのです。というのは、あなたにとって大変な不幸であった、あの殺人事件を解決したのもマーランド刑事だったのですから」

ガチャン、と隣の部屋で何か重いものが倒れたような音がした。棚の天辺の本を取るための踏み段が倒れたのだろう。誰もがぎょっとしたが、口を開くものはいなかった。ミス・トレイルがそれに乗って、ホープ嬢の部屋で話されている私たちの会話を立ち聞きしようとしたのだろうと誰もが思っていた。叔父は黙り込んでしまったが、ヘインズ・ハヴィランドは一瞬の沈黙のあとで言葉を続けた。

「彼が優れた刑事との評判をとっていることは承知しています。しかし、まだ何の手がかりも見つけていないようですね」

「マーランド刑事では手がかりを発見できそうにない、とおっしゃるのですか？　しかし、まだ一週間しか経っていないことを忘れないでください」叔父は言った。「それに、これは信じていただいて結構ですが、やり残していることは何もないはずです。もちろん、私も姪のことは大いに気になっています。しかし、大人になってから特に顕著になってきた姪の性格をよく知っているので申し上げますが、ポーラが私たちを心配させてやろうと思って、こっそりどこかへ行ってしまった可能性もないとはいえないと思っているんです」

「それは私の考えと大分ちがいます」ヘインズ・ハヴィランドは、声に怒りを滲ませながら応じた。「ポーラは、少なくとも私にはそんなことを一度もしませんでした。生きていようが死んでいようが、彼女が姿を消したのは、彼女の意に逆らってのことにちがいありません。実は、捜索の第一歩として是非とも必要なのは、あの古い濠の底を浚《さら》ってみる作業だと思うのですが」

「これは驚きました！」叔父は叫ぶと椅子から立ち上がって部屋の中をあちこち歩き始めた。「あなたのおっしゃる意味は、私には恐ろしすぎて……一瞬でもそんなことを考えるのは耐えられそうにありません。いったいどうして、そんなことを思いついたのですか、ヘインズ・ハヴィランドさん？　それとも、ただ、思いつきを口にされただけですか？」

「でたらめを言ったつもりは毛頭ありません」若者は厳かな口調で答えた。「私は自分の責任で、ちょっと探偵の真似事をしてみたんです。養母が殺されて以来、この館では、どんなに恐ろしいことが起きても不思議には思えませんのでね。失礼があったらお許しください、サー・ウィルフレッド、しかし、これは本当です。では、どうして濠のことに思い至ったかお話しいたしましょう。ご承知のように、ここ一週間、雨は一滴も降っておりません。それで私は、ポーラの失踪の日に草の中に残された足跡、ないしは何らかの跡が、誰にも気づかれないまま、まだ残っていることも期待できると考えました。マーランド刑事はたしかに敏腕ですが、濠のほうには今のところ眼を向けていないようです。向けたとしても、少なくとも私にはそう言っていません。そちらの捜索は一度もさせていません。正直なところ、私も初めは濠のことは考えませんでした。しかし、アベイに住んだ経験が長いものですから、そうこうするうちに、あの濠が、その……死体の隠し場所に選ばれてもおかしくない、と思い始めるようになりました。ポーラの姿が最後に目撃されたのは、この館の中の部屋でした。濠は川よりここからずっと近いわけですから、あらゆる点から見て、隠さねばならないものの隠し場所になっても不思議はありません。私はそう考えました。それで昨晩、暗くなる前に原っぱの中の道を通ってこちらへ来て、濠沿いにゆっくりと歩いてみたのです。すると、濠沿いの、館に一番近い道の辺りで、草が散々踏みつけられ、ちぎれているところがありました。たしかに、それだけのことかもしれません。しかし私には、それが重大な意味があるように思えてならないのです。ですから、もしお許しいただけるなら、私から濠を浚うように指示を出させていただきたいと思いまして」

「では明日、早速、濠を浚わせましょう」ウィルフレッド叔父はきっぱりと言った。「しかし、これだけは徒労に終わることを祈っていますよ、絶対にそうなるようにと願っています」

「それでは、早いとこ今日にも浚うことにいたしましょう」ヘインズ・ハヴィランドは性急な調子で叫ぶと、熱っぽく眼を輝かせて立ち上がった。「実はもう、すぐに取りかかれるようになっています。全て手配を整えて、お許しをいただくばかりにしておいたのです。一刻の無駄も許されないかもしれませんから」

ウィルフレッド叔父は肩を聳やかしたが、これは、何であれ重大な危機に直面したときに出る叔父の癖だった。

「わかりました」叔父は重々しい低い声で応じた。「今日これから直ちに始めましょう。早くすませてしまって、こんなぞっとするような疑問は無用のものにしてしまいましょう」

十八章　濠の浚渫《しゅんせつ》

「雇っておいた人夫たちは、とりあえず〈鳥の巣荘〉のほうに待機させてあります」と、ヘインズ・ハヴィランドは言ったが、自分が許可も得ずに勝手なことをしたことに、ウィルフレッド・アモリー卿が不興を示すのではと恐れているかのように、少しばかりためらいを見せていた。しかし叔父の顔には、怒りの表情にせよ満足の表情にせよ、感情らしきものは一切出ていなかった。それを見て、ヘインズ・ハヴィランドは力づけられたらしく、アネズリー夫妻がすでに別荘を出て、ロンドンに戻ってしまったという新しい情報も私たちに教えてくれた。「夫妻が〈鳥の巣荘〉を借りたのは、ポーラを喜ばせようとしたからにすぎません」彼は言葉を続けた。「それで、こんなことになってしまった今となると、夫妻も、とてもそこに留まっている気になれなかったのでしょう。しかし、さしあたり、私に使わせてもらえるように頼んでおきましたので、しばらく〈鳥の巣荘〉に住んでみるつもりです。そして、決定的なことが明らかになるまで、そこに留まっていようと思います。ですから、私がときどきこちらへお邪魔して、みなさんにウィン嬢のことについてお話しするのを許していただけるなら、大変ありがたいのですが」

ヘインズ・ハヴィランドは、二人から承諾を切望しているかのように、叔父から〝灰色の女〟へと視線を移した。この男には、どんな冷淡な人間にでも、この人の頼みは断りにくいと思わせてしまうところがあった。ウィルフレッド卿は、そのときまで、この男に特に好意的であるとも思えなかったが、もちろん叔父は冷淡とはほど遠い人間だった。

「お好きなときにお出かけください、いつでも歓迎しますよ。それでいいんだろう、コンスエロ？」叔父は言った。

「叔父さまが良いとおっしゃるなら」彼女は優しく答えた。「わたくしにはそれで充分です」

「では、これからあなたとご一緒して、あなたの疑念の根拠が薄弱だったと証明されるのを見に行くとしましょうか」ウィルフレッド叔父はしっかりした口調で言った。だが、そう言う叔父の唇は真っ青だった。

「それではぼくも」私は彼らが立ち上がりかけたのを見て急いで口を添えた。

しかし、叔父は真っ直ぐこちらに歩み寄ると、私の肩に手を置いた。

「そんなことに気を使わなくていいんだよ、テリー」叔父は言った。「おまえはまだもとの身体に戻っていないんだから。さあ、子供のとき、いつもわしの言いつけを素直に聞いたように、今でもわしの権威を認めているところを見せてくれ」

私はそれ以上口を挟まなかった。しかし、叔父の言うとおりにすると決めたものの、心の中では恐ろしいばかりの不安を感じていた。濠の捜索が続いている間、私は館の内に留まっていなくてはならなかったが、こちらからホープ嬢のところへ顔を出すのがまずいことは直感的にわかっていた。

コンスエロをひとりにしておくことが、この際、彼女にしてやれる唯一の親切だった。しかし、抑えきれない衝動に負けて、私はドアのところから引き返し、彼女の手を取ると黙ったままその手を握った。嬉しいことに、彼女はそっと握り返してくれた。彼女の眼には、一瞬、私にあんな悲劇を忘れさせ、目眩がするほどの喜びを与えてくれる表情があった。

だが、後ろ手にドアを閉めて外に出ると、たちまち、私の心は先ほどのように黒々とした憂鬱な気分で満たされた。

最初に思ったのは、自室に引きこもることだった。だがそのとき不意に、私の部屋の上にある、大時計の装置のある部屋の小窓から眺めたら、濠とその周辺で行われている作業の全容が一望のもとに眺められるのではないかとの思いが、稲妻のように閃いた。

私は一瞬の躊躇もせずに階段を駆け上った。しかし、駆けたのも最初のうちだけで、残念ながら、まだ情けないほど体力をなくしていたために、最後はゆっくり登っていかなくてはならなかった。

間もなく六時になろうかという時刻だったが、四月の日の光は、まだ緑の芝地を金色に染めていた。眼に入ったのは、絵のように美しい、平穏そのもののような眺めだった。

事情を知らなければ、濠の近くを行き来している小さな人々の群が、葦《あし》の生い茂った水の下に隠れているかもしれない、ぞっとするような悲劇の結果を見つけようと懸命の努力をしているところだなどと、どうして想像できようか？

私は、いわば自分専用の砦の高見から、下に見える人々に一種の反発を感じながらも、惹きつけられたように彼らの動きを眼で追った。かなりの時間が経過して、影がずいぶん長くなってきた。川向こうの農家の小屋の窓に夕日が反射して、それが金色に光っていた。

突然、小さなひとかたまりの人々が、濠の縁からこちらへ戻り始めるのが見えた。引っ掛け鉤《かぎ》に何か掛かった物があったらしく、それが引き上げられたところのようだった。

私はウィルフレッド叔父の注意もすっかり忘れて、下の人々のところに急いで駆けつけようとドアのほうを向きかけたが、ちょうどそのとき、大時計が唸るような前触れの音とともに七時を打ち始めた。古い時計の複雑怪奇な機械仕掛けを祀った本殿ともいうべき場所に私が入ってから、ほぼ一時間が経過していたのだ。

叔父に付き添ってアベイ館の探索をした日以来、時計塔内の自室の上の部分には、これまで一度も登ってみたことがなかった。探索の日も、アベイに長くいたわけではなかったから、大時計が時を打つのを聞く機会はなかったのだ。私は今初めて間近で聞くその大音響に、文字どおり度肝を抜かれるような驚愕を味わった。下の濠の周りで展開されていることも気懸かりではあったが、思わず視線を上げて、その装置に眼をやった。それは上手く表現できないが、金属製の骸骨めいたものが剝き出しになっているような造りになっていて（無様なまでに大仕掛けだったが）、炉棚に飾られている、現代の小さな置き時計の内部構造に似ていなくもなかった。

籠に閉じこめられた巨大な鳥の羽ばたきにも似た大きな振動音とともに、塔の大時計が七時を告げる最後の音を打ち終わった。それと同時に、壁にはめ込まれるように取り付けられている、どうやら時計の機械部分と繋がっているらしい丸く平たい鉄製の円盤が、奇妙な具合に左右に動き始めた。これは、まったく思ってもみない事態だった。

この円盤が、かつては、くすんだ緑色に塗られていたことは明らかだった。赤茶けた錆の浮いた下地の上に、緑の塗料の跡が未だにあちこちに残っていたからだ。

私は一瞬足を止めたが、円盤の振動もすぐに止まったので、そのまま急いでそこを出ようとした。しかし、慌てていたためだろうが、上着の端を錆びた釘に引っ掛けてしまった。それを外すさいに、ポケットからハンカチだけでなく、〝灰色の女〟がさっきくれたばかりの羊皮紙の図面も取りださなくてはならなかった。まだその羊皮紙は見ていなかったが、今初めて見てみると、どうやら、何かの建物の描きかけの設計図面らしく、その廻りに地図らしきものも描かれていた。そして、建物の向こうに川が描かれているところを見ると、明らかにローン・アベイ館の周辺の土地の一部を図示したものにちがいなかった。

建物の内部の造りを描いた部分はずいぶん古いものらしかったが、それ以外のところは、ずっと後になってから書き加えられたものであることは容易に見て取れた。そして、羊皮紙の一番下の部分に、例の「アモリー問答」が書かれていた。あれから、問答を詳しく思い直してみる機会もないままになっていたが、その文句は今もしっかり頭に入っていた。

私の眼に最初に留まったのは、あの意味不明の文言の中ほどの一行だった。

緑ナルモノ動キテ

「緑なるもの動きて、だって！」私はハッとして呟いた。この言葉を眼にしたとき、頭の中で、あたかも燧石《ひうちいし》と大理石が激しくぶつかったかの如く、パッと火花が散った。

一瞬前に、「緑ナルモノ」が動いたのではなかったか？　少なくとも、この問答の原本が作られた当時は、大時計が時を告げるとともに振動した大きな鉄製の円盤は緑色だったはずである。こんな鍵ともいえる重要な事実が、今日まで誰にも気づかれずにきたのだろうか？　時計の仕組みを考案した人間が、あの奇妙な「アモリー問答」も作り上げたことは間違いない。ひょっとしたら、私は、長年にわたって未発見のままになっていたある秘密の糸口を、偶然にも摑んだのではあるまいか？

こんな思いが稲妻の閃光のように頭の中を駆け抜けた。しかしそれもすぐ、浚渫作業に当たっていた人々が不吉な気配を漂わせて〈恐怖の館〉に向かって来るところだったのを思い出して、たちまち消え失せてしまった。

次の瞬間に、「アモリー問答」や鉄製の円盤に関して、私の頭はまったくの白紙状態になっていた。私は機械的に羊皮紙をポケットに戻すと、何か怖ろしい事態が下で待ち受けているものと覚悟して、階段を駆け下りた。

私が館の外へ出てみると、ウィルフレッド叔父とヘインズ・ハヴィランドはすでに玄関口の近くまで来ていた。作業人夫たちは二人から二、三十ヤード遅れて歩いていた。

濠の底浚いの作業が完全に無駄になったわけでないことは、叔父の強ばった顔を一目見るだけで充分だった。

「上手くいきましたか？」私は尋ねながらも、自分の耳にも声がうわずっているのがわかった。

「残念ながら、あまり上手くいったとはいえないよ」叔父は答えた。「まだ、はっきりしたことは何ひとつわかっていないんだから。ただ……ただ、死体がひとつ見つかったということを別にしてだが。ヘインズ・ハヴィランドさんが濠を浚うのに雇った人夫の他に、土地の警察署から警官が一人、作業の監督に来てくれている。彼はしつこく主張しているんだが、こういう不審死体は、上がった現場から動かさずに調べるのが正規の決まりなんだそうだ。しかし、わしから強く言って、そこは何とか曲げてもらうことにしたよ。わしにはとても……物見高い野次馬がここに押し寄せてくることは請け合いだからね。おまえにもよくわかっていると思うが、こんな田舎でも、物見高い連中はわんさと集まってくるものさ。だから、上がった死体はビリヤード室に収容させることにした。あそこなら、この館の中で一番明るい場所だから、検分には最適だろうと思ってね」

叔父の声は、そう話しながらも震えていた。声を別にすれば、叔父の態度は落ち着いていた。だが、彼が懸命の努力でそうしていることは私にもよくわかっていた。

叔父は館内に入ると、必要な指示を与え、こういった場合の準備が滞りなく、きちんと品位を持って行われるように気を配った。

私はヘインズ・ハヴィランドとともに外に残って、全ての準備が済むのを待っていた。

「あれは、ポーラの死体です。ウィルフレッド卿は、私にそうではないと信じさせようとしていますが。見ず知らずの女の死体じゃありませんよ」ヘインズ・ハヴィランドは言った。その語調には暗い絶望的な響きがあったが、振り向いて彼の顔に眼をやると、その表情には、声と著しく矛盾する表情が現れているように思えてならなかった。

たしかに唇は、悲嘆に暮れている子供のように、痛ましげにへの字型に歪んでいた。天使のように形の良いふたつの眉も、陰気な顰《しか》め面の上で険しく寄せられ、吊り上がっていた。しかし、その下にある二つの眼は、鋼鉄のような光を帯びて輝き、滑らかな髭のない両頰は鮮やかに紅潮していた。この男は、自分の恐るべき予言が今まさに的中しかかっていることを、勝ち誇っているのだろうか？　そうでないとしたら、彼の顔と声が、こちらの神経を逆撫でするほどに矛盾している事実を、いったいどう説明したらよいのだろうか？

作業人夫たちが引き上げた死体は、大きな絹の布にくるまれていた。布はぐっしょり濡れていたので黒く見えたが、詳しく調べてみると、インド製の布地であることがわかった。

「これだけ見ても、あなたのおっしゃるように、行きくれた乞食女が濠に身を投げたという説は成り立ちませんね、サー・ウィルフレッド！」ヘインズ・ハヴィランドは叫んだ。「これが殺人事件であることははっきりしています。それに、この掛け布の出所が突き止められないとも限りませんから」

叔父も私も無言だった。私たちは二人とも、そのねじくれた絹の掛け布がどこにあったものか、口にこそ出さなかったが、とうにわかっていた。それは、僅か一週間足らず前まで、ポーラが姿を消したあの暖炉部屋のテーブル掛けに使われていたものに他ならなかった。

掛け布はきつく結ばれていて、結び目に折り取った木の枝が通されていた。木の枝は、かなりの距離を引きずって死体を運んだときに使ったものだろうか？

私がこのインド製の掛け布を最後に見たのは、忘れもしない、あの宿命の日曜の午後、暖炉部屋に足を踏み入れた直後のことだった。

あのときポーラは、彼女が立っているのを私が最初に見た窓のところで振り向くと、こちらへ真っ直ぐに進んできた。そのとき、彼女の絽織りのスカートがテーブルクロスを引っ掛けたため、それがテーブルから半分ほど外れてしまい、上に載っていたダリアの生けてある小さな花瓶をひっくり返してしまったのだ。私はそんなことは気にも留めず、花瓶も倒れたままに放っておいたが、今、そのときの情景が脳裏に絵のように鮮明に浮かび上がった。

包みの絹布は、死体の頭と肩の辺りでしっかり結ばれていたが、その下から黒いドレスが覗いていた。警官とヘインズ・ハヴィランドが懸命になって結び目を解こうとしている間、私は吐き気を催しそうなもどかしさを感じながら、ドレスの襞の端を手にとってみた。

それは絹地の服に間違いなかった。端が焼け焦げてボロ切れのようになった絽の布地が、星形模様の漆黒色の刺繍細工のおかげでかろうじて繋がった状態でぶら下がっていた。

それを見た瞬間、私は頭から血がすっと引いていくのを感じた。これほど明白な証拠があるだろうか？ポーラがあの日曜日に着ていた服に間違いない。

「これは彼女の服です……間違いありません」ヘインズ・ハヴィランドは言葉も途切れがちに言った。私はポーラの着ていた美しいドレスの惨めな残骸からいまだに眼を離せないでいたが、そのときウィルフレッド叔父の叫ぶ声を聞いて、ぎくっとしてわれに返った。

私は顔を上げて叔父の視線を追った。何故に叔父が叫んだのか、訊いてみるまでもなかった。私もそれを自分の眼で見たが、この後何カ月も、瞼を閉じると、そのとき見たもののぞっとするような細部までが、否応なしに、繰り返しまざまざと脳裏に浮かんだものだ。

絹の掛け布はすでに解いて広げられていた。死体の肩は剝き出しになっていた。破れたビロードと潰れた羽根飾りからなる形も定かでない塊は、かつては鍔広《つばびろ》の婦人帽だったものだろう。そして、包みが解かれて広がった拍子に、山の部分に詰め込まれていた綺麗なハイヒールが転がり出てきた。そして、包みが完全に解かれたとき、そこに、予想もしなかった恐ろしいものが姿を現したのだった。

それは首なし死体だった！

「ああ、復讐を！」ヘインズ・ハヴィランドが叫んだ。「こんなことをした奴に、徹底的な復讐をせずにおくものか！」

ヘインズ・ハヴィランドがそう言ったとき、ドアがパッと開いた。ドアはロックされているものとばかり思っていたが、思い違いだった。敷居のところに、私たちが誰一人として、こんなときに来ると予想もしていなかった男が立っていた。

男は叔父の元秘書のジェロームだった。私はこれまで、彼の存在など完全に忘れていた。

「聞いた話ですと」元秘書は奇妙に引きつったような声で言った。「ウィンお嬢さまが死体で発見されたそうですね。だからお邪魔しないわけにはいかなかったんです。私にとって、お嬢さまはこの世でただ一人の大切な方だったんです。まさか、お亡くなりになっただなんて、本当なんでしょうか？」

「わしたちにも、まだそこのところは不明なんだ」叔父は厳しい口調で応じた。「ジェローム、きみはここにいてはいけない。いずれ、きみにも全てを聞かせることになるだろう」

かつては卑屈に近いほど謙虚だったジェロームが、ウィルフレッド卿の言葉を遮った。

「はっきり言わせていただきますが、私はここに留まる権利があると思っております。ウィンお嬢さまは私の唯一の友達でした。私はお嬢さまを愛していました。それに、お嬢さまを殺害した犯人を明らかにできるつもりですから」

私たちは一瞬驚き呆れて、狐につままれたような顔をしてジェロームを見つめたまま立っていた。ジェロームは瞬時の沈黙に乗じて、今は死体が置かれているが、ビリヤードのゲームが行われるときに観覧者席になる、一段高くなっているところへ走り寄った。

ジェロームはそこで、絶望したようにがっくりと死体の傍らに膝をつくと、ずぶ濡れの汚れたドレスの襞を持ち上げて、それを唇に押し当てた。

「これはお嬢さまのドレスに間違いありません」彼は呻くように言った。「お嬢さまは、生きておられた最後の日にこれを着ていらっしゃいました。私はお嬢さまが〈鳥の巣荘〉からお出かけになるのを見ていたんです」

「何だって！　きみはあの日、ポーラを見たのかね？」叔父はさっとジェロームのほうへ向き直って尋ねた。

「それでは、きみはあの日どこにいたんだね？」

「私は〈鳥の巣荘〉に来ておりました。ウィンさまは、日曜日には私も招くようにと、ミセス・アネズリーに言ってくださったんです。あなたは、私の言葉が間違いないことを証言してくれますね、ハヴィランドさん？」

「いいですとも」へインズ・ハヴィランドは鸚鵡返しに答えた。「私はあなたの言葉が真実であることを証言しますよ」

「私は昼食後、お嬢さまと長い時間、話を交わしました。ちょっとお元気がないようにお見受けしました。

ご自分でも、何か悪いことが降りかかりそうな予感がする、とおっしゃっていました。私は僭越ながら、気休めになるようなことを申し上げましたが、お嬢さまは落ち着かないご様子で、これからちょっと散歩してくる、しばらく一人になりたいから、とおっしゃいました。それから、私に手を差し伸べて、それじゃまたね、と言ってくださいました。そのとき、私はお嬢さまの手に光っていた指輪をちゃんと見ています。ご覧ください！　それは、今ここに……この五つの指輪です。これは、この死体がウィンさまであることの何よりの証拠です」

ジェロームは、細い指をぶるぶる震わせながらそれを指差した。彼の言うとおりだった。私たちがいつも見慣れていたポーラの左手の指輪が、哀れにも水にふやけた指の上でキラキラと光っていた。私が昔彼女に与えた指輪で、私たちの関係が変わった後もけっして返してくれなかったブリリアントカットの指輪も、ちゃんとその指にはまっていた。

心中にあった僅かばかりの望みもついに失せて、言いようのない惨めな気持ちが重く胸にのしかかるばかりだった。

「卑劣極まりない殺人です！」ジェロームは叫んだ。「あんなに美しく優しかった方が、華の盛りとも言うべきときに、こんな仕打ちに遭うなんて！　みなさんは、私に見えていることがお見えにならないんでしょうか？　私は霊感で予言の能力が与えられたんです。だから、こう申し上げているんです。これは、嫉妬と復讐に駆られてやったことにちがいありません。こんな卑劣なことのできる手は、お嬢さまを憎み、お嬢さまから一番大切なものを奪い去り、哀れな私から秘書という正当な地位を奪った女の手に決まっています……そしてその手は……ずっと隠されていたのです……この下に……」

ジェロームはこんな大袈裟な言葉を発すると、狂ったような身振りで、死体の胸元から、これまで私たちの眼に留まらなかったが、ずっとそこに隠されていたらしいものを摑み出すと、こちらへ突き出した。

元秘書がおぞましいばかりに勝ち誇って突きつけたものの正体を知るには、一目見るだけで充分だった。それは、金糸に真珠玉を連ねた飾りの付いた、あの美しい手飾りの切れ端だった。

十九章　検死審問

その夜、叔父からマーランド刑事に宛てて、すぐ館へ戻るようにと電報が打たれた。確たる根拠があってのことか、あると思っていただけかはともかくとして、マーランド刑事は、ロンドンへ行けば事件解明の糸口が摑めるものと信じてそちらへ出かけていたが、どこへ行こうと行った先の連絡場所だけはウィルフレッド叔父に知らせてあったのだ。彼は翌朝ローン・アベイに到着したが、何の前置きもなしに濠で見つかった死体が十中八九ウィン嬢のものであると聞かされて、かなりショックを受けているらしかった。

「それがウィン嬢の死体であるということになると、私が組み立てた推論が崩れてしまいます」刑事は言った。「正直言って大いに残念です」しかし、その推論がどういうものであったのか、刑事は私たちに言おうとしなかった。

検死審問は直ちに行われることになったが、ウィルフレッド・アモリー卿に敬意を表して、彼の屋敷内で行うことが認められた。

召喚される主立った証人は、ウィルフレッド叔父、ヘインズ・ハヴィランド、ジェローム、アネズリー夫妻、濠の浚渫作業の監督に当たった警官、ホープ嬢、それに私だった。

すでに知られている証拠を考えれば、疑惑が〝灰色の女〟に向けられるであろうことは、私たちの間で信じないふりをし通せる話ではなくなっていた。起きたことはすでに屋敷中の者が知っていたし、禍々《まがまが》しい興奮のざわめきは、召使部屋をはじめ、屋敷の隅々に至るまで広がっていた。

これから事態がどう進展するのかという不安な思いが、誰の胸にも重石のようにのしかかっていたが、ミス・トレイルだけは、そんなことにも却って気持ちが浮き立っているらしく、耳障りな声でマングースに呼びかけながら、屋敷内をせわしなく動き回っていた。

そんなミス・トレイルに玄関ホールで出くわしたとき、彼女はこちらの気持ちも無視して私を引き留めた。

「いつもよりお顔の色が優れないですよ、ダークモアさん」彼女は如才なく悪意を包み隠して、悪戯っぽい口調で話しかけてきた。「そんなお顔をしていると、検死の結果が心配で心配でたまらないんだろう、と疑われちゃいますよ」

「一刻も早く終わってくれると嬉しいんですが」私は応じた。

「ほんとに蝿にでもなって壁に張り付いて、検死室で話されることを一部始終聞けたら素敵なんですけどね！」ミス・トレイルは激しい口調で言った。「でも……ひょっとすると、わかりませんよ……ちょっと一工夫してみるつもりですからね。あたしがどんなに抜け目ない女か、あなたはまだご存じないんですから」

ミス・トレイルは階段を上がりながらこちらに振り向いた。ペットを抱いているほうの手には、まだ、リント布の細い包帯がしっかり巻かれていた。捨てるつもりで小さくちぎっておいたものらしいたくさんの紙切れが、良いほうの手に握られているのがはっきりと見えた。このとき、抱かれていたマングースが逃げようとするかのようにばたばたし始めた。ミス・トレイルは慌ててペットを取り押さえようとしたが、その拍子に、ちぎられた紙切れを取り落としてしまった。
三、四切れがひらひらと私の足下に舞ってきた。一番大きな紙片の上に、大きな乱暴な文字で、「火曜日、蜘蛛農園……」と書かれているのが見えた。どうやら、手紙の出だしの部分のようだった。
私はミス・トレイルに渡してやるつもりで、身を屈めてそれらの紙切れを拾い上げた。彼女も、そんなものの処分は自分できちんとしたいだろうと思ったからだ。だがそのとき、別の部分が見るとはなしに眼に留まった。「……おまえは来週の金曜まではこちらに来てはいけない」（この行は頭の部分がちぎられていた）「わしとしては、おまえに手を貸すつもりだ。あの女には、ひとつ痛棒《つうぼう》を喰らわせてやろう、そうすれば……」

「……彼女がそのくらいの報いを受けるのは……」何となく意味が繋がっているようにも見える断片的な三行は、終いの部分が不揃いに引きちぎられているため、意味はよくわからなかった。

妙なことを言うようだが、こんな偶然に助けられて、これまで見えていなかった謎の解明につながる鍵を手にしたことを、恥じる気も悔やむ気も私にはまったくなかった。私はその紙片を手にしたまま顔を上げた。ミス・トレイルがちょうど階段を下りてくるところだった。

「破いた手紙の切れ端を落としちゃったんですよ」ミス・トレイルは言った。「よそのお宅を散らかすなんて嫌だから、きちんと全部拾っておこうと思って急いで戻ってきたんです。まあ、ありがとう！　手間を省いてくださすって」

ミス・トレイルは、引ったくらんばかりの勢いで、それを私の手からもぎ取った。怪しからぬ男だ、とこれまで以上に彼女に思われたのは明らかだった。

蜘蛛農園、マーケット・ペイトン近郊、ハンプシャー州

記憶によれば、アドレスはこうなるはずだった。ミス・トレイルに頼まれてフールスキャップ判の封筒に宛名を書いてやって以来、これまでにも一度ならず、指示されたとおりに書いた宛先の地名を思い出したことがあったのだ。

よし、検死審問が終わったら（無事に終わることを神に祈りたい気持ちだった！）、ミス・トレイルをしっかり見張ってやろう。そうすれば手紙に書いてある曜日以前に、彼女がローン・アベイを留守にするかどうかもわかるだろう。もし、彼女がここに居残っていれば、こちらとしては、漫然と手をこまぬいて、これまですでに散々酷い目に遭わされた美しい女性の頭上に「痛棒が喰らわされる」のを、みすみす許すようなことを絶対にするものか。むしろ、こちらから、何らかの思い切った手に出てやるぞ。私はそんなことを心の中で思っ

ていた。

検死審問は、濠で死体が発見されてから二日目の正午に行われることに決まった。陪審員たちは図書室に控えることになったが、十二人の陪審員たちが一人ずつ呼び入れられて、ビリヤード室に禍々しく横たわっている首なし死体を検分しているとおぼしき時間には、屋敷中の隅々にまで緊迫した静寂が張りつめているのが、ひしひしと感じられた。

最初に、死体が水中から引き上げられるのを目撃した証人たちが呼ばれた。その中では、ヘインズ・ハヴィランドが最後に呼ばれたが、彼が一番重要な証人だった。というのは、彼はすでに、自分が濠に眼を向ける気になったのは濠沿いの堤のある地点で草が引きちぎられていて、何かが引きずられたような跡がそこに残っていることに気づいたので、ウィルフレッド卿と地元の警察の巡査にそのことを指摘した、と申し立てていたからだった。

ヘインズ・ハヴィランドのあとに、ウィルフレッド叔父が呼ばれた。その後がアネズリー夫妻だったが、彼らはこの審問のために、わざわざロンドンから出てきていた。さらにジェロームと続いたが、私が最も恐れていたのはこの男の証言だった。彼は、自分が秘書の職を解かれたのはホープ嬢がウィルフレッド卿を動かしたせいだと信じ込んでいたし、ポーラが勝手にでっちあげた話も吹き込まれていたろうから、ホープ嬢に復讐的な気持ちを抱いている可能性が非常に高かった。ジェロームが、人の言葉なり現実の出来事なりを曲解して証言することは充分予想できたのだ。

時間はのろのろと過ぎていった。ジェロームは部屋に入ったまま出てくる気配はなかった。検死官の質問は依然続いているようだった。私は、ミス・トレイルが、臨時の審理室で進行していることをつぶさに見聞きできるように、「蠅にでもなって壁に張り付いていたい」と言ったことを思い出したが、このときは私もまったく同じ思いだった。次にホープ嬢が呼ばれるはずで、ハズブルック医師と私が最後に残ることになった。

コンスエロの性格を考えれば、彼女が真実を偽わって話すはずはなかったから、私の証言で彼女を救わなければ、彼女自身の証言は、ほとんど致命的なまでに自己の利益を損なうものになってしまうだろうと考えられた。

それにしても、時間の進みはのろかった。それでも、やっとのことでジェロームが出てくると、ホープ嬢が入れ替わりに入っていった。

私は落ち着きなくあちこち部屋を歩き回りながら、一分刻みで時が過ぎるのを数え、隣の部屋で進行していることを必死に想像してみようとした。

そのとき不意にノックの音がして、私の思考は中断された。ドアを開けてみると、ミス・トレイルが興奮で上気した顔に眼をきらきらさせて、戸口のところに立っていた。

「ほら、あなたにお渡しするものがあるんですよ」ミス・トレイルは言った。「さあ、読んでご覧なさい。読めばこれが何だかわかりますから。あとであたしにお礼をしなくては、と思うかもしれませんよ。『壁の蠅』のことは覚えていらっしゃるでしょう?」

返事をする間もないうちにミス・トレイルは行ってしまった。私は受け取ったものを読み始めた。それは、その書き手と同様に、一風変わった覚え書だった。

「ローン・アベイで開かれた検死審問の進行中に作られたメモ」と、その長ったらしい手紙めいたものは始まっていた。「図書室とウィルフレッド卿専用喫煙室の間の本棚に身を潜めて書き取った。このメモの記録者ミス・ナオミ・トレイルは、検死官およびその配下の係官たちを巧みに出し抜くことができた。ミス・トレイルは、今回の検死に当たって、自らのために情報収集の必要を認めたこともさることながら、彼女のために親切にも(?)一肌脱いでくれたテレンス・ダークモア氏に感謝の意を表明するため、及び、氏の好奇心を満足させるため、先に述べた本棚に身を隠し、鍵穴に耳を押し当てることから行動を開始した。全てが一応安全になったとき、書き手は、これを書き記すための明かりとして、あらかじめ用意しておいたナイトランプに灯を入れた。書き手は、さして重要でない証人の尋問中に、あるいは陪審員団が小声で協議するために尋問が一時停止されている間を利用して、これを書き続けることになるであろう。

十分経過。死体発見についての証言が続いている。C・Hの有罪を裏付けるような証言は一切なし。あっ！ヘインズ・ハヴィランド氏が入ってきた。氏はウィン嬢と婚約していることを証言。さらに、ウィン嬢がコンスエロを憎み嫌っていたことを証言。氏は、コンスエロは何か秘密を隠しているものと信じると証言。さらに、ウィン嬢の意図はそれを暴いて、ウィルフレッド卿を女いかさま師の奸計《かんけい》から救うことにあったと思う、と証言する。死体も衣服もウィン嬢のものであると宣誓して認めてもよい、ブレスレットも、ウィン嬢の失踪前日に彼自ら与えたものに間違いない、ローン・アベイから濠に向かって、草に踏み跡の残っていることに気づいたことはすでに述べたとおりである、ウィン嬢の死体が濠に沈められたかもしれないと最初に思ったのはこの事実による、死体のくるまれていた掛け布は、ウィン嬢が消えたと言われている部屋のテーブルの上にあったものと記憶している、しかし、それについては宣誓して明言はできない、ただ、その布に気づいたのは、舞踏会のあった夜のことであったと思う、等々と証言する。

ウィルフレッド卿入室（慎重な答え振りはベテラン外交官といった感じ）。二十分間にわたり、検死官たちは卿に厳しい質問を浴びせるが、被尋問者の黙秘に遭い何ひとつ聞き出せない。死体がウィン嬢でない可能性について示唆したのは卿が初めてである。

さあ、これからが大変！　ジェロームが入ってきた！　ジェロームは、死体はウィン嬢のものであると信じている旨を宣誓する。日曜日に出かける前の彼女の手に、これらの指輪を見たことは間違いないと証言する。彼女は常に左手に五つ指輪をはめていた、テレンス・ダークモア氏と婚約していることを示す指輪を含め、四つを薬指に、小さい指輪をひとつ小指にはめていた。ウィン嬢が従兄との婚約を解消したことは承知しているが、彼女はまだそのエンゲージリングは外したことはない、ブレスレットを見た記憶もあるし、ヘインズ・ハヴィランド氏がプレゼントしてくれたものだと、彼女が昼食時に話しているのも聞いている等々と証言する。

ジェロームの証言が陪審員たちに深刻な印象を与えたことは、鍵穴越しにも手に取るようによくわかる。この事件がどちらに向かうにせよ、陪審員たちの顔を覗き見するのは、滅多にないほど面白い見物である。

ジェロームはさらに質問に答え、新たに証言する。ホープ嬢が自己の目的を押し進めるために、ウィルフレッド卿の姪であるウィン嬢を、取り返しのつかぬほど深く傷つけ、彼女からその家と友人を奪ったことは事実である、叔父がすでに遺言状をその見知らぬ女に有利になるように書き改めてしまったか、これから書き改めるつもりであるとウィン嬢が信じていたのは間違いない、と証言する。

ジェロームは、ホープ嬢の左手を被う真珠玉の飾りのついた手袋に当初から注目し、それに好奇心を掻き立てられていた、とも証言する。その手袋を着けていないホープ嬢を一度も見たことがなかったから、自分の知る限り、彼女はそれを常に着けていたはずである、死んだ女性の着ていたガウンの胸から見つかった真珠玉と金糸の切れ端は、この手袋の一部である、と宣誓して証言する用意があるとはっきりと述べる。

これはC・Hにとって最悪の証言である。事態は彼女にますます不利になりつつある。

ジェローム退室。コンスエロ入室。この記録をテレンス・ダークモア氏が証言を求められる前に氏の手に渡す必要があるので、書き手はぐずぐずしていられない。書き手N・Tは、このメモはダークモア氏の手にあるかぎり、いかなる人をも傷つけるような使われ方はされないものと信じる。書き手としては、ダークモア氏がこの記録を読み、C・Hのためにできることはほとんど皆無であることを、いや、皆無どころか、事態を悪化させることしかできないことを理解してくれれば満足である。N・Tの承知している限り、氏の知っている事実は、すでに充分危うい立場にある女性を、ますます有罪に追い込むことにしか役立たない。おそらく将来、C・Hは、少なくとも彼女の親友たちの感情を害するようなことをせず、ときには、その忠告に従うことが得策であると知るときが来ようが、残念ながらそのときには、もはやそれも手遅れになっている可能性が高い。

コンスエロ、証言を始める。ウィン嬢と喧嘩したことを認める。彼女は全てを認める。筆者はもうこれ以上ここに留まることはできない。しかし、評決結果は、もうすでに、陪審員たちの十二対の厳めしい眼の中にはっきりと出ている」

貪るように最後の行まで読んできたとき、ちょうど私の名前が呼ばれて、いよいよ私が、コンスエロが直前まで立っていた証言台に立つことになった。

ミス・トレイルの言う「十二対の厳めしい眼」が証言台の私にじっと注がれる中で、冀度胸ともいうべき沈着な気持ちが湧いてきた。それが、これまで身体中の神経を激しく脈打たせていた興奮に取って代わった。

自分の発言が愛する女性の生死にかかわることは充分承知していた。そんなことを思っていたせいか、聖書にキスしたあと、最初に検死官から問われた質問はよく聞き取れなかったが、私は腹にぐっと力を入れ、逸る気持ちを鎮めようとした。

「あなたは、この館に付属する濠の中で二日前に発見された死体を見ましたか?」検死官は尋ねた。

「はい、見ました」私は断固たる口調で答えた。

「あなたはそれを、あなたの従妹のポーラ・ウィン嬢の死体だと認めましたか?」

「いいえ、従妹の死体だとは認めませんでした」

「ということは、陪審員に、あなたは死体の身元確認を宣誓できない、と言いたいのですか、それとも、それは誰か他の人間の死体であると信じる理由がある、と言いたいのですか?」

「濠で見つかった死体は、従妹の死体ではないと確信している、という意味です」

私がはっきりと大きな声でそう言うと、陪審員たちの間に軽いどよめきが起きた。長々と前置き的なことを訊かれたり、ポーラの消えた暖炉部屋での体験などが持ちだされるのではとずっと恐れていたが、このように、死体の身元確認の質問が最初に出されたことで、私は大いに気を良くした。身元確認の件は、私以外の者で、宣誓した上で答えられる人間は誰もいないはずの質問だったからだ。

「そう主張する理由を聞かせて下さい」

「まず第一に、誰もが、死体の首が切り落とされているのは変だと思ったはずです。殺された人間の身元確認を困難にする目的以外に、死体にそんな損傷を加える動機があったとは思えませんから。もしそうだとすれば、衣服や、指輪等の装身具も取り除いておくのが自然ではないでしょうか？　だとすれば、首を切ったのは、第三者の死体をウィン嬢の死体に見せかけたいという意図によるとしか考えられません」

「ちょっと待ってください」検死官は言葉を挟んだ。「問題は、あなたや他の人々がどう考えるか、何を不審に思うか、ということでなく、あなたは事実として何を証言できるか、ということです。証言を続けますか？」

こう言われることはあらかじめ予想していた。このあとに述べなくてはならない細々とした事実関係に入る前に、できれば前置きとしてこれだけは言っておこうと、初めから心に決めていたのだ。

「実は、死体の発見があったあとで」私は言葉を続けた。「死んだ女性の足に、帽子の山の部分に詰め込まれていた靴の片方を履かせてみようと思いついたんです。死体がしばらく水中にあったために膨張していたことを考慮に入れても、その靴は（ウィン嬢が失踪した日にそれを履いていたことは宣誓して証言できます）、死体の足のサイズには明らかに小さすぎました。濠から引き上げられた死体の身長、身体つき等は、全般的に見てウィン嬢とほぼ同一ですが、足はウィン嬢のそれよりかなり大きいものでした。それは手についても言えることです。足と同様、水に浸かっていたことを考慮しても、指輪を無理矢理はめるときにできたと思われる、不自然な擦りむき傷が指に残っていました」

「この種の証言に頼るのはまずいと思いますがね」陪審員の一人が他の一人に囁く声が聞こえた。「私としては、生きていたときの足の大きさ手の大きさ、その形などを正確に確認するのは、絶対に無理だという意見です。まして死体は、少なくとも一週間は水に浸かっていたんですから！」

少し気勢をそがれる思いだったが、それでも私は言葉を続けた。

「ウィン嬢とは、年齢が四、五歳離れていますが、双方の叔父であるウィルフレッド卿が二人の保護者になってくれたとき、二人ともまだ子供で、いつも一緒に遊んでいました。

ウィン嬢が八歳くらいで、私が十二か十三のときでしたが、サセックスでこんなことがありました。二人して小川に入って水遊びをしていたときに、従妹は尖った石を踏んづけて足の裏をひどく切ってしまいました。

彼女はしばらく歩くことができず、傷が治ってからも、右足の裏に傷跡が残り、子供のころはよくそれを見せてくれました。つい半年ばかり前に、たまたま、そんな昔の思い出を話し合う機会がありました。そのときの傷跡は、今も昔と同じようにはっきり残っているということでした。少なくとも二インチの長さがあり、独特な形をしていて、見誤りようのないもののはずです。白くなった傷跡は、鋸の歯のようにぎざぎざした形をしているはずです。

私は特に念を入れて、目下この屋敷に置かれている死体の両足を調べました。しかし、どちらの足にも、そんな傷跡はありませんでした」

再び、陪審員たちの間に動揺が走るのが見えた。

私はちょっとの間言葉を止めた。検死官は、私の証言はこれで全てかと尋ねた。

「いいえ」私は即答した。「もうひとつ申し述べたいことがあります。それは、今申し上げた事実以上とは言いませんが、同程度の重要性を含んでいると思っています」

私はゆっくりと、シャツの袖口から金のカフスリンクを取り外すと、右腕の袖を捲《まく》り上げた。手首と肘の間の部分に、錨《いかり》と心臓の図柄が青いインクで綺麗に入れ墨されているのが、陪審員たちにはっきり見えるようにするためだった。

「私がまだ大人になりきっていないころですが、ある老水夫から、こんなふうに入れ墨をする習慣があることを教えられました」私は続けた。「それで、真似をして入れ墨をすることにしたのです。すると従妹は、自分も同じ形のものを、右腕の、私と同じところに彫ってもらうと言い張りました。少しくらい痛いのは我慢するつもりだったんでしょうが（彼女は当時十四歳くらいでした）、途中で我慢できなくなって、ハート形の輪郭ができたところで止めてしまったのです。そこまで彫った入れ墨は消すことができません。だから、従妹がイヴニングドレス姿のときは、どうしてもそこに眼がいってしまうのです。叔父がそのハート・マークに注意を向けたかどうかは知りませんが、そんなものが姪の腕にあることは承知していたはずです。ウィルフレッド卿にお尋ねになれば、はっきりした証言が得られると思います。その上で、死体の検分にあたった医師をもう一度ここへ呼んで再質問していただければ、死体の足に傷跡はなく、腕には入れ墨の跡もなかったという私の言葉が間違いでないことを、医師の証言で確認いただけると思っています」

私は全てを言い終えた。言うつもりだったことは全て言ってしまった。だから、残りの質問には比較的楽な気分で答えることができた。私は、検死官に指名された医師の証言内容は知らなかったが、ハズブルック医師が証人として呼ばれれば、濠で見つかった女性はポーラ・ウィンよりも数歳年上であることは間違いない、と証言してくれると信じていた。これでこの審理の展望は変わったと私は感じていた。しかしそれでも、私の全人生を通して、陪審員団の評決が出るのを待っていたこのときほど、時間が重苦しく過ぎていくように感じたことはなかった。

やっと評決が出た。「身元不明の犯人または犯人たちによる、身元不明女性に対する謀殺事件」というのがその結論だった。

私はそれを聞いたとき、大笑いしながら歓声を挙げ、万歳を三唱したいくらいの気分だった。〝灰色の女〟に対する悪辣な企みは失敗した。そして、その陰謀を暴く決定的な証言をしたのが私だったのだ。

「ああ、やれやれ!」ウィルフレッド叔父はそっと息を吐き出すような声で言った。ヘインズ・ハヴィランドは無言だった。彼は叔父に歩み寄り、握手して祝意を表したが、その顔には、愛想のよい振る舞いとは明らかに矛盾する表情があった。

「テリー」叔父は私に呼びかけた。「わしは自分でコンスエロにこの結果を伝えてやるつもりだったが、考え直して、おまえに行ってもらうことにするよ。さあ、早く行って彼女の不安に終止符を打ってやりなさい」

私は叔父が自分で行くのがふさわしいと感じたが、彼の言うとおりにしたいという誘惑に抵抗できなかった。ホープ嬢の私室をノックすると、コンスエロが自分でドアを開けてくれた。

「吉報ですよ」と言ってから、私は彼女に評決の内容を告げた。

彼女は黙ったままをそれを聞くと、私に両手を差し出した。

「あなたには、全てのことでお礼を言わなくてはなりませんわね。前には命を救ってくださいましたし、今回はわたくしにとっても、わたくしのことを大事に思ってくださる方々にとっても、ある意味で命よりも大切なものを救ってくださったんですもの。どのようなお礼を差し上げたらいいんでしょう?」

「ぼくは何もしたわけではありません」私は答えた。「お礼などほしいと思いませんし、ましてや、求めたりはいたしません」

「でも、わたくしのほうから是非とも差し上げたいと申し上げたら?」

心臓の鼓動が速くなった。

「そういうことであれば、あなたにお願いしたいことがひとつだけあります。それは……ずっと以前、お願いして断わられてしまいましたが、今でもお断りになりますか?」

「あなたからはっきりと言ってくださらなくては、ご返事のしようがありませんわ」

「絶対にしてはいけない、ときつくおっしゃったことですから」

「でも、わたくしは女ですのよ。気持ちを変えてはいけませんかしら?」

「コンスエロ、あなたの愛をぼくにください」

「あなたに愛をお約束しておきながら、今以上の関係になることはお約束できないとしたら、どうなさいます?」

コンスエロは手を差しだすと、それ以上私を近づけまいとするかのように私の胸に手を押し当てた。そうされなかったら、私は思い切って彼女を身近に引き寄せていただろう。

「あなたの愛という、そんな素晴らしい贈り物がいただけるなら、自分を世界で一番の幸せ者と思います。ぼくに、それを勝ち取る希望はあるのでしょうか?」

「あなたは何もおわかりになってないのですね……だって、もう勝ち取っているんですもの」彼女は消え入りそうな声で言った。「でも、従妹のウィンさんは、とうにご存じですよ。女ってそういうことにかけては、殿方よりはるかに賢いですから」

「ぼくを愛してくださるんですね！」私は叫んだ。「それなら、希望を持ち続けることにいたします。全てを手に入れるまで、金輪際、立ち止まったりいたしません、火の中、水の中だって平気です」

「あなたが全てを手にするためには、本当に火の中、水の中を潜っていただかなくてはならないかもしれません」彼女は私の言葉を繰り返した。「行く手には、あなたの夢にも思っていない障害がいくつも待ちかまえているでしょうから」

「そんなものは乗り越えてご覧にいれます！」私は明るい声で叫んだ。「あなたがぼくを愛するとおっしゃってくださったんですから、こうなったらもう、ぼくたちの邪魔立てをする障害なんか絶対にありませんよ」

「トーマス・ゴードンさまがお見えになりました」ドアのところに立っていた従僕が来客の到着を告げた。

二十章　蜘蛛農園の謎

ゴードン弁護士は終日マーチンヘッドにいたらしいが、こうしてコンスエロの疑いが晴れた今、祝意を表しにやって来たのだった。だが、彼の突然の来訪は、コンスエロの心を重くしたようであった。

私は、コンスエロの約束を受けて自分がどういう選択をしたかを一刻も早く叔父に話したくて、弁護士が帰るのを待ちきれない気持ちだった。コンスエロは、まだ黙っているほうが良いと強く主張したが、結局最後には、全てを包み隠さずに叔父に知らせておきたいという私の意見に同意してくれた。私たちの秘密を叔父にも知らせておいたほうが、ある意味で、彼女を自分にしっかり縛りつけることになるだろう、という打算的な思いも私の胸の裡《うち》にいくらかあった。叔父が以前私にほのめかしたことから考えても、彼がそれを喜んでくれることはわかっていた。

叔父はこれまでも、長年にわたって甥の私を心から愛し、親切を尽くしてくれた。だが、叔父がコンスエロの手を取り、彼女が私に愛の祝福を与えてくれた礼を述べたこのときほど、深い慈しみの心が叔父の声に溢れ出ているときはなかったろうと思う。

「こうなると、コンスエロはこれまで以上にわしたちに近しい人になったわけだ」叔父は言った。「ついては、おまえたちに知っておいてほしいことがひとつある。もっとも、おまえたちは目下、幸せの真っただなかにいるわけだから、そんなことにあまりかかわりたくないだろうがね。しかし将来、間違いなく夫婦になるんだから、いずれそのうちにと思っていたことを、この際すませてしまおうと思うんだ。ポーラが生きていた場合に、あれに残してやる何がしかのものは別にして、残りのわしの財産を全ておまえたち二人に（わしにとって何よりも大事なおまえたちに）残すように遺言状を書き改めるつもりだよ」

叔父は片手をこちらに差しだした。私はその手を握りかけたが、ちょうどそのとき、ドアがかすかにギーッと音を立てたので、私の注意はそちらに引きつけられた。私は、ゴードン弁護士が嫉妬に駆られて舞い戻ったのだろうと勝手に思いこんで、確かめもしないうちから腹立たしくなり、大股でドアに歩み寄った。

足早に去って行く人影が廊下に見えたが、それは、ライオンのように逞しいゴードンと比べると、あらゆる点でちっぽけな男の姿だった。私は急いでその後を追いかけ、すぐにヘインズ・ハヴィランドに追いついた。

彼はぎょっとしたらしく、聖人のような眼に申し訳なさそうな表情を浮かべて私を見上げたが、その若々しい顔に怪しげな表情は一切見られなかった。

「どうもすみませんでした、ダークモアさん」ヘインズ・ハヴィランドは言った。「お二人ともホープ嬢とご一緒だと聞いたものですから。これまでも一、二度ホープ嬢の私室に入れていただいていましたから、つい正式に取り次いでもらうのを省いてしまったのです。でも、みなさんお忙しそうでしたので、お邪魔せずに引き上げたほうが良かろうと思いまして」

私はまだ、こんな一見何でもないような出来事から、ややこしい事態が間もなく持ち上がることになろうとは夢にも思っていなかった。

夕暮れまでに、気の毒な「身元不明の女」の遺体はローン・アベイから運び出され、きちんと手続きを踏んでマーチンヘッドにある古い教会の墓地に埋葬された。死体が運び出されるのとともに、恐怖も疑念も、死に取り憑かれたような陰気臭さも、一緒に館から消えたようだった。

婦人たちはその晩は特に早めに引き上げた。私はコンスエロともう少し一緒に過ごしたかったが、それは叶わなかった。彼女は、ひどく疲れているので、とのことだった。たしかに、その美しい顔にも疲れの色がはっきりと出ていた。

叔父も、病気と紙一重と言っていいくらいに疲れているらしく、一時間ばかり喫煙室で私と私の将来に関して話を交わしたあと、今夜はもう寝ることにする、と言って引き上げてしまった。

叔父とは、いつも夕食後に親しく話し合うのが習慣になっていたが、その晩は一人にされたことをあまり残念にも思わなかった。考えなければならないことが山ほどあったが、それは叔父にも話せないことだった。

私はかなり長い時間、じっと座ったまま考え込んでいたが、一時半ごろ不意に、床に就く前に一度川縁《かわべり》まで散歩してみようという気になった。コンスエロの部屋の窓を遠くからそっと窺うチャンスもあるだろうと思ったからだった。こんな恋する者の感傷的な思いつきは、つい数週前までの私には、まったく理解できないものだったろう。

私は白い夜霧の中へ踏み出した。アラセイトウの花の香りが、川から吹いてくる微風に乗って漂ってきた。ビロードのように柔らかい芝生の上を歩く自分の足音は聞こえなかった。パイプは部屋に置いてきたので、私は両手を後ろに組んで、川に向かって真っ直ぐに伸びている、月の光に白く光る道をじっと見つめながらゆっくりと歩を進めていった。

川縁からさほど遠くないところに、大きなレバノン杉が一本立っていた。樹齢、高さ、節くれ立った幹の驚異的な太さのために、この辺りではよく知られた大木だった。その幹の周りに低いベンチが置かれていたので、私はそこに座ると長々と身体を伸ばした。

私が座るのとほとんど同時に、人声が聞こえた。それはミス・トレイルとコンスエロの声だった。彼らは大木の向こう側に座っているらしく、私に気づいていなかったが、こちらからも二人の姿は見えなかった。

「あなたはあの人が来ると信じているんですか?」〝灰色の女〟の尋ねる声が聞こえた。

「まあ、人のすることですから絶対にとは言えませんけどね。前にも言いましたが、あたしにはあの人のコントロールはできませんよ。できると思えば、とっくに話をつけに行ってましたよ。でも、あの人が知ったら気持ちを変えるんじゃないか、と心配していることがひとつありましてね。あなただって、あたしの気懸かりが何だかわかっているんでしょう。まだ、手遅れじゃありませんよ。たしかに、あの羊皮紙はダークモアさんの手の内にあるわけだけど、彼はまだ、羊皮紙のことをよく考えてもいないし、ろくに見てもいないでしょうからね。これは賭けたって大丈夫。だからあなたが頼めば、ダークモアさんは喜んで返してくれるんじゃないですか。あなたは、気持ちが変わったって言うだけでいいんですよ。それがフェアっていうもんじゃないですか、最初に立ち返って考えてみればね。それが、あたしとの取引の一部なんだから」

「違います、ナオミさん。あなたであれ誰であれ、わたくしのためにしていただいたことでは、関係者には充分報酬を払ったはずです。あなたは、わたくしが長い間望んでいたものにやっと手の届きそうになった今なら、脅せばいくらでも出すと思っているんでしょう?」

「でも、この程度のものを出さなかったら、あなたは大馬鹿者ですよ。ほら、あの人が来ましたよ。あの人に違いないですよ」

私は、杉の大木の下の陰になった錆びたベンチの上で身体を固くしていた。身を潜めたまま、これから遣り取りされるであろうコンスエロの秘密を盗み聞きするのは気が進まなかったが、何としてでも彼女を助けてやりたいという思いは強かった。適切な救助方法を見つけ出すことができれば、こういう強請《ゆす》りたかりの連中から（そうに違いないと私は心の中で思っていた）、コンスエロを永久に自由にしてやれる術《すべ》が見つかるかもしれないのだ。そう自分に言い聞かせて、私はさしあたりそこを動かないことに決めた。

「来ましたよ」ミス・トレイルがもう一度言う声が聞こえた。「あの人はあなたとさしで話したいんでしょうよ」

少しして、芝生を横切って館へ帰っていくミス・トレイルのずんぐりした姿が月明かりの中に浮かび上がった。男の姿はまだ、私からは見えなかった。反対方向からやって来たのだろう。だが、男がすぐそこまで来ていることはわかった。〝灰色の女〟が傲然《ごうぜん》と吐き捨てるように、短く一言口にしたからだ。「用件は?」

「用件はだな」低い男の声がそれに応じた。感じの悪い地方訛のある声だった。「ナオミから話を聞いたんで、あんたに考え直してもらえんかと思って出てきたのさ。わかっているだろうが、そうしたほうが利口ってものさ。あんたは、わしの言いなりにならなきゃならんのだから。わしらの望みどおりにしなければ、どんな結果になるかは、あんただってよくわかっているだろう?」

もう一言二言聞こえたが、彼らは次第に私から離れていき、声は間もなく聞こえなくなった。私はかえってほっとした思いだった。しかし、背の低いずんぐりした男の姿から、けっして眼を離すつもりはなかった。

何分かが経過した。奇妙な一組の男女は、ときには並んで足音を忍ばせるように歩いたかと思うと、ときには立ち止まって真剣な様子で何事か話し合っていた。やがて、〝灰色の女〟は絶望し切ったような素振りを見せると、後は一度も振り向かず、足早に立ち去ってしまった。

コンスエロが館へ向かっていたのは明らかだった。最初のうち私は、男が彼女のあとを追うのではないかと危惧したが、そんな素振りは一切見せなかった。男は降り注ぐ月の光を浴びながら、顎を掌に埋めて立っていた。数分の間、物思いに耽っているようだったが、やがて通用門のほうへ向かって歩き出すのが見えた。

すぐにこの男のあとをつけて追いつくのは簡単だったろうが、私はあえてそうしなかった。男の隠れ家がどこであれ、そこまでとことんつけていって、できることなら相手の弱みをしっかり摑み、彼がコンスエロにしたように、完璧にこちらの言いなりにしてやろうと考えたのだ。

身体がカッと熱くなってきた。この追跡がどこへ私を連れていくことになろうと、どんなに時間がかかろうと、どんなにややこしい事態を招こうと、私は最後までやり抜く覚悟だった。

狙った獲物は芝地の上を背を丸くして歩いていたが、突然、並木道に入った。番小屋から五十ヤードほどのところでもう一度草地に出たが、あっという間に、生い茂った柊《ひいらぎ》の生け垣の隙間に姿を消してしまった。どうやら初めから、そこを目指していたのだろう。私はそのまま男を先に行かせ、引っ掻き傷ができようが、髪がくしゃくしゃになろうが一切構わず、男のあとから生け垣の隙間へ飛び込んだ。

長い真っ直ぐに伸びた本通りが眼前に広がっていた。右へ行けばマーチンヘッドに、左に行けばほぼ四マイル先のウィザートンというかなり大きな町に出るはずだった。数秒の間、男はどちらへ行こうか決めかねているようだったが、結局、ウィザートンの方向を選んだ。これにはちょっと意外な気もしたが、ウィザートンは汽車の便がはるかに良いことを思い出し一応納得した。

私はまだディナージャケット姿だったので、動き回るにはちょっと不都合だった。それに、こんな追跡をするにはいささか目立ちすぎる格好だった。しかし、そんなことで、やりかけたことをやめる気には毛頭なれなかった。

私たちは常に五十ヤードくらい離れて歩いていた。やがて、男の不格好な姿が、遠くに光るカラー電灯でそれとわかるウィザートン駅のほうへ向きを変えるのが見えた。駅の辺りには何の動きもなく、まだしばらく汽車は来そうになかった。

男は陸橋を上がって下りのホームへ入ったようだったが、私はそのまま下で待つことにして、しばらく辺りをぶらぶら歩いていた。やがて、遠くの教会の鐘が時を告げるのを二回ほど耳にしたと思ったころ、寝ぼけ顔の赤帽がおぼつかなげな足取りで私の側を通りすぎた。

赤帽に訊くと、下り列車は四時五十分に到着するという。とすれば、あと十五分程待てばいいのだ。

「きみは、駅からどのくらいのところに住んでいるのかい?」私は驚いている赤帽の手にそっと半クラウン銀貨を握らせながら訊いた。

「いや、すぐ近くですよ。そこの角を曲がったところにある、ちっちゃな家に。あの木の間に屋根が見えますでしょう、旦那?」

「変なことを訊くようだが、きみのところに、制服とは別の、オーバーか何かないかい? ぼくは大急ぎで出てきてしまったんだ。きみはぼくより少し背が低いけど、きみのオーバーなら、ぼくに充分間に合うと思うんだ。もちろん、礼はきちんとするつもりだよ」

「オーバーならありますよ、旦那、しかも、結構良いものがね」赤帽は訝しげな顔で答えた。「別に手放したいわけじゃありませんが、旦那のような紳士に御用立てするというのであれば、二ポンドいただけりゃあ文句はありませんや」

「じゃあ、三ポンド出そう」私は言った。「きみがひとっ走りして、今度の汽車の出る前に持ってきてくれるならね」

「急げば間に合いますよ、まだ時間はありますから、旦那」彼は私の申し出に乗り気になったらしく快く応じてくれた。

赤帽は矢のようにすっ飛んでいった。私は苛々しながらあちこち歩き回っていたが、間もなく、赤帽はだいぶくたびれたオーバーを腕に掛けて息を切らせて戻ってきた。私にはいくぶんきつめだったが、運の好いことに赤帽は並よりもずっと背の高い男だった。それで、私は何とか彼のオーバーに腕を通すと、首の回りに襟を合わせた。

それからちょっと間をおいてプラットフォームに出ると、ゆっくり端から端まで歩きながら、叔父からもらった銀の葉巻入れを取り出して一服することにした。

私は、追っている男はどこかと油断なく見回した。男がちょうどホームの外れのほうからそわそわした足取りでやって来るのが見えた。彼はまだ切符を買っていなかった。切符売り場の窓が開き、駅長が眠たげな顔を見せたとき、私は男の後ろに立って、彼がラルストンまでの片道三等切符を買うのを確かめた。

ラルストンというのは、ここから二十マイルほど離れた、鉄道の連絡駅としてよく知られた大きな町だった。これで少なくともその駅までは、この見知らぬ男の旅の道連れになれるわけだ。

汽車に乗り込むと、嬉しいことに、車室は私と獲物の二人きりで、向こうはこちらのことを露ほども疑っていないようだった。

ゆっくりと夜が明けていった。どんよりと曇った朝だった。寒気と疲労感がどっと襲ってきた。この追跡劇に真剣そのものになっていたにもかかわらず、私は一度うとうととしかけた。ハッとして目を覚ますと、相客の血走った眼が、かぶさるように生えた眉毛の下から、じっとこちらを窺っているのに気がついた。

「何かおっしゃいましたか?」私はわざと丁重な調子で訊いた。男が何も喋っていないことはわかっていたが、会話を始めるきっかけがほしかったのだ。

「いいや、何も言やせんですよ」相手は唸るような声で応じた。「あんたは、ウィザートンから乗った人じゃなかったですかい?」

私は肯定した。

「それじゃあ、あの辺りのことを少しは聞いているんでしょうな?」

「ええ、少しはね」私は大人しく答えておいた。

「ほう! すると、あの辺りの連中とは顔見知りっていうわけで?」

「二、三人は知っていますよ」

「だけどねえ、わしにはあんたの着ているものと喋り方がどうもしっくりこないように思えるんだがね。喋るのだけ聞いていると、なかなかのお偉いさんのような気がするんだが、着ているものは、わしの着てるものと同じくらいみすぼらしいもんだからね。いやいや、気を悪くせんでくださいよ。あんたの知っているっていうのは、田舎の人たちですかい、それとも、もっと下層の連中ですかい?」

「残念ながら、あそこの土地の人とはあまり知り合いになりたくなかったものですから」私は用心しながら答えた。

「しかし、ウィルフレッド・アモリー卿の話は耳にしたことがおありでしょう、最近マーチンヘッド近くのでっかい屋敷を買ったっていう?」

「ああ、それは聞いています……ローン・アベイ館のことでしょう? アモリー卿の名は耳にしました」

「おっそろしく綺麗な若い女をその館に住まわせることになったっていう噂は聞きましたかい、その女を養女にしたっていうんだけどね?」

「大変な美人だというので、あの辺りではすっかり有名になっていますよ」

「たしかにあの女は別嬪だね。わしが昔、初めて見たときよりも綺麗になってるくらいだから」

「おや、あなたはその女のお友達か、お知り合いですか？」

「まさか！　わしにそんな洒落た関係があるわけがないでしょうが。あの女をご覧になったことがありゃあ、わしとあの女の間にそんなものがないことはわかるはずだがねえ。しかし、これだけははっきり言っておきますが、わしほどあの女のことを知っている者は、世間広しといえども、そうたくさんはおりませんぜ。あの女は、わしの正当な取り分を騙し取りおった。自分じゃ、わしなんかが手出しできないような、お高いところにいると思ってね。だがわしが、あの女が夜昼なく身に着けている真珠のミトンについて口を開けば、あいつが別嬪だっていうのとは別の話で、有名になるのは間違いありませんぜ」

私はこれ以上男の話を聞いているのに堪えられなくなってきた。忍耐心も警戒心も、一陣の風の前の炎のように消し飛んでしまった。私は今まさに、男が聞いたら仰天したはずのことを口にしかけていた。だがその瞬間、激しいショックとともに、私は身体ごと前に投げ出されて相手に突っ込んだ。上から砕けた木ぎれや割れたガラスが、打ち寄せる大洋の大波のように頭上に降り注いできた。他の車室の乗客からも一斉に悲鳴が上がった。

激しい衝撃の後、あらゆる動きがぴたっと止まった。私はしばらくじっとしていたが、不思議なことに、この成り行きにはほとんど何の関心も持てなかった。しかし、自分がまだ生きていて、傷を負ったにしてもごく軽微なものらしいと確信すると、事態を確かめようとした。

車室の窓の残骸から顔を出してみると、前後の車両に乗っていた乗客が壊れた客車から続々と出てくるのが見えた。叫び声や悲鳴に混じって、漏れている蒸気の音も聞こえた。

私はかなりの大事故が起きたらしいことを確かめると、相客を思い出して、潰れたベンチの下から男を引き出すことに取りかかった。やっとのことで、何とかその男を引きずり出すことはできたが、彼の右足は力無く垂れていた。骨折しているのは間違いなかった。私はこの男に親しい感情は何ひとつ抱いていなかったが、手を貸す余力が自分に残っているのに、彼を見殺しにする気にもなれなかった。ブランデーの小瓶が彼のポケットにあるのが見えたので、それを少しばかり飲ませてやると、男はすぐに意識を回復した。押し潰されたドアから出してやるのはさらに難しかったが、何とか外へ運び出して、盛り土の下の地面に寝かせた。男は呻いたり罵り声を上げたりしていた。

さほど遠くない小高い丘の上に、教会の尖塔と村の家々の赤い屋根が見えた。そちらから、大勢の人々がこちらへ向かってやって来るところだった。上のほうに壊れた橋があり、客車が一両、浅い水の中に半分ほど浸かった状態になっていた。

奇妙な道連れを土手下に一応横にしておいてから（この男を救うために一肌脱ぐのが私の奇妙な運命のようだった）、救助に来た人々に手を貸そうと、そちらへ向かって走った。

乗客の内十数名が負傷していたが、幸い死者は一人も出ていなかった。私はさしあたり自分にできるだけのことをしてしまうと、連れのために、村から医者を呼んできて手当てしてもらうことにした。折れた脚がしっかり固定されると、男もやっとまともに口が利けるようになり、マーケット・ペイトン近くの蜘蛛農園に住むジョナス・ヘックルベリだと名乗ったが、これはすでに予想していたことだったから、私は別に驚きはしなかった。

村から来てくれた医者の言うには、マーケット・ペイトンという土地は、ここからせいぜい十五マイルくらいの距離だから、怪我人を自宅まで送ってやるのが最善の策だろうとのことだった。慈善的な動機とはまったく無関係な動機から、私は自分がそれを引き受けることを申し出た。

私たちは、前後の座席をくっつけて作った即席のベッドにジョナス・ヘックルベリを寝かせて、ラルストンまで汽車で運んだ。その町に着くころには、ローン・アベイの朝食時間である十時近くになっていた。コンスエロはきっと、私が何の説明もなしに姿を消したことを不思議に思っているだろう。

ラルストンからコンスエロと叔父に打った電報は、わざと素っ気ない、詳しいことは何も書かないものにしておいた。特にコンスエロ宛てのものは、これでいいと思えるまでに、何度も書いては破いて書き直した。「緊急ノ用事デ急ギ出立、コレカラタダチニ戻ル予定」という電文は、ずいぶん冷淡なものに思えただろう。しかし、彼女に本当のことを知らせるわけにはいかなかった。だから、鉄道事故についても一切触れないでおいた。私がどんな危うい目に遭ったかを知らせても、二人をいたずらに不安にさせるだけだろう。しかし、彼女の心の平安のことを思うと、コンスエロが新聞でこの鉄道事故の記事を読んで（私の名前が記事に載ることはないだろう）、ジョナス・ヘックルベリが重傷を負って、これからしばらく、自由に動けなくなったことを知ってくれれば、と思ったのも事実である。

幸いにも、私の財布には五ポンド紙幣がたくさん入っていた。それがなければ、怪我をしているヘックルベリを無事に家まで送り届けるのに必要な金を、電報で求めなくてはならなかったろう。実際には、彼が身体を楽にしていられるように一等車の席を確保してやり、マーケット・ペイトンでは、ゆったりしたランドー型の馬車（前後向かい合う座席の上に幌の付いた四輪馬車）を借り切って、奇妙で恐ろしげな名前の付いている農園に運んでもらうこともできたのだった。

私が行き先は蜘蛛農園だと言うと、馬車屋の亭主は眉の辺りに妙に浮かぬ表情を浮かべてこんなことを言った。ミスター・ヘックルベリは、三年前からその農園に住むようになった。それが妙なことに、夜中に引っ越してきた。それに彼が来る前は、その土地は〈ヒルサイド〉の呼び名で知られていて、それまで誰一人、そんなところへ住もうなんていう奇特な人はいなかった、云々。

「なぜ、蜘蛛農園と名前が変わったのかね?」私は訊いてみた。

「わかりませんなあ、旦那、正確なところはね。ずいぶんたくさんの手紙が村の郵便局留めで届くっていう話ですが、ヘックルベリさんはそれを自分で取りに行くんだそうですよ。でも、村の誰とも親しい口は絶対に利いたことはないという話でしてね。買い物もいつも七、八マイル離れた町でしていたっていうから、農園に人を近づけたくなかったんでしょうな。まあ、この辺りじゃあ、誰もがそんなふうに見てましたよ。ヘックルベリさんの仕事についても、奇妙な噂が出回っているようですが、わしは、あんまり他人のことにはかかわらないことにしてますんで」

こんな話を聞いている間に、ランドー型の馬車は負傷者を乗せる支度が整った。乗せられた男は、目を瞑ったまま呻いていた。

お喋り好きな御者の話によれば、マーケット・ペイトンから蜘蛛農園までの距離は四マイルとのことだった。私は目的地が近づいてくるにつれて、好奇心をかき立てられ、しきりと馬車の外に眼をやった。ジョナス・ヘックルベリの仕事がどう「奇妙」なのかも、是非とも知りたいところだった。彼の評判や、かかわっている仕事に何であれ外聞を憚るような面があるのなら、それもしっかり把握しておきたかった。彼がこれからも〝灰色の女〟を窮地に陥れるような真似をするつもりなら、ここで形勢を一挙に逆転してやろうと思ったからだった。

マーケット・ペイトンからは、初めはごく普通の道だったが、三マイルそこら進んだところで道は二股に別れ、そこを左に取ると、急に辺りの感じが大きく変わり始めた。これまで左右に広がっていた牧草地の代わりに、荒涼たるヒースの野原と松林がそれに取って代わった。一方の側には沼沢地が広がり、もう一方の側には、鬱蒼とした高い松の木立が、根本に日の光も通さないほど密集していた。

もう一度道を曲がると、農園の通用門らしきものが前方に見えてきた。その門は伸び放題の樹々の枝で半分ほど隠されていたが、本通りから四分の一マイルほど奥まったところに、苔で覆われた古びた赤煉瓦の低い建物が立っているのが見えた。その背後に、松が密集して生えている小高い丘があった。全体の景色はひどく侘びしげで、空の雲までも、ここではとりわけ低く暗く垂れ込めているような気がするほどだった。

「ぼくはここで降りて、あそこまで歩いてみることにするよ」私は御者に声を掛けた。御者は馬車を止めると、興味津々といった様子で興奮した顔をこちらに向けた。

驚いたことに、農園の通用門は鎖でしっかり固定された上に、厳重に南京錠まで掛けられていた。だが私は、

五、六本の横木を打ちつけた木戸を楽々飛び越えて中へ入った。こちらのやって来た用件がわかれば、容易に鍵を貸してもらえ、馬車を家に横づけできるだろうと思っていた。

門の内側の道は荷車も滅多に通らないらしく、雑草がぼうぼうに生い茂っていた。建物は、あちこちに大きな張り出し部分がついている構造だった。片方の端は完全に崩れていて苔や蔦にびっしり覆われていたが、ずいぶん昔に起きた火事でそこが焼けたことを物語っていた。私はアーチ型になった窓を見上げながら、現在残っている建物は、廃墟になった古い荘園屋敷《マナー・ハウス》の翼部分に違いないと判断した。

一本の松の木が三階と四階の半分ほどに暗い影を投げていた。蔦のつるの先が玄関ドアの黒い樫の羽目板まで降りてきていた。一階の全ての窓は重々しい木製の鎧戸で閉ざされていたから、背後のどこかにあるらしい煙突から立ち上っている薄青い煙を除けば、人の住んでいる気配はどこにも見えなかった。

こんなふうに、農園の建物はすこぶる意気の上がらない眺めを呈していたが、私は錆びたノッカーを手にすると、中の人を呼ぶべく打ち鳴らした。ノッカーの音が部屋から部屋へと陰気に響いていくのが聞こえた。それに応えるかのように、どこかで犬の吠え声がした。しかし他には何の気配もないままだった。私はもう一度ノッカーを鳴らしてみた。やはり返事はなかったので、玄関を諦めて、雑草を掻き分けて家の裏手へ廻ってみることにした。

左手へ廻って(蔦で覆われた崩れた残骸は右に広がって進路を塞ぐ形になっていたから)、建物の外れを迂回して裏手へ出ると、半分ほど鎧戸を下ろした窓に何か動くものが見えた。

私は歩み寄って中を覗き込んだ。すると、顔がひとつ引っ込んだが、もうひとつの顔はそのままそこに残っていた。残ったのは、私がこれまでに見たこともないタイプの細長い顔だった。深く窪んだ血走った目の下に、たるんだ袋状の皺が幾重にもできていた。頰はインド人のように黒く、大きな目立つ鼻は淡い肉色をしていた。カーテンのように生い茂った蔦の下に潜り込み、鎧戸の間から中の暗がりを覗いたとき、最初、それが人間の顔だとばかり思い込んでいた。しかし間もなく、これが、これまで一度も見たことのない品種の大型犬の顔であることに気がついた。そして、昔どこかで読んだことのある、妙に人間くさい表情の犬の記事を思い出した。これが、番犬として有名なボルドー犬の一品種なのだろう。

覗き込んだ部屋は、外から見ると真っ暗に見えたが、よく見ると、半開きのドアから斜めに差し込んだ光線が、小柄な老婆の姿を浮かび上がらせていた。老婆の頭にはだぶだぶの帽子が載っていた。ぺしゃんこの胸の前で、黒と白のチェック模様のショールを掻き合わせていた。長い灰色のほつれ毛が一筋、生え際がだいぶん後退した黄色い額にかかっていたが、大きな犬とちっぽけな老女の顔が驚くほどそっくりなのに、何となく薄気味悪さを感じた。二つの顔はともに、年老いて弛み、横長い口に、眼が落ち窪んだ、いかにも獣じみた表情の顔だったが、それでも犬のほうが、まだしも賢そうな優しい表情をしているように思えてならなかった。

「心配しなくていいんですよ！」私は叫んだ。「ジョナス・ヘックルベリさんのことを知らせに来ただけですから。さあ、ドアの近くに出て来てください。ちょっとお話ししたいことがあるんです」

薄気味悪い老婆は、背後のドアにさっと走り寄ると、バタンと音高くドアを閉めて姿を消してしまった。これが私の言葉に対する彼女の返答らしかった。

私もついに堪忍袋の緒が切れた。これ以上ぐずぐずしているのはやめにして、絡んだ草を掻き分けてもう一度正面へ戻ると、木戸の前に待たせておいた馬車に向かって走った。

「入れないんですかい、旦那？」と、御者は真剣な面持ちで私に尋ねた。

「うん、開けてくれる気がないみたいだ。だけど、何とか開けるつもりだよ。きみが馬車ごと入れるようにね」私は答えた。

もう少し冷静なときだったら、いくら自分が並はずれた力の持ち主であると自覚していても、そんなことができるとはとても思わなかったはずだ。だが、そのときは、頭がカッと熱くなっていたので、容易にそれができたのだろう。つまり、私は鎖を摑んで木戸の横棒に押しつけると、それを力一杯に捻った。鎖の環がパチッと二つに割れた。私は意気揚々と門を押し開けた。

「さあ、馬車を進めてくれ」私は手短かに御者に命じた。そして、自分ももう一度馬車に乗り込むと、怪我人が馬車の揺れに苦しまないように、できるだけ気をつけて押さえてやった。

私たちは速やかに建物の裏手に馬車を止めた。正面の頑丈そうな樫の扉を破ることも、びっしり横棒を打ってある鎧戸もはずせそうになかったので、御者には裏口へ進むように命じておいたのだ。

まず裏口のドアを開けてみようとしたが、そこにも鍵が掛かっていることがわかったので、先ほど覗き込んだ窓の下枠を壊して入ることに決めた。

だが、私が窓をこじ開けたとたんに、これまで虎視眈々と機会を狙っていたらしいボルドー犬が私に向かって飛び出してきた。こちらも血を熱くして犬との対決に身構えたが、犬は私に向かって一声唸っただけで、側を走り抜けて馬車へ一目散に駆け寄ると、クンクン鳴きながら、大きな身体をねじるようにして馬車に向かって尻尾を振り始めた。

こうして入り口を作ったので、私は窓によじ登って、台所とおぼしき広い陰気な部屋へ飛び降りた。そこは古い修道院の食堂のように天井の高い造りになっていて、なんだか暗い洞窟にでも迷い込んだような感じだった。

部屋には人気はまったくなかったが、辺りを見回すと、驚いたことに、どこに視線を向けても必ず、暗がりの中で得体のしれないものがもぞもぞと這い回っているのが見えるような気がするのだった。

壁が動いている。ずっと上のほうにある天井の梁も動いている。黒い壁板が蛇の背中のようにくねくねとのたくっている。譫妄症状に襲われたアル中患者の感覚はこんなものだろうか、と想像できるような気がした。

私は一瞬、何のためにここに来たのかも忘れて、じっと眼を凝らして立っていたが、そのとき不意に、何かが私の足の上を走った。

それは、毛むくじゃらの脚をした、一シリング硬貨くらいの、丸々と太った蜘蛛だった。

私は慌てて飛びのいた。子供のときから特に蜘蛛は嫌いだった。しかし、ここで当惑の呪縛が断ち切られた。

私は壁に近寄ってみた。すると、壁の黒い表面は金網で覆われていて、その後ろに、きめの粗い厚板が無造作に釘で留められているのが見えた。壁板の間には黒い奇妙な裂け目があり、板の表面のあちこちに、節穴やひび割れでできた凹みがあった。

その板の上を、無数の蜘蛛がもぞもぞと動き回っているのだ。密集した蜘蛛の身体や脚のせいで、遠くから見ると、壁そのものが動いているように見えるのだ。

私は思わず、ほぼ部屋の端から端まである、幅広のテーブルに手をついた。しかし、そこに置かれた木の箱やガラス容器の中にも、様々な種類、大きさの蜘蛛が蠢《うごめ》いているのを見て、急いで手を引っ込めた。

私はこれまで、蜘蛛農園という名称が、文字どおり蜘蛛の飼育を仕事としていることを意味する場所だとは夢にも思っていなかった。ここに住む者の薄気味悪い気紛れ心が、そんな不気味な名前をつける気になったのだろう、くらいにしか思っていなかったのだ。そして、自分の想像が間違っていたと知っても、その現実をどう理解したらいいのか、さっぱりわからなかった。

私は大急ぎで老婆が姿を消したドアを開けて、こんな胸糞の悪くなりそうな部屋から出ることにした。ドアを出ると、外はがらんとした広い廊下で、一方の端に階段があり、もう一方の端に外に通じるドアがあった。私は、そのドアの天辺と一番下に付いている二つの差し錠を外し、鍵を回してドアを開け放った。怪我人を寝かす支度ができたら入れてやれるように、近くにあった、苔がびっしり付着した煉瓦をあてがって閉まらないようにした。

家の中の空気はかび臭かった。とにかく人の住めそうな、手近な部屋へ運びこめる寝具を見つけようと考え、外で一、二度大きく深呼吸してから、二階へ上がってみることにした。階段を半分ほど上がったところに、ドアと窓のある小さな踊り場があった。そのままそこを通り過ぎるところだったが、そこのドアから何物かが、びっくり箱から飛び出すように私めがけて飛び出してきて、陰険な不意打ちを喰らわした。

私は危機一髪のところで、自分に向けて振り下ろされた、先の欠けた斧をかわすことができた。心を落ち着けて、恐ろしい凶器を握っているしなびた手から斧を取り上げた。そして腕を一杯に伸ばして、先ほど窓のところから逃げ出した老婆を壁に抑えつけた。

こちらを見上げる老婆の眼には、恐怖と絶望の混じった狂気の影がちらちらと見え隠れしていた。私は怒る気も失せてしまった。むしろ、心のどこかで憐憫《れんびん》を感じながら、自分の優位を楽しんでいた。

「申し訳ありませんがね、お婆さん」私は言った。「しばらく、あなたの自由を束縛させてもらいますよ。それにしても、何の悪意もない訪問客を、昼日中に斧で出迎えるなんて、ちょっと乱暴じゃありませんか。さあ、しばらく我慢して聞いてください。ジョナス・ヘックルベリさんが鉄道事故で重傷を負ったんです。そこの窓から見える馬車の中にいます。ヘックルベリさんはあなたの息子さんなんでしょう？　これからすぐ、息子さんのところへあなたを連れて行ってあげようと思っているんです」

老婆は、まるでこちらが未知の世界から来た者であるかのように、私の顔をじっと見つめていた。私は眼を逸らさず彼女の眼を見返したが、二つの瞳は奇妙に左右の大きさが違い、猫の瞳のように縮んだり広がったりしていることがわかった。

有名な脳の専門家に聞いた話だと、瞳の大きさの違いは、狂気を示す紛れもない証拠だという。そんなことを思い出すと、老婆の奇矯な行動を面白がっていた気持ちは弱まり、逆に憐憫の情がいっそう強まった。

私は押さえつけていた手を老婆の痩せた肩から離し、彼女が案外若々しい足取りで、ちょこちょこと階段を下りていくのを見送った。それから、私も老婆を追って階段を下り、彼女が意識も朦朧とした状態の息子に何事か呟いているのを確かめると、もう一度階段を駆け上がった。すぐに、ほとんど何も家具の入っていない寝室を見つけることができた。

壁に掛かっている男物の普段着から判断して、この部屋がこの屋敷の主人の部屋だろうと見当をつけ、私はマットレスと寝具を腕に抱えると、それを持って、もう一度階段を下った。ヘックルベリを一階に収容する方が便利だろうと思ったのだ。

蜘蛛の大群が蠢いている薄暗い恐怖の部屋の正面に、もうひとつドアがあった。私はノックもせずにそれを開け放って中に入った。そこは台所と食堂を兼ねたような部屋になっていた。

私はぼろぼろのカーペットの上に、運んできた寝具を投げ出すと、ベッドメイキングの知識は乏しかったが、できるだけ寝心地のよさそうな仮の寝床を作っておき、今度は馬車のところへ急いだ。

老婆はすでに息子のかたわらに上っていた。彼女は先ほどよりずっと落ち着いた、正気らしい表情になって、息子の口から漏れる呟き声を懸命に聞き取ろうとしていた。

「ぼくとこの男で」私は御者を指差して言った。「息子さんを室内に運びますから、あなたには、スープを作るのにかかってもらいましょう。こういうときは、暖かいものを飲ませるのが、怪我人には一番効きますから」

こちらの言うことを大人しく聞かせようと思って、私はわざと声に威厳を込めて話したが、ある程度、それは功を奏したようだった。

老婆と犬は、私と御者の一挙手一投足をじっと見守っていたが、こちらの穏やかな動きを見て、私たちを信用する気になったのは明らかだった。老婆にせよ犬にせよ、怪我人を寝かしつけるために考えた私の計画を妨げる気は少しもないようだった。

ヘックルベリを即席のベッドに寝かしつけると、私はラルストンの外科医から聞いておいた、こういった緊急時にすべきことを全て済ませた。それから御者には充分なチップを与え、破り取った手帳に書き記したメモを持たせ、マーケット・ペイトンで開業医を一人見つけて、そのメモを渡すように指示して彼を送り出した。こうしておけば、午後にはとにかく医者が来てくれるだろう。

さしあたり、できることは全てし終えてしまった。事故のことでしきりと譫言《うわごと》を言っているヘックルベリに付き添っているのは、老婆と犬と私だけになった。私は自分が引き受けた奇妙な怪我人を立って見ていたが、突然、手に暖かいものが触れるのを感じた。見ると、大きなボルドー犬が、親しそうに鼻を擦り寄せて私の手を嘗《な》めていた。私は、身体と不釣り合いなほど大きいその犬の頭を軽く叩いてやったが、老婆はこの図を見て大いに驚いているようだった。

「これはジョナスの犬なんだよ」と老婆は言ったが、これが彼女の口にした最初の言葉だった。そこには、一応正気らしい響きが感じられた。「こいつはよそ者には嚙みつくんだがね……よそ者が来るとね。でも、よそ者は滅多に来ないよ」

「この犬は嚙みつきはしませんよ」私は真面目な調子でそれに応じた。「この犬には私が自分の主人の味方だってわかっていますから、私に感謝しているんです」

「そうみたいだね」老婆は曖昧に答えた。「でも、あんたはここへ来ないほうがよかったんだよ。ジョナスが眼を覚ましたら、きっと嫌な顔をするだろうよ。ジョナスは誰もよそ者をここに入れないのさ……ずっといることになる連中を別にしてだけどね」

老婆は最後の言葉を、ゆっくりと奇妙に力を込めて言ったが、私にはその意味が測りかねた。

「ずっといることになる連中？」私はその言葉の意味をよく考えもせず鸚鵡返しに繰り返した。

老婆は天井を指差すと頷いた。

「上にいた連中のことさ」彼女は囁き声で答えた。

「蜘蛛のことじゃないんですか？」私は好奇心を覚えて訊いた。

彼女は首を振った。

「ちがうよ。もちろん蜘蛛のことじゃないよ。夜、馬車に閉じ込められてやって来る連中のことさ。娘は昔、こことは別のところでそういった連中の世話をしていたんだよ。それに、わしもね。でもそれは、わしが頭に怪我をする前のことだったのさ。ああ、あのころはわしだって、鞭を手にして連中を飛び上がらせたり、泣き喚かせたりしてやったもんさ！　あのころは良かったねえ。だけど、そこは離れなきゃならなかったんだよ。やばいことになってきたって、ジョナスが言うもんだからね。それに、ナオミには良い働き口があったしね。そして……」老婆はここで声を落とした。「……それから、彼女が来たってわけさ」

「彼女って？」

「そうだよ、すごく美しい女だったね。あの晩、彼女はここに連れてこられたんだよ、真っ青で、死んだようになって！　わしは、彼女も連中の一人かと思ったんだ。だがちがってたよ。もっと質《たち》の悪い女だったのさ。だけど、わしの娘のナオミは抜け目がなかったんだね。ナオミが行ってしまってからは、ここへ来たのはあんたが初めてなのさ、一人を除けばね。そしてそいつは、今はもう、向こうのほうにいるんだけどね。あんたも見てみたいかい？」

老婆はオーバーコートの袖を摑んで私を窓際へ引っ張っていくと、外の黒々とした松の木立を指差した。

「あの松の木の下にいるんだよ」彼女は問わず語りに話し出した。「ジョナスは、わしにも穴を掘るのを手伝えって言うのさ。わしは誰にも言わないって誓ったけど、ジョナスはいつも、わしが他人に漏らすんじゃないかって心配してたよ。だから倅《せがれ》は、わしが誰にも近づかないように、誰もわしに近づかないように気をつけているんだよ。あんただけは……あんたが倅の友達だっていうことはわかっているさ」

老婆の言葉に、私は背筋が寒くなった。

「それで……ジョナスは、あそこの松の木の下に、いくつも穴を掘ったんですか？」私は尋ねた。

「いくつ掘ったかは知らないよ。倅は昔のように口を利いてくれなくなったからね。一度、夜中に眼が覚めたら、ジョナスがカンテラを下げてあの松林にいるのが見えたよ。それから、鋤《すき》で砂を掘る音が聞こえてきた。翌朝、上の部屋を掃除に行ったら、そいつはもういなかった。そしてその後は、一度もそいつの姿は見ていないのさ」

「そのうちに」私は心の中で思った。「この強請屋《ゆすりや》の秘密は白日の下に暴いてやろう……どうやら、あまりぞっとしない秘密らしいが。だが、そうなったら、もう容赦はしないぞ。そしたら、彼女の罪のない秘密を、こいつらの真っ黒な罪の盾で護ってやるんだ」

私は、老婆が彼らのところへやって来たらしい「美しい女」のことで偶然口にした言葉を思い出した。その女性の来たことが、この親子の奇妙で恐ろげな生活の中で画期的な事件らしかった。

「そうか……〝灰色の女〟が来たのか！」私は思った。老婆の信頼をすっかりものにしていたから、聞く気になればまだまだいくらでも聞き出せそうだった。しかし私は、コンスエロの秘密は他人に対してだけでなく、私自身からも護ろうと心に決めていた。

いつの日にか、コンスエロの秘密を聞くときは、彼女自身の口から聞くのだ。

「あなたは現在、息子さんと二人だけでここに暮らしているんですか？」私は用心深い口調になって尋ねた。「それとも……」私はここで意味ありげに言葉を切った。

「そうだよ……最後に来た一人を除いてだけどね」この怪しい老婆は囁くように言った。「ほら、聞いてごらん！」彼女はそう言うと、もう一度天井を指差した。

私は言われたとおりに耳を澄ました。しばらくの間、ジョナスの譫言以外は何の物音もしなかったが、やがて、私たちの頭上で、足を引きずって歩いているような不規則な音がかすかに聞こえた。いや、少なくとも、聞こえたような気がしたのはたしかだった。

二十一章　名無し医者

「あれは何の音ですか?」私は尋ねた。

老婆は、まるで操り人形のように、ぎこちなくぴくっとした。

「何だって! あんたは知らないのかい?」彼女は訊き返した。

「さあ、よくはわかりませんが」私は慎重に応じた。

途方もなく狡賢《ずるがしこ》そうな表情が、痩せた顔一杯に広がった。その瞬間、私は老婆の顔がミス・トレイルの顔そっくりになったことをはっきり認めた。ミス・トレイルは、この老婆の「抜け目のない娘」であるナオミに間違いない。

「ほう、そんなことも知らないのなら、あんたはここからとっとと消えたほうがいいよ。あんたは、他の連中同様、この家のことを何にもわかっちゃいないようだね。そうなら、余計なことは言い触らさないほうがいいよ。さもないと、面倒なことに巻き込まれるかもしれないからね。蜘蛛かい? そうさ、倅は蜘蛛を育てて真っ当に稼いでいるんだよ。昔住んでたところじゃあ、みんながしょっちゅう聞きにきたものだよ。だから、わしはお客を案内して、蜘蛛のことを説明してやったんだ」

老婆はここで急に奇妙に気取った態度をとった。ずっと昔に、誰か偉い人を案内したことでも思い出したかのように、私にひとつ会釈すると、作り笑いを浮かべた。

「わしたちゃあ、蜘蛛を育ててワイン商に売っているのさ。造ったばかりのワイン蔵にある箱の中のワインを、大急ぎで年代物に見せなくちゃならないような商売をしている旦那方にだよ。蜘蛛が欲しい連中がどんなにたくさんいるか、あんたは知らないだろうねえ。田舎で蜘蛛を飼ってる農園は二つ三つじゃきかないだろうよ。うちにだって、若い蜘蛛や年寄り蜘蛛をとりまぜて、ざっと一万から一万二千匹はいると思うよ。半分以上は地下室にいるんだけどね。蜘蛛っていうのは、暗くて湿ったところが大好きだからね。巣を懸けない種類のやつを入れておく部屋もあるんだよ。そいつらは、綺麗な巣を張る蜘蛛の餌にするために飼ってあるんだけどね。あんな見事な蜘蛛の巣レースは、あんたも見たことないだろうねえ、ヒッヒッヒ！　それに蝿もここじゃあ大歓迎さ。蝿は枡木に蜂蜜を塗って誘《おび》き寄せるんだよ。そうすると、可愛い連中が手っ取り早く片づけちまうっていうわけさ、可哀想にね。蜘蛛の中にはペットになるのもいるんだよ。倅なんか、丸々と太ったのを二、三匹肩に乗せて、手から餌を食べさせているし、倅の話だと、犬みたいに喜んで付いて廻るのもいるらしいから。わしはよくは知らないけどね。その辺の床を走り回っているのが二、三匹いるんじゃないのかい」

　蜘蛛飼育人の母親は、自分がこの農園の秘密を口外してしまったことや、そのあとで私を必死で追い払おうとしたことも忘れてしまったようだった。しかし私は、ここはひとまず自分の好奇心を抑えておくのが賢明だろうと考えた。比喩的に言うなら蜘蛛の巣に覆われて隠されているらしい、この農園の秘密の本業について知っておくべきことは、全て自分の力で見つけてやろう。この婆さんには早く床に就いてもらったほうがいい。そうすれば、ジョナスが動けないうちは、用心しなければならないのはボルドー犬だけなのだから。

　私はここに来る前に、すでにラルストンで、若い外科医が教えてくれた、こういうときにすぐに必要になる品々を薬局で買い整えておいた。牛肉エキスとブランデー、それに、熱が出た場合に飲ませるようにと、その医者が手帳に処方箋を書いてくれた解熱剤の用意もしてあった。

　私はヘックルベリ用の寝床をしつらえた大きな台所兼食堂の中を意味もなく歩き回りながら、ほとんど空っぽの食料貯蔵庫や食器棚を覗き込んでみた。それから、さあ始めるぞ、と自分に言い聞かせてから、料理道具を探し出し、火を起こし、病人のための濃い牛肉スープを作りにかかった。イートン校の生徒だったとき以来、およそ料理と名のつく物を作ったことは一度もなかったが、とにかく、たまたまあった雑多なスプーンや食器を使ってやったわりには、私の即席料理は上出来であったと思う。老婆がぽかんと口を開けて見ている中で、私は自らの手で蜘蛛農園の主人の口へスープを運び、解熱剤を飲ませてやった。

二時間くらい経っただろうか、その間、音といえば、頭上で聞こえる得体の知れないかすかな物音と、ひび割れた薄汚い窓ガラスにときおり吹き付ける雨混じりの風の音だけだった。

時が経つにつれて、だんだん心配になってきた。結局、マーケット・ペイトンの医者は往診を断ったのだろうか？　普通、人情からいって、重傷の患者がいると聞けば医者がそんなことをするとも思えなかったが。

部屋には時計がなかったので、時刻を知るには自分の懐中時計を見るしかなかったが、たぶん、私は必要以上にしばしば取り出していただろうと思う。五時が近づくころには、私は完全に落ち着きをなくし、気分も苛々してきた。時計を（気前の良い叔父が一、二年前に、私の誕生日の祝いに買ってくれた素晴らしい高級品だった）ポケットにしまう度に眼をあげると、老婆が落ち窪んだ眼を狼のように光らせてこちらをじっと見ているのに必ず気がついた。どうやら彼女は、「狂っていてもすることに筋道が立っている」（『ハムレット』第二幕五場）ようであった。

私は初めのうち、頼んでおいた医師は遅くとも三時過ぎには来てくれるものと思っていた。この屋敷に隠されている秘密を見つける前にここから閉め出されてしまう危険は冒したくなかったので、医師が往診に来たときに、コンスエロと叔父宛ての手紙を託して投函してもらうつもりでいた。

しかし、彼らに自分の居所を知らせるつもりはなかった。ヘックルベリ親子の家にいると知らせても、コンスエロを怖がらせ、心配させるだけだろう。私としては、それだけは何としても避けたかった。何を書くか、私が急に姿を消したことを訝しく思っている彼女の気持ちをどう満足させてやるかは、すでに決めてあった。コンスエロは、側にいてくれてよいはずの私が急に姿を消したのに驚いて、少しばかり腹を立てているかもしれない。そんなことを思いながら、私は頭の中ですでに手紙を書き上げてしまっていた。

五時、六時、そして七時と時間は経っていった。しかし、医者は依然としてやって来なかった。鉄道事故のあと、ジョナス・ヘックルベリを彼の家に連れて帰ることを引き受けたとき、私は当局者に、怪我人の傷の手当は責任持ってすると約束していた。だから、この時間までに患者を医者にきちんと見せるのは私の義務だった。たしかにここまで、彼の母親のあまり役立つともいえない手を借りながら、できうる限りヘックルベリの介抱をしてきた。だが今は、それ以上のことが必要な事態になっていた。自分がマーケット・ペイトンまで歩いていき手紙を投函すべきだろうか、往診に来てくれる医者を探すべきだろうか？　私は自分の心としきりに議論を戦わせていた。

しばらくの間、その当否を心の中で検討していたが、結局、思い切ってやってみることに決めた。高熱を出して譫言を言っている病人を、一晩じゅう素人が一人で看護しても上手くいかないだろう。

「息子さんをきちんと診て、適切な治療をしてくれる医者を探しにいこうと思っているんですがね」私は威厳を装って言った。相手をじっと見つめ、呑み込みの悪い子供に言い聞かせるようにゆっくりと喋った。「二時間くらいは留守にするかもしれませんが、あなたはその間、しっかり息子さんの面倒を見てなくちゃいけませんよ。そして、私が医者を連れて戻ったら、戸を開けてくださいね」

「何とかしておくよ」老婆は狡賢そうに答えた。

彼女の狂った頭の中にどんな思いが生まれていたのか、見当もつかなかったが、私にできることはそれだけだった。私がマーケット・ペイトンへ行くしかなかったのだ。

雨はまだひどく降っていた。五月の初めだというのに、外は三月の夕暮れを思わせるほど暗かった。私は赤帽のオーバーを耳まで引っ張り上げ、首をすくめて外へ出ると、昼間自分が壊して入った通用門に向かって歩いた。

門を出て四分の一マイルも進んだろうかというところで、突然、反対方向から急ぎ足でやって来た男と激しくぶつかってしまった。

「おいおい！　どうしてもう少し気をつけないんだい？　この道は、二人分の幅は充分にあるじゃないか！」

怒った大きな声がした。

私は詫びを言ったが、見ると、相手は私と似た年齢で、濃い黒い顎髭を生やしている以外、ほとんど何の特徴もない顔をした男だった。目深に被った黒い中折れ帽子から雨が滴っていた。彼は防水外套を首の周りできつくボタンで留めて着ていた。手に医者のカバンのようなものを提げていたので、馬車でなく徒歩というのが妙だったが、ひょっとしてこの気短かな男は、蜘蛛農園へ遅ればせながら往診にやって来たマーケット・ペイトンの医師かもしれないと思い始めた。

「失礼ですが」私は丁寧な口調で訊いてみた。「あなたは蜘蛛農園のジョナス・ヘックルベリさんのところへいらっしゃるのでは？」

相手は急ぎ足で一、二歩すでに行きかけていたが、私の言葉を聞くとくるっと振り向いた。

「失礼ですが」男は少しこちらをからかってやろうといった調子で、私の言葉を繰り返した。「そんなことが、あなたにどういう関係があるのかお訊きしたいですね？」

「実はこういうことなんです」私はすかさず応じた。「つまり私は、あなたが今日の午後の早い時間に蜘蛛農園へ往診に行くようにと頼まれた、マーケット・ペイトンの先生かどうか知りたかったんです」

「私は名無し医者なんだ」男は奇妙な笑い声を挙げながら応じた。「名前に医学博士の肩書きはついていないが、医者と言えないこともないだろうからね。それに、ジョナス・ヘックルベリを今夜診察するというなら、私こそ打ってつけの医者だろうよ。しかし、もう一度訊くが、それが、あんたとどういう関係があるのかね？あんたが蜘蛛農園から来たはずはないんだから」

「それはあなたの思い違いです」私は冷ややかな口調で言った。「私は蜘蛛農園から来たところです。あなたが、ご自分でおっしゃっているようにお医者なら、一緒にもう一度そこへ戻ろうと思っているんですから」

「何だって！」男は短く叫んだが、私は、鍔の広いソフト帽の下で男の眼が暗くぎらっと光ったのを見逃さなかった。

しかし、私は笑いを抑えることができなかった。「もう、こんな冗談は止めにしませんか？」私は言った。「お互い誤解なく理解し合うことにしましょうよ」そう言うと、私は必要と思われる事情説明をしてから、もう一度同じ質問を繰り返した。「あなたはお医者ではないんですか？」

「そうでもあるし、そうでもない」男は妙な答え方をした。「私はマーケット・ペイトンに住んでいるわけではないしな。しかし、今日はそこに用事があった。鉄道事故のことも聞いている。ヘックルベリ親子のことはよく知っているよ。彼らが昔住んでいた土地に、私も暮らしたことがあったからね。それに、ジョナス・ヘックルベリにとって、私は近くにいてもことさら気にしなくてもいい数少ない人間の一人だろうからね。さっきも言ったように、私は名無し医者にすぎない。それでいいと思っている。しかし、事故の知らせを聞いたとき、ここはひとつ、私がジョナスのもとに駆けつけて手当をしてやらなくてはまずいだろう、と思ったんだよ。ここへ来ることになっていた医者には、私にちゃんと治療する能力があり、私が農園へ出向いた方が好都合なことを納得させてやった。それに、その医者は生憎《あいにく》と手の放せない患者を抱えていて、町を離れたくなかったもんだからね。それで、私が代わりに農園に行くことに何の異存もなかったわけだ。彼にすれば、そりゃどうもご親切に、大いに助かります、というところだったろうよ。おまけに今夜は、長い道のりを出かけていくのに都合のよい夜ともいえないし。しかしあんたも、見も知らぬ人のためにそんなに骨を折るとは随分親切なことだね。ヘックルベリは、あんたにとって、ほんとに見も知らぬ人だったのかね？」

「昨晩までは一度も会ったことはありませんでした」私はありのままを答えた。

「それじゃあもう、自分の家へ帰りたいんじゃないのかね。患者は専門家に任せておくことだ。じゃあ、お休み、私は急がなくちゃならないから」

そう言うと、男は大急ぎで行ってしまった。しかし、私は見知らぬ男よりもはるかに背も高く、脚も長かったので、すぐにまた追いついた。

「そんなに急がなくともいいじゃありませんか、名無し先生」私は呼びかけた。「あなたと一緒にもう一度、あの客あしらいのいい蜘蛛農園に戻ろうと思うんです。私がそのつもりなのは、さっきお話ししたはずですが」

「憶えていないね」彼は素っ気なく応じた。「それに、あんたに一緒に戻ってもらう必要はこれっぽっちもないんだが」

「あなたの許しをもらおうとか、あなたの意見を聞きたいわけじゃありません」私は少しばかりむっとしてやり返した。「私はただ、あなたがおっしゃるとおりの、本物の医者であることを確かめたいものですからね」

「馬鹿馬鹿しい！」男が小声で呟く声が聞こえた。それから、彼は手にしていたカバンを開けると、防水外套のケープで降り注ぐ雨に濡れないように覆いながら、苛立たしげに叫んだ。「さあ、私の言葉が信用できないなら、自分の眼で確かめたらどうだね！　これなら、立派な信任状の代わりになるんじゃないのかね？」

カバンには、瓶と外科用の器具がきちんと並んでいた。カモシカの皮にくるまれた大きな医療器具もいくつか入っていた。

「よくわかりました」私は一応そう言っておいた。「でも、やっぱり戻りたいんです」

「あんたがそんなに言うなら、こっちもはっきり言うが、あんたは、人が望んでないところへ首を突っ込もうとしているんだよ。手荷物をあそこへ置いてきたっていうなら、私に住所を教えてくれるだけでいいんだ。あとでちゃんと送り届けるようにするから。大体、あの農園には、知らない客を泊めるような設備は何もないし、ヘックルベリ婆さんも、あまりできの良い女主人とは言えないんだよ。あの婆さんは、昔、階段から転げ落ちて、地下室の石の床で頭を打ってから、完全におかしくなってしまったんだ、可哀想に！　ジョナスの話だと、婆さんはときどきとんでもないような恐ろしい戯言を口走って、周りの人間の度肝を抜くっていうじゃないか。だから、今夜も婆さんがあんたを相手に、そんな馬鹿話をしてなきゃいいがと思ってたんだよ。彼女の話すことときたら、事実のひとかけらもない、意味もない馬鹿話ばかりだからね」

ほんの一瞬だったが、蜘蛛農園には黒々とした怖ろしいものが隠されていると推測したのも、結局、狂人の脳が生み出した妄想の恐怖をこちらが勝手に想像したにすぎなかったのか、という思いが私の心をかすめた。

しかしすぐに、あの頭上で聞こえ、そして止んだ、ゆっくりとした不確かな足音らしい音と、重いものを引きずるような物音を思い出して、私の推測は絶対に間違っていないと自分に言い聞かせた。

最初のうち、相手の態度が横柄なのにひどく腹が立っていたから、私は男を脅しつけてやろうかと思ったが、考え直して、そんなことをするのは賢明でなかろうと判断した。それで、弱腰に見えても構わないので、農園に戻る件に関しては、相手に調子を合わせておくことにした。

「農園に手荷物を残しているわけではありません」私は言った。「それに、あそこの病人の治療については、あなたで何不足なくできるということですから、私も考え直すことにしましょう。正直言って、私も早く乾いた服に着替えて、美味い晩飯を食う誘惑に抵抗できない気がしてきましたよ」

「そりゃ抵抗しちゃだめだ」名無し医者は忠告してくれた。

「わかりました、そういうことなら、あなたを信頼しなくてはいけませんね」私は本気でそう思っているような口調で言った。「それではあとで、ヘックルベリさんの回復具合を知らせてください」そう言うと、私はその場でもっともらしい名前とロンドンの住所を手早くでっち上げたが、そんな嘘が易々《やすやす》と口をついて出るなどと、これまで思ってもみなかった。

「それでこそ分別ってものだ！」見知らぬ男は叫んだ。「それでは、これで二度目になるが、お休み」

「お休みなさい」私も相手に応じると、すぐに向きを変えて、雨の中をマーケット・ペイトンに向かって元気よく歩き出した。

立ち止まって相手がこちらを見ているかどうか確かめることも、あえてしないでおいた。何となく、彼がこちらを窺っているように思えたからだ。だが、かなり足早に二十五ヤードほど進んだところで、私は急いで本道から出て、道の片側にびっしり生えた松の間に飛び込んだ。男がこちらのあとをつけていないことはわかっていた。つけられているうちは、そのまま道を歩き続けるつもりだった。しかし、男に私を蜘蛛農園に近づけたくない理由があるならば（あるはずだと信じていた）、私が言葉どおりに本当に帰っていったか、それとも途中で引き返して再び農園に向かっているかどうかを確認するため、じきにこちらへ戻ってくるはずである。

果たせるかな、私の推測が間違っていなかったことはすぐに確かめられた。足音が次第に大きくなってきて、間もなく、男の姿が、ヒースの野原と荒れた暗い空を背景にぼんやりと浮かび上がった。男は私が隠れている場所を二、三ヤード通り越したところで立ち止まって、耳を澄ませているようだった。彼はそのまましばらく立っていたが、再び向きを変えると、農園の方向へ走って引き返していった。名無し医者は、危険はなし、自分のあとをつけている者もなし、と納得できたので、失った時間を取り戻そうと懸命だったのだろう。私は逸る気持ちを抑えて、彼が走り去ってしまってからたっぷり二十分は待った。これだけ待てば、あの男はもう農園の建物の中に入ってしまっているだろうし、いまさら私が戻ってくるとは、まさか思っていないだろう。

男があれほど興奮していたことを思えば、農園の建物に入ったとき、ドアに鍵をかけ忘れる可能性も高いはずだ。あんなに人里離れた、しかも気味悪い噂のある場所だから、こんな夜に蜘蛛農園を訪れる者は普通いないだろうと油断しているかもしれない。とにかく、一か八かやってみるしかあるまい。

もしも、あの医者らしい男と一緒に引き返すと強硬に言い張っていたら、彼は、こちらの意図していた探索を容易に阻止して、さらなる発見は不可能になっていたかもしれなかった。とにかく、目的を達成しようとここまで頑張ってきたのだから、最後のところで挫かれるのだけは嫌だった。

私は犬のことを気にしながら細心の注意を払って、今来たばかりの道をとって返した。あの犬は夜の間、外に放たれているかもしれない。その場合、聞き慣れていない物音を聞けば、きっと吠え声を上げるだろう。しかし、雨と風の音が私に幸いした。猛烈な風が吹きすさんでいた。農園の背後に聳える丘の松林は、そんな風を受けて、黄泉《よみ》の国をさまよう亡霊の泣き声かとまごうばかりの音を立てていた。激しい大粒の雨は、霰《あられ》のように騒々しく煉瓦の壁を叩いていた。私は、足音を忍ばせてさらに接近したが、辺りは、激しい風雨と激しく鼓動する私の心臓を除けば、完全に静まりかえっていた。建物の正面は先ほどと同様に閂がかけられ、鎧戸が下りていた。隙間や割れ目からは、一筋の光も漏れていなかった。

万が一、私の足が、苔だらけの砂利道の小石をひとつでも鳴らしていたら、こっちの計画遂行はいっそう困難になるだろう。そんなことを思いながら、私は建物の角の煉瓦に手を突いて身体を支えて屈み込むと、水浸しになったエナメル革の靴を脱いだ。尖った石が靴下越しに足を傷つけたが構っていられなかった。今後大急ぎで動かなければならないときに、靴が再び必要になるのはわかっていたから、それを安全な場所に置けるまで、手に持って進むことにした。

私は、濡れた砂利道と泥の中を、靴下裸足でそっと足を運んだ。今朝歩いた小道に沿って建物の裏手へ回り、大きなボルドー犬に気づかれることもなく、台所の窓のところまで接近することができた。鎧戸は昼間と同じように、半分下りているだけだった。他の全ての窓は真っ暗だったが、この台所の窓からだけ、ランプの仄暗い黄色い光が漏れていた。

最初、人の姿はまったく見えず、がらんとした壁と、すでに見慣れたものになっていた僅かばかりの古い家具が見えただけだった。ジョナス・ヘックルベリの寝床は、窓に登らない限り視界の下になっているのはわかっていたが、音を立てるのが怖くて、とても登ってみる気になれなかった。テーブルの上に医者のカバンが載っているのが見えた。

名無し医者がここで予想通りの歓迎を受けたことは、間違いなさそうだった。そんなことを思っていると、廊下側から台所へ通じるドアが開いて、医者が例の老婆に伴われて入ってきた。向こうの壁に、大きな犬の影が動くのも見えた。幸いなことに、私がここへ接近する間、犬の関心は他のほうに引きつけられていたらしい。

医者は蠟燭をテーブルに置いた。それから、病人が寝かされているらしいところへ歩み寄り、手を後ろに組んだままじっと病人を見下ろしているようだったが、やがて椅子へ身を投げ出すと、手脚を伸ばして大きな欠伸《あくび》をした。それが、ひび割れた窓ガラス越しにも、私の耳まではっきりと届いた。

「さあ、これですんだ!」彼は大声を出した。「それにしても、ジョナスは見られたさまじゃなかったなあ。おまえさんたち二人がもう少し用心深くしてくれないと、松の木の根元にもっと穴を掘らなければならなくなるんだよ。まあ、しかし、ジョナスはじきに回復するだろうがね」

「あんたは良い人だよ」老婆は呟くと、しなびた指を台所の竈《かま》のほうへ差し出して暖めていた。

「そう、おれはいつだって親切さ、ちがうかい？　おまえさんたちは、おれがいなくてはやっていけないんだよ。さあ、それじゃ、そのお礼にウイスキーを持ってきてもらうことにしようか。熱いパンチ酒でも一杯やって身体を暖めたいからな。そうしたら、また元気を出して、夜に備えて戸締まりをするとしよう」

「よし、そういうことなら」私は心の中で思った。「こちらも『元気を出して』頑張らねばなるまい」

私は知りたいことはすでに見つけておいた。ここまでは、事は全て上々だった。私は建物の裏手のドアに忍び寄ると、音を立てないようにノブを回した。それから、ノブを一杯に回しながらそっとドアを押すと、嬉しいことにドアが開いたので、僅かな隙間に身体を滑り込ませ、そっとそれを閉めた。板の反った台所のドアの下から、一筋の光が漏れていたが、それを除けば廊下は真っ暗だった。グラスのガチャッという音と瓶をテーブルに置く音が聞こえた。誰かが火を掻きたてている音がした。パンチ酒が暖まるまで、見つかる心配はまずあるまい。私はちょっとの間、ドアの外で足を止めた。奇妙な組み合わせの二人は、愉快そうに話し合っているところだった。

「今日、ジョナスと約束してあったのは運がよかったよ」名無し医者は言葉を続けた。「昨夜、ジョナスが首尾良くやったかどうか、彼女から何を手に入れたか、是非とも知りたかったんだ。だけど、こんな厄介なことになっちまって、おれを待たすとは実に忌々しいことじゃないか」

「彼女って誰のことだい？」老婆は好奇心を掻き立てられたように尋ねた。

私がその問いに答えてやりたいくらいだった。全身の血が、この医者に対する憤怒《ふんぬ》の熱で煮えたぎった。

「彼女のことは気にしなさんな。それよりか、湯の沸き具合に気をつけていてくれよ。ほら、婆さん、ちょっと外の雨音に耳を澄ませてごらん。こんな夜には、何か思い出すことがあるんじゃないのかい？」

「わからないねえ。雨降りの日には、頭の調子がいっそう悪くなるばかりだよ。だから、何にも思い出せないのさ」

「じゃあ、手を貸してやろうか。いいかい、よく思い出すんだ……そんなに昔のことじゃない。おまえさんたちがこの家へ移ったばかりのころだよ。まだ話ははっきりと決まっていなかったんだ。連中も誰一人として、まだここには来ていなかったころさ。真っ暗な夜だ。ひどい風が松林の中で唸ってる。馬車が一台、ドアのところに横づけになる。マーケット・ペイトンから来た馬車じゃない。いやいや、違うんだ。あの町の金棒曳きどもは、馬車の中身を知るためになら、いくらだって払っただろうよ、きっと。おまえさんは、馬車を迎えに戸口から出て来たんだ（そのころは、おまえさんの頭もまだしっかりしてたんだぜ、婆さん！）。馬車の車輪も馬車の窓も泥だらけだ。そして御者が御者台から下りてきて……」

「そうかそうか、やっと思い出したよ」老婆は記憶が蘇ったことに驚喜したような叫び声を挙げた。「御者は……あんただったもんね」

「そのとおりさ。他のやつに任すわけにはいかなかったからな。それで、その御者が馬車から連れ出したのは誰だったんだい？　さあ、話してくれないかい？」

「女だったよ」

今度は、婆さんは相手の期待通りの答えをした（この頃までに、火にかけた湯は沸騰しているはずだったが、私はドアを離れる気になれなかった）。

「わたしゃ、最初、てっきりその女は死んでいると思ってたのさ。冬になるとあの松の根元に溜まる雪のように白かったからね。冷たくなっているかどうか見ようと思って、その手を取ってみたよ。そしたら、ゲッ！　昔、自分が大事に使っていた鞭で、自分がひっぱたかれたくらいに飛び上がったよ、その手を見たときはね」

私は無意識のうちにドアから身を引いた（二人の会話がコンスエロと彼女の秘密、つまり、ポーラが「真珠の手飾りの秘密」と呼んでいたものへ向かっていることは間違いなかった）。私の足下の床がかすかに軋んだ。ボルドー犬がそれに反応して興奮した声を挙げた。

「どうしたんだ？」名無し医者は叫ぶと急に立ち上がった。椅子が床板と擦れる音がした。「おれには何も聞こえなかったが、グリムには何か聞こえたらしいぞ」

「ふん、何でもないよ」老女は鼻を鳴らすような声で答えた。「グリムはいつも、ジョナスがいないと唸ってわしをびっくりさせるのさ」

「それでも、一応廊下を見ておくことにしよう」医者は言った。何も敷いてない床を歩いてくる足音が聞こえた。

「気にしなさんなって」婆さんは言った。「音がしたとすりゃあ、二階だろうよ」

「ああ、そうか！」男は大いにホッとした様子を見せて言った。「おまえさんの言うとおりだろう。そういうことなら、何も気に病む必要はないんだよな。ちょうど薬缶《やかん》の湯も沸騰していることだし。さあ、パンとチーズで腹ごしらえしながら、パンチ酒を一杯やるとするか」

私は時間稼ぎができたのと同時に、手がかりも手に入れたのだった。あとは、一刻の猶予もおかずに二階へと向かうのみだ。私は手探りで踊り場を過ぎて先へ進むと、さらに上へ伸びている短い階段を上がったところで、ポケットからマッチ箱を取り出した。

私はマッチを擦って念入りに周りを調べてみた。寝具を運び出したジョナスの部屋が、右手の最初の部屋であることがわかった。建物の裏手から正面に向かって長細い廊下がまっすぐに伸びていて、その両側に、ドアが四つか五つ並んでいるのが見えた。

廊下は左手の真ん中辺りで、もうひとつの廊下とぶつかる形になっていて、そこに闇が黒々と口を開けていた。その先に、一、二段下へ下りる低い磨り減った階段がぼんやり見えた。廊下の向かいは、建物の構造から考えて、同じような廊下が十文字に通っているはずなのに、実際はそうなっておらず、代わりにドアがひとつあるだけだった。それは、屋根裏部屋か物置に通じるドアのような、低く幅広い造りだった。そのドアにはくすんだ青い色が塗られていて、どんな猛攻にも耐えてみせると言わんばかりに、錆びた閂が掛かっていた。

「この障壁の向こうに」私は心の中で呟いた。「蜘蛛農園の秘密の本丸があるはずだ」

二十二章　青いドアの背後

マッチはすぐに燃え尽きてしまったので、探索開始点と決めた青いドアの留め具を詳しく調べるため、もう一本マッチを擦った。ドアの天辺と一番下の二カ所に差し錠があり、さらに長い鉄の棒が真ん中に渡してあって、それが錆びた大きな掛け金でしっかり締められていたが、嬉しいことに、錠には大きな鍵が差したままになっていた。私は、このドアがこんなに厳重に施錠されていたことをあとになって思い出したが、そうするにはそうするだけの重大なわけがあったのだ。

私はゆっくりと差し錠を抜こうとしたが、音を立てずにこれをするのは難しかった。次に鉄棒を外さねばならなかった。そっと持ち上げたとき、あわや、棒が手から滑り落ちて、ドアにガチャンと当たるところだったが、何とかそんな大失策だけは避けることができたので、今度は鍵に全注意力を傾けた。これもそんなにたやすい仕事ではなく、錠の中で鍵を回すまでに、マッチを六本も使ってしまった。

やっとのことで大きな真鍮のノブを回し、そっと押してみて、ドアの開くのが感じ取れたころには、蠟マッチは六本を残すだけになっていた。昨日の晩、ローン・アベイ館でマッチ箱にマッチを詰めてこなかったことがひどく悔やまれた。そして昨夜のことが、もうずいぶん昔のことのように思われた。青いドアは、部屋に入るドアではなく、先ほど立っていた廊下よりもさらに狭い廊下へ続いていた。マッチをかざしてみると、廊下の外れに、向かい合った二つのドアがあるのが見えた。私は用心して、いま通り抜けたドアをしっかり閉めてから（こうしておけば、下から誰かが上がってきた場合でも、侵入者の存在は簡単には気づかれないだろう）、廊下を進んだ。少しずつ前進しながら、頭の中で下の階の間取りを思い浮かべ、左手のドアの背後こそ、正体が何であれ、謎めいた存在が潜んでいるところにちがいないと結論を下した。

私は、向かい合った二つの樫のドアの前で足を止め、しばらく耳を澄ましてみた。どちらのドアの奥からも何の物音も聞こえなかった。だが突然、左手のドアから低い呻き声が聞こえた。私はぎくっとした。それは最初は低い声だったが、次第に大きな泣き声のような声に高まっていき、再び徐々に弱まり、最後には、喉を詰まらせて咳き込むような啜り泣きに変わって消えた。しかし、それが人間の挙げる声なのか動物のものなのか、すぐには判断がつかなかった。

錠に鍵が差したままになっていたので、もう一本マッチを擦ると、思い切ってそのドアを大きく開け放ってみた。いきった部屋特有の重苦しく淀んだ空気が私の鼻孔に流れ込んできたかと思うと、何か得体の知れないものが、暗闇の中からこちらへよろめき出てきた。だが、こちらが眼の焦点を合わす間もないうちに、マッチが手からすっ飛び、さらにへまなことに、小さい銀のマッチ箱も取り落としてしまった。私は今後生きている限り、このおぞましい瞬間をけっして忘れることはないだろう。病気で熱を出した夜などに、きっとこのときのことを夢に見るだろう!

その部屋は、地下の納骨室さながらの真っ暗な闇に閉ざされていた。何か生き物が私のすぐ側でしばらく息をしていたが、やがて、重石を引きずるような音を残して遠ざかっていった。

得体の知れない生き物が私にぶつかってきて、私の手からマッチを払い落としたのだった。それがわざとだったのか偶然だったのか、私には推測がつかなかった。しかし、すぐに床に膝をつくと、マッチ箱を見つけようと必死になって辺りを探り廻った。

とにかくマッチを見つけて、この部屋にいるものの正体を見なくては、ということしか頭になかったのだ。床を撫でていくと、何も敷いていないざらざらした板が手に触れ、積もったほこりが撚《よ》れて紐のようになっていくのがわかった。

やっとのこと、指がマッチ箱に触れた。私はそれを摑むと、蓋を止めている留め金を探った。しかし、がっかりしたことに、蓋は開いてしまっていて、蠟マッチの軸は全てこぼれてしまい、一本も残っていないことがわかった。だから、マッチの軸探しをもう一度初めからやり直さなければならなかった。

私が四つん這いになったまま、まごまごしていると、部屋仲間ともいうべき例の正体不明のものが、すぐ近くで喘ぐように息をしていた。そして突然、私の腕が部屋の隅に踞《うずくま》っているものの軀にぶつかった。

それは妙な声を一度挙げたが、その声は肉体的恐怖を示しただけらしかった。私は、自分の存在が正体不明のものに恐怖心を吹き込んだらしいと思って急に安堵した。マッチを見つけることができないまま、慎重に腕を伸ばして、踞っているものの上にゆっくりと手を這わしてみた。すると、それは這ったまま、怯えたように尻込みした。

触った感じからすると、何やらだぶだぶの服を頭から着せられているようだった。だから、形と声からは何もわからなかったが、服を着せられているところからして、これは人間だろうと見当をつけた。だが、それは四つん這いだった。頭のほうへ手を滑らせていくと、背中の瘤らしきものに触れた。

「怖がらなくてもいいんだよ」私は見えない相手に呼びかけた。親しく声をかけてやれば相手を安心させてやれるのではないか、と思ったのだ。「ぼくは、きみを救い出しに来たんだよ」

しかし相手は、私の顔と喉に触れた長い痩せこけた指で思い切り私を突き飛ばすと、鼓膜を破らんばかりの、この世のものとも思えない叫び声を挙げた。

急に突き飛ばされて、私は一瞬身体のバランスを失いかけたが、床に手をつき、からくも仰向けにひっくり返るのは避けることができた。

だが、その拍子に、手の下にマッチらしきものがあることが感じられた。私は必死の思いでそれを摘み上げた。間違っていなかった。こぼれ落ちた蠟マッチのうちの一本だった。

私は大急ぎで立ち上がると、壁でマッチを擦った。黄色い炎がパッと燃え上がり、暗闇の奥から、赤っぽい蓬髪《ほうはつ》になかば隠れた、ぎらぎら光る二つの眼がこちらを窺っているのが見えた。

高く盛り上がった背中の瘤の下に、異常に小さな頭が見えた。大きな口、ウサギの眼のようにおどおどと瞬きしている小さな眼、それに、もじゃもじゃな頭髪も見えた。マッチの光は、そんな奇形の人の姿をぼんやりと浮かび上がらせた。しかし、すぐに廊下の外れのドアが激しく開け閉てされる音が聞こえてきたので、私は視線をそちらへ走らせた。

自分の身近にいたものにすっかり心が奪われていなかったら、こんな事態は容易に予想できたろう。下から誰かが上がってきたにちがいないのだ。しかし蜘蛛農園の秘密の一部はもう発見し、残りもいずれわかるだろうと思っていたから、そんなこともあまり気にならなかった。

音を聞いたとき、私はすぐさまマッチを吹き消した。すぐに、片手に蠟燭、片手にナイフ（たぶんパンを切るときに使ったものだろう）を持った例の医者が、戸口のところに姿を現した。

医者は敷居の上で立ち止まると、私をじっと睨みつけた。老婆の間の抜けた顔が、医者の肩越しにこちらを覗いているのも見えた。

「やっぱり、おまえさんだったんだな」彼は低い声で言ったが、その声には、残忍な気持ちをやっと抑えているといった響きがあった。

「そうさ」私は落ち着いて答えた。「わかったかい、きみは結局のところ、ぼくの機先を制することはできなかったんだよ」

「さあ、それはまだ何とも言えないな」彼は冷酷な口調で応じた。「問題は、おまえさんが何の用があってここへ来たかなんだよ」

「個人的な理由だよ」私は答えた。「それをきみに説明する必要は認めないけどね。もう用事はすませてしまったから、ぼくはこれで帰らせてもらうことにするよ」

「待った！」彼は叫ぶと、挨拶抜きで彼の脇を通り過ぎようとした私を、ナイフを突きつけて押し止めた。「おまえさんはここから出ていってから、ここで見たことに色を付け誇張して言い触らすつもりなんだろう？」

「誇張する必要なんか全然ないと思うんだがね」私は言い返した。「この家で見たことや漏れ聞いたことを併せれば、色など付けなくたって、きみたちにとってかなり物騒なことになる話が詳しくできるだろうよ。それに、ぼくがきみの人相を話せば、警察当局は名無し医者の本名を突き止めるのにたいした手間はかからないだろうしね。はっきり言わせてもらうが、きみときみの共犯者は人間の皮を被った悪魔だ。きみたちは絞首刑に値する連中なんだ。もし、ぼくの話が役に立つなら、ぼくは絶対にきみたちを絞首台へ送ってやるつもりだよ。さあ、さっさとそこをどいて、きみたちが飢えさせ苦しめた、この哀れな人とぼくを通してくれたまえ。言うとおりにしないと、もっとまずいことになるんだぞ」

「おまえさんのその結構なご挨拶には感謝しなくちゃなるまいな」医者はせせら笑った。「だが、そっちがその気なら、こっちにだって覚悟はあるんだ」

彼はもう一度、長い刃のパン切りナイフを振り上げた。その刃が蠟燭の光の中でギラッと光った。老婆がボルドー犬を呼ぶ声も聞こえた。

「グリム、グリム、グリム！」

医者が姿を見せると、部屋に入れられていた奇形の人物は、先ほどの態度を一変させ、残酷な監視人から逃げようとするかのように、助けてくれ、といわんばかりに私ににじり寄ってきた。

私はまだ、それが男なのか女なのか子供なのかもわからなかったが、ときおりそちらを照らす蠟燭の明かりで見ると、ちっぽけな、ひどく齢取っているようにも見える、言いようもない恐ろしげな姿だった。

私は医者が盲滅法《めくらめっぽう》に突いてくるナイフを肘で跳ね上げた。もう少しで、彼の手から素早くナイフをもぎ取ってやるところだった。しかし何かが出し抜けに足に絡みついてきたのに気をとられて、果たすことができなかった。慌てて足下を見ると、老女のしなびた顔に載っている鍔広帽子が眼に入った。

私は一瞬バランスを失ってよろよろと後ずさりしたが、ドアの枠を摑んで踏み止まった。だが、この一瞬の油断は、私にとって計りしれないほど高くついてしまった。

こんな不意打ちを喰らったのでなければ、ヘックルベリ婆さんの作戦が、かくも見事な成功を収めることにもならなかったろうと思う。事実、私はすぐに立ち直って医者を迎え撃とうとした。しかし、医者は私と対決しようとしなかった。彼は老婆を連れて、すでに廊下の外れの青いドアのところへ戻っていた。彼らの意図は一瞬のうちに理解できた。

「それじゃあ、お休み」医者は私がドアに駆け寄ろうと必死に走るのを尻目に見ながら嘲笑った。「おまえさんは、あの連れがお好きのようだから、一緒に仲よくしてたらいいんだよ」

私はドアへ駆け寄ってそれに身体を思い切りぶつけようとしたが、ドアがバタンとしまり、差し錠がピシッと音高く掛けられるのと同時だった。

私は全体重をかけてドアを押したが、重い鉄棒が外からしっかりと支《か》われるところだった。それから、大きな鍵がゆっくりと軋りながら錠の中で回る音が聞こえた。

「腕力ではおまえさんには敵わないからな」医者は鍵穴越しに言った。「それはすぐにわかったのさ。だけど、もうおれの勝ちだよ。最後に笑う者が一番よく笑うというわけだ」

それを聞いて私がどうしたかを語るのは、無意味なことであるし、あまり私にとって名誉なことでもないだろう。私は、自分くらいの体力と体型の人間が十人掛かりでぶつかっても外せそうにないドアに対して、それ以上に精力を浪費するのはやめにして、ここは状況をしっかり見極めることに決めた、とだけ言っておくことにする。名無し医者も認めていたとおり、一対一で戦えば、彼は私の敵ではなかったろう。たしかにこちらは丸腰で、向こうは恐ろしげなナイフを振り回していた。医者が特別に小さい男でも弱々しい男というのでもなかったが、私は彼を敵として少しも怖いと思わなかった。

しかし、不覚にも老婆に邪魔されてしまったのだ。そういう場合に備えていなかった私の迂闊さこそ厳しく責められねばならなかった。ほんのちょっと躓いて足を滑らせたために、私はこのあと、悪党に存分に牛耳られることになってしまったのだから。

こうして、こちらからは何の手出しもできなくなってみると、彼らが私をこういう立場に置いた理由がよくわかった。私のために、ジョナス・ヘックルベリの命も、その共謀者の命も、実に危ういことになってしまったのだ。この侵入者を自由にしたら自分たちの命はまず助からない、と名無し医者も考えたに違いない。コンスエロを脅迫者から護りたいがために、こちらが相手と妥協するかもしれないことは、医者にはわかっていなかった。それに、私が意気地なしになって、何らかの条件と交換に自由にして欲しいと言い出すことも考えられないことだった。

私は堅く閉じられたドアにもたれて、自分の置かれている立場を考えた。

「ここから生きて出ることができれば幸運だろう」私は心の中で考えた。それから奇妙なほど冷静になって、まるで他人事のように、蜘蛛農園の連中が私を抹殺するのは案外簡単そうだ、と思い始めた。

第一に、ウィルフレッド叔父もコンスエロも、私の行き先をまったく知らないのだ。たしかに、私はラルストンから電報を打ったが、そこは鉄道の重要な連絡駅で、イギリス各地へ向かう汽車がその駅からたくさん出ている。私は自分が事故に巻き込まれたことを思わせるようなことは一切書かなかった。いつローン・アベイ館に戻れるかもわからなかったから、その間、彼らを心配させるのは避けたかったのだ。

同じ理由から、事故現場でも自分の名前は明かさなかった。

それでも最後には、私の姿がその後誰にも目撃されていないとわかれば、私がマーケット・ペイトンまで来て、胡散臭い噂が付きまとっている蜘蛛農園を訪れたという事実が、腕の良い刑事たちによって嗅ぎ出されるかもしれない。

しかしそういうことになるまでに、上手くいっても、何週間か経ってしまうだろう。その間、ローン・アベイ館では、私のことをどう思っているだろうか？

いろいろと辛い思いが心に浮かんだが、何よりも心苦しかったのがこのことだったと私は今も信じている。というのは、自分が手も足も出ない状態で虜にされている間に、そして、自分の死体が、老婆のほのめかした

「松の木の根元」に埋められた仲間たちに加えられるべく運び出されている間に、コンスエロは、私がよりにもよって彼女の愛の祝福を受けたその当夜に、意図的に彼女を捨てて出ていった、と思っているかもしれないのだ。私には、コンスエロにそう思われるのが何よりも辛かった。

しかし彼らが今晩これからすぐ私を殺すことは十中八九ないだろう、と私は自分に言い聞かせた。名無し医者は、私を飢えさせ、体力を衰弱させ、戦っても危険が少なくなるのを待つつもりではないのか？

夜はまだ長いが、いずれ明ける。明るくなるまでに脱出する手立てを見つけておかないと、事態はさらに厄介なことになるだろう。

そのとき突然、私はあることを思い出した。奇形の白痴だか狂人を閉じこめていた部屋のドアの正面に、もうひとつドアのあったことを思い出したのだ。

私はこの不幸な人物の苦しみに同情を禁じえなかったし、助けてやりたいと願ってもいた。しかし、今晩のところはどうしようもない。私が近くにいても、彼には何の慰めにも助けにもならないだろう。

正直なところ、私自身にしても、身近なところで呻き声を挙げ、姿も見えないまま、うろうろと動き回っている、こんな薄気味悪いものと真っ暗闇の中で過ごすことは、ほとんど耐えがたい気がしていた。だから、もうひとつのドアのことを思い出したときは、心底ほっとした。手探りでそこへ戻ることができ、そのドアが施錠されていないことがわかれば、とりあえず、当面の避難所を確保できるかもしれないのだ。

私は壁を手探りしながら、やや元気を取り戻して移動を始めた。

こうして、やっとそのドアに辿り着くことができた。そして、ノブを回しながら押してみると、嬉しいことに、それは開くことがわかった。私は敷居を跨《また》いで中に入ると、すぐにそれを閉めて、指に触れた小さな差し錠を引いておいた。

少なくとも、ここならひとりになれるだろう。ここには、他の人間はいないはずだ。もし誰かが入れられているなら、ドアはもっと厳重に施錠されているはずだ。

もしこの部屋に窓があるなら、しっかり鎧戸が下ろされているにちがいない。というのは、どんなに眼を凝らして部屋の暗闇を覗き込んでみても、漆を塗り込めたような真っ暗な闇の中に、何の切れ目も見つけることができなかったのだから。

だが不思議なことに、この部屋には、かすかな芳香が沁み渡っているように思えてならなかった。そしてその香りが、私の心臓の鼓動を速めた。それは、〝灰色の女〟が部屋へ入ってくるときや、私が突然彼女の前に立ったときに、いつもきまって経験する激しい心臓の鼓動と同じものだった。ホープ嬢の回りには、いつもこれと同じようなかすかな芳香が、美しく波打つ金髪や優美なドレスから漂っていた。芳香そのものというよりも、芳香の精のように、嗅覚でなく、意識にそっと訴えかけてくるといったほうがいいかもしれない。それは何よりも、咲いたばかりの庭の薔薇や、ラベンダーの花の香りに似ていたが、それでいて、どこか違っているようでもあった。コンスエロが手を触れると、それが何であれ、いつもその後に、彼女のエッセンスともいうべき、妖精が触れたような雰囲気がいつまでもそこに残ることを私は思い出した。この鎧戸が下ろされた部屋のドアを閉めたとたん、かすかな、名状しがたい、しかし、私には馴染みのものとなっているあの芳香が、徐々に周りの空気に沁み入っていくのがはっきり感じられた。

長い期間閉め切られたままになっていた屋根裏部屋のような、古ぼけたかびくさい臭いもたしかにしたが、それも、他を圧倒する薔薇とラベンダーを思わせる優雅な芳香には勝てなかった。芳しい香りは、水が砂の地層に沁み入るように、重苦しい空気に少しずつ沁み入ってきた。なんだかコンスエロがすぐ近くにいるような気がして、私の眼に不意に熱い涙が溢れた。

まるで、彼女の魂がやむにやまれぬ愛の力に駆られて、私を励まし慰めに来てくれたかと錯覚を覚えたほどだった。一瞬、命と愛と自由から私を隔てる厚い障壁も、その存在を止《や》めたかに思われた。しかし、一瞬後には、その障壁はいっそう黒々と冷ややかに私を取り巻いていた。私は真の闇の中にいた。眼の前に広がる暗黒のカーテンも慣れてしまえば、その奥を見通せるかもしれないと思いながら、私は必死に眼を凝らして立ち尽くしていた。

だがすぐに、そんな濃い闇が晴れるのを期待するのは愚かしいことだと悟った。夜が明ける前に、自分を取り巻いている状況を知っておくつもりなら、盲人のように、触覚に頼るしか手はないだろう。私は掌を外に向けて、両手を前に突きだした姿勢を取ると、磨り減った絨毯が敷いてある滑りやすい床に足をゆっくりと送りながら歩いてみることにした。すぐに何かにぶつかったが、触ってみると、それは柱と天蓋付きの古めかしいベッドであることがわかった。天蓋に触れると、かび臭いほこりがあたりに広がっていくのが鼻孔に感じられた。

そのベッドを捲くようにして進むと、すぐに壁に行き当たった。さらにそろそろと進んでいくと、指が窓枠に触れた。この部屋は、建物の正面から見て一番左の角部屋だろうと見当をつけた。そして、建物の正面の窓は全て鎧戸で覆われ、普通の家と異なり、その堅牢な鎧戸が外側から取り付けられていたことを思い出した。

窓の留め金が内側から操作できるほど甘くはないだろう。もしそうなら、あの医者が、青いドアに閂を掛けて私を閉じこめた意味もなくなってしまう。彼だって、私が二階や三階の窓から思い切って飛び降りるくらいのことをする男だとわかっていただろう。

だから自分の手が、窓の内側に間隔を置かずしっかりはめ込まれた頑丈な鉄格子に触れたときも、別段驚きはしなかった。鉄格子は、鎧戸を閉め切っておいてから取り付けられたものだろうから、窓を内側から開けるのは不可能な仕組みになっているはずだった。

鉄格子は、何らかの理由で付ける必要があったのだろう。それが外から見えたりすれば、偶然訪れた者の疑念を招いただろう。したがって頑丈な鎧戸は、内側の檻のようになった部屋の構造を隠すために下ろされていたことになろう。この部屋の仕組みとして、私は、少なくともこれだけのことを思いついた。

あちこちに置かれた椅子、傾《かし》いだ鏡のはまっている化粧台、壁に掛かっている大きな木枠（これはたぶんキャンバスに描かれた絵の額であろう）などにぶつかったり躓いたりしながら、不器用な部屋巡りをしているうちに、同じように鎧戸が下ろされ、鉄格子のはまった窓があと二つあり、クロゼットのドアがひとつあることを確かめることができた。そのドアを開けると、杉の木の香りがプンと鼻をついた。

ひょっとして、別の部屋に通じるドアがありはしないかと思いながら、さらにクロゼットの奥を探ってみた。だが、もしそうなっていれば、入り口のドアの差し錠を引いておいたことも意味をなさないことになり、こちら側からも敵の攻撃を受ける可能性があるだろう。しかし、暗闇の中で確かめえた限り、そんなドアはクロゼットの奥にはなかった。奥に鉤がいくつかあって、何か長い、触ると軟らかい、衣服らしいものが二つ掛かっているだけだった。

まだ朝の光が木製の鎧戸の隙間から漏れ入ってくる前だったが、私は自分の置かれた状況をことごとく理解できた。そして、朝までの長いやるせない時間を思うと、空しい無力感に苛《さいな》まれるのだった。

しばしの時が経過したが、自分のためになるという意味で、重要なことは何も起きなかった。私は茫然自失していた。それから、少し眠っておかねばと考えた。体力を維持しておくためにだ。やわなものだったが、もう一度差し錠をしっかり締め直してから、ベッドのところへ戻ると、その中へ身を投げ出した。再び眼を開けたとき、暗闇は灰色の薄暗がりに変わっていた。三つの窓の鎧戸の隙間から、僅かに朝の光が差し込んでいて、かろうじて私の身の回りの状況を照らし出していた。

私は横になったベッドから、すでに手で触って存在を知っていた絵と向かい合った。襞襟《ラフ》を着けた絵の女性の目鼻立ちは、あまりはっきりと見えなかった。ただ、その眼だけが、いやに生き生きと黒く輝いているのが印象的だった。粗雑な、冴えない色で描かれている顔だっただけに、生きているような眼の輝きがいっそう目立っていた。その眼は、前方をじっと見ているような表情をしていたから、私がその正面に横になると、視線が私に注がれているような感じになったのだ。

すぐにはその絵から眼を逸らすことができなかったが、ともかく他のものに注意を向けることにした。ベッドから起きあがると、まずそのベッドを念入りに調べた。私もウィルフレッド叔父も、いろいろな骨董品に興味を持っていたが、そのベッドの大きな木枠は、私も詳しく知らない時代に属する、手の込んだ手作り家具のようだった。

　ベッドには、脚とその下を隠す飾り掛け布は付いておらず、ベッドそのものが大きな箱状に造られていた。頭部と足部は、頑丈そうな彫り物を施した黒い樫の厚板でできていた。四本の柱が、やはり樫でできた彫り物のある天蓋を支えていた。天蓋からは、暗緑色のウール地の色褪せた安っぽいカーテンが下がっていた。杉材でできたクロゼットのドアは、夜に開けたときのままになっていたが、何かが鉤から外れて床に落ちた状態で、その一部が部屋の方へはみ出ているのが見えた。私はなかば無意識に、急いでそこへ歩み寄り、落ちているものを調べてみた。そうしながら、私の眼はたまたまもう一度、肖像画の女へ戻った。

　私は信じられない思いでその顔を見つめた。その眼の輝きも、荒々しく人を引きつけて離さない表情も、きれいに消え失せているではないか。白目と黒目を意地悪く光らせて、さっきはこちらを見返していた生きているような視線は、もうどこにも見当たらなかった。あるのは、他の部分と同様に下手くそに描かれた、命の通っていない退屈な表情の眼でしかなかった。額縁は壁に高く掛けられていて、天辺は天井を巡っているほこりだらけの蛇腹に触れていた。私は作り笑いを浮かべている絵の顔をもっと念入りに見てやろうと椅子に乗ってみたが、その眼は、私の視線よりもたっぷり三インチ以上高い位置にあった。

　しかしそうすることで、はっきりと絵の女の眼を見ることができた。そして描かれた眼に、特段変わったものは何ひとつないことを確かめた。だから、さっき見たとき、どうして、その眼があれほど不思議な表情をしているように思えたのか、自分にもさっぱりわからなかった。私は苛立たしい気持ちで椅子から降りると、それをギシギシ音高く引きずって元の場所に戻し、もう一度肩越しに絵のほうを振り向いた。その瞬間、その眼が私に向かって稲妻のような白い閃光を放ったように見えた。だが、それはすぐに私から視線を逸らせたようだった。

　もうこれ以上こんなものに誑《たぶら》かされてなるものか、と腹立たしい思いで絵のことは忘れることにして、私はクロゼットの調査を続けることに決めた。床に落ちていた白い物は、安物の薄織りの亜麻布でできた婦人服で、どこか田舎の店で買ったとおぼしき出来合い品のようだった。それでもその服が、ヘックルベリ婆さんや、彼女の「抜け目のない娘のナオミ」のものとはとても思えなかった。手に取ってみた単純な仕立ての服には、どこか、優雅さと気品があるように思えるのが不思議だった。

この服はかつてコンスエロの身体を包んでいたものなのだろうか？　そう自問しながら、私は、それを持つ私の指にひりひりと痛むような錯覚を覚えていた。私はとうに、謎めいた状況のもとでこの憎むべき家に連れてこられた美しい女はたぶんコンスエロなのだ、と見当をつけていた。そうであれば、彼女が一時期この部屋で過ごしたことも容易に考えられることではないか。私は、その期間が短かったことを祈らずにはいられなかった。

私は大切な物を扱うような気持ちでその服をクロゼットの奥の鉤に掛けた。その横に、ギャザーの付いた、黒っぽいフード付き旅行用外套が掛かっていた。私はそっとその外套を手にして、衝動に駆られたように（それがコンスエロのものだった僅かな可能性を信じて）それを唇に押し当てた。驚いたことに、その外套には、奇妙に赤っぽい黄色の乾いた泥がべったりと付着していた。赤いのは血の色なのだろうか？　外套の背にこんなに厚く泥が付いていたことからすると、これを着ていた人は、雨水でぐしょぐしょになった泥の中にでも横たわっていたのだろうか？

クロゼットの片側の上半分に取り付けられている棚には、包みらしきものと瓶が二、三本置いてある以外は何もなかった。私は何気なく、鮮やかなピンクの液体が僅かに残っているほうの瓶を取り上げて、貼ってあるラベルを読んでみた。それには、「失神状態から回復するごとにスプーン一杯を服用のこと」と書かれていた。もうひとつの小さい瓶には、中身がまだ半分ほど残っていたが、「アヘンチンキ、毒物」という禍々しい文字の書かれたラベルが貼られていた。その後ろに、長い丈夫なピンでしっかり留められている、得体の知れない、包みらしきものがあった。こんなせっぱ詰まったときに、こんな些細なことにどうしてかかずらう気になったのか自分でもわからなかったが、私は激しく駆り立てられるような気分を味わいながら、そのピンを慎重に抜いてみた。それから、ゆっくりとその包みを広げた。持ち上げると、それは眼の前ではらはらと解けていき、たたまれていたものが、不格好で皺だらけの女性の服だとわかった。

「何ということだ！」私は叫んだ。私の声は、私の背後の大きな侘びしい部屋の中で陰気に反響した。眼の前にしていたのは、イギリスの監獄で女囚の着せられる服だったのだ。私は自分が置かれている窮地のこともすっかり忘れて、部屋の中をあちらこちら歩き始めた。ほんの一瞬にせよ、こんな不吉な服がコンスエロのものだったなどと、どうして思えようか？

突然の衝動に駆られて、私は杉のクロゼットのドアのところに戻ってそれを開け放った。そのときはまだわかっていなかったが、その一つの動作に、私の未来の人生の全てがかかっていたのだった。私は自分の心と戦った。彼女がこんな忌まわしい服を着たことなどあるはずがない。これは、コンスエロよりもっと大きな、もっと太った女の服ではないのか？　たぶん、一筋縄でいかないミス・トレイルのものではないだろうか？

私はそこへ投げ込んだばかりの皺だらけの服をもう一度広げると、それを手に提げて、改めて折りたたまれた襞を伸ばしてみた。そうしたとき、私は自分でも気づかないまま、その服と一緒にそこにあったものを取り出したようだった。それは私の足下の床にひらひらと落ちたが、見ると、折り曲げられた一枚の名刺だった。

「まさか！」私はその醜い服を腕一杯に遠ざけて持ちながら声に出して言った。「コンスエロがこんなものを着たわけがない」

私はそのまま杉材作りのクロゼットから出てしまおうとしたが、床に落ちた折り曲げられた名刺が眼に入り、深い考えもなくそれを拾い上げた。

それは男が一般的に使う小さな名刺だった。ミスター・S・V・ヴァレンという名前が印刷されていたが、誰かが鉛筆で太い線を引き、それを消そうとしたらしかった。名前のすぐ上に、同じように鉛筆でこんなことが書かれていた。「貴女の望みに手を貸すことができ、また貸す意志のある人物は、ムッシュー・ポール・レペルをおいて他にありません。住所は、パリ、ラシュネール通り二十九番地です。一度、彼にあたってみることをお勧めします。貴女の件については、すでに先方に連絡してあります」

この短い文句は、コンスエロに宛てたものなのだろうか？　私はその名刺を元へ戻さずに自分のポケットに納めた。これもまた、私を導く運命の見えざる手になるはずであった。

二十三章　窓外の明かり

幸運なことに、暗闇の中での陰気な夜明かしの間も、私は懐中時計を捲くのを忘れないだけの思慮を残していた。それで、杉でできた運命のクロゼットのドアをその朝二度目に閉めたとき、ふと時間のことが気になって、例の名刺をしまった同じポケットから懐中時計を取り出した。

まだ七時になったばかりだった。私は疲労と苛立ちと、精神的肉体的双方の苦痛の入り混じった欠伸を抑えることができなかった。それ以前の厳しい緊張はいうまでもなかったが、この二十四時間だけでも、私はずいぶん過酷な試練を潜ってきた。それに、ポーラが失踪した日に私から身体の自由を奪ったあの怪我からも、まだ完全には体力を回復していなかったのだ。

だが、気持ちだけは、すぐにでも行動に移るつもりでいた。わが身を解放できる奮闘努力のチャンスが僅かでも残っているかぎり、まだまだ頑張れると感じていた。しかし、こんなところに際限もなく閉じ込められ飢えさせられるのかと思うと、それだけはどうにも耐えがたかった。

気力を失わないためにも、積極的になることが必要だった。やるせない倦怠感と、禿鷲《はげわし》についばまれるような飢えの苦しみを忘れるためにも、私には行動が必要だったのだ。

まず、残っていた全力を振り絞って、手近な窓の鉄格子を一本づつ摑み、それを思い切り揺さぶってみることにした。しかし、鉄格子が外れる気配はいっこうになかった。格子はまるで岩の中に埋め込まれているかのように、びくともしなかった。私は挫けることなく次の窓に取りかかり、三つの窓を全て試みたが、結局、どれも難攻不落とわかっただけだった。

「気にすることはないんだぞ」私は声に出して自分に言い聞かせた。自分の思いを独白する独房の囚人のような癖が、早くも身に付きかかっていたのだろう。「部屋はこの部屋だけではないんだから」

こんなふうに自分を励ましていたとき、人をからかうような笑い声がはっきりと聞こえた。どうやら、誰かがすぐ近くで笑ったらしかった。私は一足飛びでドアに駆け寄ると、差し錠を抜いて、身を投げ出すようにして外の廊下に走り出た。だが、そこには人の姿は見えなかった。廊下の外れのドアまで走って押してみたが、それは相変わらず、しっかり錠が下りたままの状態だった。だから、私が聞いたのは、向かいの部屋の哀れな住人が、何かに面白がって、けたたましく笑っただけかもしれない、と思い直した。

私は向かいの部屋のドアをそっと開けて覗き込んだ。その部屋には家具は何ひとつなく、あるのはマットレスだけで、その上に、くしゃくしゃになったベッドカバーが片隅に載っていた。僅かばかりのパンの皮と、きれいに囓《かじ》った骨が何本かあたりに散らかっていたが、不幸な囚われ人は、ちょうどそんな骨の一本にむしゃぶりついているところだった。

私はこのとき初めて、その囚人の顔と捻れたような半裸の身体全体を見ることができた。その小人のような人物は、たぶん、十五歳から二十歳くらいの若者らしかったが、痩せ細った顔は老人のようにしなびていた。若者は藁《わら》のマットレスのかたわらに身体を丸めて座っていた。ぼうぼうに長く伸びた髪が、真ん中で二つに分かれて背中の瘤に垂れかかり、それが瘤の両側に垂れ下がっていた。彼は足を前に投げ出して座っていたが、その左足に、鉄の輪と鎖で固定された重石が取り付けられているのを見たとき、私は、哀れな男にこんな無用な拷問を加えて良しとしているらしい、残酷な卑劣漢たちを激しく呪わないではいられなかった。

私は胸に込み上げてくる憐憫の情で、ほとんど吐き気を覚えるほどだった。

「やれやれ、よかった」私は思った。「この男は、まだ一日一日は露命《ろめい》を繋ぐものを与えられているようだ。彼らが私を飢え死にさせるつもりだとしても、この男まで同じ死に方をさせることはないだろう。もし、運よく脱出方法が見つかったら、彼を一緒に連れだしてやろう、それができなければ、私もここに残るまでだ」

私は床に眼を凝らして、なくしたマッチ箱と残っていたはずの三、四の蠟マッチを探した。そして、それを見つけたときの嬉しさは、まるで、隠された秘宝を思いがけずに発見したような気分だった。

次に思ったのは、向こうの部屋でやったのと同じように、この部屋の窓の鉄格子を調べてみることだった。しかし、こちらの鉄格子も、上下ともしっかり窓枠に固定されていて、それぞれの間隔は、せいぜい二インチ位しか空いていなかった。

これが、そのとき私の置かれていた状況だった。あらゆる逃げ道を探してみたが、いずれも無駄だとわかっただけだった。もし私の牢番にそうする気があるなら、私と私の惨めな連れは、罠に掛かった二匹のネズミと同じような死に方をしなくてはならないのだろう。

私は、神隠しに遭ったように姿を消していく多くの人々の一人になってしまうのだろう。一旦沈んだあとは、水面に、ほとんど泡ひとつ残すことなく、水底に消えていく人のように。

誰かがやってきて腕ずくで私を殺そうとすれば、必死で闘える力はまだ残っていると思っていた。だが、それは、名無し医者の意図ではないだろう。

私が窓枠を力任せに揺すったときの哀れな白痴の怖がりようは、見ていても辛いほどだった。私が動くと、彼は怯えた羊のような泣き声を上げて尻込みしたので、その部屋の探索はできるだけ手短かに切り上げることにした。私は哀れな男を中に残して、その部屋のドアを閉めると、索然たる思いを抱きながら、静まりかえった薄暗い向かいの部屋に戻るしか手はなかった。

何時間かが経過した。じっとしていることに耐えきれなくなっても、檻に入れられた獣のように、部屋の中をぐるぐると歩き廻り、もう飽きるほど見た懐中時計の文字盤をもう一度見る以外に、私にできることはなかった。

次第に暗くなってきた。命の消えかかっている獲物に向かって急降下してくる禍々しい猛禽《もうきん》の黒い翼のような濃い夜の闇に、自分が再び容赦なく閉ざされるのかと思うと、ほとんど気が狂いそうだった。

真夜中近くと思われる時間になっていた（日没はわかっていたから、そこから推測したのだ）、向かいの部屋から妙な物音が突然聞こえて、私は半分まどろんでいたような状態を破られた。

私はベッドに横になっていたが、大慌てで跳ね起きると、手探りで廊下を横切って向こうの部屋のドアへ辿り着いた。

それからドアを開け放って、しばらくの間は、狂ったように喉を鳴らす音と鉄の重石を固定している鎖のガチャガチャいう音に耳を澄ましじっと立っていた。中は真っ暗だったが、窓の鎧戸の隙間から、断続的にちらちらと光ってはすぐに消えるかすかな黄色い光が差していることにすぐに気がついた。

窓に歩み寄って鉄格子に顔を押しつけてみると、最初のうちは、松の木の間で揺れている小さな明かりが見えただけだった。他に具体的なものは何も見えなかった。しかしそのまま見続けていると、じきにカンテラを持った人の姿が視界の中へ入ってきた。ヘックルベリ婆さんに違いない。老婆は地面すれすれにカンテラを振りながら、腰を屈め、闇を透かすような恰好でやって来るところだった。カンテラの明かりが、生い茂っている松の下の濃い闇を照らし出した。

ヘックルベリ婆さんは立ち止まると、カンテラを地面に置いた。すると、そこにいるのは彼女一人でないことがわかった。老婆と一緒に男が一人いた。男は肩に何かを担いでいた。突然、彼は肩の荷物を下ろすと、こちらに振り向いた。そして二、三歩移動したとき（カンテラの前でなくその後方に）、ちょうど男の顔にカンテラの光が当たった。名無し医者だった。

医者は肩に担いできた道具を地面にしっかり押し当てると、両手でそれを握って、片足を掛けて地面に押し込もうとした。大きなシャベルだった。そして穴を掘り始めた！

瞬時に、彼のしていることの意味が読めた。私は恐ろしさに圧倒される思いだった。名無し医者は私の墓穴を掘っているのだ！

彼が穴を掘り上げるまでにどのくらいかかるだろうか？　土は軽いバラバラの土質だったから、比較的簡単な作業だろう。一、二時間で終わるのではなかろうか?。

文字どおり一刻もぐずぐずしていられない情勢になってきた。

牢番たちは、結局、私を急いで殺す気だったのか。私はそう知って愕然とした。

理由を推測できなかったが、こちらをゆっくり飢え死にさせている余裕は、彼らになかったのだろう。

私が隣の部屋で、前日の夜の大半を過ごしたベッドで、今も眠っているものと彼らが信じ込んでいることに疑問の余地はなかった。

それは、彼らにとって折り込みずみなのだろう。そうでなかったら、いくら白痴の部屋の窓からとはいえ、もう少し見えにくい場所を選んで穴掘り作業をしたのではないだろうか。何らかの手を使って（と、私ははたと思い当たった）、あの二人は、私が囚われの身になっていた二十四時間以上にわたり、こちらの動きをつぶさに摑んでいたにちがいない。だとすれば、どうしてそんなことが可能だったのだろうか?

私は覗いていた窓からさっと立ち上がった。一瞬のうちに、その謎を解く鍵が頭に浮かんだのだ。

肖像画の眼だ! そんなことも思いつかなかったとは、私もなんというドジな明き盲だったのだろう!

人の眼が覗くときに、引くか上げるかできる引き戸か、ないしは上げ蓋に、表情のない眼が描かれていたとすれば、現れてはすぐに消えて私を当惑させたあの眼の表情の不可解な変化も、もう不思議に思う必要もないわけだ。あの眼は、外から様子を窺っていることを悟られずに、こちらの室内で起きていることを確認する単純な仕掛けにすぎないのだろう。

肖像画の眼の穴から覗くことができるとすれば、額縁の背後の壁がそれほど強固なものであるはずはない。そして、人がそこから覗けるなら、人がそこから出ることもできるのではあるまいか。

私は躊躇しなかった。やるべきことがあるなら、すぐにやらねばならないのだ。

不幸な若者をあんなに怯えさせ、私が彼の部屋へ駆けつけることになって陰気な悲鳴を挙げさせたのは、彼の牢獄へ漏れ入ってくる、松の木の下でちらちら光るカンテラの明かりだった。その悲鳴は、外で薄気味悪い作業に余念のない二人にも間違いなく聞こえたはずだ。しかし、彼らはそんなことに煩わされる様子は一切見せていなかった。あの悲惨な囚われ人など、彼らにとっては死人同様に恐ろしくはなかったのだろう。彼は何ひとつ話すこともできないのだから。

今こそ、貴重な蠟マッチを使うべきときだった。マッチの炎は小さいから、明かりが外に漏れることはないだろう。どんな難しい事態に遭遇しなくてはならないにせよ、この白痴の若者を、ここに残したまま逃げるわけにはいかない。

私はまず、床に厚く積もったほこりを取り除いておいてから（ほこりが燃えだして部屋中が火事にならないための用心だった）マッチを擦ると、できるだけ長く燃えているように、それを床に置いた。

可哀想な私の連れは、いつものように部屋の隅に踞っていた。私がそちらに行くと彼は尻込みした。しかし私は彼に追いつくと、せむしの肩に片手をしっかりと掛けて、理解できたかどうかわからなかったが、小さい声で話しかけ、恐怖を和らげてやろうとした。それから、鉄の輪と鎖で踵に固定されている重石を調べてみた。

重石には南京錠が掛かっていた。鎖も頑丈そうだった。しかし、鎖の環のどれかひとつが、他のものより弱いことに私は期待していた。

哀れな若者は、恐怖のためほとんど身動きできなくなっていた。彼は逃げようともせずにじっとしていた。私は鎖の下に指を滑らせてみた。マッチはまだ燃えていた。鎖の環はどれも壊れていなかったが、ひとつだけ、少しいびつな不完全な出来のものがあるようだった。

私は満身の力を込めて鎖の両端を摑むと、それを思い切り捻った。しかし、鎖は切れなかった。さらに力を込めて捻り続けると、環のひとつがやっと開き始めた。そのときは本当にほっとした思いだった。私が開いた環をもぎ取ると、鉄の輪と鎖の一部は擦りむけた足首に残ったが、重石の本体は鎖と鉄の輪から離れた。

マッチの炎が最後に一度揺らいで、そして消えた。

医者がまだ穴掘りをしているか確かめようと、急いで窓の外を見てから、もう一本マッチを擦った。

しかし、一本のマッチの明かりだけでは、肖像画の後ろからの脱出方法を見つけるには不充分だった。そして、その一本も空しく消えたとき、突然あることを思いついた。この部屋に散らばっているがらくたを掻き集めて、向こうの部屋の暖炉で火を焚いてやるのだ。そうすれば、私が脱出作業を進める間の明かりを得られるのではあるまいか。脱出の試みが失敗した場合でも、私たちが焼け死ぬ心配はないだろう。部屋には、ぴかぴかに光った牛の骨が半分ほど入った壊れた籠《かご》があったが、これは上手く役立ちそうだった。私はその籠に、部屋一面に散らかっている茶色い紙切れや丸めた塵や様々な燃えそうな物を詰め込んだ。向こうの部屋にあった洗面台の脚は、簡単に木切れにできることがわかっていたから、それも薪代わりに使うつもりだった。

私はその籠を片手に掛けると、もう片方の手を白痴の若者の曲がった背中に回して、彼を引きずるようにしてドアを抜けて、廊下を渡って向こうの部屋へ入った。それから、こんなやわなものでもないよりはましだろう、と思いながら差し錠をかった。

中は真っ暗だったが、暖炉のところまでは何とか行くことができた。私はそこへ紙屑を投げ込むと、その上に潰した籠をおき、さらに乾いた骨を並べた。そして、興奮で心臓が口から飛び出しそうになりながら、最後のマッチを擦った。

籠を編んでいる細い小枝に火が燃え移ったとき、小さくパチパチと弾ける音がして、それが何とも耳に快かった。適切な注意を怠らなければ、火の消える心配はなさそうだった。私は部屋の向こうへ走ると、陶製の水差しと水鉢を洗面台からどかして、その脚を薪にするべく壊しにかかった。

白痴の若者は、数分の間、私の動きをそっと見守っていたが、火が勢いよく燃え出すと、そちらに近づいて、嬉しそうに鶏のような声を挙げて笑いながら手を火のほうへ差し出した。それから、辺りをきょろきょろ見回していたが、すぐに天蓋の付いた高いベッドを見つけた。彼はぴっこを引き跳ねるような足取りでそちらへ行くと、クックッと嬉しそうな声を挙げてその寝台へ飛び込んだ。

今朝、絵の眼を調べるために乗った椅子は、今回の目的のためには低すぎた。私は化粧台を額縁の下まで引っ張っていき、その上に椅子を載せることに決めた。

化粧台は、暖炉の揺らめく明かりが届かないところに置かれていた。私がそこへ歩み寄ったとき、ほとんど意識しないまま、かすかな音を聞いたように思ったが、ほんとうにそれに気づいていたかどうか、今もって明確に言う自信はない。

ともあれ私は、持ち上げて動かすつもりだったその重い家具に手を出すのを一時やめて、暖炉の赤い火の光の反射を浴びることもほとんどなく、暗闇に護られた形でじっと身動きせずに立っていた。

「さあ、あの絵に取りかかるぞ！」私は心中で自分に言いきかせて、化粧台の両端に手を掛けた。そうしながらも、見るとはなしにその絵にちらっと眼を向けた。暖炉の中で揺れる炎が、昼間私を驚かせ当惑させた眼を、薄気味悪くキラッと小さく光らせた。

私は、自分の考えついた理屈に自信があった。私は、誰かが部屋を覗いているにちがいないと確信した。松の木の根元に掘られた黒い穴の幻影が、眼の前に浮かんだ。そして、何としても死にたくないという自己保存の本能にしたがって、私は影の中でじっと身を固くしていた。

絵の眼は、私が立っている暗がりの方向を見ていなかった。その光る眼は、ベッドに入っている者にじっと注がれているようだった。たぶん、間違いなく、私がそこで横になっている、と思っていたのだろう。眼の光が消えるのを待って、私はできるだけ物音を立てないように化粧台を持ち上げると、それを部屋の向こうの額縁の下まで運んで、そっとそれを置いた。それから、その上に椅子を載せて、壁にもたれ掛けさせることにした。

椅子の上に上がると、私の眼が絵の眼とちょうど同じ高さになった。注意深く観察してみると、その眼はキャンバスに巧みに開けられた一対の穴の奥に描かれていた。

私は折り畳み式の小型ナイフをいつも身につけていた。そんなものは、武器としてはほとんど意味をなさなかったろうが、目下の目的には充分有効だった。私は背後の上げ蓋に描かれた眼に合わせて開けられた小さな穴にナイフを差し込むと、キャンバスを縦一文字に切り裂いた。

予想したとおりだった。切り裂いた裂け目から、壁板の裏側が見え、絵の顔の真後ろに、十二インチ四方くらいの一種の戸が作られていた。粗雑な眼が描かれているこの小さい戸は、外側に開けるのではなく、上下に滑らせる仕組みになっていることは明らかだった。だが、戸の裏側はすべすべで、何の手がかりもなかったので、こちらから上げてみることはできなかった。しかし、私はナイフの一番大きな刃を出して、それを下の僅かばかりの隙間に差し込んでゆっくりと押し上げた。

こうすると、私の頭がちょうど通るくらいの正方形の窓ができた。どこかもっと先にあるらしい、大きな部屋の明かりでぼんやり照らされている小さな空間を、私が窓から覗き込んでいるような形になっているのがわかった。

一瞬、私は自分の置かれている状況が完全には理解できなかった。しかしすぐに、この仕掛けがどうなっているのかを完璧に見破ることができた。絵の後ろの壁板と隣の部屋のクロゼットの壁板は（私のいた部屋と隣の部屋を繋ぐ通路のないことははっきりしていた）表裏一体だったのだ。

私は、一種の上げ戸になっているその小さな窓から顔を突き出してみた。すると、下に台が見え、その上に立つ者がキャンバス（もう破り取られていたが）の穴に眼を押し当てるのにちょうど良い高さに作られていることがわかった。クロゼットの両側に棚があり、雑多な物が積み上げられているのが見えた。また、半開きのドアの向こうに部屋があることもわかった。辺りは静まり返っていた。私は明かりの具合から、部屋には人がいるか、今し方までいたはずだと見当をつけた。

私はじっと聞き耳を立てた。心臓の鼓動が自分の耳に聞こえるような気がした。そのとき突然、奇妙な、説明の付かない音が後ろから聞こえた。それは遙か遠くで響く雷鳴のような音で、私の立っているテーブルの下の床を振動させた。

さらに背後の部屋で、何かが大きな鋭い音を立てた。私は首を引っ込めると、ドアが開いたのかと思って、あわてて振り向いてそちらを見た。だが、ドアは閉まったままだった。だが、燃え上がる炎の明かりで眩まされた眼をじっと凝らしてベッドのほうを見たとき、私は恐ろしさのあまり、自分の眼が見たものを信じられなかった。

ベッドの大きな木枠の中身がなくなっているではないか！　彫り物の飾り付きの四本の高い柱が、天蓋の下で、骸骨の腕のようににょきっと突き立っていたが、ベッドの本体は消えていた。

あまりの驚愕、恐ろしさに、叫び声を挙げてしまったが、自分がそんなみっともない声を出したのは、生涯一度きりだと思う。

すぐに化粧台から床へ飛び降りたが、床が足の下で沈んだような錯覚を覚えるほどだった。膝は中風のよぼよぼ老人のようにがくがく震えていた。

私はよろよろとベッドのところへ歩み寄ると、信じられない思いで、ぞっとしながら、先ほどまであの白痴の若者の身体が乗っていた羽毛を詰めたマットレス、乱雑な枕、パッチワークのベッドカバーなどがあったはずのところにできた、黒々とした穴を覗き込んだ。

穴の遙か下のほうから、ゴボゴボという水の音が聞こえてきた。

私は僅かに残った気力と体力を振り絞るようにして、大きく口を開けた深い穴に屈み込んで下を覗き込んだ。それは、鉱山の縦坑のような感じだった。羽毛のマットレスが括り付けられている寝台が、ボール箱の蓋を内側へ押し込んだような恰好で蝶番でぶら下がっているのが見えた。縦穴の側面はざらざらした石だったが、ぬるぬるした苔で濡れて光っていた。

見ているうちに、再びゴロゴロと雷鳴のような音がしたかと思うと、ギーギーと軋るような音を立てながら、ベッドがゆっくりともとの位置に戻ってきた。枕、シーツ、ベッドカバーはなくなっていた。羽毛を詰めた古ぼけた薄汚い亜麻布のマットレスが残っているだけだった。

白痴の若者はどこへ行ったのか？　彼の運命が、私の運命として意図されていたのは、もう、わかりすぎるほどわかっていた。

こんな身の毛のよだつような恐ろしい装置の話を、昔どこかで読んだことを思い出した。クランクがギリギリと回されて、何も知らずにベッドで眠っている犠牲者を、隠された井戸や、死体を海へ運び去る川へ落とす仕掛けのことだ。しかし、まさかこんな仕掛けが、こともあろうに、開明化した平和な今日のイギリスに残っていようとは夢にも思っていなかった。

これが彼らの待っていたことだった。私が最後には疲れ果ててベッドに横になるはずだ、と手ぐすね引いて待っていたのだ。

激しい恐怖のあまり、私は一種の茫然自失状態に陥った。しばらくは、救い出すはずが私の身代わりになって死んだ哀れな若者のこと以外、頭の中は完全に空っぽであった。

それから急に、一刻も早く逃げなくては、という思いが湧いてきて、絵の背後の覗き穴のことを思い出した。もし、生きてこの忌むべき悪の巣窟から出ることができたら、ここに巣くう殺人者どもに絶対に仕返ししてやる!

私はそんな思いを声に出して言ったのだと思う。なぜなら、自分の声がはっきりと耳に聞こえ、それに続いてすぐ、何か重いものが落ちる音が聞こえてきたからだ。音から判断して、廊下の外れの青いドアを押さえていた重い鉄の閂の音だとわかった。

それを耳にしたとき、私は、これまで鉄の枷《かせ》のように自分の手足を押さえつけていた重苦しさを、一挙になぐり捨てた。私は差し錠に眼をやり、力の強い男が押し入ろうとしても、錠は一、二分はもつだろうと見当をつけた。そして間髪を入れずに肖像画の下に置いた化粧台に上がると、引き裂いたキャンバスをバリバリとむしり取った。

青いドアが開けられたのだろう。大きな鍵が錠の中で廻る音もすでに聞こえていた。足音が廊下伝いにやって来た。私は上げ戸の下の部分に両手を掛けて力一杯揺さぶった。それは私の手の中でバキッと音高く折れて、さらに捻ったり引っ張ったりしているうちに、壁板全体が外れそうな様相を見せてきた。

その最中に、外側の廊下で叫ぶ声が聞こえた。ヘックルベリ婆さんが白痴の若者の部屋を覗いて、彼のいないのに気づいたのだろう。しかし、そうだとしても、老婆にしろ医者にしろ、縦穴の底のゴボゴボと音を立てる水の中を調べない限り、彼らは自分たちの犯した間違いに気づかないはずだ。

私のいる部屋の戸口のところで、囁き声が交わされるのが聞こえた。そして、ドアのノブが回され、それがガタガタと揺さぶられた。

私は思わず一瞬動きを止めたが、すぐに、新たに力を盛り返して壁板壊しにもう一度取りかかった。これが秘密のドアになっているなら、掛け金を壊せるだろうと思っていた。それがクロゼットの壁板なら、壁板ごと押し破ってやるつもりだった。

上げ戸の開口部に手をいれてみると、板の厚さは半インチもないことがわかった。つい今し方まで、私は震えているだけの惨めな弱虫だった。だが今は、身体中の血管を、火のように熱くなった血が駆け巡っていた。全身の筋肉は、鋼鉄のように硬く張り切っていた。

ガシャン！　何か大きな物をドアにぶつける音がした。もう、差し錠を押さえている掛け金はあといくらももたないだろう。

私は息をぐっと止めて最後のひと踏ん張りをした。板が私の手の下で呻き声を上げたとき、ぎょっとしたことに、クロゼットと絵の向こう側の部屋から話しかける声が聞こえてきた。

「いったい何なんだ、これは？　誰がこんな騒々しい音を立てているんだ？」しゃがれた調子の声だった。どうやら、ジョナス・ヘックルベリの声のようだった。

もちろんそれには答えずに、木組みをぶち壊すのに、これまで以上の力を傾けた。

「おい、ヴァレン！」その声は叫んだ。「早くこっちへ廻ってきてくれ。奴がこの部屋へ入ろうとしているんだ！」

こんな緊急事態の最中だったが、ヴァレンという名前をはっきり聞き取ると、それが、今朝、杉のクロゼットの中で見つけた名刺に印刷された名前であることを思い出した。

もう一度、力一杯踏ん張ると、絵の後ろの壁板が思いがけないほど突然に抜けて、私は砕けた木組みもろとも、向こう側の部屋のクロゼットに頭から飛び込む形になった。

私は、除き穴の前に立つ者を支える台の上に倒れ込み、向こう側の部屋とクロゼットを分かつドアに頭からぶつかって、僅かに開いていたドアを大きく押し開けることになってしまったのだ。

私は一秒とおかずに、さっと立ち上がった。素早く後ろ手にクロゼットのドアを閉める分別も残していた。そして、激しく息をしながらドアを背にして立った。ベッドに片肘を突いたジョナス・ヘックルベリが、私にピストルを突きつけているのが眼の前に見えた。

「おい、動くな!」ヘックルベリは言った。「一歩でもわしに近づいたら、死んでもらうしかないからな。わしは寝るときはいつだってこいつを枕の下においているんだ。そうしていないと寝つきが悪いもんでね」

私はゆっくりと向きを変えると、通り抜けたばかりのクロゼットのドアの錠に鍵を掛けた。少なくともこれで、名無し医者はこちらから私を追ってくることはないだろう。一度に相手にする敵は一人いれば充分だ。

二十四章　危機一髪

私は相手の顔にじっと眼を据えたまま一、二歩進み出た。

「まさか！」ヘックルベリは短く叫んだ。「あんたは、事故のときにわしを救ってくれた旦那じゃないか！」

「そうだよ」私は答えた。「きみはぼくに感謝するって、あのとき言ってくれたけど、これがきみの感謝の仕方っていうわけかい？」

ヘックルベリは依然として私に銃口を向けていたが、手はぶるぶると震え始めた。そして、口をぽかんと開けた。

「ヴァレンはおれに嘘をついたな」ヘックルベリは呟いた。「あんただったとは聞いていなかったんだ。おれもあんたを撃つのは気が進まないよ。だけど、あんたをこの家から出すわけにはいかないんだ」

嵐のような興奮は次第に鎮まりかかっていた。話しかけることができる敵が眼の前にいて、立ち向かうべき危険を眼に見ることができるのが、自分の気持ちを落ち着かせるのに大いに役立った。

「きみと手短かに相談したいんだけどね、ヘックルベリ君」私は落ち着いた口調で言った。「二人差し向かいで、ということを保証してくれればだけど」

ヘックルベリは、こちらが落ち着き払っているのを、どう解釈してよいのかわからず、睨めつけるような視線をこちらに向けた。

「いいかい、旦那」彼は唸るような声で言った。「わしから逃げられると思ってくれちゃ困るよ。わしの射撃の腕は確かなんだから」

「さあ、よく聞くんだ！」私は叫んだ。「あの二人は、ぼくが後にしたばかりの部屋に入っていったところだ。つまり、きみの友達の名無し医者、別名ヴァレン君と、やけによく気の利くきみのおふくろさんがだよ。しかし、このクロゼットのドアはかなり頑丈に鍵が掛かるようになっているみたいだね。たぶん、そうしておかねばならないはっきりしたわけがあったんだろうね。そうなると、彼らは面倒を省くために、間違いなく、廊下を通って戻ってきて、向こうのドアからここへ入ろうとするだろう。だからそんなことになる前に、ぼくがあのドアを閉めて鍵を掛けても構わないと言ってくれて、ぼくとしばらく水入らずで話したい、という気にきみがなってくれるなら、ぼくたち双方にとって、すこぶる好都合だと思うんだけど」

「旦那のような人は見たことがないぜ！」彼は早口で言った。「あんたはまったく落ち着き払っているもんな。だけど、どうやって、あのドアを閉めて鍵を掛けるっていうんだね？　わしが起きて、自分でするわけにはいかないんだから。それに、わしは、あんたにそれをやらせるほど甘ちゃんじゃないからな」

「ドアの位置からして」私は言った。「ぼくが逃げだそうとしたら簡単に撃てるじゃないか。それに、ぼくは逃げるつもりは絶対ないときみに約束するよ」

「あんたが約束するって！」彼は私の言葉を小馬鹿にしたように繰り返した。「旦那が誰なのか、どういう素性なのか、こっちにはまだ何にもわかっちゃいないんだぜ」

「じゃあ、はっきり言おう」私は応じた。「ぼくの名前はテレンス・ダークモアだ。ウィルフレッド・アモリー卿はぼくの叔父で、ぼくはローン・アベイ館に住んでいるんだよ」

ジョナス・ヘックルベリの眼に奇妙な光がキラッと走った。

「よし、ドアを閉めてきな」彼はふてくされたような声で言ったが、それが真剣なのは隠しようがなかった。

ドアは頑丈な造りだった。その部屋は建物の中央部分から入れるようになっていて、人を閉じこめておくために使う部屋ではなかったから、差し錠も鍵も内側に備わっていた。特に差し錠のほうは、私が今さっき壁板を破って出た部屋の防護装置に比べると、はるかにしっかりしたものだった。人を閉じこめる部屋の場合、当然、外から閉じこめなければならないわけだから、内側から万全に鍵を下ろせるようにする必要はなかったわけだ。私はしっかりとドアに差し錠を引いて鍵を掛けるとジョナスのところに戻った。

椅子の上の蠟燭の横に、何か飲み物の入ったグラスと、パンと肉を載せた皿が置いてあった。腹ぺこの私の眼は否応なしにそれに引きつけられた。

「もしきみが許してくれるならね、ヘックルベリ君」私は言った。「ぼくたち双方にとって重要な意味のある会談に入る前に、きみの食事のご相伴《しょうばん》にあずかりたいんだけど、いいかい？　空きっ腹を抱えていては、筋道だった結論に至るのは難しいだろうからね」

「好きなように食ったらいいさ」彼はぶっきらぼうに答えた。

ヘックルベリは私が食べるのを、珍しいものを見るような顔で、悔しそうに見ていた。そのとき突然、ドアをノックする音が聞こえた。

「おまえか、ヴァレンか？」ジョナスは尋ねた。

「うん、おれだ。あの野郎がおまえさんを絞め殺して、ずらかっちまったかと思ってね」

「逃がしゃしないさ。こっちはピストルを持っているから、おれから逃げようたって無理だよ」ヘックルベリはじっと私の眼を見つめたまま応じた。

「じゃあ、もう奴を撃っちまったのかい？」

「いや。今のところは撃ってない。やっこさんは、わしの知っている男だったんだよ。それでまず、ちょっとばかし、やっこさんと話をしたいんだ」

「ふん！　おまえさんもたいした阿呆だぜ。奴はあのネズミ取りの罠にも掛からなかったんだぞ。だけど、奴は生きてこの家から出ることはできないぜ。おい、どうしてドアをロックしたんだい？　おまえさんに、そんなことができるはずはないんだ、どうだ、ちがうかい？」

「わしが奴にやらせたのさ。この鉄でできたワンちゃんの黒い鼻面を突きつけてやってな。今もそうしているところだがね」

私は黙々と食べ続けた。そしてグラスの液体を飲み干した。それはブランデーだったが、これほどひどい味のものは初めてだった。それでも私は別人のように元気を取り戻した。

「ほう！ それじゃあ、奴はもう降参しかかっているってわけかい？」名無し医者の声がドアの向こうで続いた。「人間を大人しくさせるには、何たって、腹ぺこにしておくのが一番だからな。それに、奴のやったことを見れば、どうしたって腹ぺこにさせておく必要があるぜ。だけど、おまえさんが奴をもう大人しくさせちゃったんなら、ドアを開けておれを入れるように言ってやってくれよ。おれは、おまえさんを奴と二人だけにしておくのは、どうも気が進まないんだ」

「そうおしよ、ジョナス、良い子だから」ミセス・ヘックルベリの猫撫で声が聞こえた。「松の木の下には素敵な穴も掘っておいたしさ」

「黙れ、気違い婆あ、その腐った顎を閉じやがれ！」ジョナスは口汚い罵り言葉を連発した。

私はそっと口を挟んだ。

「ぼくの気持ちを気にしてくれなくてもいいんだよ」私は言った。「きみのおふくろさんの言うところの、松の木の下の穴は、ぼくも、もうちゃんと見ているんだから」

ジョナスは腹を立てたように何事かぶつぶつ呟いていたが、出し抜けに大声を出して、しばらく放っておいてくれ、と外の二人に向かって怒鳴った。

私はパン皿を蠟燭の隣に戻してから、小声で話し合えるように椅子をベッドのかたわらに近づけた。それからそこへ腰を下ろすと、相手の顔に自分の顔を寄せた。もちろん、外の二人が鍵穴のところで必死に耳をそばだてていることがわかっていたからだ。

「まず第一に」私はそっと小声で切り出した。「ぼくはきみが犯罪者であることを承知している。しかも、法の定める最悪の刑を受けるに値するようなね。きみは、自分のことを蜘蛛の養殖業者だといっている。しかし実際は、生殺与奪の権を託されたことをよいことに、きみは、寄る辺ない気の毒な人たちを苦しめることで生計を立ててきたんだ。きみは彼らの命を少しでも長く保たせてやろうという労さえとろうとしなかった。といっても、これは一番穏やかな言い回しで告発するとこうなる、ということなんだがね。今晩、きみの犯罪仲間ときみのおふくろさんは、周到にぼくを殺そうと企てた。もっとも、おふくろさんのほうは、頭が少々いかれているという情状を酌量してやらなくてはいけないと思っているよ。ところが運命の悪戯で、ぼくが救い出そうとしたきみの囚人が、ぼくの身代わりになって死んでしまった。だから、彼の受けた苦しみと非業の死を、きみは何らかの形で償わなければならないだろうね。しかし、彼を救うことは、もはやできなくなってしまった。そこで相談なんだが、きみが少し代価を払ってくれれば、きみはぼくの沈黙を買い取ることができるというわけだよ」

私がこう話しているうちに、彼の顔はますます獰猛で非情なものになっていった。

「ただで手に入るものを、金を出して買う馬鹿がどこにいるんだ?」彼はすでに撃鉄を起こしてあるピストルの引き金を、苛々した手つきで探りながら呟いた。

「本当にただで手に入るんだろうか? 実はそこが問題なんだ。それをわかってもらうには、ぼくたちが汽車の車室で出会ったのが、そもそも偶然でなかったことをきみに教えておかねばなるまいね。ぼくはあのとき、きみのあとをつけていたんだ。きみが何の用があってローン・アベイ館に来たかも知っていた。だからぼくは、きみの動きを妨害してやろうと思ったんだ。そして今、それだけのことをする力が、ぼくにはあるんだよ」

「あんたに力があるだって!」彼は残忍な口調で鸚鵡返しに言った。「あんたなど、わしが許してやる気にならなかったら、もう一口だけだって、この世の空気を吸う力なんかないのさ」

「待ちたまえ」私は相手を遮った。「そんなに大きな声を出さなくたって聞こえるよ。だけど、ぼくがきみだったら、そう性急に判断は下さないだろうね。たしかにきみの言うとおり、きみが引き金を引くだけで、ぼくの命はおしまいだ。しかし、ぼくはきみがそんな愚かなことをするとは思わない。ぼくに謝意を表する件は別にしても、ぼくを生かしておくほうが、きみにとって賢明だろうからさ。ぼくが今ここにいるのは、あらかじめ計画しておいたことなんだ。きみは、ウィルフレッド・アモリー卿のような人が、大切な肉親をむざむざ殺されて黙っていると思うかい？」

私はそのとき、ポーカーゲームを楽しむ人なら誰でも知っている、〝はったり〟の手を使っていたのだ。そしてヘックルベリの顔に、こちらの言葉が大いに効いた、とはっきり書いてあるのが読みとれた。

「あんたの言いたいのはそれだけかい？」彼は訊いた。

「いやまだある。ここまでは、ぼくの要求にはちゃんとした理由が備わっていることをきみに示そうとしただけだ。きみはぼくの沈黙をただで手に入れることはできない。ぼくの血の代価は、きみときみの共犯者の血で支払われなくてはならないことになっているんだから。しかしぼくは、もっと大事なものをきみから無理にでも、もらわなくちゃならないんだ。それを手に入れようときみを追ってきたのだから、それだけは何としても手に入れるつもりだ」

私はここでしばらく沈黙した。私たちは、散々剣で突き合って、すでに血まみれになっている決闘者同士のように、敵の眼の内に次の剣の動きを読みとろうとしながら、無言で睨み合った。

「あんたがわしから取り上げたいものはわかっているよ」ジョナスは言った。「あんたの叔父の養女になった女の……つまり、あんたの許嫁《いいなずけ》を叔父の家から追い出して、代わりに乗り込んできたあの女の……秘密を知りたいっていうんだろう？」

「いや、それはきみの思い違いだ。きみは、彼女の秘密をぼくに明かす必要はない。ぼくはそんなことを望んでいるのではない。ぼくは、きみがこの国を出られるようになるまでの時間、きみの秘密を守るつもりだ。ぼくが何としてもきみに要求するのは、もうこれ以上彼女を脅迫し、恐喝するのをやめてほしいということだ。それに、きみの恥ずべき殺人商売をやめてほしいんだ。そうすれば、きみが無事に逃亡できるまでの時間、沈黙を守ろう。さあ、きみは選べばいい。ぼくはきみなど怖くないから、ここまでずっと腹を割って話してきた。

ぼくを殺せば、二日と経たぬうちにきみの悪事は白日の下に曝《さら》され、きみを待ち受けている運命は破滅しかない。それとも、ぼくを解放して、安全を買い取るか。さあ、どっちにする？」

「ほほう、すると、あんたはあの女の味方というわけかね？」彼は言いながらクスッと笑った。「なるほど、それじゃあ、わしがあんたをこの家から自由にしてやって、あの女に……その、何て言ったらいいのかな……そう、彼女に、新しい命を吹き込む話について、ちょっとした情報を取れるかもしれない、ある男のところへ行くようにと言ったら、わしにどうしてくれるつもりなんだい？」

　私はしばらく黙って座ったまま考え込んだ。この悪党から一種の賄賂を受け取って、彼の秘密を守ってやることを自分の良心に納得させるなど、自分にはとうていできそうにない気がしてきたのだ。

　ジョナスは、私が躊躇している理由に感づいたようだった。

「わしは誓ってもいいが」彼はきっぱり言った。「今夜の今夜まで、一度だって、この家で殺人が行われたことはなかったんだ。そしてさっきのは、あんたもわかっているとおり、わしが手を下したわけじゃない。さっきのことには、わしは何の責任もないんだ。わしがここに、白痴の小僧たちを閉じこめておいたことは事実だがね。彼らの家族には、ああいった片端《かたわ》の子供を自分の家から追い払わなくてはならない、いろいろ複雑な事情があったのさ。ああいった発育不全の病気の子供たちは、わしが面倒を見てやっているうちに死んでいったんだよ。たしかに、わしは栄養のあるものを食わせたり、医者に診せたりして金をかけるようなことはしなかった、それは認めるよ。しかし、わしは彼らを殺しはしなかった。彼らは、もともとほっとけば死んだんだ。彼らが死ぬと、わしたちは細心の注意を払って埋めてやったよ。だってそうだろう、わしがそんな商売をしていることがばれたら、わしにとっても依頼主にとっても、厄介なことになっただろうし、この商売だって上手くいかなくなっただろうからね。この屋敷はそういった目的のためのものだったのさ。わしは子供のころから、この場所のことは聞いていた。わしの祖父さんの代よりも前に、この古ぼけた領主屋敷の大半はすでに廃墟になっていた。そして、この屋敷については、恐ろしい噂が出回っていた。ずっと昔は、ここは盗賊や人殺しどもの巣窟だったと言われていた。しかし、ここにあった奇妙な仕掛けは、あんたも見たいくつかの部屋を除いて、全てを焼き尽くした大火事のときに、一緒に焼けてしまったものと誰もが思っていたんだ。そのころ、ある事情で、それまで住んでいた田舎を引きあげたほうがいいということになったときに、わしはこの農園のことを思い出して、二束三文で買い取ったというわけだよ。古い仕掛けのいくつかはまだ残っていて、しかも充分に動くことはすぐにわかったさ。手を入れたのは、あんたも見た大きな青いドアと、窓に取り付けた鉄格子だけだった。これはわしの商売に必要だったからな。しかし、ここで人殺しを商売にしていたわけじゃないし、わしがヴァレンの雇い主というわけでもないんだ。だけど言っておくが、ヴァレンは一筋縄ではいかない男だよ。あんたもずいぶんとここの事情に首を突っ込んでしまったから、奴があんたを始末する気になったって別に驚くことじゃないよ。あんたのおかげで、わしたちにとって、事態はずいぶんやばいことになってきたようだから、あんたが取引に応じる気のあるところを見せてくれなければ、あんたの口を塞ぐしか手はないんだよ。いいかい、将来あんたが気持ちを変えたら、こっちもあんたに同じように気持ちを変えるよ。いや、あんたというより、あの女に対してね。あんたがそのために、かなり危ない橋を渡ってきたらしいホープ嬢に対してだよ」

自分に有利な条件を引き出そうと必死になっていたジョナスは、これで形勢を逆転させたと思ったのだろうが、一瞬、持っていたピストルのことも、それで絶えず私を狙っていなくてはならないことも忘れたようだった。しかし、私を狙っているピストルの銃口が、ほんの少しでも下がったというようなわけではなかった。私は、ヘックルベリが具体的に不用意な動きをしたというよりも、その顔の表情から、彼の心が一瞬空白になったことを読みとったのだ。

この一瞬の隙を捉えると、私は素早く相手に飛びかかり、あっという間にピストルをもぎ取った。私はまだ取っ組み合いができるほど体力を回復していなかったが、その点では、ジョナスのほうがもっと不利だった。こうして、こちらの動きが敵のピストルの言うなりにならなくてもよくなったので、私たちの立場は完全に逆転した。

ジョナスが叫び声を挙げるよりも早く、私は相手の喉を締め上げた。そして彼の上に屈むとこう囁いた。

「さあ、彼女を救うことのできる男の名前を言うんだ。言わなければ、ここで野良犬のように撃ち殺してやるぞ！」

こう言いながら、私は銃口を悪党のこめかみに押しつけた。ひやりとした鉄の重みを感じた彼の身体に、ぞくっと震えが走るのがこちらの手にも伝わってきた。

「三十秒だけ待ってやろう」私は続けた。「話せるように喉は緩めてやる。しかし、助けを求めて叫び声を挙げたら、間違いなく、きみの脳味噌に銃弾が食い込むことを忘れるな」

ジョナスは私を見上げたが、その眼は、私を焼き殺さんばかりにぎらぎらと燃え立っていた。

「ああ、話すとも」彼は囁き声で言った。「だけど、あんたに感謝したばっかりにこんなことになっちまったよ。こっちが有利な立場にあるときに、あんたを見逃してやったばっかりにな。あんたもよくそれで、自分を紳士だなんて言えたもんだ！」

それには、私も思わず笑ってしまった。

「さあ、急ぐんだ！」私は警告した。

「ラシュネール通り、二十九番地のムッシュー・レペルのところへ行ってみな」彼はもぐもぐと呟くように言った。

それは、杉材のクロゼットの中で見つけた名刺に、鉛筆で走り書きされていた住所にちがいなかった。ほしかったものは手に入れたので、いや、その時は手に入れたと思っていたので、ピストルをポケットに納めると、自分のハンカチを使って慎重にジョナスに猿轡《さるぐつわ》を嚙ませた。それから、彼の足にかけられていたウールのショールで、両腕を後ろ手に縛り上げた。こうして、しばらくの間は逆襲を受けることのないようにしておいてから、そっと彼を枕の上に寝かせてやった。

脚を縛る必要はなかった。気をつけなくてはならないのは、彼の肉体的苦痛を増さないようにして寝かせることだった。

ヘックルベリの眼は悔しそうに私の動きを追っていた。しかし、そこには、底意地悪い満足を密かに味わっているような表情があった。彼は腹を立てながらも、何かを面白がっているらしかった。しかし、そのときはまだ、私にはその意味を推し量ることができなかった。もっとも、もう少しあとになってから、充分過ぎるほどその意味を思い知らされることになるのだが。

部屋の外は静まりかえっていた。名無しの医者の名前がヴァレンであることはもうわかっていた。医者はヘックルベリの厳しい調子の命令に従い、私たちが会話を交わしている間、ドアをドンドン叩くようなことはしなかった。きっと、耳をドアに押しつけて聞いていたのだろう。しかし私は、こちらの会話が絶対に聞き取られないように、万全の注意を払っていた。

ジョナスは弱々しく唸り声を上げてもがいていたが、即席の猿轡が充分に役立った。私は彼をそのままにして、窓のひとつに歩み寄った。その部屋の窓には鉄格子ははまっていなかった。しかし、この家の正面の全ての窓同様に、やはり鎧戸がしっかりと降ろされていた。もっとも、それを開けるのはさして難しいことではなかった。窓の下に、蔦の葉がひらひらとそよいでいるのが見えた。そっと手を下ろしてみると、太い、筋張った蔦の幹が網の目のように広がっているのが手に触れた。

私は子供のときから木登りは得意だった。だから、ずいぶん疲れてはいたが、さほど困難を感じることもなく、蔦を伝って下りることができた。ここまでいくつもの危機をくぐり抜けたことや、散々恐ろしいものを目撃した後だったので、最後にこんなに簡単に脱出できたことが、しばらくは信じられないような気持ちだった。

足はまだ靴下だけだった。それで、靴を見つけたほうが結果的に時間の節約になるだろうと考え、この波乱万丈の夜、まずここに忍び込む前に靴を隠しておいた場所に向かって屋敷の側面沿いに進んだ。嬉しいことに、靴は置いた場所にちゃんと残っていた。私は急いで靴を履くと門に向かって一目散に走り、それをひらりと飛び越えると、後は一度も立ち止まることなく村の方角に向かって走り続けた。

二十五章　館での出来事

アベイ館に再び戻り着いたときには、今後の幸福な生活を早々と味見しているような気がしたが、玄関のドアに入るやいなや、出迎えてくれたウィームズの顔から、またもや新たなる困難に直面することになったらしいと否応なく知らされる羽目になった。

「おやおや、テレンス坊っちゃま!」ウィームズは、私が小さいころからいつも私のことをこう呼んでいて、けっしてそれを改めようとしなかった。「坊っちゃまがお戻りになって、わたくしも嬉しゅうございますよ!」老執事は大声で言った。「それでは、こちらから何度か打ちました電報のどれかをお受け取りになったんでございますね?」

「ひとつも受け取っていないけど」私は答えた。「何でぼくに電報を打つ必要があったんだい?　ぼくのことを心配していたというのかい?」

「ええ、それはもう」ウィームズは何事かを打ち開けるような様子で私の言葉に応じた。「坊っちゃまが、あんなに急にお出かけになってしまったものですからね。とにかく、一刻も早くお戻りになってほしいと願っておりました。なにせ、坊っちゃまがお出かけの翌日から、ウィルフレッドさまのお加減がずっとよろしくないものですから」

「でも、そんなに深刻なものじゃないんだろう?」私は素早く聞き返した。

「それが、お医者さまにもよくわからないようでございましてね。旦那さまは、昨日お加減が悪くなられたばかりなのに、もう、二人の先生に診ていただくことになってしまって。わたくしの理解しているところでは、どちらの先生も、旦那さまの御病気がどういうものなのか、よくはわかっていないようでございますが」

「昨日だって！」私は繰り返した。「たったの昨日のことだって言うのかい！　それじゃあ叔父さんは、ぼくの電報を、具合の悪くなる前日に受け取っているはずだけど」

「はい、電報はたしかにお受け取りになりました。そう承知しております。旦那さまとホープさまが、そのことを話しておいでなのを耳にいたしましたから。お二人は、そのあとで坊っちゃまからどこにいらっしゃるのか、いつお戻りになるのかを、知らせてくれるお手紙が来るものと思っておいでのようでした。しかし、お手紙は来ませんでしたので、わたくしどもは、旦那さまのご病気のことを坊っちゃまにお伝えするのに、どこへ電報を打ってよいやらわからなかったのでございます。そうこうするうちに、こちらにもう一人病人ができてしまいまして」

「まさか、ホープ嬢じゃないだろうね？」私は慌てて尋ねた。

「いいえ、ホープさまではございませんし、ミス・トレイルでもございません。ミス・トレイルは、もうすっかり回復されたようでございます。新たな病人というのは、〈鳥の巣荘〉からいらしたヘインズ・ハヴィランドさまでございます。たしか、この館の前の持ち主だとうかがっておりますが。ヘインズ・ハヴィランドさまは、坊っちゃまのお出かけになった翌日にこちらにお越しになり、ホープさまのお部屋から下りてこられる途中で階段で足を踏み外し、その際ひどく怪我をされました。すぐには動けそうにないほど脚を痛められたようで、それで、二、三日ここに置いてもらえまいか、ということになったのでございます。もうかなり良くなりのようですが、今もこちらに滞在しておいでです。というのは、旦那さまはご病気であるし、坊っちゃまもお留守ということなので、自分にできることなら、是非ともお役に立ちたい、としきりにおっしゃるものですから」

私は叔父のことをもっと詳しく知りたいという気持ちに急かされていて、ウィームズの言うことの半分も耳に入っていなかった。しかし、ヘインズ・ハヴィランドがまだこの屋敷に居座っているのかと思うと、なぜか、漠然とした苛立ちが湧いてくるのだった。

「面会に行っても構わないんだろう？　叔父さんに、という意味だけど」私はあまり自信のない口調で訊いた。

私は返事も待たず二階へ駆け上がった。叔父の部屋の外で待って、医師が出てくるところを呼び止めて様子を聞いてみるつもりだったのだ。だが、叔父の部屋には誰か先客がいた。

彫り模様を施した背の高い樫の肘掛け椅子に、ほっそりした女性の姿が見えた。先客はホープ嬢だった。彼女は、美しい金髪の頭を綺麗な白い両腕に押しつけるようにして、うつむいて座っていた。いつもは誇り高く、高貴で勇気に溢れていた女性のすっかり悲しみに身を委ねた様子を目の当たりにして、私は痛ましい思いを禁じえなかった。

「コンスエロ」私はそっと呼びかけた。

ホープ嬢はびくっとして私を見上げた。

「まあ、よかった、お戻りになったんですね！」彼女は言った。「叔父さまのためですね！　それとも、わたくしのためでしょうか？　ああ、わかりません……わかりません！」

「どうして、わからないんです？」私は囁くと、彼女を椅子から立ち上がらせ、両腕でその肩を抱いた。

「だって……ああ！　わたくしは、あなたを愛しているなどと申し上げるべきではなかったのです。でも、わたくしがロンドンのあなたのクラブ宛てに出した電報と速達便を受け取られたのですね？」

「いいえ、どちらも受け取っていません。そもそも、ぼくはロンドンに行っていたのではありません」私は急いで言った。「ぼくがウィルフレッド叔父について知っているのは、ウィームズが階下《した》で教えてくれたことだけなんです」

「それなら、ちょっとお待ちください。どうか、まずその腕をお放しください。わたくしは、自分が、復讐の女神ネメシスのように付きまとって離れようとしない、何か残酷な宿命に追われているような気がしてなりません。わかっています、それが策略であることも。それは、ちゃんとわかっています。わたくしのために張られている陰謀の細かな網の目は見えませんが、誰の謀《はかりごと》なのかも推測はついています。でも、わたくしには何も証明できないのです。つい数日前には、ポーラ・ウィン嬢殺しの疑惑から、あなたの証言のおかげで救われたばかりです。あのとき、わたくしを救うことのできたのは、あなたの証言だけでした。わたくしが長年必死で追い求めてきた目的への道が、やっと見えてきたと思っていたところでした。ところが今、またしても、こんな手ひどい攻撃が加えられてしまいました。もう、駄目です、もう、わたくしの負けです。わたくしには、これ以上戦う力は残っておりません」

「ぼくの力をお使いになればいいんです」私は心を込めて言った。ホープ嬢は腕を放してほしいと言ったが、私は彼女をしっかり抱きしめたままだった。

「ともかく」私は言葉を続けた。「かりに、あなたがぼくを愛していると認めたことをどんなに悔やもうと、そうおっしゃった事実は残ります。それを撤回することはできません。だから、あなたは、ぼくにお助けする権利をくださったのです。あなたの素晴らしい勇気を阻喪《そそう》させるような何があったのか、さあ、はっきりと話してください、こうしてしっかりとぼくの胸に抱きしめているときに」

「どうして、わたくしにそんなことがお話しできましょうか？　でも他の人の口からよりも、やはり、わたくしからお話ししておいたほうが良いのでしょうね。先生が来られる前に、お話ししておいたほうが。実は誰もが、ウィルフレッド卿は毒を盛られたと思っています。それは自明のことだと。そして口にこそ出しませんが、誰もが、それはわたくしの仕業だと信じています。ですから、ウィルフレッド卿がお亡くなりになれば、わたくしは卿を謀殺した罪で告発されることになりましょう。神さまの思し召しで卿が回復されれば、わたくしを卿に近づけないよう慎重に警戒したからこそ、回復されたのだということになりましょう」

「ああ、コンスエロ！」私は彼女の言葉を遮った。「この館の者は、あなたも含めて誰も彼も、ぼくには気が狂っているとしか思えません。だって、どんなに意地悪く邪推したにせよ、あなたにご自分の最大の味方を取り除こうとする動機など、あるわけがないのは明らかじゃありませんか？」

「待ってください」ホープ嬢は叫んだ。「順を追ってお話ししますから」

それは長い話だった。私は彼女を全面的に信じていたし、彼女を信じない人を心から軽蔑していたから、とてもそんな話を最後まで聞くだけの忍耐を持てそうになかった。だが、彼女は有無を言わさず私に最後まで聞かせたのだった。

それはこんな内容の話だった。私の打った電報は私が館を出た日の翌朝に届いた。ホープ嬢と叔父は私のお気に入りの暖炉部屋で私のことを話していた。話の中ほどで、叔父は彼女に、顧問弁護士がその日こちらへ来ることになっていて、かねてから作ると公言していた遺言書に当日署名するつもりであることを伝えた。ホープ嬢は、ウィルフレッド卿が自分に遺産を残すようなことにはしないでくれと懇願したが、叔父は、自分の意図をあくまで貫くつもりだと言い張った。そのあとで顧問弁護士の来館が伝えられたので、彼女はその部屋を退出した。

ホープ嬢がミス・トレイルと自室でお茶を飲んでいると、ヘインズ・ハヴィランドが姿を見せて、ウィルフレッド卿が入ってくるまでそこに留まっていた。彼は叔父の姿を見ると、下で少しばかり内密に話したい、と申し出た。

ヘインズ・ハヴィランドが階段で転んだのはこのときだった。怪我はかなりの重傷で、しばらくはとても館を出られそうにないとのことだった。

そんな事故があったにもかかわらず、叔父とヘインズ・ハヴィランドの間で「少しばかり内密」の話がそのまま交わされることになったらしく、彼女は晩餐の時間になるまで叔父の姿を眼にしなかった。夕食時に叔父は、頭痛がして気分が優れないから食事はミス・トレイルと二人ですませてほしい、と伝言をよこした。彼女は、どこがどう悪いのか詳しく訊こうと思い、叔父のいる暖炉部屋に赴いてみた。法律関係の書類らしきものが叔父のかたわらに置かれていた。叔父の顔から、頭痛は口実に過ぎなかったことが見て取れた。叔父は手紙を読んでいるところだった。何の手紙かと訊かれると、叔父の言うには、それはヘインズ・ハヴィランドのところへ来た手紙で、ハヴィランドはそれについて叔父のアドバイスを求めているとのことだった。

ホープ嬢は、何となく怪しい話だと思い、自分にもその手紙を見せてほしいと頼んだが、叔父に執拗に拒否されたために、とうとう後先を顧みず、それを叔父の手から引ったくって読んでしまった。

彼女はそこに何が書かれていたかを私に話してくれようとしなかったが、私は、その手紙は彼女の秘密について言及したものだろうと推測した。手紙には、ヘインズ・ハヴィランドはホープ嬢に悪意をもって動いていたと見る必要はなく、むしろ、彼女のためを思っているというようなことが言葉巧みに書かれていたらしい。

叔父は、彼女の秘密についての言及を信じようとしなかったが、コンスエロは、そこに書かれているどんなにひどい話も、全て真実であると告白した。そんな予想外の言葉を聞かされ、叔父はすっかり驚き脅えてしまい、初めて彼女の顔を見たときと同様に、今にも気絶しそうな様子を見せた。

叔父が座っていたテーブルの上に、ワインの入ったグラスが載っていた。彼女は急いでそれを叔父の口に含ませた。ところが叔父は、それを一口飲んだとたん奇妙な発作を起こした。仰天したコンスエロは、叔父を抱きかかえるようにして叔父の書斎へ連れて行った。

彼女はさらにもう一度、そこにあった水差しの水を叔父に飲ませたが、叔父は一段と激しい発作を起こした。ハズブルック医師がすぐに呼ばれて駆けつけたが、医師は狐につままれたように当惑し切った顔をしていた。その後、ロンドンに電報が打たれて、有名な毒物の専門医に来てもらうことになった。ミス・トレイルは、二人の医師がワイングラスと水差しを詳しく調べるのを見ていた。二十四時間体制で付き添う看護人も館に来ることになったが、そのうちの一人は、彼女の見るところ、彼女の動静を見張るために置かれた刑事ではないかとのことだった。

少なくとも、彼女は、自分の私的な書類が全て調べられていることに気づいていた。彼女は屋敷の他の人々と同様に、叔父の病室に立ち入ることを禁止された。

「これで、わたくしには、ウィルフレッド卿を殺害する動機があると疑われる理由のあることがおわかりになったでしょう？」コンスエロは言葉を結び、辛い話を一通り語り終えた。「叔父さまは遺言書を書いて、あなたとわたくしに全財産を残すことにしてくださいました。そしてその直後に、わたくしの過去の事情を暴く手紙をご覧になったのです。わたくしは、それが真実であることを認めないわけにはいきませんでした。ですから、叔父さまが書いたばかりの遺言書を破棄して新たに書き直す前に、わたくしが叔父さまを殺そうとした、と思われても不思議はないのです」

彼女がこう言ったとき、ウィルフレッド叔父の病室のドアがそっと開いて、一人の男が出てきた。

「あの人です……あの人が夜は叔父さまの看護に当たるのです」コンスエロは口をほとんど動かさないようにして囁いた。

彼女はよく聞こえないくらいの小さな声で囁いたのだが、看護人が彼女の言葉を聞き取ったのは確かだった。その男は白い睫をあげると、私たち二人をしげしげと見つめた。私はその視線にぎょっとした。以前にその眼に心の奥底まで貫き通されたように感じたことがなかったなら、男の正体も見破れなかったろうし、彼が変装しているなどと夢にも思わなかっただろう。しかし、その澄んだ、鋼のような青みを湛えた眼の表情は、私には見誤りようのないものだった。

コンスエロも観察眼は鋭いほうだったが、男の正体は見抜けなかったらしい。それは、つい先日、ポーラ失踪の謎の調査に派遣されてきたマーランド刑事に間違いなかった。

いずれにせよ、ホープ嬢を見張るように指示されたのが、余人でなくマーランド刑事であることに、私はかえってほっとした。しかし、どうして事態がこうなっているのか、私には納得がいかなかった。コンスエロによれば、医師たちは警察と相談したとのことだったが、それは地元の警察と相談したという意味のはずだった。だが、マーランド刑事はロンドンでも名の通った人物であり、ロンドン警視庁の最も腕利きの刑事の一人と見なされていたのだ。

看護人はすぐに姿を消した。私も彼を引き留めようとはしなかった。また、引き出したばかりの結論をコンスエロに言うつもりもなかった。

私は、マーランド刑事が偽装の夜間勤務を終えたあとは、日中、どの部屋で休息することになっているのか知らなかった。だから、コンスエロが行ってしまうとすぐ、女中頭の部屋に赴いて、看護人が休憩時にどの部屋をあてがわれているか尋ねることにした。

私はすぐさま、女中頭が教えてくれた部屋のドアを、有無を言わさぬ勢いでノックした。

返事はなかったが、私のノックに応えてドアが開いた。

「何かご用でしょうか?」彼は巧みな作り声で、しおらしい口調で訊いてきた。

「うん、ちょっとした用があってね」こちらの返事はかなりきつい調子だった。「まあ、中に入れてくれたまえ。きみと二人きりでしばらく話したいから」

彼は何か報告書を書いているところらしかった。かなりの量の紙が窓際のテーブルの上に散らばっていた。ペンがインクポットに投げやりな感じに差してあった。

私はすぐに、そこにあった椅子に腰を下ろしたが、彼は目下の者のように卑屈な態度を見せて立ったままだった。

「そこへ掛けたまえ」私は言った。「さあ、掛けたらどうだい、マーランド君?」

男はにこっと笑うと肩をすくめた。

「やあ、ばれてしまいましたか。あなたは刑事になったほうが向いてるんじゃありませんか、ダークモアさん。あなたなら立派な手柄を挙げることができるかもしれませんよ」

「ぼくはむしろ、きみの職業の中の最も敏腕な人の力を借りて、手柄を挙げたいと思っているんだよ。いや、本当にそうするつもりなんだ。とにかく、褒めてくれたことでは礼を言おう。話に入る前に言っておくけど、ぼくは、きみが刑事として優秀であると聞いているし、尊敬もしている。だがそれとともに、人間としてのきみに惹かれるものを感じている。ぼくとしては、きみの助け、きみの共感が是非とも必要なんだ。だから、きみの不信を招くようなことはしたくない。きみは、この屋敷に住んでいる、ある人物に対する証拠を収集する目的で、今、ここにこうして入り込んでいるんだろう？　ちがうかい？」

「いや、必ずしもそういうわけではないんです。私は、ここで監視しているように言われていましてね。そして、もしできればですが、ウィルフレッド・アモリー卿の命を狙った下手人を見つけるように、と言われているんですよ」

「それじゃあ、まず、きみが何を言おうと、ぼくは絶対にそれを口外しないことを名誉にかけて約束しておこう。そして、男対男ということで腹を打ち割って聞かせてもらいたいんだが、きみはホープ嬢を怪しいと睨んでここに来たのかい？」

「私は、彼女に不利な状況証拠には、厳密な篩《ふるい》にかけねばいけないものがいくつかあると信じています。実は、今、私がここにいるのは、たんなる偶然にすぎません。ご承知のように、私は今も、あの失踪事件の謎の解明に全力をあげているところです。それでたまたまこの近くに用事ができて、こちらの警察署に来ていました。ところが昨日、このお屋敷から誰か人を派遣するようにと要請があったんです。それでひょっとすると、二つの事件は関係あるかもしれないという気がしたものですから、当然、自分にその任にあたらせてほしいと願い出ました。私の願いが聞き届けられる理由は充分にありました。それで、こんな変装をすることになったわけですよ。しかし、あなたの眼を眩ますことはできませんでした」

「きみは、二つの事件の関連と言うけれど」私はひどく真剣な口調で言った。「とにかく、最近ホープ嬢に不利な証拠がやたらに出てくると思わないかい？　つい先だっては、彼女は従妹のミス・ウィンの謎の失踪事件に何らかのかかわりがあると疑われていた。その一週間後には、彼女がウィン嬢殺しの真犯人であることをほぼ決定づけるようなもっと強力な証拠が現れた。後のほうの嫌疑については、濠で見つかった死体がミス・ウィンのものではないことを決定的に証明できる根拠を、ぼくが二つ三つ提出できたので、彼女の嫌疑もすっかり晴れたわけだけどね。だけどこのことは、もうひとつの事実を同時にはっきりさせた、ときみは思わないかい？　つまり、ホープ嬢を陥れてやろうという、卑劣な陰謀があったという事実を？　男か女かはともかく、どこかに、ホープ嬢を何としても殺人犯に仕立て上げたい奴がいるんだよ。そいつが他人の死体を手に入れて、できうる限りミス・ウィンらしく見せようとして、ミス・ウィンの服を着せたんだ。きみだって、もちろん、このくらいのことは考えただろう？」

「もちろん考えましたよ、ダークモアさん。しかし、一度濡れ衣を着せられかけた人物は、今後永久に疑われてはならない、と考えるわけにもいきませんからね。それに、私たちの話は名誉にかけて口外しない、というあなたの固い約束があるのであえて言うのですが、私はまだ、ウィン嬢の失踪にホープ嬢が百パーセント無関係だとは、どうしても思えないんですがね」

「何だって！　きみはまだ、彼女がミス・ウィンを殺したとでも……」

「いえいえ、そう慌てないでください。彼女がウィン嬢を殺していないことは私もわかっています。もちろん、ちゃんとした理由があってのことです。ほぼ間違いないことですが、いいですか、ほぼですよ、私は生きているウィン嬢をこの眼で見ているんです。それも、つい三日ばかり前にです」

「やれやれ！」私は大声で言った。「ぼくは一度だって、ミス・ウィンが死んでいるなんて信じたことはなかったよ」

「私も信じはしませんでした。しかし、少なくとも、この件には奇妙なほど込み入った状況がありましてね。たとえば、あなたを傷つけた短剣に塗ってあった毒はグラニールという毒物でした。それに、ウィルフレッド卿に与えられた毒物もグラニールです。私は、その毒物が、ホープ嬢のよく知っている薬草売りの女から入手可能であることを突き止めたんです」刑事は立ち上がると、小さな旅行鞄から瓶をひとつ取り出した。「これがそのグラニールです」と彼は言った。「これがどこにあったとお思いです？　あの若い御婦人の部屋に、ハンカチにくるんで置いてあったんですよ」

「何だって！」私は呟いた。「これじゃあ、ますます陰謀がはっきりしてきたということじゃないか。ぼくは誓っても構わないが、ヘインズ・ハヴィランドがこの件にからんでいるはずだ。彼はホープ嬢を憎んでいるんだから。彼がすでに二度も彼女を陥れようとしたことは、ぼくにはちゃんとわかっているんだ」

「でも、それを証明するのは難しいですよ」マーランドは、簡単にはこちらの言うことを信じないという顔で言った。「たしかに、あの男はまだこの屋敷にいます。しかし、彼が病気であることは間違いありません。ハズブルック先生の話では、彼はもともと心臓に悪いところがあって、それが階段を転げ落ちた拍子にひどく悪化したんだそうです。彼が殺人を企てたり、陰謀を練ったりできるような健康状態にあるとはとても思えません。私の見るところ、ご自分の仮説を進めるために、あなたにできることはなさそうですね。あなたは人間性というものに信を置いていらっしゃる、とくに美しい女性のそれにね。その点では、あなたを尊敬していきます。しかし、あなたが何とおっしゃろうと、そう長い日時が経たないうちに、私は、ホープ嬢が監獄にいたことを、そして今も犯罪者であることを、あなたに証明してみせるつもりです」

「できるものなら、やってみたらどうだい」私は彼の顔をちらっと見ながら言った。「やるんなら全力を挙げてやるんだね。しかし、ぼくだって、きみの土俵できみを打ち負かすつもりだ。もし、ぼくに時間をくれさえすれば、誓ってもいいが、ぼくは、きみが間違っていることを証明してみせることができるんだから」

「時間、ですか？　あなたは、私から具体的に何をお望みなんです？」マーランド刑事は驚いたように訊き返した。

「その前に、きみがこれからどうするつもりなのか話してくれないかい？」

「これまでにローン・アベイ館で知りえたあらゆる情報を、捜査当局の上層部に渡すつもりです。そうすれば、自ずから、ことは正しい方向に進むでしょうからね」

「それはどういう意味だい？　そうしたら、どうなるっていうんだい？」

「ホープ嬢は間違いなく逮捕されて拘置され、ウィルフレッド卿毒殺未遂事件を裁く裁判を待つことになるでしょうね」

「ああ、何てこった！　どうしたら彼女を救うことができるんだろう？」こんな言葉が、自分でも気づかないうちに、私の口からほとばしり出たようだった。

「彼女を正当な裁きに委ねさえすれば、もし本当にホープ嬢が無実であれば、最後には真実が証明されるはずですよ」

「ぼくにはそうは思えない」私は苦々しげに言った。「正しい者が常に勝つとは必ずしも言えないからね。しかし、きみが正直な人であることは信じている。だからいつの日か、きみが、今現在間違いを犯していることに気づく日が来ると思っている。そして、ぼくがきみに求めている特別の厚意を示しておいてよかった、と思う日が来るはずだとね。ぼくがきみに求めているのは、なまなかな〝厚意〟なんていう言葉では言い表せないものなんだけど」

「ほう、それは何なんでしょう、ダークモアさん？　私の良心に恥じないことであれば、あなたのために一肌脱ぐつもりでいるのは、もうお話ししてあると思いますが」

「ぼくは人道の名において、そして慈悲の名において、きみにこう頼みたいんだ。どうか、今すぐ当局の上層部に連絡するのだけは待ってほしいんだ。きみが疑わしいと思っていること、知っていることは、何も言わないでおいてほしいんだ、今日から三日間だけでいいんだから。これがぼくのお願いの全てだ」

「ダークモアさん、それは無理っていうものですよ！　刑事としての私の名誉にかかわることですから！」

「無実の女性の命が懸かっているというのに、そんなことが何だというんだい？　ぼくは、きみに無制限にいつまでも黙っていてくれと頼んでいるわけじゃない。たったの七十二時間じゃないか。きみがそれだけの時間を与えてくれれば、少なくとも、きみの告発の前半部分、つまり、彼女がかつて犯罪を犯し監獄に入れられていた、という告発が誤りであることを示すだけの証拠が集められると信じているんだ。ホープ嬢がどんなに、自分は人が思っているような犯罪者ではない、といって身の潔白を主張しても、それだけでは信じてもらえないかもしれない。だから、ぼくが証人を連れてくるのを許してほしいんだ。彼女を救うことができるかもしれない男がいると聞いているんだよ。だから、その男を探しに行かせてくれと頼んでいるんだ。どうだい、承知してくれるかい?」

「あなたは大事なことを忘れていますよ、ダークモアさん」マーランド刑事は言ったが、その声にも態度にも、親切心らしきものが滲み出ていた。「ウィルフレッド卿は、このまま助からない公算が大なんですよ。そして、卿がお亡くなりになったら、いろいろ調べも行われますし、検死もあるでしょう。そうなったら、いくら私が知っていることを伏せていたって、何もかも必ず表に出てしまいます。そして、私の取った行動の是非が厳しく問われることになるのは必定です。私は職を失い、その挙げ句に……」

「きみの職など糞喰らえだ!」私は叫んだ。「ぼくは一人の女性の命のことできみと相談しているんだ。よし、きみに一万ポンド出そう、掛け値なしにぼくの全財産だけど、きみがぼくの頼みを聞き入れてくれるなら!」

厳しい表情がマーランドの顔に浮かび、鋼のように青ずんだ眼に閃光が走ったようだった。

「やっぱり、あなたは私が思っていたとおりの人ですね。いや、駄目ですよ、キリスト教国全ての金を出すと言われたって、私は誘惑に負けたりはしませんから。しかし、ここはあなたに敬意を払うという意味で承知しましょう。ただし、金輪際、人を買収するようなことは言いっこなしですよ」

「それじゃあ……」と私は言いかけたが、彼はすぐに私の言葉を遮った。

「待ってください! あなたの依頼を承諾するには、二つ条件があります。まず、あなたがお発ちになる前に、たとえ相手がホープ嬢であっても絶対に連絡を取ろうとしないこと、ホープ嬢の逃亡を助けるような計画を立てないこと、この二つのことをはっきり約束してください。そうすれば、私も三日間は完全に沈黙を守るだけでなく、ハズブルック医師にも沈黙を守らせます。先生が何か喋ると刑事としてのこちらの仕事に差し障りが出るからやめてほしい、と嘘をついてでもね」

「何だって約束するとも!」私は大急ぎで叫んだ。「それに、一瞬とはいえ、きみを買収できるなどと思ったことを心からお詫びするよ」

「それなら、あなた方にある意味で有利と思われる状況を、ひとつお話ししておきましょう。実は、あなたの叔父上が昨日お作りになった遺言書が紛失してしまったんです!」

「どういうことだい、それは?」私はもっと詳しく知りたい気持ちに急かされて尋ねた。

「おわかりになりませんか?」彼は聞き返した。「遺言書が消えてしまうと、ホープ嬢に得るところはないということですよ」

「なくなる前はどこにあったんだい?」私は機械的に訊き返した。

「ウィルフレッド卿と顧問弁護士は、たしか、みなさんが暖炉部屋と呼んでいる部屋におられました。作られた遺言書はしばらく書き物机の上に載ったままになっていました。私がそれを見つけて、他の一、二の書類と一緒に預かりました。私はこの屋敷を離れることができないので、昨晩、ウィルフレッド卿の弁護士に手紙を書きました。弁護士も、もう一度喜んで来てくれるだろうと思いました。私の手紙に応えて、弁護士は今さっきここへ到着したところです。しかし私が、ウィルフレッド卿の手に握られていた手紙と一緒に、遺言書をしまった箱を開けてみると、遺言書も手紙もなくなっているではありませんか。この家の誰かが、合い鍵を使って持ち出したに違いありません」

マーランドのように鋭い男の口から出たことなら、どんな些細なことでも重大な意味があると思わねばなるまい。だから、自らに課した任務のためにローン・アベイ館をあとにするまでの時間、私は刑事の言葉に望みをかけていた。

いかにコンスエロのためとはいえ、ハズブルック医師に直接会って、彼の口から叔父に回復の見込みがあると聞くまでは、私は出立する決心がつかなかった。私は医師の許しを得て病室に入ると、父親同然だった叔父の枕元に屈み込み、意識のない叔父の手を握りしめて、私たち二人が心から大切に思っている女性を何としても救うつもりであることを誓った。それから、私は直ちにパリへ渡るべく、ひとまずロンドンへ向かった。

ロンドンに着いたのはかなり遅い時間になっていたから、その日の夜の便の連絡船には間に合わなかった。しかし、翌朝、早々にチェアリング・クロス発の汽車に乗ったので、午後にはパリに着くことができた。私の思いは、ラシュネール通り二十九番地のムッシュー・レペルを見つけ出すことだけだった。ジョナス・ヘックルベリによれば、ムッシュー・レペルだけが〝灰色の女〟に新しい命を吹き込むことができる、という話だったが、具体的にその男に何ができるのか、どうやって彼女を救うことができるのか、その点は何もわかっていなかった。しかし、そんなことは問題にならなかった。私は、その男が彼女を救えるものと信じたかった。だから、ひたすらにそう信じたのだ。

私は辻馬車を拾うと、御者にラシュネール通りにやってくれと命じた。少々驚いたことだが、馬車は、大革命（一七八九年のフランス革命）のはるか以前の時代だったら、堂々たる馬車がきらびやかな貴人たちを降ろしていたであろうと思われる、大邸宅の立ち並ぶ地域をかなり長々と進んでいった。しかしながら上流貴族階級の人々も、その近隣からはとうの昔に消え失せていて、辺りはすっかり寂れた雰囲気に包まれていた。そしてその荒廃も、年々進むばかりのようであった。

私の乗った辻馬車が止まったのは、そんな壮大で陰気な感じの、鎧戸で閉ざされた、とある邸宅の前だった。周りには高い塀が巡らされていて、玄関には厳めしい雰囲気が漂っていた。私はノックしてからかなり長い間待っていたが、何の応答もなかったので、この家は空き家になってしまったのだろうか、とだんだん心配になってきた。ムッシュー・レペルがすでにここを引っ越していて、そのまま行方知れずだとしたら、これからどうしたらいいのだろうか？

私はもう一度ドンドンと力を込めてノックした。やっとドアの内側で、急ぎ足でやって来る足音が聞こえた。そして鎖がガラガラと鳴り、差し錠が抜かれる音がしたと思う間もなく、きちんとしてはいたが、少々古ぼけたお仕着せを着た、品の良い顔の召使がドアを開けた。

召使は、ラシュネール通り二十九番地などに訪ねてくる者など滅多にないかのような顔をして、しばらく私をしげしげと見つめていた後で、ムッシュー・レペルはここに住んでいて、現在在宅であるが、「ちょっと取り込んでいるところでして」と言った。

私は、主人に会いに遠路イギリスから出て来たことを告げ、急を要する用事で来たのだが、と付け加えた。

「ああ、そうでしたか!」召使は短く叫んだ。「それでは主人には、予約の患者さんがいらした、とお伝えすればよろしいんですね?」

「きみの好きなように」私は答えたが、事情を何もわかっていない自分の立場を考えれば、そう言っておくのが賢明だろうと思ってのことだった。

「お名前は?」

「それは、ちょっと明かしたくないんです。でも、ムッシュー・レペルの古くからの友人に紹介されて来た、と伝えてください」

「それでは、応接室のほうでお待ちになりますか?」

私は、待たせてもらいましょうと答えてから、あまり長く待つことのないように願いたい、と念を押しておいた。多すぎるくらいのチップを召使に与えることも忘れなかった。私は玄関脇の八角形の小部屋に通された。八面の壁板全てに鏡がはめ込まれていたから、私は自分のやつれた不安げな顔をあらゆる角度から見ることになった。家具は古い様式のもので、かつては、ずいぶん優雅なものだったろうと想像できた。

私はルイ十四世式の椅子にじっと座って、時間の経つのを分単位で数えながら待っていた。少なくとも四十五分は待たされたと思うころ、遠くのほうでドアの閉まる音が聞こえ、間もなく、玄関ホールを過ぎていく足音が聞こえた。

私を案内してくれた召使が、丁重なフランス語で話している声が聞こえたが、それに答える別の声を聞いたとき、私は驚きのあまり椅子から飛び上がった。それは私もよく知っている声だったのだ。

私は大股でドアに歩み寄ると、それをぱっと開け放った。ちょうど、召使が送り出そうとしている男の顔の四分の三ほどが眼に入った。男は小さい綺麗な紙包みを腕に抱えていたが、中身は、縦横一フィート、厚さ二、三インチくらいの箱のように見えた。

男は召使の手に、たぶんチップだろうが、何かをそっと滑り込ませていた。ちらっと見えた男の顔に、満足したような微笑らしきものが浮かんでいたことを私は見落とさなかった。男に気づかれないように、間髪を入れずにドアを閉めた。しかし、声の主がトム・ゴードン弁護士だと間違いなく確信できるくらいの時間はあった。

あまりのことに驚きは大きかったが、私は応接間のドアをそっと閉めると、先ほどまで座っていた椅子にもう一度座り直した。

さらに何分かが経過したが、依然として私は待たされていた。しかし、十五分くらいが経ったかというころ、お仕着せを着た例の召使が姿を見せて、主人が書斎で待っていると伝えた。

召使の後について長い玄関ホールを歩いていくとき、激しい興奮のために、私の全身の神経は、あたかもぴんと張りつめた糸のようであった。

二十六章　地下室で見た物

通された部屋は、部屋中がステンドグラスのはめられた窓から入る、赤や黄色の仄暗い光に彩られていた。最初のうち、明るいところから暗いところへ急に入ったために、背の高い陰気な感じの人影が私のほうに近づいて来たのも、かろうじて見えただけだった。しかしすぐに、高い窓から差し込む赤色と琥珀色の入り混じった光線が、その男の雪のように白い白髪を照らし出した。そして、ステンドグラスから反射した鮮やかな臙《えん》脂《じ》色の光が、不思議な表情の男の顔に斜めに差しかかり、真っ白な長い顎髭の中に溶け込んだように見えた。それはまるで、血まみれの指が額の端から顎の端にかけて、血で対角線を引いたような感じだった。それがまた、鋭い黒い眼と（眼は立派な白い眉の下の深い眼窩からギラギラした光を放っていた）、メフィストフェレス（メフィスト伝説やゲーテの『ファウスト』に出る悪魔）の鼻にしてもおかしくないような鼻と相まって、ぞっとするような雰囲気を醸し出していた。

私は、ムッシュー・レペルが六十よりむしろ、七十に近い老人であろう、と推測した。ユダヤ人であることは間違いあるまい。その名前からして、フランス系ではなく、スペイン系のユダヤ人であろう。

「おや、ムッシューは初めての方ですな」彼はフランス語で言った。「私は一度会った方の顔はけっして忘れませんよ。あなたには、これまで一度もお目にかかったことがありません。でも召使の話ですと、あなたは私のところへ行くようにと言われて、ここへいらしたということでしたが、誰にそう言われたのでしょうか？まず、それをお聞かせ願えませんか？」

「イギリス人です、ジョナス・ヘックルベリという名前の人物です」私は答えた。

ムッシュー・レペルのほっそりした顔は、何も書かれていない白紙のように、一切の表情を見せなかった。彼が首を振ると、頭を飾っていた雪のような白髪が揺れた。

「その名前も、あなたのお顔同様、私には初めてのものですが」

私はこの返事に驚いた。少々意外でもあった。ムッシュー・レペルの態度に、こちらを信用していない様子が次第に強まっていくのが見えるような気がした。私は話の接ぎ穂を探していたが、間に合わせとして、ちょうど良い言葉を思いついた。

「ヘックルベリ氏は、S・D・ヴァレン氏の親しい友人です」私は杉のクロゼットの中で見つけて、今もポケットに持っている名刺のことを思い出し、その名前を急いで口にした。

老人の眼がキラッと光った。

「ほう、ドクター・ヴァレンの？」老人は奇妙に力を込めてその名前を繰り返した。「たしかにドクター・ヴァレンは私の親しい友人です、いや、でした、と言うべきかもしれませんがね。最近はずっと音沙汰がありませんが、一時はずいぶんたくさんの患者を私のところに送ってくれたものです。それで、あなたも、もちろん患者というわけでしょうな？　それにしても、そのお顔を傷つけるのは残念ですよ、あなた。正直申し上げて、今のお顔より立派なお顔にはできませんから」

瞬時、私はぽかんとして彼を見つめたが、相手の言う意味がこちらにわかっていないことを悟られないように、用心して急いで眼を伏せた。

「たしか、ヴァレン氏の話では、コンスエロ・ホープ嬢は、あなたの以前からのお知り合いということでしたが」と私は曖昧な口調で出任せを口にしたが、もしも、ムッシュー・レペルがホープ嬢の名を聞いていなかったら、こちらは次にどう出たらよいだろうか、と急に心配になった。

だが、老人はその名前を知っていた。彼の眼にもはっきりそう書いてあった。

「あのケースは成功でした」老人は言った。「あなたに試みる前に、私の腕の確かなことを証明するのに、あれほど良い例はまたとないでしょうな」

何だか、身体中にぞくぞくと鳥肌が立ってきた。老人の態度に、奇妙な馴れ馴れしさが出てきたように思われた。彼は感に堪えないといった目つきで、私の顔をしげしげと窺っていた。私は良い結果を求めてここにやって来たはずだったが、何かおぞましい事態になるのではないか、という不吉な予感が胸に重くのしかかってきた。

「私はこれまでも、自分の患者には、一切隠し事をしないよう一貫してお願いしてきました」老人は微笑を浮かべながら言葉を続けた。「でも、そうするのは当然でしょう？　彼らの運命がこのように私の手にあるということは、私の運命も彼らの手の内にあるということになりませんか？　あなたはどうお思いですかな？しかし、ここ何年も聞いたことがなかったのに、つい今しがた他の人の口から聞いたばかりの名前を、あなたもお出しになりましたが、いったいどういうご用件でここにいらしたのでしょうか？」

一瞬のうちに、ムッシュー・レペルの言う意味が理解できた。トム・ゴードンは、コンスエロにかかわる何らかの用件でここに来たにちがいない。だとすれば、ゴードン弁護士は、コンスエロの味方として、救い手として、ここへ来たのだろうか？　それとも、私に対する嫉妬心から、彼女の危険な敵に変身してしまったのだろうか？

「つ、つい先程ここを出ていった男は、実は私も知っている人物なんです」私は思わずどもり口調になって言った。「か、彼は、ホープ嬢のことをあなたに話したんですか？」

ムッシュー・レペルは用心深く私の顔を窺っていた。

「もし他人にかかわることを軽々しく口にしたりすれば、あなたの背がこちらに向けられたとたんに、私があなたについても、同じことをする人間だと思われても当然という理屈にはなりませんか？」

「お、お訊きしたのは」私はまたも口ごもった。「私も、一部はゴードン弁護士と同じ用件であなたをお訪ねしたものですから。あなたに、ホープ嬢のために一肌脱いでいただかなくてはならない事態が起きたものですから」

「しかし、もっと大事な問題は、あなたのために私が何をしたらよいのかということではありませんか？　それに、あなたはまだご自分の名前さえもおっしゃっていませんね」

「テレンス・ダークモアといいます。そして、私は……」

「ほほう！　残念ながら、私はイギリスの貴族階級の方々については一向に不案内ですが、それでもあなたがたいそうなご身分の方であることは見ただけでわかりますよ。しかし、お名前だけでは、何も思い当たることはありませんな。正直にお答え願いたいのですが、あなたは、何か不幸な流血事件にでもかかわったのでしょうか、それとも、法律で厳しく罰せられるような、危険な立場にあるわけでしょうか？　もしそういう事情であれば、あなたがこのレベルのところへ行けといわれたのは、まことに当を得たことであったと申せましょう。それは、世界広しといえども、このレベルだけが（これはけっして自惚れた戯言ではありません）、あなたに新しい命を吹き込むことのできる人間なのですから」

老人はここで、ヘックルベリの口から出たのとまったく同じ言葉を口にした。迂闊にも、私は知らぬ間に得体の知れない謎の迷路に迷い込んでしまったらしい。これは、いったいどういうことなのだろうか？

「実は、あなたにお引き受けいただきたい件は、私にかかわることではなく、ホープ嬢のことなのです」私は叫んだ。「ホープ嬢のために、あなたのおっしゃる、新しい命が必要なのです」

「ほう！　すると、彼女はもう一度、私のところへ来るというわけでしょうか？」

「ホープ嬢の友人たちが、あなたに援助を求めるように、と忠告してくれたんです。彼女は今、大変な苦境に陥っています。私は、あなたなら、その気になれば彼女を助けることができる、救うことができる、と聞かされました。それで、どうやって救ってもらえるのか知りたくて、ここまでやって来たわけです」

「またしても大変な苦境に、ですか？」老人は私の言葉を鸚鵡返しに繰り返した。「それはまた、滅多にないような不幸な話ですな！　しかし私にも、この種の処置を二度試みた経験は一度もありません。しかし、やっていけないということはありますまい。そうですよね？　やれる自信はもちろんあります、見事にやってお見せする自信はありますよ、最初のときよりは難しいでしょうがね。それで、謝礼の件は私の友人のイギリス人医師が、たぶん、きちんとお話ししてあると思いますが、これはいつでも前金でいただくことになっております。それに、今回のケースは難しい仕事になりますから、少々高いですよ」

「正直に申しますが、私にはあなたのおっしゃる意味がよくわからないのです」私は思い切って本当のところを口にした。「私は、あなたがホープ嬢の人生に暗い影を落としている、ある厄介事から彼女を救い出せる人だと聞かされました。そして彼女の苦境は、ここ数日、ますます致命的なものになってきました。ですから、もし本当に彼女を救ってくださるなら、おっしゃるだけの額は払うつもりです」

「前回の謝礼は二千ポンドでした。しかし、今回は、その二倍プラス千はいただかないと、私の口は閉じたまま、手は一切動かないまま、となりましょうな。これで、こちらの条件は出しましたよ。あとはあなたの決断次第です。あなたのその御婦人に対する友情の篤《あつ》さ、あなたの自由になる金額などと相談してお決めください」

「あなたは、お持ちの知識で彼女を救い出し、彼女の汚名を晴らすことができる、と誓うことができますか？」

「私には何だって可能です。しかし、話をもう一歩先に進める前に、まず謝礼を払っていただかなくてはなりません。そうしないと、あなたが、あのお嬢さんを、それにこの私を、破滅させてやろうとしている警察のスパイなんかではない、と信じようがありませんからな。警察のスパイなら、五千ポンドは払いません。こちらがそれだけの金をいただいてしまえば、あの御婦人はこれでもう安全である、それに私の身も安全になった、と心安らかに考えることができますから。しかし、金を受け取る前は、そうはいきませんな」

母から譲り受けた私の財産はたいしたものではなく、マーランド刑事にも話したとおり、一万ポンドを大きく超えるものではなかった。あのとき、私はその全額を賄賂のつもりで提供する気になったのだが、刑事はそれを拒絶した。私はその半額を、いや必要とあらば全額だって、ムッシュー・レペルが、ただでは絶対に手渡さないと言っている情報を得るために、支払うつもりになっていた。しかし、それを直ちに支払ってコンスエロを救うのに必要な情報を手に入れるために、それだけの現金を、今どうやって揃えるかが問題だった。ウィルフレッド叔父の希望もあって、私のささやかな財産はこれまで手を付けられたことは一度もなく、子供のとき以来、〃まさかの時〃に備えて漫然と預金したままになっていた。そして今、その〃まさかの時〃が到来したのだ。私は一刻も早くその金がほしかった。

ムッシュー・レペルも期待を込めた顔をしていたので、私はしばらく、現金を手にできる方法を考えてみた。それから、要求に応えられるだけの用意をして出てきたわけではないが、パリの有名銀行の頭取が叔父の親友なので、その銀行から五千ポンドを借りられるかもしれない、と言ってみた。

ムッシュー・レペルも、その頭取の名前を知っていた。彼は、この案は上手くいくと思ったらしく、こういった件をまとめるのは時間がかかるのが普通だから、時を失することなくその紳士に会うのがよかろう、と主張した。しかし老人は、私を目の前においておかねば心配らしく、自分の馬車を自由に使ってもらって構わないが、是非とも銀行まで一緒にお供したい、というような意味のことを笑いに紛らわせてほのめかした。

ムッシュー・レペルが私を信用しておらず、約束の金額が彼の手に納まるまで、私から眼を離したくないのは明らかだった。

クーペ型の馬車がすぐに用意された。私の連れは、通行人から見られないような姿勢でクッションに深くもたれ込んだ。

「お友だちの頭取には、私の名前は伏せておいてくださいね」彼は言った。私のほうにもそれに応じるだけの理由はあった。

私は一度ならず、ウィルフレッド叔父とともに、ムッシュー・マルタンの家の晩餐に招かれたことがあった。頭取のほうも、ロンドンのポートランド・スクエアの叔父の家に招かれたことがあったから、私は頭取をよく知っていた。そして、返済は一週間後で、という私の提案に従って、頭取は二つ返事で、五千ポンドを用立ててくれることに同意した。

しかし、手続きにしばらく時間がかかったので、ムッシュー・レペルとラシュネール通りの屋敷に戻りついたのは、午後もかなり遅い時間になってからだった。

「やれやれ」老人は気さくな態度を見せて言った。「私もこれで、あなたに警戒を解いてもよくなりましたな。これから一緒に、個人的な実験室に入っていただくことにいたしましょう。私の大仕事のほとんどがなされた部屋ですよ」

ムッシュー・レペルは、私が先ほど通された書斎のドアのかたわらに恭《うやうや》しく立つと、私を先に入れてくれた。言われたとおり進んでいくと、彼はあとからついてきたが、そのまま真っ直ぐに壁の片側を覆っている立派な本棚のところに歩み寄った。そしてそこから二、三冊の本を抜き出し、その奥にあるらしい、私の眼には見えない何かを指で押した。

たちまち本棚全体が、まるでそれがドアであるかのように、ぐるっと手前に回転すると、そこに四角い壁龕《へきがん》のような凹みが現れた。

ムッシュー・レペルは、私が驚いているのを後目《しりめ》に、愉快そうに顔を皺くちゃにして笑いながら、忙しそうに白い火屋《ほや》のついたランプに灯を入れた。

「さあさあ、どうぞ」彼は愛想よく言った。「ためらいはご無用です。ここは用心深く締め切ってしまわなくてはなりません。どんなに用心してもしすぎということはないんです。いつなんどき、敵が（敵はどこにでもいます）飛びかかろうとしているか、わかったものではありませんから」

私は黙ったまま壁の窪みに足を踏み入れた。老人はランプを手にして後から入ってくると、本棚を念入りにもとの位置に戻した。彼は私にちらっと眼を向けると、にこっとして、先へ進むようにと手で合図した。私たちは下に続く螺旋階段の降り口に立っていた。ランプの光は穴の底まで届かず、一番下の辺りの踏み段は、闇の中に隠れて見えなかった。

「あなたは勇敢な方ですな！」ムッシュー・レペルは感心したような声を挙げた。「あなたは、こう思っておいでなんでしょう。おれはこの老人のことは何もわかっていない、こいつはおれを叫んでも聞こえないような、どこか隔離された場所に誘き入れて、わざわざ秘密を教えるような面倒なことはせずに、おれを殺して、おれが身に付けている金を奪うつもりではないだろうか、とね。でも、こうも思っておいでなんでしょう？　おれは若いし力もある、相手は力のない老いぼれだ、こいつが何をする気だって、ちっとも怖がる必要はないんだって。どうです、私はあなたの心を正しく読んだんじゃありませんかな、ムッシュー・ダークモア？」

「たしかに、そんなこともちらっとは思いましたけど、すぐにそんな妄想は捨てましたよ」

「ああ！　私は一種の魔法使いなんですな。私が助けた人々の間では、本当に、そう呼ばれているんですから。私が先に下りましょうか？　そうすればあなたも、私があなたの後頭部に一発喰らわせる気のないことがおわかりになるでしょうから」

ムッシュー・レペルはそう言いながら気味悪い笑い声を挙げた。私もそれにつられてちょっと笑った。しかし、彼の申し出は受けないことにして、そのままどんどん階段を下りていくと、すぐに煉瓦の壁に深くはまっている重い鉄のドアにぶつかった。

ムッシュー・レペルは胴着に通した鎖から小さな鍵を外したが、それは、厳めしい鉄扉を開けることができるとも思えないほどちっぽけなものにみえた。しかし、その鍵はいとも簡単に錠を開けた。老人が軽く押すと、鉄の扉は音もなく内側に開いた。

「この部屋は」私の連れは言葉を続けた。「もしここの壁に口が利けるものなら、私の祖先の国で行われた異端審問の秘密よりも、もっとたくさんの、もっと黒々とした秘密を物語るでしょうよ」

ムッシュー・レペルの言葉は、こちらはまだ実際には何もわかっていなかったのだが、私が全ての事情を呑み込んでいることを前提としているようだった。だから、私が本当に何も知らないことがばれてしまったら、私がすぐに手渡すばかりの金を用意していたにもかかわらず、彼は堅く口を閉ざしてしまったかもしれない。

「ここは、いわば私の銀行であると同時に」老人はさらに言葉を続けた。「手術室であり、実験室であり、聖なる神殿でもあるのです。また、きわめて安全な場所でもあります。ここに入る道は、私とあの召使の外は誰も知りません。もっとも召使も、私の金庫を開けることはできないでしょうが」

私はムッシュー・マルタンから受け取った現金を取り出すと、それをテーブルの上に置いた。老人の黄ばんだしなびた手が、禿鷹の爪のようにがっしりと札束を掴んだ。彼はそれを取り上げて、全ての札の枚数をしっかり数え終えると、しばらくの間、部屋の外れで何やら忙しげに動いていた。そして、こちらへ戻ってきたときには、札束は彼の手から消えていた。この僅かな時間に、ムッシュー・レペルはそれを秘密の金庫に入れてしまったのだろう。

彼はこちらに近寄ってくると、私の顔をじっと見上げた。

「私がマドモアゼル・ホープにこれまでして差し上げたことについて、あなたはどのくらいご存じなんでしょうか?」彼は尋ねた。

「あなたが彼女のために何をしたかこそが、私が知りたいところなんですが」私はためらいがちに返事した。

「私としては、あなたなら、もう一度彼女を助けられると安心したいですからね」

「私も大分齢を取ってしまいましてな」老人は一見的はずれのような答えをした。「手も昔ほどしっかりはしておりませんし、眼も悪くなりました。それでも、今回の試練には充分に耐えて見せますよ。でも、これが最後になるでしょうな。これまで、せっせと勤勉に稼いだ財産を元手に、隠棲して暮らす用意を調えてあるんです。たぶん間違いなく、あなたからいただく謝礼が私の受けとる最後のものになるはずですよ、ダークモアさん。でもこれが、私の古くからの顧客を救うためでなく、裏切るためにあなたが謝礼を払うという話であれば、貯えの増えるのがどんなに喜ばしいことであっても、私はお断りしていたはずです。しかし、あなたがマドモアゼル・ホープの秘密を漏らすような方でないことは、一目でわかりました。私がこれから、彼女に何をしてあげられるかをお知りになるまえに、私が過去に、彼女のためにどんなことをしてあげたかを、正確に知っていただかなくてはなりますまい。献身的なお友だちがいるのは、彼女にとってまことに幸運なことですな。過去にも、マドモアゼル・ホープには、黄金の鍵で、彼女のために私のドアを開けさせた人がおりました。そしてまた、今回新たな緊急事態が発生して、今度はあなたがお出でになったというわけですから。さあ、私と一緒に来てくだされば、そのマドモアゼルを、二つの相の下にお見せいたしますよ」

ムッシュー・レペルは、意味不明な微笑を浮かべながら、こんな奇妙な言葉を口にした。それから、彼は腰に付けていた鎖からもうひとつの鍵を外すと、戸棚か何かを隠しているとばかり思っていたカーテンをさっと引くと、そこに隠されていた低いドアを見せてくれた。

「すみませんが、ランプを持っていていただけますか?」彼は言った。「ここには電灯を入れてありませんのでな。これほど珍しい地下室はどこを探したってないことが、あなたもすぐにおわかりになりましょう。私はここを、私の画廊と呼んでいます。あなたならさしずめ、私の霊廟《れいびょう》とおっしゃるかもしれませんが」

老人はドアを開けた。私は身を屈めると、彼のあとについて、不気味に黒々と口を開けている暗がりの中に足を踏み入れた。ランプの炎がちらちらと揺れた。肺に吸い込んだ空気は、地下納骨室のそれのように、死を思わせる冷たく湿っぽいものだった。

私たちは、もとの場所から一、二段低い、両側に閉じられたドアがずらりとならんだ一種の廊下のようなところに立っていた。大きな真鍮の鍵束が、壁の目立たない窪みに懸かっていた。ムッシュー・レペルがそれを懸け釘から外すとき、私は鍵のひとつひとつに、赤いインクで文字の書かれたラベルが貼られていることを見逃さなかった。

「さあ、この鍵をお持ちなさい。そして、この場所がどんなに安全に秘密を護っているか、ご自身の眼でしかとお確かめになってください」

文字は全て暗号のようなもので書かれているようだった。

「さあ、もっとよくご覧になって」老人は続けた。彼の痩せた手が、最初のドアの上部を指差した。そこには白い木製の板がついていて、その上に赤インクで、ヘブライ文字らしきものが書かれていた。

「それぞれの鍵が、それぞれのドアの錠に対応しています。そして、その気になれば、それぞれの秘密の物語を話せるのです」

彼はゆっくり歩を進め、ほぼ廊下の外れ近くまで来た。すると、私たちが立っているのと同じような廊下がさらに二つ、大文字のTの横棒のように左右に延びているのが見えた。

ムッシュー・レペルは、立ち止まった地点の正面にあるドアの前で爪先立ちになると、ドアの天辺についている謎の文字を念入りに調べた。

「さあ、あのタブレットをよく見てください」彼は言った。「そして、あなたが私から買い取った、特別の秘密を開いて見せてくれるはずの鍵を選び出してください。でも、忘れてはいけませんよ、それは千もある中のひとつであることをね」

息が詰まりそうな奇妙な感覚を覚えながら、私は懸命に鍵のラベルを調べた。そしてやっとのことで、ドアの上のほうにある秘教文字と同じものを選び出すことができた。

「それで結構です」ムッシュー・レペルは感心したような口調で言った。「さあ、そこをご自分で開けてみてください」

皮肉屋の運命の女神がそのとき何をさせようとしていたか、私が少しでも気づいていたら、そんな鍵穴に鍵を差し込むくらいなら、自分の手を火の中に突っ込んだほうがましだと思っただろう。だが、そのとき、私はまだ何もわかっていなかった。

ドアが開き、ランプの光は三つの棚を照らし出した。それぞれの棚に箱がひとつずつ載っていたが、大きさも形も、数時間前にトム・ゴードンが抱えてこの家を出ていった包みとそっくりだった。箱の正面にはラベルが貼られていて、やはり、ドアと鍵についているのと同じ赤い文字が書かれていた。

「さあ、今度は蛹の向こうです！」ムッシュー・レペルは妙なことを叫んだ。「向かいのドアの後ろに、蝶が眠っているのです。さあ、早く開けてご覧なさい！　急いで急いで！　ラベルが似ていることから判断して、どれが合い鍵なのかすぐおわかりでしょうに？」

焦れったい気持ちが抑えきれなくなったらしく、ムッシュー・レペルは私の手から鍵束を引ったくると、あっという間に向かいのドアを開けた。中には同じように三つの棚と三つの箱があったが、私の眼には、向かいの壁龕のそれと寸分違わないものに見えた。

そこに置かれているものは、一見したところ、単純で取るに足らないもののように見えたが、私は自分がその瞬間、奇妙な、そしてたぶん、恐るべき事実を発見する瀬戸際に立たされているのだと直感した。私は心底怖くなった。しかしそれでも、老人の次の言葉を待ち焦がれる思いで待っていた。

ムッシュー・レペルも激しく興奮していた。たぶん、彼の誇るべき技術をいよいよ明らかにするときが来たと思っていたのだろう。彼はぶるぶる震える手で、最初に開けたドアの奥の棚の最上段から、そこに置かれている箱を取りだした。

「さあ、これを開けてください、そして、過去の亡霊をご自身の眼で見るのです」彼は私に命じるように言った。

私の身体を氷のように冷たくさせたものは、地下納骨堂の湿った空気だったのか、それとも、未知なるものに対する恐怖の寒気だったのか？

その箱は白木造りだった。私は蓋を持ち上げて、リンネルのナプキンを取り除けた。すると、仄暗い光の中に、死んだ女の顔らしきものが現れた。

私はハッと息を呑んだ。だが、それは石膏でできた顔型にすぎず、一種のデスマスクのようなものらしかった。

目鼻立ちは若い女のものだった。横顔は妙に見覚えのあるもののように思えたが、ふくよかな顔を見ると、それに付きまとっていた不思議な類似感は消えた。両の眉はかなり濃く、くっきりした形で、美しいギリシャ型の鼻梁の上でほとんどくっ付きそうになっていた。頬はややふくよかすぎるきらいがあり、その点が、顔の完璧な調和を僅かに欠いたものにしていた。顎も肉付きの良い顎だった。

「中をご覧ください」ムッシュー・レペルは真剣な口調で言った。

箱から石膏の顔型を持ち上げると、その下に、ウェーヴのかかった赤褐色の髪が一房置いてあるのが見えた。私の連れの持っているランプの光がそこに降りかかると、その髪は磨いた銅の色に輝いた。

「あなたのおっしゃるのは、この髪のことですか?」私は尋ねた。

「ちがいます、ちがいます」老人の返事は苛立たしげだった。「私の言うのは、マスクの内側のことです」

私はそれをひっくり返した。すると、その額の窪みの部分に、四角い紙がきちんと貼ってあった。

「フローレンス・ヘインズ」私はそれを声に出して読んでいった。「殺人罪で裁判を受けた後、有罪確定。監獄医のムッシュー・ヴァレンにより紹介される。一八九二年七月二十五日、ムッシュー・トーマス・ゴードンによりここに連れてこられる。一八九二年九月一日、処置が完了しここを去る」

私はムッシュー・レペルを睨みつけた。老人の眼が、暗がりの中からギラギラと光を放っていた。

「フローレンス・ヘインズ、殺人犯ですって!」私は繰り返した。「そんな馬鹿げたことはありえません、そんなことって! あなたは途方もないペテンにかかっています。だって彼女は、あなたのところに来たと書かれている日時よりも前に獄死したのは間違いない事実なんですから。彼女が死んだのは七月十一日です。私は、彼女の墓石にそう刻まれているのをちゃんと見たんですよ」

ムッシュー・レペルはくすっと笑った。

「彼女の墓ですって! あなたはその墓がどこにあるのかご存じのようですから、それを開いてみることをお勧めします。しかし、これこそが」彼は私が手に持っている箱を指差した。「殺人犯フローレンス・ヘインズの墓なのです。そして、彼女は復活したのです!」

老人は若者のように素早い軽快な足取りで、すでに開けられていた向かいの壁龕の棚に歩み寄ると、天辺に載っていた箱を引ったくるようにして手に取って、その蓋をぱっと取り去った。

「ご覧なさい、これが私の手業《てわざ》の結果です。不肖ムッシュー・レペルは、その卓越した技術を使って、数多くの不幸な人々を社会の復讐から救ったのです」

ムッシュー・レペルは荒々しい手つきでリンネルを剝ぎ取った。そして、色の薄い、月の光のように輝く髪の毛の房を取り出した。彼はその箱を私の眼の前に突きつけた。そこには、コンスエロ・ホープとそっくり同じ顔立ちの石膏マスクが入っていた。

もちろんそれは、現実のコンスエロの美しさを僅かになぞったものにすぎなかった。しかし、彼女の顔から取ったマスクに違いなかった。私は、その唇に浮かんでいる、なかば穏やかな、なかば人を小馬鹿にしているような微笑みを見つめているうちに、言いしれぬ恐怖と底知れぬ当惑で胸の辺りがむかむかしてきた。それから、この老人に対する旋風《つむじかぜ》のような激しい怒りが、私の剝き出しの魂を吹きさらっていくような感覚を味わった。

「あなたは呪われた悪党です!」私は食いしばった歯の間から押し出すように言った。「あなたは、何というグロテスクな嘘を私に押しつけようというのですか?」

ムッシュー・レペルは猫背の肩をすくめて見せたが、内心では脅えているのがわかった。

「どうやら私たちはこれまでずっと頓珍漢《とんちんかん》な問答ゲームをやっていたようですな」ムッシュー・レペルは言った。「あなたが初めから、マドモアゼル・フローレンス・ヘインズとマドモアゼル・コンスエロ・ホープが同一人物だと知らなかった、というのであればですが」

私はよろよろと二、三歩よろめいて、壁にもたれて踏み止まった。彼を睨みつけて立ってはいたが、自分の眼から挑戦的な表情が引き潮のようにどんどん引いていくのがわかっていた。相手の声と顔には、真実を語っている者が、そして、自分の語ることの正しさを全て証明できる者のみが持つ冷静さがあった。しかし、それでも、私は必死にそれに抵抗しようとした。

「あなたが嘘をついていることはわかっているんだ」私は乱暴な口調で言った。「私は、フローレンス・ヘインズは監獄で死んだと言ったはずだ。これは、紛れもない事実なんだ」

「ほう、紛れもない事実なんてものがあるんでしょうか?」ムッシュー・レペルは鸚鵡返しに応じた。「あなたは、金さえあれば何だってできるということをまだご存じないようですな。私は、この件については一部始終を知っているのです。ですから、あなたにそれをお話しすることもできますよ。私は、イギリスの新聞もいくつか読んでいます。そして、私の脳味噌は、空を走る稲妻のように素早く、いくつもの証拠の断片をひとつにまとめ上げるのが得意なんですよ。私は、とりあえず誰でも疑ってかかることにしていました。ですから、私の依頼人には、私が引き受ける前に、全面的に私を信頼し全てを打ち明けなくてはいけないのです。どうです、私の話をお聞きになって、嫌でもそれを信じることにしますか?」

「聞かせてもらいましょう……ええ、いいですとも」私は不貞腐《ふてくさ》れた声で応じた。「あなたの話を、もっと強く論駁《ろんばく》する気になれるように、是非とも聞かせてもらいましょう」

「私の話を始める前に」ムッシュー・レペルは言った。「あなたにまず、この二つの石膏マスクの表情に似ている点がいくつかあることに注目していただきましょう。そのあとで、私がわざとちがうようにするために労を払った、いくつかの点について説明いたします。それでは、一度、実験室に戻るといたしましょう。あそこなら、邪魔の入る心配は絶対にありませんからな」

私は言われるままに、機械的に彼の後ろについていき、老人がマスクの入った二つの箱を、細長いテーブルの上の、電球の白い光が真上から当たる位置に置くのをじっと見ていた。

「これでよし!」ムッシュー・レペルはそう言うと、引き寄せた二つの椅子の片方に座るよう私に向かって手招きした。「まず、マドモアゼル・ヘインズの眼の上で、この濃い眉がほとんどくっ付きそうになっていることに注目してください」彼は学生を前にして難問の解説をする教授のように言った。「私はこの眉に電気的な処理を施すことで、無駄な毛を全て除去して、美しいところだけを残し、こちらの顔に見られるような完璧な形の眉を作り上げたのです。鼻には手を加えないでおきました。ご覧のとおり、どちらのマスクでも、完璧に同一であるのがおわかりですね？　マドモアゼル・ヘインズの髪の生え際は、いわゆる富士額で魅力的なものでしたが、残念ながらこれは変えざるをえませんでした。眉の場合と同じ方法で処理したわけです。マドモアゼル・ヘインズはうら若いお嬢さんでしたが、ほっそりしているというよりもむしろ、堂々たる素晴らしい体格の女性で、したがって、顔もふっくらとしていましたし、顎の肉付きも良かったわけです。小動物を使って長い時間かけて実験した結果、ある薬液を食事と一緒に与えることで患者に何の危険を及ぼすことなく、体つきを永久に細くする方法を私はすでに見つけていました。マドモアゼル・ヘインズをマドモアゼル・コンスエロ・ホープに変身させるかなりの長丁場の過程で、この技術を応用しました。コンスエロ・ホープ嬢は上背はありますが、女神ジュノー（ローマ神話でジュピターの妻、最高女神）のようなタイプではなく、空気の妖精シルフ（空気の精。ほっそりした女性の意味もある）といった感じでしょう？　顔の輪郭も丸顔ではなく瓜実顔《うりざねがお》です。口の形は変えなくてはなりませんでした。もともと美しい形の口でしたが、これを変えないでおくのは慎重な行動とは言えませんからね。ですから、筋肉を引っ張って上唇を縮めました。これは受ける人にとって、なかなか痛い手術ですが、大成功だったことは、あなたもおわかりでしょう。マドモアゼルの髪の色を変えるのも肝心なことでした。私は、染料を使うとか漂白するといった、ありふれた手段は使いません。こちらのプライドが許しませんからな。毛根に根気よく二、三週間続けてある処置を施して、髪の色素を破壊するのでなく、別の色に変えてやることで、その後は何の処置をせずとも髪の色は永久に変わったままになるのです。この方法では、濃い色にするほうが薄い色にするよりも簡単にいくのですが、私は薄い色にしたいと思いました。マドモアゼル・ホープのような絶妙な美人顔には、薄い色の髪のほうが似合うように思えたからです。髪を仕上げてしまうと、極上の靨《えくぼ》を二つ加えることにしました。顎と頬にひとつずつです。さあ、これでできあがり！　ときには、美しいものを醜く変える必要に迫られて、辛い思いをしたこともありました。しかし、このケースでは、仕事は難しいものでしたが、そんな冒瀆《ぼうとく》行為もせずにすみましたよ。マドモアゼル・ヘインズは、女神のように美しい女性でした。しかし、私のところへ来たときはジュノーでしたが、私の手から離れるときはヴィーナスに変身していたのです。二つのマスクの目鼻立ちの線をよくご覧になれば、私の言う意味がおわかりになりましょうね、ムッシュー・ダークモア？　これで、私のお見せした証拠が疑問の余地のないものであることを、お認めになりますかな？」

私は沈黙するしかなかった。白い二つの微笑しているマスクが、自ずからその問いの答えになっていたからだ。それらは、二つ並べて私の前に置かれていたから、私はその表情の細部の一筋一筋までも比較できた。もうこれ以上疑うことは不可能だった。その目鼻立ちは同じ女のものだった。それらは見事に変えられていて、ムッシュー・レペルの言う「蝶」は、「蛹」を親しく知っていた者にさえ気づかれなかったかもしれない。しかし、二つが、同一人物の顔型であることに疑問の余地はなかった。

私は残されたひとつの希望に必死に縋りついた。

「あなたは、この二つのマスクが同一の女性の顔型であることを私に証明してみせました。そのことは否定しません。しかし、この女の正体が誰なのかという問題は依然残っています。私には、この最初の顔型がフローレンス・ヘインズのものであることを確かめようがないんですから」

こう問いかけながらも、私はマーチンヘッドの旅館の給仕が話してくれた、フローレンス・ヘインズの容姿についての言葉を思い出した。給仕の話では、フローレンス・ヘインズは、赤褐色の髪を肩に垂らした、濃い眉がひとつになっている、背の高い豊満な体軀の女性ということだった。それは、ムッシュー・レペルの説明と決定的に一致していた。

私は、ヘインズ・ハヴィランドが〝灰色の女〟に初めて対面したときに見せた奇妙な振る舞いのことも思い出した。ポーラの紹介の言葉は、ヘインズ・ハヴィランドが、以前会ったことのある人物との再会を予期していることを示すものだった。だが間違いなく、彼は自分に紹介された女が誰であるのかわからなかったのだ。

老人の話を真実だとすれば、その謎もはっきりする。さらに、ホープ嬢の片手をいつも被っている、真珠玉の飾りのついた手袋の秘密もはっきりする。ヘインズ・ハヴィランドはその秘密をもぎ取ろうとした。ポーラも同じことを試みて、自ら苦い犠牲を払うことになったのだが。

フローレンス・ヘインズの手は、彼女に殺された老婆によって、骨に届くほど深く食い切られていたはずだ！

こんな記憶や疑念がひとつになって、増水した水流のようにどっと私に襲いかかってきた。それ以外にも、できることなら喜んで忘れたいことはいくらでもあった。〝灰色の女〟が時計の仕組みを知っていたという不可解な事実、また、見せてはくれたが何ひとつ説明してくれなかったローン・アベイ館の図面も思い出された。私が自分で見つけるように、とでもいうかのごとく、菊の花の下にさり気なく隠されていた時計塔の部屋の戸棚の鍵、「アモリー問答」、問答が解き明かすかもしれないアモリー家の秘密に関する謎めいた暗示、羊皮紙に書かれた地図、と考えれば考えるほど、不可思議な暗合はいくらでもあった。〝灰色の女〟とヘインズ・ハヴィランドとの対面が避けられなくなったあの舞踏会の夜に、ミス・トレイルが不安げな様子を見せたことも、〈蜘蛛農園〉の杉材のクロゼットの棚に掛かっていた女囚用の服のことも、これまでは全て解けない謎だった。コンスエロが廃墟になった荘園屋敷を訪れたらしいことも、彼女がヘックルベリ兄妹に借りがあるらしいことも、あんなに素晴らしい沈着と勇気の持ち主であるにもかかわらず、彼女がそれを種に彼らに脅迫され、強請《ゆす》られているらしいことなども、次から次へと思い出された。ジョナス・ヘックルベリは、私に自分の拳銃を突きつけられて身動きもできないまま、〝灰色の女〟を救い出すことのできるただ一人の男の名前としてムッシュー・レペルの名を教えたが、あのとき、あの悪党の眼は、何と悪意に満ちて輝いていたことだろう！

ヘックルベリは、見事なまでに手痛い仕返しをしたのだ！　私はあのとき、彼の口を塞ぎ、これ以上コンスエロに害を及ぼす恐れのないように彼の力を奪ってやったつもりでいた。ところがあの男は、ホープ嬢が命に代えても隠し通したかった過去の秘密の暴露へと、私をうまうまと送り出してやったことを思い、密かにほくそ笑んでいたのだ！

ムッシュー・レペルは、私の問いに答え続けていたが、耳の中で濁流が渦巻いているような音が聞こえる気がするばかりで、彼の言葉もろくに耳に入らなかった。だから、私はもう一度話を繰り返してほしい、と頼むしかなかった。

「私はこう申し上げているんです。私の話をきちんと聞く気になってくだされば、あなただって、あの顔はフローレンス・ヘインズの顔であると納得できるはずだと。そして、この話の全てを理解するには、話の前段も聞いてもらわなくてはなりません。私は、過去三十年にわたって、犯罪者をその犯罪の結果から救い出すことに生涯をかけてきた男です。男女を問わず数多くの犯罪者が、私を訪ねて遠い地の果てからでもやって来ました。彼らはこのドアを潜り、そして、私が与えてやった新しい顔を付けて、再びここを出て世間に戻っていったのです。私の仕事は危険に満ちたものでした。それでも、私の秘密は充分に護られました。その理由を申し上げましょうか？　それは、これらのマスクのおかげです。マスクは依頼者たちの過去と現在を現していますす。私は、依頼者たちが死んだあとでさえ、それらを破棄する気は毛頭ありません。依頼者たちが、今も存命の親戚の誰かに、自分の秘密を話している可能性もありますからな。こういうわけで、私の秘密は大勢の人に握られております。しかし、私も彼らの秘密を握っているわけです。そして、私が彼らのためにしてやったことの証拠は、こっちの手の内にあるわけです。万が一、彼らが私を裏切ろうという誘惑に駆られたとしても、とても実行にまでは踏み切れないでしょう。この地下蔵に保管されている収蔵品の存在を知っていますし、私が彼らの記録を、全てここに保管しているのを知っていますからな。司法の裁きを逃れた者がここに来るとすぐに（ロシア人、フランス人、イギリス人、ドイツ人を問わず、ありとあらゆる国々から彼らはやって来ます）私はまず、ありのままの顔型を作ります。そして、彼らがここを去る前に、新しい顔の顔型を取り、それを記録とともに残すのです。ですから、ここ四半世紀の間に、罪を逃れて姿を消した犯罪者で、私の手を借りなかったものはほとんどいなかったと言っても過言ではないはずです。

二年前のある夜のこと、一人のイギリス人が私のところへやって来ました。ムッシュー・トーマス・ゴードンでした。私がイギリスの新聞を読んでいることは、もうお話ししましたよね。私は、犯罪記事は全て切り抜いてスクラップ帳に貼っています。ですから、ゴードン弁護士の名前は、養母殺しの事件で裁かれたイギリス人娘との関連で憶えていました。娘の名前も、彼女の顔や姿形の特徴も、事件の状況も、死刑から終身刑に減刑された経緯も全て憶えていました。ムッシュー・ゴードンは自己紹介をすますと、ヴァレン医師によって私を紹介されたと言いました。『なるほど、そうか！　ドクター・ヴァレンはたしか、ゴードン弁護士が弁護を引き受けた美しい殺人犯が収容されている監獄の付属医だった。弁護士は事件の証拠の見直しを要求していた。とすると、この弁護士はまだ、犯人だった娘に関心があるわけか』と私は心の中で思いました。ドクター・ヴァレンはこれまでに一度ならず、私のところへ、こういった患者を送ってきたことがあるんです。彼が昔、私の協力者を務めていたことを否定するつもりはありません。今はもう監獄を解雇されています。何かちょっとした悪事を働いて、落ちぶれてしまっているようですな。最近では患者を送ってくることもなくなりました。でも、こんなことは話の本筋に関係ありません。ゴードン弁護士の話は、ある女性のために、どうしても私に一肌脱いでほしいということでした。その女性を無事にイギリスから連れ出して、気づかれずに私の屋敷に入れることができたら何とかしてもらえるか、というのです。私は、自分にできないことなど何もない、と答えました。それで、しかるべき手筈が整えられたのです。彼女は、二週間以内に私のところに送られてくることに決まりました。弁護士が帰った三日後に、彼が精力的に弁護した女の殺人犯が獄死した、という記事を新聞で読みました。私はその関連記事を全て読むと、じっくり考えました。彼女は特に蒸し暑い気候の時期に死んだ、そういう状況とドクター・ヴァレンが女囚が患っていたと主張するはずの病気の性質を考えれば、間違いなく、速やかに埋葬するのが望ましい、という結論になるだろう、死体を監獄から移してどこかへ埋葬するようにと、大きな圧力が当局に掛けられることになるだろう、そして埋葬許可は……ここを聞き漏らしちゃいけませんよ、ムッシュー……いずれにせよ、ゴードン弁護士の尽力で得られることになるはずである、と私は考えたわけです。果たせるかな、それから一週間か十日して、新しい患者が私のところにやって来ましたよ。背の高い、赤褐色の髪の、濃い眉毛をした、素晴らしく美しい娘でした。顔は、イギリスの新聞の写真で見た、殺人犯の女の顔に間違いありません。彼女は本当に体調を壊していて、旅行するのもほとんどままならないような健康状態でした。一週間ほど、どこかに身を潜めて休息していたという話でした。銅色の髪は短く切っていましたが、私のところにいる間に、あなたがフローレンス・ヘインズのマスクの下に丸めてあるのを見たくらいにまで伸びたのです。

私は仕事にかかる前に、こちらが疑問に思っていることを相手に話してから、まず、本当のことを包まず打ち明けてほしいと求めました。前にもお話ししましたように、私は、患者には全面的な告白を必ず要求しました。それで、フローレンス・ヘインズは全てを告白したのです。無罪放免の望みが完全に消え去ったとき、ムッシュー・ゴードンによって脱獄計画が立てられたというのです。それから何年かが経過しましたが、好機は一向に訪れませんでした。しかし、ヴァレン医師の推薦で、彼と出身地を同じくするある女が、監獄づきの看護婦になったときがチャンスでした。ヴァレン医師とその看護婦は、ゴードン弁護士に買収されて協力することに同意したのです。まず、マドモアゼル・ヘインズは仮病を使いました。その結果、監獄から病院に移されました。ムッシュー・ゴードンが私に相談しに、パリに来たのはこのときです。その間に、ある強力な薬が偽病人に与えられました。私もその薬のことはよく知っており、緊急の場合に、何度か使ったことがあります。インドの薬草から取り出されたグラニールという薬です。それを厳密な意味で適量飲んだ場合は、死のような眠りが四十八時間から五十時間継続します。しかし、僅かでも判断を誤ったり、これまで医師にも気づかれなかったような体質的な弱点があったりすると、命取りになってしまいます。しかし、その勇敢な女性は、そんな危険にも怯みはしませんでした。医師と看護婦が目をつむっていてくれたので（もちろん彼らにたっぷり謝礼を払ってです）この計画は成功しました。彼女が私のところにいる間に、ムッシュー・ゴードンは、彼女の今後の身の振り方を考えるために、二度ほどマドモアゼル・ヘインズを訪ねてやって来ました。二度とも、私はその場に同席しました。私の知ったところでは、彼女は申し分のない紹介状を携えてアメリカへ渡ることになるだろうという話でした。例の監獄の看護婦が名前を変えて、そしてたぶん変装もして、お相手役という形で同行することになっていました。被保護者に名前を選んでやったのはゴードン弁護士自身です。それで、彼女はコンスエロ・ホープという名前で生まれ変わることになったのです。彼女のために、幸先の良いことを願って、そんな名前が選ばれたのでしょう。そして彼女は、天使のように美しい姿でこの家を出ていくと、初めての国アメリカで、人々の崇拝を勝ち取り、彼らを足下にひれ伏させることになったのです。あなたがここへいらしたとき、私は五千ポンドの支払いを求めました。私はあのご婦人が、不幸にも、またしても法律に触れることになってしまったために、私の手でもう一度顔の作り直しをさせるためにあなたをよこしたんだろうと理解したんです。こう考えたのは、間違いだったんでしょうかな、ダークモアさん？」

私は、最初のうち口が利けなかった。悪魔の呪文か詐術にかかって、手も足も、舌さえも縛られているような感じだった。私は自分の理想とした女性を失ったのだ。今こそ、彼女の罪を信じることができた。光の天使のごとき存在で、いわれなき罪を着せられていると信じていたコンスエロ・ホープは、もはや私には存在しなかった。

私はこれまで、どんなことがあっても、彼女が怪しいなどとは信じまいとしてきた。全てが真っ黒に見えたときでも、出る証拠出る証拠全てが彼女の罪を言い立てたときでも、私はひたすら彼女を信じていた。だが、彼女が万難《ばんなん》を排して、叔父の家で養女としての足場を固めようといかに懸命になったかが、今となれば、腑に落ちるというものだ。

それは全て、自分が長期にわたって獄に繋がれたことの復讐を、叔父に対してするためであったに違いない。これが、彼女が再三ほのめかしてきた「使命」の意味であったのだろう。このことはよく考えれば、彼女がフローレンス・ヘインズの墓の前に跪いていたときに気づいたかもしれないのだ。

しかも、その完遂のために、私に手を貸すようにと求めたのだ。叔父を破滅させるのに手を貸せと！　彼女は自分は何も知らないと公言して、私の口から、あの女殺人犯のことを語らせた。そして、その事件の審理に、叔父がどの程度かかわっていたかも質問した。あたかも、そうすることで、密かなる復讐の願望をいっそう煽りたてようとでもするかのように。

彼女は復讐を遂げたのだ。だってそうではないか、彼女は、ウィルフレッド・アモリー卿のこれ以上ないほど深く神聖な愛を獲得したのだから。そして最後の締めくくりに、叔父を亡き者にしようとしたのだから。そうなのだ、私は、そのときはそんなふうに信じていた。こんな恐ろしい思いを確信するに及んで、自分の魂が抜け殻になってしまったような気がしていた。そして絶望のあまり、ほとんど狂ったようになっていた。だから、そのとき、もしも手許に刃物でもあったら、私はためらわずにそれを心臓に突き立てていただろう。自分が実際にどうしたかの記憶は残っていない。しかし、ムッシュー・レペルの手が肩に置かれたので、私はハッとわれに返った。私は彼の手を払いのけた。そうすることで、私は現実に戻ったのだった。

「さあ、さあ、ダークモアさん！」老人は大きな声で繰り返していた。「しかし、以前にマドモアゼル・ホープに施した手術をもう一度してほしいと私に依頼しにいらしたのでないとすると、あなたは、いったい何をお望みでわざわざパリまでお越しになったのですかな？」

「ああ、愚かだった！」私は叫んだ。「私は、彼女が過去に何ひとつ罪を犯していないという証拠を、あなたが持っているとばかり思っていたんです。その証拠を手に入れるために、あなたのところへ行くよう言われたものと信じていたんです。しかし、事実はそうではなかった。彼女の恐ろしい秘密を、あなたの口から聞くように、意図的に仕組まれていたんですから」

ムッシュー・レペルは肩をすくめると、私の言葉を反駁するかのように黄ばんだ痩せた手を投げ出した。

「ああ、あなたは、そんなことをお望みだったんですか！」彼は溜息をつきながら言った。「私も本当に残念ですよ、ムッシュー。しかし、あなたがマドモアゼル・ホープの過去を浄めたいという一念でここへいらしたのなら、行く先を間違えたと申し上げざるをえませんな。もちろん、私の患者たちは一人残らず、異口同音に自分は無罪だと言っています。彼らの口から聞いたところだけで判断すれば、この家の敷居を跨いだ者で、公正な裁判を受けた者は一人もいないということになってしまうでしょうよ。そうそう、あなたは五千ポンドという大金でこの情報の支払をしました！　しかし、お金はお返しできませんよ。私は、迂闊にもあなたに弱みを握られるようなことを話してしまったんですから。果たすべき義務は忠実に果たしたと思っていますから」

私は腕を組んだまま、檻に閉じ込められた獣のように、そこにある備品のどれもこれもが、彼の憎むべき話が真実であることを語っている、恐るべき部屋の中を歩き回った。

しばらくそうしていた後、私はテーブルの前で足を止めて、眠たげな表情で微笑みかけている二つの白い顔型を見下ろした。

「コンスエロ・ホープの名前で世に知られている女性に関するものでは」私はゆっくりとした口調で言った。「これらのマスクと、あなたの張り付けたラベルが唯一の証拠なんですね？」

「そうです、私の唯一の証拠です」ムッシュー・レペルは答えると、それを護ろうとするかのように、テーブルに一歩近寄った。「しかし、それを使う必要の生じた場合には、どんなたくさんの証拠より強力なものになりましょうな」

「しかし、彼女はすっかり変身してしまいましたから」私は息が詰まるような思いで言葉を口にした。「かりに疑われても、彼女がフローレンス・ヘインズであると百パーセント証明するのは難しいはずです」

私は、レペルにというよりもむしろ自分の心にそう言い聞かせた。しかしムッシュー・レペルは平然とそれに応じた。

「実際、おっしゃるとおり、それは難しいことでしょう、いや、まず不可能でしょう」

あっという間も与えずに、私は老人を押しのけるようにして突進し、白いマスクをテーブルから引ったくると、裏に貼ってある紙片を引き剝がして、二つのマスクをタイルの床に思い切り叩きつけた。それは粉々に砕け散った。ガチャンという音に交じって、ムッシュー・レペルの激怒の金切り声が聞こえた。

「人でなし！　裏切り者！」彼は叫んだ。「あなたは私を破滅させたいんですね。私の秘密を世に公にしようっていうんですね。私から、悪に対する救済の手段を奪おうっていうんですね。私には体力はありませんが、こんなことをされて黙ってはいませんぞ。さあ、この地下室で、一緒に死んでもらいましょう」

ムッシュー・レペルは部屋の向こうの端へ走っていった。彼は手に外科用のメスを握って戻ってくると、私に襲いかかった。私は彼の手首を摑むと、子供でも扱うようにその手を捻りあげた。

「あなたを裏切る気はありませんから安心しなさい」私は言った。「しかし、私は今日五千ポンドをあなたに支払いました。だから、壊してしまったマスクは、私が正当に買い取ったものと思っています」

私は彼からメスを取り上げると、そんなひ弱な敵から身を守ろうとすることさえも馬鹿馬鹿しいとばかりに、老人の腕を自由にしてやり、そのメスをテーブルに投げ返した。

ムッシュー・レペルはそれを侮辱と受け取ったらしく、眼は怒りで爛々と輝いていた。しかし、しばらくは無言だった。

しかし彼は、すぐにぐいと頭を反らせて短く腹立たしげな笑い声を挙げると、上に通じる階段に出るドアのところに歩み寄り、ドアを勢いよく開け放った。

「さあ、とっとと帰ってください」ムッシュー・レペルは言った。「たとえ、あなたがスパイとして私を探りに来たんだとしても、結局のところ、あなたを怖がる必要なんかないんです。あなたの五千ポンドはいただきます。しかし、あなたが壊した物を買い取ったとお思いなら、残念ながら、それを叩き割るだけのために高い代価を支払ったことになりましたな。実は、ムッシュー・ゴードンの依頼で、私は同じものをもう一組作ったのです。彼は、今日それを持って帰っていきましたよ」

二十七章　ゴードン弁護士の部屋で

ムッシュー・レペルの家を出ても外はまだ夜になりきっていないことを知ったときは、何だか不思議な気持ちだった。

あんなことを聞かされたあとで、通りに踏み出して西の空にまだ黄色い光が漂っているのを見て、顔にガツンと一撃を食らったよう気がしたのだ。私は何も考えることができなかった。将来の行動計画を立てることもできそうになかった。

身のまわりに陽気なパリの喧噪を感じながら、しばらくは目的もないままに通りを歩いているだけだった。それから急に、その日の夜の連絡船に乗らなければならないことを思い出して、通りかかった辻馬車を呼び止めた。

カレーの町の明るい灯が、潮の満ちた暗い湾の遙か後方にきらめいて見える真夜中ごろになってようやく、私は、何とか落ち着いて考えをまとめることができるようになった。

爽やかな夜風が、カッと熱くなった私の血を冷やしてくれるにつれて、コンスエロを何とか救わなくては、という思いが再び蘇ってきた。私はそのとき彼女の罪を確信していたが、それでも、これまでどおりに彼女を護ってやりたいという気持ちで一杯だった。

だが、どうしたらコンスエロを救えるかが問題だった。

少なくとも、彼女の過去の経歴のなにがしかは、すでに手紙で叔父に知らされてしまっていた。叔父は、彼女が一時期投獄されていたことを読んだはずだ。マーランド刑事も、叔父のあとに読んだにちがいない。だがらコンスエロの秘密は、彼女が自分でそう信じていたほど深く、濠の傍らのあの寂しい墓に埋められてしまっているわけではなかったのだ。

コンスエロを今すぐ、どこか遠方へ逃がしてやったらどうだろうか！

マーランド刑事との約束を破ることになるが、そうすれば何とかなるかもしれない。しかし、トム・ゴードンが私と同じ日にムッシュー・レペルを訪問したという謎と、彼がマスクの複製の制作を依頼したことの意味が、私の心を大いに不安にした。

トム・ゴードンが狂ったように私を嫉妬していることはとうにわかっていた。彼は目覚ましい才能の持ち主で、神経も図太く、自分の目的達成のためとあらば、大胆不敵にどんなことでも平気でする男だった。

私は初めのうち、弁護士がコンスエロの秘密を暴露するあの物言わぬ二つの顔型を、どういうつもりで作らせたのかまったく見当がつかなかった。だが次第に、彼がそれを使って、コンスエロを脅迫するつもりではないかという気がしてきた。

女性を脅すというのは、残酷で男らしくない。しかし、自分の恋の思いを手痛く挫かれたトム・ゴードンなら、そうする可能性は充分ありそうだった。

ゴードン弁護士の意図するところを止める力が私にあるとは思えなかった。しかし私は、彼の本性の奥に、無骨な高潔さが潜んでいることも知っていたから、率直に腹を割って話し合えば、ある程度何とかできるかもしれないと考えた。

ロンドンにもどったのは早朝だったから、テンプル法院《イン》にあるゴードン弁護士の部屋を訪れるにはまだ早すぎた。私の馬車がアーチ門を潜ったとき、街の時計がちょうど九時を告げ始めた。

彼はパンプ・コートに住んでいて、部屋は建物の三階にあった。事務所も私室と同じ住所だったが、こちらは二階にあった。

玄関ホールに入っていくと、腰の曲がった老人が一人、その建物に居を定めている人たちの名札をしげしげと見ていたが、私を見ると脇へのいて通してくれた。老人の顔は、大きな鍔の付いた旧式な帽子に隠されていてほとんど見えなかったが、彼が目玉を途方もなく変形させている凸レンズの眼鏡の下から、ちらっとこちらへ眼を走らせたことを私は見逃さなかった。

私はゴードンの名前がペンキで書かれている部屋の前を過ぎて、彼の名刺が張り付けてある私室のドアのところへ上がっていった。

そして、ノックして待った。

中で音がしたが、こちらのノックに応える気配はなかった。間もなく、床を歩く足音が聞こえた。囁き声も聞こえてきた。それからしんと静まりかえった。私は一応礼儀に適った程度の間をおいてから、もう一度、今度は両の拳骨を使ってノックした。

内側のどこかでドアの閉まる音がして、何も敷いてない床を歩く足音が近づいてきた。鍵穴で鍵が回されたと思う間もなく、トム・ゴードンが私の眼の前に立っていた。

弁護士は少しも驚いた素振りを見せなかった。その顔は見事に感情を隠していた。ただ、太い眉をかすかに寄せたので、私を見て驚いただけでなく、不快に思っていることが見て取れた。

ゴードンは、その行動や着るものが奇矯なことでもよく知られていたが、私は、彼がそんな奇癖によってもたらされる悪名をむしろ好んでいたのだろうと思っている。

そのときは、ゴードンはフランネルのシャツの上に狩猟服を羽織った姿だった。そしてその低い襟の上に、逞しい筋肉質の喉首が、青銅の柱のように突き出ていた。

弁護士は、やあ、おはよう、と簡潔に挨拶してくれたが、中へ入れとは言わなかった。だから、重要な用件を話し合いたくてロンドンまで出てきたところだ、とこちらから切り出さなくてはならなかった。

通された部屋は、この男の個性が驚くほどよく出ている部屋だった。

分厚いほこりに覆われた床には、あちこちにトルコ製の豪華なカーペットが敷かれていた。カーテンのない深いはめ込み窓からは、容赦なく朝日が差し込み、それが、汚れて擦り切れたテーブルクロスの上に載っている高価な皿に盛られた侘びしい朝食をいっそう侘びしいものに見せていた。

「朝飯を一緒にどうだね、ダークモア君」奇妙な部屋の住人はぶっきらぼうに言った。「私は自炊生活をしているんだよ。気取った料理女中にうろつかれて、極上のウスター製の陶器を割られたくないからね。ベーコンの薄切りと玉子はまだ残っているよ」

私は朝食はもう済ませていると答えておいた。コーヒーを一杯飲んだことは事実だったのだから。

「それじゃあ、私は座って食べながら、ということでご容赦願うとしようか」ゴードンは言った。

それが、私の持ち出そうとする用件などに関心のないことを見せようとしてのポーズであることはわかっていた。

「さあ、話してくれて構わないんだよ」弁護士は言葉を続けた。「空きっ腹を満たしながら聞かせてもらうほうが、こっちには好都合なんだから」

私は、自分の心に重くのしかかっていたことを、どう切り出すのが最も良いのかわかりかねていた。それで、彼が苛立たしげな大声で急かすまで黙ったままでいた。

「どうしたんだい？　さあ、はっきり言ってくれたまえ、ダークモア君」

それをどんなふうに話したかは、今となるとほとんど憶えていない。しかし、私はすぐさま前置きもなしに、ヘックルベリと交渉したこと、ムッシュー・レペルを捜しにパリまで行ったことを話したはずである。

私が話し始めるとすぐに、彼は朝食を食べるのも忘れて、不揃いなもじゃもじゃの眉の下で赤く燃える眼に頑固そうな表情を浮かべると、こちらを睨みつけながら立ち上がった。

「そうか、きみは全てを知ってしまったのか！」彼は叫んだ。「しかし、たぶんそのほうがよかったんだろう。そういうことなら、これからは、お互い自分の胸の裡《うち》を気兼ねなく喋ることができるわけだから」

弁護士の声の調子と据わったような顔の表情には、何か不吉なものが感じられた。

「それはぼくも望むところだ」私は応じた。「そう、ぼくは全てを知っている。きみが昨日、ラシュネール通りへ行ったことだって知っている。きみが何をしに行って、何を持ち帰ったかも知っているんだ」

「ほう！」彼の眼が不意にギラッと光った。「きみは、ずいぶんといろんなことを知っているようだな。それなら、私が手に入れた品物をどうしたかも知っているのかね？」

私はその言葉にぎょっとして、平静を装い続けることができなかった。

「何だって！」私は叫んだ。「きみはあれをもう使ったっていうのかい？」

「そうだよ。それに、私がこんなに彼女を苦しめることになったのも、もとはといえば、みんなきみがやったみたいなものさ」

「ぼくがやっただって！　どういう意味だい、それは？」

「きみは、私から彼女を盗んだんだよ。私には彼女を自分のものにする権利があったのだ。彼女は、私に対する感謝の情に愛情を加えてくれるはずだった、きみさえ現れなかったらね。彼女に、ウィルフレッド・アモリー卿の屋敷に入ってみようなどという気紛れを許しておくとは、きっと、私の頭もどうかしていたんだろう。自分がこんなに何も見えない愚か者でなかったら、初めのうちに止めていたはずだよ。私はきみを考えに入れていなかった。女なら誰だって好きになってしまって当然の、癪《しゃく》に障るほどハンサムで、素晴らしい体格の持ち主であるきみのことをね。たぶんきみは、きみと彼女が婚約したニュースがすでに私のところにも届いていたことを知らないんだろう。だが、そのとき私は誓ったんだ、きみには絶対彼女を渡さない、とね。私はあの二つの顔型を彼女に送りつけてやったんだよ、一言の説明もつけずに。そうすればどうなるか、全てわかっていたからさ」

「そ、それでどうなったんだい？」私はへどもどした口調で訊いた。

ゴードンはびくっとすると、奇妙な表情を浮かべて部屋の中を見回した。

「予想していたとおりに事が進んだ、といっておけば充分だろう。そして今、試されねばならないときが来たのだよ。今こそ私たちは、どちらが一人の女をより強く愛することができるか、はっきりわかることになるだろうよ。それがきみなのか、それともこの私なのか」

ゴードンはここで言葉を切ると、立派なごま塩の頭を、怒り狂った雄牛のように低く構えて私を睨みつけた。

「きみに言ったとおり、私ははっきりと誓ったんだ、どんなことがあっても彼女をきみに渡さないと」弁護士は言葉を続けた。「しかし今、私はきみにひとつ選択肢を与えることで、その誓いを破ろうと思っている。きみは、彼女の正体を知った今でも、まだ、彼女を妻にする気があるのかね？」

「いや、それはもうない」私は答えた。「しかし、ぼくは今でも彼女を愛している。彼女を救うためなら、命を投げ出しもするだろう。しかし、彼女とともに幸せになろうという希望は、夢に終わってしまったと思っているんだ」

「何だって！　それじゃあ、きみは彼女の手が血塗られていたからという理由で、彼女を捨てようっていうのかい？」

「彼女を捨てるだって！」私は彼の言葉を熱くなって繰り返した。「ぼくは、彼女のためになら獄に繋がれたって構わない、絞首刑になったって平気だ！　しかし、ぼくの知っていたコンスエロはもう死んだんだ」

私の途切れがちの声が沈黙したとき、隣の部屋で物音がした。ゴードンが腕を伸ばして私を引き留めていなかったら、私は閉じたドアのほうに向かっていただろう。

「立ち聞きしている者がいるのか、と心配する必要はないよ」彼は言った。「隣にいるのは私の犬だから。私のこの世でただ一人の友達っていうわけさ。私はきみがそう言うだろうと予想していたんだ」彼はさらに続けた。「だが、よく聞くんだ。私はきみと根本的に違うんだ。私は、彼女の両手が人の命のエキスで真っ赤に染まっていようと、そんなことは少しも構いはしないのだ。私の口でそれを拭い取ってやるだけだからね。さあ、我々のどちらが本気で彼女を愛しているか、きみもとくと考えてみることだな」

「ぼくのほうさ、今だってそうだ」私は激しい口調で叫んだ。「きみの口にしている愛は、野蛮人や獣が連れ合いを求める気持ちと一緒だよ」

私の口からこの言葉が出た瞬間、奥の部屋のドアが開き、コンスエロが敷居のところに姿を現した。

だがコンスエロは、そのままくずおれるようにそこに倒れた。その拍子に、豊かな薄黄色の髪が大きな波のようにはらはらと解けた。美しい髪は、さざ波が広がるように、黒い染みの付いた木の床に広がった。窓から差し込む朝の光が、それを金糸のように美しく染めた。

軽くカールした羽根飾り付きの旅行帽子は頭から外れてしまっていたが、厚いヴェールはまだ顔の周りに懸かっていた。その顔を確かめる必要はなかった。トム・ゴードンを早朝に訪れたのが〝灰色の女〟に他ならないことは、私にはすでにわかっていた。

私は、きつく私の腕を握っているゴードンの手を無意識に払いのけた。彼が止めなかったら、倒れているコンスエロのところに駆け寄り、抱き上げていただろう。

「きみは下がれ」ゴードンは私に向かって叫んだ。その剣幕に圧されて私は思わず立ち止まった。「きみは、きみ自身の言葉で彼女を私に譲ったのだ。だから、彼女に触れる権利があるのは、もう私だけになったんだ」

私はゴードンがコンスエロを抱き上げるのを身を固くして見つめていたが、無骨な男が見せるこの上ない優しさに、私の胸底の琴線が激しく揺さぶられたのは事実だった。

やはりゴードンの言ったとおり、彼の愛のほうが私の愛より大きいというのは本当だったのか?

ゴードンは彼女をそっとソファーに下ろした。私は、窓の明かりのほうへ向けられた、コンスエロの青ざめてはいるが非の打ちどころなく整った顔を朝の光越しに見つめながら、そのときはほとんどそう思っていた。日の光はじかにその顔に当たっていたが、どこにもあらは見出せなかった。しかし、私の眼を釘付けにしたのは、私の魂に絶望の苦しみを打ち込んだのは、その完璧なまでの美しさではなかった。私の心を悔恨の短剣で刺し貫いたのは、その顔の表情の妙なる純粋さと高貴さに他ならなかった。

コンスエロは倒れたときにこめかみを打ったらしく、小さな切り傷から血が滲み出ていた。だがそれは、月光のように輝く巻き毛に隠されて、わずかに見えるだけだった。

コンスエロにとって、いや、私たち全てにとって、彼女がこのまま失神から二度と覚めないでいるほうが良いのではあるまいか？　一瞬、私は心のどこかでそんなことを思った。しかし、彼女の得も言われぬ美しさ、閉ざされた眼、死んだように真っ白な顔、頼りなげなその姿をもう一度目のあたりにしたとき、私は自分の存在そのものの根底を揺さぶられる思いがした。

コンスエロを諦めることはとてもできない。このまま、彼女を行かせるわけにはいかない。たしかにゴードンは、私の愛以上の愛で彼女を愛しているのだろう。コンスエロが罪で汚れていることを知っていても、彼女を撥ねつけるような真似はしなかったのだから。

私は、ゴードンの眼がじっと私に注がれていることを忘れていた。私の頭にあったのは、私たち二人が熱愛する女性に刻々と迫る危険のことだけだったのだ。「神よ、私を赦したまえ！」私は叫んだ。「私の不実を赦したまえ！　この女性がこれまでどうであれ、今がどうであれ、そして、これからどうなろうと、私はもう、彼女の未来と自分の未来を切り離すことはできないのですから！」

「もう手遅れだ！」ゴードンは言い放った。「きみは、きみの意思で彼女を私に譲ったのだ。さあ見るがいい！」彼はそう言うと、ソファーの外にだらりと垂れ、床に触れそうになっていた彼女の手を摑んだ。そして、眼にも留まらぬ速さで、真珠の編み飾りを、手首のところで止めていたブレスレットの掛け金から外した。

「さあしかと見るがいい！」彼はもう一度言った。

私は見ないわけにはいかなかった。しかし、私は思わずワッと叫ぶと、自分の見たものから眼を逸らした。それは、あの忌むべき日に、ポーラが暖炉部屋で見たものに違いなかった。長年にわたって、〝灰色の女〟が世間から片時の油断もなく隠し通してきたものだった。編み飾りの下にあったのは、美しい皮膚を食い破り、醜く切り裂いた、奇妙な星のような形の傷になって残っている歯の跡だった。

「これが、きみたちの間を隔てることになった障壁の象徴だ」ゴードンは厳かに言った。「そして、きみをきみ自身とも隔てることになった障壁なのだ。私にとっては、これが私と彼女をより近づけてくれることになったわけだがね。これがなければ、彼女は私のものにはならなかったかもしれないのだから」

ゴードン弁護士は身を屈めると、その傷跡に接吻した。それを見て、私は激しい震えに襲われた。それは恐怖の震えというより、その手に触れたのが彼の唇であったことに対する絶望的な怨嗟《えんさ》ゆえであったと思う。

「さあ、これでわかったろう、きみも自分の眼でしかと見たのだから」彼は言葉を続けた。「私があの顔型を彼女に送ったとき、どういうことになったかわかったろう。彼女は誰がそれを送りつけたか知らなかった。彼女は箱を開けた。すると、恐るべき過去の亡霊が彼女の眼の前に立ち現れたのだ。きみに、彼女のそのときの気持ちを想像できるかね？　どんなに震えおののき、苦悩したかを想像できるかね？　そして、いったい誰がこんなふうに闇に隠れて自分を脅迫するんだろうか、とおののきながら自問したことを？

彼女はどう行動するのが自然だったろうか？　彼女には、自分の秘密を話せる人物は、この広い世界に二人しかいなかった。きみがミス・トレイルの名で知っている女と、そしてこの私だ。ミス・トレイルのほうはもう信じることはできないと思っていた。となれば、残っているのは私だけだ。彼女は起きたことを話しに、そして、どうすべきか助言を求めて私のところにやって来た。私には、彼女がそうするだろうとわかっていた。それをあらかじめ計算に入れていたんだ。私がパリへ行って、あの顔型を注文したのは、ただそれだけのためだった。私は彼女と二人だけで会いたかった。そして、私が彼女に対して、まだ支配力を持っていることを思い出させたかったのだ。それは、このままでは身の破滅しかない、といって彼女を脅迫することに他ならなかったわけだがね。

ともあれ、思惑は当たった。彼女は、きみがここに来る僅か三十分足らず前に着いたばかりだった。だから、私としては邪魔は入ってほしくなかった。彼女が自らの意思できみを諦めてほしいと思っていた。私の感化力は別にしてだがね。彼女がきみを諦めたかどうかは私にはわからない。彼女は鉄の意志をもった女性だから。いや、鉄よりももっと堅い、不屈の意志を持っている。しかし、結局、きみが来てくれたことを私は感謝しなくてはならないわけだ。きみは、彼女が罪の女だというので、彼女を拒絶したんだから。そして彼女は向こうの部屋で、きみの口にしたことを全て聞いてしまった。だから、たとえきみが、今さら彼女を連れて帰ろうとしたって、もうきみのところへは来はしないだろう。私は彼女という人間をよく知っているから、代わって答えることができるのだ。その気位が、きみのような人間が自分の身に近づくことを許さないだろうよ」

地獄に堕ちた者が最後の審判を聞くような気持ちで、私はゴードン弁護士の言葉を聞いていた。返す言葉も見つからなかった。頭の中で、コンスエロの罪を何とか弁明してやれそうな屁理屈が音を立てて駆け巡っていた。彼女の意識を失った白い顔を目の当たりにするまで、私は自分の心がわかっていなかったのだ。彼女との幸福を諦めようとした決意も、彼女の罪を恐れる気持ちも、今はその顔を前にして全てきれいに溶け去ってしまった。私は自分の心に言い聞かせた。コンスエロは止むに止まれずに殺人を犯したのだ。盲目の怒りに駆られた瞬間にやったことにちがいない。全てが痛ましいほど年若い、痛ましいほど未熟な娘の怒りの発作によってなされたことに決まっている。それにもう七年も悔恨の生活を送ったではないか。投獄という屈辱と苦しみで罪を贖《あがな》っているではないか。実際に墓にまで入って、浄められて復活したのではなかったろうか。こんなに懸命に罪を贖っても、これから先の長い人生をまだ罰を背負って生きていかねばならないものなのか?

自分の心にこう問いかけながら、私は、一種奇妙な精神の大地震とでもいうべきものによって、自分の存在そのものが根底まで揺さぶられるような思いを味わっていた。それは、徳義も伝統も、青年として守るべき生活の規範も、全てが覆《くつがえ》ってしまったような感じだった。

瀕死の人間が、もう二度と見ることのできない日の光を今一度見たいと願うにも似た思いで、私は彼女の眼の光をもう一度見たいと熱望し、その動かない顔を、伏せた長い睫を、美しい曲線を描いている口元を凝視した。

私の視線の力が、彼女を取り巻いている人事不省の靄を貫いたのであろうか。コンスエロはかすかに身体を動かした。血の気の失せた唇が震えた。それから、ゆっくり手を挙げると、呆然としたままそっと額を一掃きしたが、まだ、自分がどこにいるのかわかっていないようだった。

間もなく眼が開いた。そして、自分のすぐ上にある窓に眼をやった。それから、額の傷から滲み出た血の付いたままの手で身体を支えた。

それは、ゴードンが真珠の手飾りを剝ぎ取ったほうの手だった。

ゴードンは膝立ちの姿勢だった。私は立ったままだったが、どちらも無言で身動きひとつせず、息を殺して彼女を見つめていた。

コンスエロは私たちのほうを見ていなかった。彼女は、ひたすら、その宿命的な傷跡に気持ちを集中させていた。そして驚いたように、そして次第に脅えを募らせていくように、それを見つめていた。彼女が手の甲で額に触れたとき、血の跡が一筋そこに残ったが、それを見ながら、彼女が何を連想しているか、どんな恐ろしい幻影が過去から立ち現れてくるところか、私ははっきりと理解することができた。

意識が戻るにつれて、コンスエロは声を忍ぶようにして啜り泣き始めた。私の心は、人力の助けの及びそうにないそんな悲しみを、何とかして慰めてやりたいと激しく疼いた。彼女はぞくっと一度身体を震わすと、その手を自分の眼から隠した。それからゴードンへ視線を向けた。私を見たのはそのあとだった。彼女はやっと状況を理解して、何があったかを思い出したようだった。

白い美しい顔に、奇妙な、微妙な変化が出ているように思われた。その顔は急に老け込んだようだった。それは自分に迫り来る、未来の絶望と悲惨の予感が津波のように彼女を襲ったことを物語っていたのかもしれない。

コンスエロの表情と態度には、彼女の肉体は手を伸ばせば届くくらい近くにあるにもかかわらず、彼女が私たちから無限に遠ざかってしまったように感じさせるものがあった。

彼女は痛ましげに、ゆっくりとソファーの枕から身体を起こし、座った姿勢をとると、形の良い片腕で身体を支えた。その姿は、あたかも、雨に打たれて哀れに頭を垂れている百合の花のようだった。

女性特有のそんな弱々しげなさまを目の当たりにして、私は心底から動揺し身体が震えた。私の眼に熱い涙が溢れてきた。

「何か物音がしたように思ったものですから……あなたがたが、お互いに傷つけ合っているのではないかと心配になりまして……それで出てみたのです。でも、気を失ってしまうなんて、わたくしもずいぶん弱い女ですわね。それでもこれまでは、ずいぶんいろいろと危ないところを潜り抜けてきたのですが」

コンスエロは、子供のように優しくためらいがちな声でそう言った。

コンスエロの素晴らしい勇気も、驚嘆すべき精神力も、今はもう潰《つい》え去ってしまったかのようにみえた。彼女はもう、それをとことん使い果たしてしまったのだろう。もう余力は残っていないのだろう。少なくとも、私はそう思っていた。しかし、そのときはまだ、自分の判断の過ちに気づいていなかったのだ。

私は彼女に一歩近づくと、自分の両手を差し出した。

「コンスエロ」と言いながら、私はゴードンを押しのけるようにして進み出た。しかし、彼女は弾かれたように立ち上がると、私との間に壁を築いたように、素っ気ない態度を見せて私を撥ねつけた。私にはそれを無視して進むことはできなかった。

彼女はかすかに身体を揺らしていた。胸は大きく波打っていた。しかし、鮮やかな色が、その頬と唇を染めていた。

「待ってください」彼女は言った。「わたくしは聞いてしまいました……あなたがたの間で話し合われたことを全て聞いてしまいました。あなたはわたくしに手を触れないでください……もう二度と」

コンスエロの光る眼は私の眼をじっと覗き込んだ。かつては私が愛と信頼の表情を見たはずの眼の奥に、今は憤りと叱責の炎が燃え盛っているのが見えた。

ゴードンはそれを見ると、冷ややかに微笑を浮かべながら脇にのいた。

「あなたはぼくを責めています」私は夢中で言った。「そうです、たぶん、あなたにはそうする権利があります。ぼくがあなたに忠実であり続けなかったのがいけなかったんです。しかし、もう一度忠実になるには、あなたのそのお顔を見るだけで充分でした。この瞬間から、過去は全て消してしまいます。私は全身全霊をあなたに捧げます」

「あなたはわたくしを侮辱なさいましたわ、ダークモアさん」彼女は言った。「わたくしは、そのような申出を受けるような女ではございません。あなたのおっしゃるように、過去は全て消し去るといたしましょう。わたくしの言う意味は、あなたとわたくしが分かち持った過去ということですが。わたくしは自分の道をまいります。あなたもどうか、あなたの道をお進みください。その道はもう永久に交わることはないでしょう」

永久に交わることはないだって！　彼女は自分の身の間近にまで迫っている恐るべき危険のことは夢にも思っていないらしい！　考えてみれば、彼女がマーランド刑事の厳しい監視の眼を潜って、今朝、ローン・アベイを離れられたというのもずいぶん奇妙なことではないか。だがそれも、猫が捕まえたネズミをいたぶるように、刑事がちょっとの間だけ容疑者を泳がせていただけなのだろうか。これは以前にコンスエロが使った比喩だったが、私はそんなことを悲しい気持ちで思い出した。

誇り高く、怒りに燃えて私と向かい合っているコンスエロは、何と若々しく見えたことだろう！　たとえ自分が幸せになる希望は全て潰え去ったとしても、どんなことをしてでも彼女を護ってやらなくてはならない！

「ぼくの罪を許していただくつもりはありません、コンスエロ」私は言った。「しかしもう一度、あなたを信じさせてください。ぼくのあなたに対する愛は、けっして消えることのない愛なのですから」

彼女は、叱責と軽蔑が入り混じった、そしてその双方をもってしても消しがたい愛の加わった表情を見せた。

「わたくしは、自分の身を護ろうとするつもりはありません」彼女は答えた。

コンスエロはゆっくりとした足取りで私たちのすぐかたわらを過ぎて、ドアに向かった。

「さようなら」彼女は呟くように言った。「それからゴードンさんにはオー・ルヴアール。わたくしたちは、まだ、とことん話し合っていませんでしたけど、のちほど、わたくしからお手紙を差し上げます……お手間は取らせません」


しかし私は大股で彼女を追うと、彼女が開けて出ていこうとしたドアに手をかけた。

「コンスエロ！」私は叫んだ。「あなたがこの部屋を出る前に、あなたの逃亡計画を立てなくてはなりません」

「何から逃げなくてはいけないんでしょうか？」彼女は無邪気に聞き返した。ゴードン弁護士の顔にも、はっきりと驚いた表情が出ていた。


私はすでに破るつもりになっていた、マーランド刑事にした約束のことを彼女に話して聞かせた。

「ぼくにとって一番辛かったのは、一昨日、あなたが私のところへ来てくださったあとで、こちらから何の説明もしないままで、あなたがあの暖炉部屋から出ていくに任せるしかなかったことでした」私は続けた。

「しかしぼくは、あなたには何も言わないとマーランド刑事に約束していたんです。そのときは、ぼくの心は希望に満ちていました。少なくとも二日のうちに、あなたを救い、全ての疑いを晴らすはずの知らせをパリから持ち帰ることができるものと信じていましたから。しかし……あなたは、ゴードンとぼくの間で交わされた話を全てお聞きになってしまいましたね……ですから、ぼくの希望が裏切られたことはもうご存じでしょう。マーランドは、今、ぼくの帰るのをひたすら待っています。そして、これから……取り返しのつかない一撃が振り下ろされるのです。もうこのままでは、あなたに助かる見込みがないことははっきりしています。ですから、生まれて初めて、ぼくは誓いを破るつもりです。あなたがマーランド刑事の手の届かないところへ行ってしまうまでは、ぼくは絶対にローン・アベイ館へ戻るつもりはありません」

「わざわざそんなことをするには及びませんよ、ダークモアさん。私のほうから参上しましたから」


私はぎょっとして振り向いた。それは背中にナイフの一突きを喰らったような衝撃だった。ゴードンも同じように振り向いた。

ゴードンも私も、ドアをきちんと閉めて鍵を掛けておくだけの注意を欠いていたのだろう。廊下側のドアが知らぬ間に音もなく開けられていた。予想もしなかったことだが、私の言葉に答えたのは、マーランド刑事の声だった。だが、敷居のところに立って私たちと向かい合っていたのは、私がここへ来たとき階段のところで出会った、分厚い眼鏡を掛けた背の曲がった老人だった。

マーランド刑事は、一度は私に見破られた眼を巧みに隠した変装用の眼鏡を外すと、部屋の中に入ってきた。

「ちょっとした工夫が予想以上に成功しましたね」刑事は落ち着いた口調で言った。「しかし、このご婦人を今朝早く発たせて、そのあとをつけていればきっと報われると思ったのは期待通りでしたよ。鍵穴越しに、みなさんの話はじっくり聞かせていただきましたから。もっとも、立ち聞きなんていうのは、必ずしも割に合う仕事ではありませんがね。ダークモアさん、私はあなたが約束を破ったことを咎め立てはしませんよ。私だって、あなたの立場にいたら、同じことをしたでしょうから。しかし、あなたのドンキホーテ的な計画を阻止できたのはよかったと思っています。さあ、コンスエロ・ホープこと、フローレンス・ヘインズ、あなたをウィルフレッド・アモリー卿殺人未遂で逮捕するのは、辛いことですが私の義務です。さあ、覚悟してください。あなたはもう、私に逮捕されたものと思ってください」

私の眼とゴードンの眼が合った。このときだけは、私たちの考えがぴたっと一致した。私は、弁護士の心にあることを読みとった。そして、彼が私の思いを理解していることも、はっきりとわかっていた。どちらからも一言も言葉を交わさぬまま、問いと答えが私たちの間で行き来した。私は刑事に飛び掛かると、声を挙げさせないように片手でその口を塞ぎ、もう一方の手で刑事の身体を押さえつけた。その間に、ゴードンはドアに駆け寄り、しっかり錠を下ろしてしまった。

ゴードンもかなり大きな男だったが、腕力にかけては私のほうが一枚上だったから、私が刑事を取り押さえ、ゴードンがドアを固めるといった具合に、役割は自ずから決まったのだ。

最初に刑事に話しかけたのは私だった。

「神に誓って言うが」私は言った。「ぼくたちには、きみを害する意図は毛頭ない。しかし、ホープ嬢がきみの手の及ばないところへ行ってしまうまでは、きみを自由にするわけにはいかないんだ」

コンスエロは、まるで白日夢でも見ているかのように、驚愕と当惑の表情を顔に浮かべていた。しかし私の刑事に対する言葉で、コンスエロはハッとわれに返ったようだった。私に抑えられていたマーランドは抗《あらが》おうとしなかった。争っても勝ち目はないとわかっていたのだろう。

コンスエロは私たちのほうに進み出ると、ヴェールを挙げて、興奮で黒く輝いている眼を大きく見開いてこちらを見た。

「この人が、ローン・アベイ館でわたくしのことを密かに探っていた人でしょうか?」彼女は訊いた。

「そうです」私は答えた。

「どうか、この人を自由にしてあげてください」彼女は言った。「わたくしのために、こんなことが行われるなんて恐ろしいことです」

「そうかもしれませんが」私は頑固な態度を崩さなかった。「この男を自由にするわけにはいかないのです。ゴードン、きみはどうするつもりだい?」

「この男には猿轡を嚙ませなくちゃいけないな」彼は険しい表情で私の言葉に応じた。「それから、暴れ回って騒ぎ立てないように、しっかりと縛っておかねばなるまい。この部屋の壁は厚いが、声が向こうにまったく通らないほど厚くはない。それに窓もあることだし。だが、ふん縛っておけば、きみが来る前にホープ嬢がいた隣の部屋に放り込んでおいて大丈夫だろう。その部屋が私の使っている二つの部屋の間にあるのも好都合だし、廊下側にドアもないからな。そうしておいてから、われわれの一方がここに残り、もう一人が彼女を連れて出るというわけだ。なかなか名案だとは思わないかい?」

「うん、それしかないだろう」私も急いで答えた。「彼を縛るのに使えるようなものは何かあるかい?」

ゴードンはちょっとの間考えた。

「古い包装箱を縛るのに使ったロープがいくらか残っているはずだ。それを持ってこよう」

マーランド刑事は、しっかり押さえられている顎を動かそうとした。彼が口を利こうと懸命になっているのが、私にはよくわかった。しかし、彼は一言も発することはできなかった。私の親指ががっしりと刑事の顎にかかっていて、歯と歯の間に隙間ができないほど、強く押さえつけていたからだ。刑事は非難を込めた恨めしそうな眼をじっとこちらに向けた。彼ができることなら何と言いたいのか、私にはわかる気がした。私は、自分がとてつもない人でなしになったように感じていた。しかし、一瞬たりとも手の力を緩めるつもりはなかった。そんなことをしたら、刑事はあっという間にドアのところに駆け寄って、大声で助けを求めたにちがいない。そうなったら、私たちの計画は完全に失敗していただろう。

すぐにゴードン弁護士は、マーランドくらいの体格の男なら、二人縛っても余るほどのロープを持って戻ってきた。

「きみはそのままでいてくれ」弁護士は私に言った。「私がこの男を縛り上げてしまうから。縛ったり結んだりすることにかけては、ちょっとばかりこつを知っているんだよ。それがすんだら猿轡だ。もっとも、こっちの方面はあんまり詳しくないんだがね」

「それはぼくに任せてくれ」私は以前にジョナス・ヘックルベリに猿轡を上手く嚙ませたことを思い出しながら、ゴードンの言葉に応じた。

「よし、じゃあ仕事にかかるとするか」

ゴードンは、私が背中に廻して押さえつけている刑事の両腕の上からロープをかけた。私は心中、刑事に対する同情を禁じえなかったが、手のほうは一切容赦しなかった。

「あなたがたにもう一度お願いしますけど、どうかそんな乱暴なことはやめてください」〝灰色の女〟は叫んだ。「ゴードンさん、少なくとも、あなたなら、わたくしの言うことに耳を貸してくださるはずです。あなたは、もしその気になれば、こんな手荒なことをせずとも、わたくしを救う手段があるのはご存じなのですから。あなたご自身、テリーが……ダークモアさんがドアをノックしたとき、言葉を尽くしてそうおっしゃっていたではありませんか。あなたはもともと高潔な方なのですから、どうか今も高潔に振る舞って、わたくしのためにできることをしてください。でも、こんなことをなさるのは絶対にいけません」

「私はまず、ダークモア君と話をつけなければならんのです」ゴードンは無表情に言った。しかしその間も、刑事の腕と脚を縛り上げる作業の手はいっこうに緩めようとしなかった。「この男がびっくり箱の人形のようにここへ飛び込んできたのは、私たちにとってまことに不都合なことでした。私たちはまだ、話をつけていなかったんですから。それで、やむをえずこうしなくてはなりません。しかし、さしあたりの計画は上々に運んだようだな。どうだい、ダークモア君、私の縛り上げる腕はプロ並みだと思わないか？　彼を鶏肉のようにぐるぐる巻きにしてやったぞ。さあ、今度は猿轡だ」

私は前回の経験を思い出して、上手く猿轡を嚙ませる指図を弁護士にした。猿轡はマーランドが叫び声をあげる暇もないうちに、歯の間にがっちり嚙まされた。

「奥の部屋へ運んで、そこで横になっていてもらうことにしよう」ゴードンは提案した。「あそこには大きな寝椅子があるんだ。だから、彼も賢ければ、わざわざそこから転がり落ちたりしようとせずに、われわれが解放するまで、できるだけ身体を楽にして横になっている気になるだろうよ」

私たちは二人がかりで、文字どおり手も足も出しようのないマーランドを持ち上げ、ゆっくりと隣の部屋のドアへ運んだ。私は、彼の頭と肩を支えて後ろ向きに進んだが、そうしながらも心配になって、〝灰色の女〟のほうに眼をやった。

コンスエロは、外側のドアのところに彫像のように立っていたが、無意識にドアに背をもたせかけて、身体を支えているらしかった。彼女が極度の精神的苦悩に悶え苦しんでいることは明らかだった。そんな彼女を見て、彼女がいっそう愛おしかった。彼女がかりにこれまで己の罪を償っていなかったとしても、今こうして苦しんでいるだけで、もう充分に償ったと言えるのではあるまいか？

刑事をドアまで運ぶと、私はそれを肩で押し開けた。コンスエロがその部屋へ入ってから、ドアに鍵は掛かっていなかった。

私はすぐに部屋へ入った。どちらがコンスエロに付き添って護衛役を務めるかについては、まだ決まっていなかった。ただ何となく、そうするのはゴードンの権利だろうと感じていた。しかし、自分がその役を受け持ちたいという願望も捨てきれなかった。コンスエロと私がこれから先、離ればなれに生きていく運命にあるとすれば、彼女を最後に安全な場所に導いたのが私であったことを憶えていてもらうのは、私にとって大いに意味がありはしないだろうか。

「さて、マーランドのほうは一応片づけてしまったから」ゴードンは言った。「彼女の危険が完全に去るまで、彼にはもう少しここにいてもらうとしよう。そして、これから彼女のところに戻る前に、私たちのどちらが彼女に付き添って行き、どちらがここに残ることになるか、ここで決めておこうじゃないか」

「きみがきみの部屋に留まるのが、賢明な方法だと思えるんだがね。きみは、一日二日、病気をしていたと言っておけばいいんだから」私は切り出した。しかし彼は、苦々しげな笑いを浮かべて私の言葉を遮った。

「もっともらしいことを言うじゃないか、ダークモア君！」彼は叫んだ。私たちの束の間の同盟関係がいずれ終わるのは、容易にわかることだった。「どちらに決めるのかは、たしかにちょっと難しいところだが、頭を働かせれば、簡単に乗り越えられる問題だよ」

「それじゃあ、彼女に決めてもらうのはどうだい？」私は提案した。

ゴードンは一瞬躊躇したが、彼の癖になっている独特の仕草で、もじゃもじゃの頭をぐいと反らせた。

「よし」彼は私の言葉に応じた。「そういうことにしよう」

ゴードンは私に先に行くようにと、ドアの脇に寄った。私が先に隣の部屋に入ると、彼はあとからついてきた。しかし私が不意に立ち止まったので、弁護士はドアの枠に躓いた。

部屋は空だった。〝灰色の女〟は消えてしまった！

私は廊下へ飛び出すと、階段を見下ろした。しかし、すでに彼女の姿はなかった。私は彼女のあとを追おうと思い、マーランドをゴードンに任すことに決めて、ゴードンの部屋に駆け戻ると帽子を引ったくった。しかし、ゴードンの手ががっしりとこちらの肩を摑んで、私を押し止めた。私は彼が何を言うのかと待った。

「いいかい、ダークモア君」彼は激しい口調で言った。「私は、彼女がローン・アベイ館へ戻っていったと信じているんだ」

「なぜ彼女はぼくたちから逃げて、アベイへ行かなくちゃならないんだい？」私は聞き返した。

「彼女がこのドアのところに立っていたとき、きみは彼女の顔を見なかったのかね？　彼女の心の中で嵐が荒れ狂っているのが、私にはよくわかったんだ。もっともそのときは、逃げ出す気でいるとまでは思いもしなかったが。彼女はもう自分はどうなっても構わないと思っているんだよ。それがローン・アベイ館に戻っていったことの説明さ。アモリー卿に別れを告げたかったんだよ。彼女はアモリー卿には不思議なほど愛着を感じているようだからね」

私は彼を遮ろうとして口を開きかけたが、途中で思いとどまった。ゴードンはウィルフレッド叔父の病気について、どのくらい知っているのだろうか。

「卿に会う他にも、焼いてしまいたい手紙の類もあるだろう。女には危急の場合でも、放ったままにしておけない様々なものがあるものさ。アベイ館でそういった用事を済ませてしまったら、彼女はどこかへ身を隠すつもりだろう、きみや私や、世間の誰の眼も届かないところへね」

「良い策かまずい策かはともかくも、彼女のあとを追おうじゃないか！」私は叫んだ。

「私たちのうちのどちらかが、という意味かね？　駅で彼女がマーチンヘッドへ向かったことがわかった場合、きみがもう一度ここで私に会うまではあとを追わないという条件でなら、きみにやってもらって構わないよ。きみから電報を打っておいてくれ。マーランドの追跡からはひとまず安全になったと知らせておいてくれ。そして、数日はローン・アベイ館に止まっても大丈夫だとね」

「きみは何もわかっていないんだ」私は我慢できずに口を挟んだ。「まだ他にも大きな問題があるんだよ。彼女は今、かりにマーランドが邪魔しなくても、ローン・アベイ館にいるわけにはいかないんだ」私はできるだけ手短かに、叔父の奇妙な発作のこと、叔父の命が狙われたこと、コンスエロがそのことで刑事以外の人々からも疑われていることを弁護士に説明した。

ゴードンは深刻な表情になったが、きみもそう疑っているのか、とは訊かなかった。

「とにかく、一日二日は、マーランドがいないかぎり、何事も先へ進まないだろう」弁護士は言った。「明日までなら、彼女が館にいても危険はあるまい。彼女がマーチンヘッドへ行ったとわかったら、電報を打っておいてくれ。もしそこへ行っていなかったら、私には一つ二つ考えがある。しかし、その話はあとにしよう。もうこれ以上、きみを引き留めておくことはできない。しかし、忘れないでくれ、われわれのどちらかが彼女と再会する前に、お互いに話し合っておかなくてはならない問題が残っていることをだ。そして、私たち三人の人生がその話し合いに懸かっていることを」

私はもうこれ以上待っていられず、階段を駆け下りた。下りながら振り返ると、ゴードンがマーランド刑事を監禁した部屋に入っていくのが見えた。

私はフリート・ストリートのテンプル法院の外で辻馬車を拾うと、大急ぎでパディントン駅へやってくれと御者に命じた。幸運にも、パディントン駅に着いたとき、ちょうどマーチンヘッド行きの汽車が動き出すところだった。私はそれに向かって必死で走ったが、列車の中を探してみる間はもうなかった。

コンスエロは、多く見積もっても、十五分以上先に出ていったとは考えられなかった。だから、彼女の行き先についてゴードンの推測が当たっていれば、十中八九の確率で、彼女が汽車に乗る前に駅で会えるものと思っていた。

パディントンまで、こんなに速く走った辻馬車もなかったろうが、パディントン駅までが、こんなに長く感じられたこともなかった。コンスエロが乗っているかと思って、私は追い抜いていく全ての辻馬車を必死の思いで覗いてみたが、その都度失望させられただけだった。

しかし、私にはまだ運が残っていたのだろう。汽車がプラットフォームに立っている私の眼の前を通り過ぎていくとき、一等車の窓に、白い美しい顔をちらっと認めることができたのだ。ゴードンの推測は間違っていなかった。

時刻表は最近変わったばかりだったから、次に出る汽車の時間を駅員に尋ねなくてはならなかった。次は二時に出る汽車で、さらにその四十分後にもう一本あるとのことだった。そういうことなら、ゴードンの忠告通り、コンスエロに電報を打ってから彼のところに戻り、彼の話を聞いておいても間に合うだろう。

もう一度ゴードンの部屋を訪れたら、いったいどんな話が待ち受けているのだろうか、と不吉な予感がしたが、私にはそれを知りたい気持ちも強かった。きっと、何か重大な局面を迎えることになるのだろう。私は先ほどのゴードンの表情をまざまざと思い出した。そして、声にも奇妙に抑えられたような激情がこもっていたことを思い出し、そう感じずにはいられなかった。

私の電報は、当然のことながら、事態を露骨に書くわけにはいかなかった。しかし、ゴードンか私がそちらへ着く前にローン・アベイ館を出るのは狂気の沙汰であることを、コンスエロがわかってくれるような文面にしたつもりだった。しかし私は、コンスエロの今後と、彼女がどう心を決めるかが気になってならなかった。

辻馬車の御者がパンプ・コートの入り口にへとへとになった馬を止めたとき、私は彼に一ポンド金貨を投げ与えると、ゴードンの部屋に通じる階段を二段飛ばしで駆け上がった。

ドンドンと音高く叩くノックに応えて、今度はすぐにドアが開いた。

「どうだった?」弁護士はドアを勢いよく開けながら訊いた。

私は、眼の前を通り過ぎた車室の中に白い顔をチラッと見たことと、電報を打っておいたことを話した。

「よし!」と彼は短く言った。「さあ、これで少し猶予ができたぞ」彼はそう言うとしばらく黙り込んだ。

「話し合っている余裕は一時間とはないんだ」私は興奮した口調で相手を促した。「ぼくたちのうちの一人が、遅くとも二時四十分の汽車に乗ってマーチンヘッドへ行かなくてはならないんだから。もし行かなかったら、どういう結果になるか、誰にもわかりゃしない」

「どちらかが行くことになるさ」彼は重々しい口調で答えた。「そして、どちらが行くことになるかは、これからの五十分の話し合いに懸かっているわけだ」

「マーランドは大丈夫かな」私はゴードンから椅子に掛けるように勧められたとき、少々心配になって訊いてみた。

ゴードン弁護士は、銀箔を張った樫の小箱を戸棚から取り出すと、私に葉巻を勧めた。私は断った。

「いや、信用してもらって大丈夫だよ。それじゃあ、本題に入るとするか」彼は言った。「まあ、一服吸ってくれ。そうしないと私も葉巻をやれないんでね」彼は不機嫌そうに言った。「それに、葉巻を吸っていないと、落ち着いて話すことも考えることもできそうにないからね」

ゴードン弁護士の顔はこれまでも、こんなに、ほとんど灰色といっていいほど奇妙に青ざめていたのだろうか？　こちらが気づかずにいただけだろうか？　それとも急にこんな顔色になったのだろうか？

「きみが出かける前に話したとおり」ゴードンは話し始めた。「彼女は自分の運命にすっかり無関心になってしまったんだ。そのときは、きみにその理由を言わなかったが、私にはわかっている。彼女がきみを愛しているからだよ。きみが彼女の正体を知ってしまい、きみが彼女の罪を信じているからなのだ。彼女は、きみを失うことになると思うゆえに、ますますきみを愛する気持ちが募っている。しかし私に言わせれば、きみは彼女に値する人間ではない。値するのは私のほうだ。きみは、彼女が罪を犯した女だというだけの理由で、一度は彼女を諦める気になった。私は諦めるつもりなど初めから毛頭なかった。いや、彼女の罪などいささかも信じていない。そして本当のことを言えば、そもそも彼女は罪など犯してはいないんだ」

「何だって！」

私は立ち上がったが、周りのものが全てぐるぐる回っていた。

「きみはそれを知っていて……きみは……」

「そうだ、私は知っている、証明することだってできる、きみにも、広く世間に対しても。しかし、私がそれをするかしないかは、きみ次第なのだよ」

「ああ、何ということを！」私は叫んだ。「きみはそれで人間なのか、そんなにまで彼女を苦しめて！」

「待ってくれ！　そう結論を急がないでくれ。私だって、彼女の無実はまだ知ったばかりなんだ。たしかに昔から、無実ではないかと思ってはいた。私は一歩一歩真実に向かって進んでいった。彼女を監獄から救い出してから、一緒にずっと頑張ってきた。そして、ついに証拠の鎖が完璧に繋がったのだ。五日前に、私は自分にこう言った。彼女はここへ来なければならない。そして私の言うことを聞かねばならない、私は彼女のためにこれだけのことをしたのだから、私にはもう全てが可能なのだから、とね。私は彼女に手紙を書いた。だが、彼女は来ようとしなかった。私が自分の集めた証拠を急いで公にしなければならない必要があるとは夢にも知らなかったんだ。これだけは、私を公平に見てもらうために、是非ともきみに信じてもらいたいと思っている。昔の問題を、彼女と私の二人の間だけの話にしておいていけない理由など、それまでは何もなかったのだから。フローレンス・ヘインズは死んで葬られた。私は、彼女のために自分がどれだけのことをこれまでしてきたか、彼女に聞いてもらおうと心に決めたんだ。だが彼女は、私の求めに応じるのを拒んだ。それできみに話したとおり、私はあのマスクを手に入れて、それを送りつけたのだ。果たせるかな、彼女はすぐにやって来た。そのあとのことは、きみも知ってのとおりだ。ハナ・ヘインズ殺しで、彼女が無罪であることを証明できたと聞かせる間もないうちに、きみのノックが聞こえたのだ。それで、状況は大きく変わってしまった。あの気の毒な刑事も全てを聞いてしまった。それに、彼を永久に黙らせておくことなど、もちろんできない話だ」

「どうして、きみはマーランド刑事にはっきり話さなかったんだい？　きみの知っていることを、全て教えてやらなかったんだい？」私は苦々しげに言った。「さあ、今からだって遅くないんだ。彼はきみの話を聞く耳は持っているだろう。彼はぼくたちの手で酷い目に遭わされたわけだが、ホープ嬢に対する騎士道精神を発揮して、この件は不問に付してくれるだろう。ああ、本当によかった！　ホープ嬢は無実なんだ……彼女は無実なんだ！」

「私がそう言ったから、きみは今ごろになって、彼女の無実を信じるわけかね？」ゴードンは冷ややかに笑った。「もっとも、昨日は他の男から、彼女が有罪であると言われて、きみはそれを簡単に信じたようだったがね」

私は自分の顔が真っ赤になるのを感じた。しかし、自分を弁護するつもりはなかった。ことここに至っては、自分がこれまでどんなに必死にコンスエロの無罪を信じようとしたかとゴードンに言っても詮無いことだったろう。

「きみは、なぜ私が全てを語らなかったのか、その理由を知りたいだろうね？」弁護士は言葉を続けた。「それは、まだ私に話すだけの用意ができてなかったからだよ。きみに楽な道を歩かせたくはなかったからだ。私はこの七年間、全てを彼女のために捧げた。あの悪党のレベルに支払うために、蓄えも全てなげうった。貧しい生活にも耐えてきた。その私が、どうして自分が払ったあらゆる犠牲を無駄にしなくちゃならないのだね？さあ、きみがそう望むなら、彼女を自分のものにするがいい、彼女はきみを愛しているのだから。実に忌々しいかぎりだが！　しかし、たとえ、きみが彼女を自分のものにしても、それは、永久に付いて離れない恐ろしい疑惑の烙印を捺《お》され、傷物になった彼女であることを忘れてはならない。さあ、彼女を取りたまえ、そして、地の果てなり、どこへなりと連れて行くがいい。そして、彼女が心労のあまり、実際の齢よりも早々と老いさらばえていくのを見ていればいいのだ。彼女があらゆる音に怯えるのを見ながら、眠っていても恐怖の叫びを上げるのを聞きながら。きみは彼女が無罪であることを知っている。知っていながら、彼女を救う力のないことを常に思い知らされなくてはならないのだ。そんな地獄の苦しみから得られる喜びなら、どうぞ、とっとと持っていってもらいたいね！」

それだけ言うと、ゴードン弁護士は口から猛烈に葉巻の煙を吐き出しながらしばらく黙り込んでいた。それから、彼は勢いよく立ち上がるとパイプを遠くへ放り投げ、狂人のように部屋の中を歩き回り始めた。彼の猛々しい言葉は、流れ落ちる溶岩のように私の脳を焼き焦がした。

「ほ、他に代わりの道はないのかい！」私は焦って聞き返した。

ゴードンは狂ったような歩みを止めると、くるっと私に向き直った。

「きみは、彼女が私の妻になるように仕向けるのだ！　いや、きみにしてもらうことはまだまだある。自分が牢から出るためにだって、彼女は私を愛そうとはしないだろう、きみを愛しているんだから。きみが彼女を救いたいなら、つまり、彼女を真に自由な幸せな女にしたいなら、きみには、きみが今日始めたばかりのことを最後までやり抜いてもらわなくてはならない。ホープ嬢は、きみが彼女の潔白を信じるのをやめたことを本気で怒っているが、心は依然としてきみにある。だから、きみが彼女を救いたいと心から願うなら、彼女にきみを憎ませ、軽蔑させなくてはならないのだ。きみはホープ嬢に、彼女が思っていたような勇敢な男でも義侠心のある男でもなかった、と信じ込ませなくてはならない。きみを愛したことを後悔させ、私を思慕する気にさせるまで、きみは、自分が卑劣で恥ずべき男であったことを彼女に演じて見せなくてはいけないのだ。テレンス・ダークモア君、きみは、それができるくらい彼女を愛しているかね？」

ゴードンがこう尋ねたとき、テンプル法院の鐘がちょうど一時十五分を告げた。あと五分で、私たちのどちらかがマーチンヘッドへ行かなくてはならない時刻になっていた。

私たちは黙ったまま向かい合っていた。私が最初に口を開いた。

「きみは、ぼくに一番難しいことをせよと言っているんだよ……だって、意図的にホープ嬢にぼくを憎むように仕向けよというんだから。そんなことは、とてもできない！　きみが望むなら、このままここを立ち去り、二度と彼女に会わないことにする。そうすれば彼女も忘れるだろう、そしたら……」

「ホープ嬢は忘れるような女ではない」ゴードンは言いながら時計を見た。「きみは、私の最後通牒を受け取ったんだ。さあ、あと四分で決めてもらおう」

「そんなことを言わされるくらいなら、きみに殺されたほうがましだよ」

ゴードンは肩をすくめた。

「残念ながら、私は人殺しではないんでね。それに、きみに危害を加えようなどとは願っていない。きみに何も求めるつもりはない。ただ、きみが代わりの道はないかというから、どちらかを選べと言っているだけだ。つまり、ホープ嬢の潰え去った人生の残骸から幸福の燃え滓《かす》を掻き集めるか、彼女に自由と汚名のそそがれた名前を与えるか、をね」

私は呻き声を上げながら彼から顔を背けると、中庭を見晴らしている窓辺へ歩み寄った。人々が昼食をとりに法院からぶらぶらと出てくるのが見えた。そこには、慌てている者も取り乱している者もいなかった。あちこちで、二、三人の人たちが出会って話を交わしていた。何か愉快な話でもあるらしく、どっと笑う声も聞こえてきた。遠くのほうで、辻芸人が、『ボヘミアの娘さん、ぼくのことを忘れないで』のもの悲しいメロディーを奏でていた。

今後この曲を聞いたら、自分の人生の一大事であった、このときのこの苦悩を必ず思い出すことになるだろう、と私は思っていた。

自分では決断を下したという意識はなかったが、数秒が経過したと思われたとき、私はもう一度ゴードンのほうに向き直った。

「ホープ嬢のことはきみに任せよう」自分の声が口から出るのが聞こえた。「きみの条件は呑むことにしたから、とにかく彼女を護ってやってくれ。ぼくの頼みはそれだけだ」

「きみが決心してくれて嬉しいよ」ゴードンは言った。「これで、きみも強いのは腕力だけではないことを証明したわけだ。きみの彼女に対する愛も本物だったのだ。さあ、行って、彼女を見つけてきてくれ。そして、あとのことは私に任せておくことだ。彼女には、私があとから行くと言っておいてくれ。このあときみがすべきことは、もうわかっているはずだ。ホープ嬢には、自分の名が汚されたためにきみの愛を失い、きみが身を引いたと信じさせるんだ。そうすれば、彼女の自尊心も、きみの不実により受けた傷から遠からず回復するだろうからね」

「残念だが、そこまでは言えない」私は短く答えた。「しかし、何はともあれ、一応の結論を出しておこうじゃないか。残された時間は後二分きりなんだから。ぼくはきみの言うとおりにするつもりだ。さあ、ぼくは彼女のあとを追うべきなのか、それともここに残るべきなのか?」

私は歯ぎしりしながらこう言うと、さらに言葉を続けた。

「きみのとるべき第一歩は、彼女の濡れ衣を晴らすことのはずだ」私は弁護士に言った。「もしも、男であれ女であれ、ハナ・ヘインズ殺しの犯人が今も生きているなら、正義は行われなくてはならないのだから」

「その男は今も生きている」ゴードンは答えた。「私はきみが誓ってくれた言葉を信用しているから、その件については私を信用してもらって結構だ。さあ、二時の汽車に乗るつもりなら、もう一刻もぐずぐずはできないぞ。私はきみが出かけたらマーランドのところへ行ってみるつもりだ」

ゴードンはそう言うと、部屋の間の連絡ドアのほうへ大股で歩み寄り、ドアを開けた。

驚いたことに、マーランド刑事は縛られたままの恰好で、ベッドから軟らかい床のカーペットに転がり出て、戸口のところまでいざり寄っていた。刑事がそこで横になったまま、敷居の隙間に耳を押し当てていたのは明らかだった。

二十八章　謎を追って

このような予想もしなかった運命のチェスボード上の動きが、今後どんな結果をもたらすことになるのか、私は手をこまぬいて待っている気にはとてもなれなかった。胸の奥から囁く執拗な声は、迫りくる未知の危険からコンスエロを救うべく、一刻も早く彼女のもとへ戻るように、と私を急かしていた。ゴードンとマーランドは、二人の間で勝負に決着をつけるに違いない。しかし、私は急いで階段を駆け下りていきながら、マーランドが私たちの話を立ち聞きしたということは、今後ゴードンが口にする言葉の真実を、何にもまして速やかに刑事に納得させるはずだと思い始めた。

私は、ぎりぎりの時間で汽車に間に合ったが、今日に至っても、その日、マーチンヘッドまでの汽車の旅で何があったか、何ひとつ思い出せない。客室に他の客がいたかどうかさえ記憶にない。そのとき、私の心を占めていたのが、コンスエロが殺人を犯していないことを知った喜びと感謝であったのか、自分が僅かの時間とはいえ、彼女を疑ったことへの悔恨の思いだったのか、コンスエロの愛を自らの手で壊して彼女を永久に手の届かないものにしなくてはならない苦悩であったのか、その点は今も判然としていない。

ある瞬間には跪いて、「神よ、コンスエロの無実を知らせていただいたことを感謝します！」と大声で叫び出したい気持ちに駆られた。しかし次の瞬間には、黒々とした闇が私の魂を屍衣のように包むのだった。

駅に着いたとき、ほとんど無意識に貸し馬車を拾おうとする自分の声を聞いたような気がするまで、外部のことには、まったくといっていいほど、何ひとつ気づいていなかった。ローン・アベイ館まで徒歩で行こうかという気もしたが、あとになって後悔するのが恐ろしくて、一刻の時間も無駄にする気になれなかった。

「ホープ嬢はお戻りになったかい？」私はドアを開けてくれた従僕に向かって、もどかしげに尋ねた。それが、私の帰宅時の第一声だった。

「いいえ、まだお戻りになっていませんが」従僕はさり気なくあまり驚いたところを見せずに答えた。

「何だって！」私は叫んだ。漠然と感じていた不安が的中したような気がした。だが従僕の返事は、まったく予期していない返事を聞いたのと同じくらいの衝撃だった。「絶対に間違いないのかい？」

「はい、存じておりますかぎり、ホープさまはまだお戻りになっていません。もっとも、そのことはミス・トレイルからうかがったにすぎませんが。二時間ほど前に、ホープさま宛てに電報が届き、お部屋にお持ちしましたが、お部屋にいらっしゃいませんでした。ミス・トレイルの話では、ホープさまは館にはいないと思う、とのことでした」

「ほう！　すると、その電報はミス・トレイルが代わりに受け取ったということかい？」

「さようでございます。ホープさまが戻ったらミス・トレイルのほうからお渡しするということでしたので」

もちろん従僕が勘違いしていて、ホープ嬢が彼の知らないうちに帰っている可能性もあった。しかし、私は心配で気が気でなかった。それから、不安な気持ちでウィルフレッド叔父の容態を尋ねると、叔父は順調に快方へ向かっていて、今はぐっすり眠っていると聞かされた。私は、他の召使たちにもホープ嬢が館にいるかどうか訊いておくようにと従僕に指示し、それだけでは気がすまず、自らホープ嬢の部屋に赴いてミス・トレイルに尋ねてみた。お相手役は顔色も悪く、いくぶん沈んだ様子だった。

ミス・トレイルは、あの感じの悪いマングースを腕に抱いたまま、こちらの問いに不得要領な答えを繰り返すばかりだった。そこで、私は思いきって、自分は今朝ロンドンでホープ嬢に会ってきたばかりだと明らかにした。

「まあ！」お相手役は大きな頭を上げて叫んだ。「あの人ときたら、あたしにはどこへ行くかも言ってくれなかったんですよ、まったく。こっちの知らないうちに出かけちゃうなんて。あたしが起きて着替えを済ませたころになってようやく、あの人が出かけたことを知ったくらいなんですから」

　私はこれを聞いて、いよいよ気をつけなければいけない、という気になった。今や、ローン・アベイ館を取り巻いている空気に、張りつめた緊張が充満しているように思えてきた。ミス・トレイル、別名ナオミ・ヘックルベリは、事態が目下どうなっているかをどこまで摑んでいるのだろうか？　私が蜘蛛農園を訪れたことをもう聞かされているのだろうか？〝灰色の女〟が女王として君臨していたこのローン・アベイ館で、今その女王自身にかけられている疑惑のことも、このお相手役は知っているのだろうか？　そんな心中の疑問に、私は何ひとつ明確な回答を見出せなかった。しかし、ミス・トレイルが落ち着きをなくし、不安になっているのは、見ただけではっきりしていた。少なくとも、事態は望ましくないほうへ向かっていると、ミス・トレイルも直感しているようだった。

　私はコンスエロのためを思い、ミス・トレイルにそれ以上のことを訊く気になれなかった。だから、こちらの不安は見せないように用心して、その場を引き上げることにした。

　私は、自分が乗り損ねた汽車の窓に、〝灰色の女〟の顔を認めたのは間違いないと信じていたが、彼女が追跡者をまくために汽車に乗っただけで、ロンドン近郊の駅で汽車を降り、追跡者の眼がなくなったところで、再び大都会のジャングルへ戻って身を隠した可能性もないわけではないと思っていた。

　ウィルフレッド叔父は眠っていた。叔父がこの二十四時間に、何度も私のことを尋ねたと聞かされたが、わざわざ起こしたくはなかった。ハズブルック医師の話では、回復も順調で実際にはもう危険はないということだったが、叔父の体力は極度に落ちているだろうし、神経もヒステリー性の女のように弱っているだろう。私は自分の傷が回復していくときの状況を思い出してみた。それで、毒は叔父の場合より弱かったはずだが、どうにも眠たくてしょうがなかったことなどを思えば、叔父がひとりでに目覚めるまで待つのがよかろうと考えた。

　叔父の病状が快方に向かっているとわかったので、私はこれから自分の足でマーチンヘッド駅まで行って、コンスエロが乗った列車がパディントンからマーチンヘッドまでの区間でいくつ途中駅に停車したかを調べるとともに、コンスエロの姿がマーチンヘッド駅で見られたかどうかも聞いてみることにした。

とにかく今は時間が貴重だった。私は叔父から自分専用の馬を与えられていた。その馬は、このところしばらく外に出されていなかったこともあって活力に溢れていたから、私を乗せると信じられないほどのスピードで駅まで走ってくれた。

赤帽が手綱を持ってくれたが、彼は、馬の打ちかかる蹄《ひづめ》と、食いつきそうな口から慎重に身を引いていなくてはならなかった。私は調べようと思っていたことを尋ねに駅長室へ向かった。

ホープ嬢がロンドンを二時に出た列車でマーチンヘッド駅に着き、貸し馬車には乗らずにローン・アベイ館の方角へ歩いていく姿が目撃されていることはすぐにわかったが、この予想外の情報に私は少々戸惑いを覚えた。

やっぱり、私が館へ戻ったときには、彼女もすでに戻っていたのだろうか？

とりあえず、私は逸る馬を抑えながら、ゆっくりと館へ帰ることにした。私はじっくり考えてみる時間がほしかったのだ。最初の曲がり角まで来たとき、馬が急に道の脇へ飛びのいた。道の外れの丈の高い草むらから、不意に何かが飛び出してきたからだ。

見ると、雑草らしきものが一杯詰まった籠を持った少年だった。少年は本通りからそれて左手へ走っていったが、その少年が、かつてロンドンまでやって来て、叔父とポーラをマーチンヘッドへ呼び寄せた偽電報についての情報を売りつけた、一風変わった子供であることはすぐにわかった。

「薬草を商っている女の息子だな」私は猫のようにすばしっこい薄汚い姿を眼で追いながら呟いた。そんな言葉をふと口に出したことで、ある考えが突然閃いた。コンスエロが、薬草売りの女のところへ行った可能性もありはしないだろうか？

コンスエロは暗くなるまでそこに身を隠していて、そのあとで、ゴードンがほのめかしたような理由でローン・アベイ館へ行くつもりなのかもしれない。とにかく、その女の家はわかっている。そちらへ寄ってから帰っても、せいぜい一マイルほど遠回りになるだけだろう。だから、ホープ嬢をそこで発見できるかどうか、確かめに行ってみるだけの価値はあるはずだ。

薬草売りの女の家に寄ったとすれば、コンスエロはまだ電報を受け取っていないのだから、ゴードンか私が彼女と連絡をつけるまではローン・アベイ館に留まっていてほしい、と私たちが強く望んでいるのは知らないことになる。彼女はゴードンが言ったように、誰も追っていけないところへ行くつもりかもしれない。私はそのとき、そんなふうに考えていた。

私は、将来の希望、慰め、愛といった言葉を自分の口からコンスエロに絶対に言わないことを弁護士から約束させられていた。しかし、みすみすコンスエロを私たちの手の届かないところへ行かせてしまって、長年にわたって苦しめられてきた恐怖と恥辱からやっと解き放たれたという事実を、彼女が永久に聞くことができないような事態だけは何としても防ぎたかった。

少年が私の顔を見てこちらを避けようとした様子から、〝灰色の女〟が彼の母親のところにいるかもしれない、という思いがいっそう強くなった。彼が四つ角で私を見張っていたことだって、考えられないことではないだろう。

私は直ちに子供のあとを追うと、すぐに追いつき、追い抜いた。

薬草売りの女の家は四部屋か五部屋しかない粗末な造りのあばら屋で、牧草地と森の境にぽつんと立っていた。一階には、蔓草《つるくさ》で飾られた小さな張り出し玄関があって、その両脇に窓がひとつずつ付いていた。束にしたり輪の形にした種々雑多な薬草が一種の宣伝の品のように片方の窓に飾られていた。もう一方の窓には、木綿のカーテンが掛かっていて、外からは部屋の様子は窺えなかった。

私が玄関の戸口の前で急に馬を止めたので、馬は後脚で立ち上がると、突如あとずさりし始め、その脚を玄関の柱に激しくぶつけた。

やわな造りの小屋はその衝撃で揺れたのだろう。ここに寄っている間、馬をどこへ繋いでおこうかと思いながら、手綱を絞って馬から飛び降りたちょうどそのとき、木綿のカーテンがそっと開き、そこに顔がひとつ現れ、外を窺ったようだった。

ハッというかすかな叫び声とともに、カーテンはすぐに閉められたが、カーテンはまだ小さく揺れていた。そのときは、しかし、覗いた顔を見たとき、私のショックは途方もなく大きかった。私はドアを激しく叩いた。そのときは、馬のことも何もかも忘れていた。これまで散々私たち全てを悩ませてきた謎の糸口に図らずも出くわした、という思いで頭は一杯だった。

私は激しくドアを揺さぶった。ドアには鍵が掛かっていた。誰も開けに来てくれなかったが、私は躊躇しなかった。すでにその日、私はことの当否はともかく、公務を執行していると信じている刑事を腕力で押さえつけたあとだった。そんな無茶をしたあとでは、こんな家に押し入るくらいは何でもなかった。ドアを拳骨で何度も叩いたり、肩で力一杯押したりして、私は錠を掛け金ごと外した。突然ドアが外れて、私は小さな部屋へよろよろと転げ込み、もう少しで腹這いに倒れるところだった。

部屋には人気はなかった。天井から下がっているほこりっぽい薬草の束に顔を撫でられたが、部屋の中のものはほとんど眼に入らなかった。

私の頭には、今顔を見たばかりの人物が逃げ去ってしまわないうちに、木綿のカーテンの掛かっている部屋に通じるドアまで行くことしかなかった。

ドアへ駆け寄ったとき、掛け金のガチャガチャ鳴る音とともに部屋の反対側のドアが開いて、年輩の痩せた女が姿を見せた。彼女の背後に台所の奥が見えた。これが薬草売りの女であることは簡単に推測できた。彼女は私の侵入に金切り声を挙げて抗議したが、こちらはそんな声には一切耳を貸さずに、目的のドアの掛け金をしっかり掴んだ。奥のドアの留め具はそれだけだった。

ドアはしばらく抵抗したが、私の容赦ない攻撃についに屈服した。私が敷居を跨いでその部屋に入っていくと、無理にでも会ってやろうとした人物と鉢合わせすることになった。

女物の服がさっと動くのはすでに眼に入っていた。そこには、従妹のポーラ・ウィンが壁を背にして、追いつめられた獣のような顔で私に向かって立っていた。

「酷いわ！　酷いわ！　どうして、無理矢理に押し入ってきたの、わたしが……そんなことを望んでいないって知っているくせに」彼女は喘ぐような声で言うと、指輪もはめていない、昔よりも痩せた両手をきつく胸に押し当てた。

私は無言のままポーラに向かっていき、彼女の眼をじっと見つめたまま、私を押しとどめようと素早く突き出された手を、そっと、しかし、しっかり抑えつけた。

「きみを見つけることができて本当によかったよ」私は言った。「ポーラ、きみは恐ろしい罪を犯してしまったんだ。だから、まだそんな気になっていないかもしれないが、できるかぎり、自ら進んで贖罪《しょくざい》しなくてはいけないときが来たということだよ」

「あなたって酷い人だわ」彼女は叫んだ。「だって、傷ついたのはわたしのほうなのよ」

「きみは本当のことを言ってないと、自分でもわかっているはずだよ」私は応じた。

ポーラは挑戦的な表情を目に浮かべて私を見返した。

「わたしのことをそんなにまで憎んでいるのね！」彼女は叫んだ。「そして、あの女を愛している！」

「ポーラ」私は努めて穏やかに呼びかけた。「きみが傷つけた女性を自分のものにできると思って、きみに償いを強要しているわけではないんだ。ぼくはもう、二度と彼女の顔を見ることも叶わないかもしれないんだから」

「何ですって！」ポーラは歯の間から息を漏らすように言った。「じゃあ、あなたもやっと彼女の正体がわかったって言うの？」

「別に彼女の『正体がわかった』わけではないんだ。彼女が初めから無実で、謂われなく告発されていたことを知っただけだよ。だけど、今日からは、彼女はもう他の男のものになってしまったんだ」

「弁護士のトム・ゴードンのこと?」

「そう、トム・ゴードンのね」

ポーラは私に掴まれていた腕を振りほどくと、両手を顔の前で握りしめて、突然、ヒステリックにワッと泣き出した。私はそのあまりの激しさに度肝を抜かれた。

「ああ、あの男は、何て残酷にわたしを騙したんだろう! 初めから嘘をつき、騙し、陰謀を練っていたんだわ! わたしは復讐するつもりだったの。だけど、あの男は、そうさせてくれなかったのよ」

「きみは誰のことを話しているんだい、ポーラ?」私はいっそう優しい口調で尋ねた。私は女性の涙にはいつだって弱いのだ。

「あの男よ……ああ、呪っても呪いきれないわ! わたしはそんな男を良人にするほど狂っていたの」

「きみの良人だって!」

「そうよ、わたしは自らの過ちであなたを失ったわ、テリー。わたしはいつも彼の道具になっていたの。今になるとそれがよくわかる。いいえ、ずっとわかっていたの。でも、あなたが彼女と別れたと言った今日ほど、それがはっきりしたときはなかったわ」

「きみはまだ、その男の名前を言ってくれてないよ」私は言った。

「まあ、その男の名前ですって! あなた、まだ気がついていないの? あの人非人のヘインズ・ハヴィランドよ!」

私にも、その名前はすでに推測がついていた。しかしそれを彼女の口から聞きたかったのだ。

「可哀想に、ポーラ」私は溜息をつきながら言った。「きみは罪を犯した。だから、今そのために苦しんでいるんだよ」

ポーラは身もだえしながら涙をこぼした。

「ああ、テリー」彼女は泣きじゃくった。「あなたが全てをわかってくれさえすれば！　でも、あなたにはわかってもらわなくちゃいけないわ。だから一部始終話すことにする」

「可哀想に、ポーラ」私は繰り返した。「きみのことは本当に気の毒に思っているよ」

しかしそのときでも、正直なところ、私は心からそう感じていたというより、むしろ機械的にそんなことを口にしたのだと思う。手を貸してポーラを立たせてやると、彼女は私の腕にぐったりともたれかかった。あの暖炉部屋の恐ろしい事件の日も、こんなふうに彼女が私にしがみついて泣いたと思い出すと、ぞくっと身体が震えてくるのを止めることができなかった。

私は自分に無理に強いるようにして、できるだけ優しく、彼女を肘掛け椅子に座らせると、ポーラのほうに身をかがめた。

「何もかも話してしまえば、気持ちがずっと楽になるよ、ポーラ」私は言った。「これまでより、ずっと気が楽になるはずだよ。話し始める前に、ぼくに何かしてあげられることがあるかい？　水かワインでも持ってこようか？」

「毒があったら飲みたいくらいだわ」彼女は呻くように言った。「でも、わたしは臆病だからだめ、苦痛とそのあとに来る闇が怖いもの。いいの、なんにも要らないわ。ただ、あなたの手を握らせてちょうだい。何といっても、やっぱりわたしたちは従兄妹同士ですもの。どんなことがあっても、それだけは変えられないでしょう？　それに、わたしのあらゆる間違いも、いけないことをしてしまったのも、全てあなたを愛したことと、それからくる嫉妬から出たことだったんだもの」

「きみはイタリアに行く前に、ぼくのことはもう好きでなくなったって言ったね。ぼくはそれを信じたんだよ」私はそう答えることで、彼女の眼にも自分の心にも、自分の行為を正当化しようとした。というのは、彼女の激しい言葉を聞きながら、自分でもはっきりと説明のつかぬまま、今までずいぶんいろいろのことがあったが、ある意味で責められるべきは私であって、自分の行為は正しくなかった、と心の隅で思うところがあったからだった。「そう信じるのが簡単だったことはきみにもわかるだろう、だって、その後もずっと、ぼくのことを好きだなんて思わせてくれなかったんだから」

「手遅れになるまで、自分で自分がわからなかったのよ。でも、イタリアから戻って、あなたが彼女と一緒にいるのを見たときに……ああ、テリー、あなたには、わたしがどんなに苦しんだか絶対にわからないわ」

「さあ、きみのその後の話を聞かせてくれないかい、ポーラ?」私は話をはぐらかすように言った。

「その前にドアのところへ行って、薬草売りの女が立ち聞きしていないか見てきてちょうだい。こんな話を聞いたら、あの女は、わたしを強請る気になるかもしれないから」

「そんなにあの女を信用していないのなら、どうして彼女の家にいるんだい、そして、どうしてぼくを避けようとしたんだい?」

「わたしはアベイ館の近くにいたかっただけなの。ここに隠れているように勧めたのは彼なの。だから、彼から連絡のないうちは、あなたに会いたくなかったとしても不思議じゃないでしょう?」

私はドアへ歩み寄ると、隣の部屋に誰もいないことを確かめた。

「彼女が今までここにいたにしても、疑われていると知ったから、もう戻ってくることはないだろう」私は言った。「さあ、もう安心して話して大丈夫だよ」

私はがらんとした部屋にもうひとつだけあった椅子をポーラの椅子の近くに引き寄せると、彼女の願いどおりに手を取らせてやった。

「イタリアにいたときに」ポーラは話し始めた。「わたしたちはヘインズ・ハヴィランドに出会ったの。名前を聞いても何も思いつかなかったんだけど、ある日、たまたま話がローン・アベイ館とウィルフレッド叔父のことに及ぶと、彼のほうから、自分がローン・アベイ館の所有者だったってすぐに名乗ったので思い出したの。彼の話だと、改名をすることによって、彼のものになるお金が少々あるとかで、ヘインズの名にハヴィランドを付け加えたと言っていたわ。

彼は、ウィルフレッド・アモリー卿がわたしの叔父だと知ったとたんに、わたしにすごく一生懸命になったみたいだったわ。わたしは、コンスエロ・ホープのことや、あの女は昔のローン・アベイ館についていろんなことを知っているって話したの。それからジェロームの助けを借りて、探偵を雇って彼女のことを調べさせ、その結果、館で殺人事件があった当時、館で女中をしていて、後にアメリカへ渡ったファニー・エドワーズという娘がいたことを知って、わたしが、コンスエロとその女中が同一人物だと信じていたことも話したわ。彼はコンスエロという女の様子を詳しく話してくれっていうから、教えてやったの。

彼も最初はわたしと同じ考えのようだったけど、彼女の目鼻立ちは整っていて形が良いって言うと、ちょっと怪訝な顔をしたわ。ファニー・エドワーズは金髪で色白で背が高く、スタイルの良い娘だったけど、鼻は低くて、唇の分厚い、大きな口をしていたって言うのよ。それから、コンスエロ・ホープがいつも左手に着けている真珠の手袋のことを話すと、彼はびっくりするような大声を挙げたわ。わたしはそれまで、その殺人事件の詳しい状況は何も聞いていなかったけど、彼の話では、フローレンス・ヘインズは、老婆を殺そうと揉み合っているときに、左手を噛みつかれたっていうの。これはよく知られた事実だったらしいのね。

殺人犯の女がすでに死んでいるというのは周知の事実だった。でも、彼はこんなことを言ったの。どこかに巧みなトリックがあって、フローレンス・ヘインズは本当は死んでいなくて、上手に変装して、コンスエロ・ホープを名乗っているんじゃないかって。

わたしがあの女にどんな感情を持っていたか、彼にはよくわかっていたはずよ。彼はしきりとわたしを愛していると繰り返して、結婚を約束してくれれば、彼女を厄介払いする手助けをしようって言ってくれたもの。そんな約束をわたしは守るつもりはなかったのよ、テリー。でも、そんなことがあって、わたしがアネズリー夫妻とイギリスへ戻ってくると、彼も一緒に動くことになったのね。わたしたちは、たとえ彼女が変装していても、ヘインズと直接顔を合わせれば、すぐばれてしまうと思っていたの。ところが、実際に会ってみると、ヘインズのほうが完全にうろたえてしまった。彼がいうには、フローレンス・ヘインズだと思えるときもあれば、別人だと思えるときもあるっていうの。そして、あの手袋の下に何があるか見ることができさえすれば、全てはっきりするんだが、といつも言ってたわ。

そのあと、あなたが一人でいるところを摑まえようと思って、わたしがローン・アベイ館へ出かけた日曜日のことになるわ。わたしはまず、ジェロームをこちらへ呼んでおいて、それからハヴィランドと共謀して匿名の手紙をでっち上げたの。あなたはわたしを軽蔑するでしょうね、テリー。でも、わたしは唆されてしただけ。〈鳥の巣荘〉を出たときには、そのあとで何が起きるかなんて、まったく頭になかったんだもの。ただあなたに会いたかっただけで、わたしの行き先は、ジェロームにも……もう一人の男にも絶対に知られたくなかったの。

あなたとの間であったあのときのことは憶えているでしょう？　あなたと別れてから、わたしは自分の宿へ帰るつもりだった。でも、芝生を横切っていくとき、コンスエロ・ホープが窓からこちらを見ているのが眼に入ったの。ヘインズ・ハヴィランドが、ホープ嬢の真珠の手袋の下にあるものを見る機会はないのかって、つねづねわたしに言っていたことも関係あったのよ。そこに歯の跡が残っていたら、彼女を告発するのにそれ以上好都合な証拠はないだろうって彼はいつも言っていたから、わたしは今ならやれるかもしれないって思った。それでわたしのほうから声をかけたら、彼女が下りてきたというわけ。

それから、わたしたちは一緒に暖炉部屋にもどることになったわ。そのときはまだ、あなたがそこで怪我をして倒れていたなんて、もちろん知らなかった。でも、わたしが彼女の手の秘密を見てしまったために、彼女がわたしをあの部屋に閉じ込めて、部屋から絶対に出さないと言ったときは、この女はわたしを殺すつもりだと確信したわ。

わたしが窓とドアの鍵を奪い取ろうとしたら、彼女はわたしを突き飛ばしたのよ。だから、磨いた床で足を取られて転んでしまったわ。そのとき突然、部屋の外れのほうで、高いところからたくさんの物が転がり落ちたような音がしたの。

彼女のほうが、わたしよりもずっと、立ち聞きされたのが心配だったんでしょうね。わたしは少しも構わなかったけど。むしろ、彼女と二人だけでなくなってありがたかったくらいよ。彼女はすぐにわたしを残して炉隅のほうへ走っていったわ。

彼女が行ってしまったとき、わたしが立ち上がろうとしたすぐ近くで、かすかなカチャッという音がしたの。見上げると、樫の壁板に、引き戸らしきものが開いていくところが見えた。初めから知っているのでなければ、そんなものがそんなところにあるなんて、誰だって夢にも思わなかったでしょうね、どんなに優秀な探偵だって。

見ると、なんとそこに、とても狭く暗い隙間が現れたのよ。そこからジョージ・ヘインズ・ハヴィランドが身を乗り出すようにして、唇を片手で押さえながら、わたしに必死に頷いてみせていたわ。

わたしがこうして部屋を抜け出せば、あの性悪女をいっそう怖がらせてやれるかと思うと愉快だったわ。物音を立てないようにして、彼のところまで行って振り向いてみたら、彼女が、遠くの炉隅で、背をこちらに向けて屈み込んでいるのが見えた。

わたしが一緒になると、彼は手を伸ばして、壁の開口部近くにあった小さなテーブルに掛かっていたインド製の絹の掛け布を摑み取ったの。そのときはなぜそんなことをするのかと不思議に思ったけど、そのわけはあとになってわかったわ。

それから壁板の引き戸をもとにもどすと、わたしたちのいるところは真っ暗になってしまった。彼はわたしの身体に腕を回すと、囁き声で話し始めたの。彼はわたしたちの話を全部聞いていたのよ。それで、暗くなるまでここにいることを承知するなら、わたしを館から連れ出し、あの人殺し女に法の裁きを受けさせるだけでなく、ウィルフレッド卿の遺言書の中でわたしをもとの位置に戻れるようにしてみせるつもりだって約束したの。

そういう話なら、わたし、彼のやれっていうことは何だってやってやろうと思ったわ。彼は秘密の通路を通って、わたしを館の半地下になった小部屋へ連れて行ってくれたの。彼の手を借りて小さな窓から抜け出すと、薬草売りの女のところへまっしぐらに走ったわ。彼は養母とローン・アベイ館に住んでいたころから、その女とは知り合いだったのね。

わたしはその日からずっとここにいたのよ、ヘインズ・ハヴィランドとの結婚手続きのために出かけた二日を除いてだけど。彼は私に変装させると、自分で馬車を駆って隣の州に連れて行ったわ。彼はちゃんと特別の結婚許可証を手に入れていたわ。そして、小さな村の教会で、わたしのミドルネームのヴィクトリアの名前で彼と正式に結婚したというわけ。騙された副牧師は、自分が行方不明になっているポーラ・ウィンの結婚式を執り行っているところだなんて、夢にも思っていなかったでしょうね。

わたしがイギリスを出たとたんにあなたはコンスエロ・ホープと婚約してしまったから、早く手を打たないと、ウィルフレッド叔父はわたしに遺されることになっていた分を全て間違いなくコンスエロに贈与することになるだろうってハヴィランドは言ったのよ。それから、あとで実行されることになった計画をわたしに提案したの。わたしはあの女を心から憎んでいたからそんな提案にも同意したわ。彼女がわたしのせいで絞首刑になったって、ミセス・ヘインズ殺しの報いを受けただけだと思うことにして。

彼は、ロンドンの病院の解剖助手を買収して、若い女の死体を手に入れると、それにわたしの服を着せて暖炉部屋のテーブル掛けにくるみ、わたしの指輪を死体の指に無理にはめて、インチキがばれないように首を切り取っておいたの。

あのときは、あなたを奪われたうえに叔父の遺産も奪われたと思って、わたしは悔しくて気が狂ったようになっていたのよ。でもあとになって、自分のしでかした行為をなかったことにできるなら、どんな代価を払ったっていいという気になったわ。だけど、全てが手遅れだった。検死審問が終わって、ヘインズ・ハヴィランドがジェロームに言わせた偽証にもかかわらず、あなたの奮闘でわたしたちの計画が失敗したとわかると、ヘインズ・ハヴィランドは、今すぐ自分との結婚に同意しないと、わたしが共犯であることをばらすといって脅迫したのよ。

あなたの心はもう他の女のものだったから、こうなったら復讐しかない、とわたしは自分に言い聞かせて承知した。結婚した翌日に、ハヴィランドは、暖炉部屋の外で立ち聞きしたことや、わたしが帰ったあとで、大急ぎで暖炉部屋に入ってあなたを刺したことを話したわ。彼は、あなたを殺すことで邪魔者を取り除いておきたかったのね。でも、わたしにはもう彼を裏切る気はなかったし、彼にもそれがわかっていたんだと思う。わたしたちは、罪でしっかり結ばれたもの同士だったから。

それでもあの男は、全ては私に対する愛のためにしたことだと言っていた。でも、彼の目的がウィルフレッド叔父の財産なのはわたしにもだんだんわかってきたの。ああ、どんなに彼を憎んだことだろう！　でもわたしは、彼の言うなりになるしかなかったのよ。さあ、テリー、これであなたは全てを聞いたわけよ」

ポーラの話は、暖炉部屋に秘密の引き戸があったという以外は（私の知る限りマーランド刑事もそれを摑んでいなかった）、私のこれまでの推測に付け加えるものはほとんどなかった。今や、全てが完璧に明らかになった。時のヴェールに隠されて、これまで見えていなかったものがはっきりと見えてきた。トム・ゴードンが証明し反証するはずの事柄もはっきりとわかってきた。ああ、もっと早く、それを見抜くだけの頭が自分にあったなら、と私は慨嘆した。そうすれば、ゴードンでなくこの私が、コンスエロの名誉を擁護できていたかもしれなかったのに！

「ポーラ！」私は努めて非情な口調で言った。「きみはまだ、自分のしたことの一部しかわかっていないんだよ。きみはあの男と結婚した。聖人のような仮面を被った、人の形をした悪魔とね。きみは、彼が何の罪もない女性の命を奪おうとしたと言った。だがきみは、どんな男に身を捧げたのかまだわかっていないんだよ。彼はウィルフレッド叔父を殺そうとしたんだ。そして叔父さんから遺言書を盗もうとしたんだ。彼こそ養母のハナ・ヘインズを殺した真犯人だったんだ。ぼくにはもうわかっている。まだ証明はできていないけどね、でも、これは絶対に間違っていないよ」

「ああ、何てことを！　何てことを！」ポーラは途切れ途切れに叫んだ。「それなのに、わたしはそんな男の妻になってしまった！」

二十九章　ローン・アベイ館の謎

私はもうこれで、少なくとも、コンスエロにかけられた最新の疑惑だけは晴らすことのできる証拠を摑んだと思った。だから、一刻も早くここを出たかった。だが、ポーラが気絶してしまっていたので、彼女に手当をし、間違いなく回復するのを見届けるまでは、放っておくわけにもいかなかった。

「旦那さんの馬が逃げちゃいそうだったので、あたしが捕まえておきましたよ」薬草売りの女は言った。彼女は、商売道具の薬草が一杯しまってある隣の部屋にいた。「今は息子が馬を抑えていますけどね」

私は彼女に礼を言うと、すぐに戻るという私の言葉をポーラが理解できるようになるまで待ってから、馬を探しに外へ出た。

少年は私が与えた半クラウン硬貨をポケットに押し込みながら、ジプシーらしい、きらきらした眼をこちらに向けた。

「小父さんは、もう少しくれるんじゃないのかなあ」子供は言った。「おいらが、他にも知っていることを話すとね。おじさんは、綺麗な女の人を探しているんじゃないのかい？　おいらの言う意味わかるだろう？」

私は駆け引きする時間を節約しようと、ポケットから一ポンド金貨を取り出した。少年が駆け引きに長けているのは、とうに証明ずみだった。

「さあ、全部話してくれないかい、そうしたらこれをきみにあげるよ」私は即答した。

「その女の人はちょっと前に、おいらの家に来たんだよ。それを知っているのは、おいらとかあちゃんだけで、あの人は知らないよ」彼はそう言うと、ポーラのいる木綿のカーテンの掛かった部屋を指差した。「その女の人は、かあちゃんが大事にしまっていたものを買ったんだよ。真っ青な、妙な顔をしていたから、自分用に使う気じゃないかって、おいらは思ったんだけどね」

「それどういう意味だい?」私は尋ねたが、答えは聞かなくてもわかっていた。コンスエロは毒薬を買ったのだ!

ゴードンの部屋で、さようならと呟きながら悲しげに私を見上げたとき、コンスエロはすでに毒を自分に使うつもりになっていたのだ。私は少年の推測が正しいことを疑わなかった。

コンスエロが自分に残されている選択肢のひとつに自殺を選んだとして、どうして不思議があろうか? 自殺は卑怯な行為です、と彼女はかつて、私たちが何かの問題で議論しているときに言ったことがあった。しかし彼女は、状況によりけりですが、とも言ったはずだ。今や彼女は、あのとき軽い気持ちで引用した常套句の中に真実を見つけたのだろう。友人たちの心が彼女の運命のために痛み、友人たちのプライドが彼女の運命が知れ渡ることによって傷つくのなら、自らの手で、この世に決別することは卑怯ではない、と彼女はきっと主張するだろう。コンスエロの立場にあれば、私だって同じ道を歩むだろう。

彼女がどこに身を隠したかわかりさえすれば! 手遅れにならないうちに、そんな自己犠牲はもう不要である、彼女の無実はもうみんな知っていることだ、と知らせてやれさえすれば!

「その女の人がここを出て行ったのは、いつごろだったんだい?」私は尋ねた。

「小父さんの来る一時間くらい前だったよ」

「ぼくの来る一時間前だって!」その間に何があったって不思議ではない! 私はそれからポーラとさらに一時間を過ごしたのだから。

あとひとつ質問すれば、もう子供にこれ以上訊く必要はないだろう。

「その人はどっちへ行ったか、知ってるかい?」

手強い子供にこれ以上駆け引きをされないように、私はもう一枚金貨を投げると、子供がそれを拾い上げる前にその痩せた肩を摑んだ。

「拾うのはあとだ！」私は命令調子で言った。少年は私の腕力にしぶしぶ従った。

「すごく早足で、ローン・アベイ館へ真っ直ぐ向かっていったよ」子供は断言した。「でも、表口へは入らなかったな。芝生の方へ廻って、開いているガラス扉から入っていったからね。綺麗な色が塗ってあるガラスの扉のほうさ。おいらが、ちょっと立ち止まって見ていると、すぐに、その人が塔の天辺の小さな丸い窓から、しばらく下のほうを見てるのが見えたんだ。首を引っ込めるまで、お天道さまの光で、髪がきらきら光ってたもんな。おいらは、それからもう少し、その辺をうろついていたけど、そのときにはもう見えなかったよ」

私はこれ以上質問はせず、急いで馬に飛び乗ると、思い切り鞭をくれた。

私の心の中で、途方もない恐ろしい考えが芽生えつつあった。種子はすでに子供の言葉で蒔かれていた。〃灰色の女〃がアベイ館に着いてすぐに、私の部屋の上の部分に上がったなら（大時計の機械装置が入っているだけで他に何もないところだ）、理由はひとつしか考えられない。

そこに何か秘密が隠されているのだ。彼女だけが知っていて、彼女だけが自由にできる秘密が。そして秘密の正体は、彼女がそこに逃げ込んで、自分と外の世界を永久に遮断してくれる謎のベールに守られ、隠れたまま死ぬことのできる隠れ場所なのではあるまいか。

こんな恐ろしい不安や難事が到来するまで手をこまぬいておらず、なぜもっと早い時期に、〃灰色の女〃がくれたあの図面をよく調べておかなかったのだろう？　私は自分の愚かさと優柔不断を呪った。いつもそうするつもりでいたし、そうしたいと願っていたはずだったというのに。だが、時間ばかりがどんどん過ぎてしまい、もう手遅れかもしれない今の今になるまで、図面のことはすっかり忘れていたのだ。

私は館に戻るとすぐさま、塔の探索に向かいかけたが、急にあることを思いついて立ち止まった。私は階段の近くで呼び鈴を鳴らしてウィームズを呼びにやらせた。ウィームズはどんなときでも、一番信頼できる召使だった。私は老執事にヘインズ・ハヴィランドがまだ屋敷内にいるのか訊いてみた。

ヘインズ・ハヴィランドはまだ滞在中で、ひどく体調が悪いとのことだった。ハズブルック医師の診断では、かなりの重症で、慢性的に悪かった心臓が、階段で転んだショックでさらに悪化したのだという。

「嘘だ！　嘘だ！」私は心の中で絶叫した。しかし、私が実際に声に出したのは、病人は私が少し前にローン・アベイ館に戻ったことを聞いているか、という問いだけにしておいた。

「ご存じないと思いますが」ウィームズは答えた。「ヘインズ・ハヴィランドさまは、ご自身の従僕は連れておりませんし、ここの召使たちはお客さまのお部屋へはあまり参りませんから」

「それじゃあ、ぼくが戻ったことは、彼に知らせないようにしてもらいたいんだ」私は執事に指示した。

「かしこまりました、テリー坊ちゃま」ウィームズは応じた。それだけ聞いてから、私は階段を急いで上がった。私は、そう指示しておく理由は充分にあると信じていたが、それがどんな結果をもたらす運命にあったか、そして、私のこの指示が間接的な原因になって、その夜、ローン・アベイ館で、どんな怖ろしいドラマが演じられることになるのかは、まだ、何もわかっていなかった。

自分の部屋に入って最初に思ったのは、いつもテーブルの上に置いていた黒檀の箱のことだった。私はこの中へ図面を入れていた。だが見ると、その箱の代わりに、いつもは他に置かれていたはずの、花を生けた大きな花瓶がそこにあった。花瓶をどけてみたが、箱がなくなっているのがわかっただけだった。

コンスエロが箱を持ち去ったにちがいない、と私は確信した。彼女は、私がきちんと鍵の掛かる容器に図面を入れておくはずだと信じて、それらしき物を探してその箱を持ち去ったのだろう。

もし、この推測が当たっているとすると、彼女は死んだ後も、自分を捜そうとする者たちから頑なにその身を隠そうと心に決めたことになる。私は、『宿り木の枝』の歌に出てくる妖精の花嫁の人形が、タンスに忍び込んで隠れているうちに百年の時が過ぎ去った、という古い伝説を思い出してぞっとした。

私はこんな奇妙な捜索活動にかかろうとした矢先に、その助けになってくれるかもしれない図面を取り上げられてしまったのだ。だが、次に直感的に閃いたのは、あの「アモリー問答」のことだった。「問答」の文句に何らかの意味があるとするなら、それは塔の秘密に絡んでいるはずだった。

私は、叔父がカクストン本の聖書と「問答」をどこへしまったのか知らなかった。叔父はまだ、あれこれ尋ねて悩ませていいような状態ではなかった。しかし、私はイートン時代から、ウェルギリウス（ローマの詩人）を一度読み通しただけで、何ページでも暗唱してみせる記憶力を誇っていた。だからこの場合も、違った意味でそんな能力が役立つことになった。

私は懸命になって「問答」の文句を思い出そうとした。しかし、私の脳はすぐには反応しようとせず、空白の状態がしばらく続いた。そして突如、一行一行が、羊皮紙に書かれていたのと寸分のちがいもなく、空中に書かれているのをまざまざと見ているような気がした。

私は最初に浮かんできた文句を心の中で急いで唱えてみた。その文句は、具体的には語っていなかったが、何かあるものが、アモリー家の人々により「大魔王ト修道士」から「正当ナル所有権ニヨリ」取り戻され、どこか「深キ水底」に「厄ノ終ワリシトキ」まで保持されるであろう、というような内容だった。

「秘密ハ何時ニ明カサルルヤ?」と、問答の問いの文句は続いていた。

正シキ時至ラバ、緑ナルモノ動キテ、光ガ道ヲ示スベシ
道ハ上へ、ソレトモ下へ?
最初ハ上へ、ヤガテ下へ、全テ図ニアルガ如シ

だが、図面は私の手にはないのだ!

しかし私には、上の部屋に収められた時計仕掛けの一部とおぼしき緑の円盤が時計塔の秘密を隠しているものなら、それは塔の謎めいた仕組みと絶対に関連があるはずだと考えるくらいの分別はあった。それだけでも前進だった。頭を働かせて状況を摑み、それに神のご加護が加われば、あとは何とかなるはずだ。

正シキ時至ラバ、と私は心の中でもう一度唱えた。時計が時を打ちだしときに円盤が動き出すのを、前にも見たことを思い出した。その後で、円盤は徐々に振動を弱めていき、最後は完全に静止したのではなかったか？

もし緑色に塗られた円盤が移動して、秘密の入り口を現すように工夫されているとすると、どうやら時計仕掛けと繋がっているらしい秘密の入り口は、時計が時を告げているとき以外は閉まっているということらしい。

だが今は、残念ながら時計は打ち終わったばかりだった。もし私の推論が正しければ、あともう一時間は、為すすべもないまま待たなくてはならないだろう。だがすぐにまた、新たな希望が湧いてきた。時計は十五分毎の時刻もきちんと知らせるはずだ。だとすれば、円盤は十五分間隔で秘密の入り口を開けて見せるのではあるまいか？ 私は塔の階段へ出るドアに鍵を掛けておくだけの用心をしてから、自分の心臓の鼓動を耳に感じながら階段を登り始めた。

まだ七時を過ぎたばかりだったが、辺りはすっかり暗くなっていた。私の部屋の上の広々としたスペースに出ると、頭のすぐ上で屋根を打つ滝のような雨音が聞こえたが、その中に、大粒の霰の打ちつけるバラバラという弾けるような音も混じっていた。

夏の宵のまだ早い時間だったから、照明器具の類は必要ないと思っていた。しかし実際には、明かりなしでは何もできそうにない暗さだった。私は円盤に近づいたとき、壁の隅に押し込まれるようにして置かれていた得体の知れないものに蹴躓き、それがカンテラだとわかったからよかったものの、そんなことがなければ、遅延を呪いながら、もう一度明かりを取りに戻らねばならないところだった。それは錆びた古いカンテラだった。ひしゃげているところから見ても、新しい住人によってローン・アベイ館に持ち込まれたものでないことは明らかだった。しかし中に蠟燭が残っていて、急いで確かめて見ると、間違いなく火が点きそうだった。

私はなんとか蠟燭を点けてカンテラに火を入れた。それから、明かりが外に漏れて私の奇妙な捜索が気づかれないようにと、小さな窓に付いている木製の鎧戸を下ろした。

自分の部屋のある階から上に通じるドアをロックしてしまうと、私は実質的に、この館の他の全ての部分から孤立してしまった。

何はともあれ、作業を有効に進めるには、大時計が七時十五分を打つのを待たねばならなかったから、その間に、かつては緑色に塗られていたとおぼしき金属の円盤を詳しく調べることにした。

円盤は、柄《え》の取れた大きな鍋蓋のような外観のもので、壁に垂直に置かれていた。カンテラを近づけて目測したところ、厚さは半インチから四分の三インチくらい、直径は二フィート以上ありそうだった。

その真ん前に時計に付属しているらしい奇妙な造りの一組の鎖と錘《おもり》が下がっていた。そして、鉄の棒が壁の側面に走っていて、それが、平たい接続リングで円盤に接合されていた。

どう見ても、その円盤はきめの荒い石壁にしっかり固定されていた。円盤の後ろに隙間はまったく見えなかったし、手や腕の力で動かそうとしてもびくともしなかった。もっと近くからじっくり見て、どういう仕掛けになっているのか見つけてやろうと、カンテラを掲げてしゃがみ込んだとき、円盤の外周に、何かが絡みついているのが眼に留まった。見ると、それは柔らかなウールの布地の切れ端で、そこに挟まって引きちぎれたもののらしかった。コンスエロの灰色のドレスの切れ端に違いない。その布切れを手にしたとき、心臓は不安と喜びの入り交じった興奮で激しく鼓動した。

だがすぐに、コンスエロが生きたまま墓へ入るように、秘密の隠れ場へ行ってしまったのかと思うと、私はぞっとするような陰鬱な思いに襲われた。彼女はきっと、自らの手で自らの命を奪う行為に伴う、見苦しい事態を避けたかったのだろう。発見時の恐怖、事が公になったときの騒ぎ、異常な死に方をした死体の存在が家族にもたらす面倒ごと、そういった身勝手な自殺が身内の者や友人に及ぼす諸々の結果などを考えてのことだったのだ。何と怖ろしいまでに冷静に考えたことか！　しかもある意味で、誇り高く、何事にも優れたコンスエロにいかにも相応しく！

不公平で残忍な復讐の女神の裏をかくためとはいえ、コンスエロと同じ行動を取るだけの勇気のある者がこの世にどれだけいるだろう！　彼女はたった一人で死地に赴いたのだ。悔恨の苦悩で泣き叫ぼうと、誰の耳にも聞こえないようなところへと。友人たちの手がすぐにも届きそうな近くで、わが身が生きながら埋められている間にも、残された者たちが、彼女を襲った運命も知らないまま捜索することを思っていたのだろう。そして、恐怖の館に暗い影を落としている数多《あまた》の悲劇に、今また、新たな悲劇が加わることになると思っていたのだろう。

私がただひとつ期待をかけたのは、彼女が勇気を失ってしまうか、準備に手間取っていることだった。彼女が赴いたところでは、なにも急ぐ必要はないのだから。

私は彼女のドレスの切れ端を唇に押し当てた。ちょうどそのとき、時計が七時十五分を告げた。

しかし、円盤は動く気配を見せなかった。私は意気消沈して、機械装置は時間単位で動くようになっているのだろう、と思うしかなかった。

嵐はいよいよ強まってきた。空には稲妻が光り、それと同時に、古いアベイの建物を土台から揺るがすような雷鳴が轟いた。地平線から天頂まで切り裂く、稲妻のナイフの刃でちぎられたいくつもの黒い雲が、強い風にあおられて流れていた。

そのとき突然、凄まじい轟音がした。それは、あたかも神話の雷神が塔の中へ真っさかさまに転げ込んできたような凄まじさだった。一瞬、歯車、鎖、支えの横棒、振り子などの複雑な仕組みの入っている部屋が昼間のように明るくなって、時計の機械装置の細部も、その影とともに、くっきり浮かび上がった。まばゆいばかりの光は、白色から、奇妙なこの世のものとも思えない青色に変わったようだった。

その瞬間、私は塔に落雷があったと思い、無意識のうちに立ち上がった。どこか下のほうでくぐもったような音が聞こえた。やがて、気味悪い光は消えて、騒々しい音も鈍く鳴る振動音に変わっていったが、私は、雷の電気が自分の身体に奇妙な作用を及ぼしていることを自覚した。

私はこれまで落雷に打たれたことはなかったが、このときは、完全な虚脱状態に陥った。まるで高いところから落ちて、肉体も神経も完全に打ち砕かれてしまったような感覚を、よろよろとふらつきながら味わっていた。意識的に努力しなければ、息を吸うことも、ばらばらになった知力をまとめるのも難しかったろう。たぶんちょっとの間、眠りに落ちていたか、少なくとも半無意識状態に陥っていたのだと思う。そして、時計が八時を打ち始めたことで、その状態から覚めたのだった。

私はまるで、麻薬による重い眠りから覚めて、生死にかかわる問題を自覚した者のように、自分の身体を何とかもう一度持ち上げた。だが、円盤が依然としてまったく動いていないことを知り、眉間の間に一撃を食らったような衝撃を受けた。

コンスエロがついに、私と彼女の間の連絡通路を完全に絶ってしまったのかと思うと、私は愕然とした。いや、隠された部屋の秘密を暴く時間は、まだあるのではないか？

私は必死になって頭を絞り、あの日、あの夕暮時、濠を浚っていた人々を見ながら円盤の振動に初めて気がついたときはいったい何時だったのか、と懸命に思い出そうとした。だが初めのうちは、どうしても思い出せなかった。夕方もまだ早い時刻だったことを思い出しただけだった。

それから、ゆっくりとそのときのことが蘇ってきた。私はあの不吉な音を七つ聞いたことを思い出した。あれは七時だったのだ！　今回、私が時計塔に登る直前も七時だった。とすれば、「問答」の言う「正シキ時」が来るまでに、あとどれだけ待たねばならないか、わかりようがないということだ。

潮が引くように、張りつめていた気力が引いていった。時間が経過していくのも私の意識になかった。九時になり、そして十時になったが、私はそのつど失望を味わっただけだった。嵐はとうに止んでいた。そして、雨を含んだ冷たい夜気が、旧式の鎧戸の隙間越しに吹き込んで来るのが感じられた。

その後は、私の眼はほとんど懐中時計の文字盤に注がれていた。分針の進むのが何と遅く感じられただろうか！　やっとのことで長針が十二に届き、短針が十一を差した。私は疲れた眼を上げて円盤の方を見た。すると、十一時を告げる最初の音とともに、円盤が動き始めた。

私は言葉にならない声を挙げてそこへ駆け寄ると、円盤の縁をしっかりと摑み、それを壁から引き離してしまうつもりで、気合いを入れて力一杯引いた。今できなければ、あと四時間、再びチャンスはないだろう。経験でそれだけはわかっていたが、もう一度それだけの時間を耐え抜くのは無理だろう。もし、時計があと十個の時鐘を響かす間に何とかできなければ、全ては水泡に帰してしまうだろう。私はその金属板を力任せに引っ張った。指から血が流れ出した。自分の呻き声が耳に聞こえた。だが、それが自分の声のような気はしなかった。玉の汗が顔から吹き出したが、身体は寒気でがくがく震えた。

八、九、十。そして次の一押しで、振動していた円盤を一挙に壁沿いに滑らすことができた。

十一！　大時計は殷々と最後のひとつを打ち鳴らした。

眼の前にある石の壁の、これまで円盤があったところに、それとほぼ同じ大きさの丸い穴がぽっかりと開いていた。

ちぎれた蜘蛛の巣が、その開口部に花綱飾りのように漂って垂れ下がっていた。少し前にそこを通った人によってちぎられたことは明らかだった。

穴は、大人が身体を蛇のようにして頭から入りこんでいけば、かろうじて通れるくらいの大きさだった。カンテラを前へ押しやりながら、腕を伸ばして頭から潜り込んでみると、通路が上向きに傾斜していて、それが突然左へ折れているのがわかった。

そのとき私は、塔の部屋の窓が監獄の窓のように深く奥まった造りになっていたことを思い出し、その意味を理解できたと思った。いくら狭いものとはいえ、こんな通路を壁の間に入れるには、その部分の壁は特別に厚くしておかねばならないだろう。

「道ハ上へ、ソレトモ下へ?」私は問答の問いの文句を思い出し、それを口に出して唱えると、その問いに自分で答えた。「最初ハ上へ、ヤガテ下へ、全テ図ニアルガ如シ」

図面は手元にないのだから、自分で実際に当たって、この秘密の通路の謎を解くしか手はあるまい。

問答に予言されているように、道が不意に下りになるのではないかと恐れて、私はカンテラを用心深くしっかり掴むと、蛇のように身体をくねらせ、肘を石の隙間に突っ込むようにして這って進んだ。

通路は左に曲がった後、時計の機械装置を収めた部屋と平行して先へ延びていた。私がこうして六ヤードほど前進したところで、急に周りが広くなり、やっと膝立ちになれるとわかった。私は手を上に伸ばして、頭上一フィート以上のところで、石がアーチ状になっているのを確かめると、カンテラをあちこちへと向けてみた。それからさらに這ったまま進むと、すぐ、運よく床を探っていた指に、床がそこで終わっているらしいことが感じられて、その下が穴になっていることがわかった。首を伸ばしてみると、カンテラの明かりの中に、煉瓦と石でできた粗末な階段が見えた。

私は歩を進めて、それを下りることにした。

両側の壁はすぐ近くに迫っていて、頭の上は低い棚状になっているらしく、私は一、二度ゴツンと音がするほど、思いきり天井に頭をぶっつけてしまった。

心がコンスエロのことで一杯でなかったら、こんな奇妙で巧妙な通路がどういうつもりで造られたのかと、さぞ好奇心を掻き立てられたことだろう。

塔そのものが、この通路の行き着く場所を隠す目的で建てられたことに疑問の余地はなさそうだった。チャールズ一世の友人であったという、ラヴレス卿、ロバート・ヴィクター・アモリーは、いったいどんな動機があって、隠された部屋へ続くらしい、こんな秘密の通路を何年もかけて造ったのだろうか？　彼は、いったいいかなる秘密を隠そうとしたのだろうか？

辺りには、上手く表現できないが、静寂そのものがこだましているといった感じがあった。何かが私の側を一、二度、さっと通り過ぎた気配がして、二百年以上にわたって一度も破られたことのない静寂が、それによって破られたというより、いっそう密になったように感じられた。

それはネズミだった。ネズミたちは、すでに何世代も前に、恐怖の館の秘密を解いてしまっていたにちがいない。

私は、今いるところの下にある、自分の部屋の位置を思い出して、階段をほぼ下りきったはずだと考えた。というのは、ローン・アベイ館の秘密を隠している空間は、二つの階に挟まった形になっていなくてはならないと信じていたからだ。

私の部屋の天井は低かった。時計の機械装置用の部屋の天井も、やはり低かった。どうしてもっと早く、塔自体の高さと、二つの部屋を足した高さの違いに気がついて、それが意味するところを推論できなかったのだろう。私は、秘密の部屋があると仮定しなければ説明できない、少なくとも、六フィートの空間が、私の部屋の天井と時計仕掛けを入れた部屋の床の間にあると確信した。そして私は今、その事実の解明の一歩手前まで来ているはずであった。

私はやっとのことで、ほぼ真っ直ぐに立つことができた。踏み石の低い階段をここまでで間違いなく十六段下りた。その先には濃い闇が広がっていた。そして辺りの静寂はマーリンの呪文のように恐ろしげに、その中にいるはずのコンスエロをしっかりと捉えているように思われた。

カンテラを持った手を奥に伸ばしてみると、闇は、思ったよりずっと先まで続いていた。

私がなかば立ち、なかば屈むようにして立っていた低いアーチ道の出口は、優美な垂れ幕で覆われているらしかった。いったいこれは、どのくらい古いものだろうか?

私は一度はそれを摑み、押し開けようとしてみたが、そこで躊躇した。もう希望は捨てなくてはいけない、と私は自分に言い聞かせた。もし、コンスエロがこのカーテンの向こうでまだ生きているなら、これまでにわかったのではないだろうか。しかし一旦カーテンを上げてしまえば、一気にあらゆる疑念に決着がついてしまうかと思うと、もしやと期待する気持ちに終止符を打つだけの精神的な力も肉体的な力も出せなかった。

私はコンスエロの名を呼ぼうとした。しかし、それは、私の口から出なかった。

「進まなくてはならない……さあ、進もう!」私は心の中で自分に言い聞かせた。だが手は、不安げにカーテンを握ったままだった。

そんなふうに決断のつかないまま立ち尽くしていると、突然、闇を切り裂くような怖ろしい悲鳴が響きわたり、静寂が一挙に破られた。あまりの恐ろしさに、私は思わず飛び上がった。全身の神経がおののき震えた。私はちょうど下りたばかりの階段に踵を取られて後ろによろめいた。反射的に身体を支えようとしたとき、持っていたカンテラを取り落とした。そして、慌ててカーテンを摑んだが、長い年月で劣化しかびで腐っていたカーテンを、倒れ込みながら引きずり下ろすことになってしまった。

カーテンは絹を裂くような音を上げて、留め金から引きちぎれた。私はかび臭い襞の中へ顔を突っ込んだ。カンテラのガラスの砕け散る音が聞こえ、たちまち真の闇が辺りを包んだ。すぐに蠟燭の煙の臭いが鼻に漂ってきた。

私が落ちてきたカーテンから出ようともがいているときにも、恐ろしい叫び声は続いていた。それはかなりの時間続いていたが、次第に、恐怖と苦痛に苛まれているような、長く尾を引く泣き声へと変わっていった。その異様さは、人間の出す声とはほとんど思えないものだった。

私には、それがコンスエロの声でないことはわかっていた。泣き声らしきものは、最後に消える前に、鋭く甲高い悲鳴に変わったが、男の声であることに疑問の余地はなかった。

私がやっとカーテンから身をふりほどいたとき、その声は止んだ。あとは何も聞こえなかった。さきほど、私のすぐ側を通ってカーテンを潜り抜けていったネズミの音さえしなくなった。

蜘蛛農園のときよりも好都合だったことに、今回はマッチ箱にマッチが一杯入っていた。私は一度に数本まとめて擦ると、もう一段下へ下りた。

階段の踏み石は一様の高さになっているものと思いこんでいたが、最後の一段はこれまで下りてきたものよりはるかに深かった。そのため、私は階段を踏み外して、前のめりに倒れこむと、数フィート下の床に四つん這いになってしまった。

マッチ箱は手から吹っ飛んだ。マッチを見つけなくては、と必死になって床を探り廻っていると、暗くて何も見えなかったが、横たわっている人の身体とおぼしきものが指に触れた。

すぐにコンスエロのことを思ったが、手に触れた布の材質は、彼女の着ていたドレスのようではなかった。軟らかいビロードらしき生地で、スカートとちがって裾が割れていた。高くなった表面をなぞっていくと、絹糸や銀糸を使って花や葉の模様をびっしりと刺繡してあるらしい感触がした。

さらに手を滑らせて袖を見つけると、今度はそれを下へなぞってみた。私はワッと叫び声をあげて身を引いた。私は骸骨の手の骨を握っていた！

こんな謎めいた場所と真っ暗な闇が投げかける呪縛をかなぐり捨てると、私はもう一度マッチを探してみることにした。そして、やっと見つけることができた。

勢いよく石の床に落ちて打った膝のずきずきする痛みもほとんど忘れていた。私はそこに倒れているものから急いで離れると、立ち上がってマッチを十本以上擦った。

やはり、それは本物の骸骨だった。調子の狂った脳が生み出した幻覚などではなかったのだ。触ったときにすでにわかっていたように、絹とビロードの地に、くすんで変色した金糸で刺繡の施されたガウンをまとった男が、そこに倒れていた。長く黒っぽい髪が、立派な額の土台であったはずの頭蓋骨から垂れ下がっていた。綺麗な歯並びの二段の歯が、初めてここを訪れた者を歓迎するかのように、薄気味悪くにたっと笑っていた。私は、空っぽの眼窩の奥底で、その眼がきらきらと光っているのを見たような錯覚を覚えた。

私の足下にある、骨だけになった指には、奇妙な細工の施された鍵が握られていた。そのすぐ後ろに、壊れたカンテラが転がっていた。

私は束ねたマッチを掲げて中腰で立っていたが、骸骨の他には何も見えなかった。

難攻不落な真っ暗な闇が、〝灰色の女〟を必死で探そうとする私の意図を嘲笑うかのように、その向こうに黒々と広がっていた。私は膝をついてカンテラにもう一度火を入れた。炎が大きく燃え上がったとき、それを高く掲げると、カンテラの発する光の輪の向こうを見ようと懸命に眼を凝らした。

頭の上は低い石の天井だった。そのため、自分の身長より六インチくらい頭を低くしていなくてはならなかった。カンテラの光が一方の壁を照らし出した。するとそこに、血のように赤く見えるクッションの置かれたベンチが見えた。その外れに、形と大きさからすると、棺桶を思わせるような黒い箱があった。そしてそれを背景にして、風に吹き寄せられた雪溜まりのように波打った服地が、濃い闇の中に白く光って浮かび上がった。

私は恐る恐る、ゆっくりとそちらへ近寄った。コンスエロの髪がカンテラの火でキラキラ光るのが見えたとき、知らぬ間に、私の喉からかすかな嗚咽の声が漏れた。

「ああ、いとしい人よ!」私は彼女のかたわらに跪いて訴えた。「さあ、一言でいいですから、ぼくに話しかけ、死んでいないと言ってください!」しかし、私が握った手は冷え切っていて何の反応も示さなかった。細い指は、私の手の中に力なく置かれたままだった。

溢れる涙で霞む眼を凝らして見ると、そこに倒れている彼女の姿は、まるでへし折られた百合の花のようだった。そして、石の床に置かれた傍らのカンテラの火が、人間の希望も恐怖も尽き果てるのをじっと意地悪く見守っているネズミの眼に当たって、小さく反射した。

三十章　秘　宝

自分のコンスエロへの無尽蔵の愛をもってすれば、一旦その肉体から逃げ去った彼女の命を、もう一度元に戻してやることができるかもしれない。

そんなことを思って私は彼女を抱き上げると、自分の心臓の熱で暖めようと、しっかり両の腕に抱きしめた。事実、こうしているうちに、彼女の両の眼が開き、不思議そうに私の眼を覗き込んだ。

かすかな震えがコンスエロの身体を走った。そして、それは私の身体をも震わせた。

「ああ、ありがたい！」私は叫んだ。熱い涙が私の眼に溢れ、それが彼女の顔にこぼれ落ちた。

「これは死後の世界なのかしら？」コンスエロの呟く声が聞こえた。

熱烈な愛の言葉が胸に湧き上がってきたが、ゴードンとの約束を思い出して、それをぐっと呑み込んだ。彼女は助かるだろう、と私は思った。そうであるなら、ゴードンから強要され、私が払うと約束したあの犠牲は、どんなに辛くとも、彼女の将来のために払わなければいけないのだ。

「あなたがよくご存じの世界を出たわけではありませんよ」私は彼女の問いに答えた。「手遅れにならないうちに、ぼくがあなたを見つけることができましたから」

「わたくしは死ぬつもりでした……死ななくてはならないのです……みなさんのために！」彼女は呟くように言った。

「そんなことはありません。あなたが潔白であることは、もうわかっているんです。そして、それは間もなく証明されるでしょう。ぼくは、そのことをあなたに伝えにここまで来たのです」

コンスエロは、ようやく、苦しみと驚異に満ちた不思議な夢から目覚めて、自分の状況がはっきり理解できたようだった。彼女の眼は、カンテラのかすかな明かりで照らされた辺りをしげしげと見回していた。

「だんだん思い出してきました」彼女は言った。「でも、どうして……あなたが、ここにいらっしゃるんでしょうか？」

「あなたが、どういう意図で、どこへ行ってしまったのか、と考えてみたのです。そして……あなたが来たようにして、ぼくもここまで来たのです」

「それでは、あなたは秘密を解いたのですね……かつて、わたくしがあなたにこそ見つけてほしいと願ったあの秘密を。でも今となると、できれば、あなただけには隠したままにしておきたかった……」

「ええ、そうです、ぼくは秘密を解くことができました。最後のところで、あなたがわざと解きにくくしてしまいましたけど」

コンスエロは胸の奥から深い溜息をついた。

「ああ、あなたに慈悲の気持ちがおありで、わたくしを、そのまま行かせてくれていたらよかったのに！ わたくしは、もっと早く行っているはずだったのです。円盤が動く時間に間に合わなかったのです。時計が七時を告げるまで、あの機械装置の側で待たなくてはなりませんでした。それはとても辛いことでした。どうすべきかはわかっていました。でも、ずいぶん勇気が試されました」

「七時までですって！」私は彼女の言葉を繰り返した。「それじゃあ、ぼくが自分の部屋を出てあそこへ上がって、まだ五分と経っていなかったんですね。あなたは、ずっとあそこにいたんだ、ぼくも館にいたというのに。ああ、何てことだ！ それがわかってさえいたら、あんなに苦しい思いをせずにすんだのに！」

抱きしめていた腕をそっと緩めると、コンスエロは身体を滑らせて、頭を私の膝に載せた。手を放すと、彼女は力なく私にもたれかかってきた。私は、コンスエロが優しい言葉と優しい腕を何よりも必要としているのを充分承知していたが、彼女が私の冷淡な態度に呆れて私を軽蔑するようにし向けるとゴードンに約束してしまっていた。彼に約束を撤回させないためには、私も誓いを破るわけにはいかなかったのだ。

「あなたが自ら命を絶つつもりでここに来た、と恐れる理由があります」私は言葉を続けた。「さあ、ぼくに話してください、まだ、それは試みていないと……」

返事が怖ろしかった。こうしている間にも、遅効性の毒が彼女の血管を巡っているかもしれない、と思うと怖くなって、それ以上のことを口にできなかった。

しかし、コンスエロは私の言いたいことをすぐ理解した。

「時間がなかったのです……ですから、まだ……」彼女はそっと言った。「稲妻は見えませんでしたが、ここにいても、外では嵐が荒れ狂っているのがわかりました。あなたは、わたくしは、来るときに持ってきた蠟燭を点すと、服用するつもりの毒の入った小瓶を取り出しました。わたくしを悪い女だとお考えです。たぶん、本当に悪い女なのでしょう。そんなわたくしでも、何をするよりもまず、神さまと和解しておきたかったのです。しなくてはならないことをする前に、神さまに許していただきたかったのです。ですから、わたくしは跪きました。そのとき、怖ろしい大音響がしたのです。館に落雷があったのかと思いました。それから、ウィルフレッド卿は大丈夫だったろうかと、心配になりました。わたくしは急いで立ち上がりましたが、巨大な鉄の手に摑まれて揺さぶられているような、奇妙な感覚に襲われて、身体中の神経がもぎ取られたような感じでした。自分がゆっくり崩れるように倒れていくのはわかりましたが、そのあとの記憶は一切ないのです」

私はコンスエロの話を聞いて、私を打ち倒すことはなかったが、全身の力を奪った閃光と、ほとんどそれと同時に聞こえた、くぐもったような音のことを思い出した。嵐の日の大気に充満した電気によって引き起こされるという神経虚脱の話を聞いたことはあった。しかし、実際には、その夜まで体験したことはなかった。そして、もし、コンスエロの決意を奪った稲妻の力がなかったなら、私が生きている彼女を見つけることもなかったのだ、と今はっきり悟ることができた。

コンスエロは床に手を突き、自分の身を少し起こした。

「ご存じでしょう……あそこにあるものを?」彼女は言うと、刺繡に飾られたビロード地の華やかなガウンにくるまれた骸骨が横たわっている、影になったところに眼を向けた。

「ええ、見ましたよ」

「わたくしは、ここへ下りてきたときはわかっていなかったのです……あれに出会うなどと。あなたは、あれが誰だかおわかりでしょうか? あそこに横たわっているのが、この時計塔を建て、彼のあとに来る者がここに隠されたものを見つけることができるように『アモリー問答』を書き残した、ラヴレス卿に間違いないと?」

「そうかもしれません……いや、そうにちがいありません。あの服はその当時のものですし、そう考えれば、ラヴレス卿が突然行方不明になったという言い伝えにも説明がつきますから。彼がここで死んだことも間違いないはずです。すると『アモリー問答』は、彼が長年にわたって身を隠していた場所を知らせるためのものだった、ということになりますね」

「ちがいます、そうではありません」〝灰色の女〟は言った。彼女の眼はもう一度生き生きとした光を取り戻した。「あなたはまだ、何もお気づきでなかったのですか……これだけヒントを差し上げたあとでも? わたくしもこれまでに、ここへ来たことはありませんでした。どうしたらここへ来られるのかもまったくわかりませんでした。今日に至るまで、秘密の全てを解くことを自分に許さないようにしていました。かつてはそうするつもりでしたが、あなたという方を知って、あなたを愛するようになってからは、その謎を解くのはあなたのお仕事であり、特権であってほしいと願ったからです。わたくしは、謎を自分で解いてしまう誘惑に駆られないように努めました。あなたがご自分の力で、わたくしがここに隠されていると信じているものを見つけてほしいと願っていたからです。そして、わたくしに何が起きようと、あなたのご一家の秘密を解く鍵を差し上げたのが、わたくしであったという事実をあなたに記憶していてほしかったからなのです」

「秘密の本体が、あそこに横たわっている哀れな骸骨でないというのなら、それではいったい、秘密とは何なのでしょうか？」

「ラヴレス卿が濠から引き上げた宝物です。その宝物は、はるか大昔に修道士たちによって濠に隠されました。ラヴレス卿はそれを引き上げると、当時、権力の絶頂にあったオリヴァー・クロムウェル（一五九九～一六五八。ピューリタン革命の指導者）に取り上げられないように、塔の奥深くに隠したのです。ラヴレス卿は王政復古になったとき、それを明るみに出すつもりだったのでしょう。そしてたぶん、彼の愛した国王の遺児と、それを共有するつもりだったのでしょう。しかし、ラヴレス卿は……運命の皮肉により……自らが造ったこの墓の中で命を落としてしまいました。だからラヴレス卿の骸骨が、卿が生きているとき必死で護った謎を、今も護りながらあそこに横たわっているのです。さあ、テリー、宝はもうあなた方のものになりました。あなたとウィルフレッド卿のものに。というのは、あなた方お二人は、ローン・アベイ館を継いだアモリー家の出ではありませんが、その継承権を主張できる唯一の人物が、お二人に全権を譲っているのですから。

わたくしは、それだけのことはいたしました。わたくしが皆さまに面倒事と恥辱とをもたらしたとしましても、少なくともこれで、皆さまに富をもたらしたのです。他にもまだ実行するつもりの計画がありました。しかしそれは、わたくしの人生に暗い影を落としている暗雲が、全て払われた場合のことでした。でも、もはやそれは不可能になってしまいました。ですから、あなたに是非ともお願いしたいのは、わたくしを生者の世界へ戻してくださったあとは、わたくしをそのまま、ここから去らせてくださり、わたくしを探そうとなさったり、行方を突き止めようとなさらないでほしい、ということです」

「あなたは、ぼくが申し上げたことの意味が、全部はおわかりにならなかったようですね？」私は言った。「あなたの身の潔白は証明されるだろう、とぼくが言った意味が。それは、この館でごく最近になって、あなたに非道にもかけられた嫌疑だけでなく、ずっと前からあなたにかけられていた嫌疑についても、無実が証明されるだろうという意味だったのです」

「どなたがそれを証明してくださるのでしょうか？」彼女は私の眼を真剣な面持ちで覗き込みながら尋ねた。

「ゴードン弁護士です。彼が全ての手がかりを摑んでいますから」

「ええ、そうですわね。わたくしも、わたくしの無実を証明できる証拠は全てゴードン弁護士の手にあるものと信じています。でも、それを彼が出してくれるかどうかは、条件つきの話なのです。わたくしは、自分の無実をいつか自分の手で証明しようと思っていました。彼が見つけたものを、自分でも見つけられるかもしれない、彼に借りを作らずに、自分で自分の潔白を証明できるかもしれない、と思っていたのです。今はお聞かせできませんが、それが、わたくしがこれまで懸命に専心してきた神聖な使命の一部でもあるのです。でも、あの刑事は、わたくしの正体を知っています。ですから、それももう、今となっては手遅れです」

「ゴードンは、何の条件もつけないでしょう……あなたには」私は言った。

「それは変ですわ」コンスエロは私の真意を探るように、私の眼を覗き込みながら言った。「何の見返りもなしに、とおっしゃるのですか?」

私はそれには答えなかった。

「それなら、あなたは?」彼女は切なそうな声でそっと尋ねた。

私の魂は耐え難い苦悩で無言の絶叫を発していたが、私は今度も沈黙したままで押し通した。

ついにコンスエロにも、私の不自然な態度がそれとなく告げていることの意味がわかったようだった。私の不実を許そうと、彼女が差し出している和解の申し出が受け取ってもらえないと悟ったのだ。

コンスエロは、もはや私のほうを見ようとさえしなかった。彼女が大きく息を吸い込む音が聞こえて、それから、私が手を貸そうとするのも無視してさっと立ち上がった。

「結構です」彼女は言った。「もう大丈夫ですから。あなたの手助けはもう必要ありません」

そのときのコンスエロの言葉には、私の手助けを退けた以上の深い意味があった。私は自らの意志で彼女の愛を断念する苦しみに苛まれていた。愛する女性がこのように私から身を引こうとしているのに、こちらからは、その人を引き留めるために何もできない立場にある私の心の裡を、コンスエロが察してくれさえすれば、と痛切に思った。

「あなたにはもう一度、明るい人生が開けることが約束されています」私は胸の奥で燃える火を隠すようにして言った。「ですから、この怖ろしい場所から、あなたを導き出させてください」

「あなたは、ラヴレス卿がここに周到に隠しておいたものを見たくはありませんか？」彼女は尋ねた。

「そんなものは見たくありません」私は素っ気なく答えた。「それが誰の眼にも触れることなく、永久にここに置かれることになっても、少しも構いません」

「でも、わたくしはここを出る前に、それを何としてもあなたに見ていただきたいのです」彼女はそう言いながらカンテラを取り上げた。「わたくしは、あなたにこの箱を開けて下さるようにお願いいたします。そうするのが、わたくしに対するあなたの義務なのですから」

コンスエロは棺桶のようなものを指差した。先ほど私のカンテラが初めて彼女の姿を照らしたとき、彼女はそれにもたれるように倒れていたのだった。

「鍵がありませんが」私はあくまでも抵抗した。

「ここにはありません。でも、あそこに倒れている、干からびた骨を怖がる必要はないでしょう。ラヴレス卿もあなただとわかれば、喜んで自分の親族に宝を渡しましょう。多くの人がその謎を解こうとしました。その中には、哀れにも殺害され、そのために、わたくしが獄に繋がれることになった、ローン・アベイ館の女中頭もいました。その女中頭には、彼女よりも賢かったはずの人々が、迂闊にも意味のない戯言だと思っていた『アモリー問答』の意味を考えてみるだけの頭がありました。女中頭が、自分もそこで死ぬことになったこの館を買い取るために、何千ポンドもの大金を投じたのは、その箱の中にあるものを見つけたかったからなのです。さあ……あの鍵を取ってきてください」

私は骸骨の手から鍵を取ると、その骨だけの手を恭しくそっともとの位置に戻した。それから箱のほうへ向かい、鍵穴に鍵を差し込んだ。この恐怖の館に蔦のように幾重にも絡みついていた奇妙な言い伝えは、結局、事実に基づいたものだった。ローン・アベイ館を知っている者なら誰でも、濠に隠された修道院長の宝物の伝説を一度くらいは聞いていた。破戒して地の果てへ逃げ、不正に得た財宝を元手に新たな生活を始めるつもりで、濠の底へ宝を隠したというあの修道院長の物語を。しかし、誰ひとりとしてそれが実話だとは信じなかった。修道士たちによる院長殺害の話も、〈修道院長の散歩道〉に夜な夜な現れ、濠の縁を彷徨いながら虚ろな気味悪い眼で濠の水をじっと見つめている幽霊の話も、馬鹿な作り話だと笑ってすませ、本気で考える者は一人もいなかったのだ。

コンスエロがカンテラを高く掲げてくれている間に、私は箱の蓋を持ち上げた。古風な形の真っ赤なビロードのマントが、下にあるものを覆っていた。私はそれを取り除けた。すると、ローマ・カトリックの司祭が聖餐式で使うような、宝石がふんだんにはめ込まれた、いくつもの金の容器が現れた。蠟燭の光を浴びた宝石のきらめきが眼に眩しかった。そして、かすかな芳香が、香煙が立ち上るように、辺りに広がっていくのが鼻孔に感じられた。

丁寧にひとつずつ、私はその光り輝く器を箱から取り出した。最後に、金、銀、象牙で細工され、服の襞がダイアとルビーで美しく飾られた聖母マリアの像が出てきた。

これらの下に、大きな銀の箱と、何かものが一杯詰まった濃緑色の絹の袋があった。銀の箱には鍵もなく、錠の類も一切なかった。開けてみると、中に、四つに割れた王冠が入っていた。王冠は小さなもので外国製かと思われた。しかし、それを飾っている宝石は一目見ただけで、半端なものではないことははっきりしていた。四つに割れたひとつに、コマドリの卵ほどもあるバラ色のダイアモンドがはめられていて、ひとつひとつが尋常な大きさや美しさでない、いくつもの白く輝くブリリアントカットのダイアモンドが、星の形にそれを取り巻いていた。

「これだけでも大変な値打ちでしょう」〝灰色の女〟はそっと呟いたが、その口調に興奮している様子は一切感じられなかった。「以前なら、たぶんわたくしも、世の女性同様、こういう美しいものに胸をときめかせたでしょう。でも、今はこんなものも、わたくしにとっては、キラキラ光るガラス玉と変わりません。少しも嬉しい気がいたしません……それでも、ある意味で、わたくしを通して……これがウィルフレッド・アモリー卿に渡ることになるのです」

「ローン・アベイの流れを汲むアモリー家の人が、まだ生きているかもしれませんよ」私は言った。「叔父ならきっと知っているでしょう。もし、そういうことになれば、この箱の中身は、男女の別なくその人の所有になるはずです」

「かりにそういう人がいたとしても」コンスエロは声に何か隠された感情を込めて言った。「わたくしは、ウィルフレッド卿の権利に匹敵するようなものは誰にもないことが証明されるだろうと思っています。さあ、その袋を開けてみてくださいませんか？」私はその声で夢見心地の状態から醒めたが、そんな状態が、ここまでどのくらいの時間続いていたのかわからなかった。

袋は非常に重く、口は絹の紐で堅く結わえてあった。私はまごまごしながら結び目を解きにかかったが、この袋に最後に触れた指のことも考えていた。

先ほどから気づいていた芳香が立ち上っていたのは、この袋からららしかった。というのは、私が袋の中身を床にあけたとき、宝石をちりばめた鎖や、ずっしりしたネックレスがきらきら光りながらこぼれ落ちる中に混じって、粉末の詰まった一種の匂い箱も一緒に出てきたからだった。箱は、不可思議な芳香を辺り一面に漂わせた。私はこれほど種々雑多な宝飾品のコレクションをこれまで見たことがなかった。そして、どれもが素晴らしく、非常に古い時代の珍しい造りのものばかりだった。

チャールズ一世の時代でも、これらのほとんどが、宝石の単純な価値だけでなく、骨董的価値から見ても、大変な値打ちのものであったろう。

金に換算したら膨大な額になるだろう。強欲な修道院長は、何と莫大な財宝を貯め込んだのだろう！

銀の箱と袋の下には、ばらになった金貨が層をなして詰まっていた。それをひと摑み手に取ってみると、全てがヘンリー七世の時代（在位一四八五〜一五〇九）のものであることがわかった。

「これで全て見たと思います」私は冷淡な調子で言った。「この謎は永久に謎のままになるでしょうが、とにかく、これが莫大な財産であることに間違いありません……これが誰のものかは、たぶん、法律によって決めねばならない問題でしょうが。さあ、それでは……行きましょうか？　箱は開けたままで、中身も散らかしたままにしておいても大丈夫です。ぼくたちの他に、秘密を解いた者はいないんですから」

「まだ、あなたが見落としているものがありますけど」と〝灰色の女〟は言うと、金色の小さな匂い箱の近くに落ちている、たたまれた羊皮紙を指差した。彼女は、この財宝や財宝に関係したものに自ら手を触れるのには気が進まないようだった。だから、私がそれを拾い上げることにした。

羊皮紙を広げると、芳香を放つ粉末が畳み目からぱらぱらとこぼれ落ちた。そこには、色褪せたインクで何か文字が書かれていた。

私はそれを声に出して読んだ。


第四代ラヴレス伯爵、ロバート・ヴィクター・アモリー、コレヲ記ス。

予ハココニ以下ノコトヲ確認ス。コノ箱ニ隠サレタル宝ハ、スベテ予ト予ノ相続人ラノ正当ナル所有品ナリ。王冠、銀ノ箱、宝石、取リ分ケ、女性ノ着用スベキ首飾、指輪、腕輪ハ、アモリー家代々ノ家宝ナリ。ヨッテ、今後モコレヲ永久ニ家宝トスベシ。

残リハ、予ミズカラノ手デ、濠ノ内ヨリ回収セシモノナリ。予ハ、宝ハ濠ニ隠サレタリ、トノ古キ言ヒ伝ヘヲ信ジ、夜陰ニ乗ジテ探索ヲ決行シ、程ナクシテ成功ヲ収メタリ。

予ノ敬愛セシ国王陛下ハ、オリヴァー・クロムウェル、ナル名ノ異端者ニヨリ、卑劣ニモ弑虐セラレタリ。故ニ、今ヤ、王党派ノ生命財産ハ危殆ニ瀕シタリ。予ハ大義ノタメ、我ガ富ノ大半ヲスデニ費ヤスモ、必要トアラバ、サラニ費ヤスベシ。但シ、後ニ残セシ宝ハ、アモリー家ノ栄光ヲ今後トモ絶ヤサヌタメコレヲ保持スベシ。スデニ、全テハ、安全ナル場所ニ保管サレタリ。予ノ子々孫々ノタメ、ソノ在処へ至ル秘密ノ道ヲ示ス文書モ、スデニ書キ終ヘタリ。

予ノ肉体ハ、目下ノ厄災ノ日ノ終ハルヲ待タズシテ消滅スルコトモアルベシ。アモリー家ノ血ヲ引キシ者ガコノ宝ノ箱ヲ開クトキ、彼ハソノ全テヲ先祖ノ祝福トトモニ受クコトトナラン。邪悪ナル運命ノ巡リ合ハセニヨリ、縁ナキ者ガコノ宝ヲ見ツケシ場合ハ、強欲ト窃盗ノ罪ヲ犯サヌヨウ心スベシ。モシコノ禁ヲ犯サバ、彼ハ、ロバート・ヴィクター・アモリーノ呪ヒヲ永久ニ受クルコトトナラン。

他には何も書かれてなかった。私たちはこれで、古くから伝えられてきたアモリー家の謎と悲劇について、知りうることは全て知ったのだった。

「ウィルフレッド叔父に見てもらうために、ぼくがこれを持っています」私は言った。「それから、あの可哀想な骸骨は、ラヴレス卿の息子や子孫たちが眠っている一族の納骨室へ、手厚く葬られなくてはいけないでしょう。これで、ぼくはあなたのお望みどおりにしたはずです。秘密もすっかり自分のものにしました。さあ、一緒に外の世界へ戻りましょう」

もう、大時計の鳴るのを待って、円盤が動き、通路が開くのを知らせてもらう必要はないだろう。私は来るとき、円盤を壁の開口部から押しのけたままにしておいてきた。円盤はそのままになっているものと信じていた。

帰りの道は、初めのうちはかなり楽だった。しかし、階段の天辺の、狭い曲がりくねった通路が始まるところから、進むのが困難になりだした。しかしコンスエロは、来るとき通った道だから怖いとは思わない、と気丈に言った。

私は時々、彼女が無事にあとについて来るのを確かめようと、振り向いたり呼びかけたりしながら進んだ。

そのつど冷静な声が返ってきた。「大丈夫です、ちゃんとあなたのあとを進んでいます」そして、やっとのことで、私たちは通路の出口まで来た。私はもうこれで全てが終わったと思っていた。しかし、そこにあるはずの開口部に手を入れてみようとすると、閉じているのがわかった。予想していなかった何らかの仕掛けの働きで、円盤が元の位置に戻ってしまったのだ。

まだ一時を過ぎたばかりだった。これまでに時計の打つ音で確認したとおり四時間ごとに円盤が動くとすれば、次に円盤が震動し始めると期待できるのは午前三時ということになる。

「わたくしは、ここで待つつもりです」コンスエロの声が私の背後のそう遠くないところで答えた。「わたくしはあの怖ろしい場所で、大変な思いを味わいました。ですから、あそこへ戻るのだけは……もう、とても、できそうにありません！」

それで、私たちはそこで待つことにした。ときおり、たとえ私が口にできる冷ややかな言葉であっても、連れがいることを知るのは、コンスエロにとってそれなりの慰めになるだろうと信じて、彼女を励ますつもりで話しかけた。コンスエロはそれに応えてくれたが、こちらから返事を誘うような話題を口にしない限り、彼女のほうからはけっして話しかけてこなかった。

一度、彼女がこれまでよりも少し近く、身を寄せてくるのを感じたが、それは大嫌いなネズミを見たか、その音を聞いたからにすぎなかった。

思えば、これほど奇妙な状況に投げ込まれた男女もいなかったろう。その状況には、もちろん危険も伴っていた。なぜなら、円盤の機械装置が扱い慣れない私の指によって傷つけられてしまって、ここからの脱出は思ったほど簡単にはいかない可能性も高かったのだ。もし、私たちを解放する合図ともいうべき円盤の振動が起こるはずの時間が来ても、期待どおりにことが進まなかった場合、私たちは、その装置の考案者と同じような死を迎える運命にあるかもしれないのだ。私たちの叫び声は、館の下のほうにいる人々には聞こえないだろう。いや、たとえ聞こえたとしても、ここまで辿ってくるのはほとんど不可能だろう。そして、この円盤自体も解かねばならない秘密なのだ。私たちは秘密を見破ったが（私の場合はコンスエロが折に触れて漏らしてくれたヒントがあったおかげで）、何の助けもあてにできない、隠された部屋の存在を何ひとつ知らない他の人々が、この部屋と時計の機械装置との関連を発見できるかどうかは大いに疑問だった。

私はこんなふうに考えて、自分たちが置かれている危険を悟った。しかしそこには、ある種の嬉しさがあったのも事実である。もしもここで死を迎えるのが私たちの運命であり、結局、コンスエロもゴードンのものにならないなら、私がここまで彼女にわざと冷淡にしていた理由をはっきり告げてもよいことになりはしないだろうか？　彼女に許しを求めることもできるだろう。コンスエロもその理由を知れば、私の気持ちを受け入れてくれよう。私はそう確信した。愛は死によって私たち二人のものになるだろう。そんな愛の瞬間は、私にとって、世の人々が幸せと呼ぶ月並みな年月よりも、はるかに甘美なものになるはずだ。

私たちは通路の出口に身を置き、円盤のすぐ側にいたから、二人とも、時計が十五分ごとに時を告げるのをはっきりと耳にすることができた。コンスエロには、自分が覚悟した危険について何も言わずにおいた。彼女が私と一緒に死ぬのを幸福だと思っている、と信じる権利は私にはないのだから。

二時になった。それから、十五分刻みの時鐘を三度耳にした。私はここへ入るとき、時計が十一個の時鐘を打ち鳴らしている間に、円盤を脇へ押しやるバネ仕掛けを見つける時間があったことを思い出した。私がその方面に熟達していたからでなく、ただ運よく、それを見つけただけのことも知っていた。だが今は、私たちはその裏側にいるのだ。そして、時計が三つの音を打ち終えてしまえば、円盤は動きを止めてしまうだろう。

私は腕を伸ばすと、金属板の表面に指を走らせて縁沿いに探ってみた。どんなに小さくてもいいから、何か出っ張りはないかと触ってみた。コンスエロを脅かしている怖ろしい運命から彼女を救い出すために、できることは何でもしなくてはいけない、と自分に言い聞かせた。しかし、結局、私の指が何ら有効なものを見つけるのは無理だとわかったとき、心の奥底に、苦しみよりも喜びがあったことを告白しておかねばなるまい。

私は懐中時計を出して時間を確認した。あと二分……そしてあと一分！　それから、チャンスが来たときには絶対にそれを逃すまい、と心を固めて円盤にしっかりと手をかけた。

最初の音がしたとき、すぐ後ろにいたコンスエロがハッと息を呑むのが聞こえた。この瞬間、彼女の胸中にどんな思いが交錯しているのだろうか？　あれは、私から離れて自由に生きていく道を切望している徴しだろうか、それとも……。

私はそれ以上のことを自問する気になれなかった。

私は全霊を傾けて、彼女をこの密室から自由にする努力に邁進した。振動はすでに始まっていた。そして、それが激しさを増していくにつれて、円盤がほんの少し左へ滑った。円盤には、僅かではあるが親指の先を入れられるくらいの小さな凹みがあるのが指に感じられた。私はそれに触れたとき、彼女を解放する鍵を見出したことを知った。

私は満身の力を込めて円盤を押しやると、素早く穴から頭と肩を突きだした。もうこれでコンスエロは安全だ。いかなる機械装置がそれを閉めようとしても、自分の力で絶対に円盤が閉まらないようにしてやるつもりだった。

二分後、私はコンスエロを後ろにつれて、鎖や歯車からなる大時計の仕組みの間に立っていた。かすかに白みかかったばかりの外の薄明かりの中で、蠟燭の小さな炎は、すでに色褪せたものになりかかっていた。私たちは、疲れ切って青ざめたお互いの顔を早朝の光の中で認め合った。

私は塔の階段に通じるドアを開けると、コンスエロが通れるようにそれを押さえてやった。彼女がそこを通るとき、二人の眼が合った。そのとき、自分が隠していた密かな思いと同じものを、一緒に死ねなかったことを悔やむ思いを、コンスエロの眼のうちにも読み取ったような気がした。

口にこそ出さなかったが、そのドアを開けることは、私にはコンスエロとの永遠の別れに他ならなかった。

私たちは、無言のままゆっくりと階段を下りていった。下のドアは、昨夜閉めたとおりに鍵が掛かったままだった。私が錠を開けると、彼女は黙って出ていった。私は、自室の閉ざされたドアの前の踊り場で彼女に追いついたが、そのとき、中から奇妙な音がかすかに聞こえた。二人とも、思わずギクッとした。それが何の音なのか、私には判断できなかったが、猛烈な勢いで木を引っ掻いているような音が断続的に続いた。私の部屋には誰もいないはずだった。物音のするはずのない、まだ夜の闇に包まれている部屋から聞こえてくるそんな音には、何となく、おぞましい、薄気味悪いものが感じられた。私は即座に、以前、私の部屋の黒い壁板沿いに滑るように動いて、そのまま消えてしまった不思議な手のことを思い出した。私は愚かにも、その物音と過去のけっして説明のつかない幻影とを、知らず知らず結びつけて考えてしまったようだった。

とっさに思ったのは、ドアを開けて中を覗き込んでやろうということだった。しかしコンスエロのことを思い、ひとまずドアに近寄るのは思い止まり、まず、この館を、私の居住部とその向こう側とに仕切っている階段へ彼女を導いてやらねばと考えた。

私はそのまま先へ進もうとした。しかし、彼女は私を呼び止めた。

「あれは何の音でしょうか?」

「たぶん、古い羽目板の裏にネズミでもいるんでしょう」と私は答えたが、自分でもそれがネズミだとは信じていなかった。

「ちがいます」と彼女はきっぱり言い返した。「ちょっと様子が変です。ドアをお開けにならないんですか?」

「先にあなたを下へお連れしましょう」私は促すように言った。

「わたくしはここで待って、中を覗いてみたいのです。ああ、この怖ろしい部屋! わたくしには、どうしてもこの部屋を忘れることができません! 七年前のあの夜、怖ろしい悲鳴が聞こえて、自分の部屋から出てみると、それが誰の悲鳴かすぐにわかりました。ミセス・ヘインズを助けようとしたあの夜のことを、どうして忘れることができましょう! 気がついたときには、わたくしに殴りかかってきて、この傷跡を残した者と取っ組み合っていたんですから」

コンスエロは左手を私の方に差し出して見せた。その手は今も、真珠の飾りのついた手袋に被われていた。

「たしかに、わたくしはあの部屋をあなたのお部屋にするようにとお願いいたしました。そうすれば、解いていただきたかった塔の秘密に、あなたがよりいっそう近づくようになる、とわかっていたからです。それにあの部屋も、あなたにとっては、わたくしが恐れるほど怖ろしいものではないだろう、と思ったからです。もっとも今夜までは、わたくしも、その部屋に入ることにも、その側を通ることにも、迷信的な恐怖を少しも感じたことはありませんでした。その部屋は、別の人物の罪と結ばれているだけで、わたくしの罪と結ばれていたわけではありませんから。そうでなければ、あなたに初めてお目にかかるさいに、その部屋を選んだりはしなかったでしょう。もしも、わたくしが、あなたがそう信じたような殺人犯であったら、そこへ足を踏み入れただけで、命を失っていたでしょう。しかし、今夜、過去がもう一度繰り返されるように思えてなりません。さっきの嵐が（あの夜もやはり嵐でした）、そして今、まるで誰かがそこにいるかのように中から聞こえてくる音が、何かが中で動き廻っているような、引っ掻いているような音が、わたくしを恐怖でぞっとさせるのです。ですから、あなたが戸を開けて、全てがわたくしの馬鹿げた妄想であったとわからせてくださるまでは、とても下へ降りる気になれません」

私は言われたとおりに、自分の部屋のドアのノブを回した。だが、驚いたことに、ドアは内側から鍵が掛けられていた。私がドアを押したとき、引っ掻くような物音はぴたっと止んだ。

「いったい誰が中にいるんだろう？」私は自問した。コンスエロの神経をそこまで脅えさせた迷信的恐怖に、私も一瞬ぞっとした。

「私たちが昨夜聞いた悲鳴は、この部屋から聞こえてきたのです。今となるといっそうはっきり確信できます」〝灰色の女〟は言った。

「まさか、そんな」私は答えた。「そうだったら、他の者の耳にも届いていたはずですよ。召使たちが来て、とっくにこのドアをぶち破っていたでしょう。あれから、もう四時間くらい経っているんですから」

「あなたは、この部屋が他の寝室とどれほど離れているか、どれほど完全に隔離されているか、おわかりでないのです」彼女は言った。「全ての人が床に就いて眠ってしまえば、九分九厘、叫び声は誰の耳にも聞こえないでしょう。ここは館の本体から、何マイルも離れているようなものです。わたくしには、それがよくわかります。なぜなら、あの日の夜も、アベイ館に一人だけいた召使は、悲鳴を聞いていなかったのですから。わたくしだけがそれを聞きました。わたくしはまだ起きていました。落ち着かない不安な気持ちで一杯で、床に就く気になれなかったのです。今夜、わたくしたちはあの秘密の部屋で、あなたの部屋のすぐ近くにいたのです。あの声が他の部屋からのものであったら、あれほどはっきりと聞こえたはずがありません。そのドアの後ろに、何か怖ろしいものがあるはずです。でもそれが何であるのか、わたくしたちは、どうしても知らなくてはなりません」

ガリガリと引っ掻く音が再び始まったが、それは、先ほどよりさらに激しくなった。コンスエロの好奇心に私もすっかり感染してしまっていた。私はもう、ドアの背後に何があるのかを知らなくては、とても、そのままそこを立ち去れない気になっていた。ここ二、三日、蜘蛛農園の冒険から始まって、私の肩の力に抵抗できた錠はなかったはずだ。だから私は、このドアも他のドアと同様に、力ずくでぶち破ることができるだろう、と何の疑いもなく信じていた。

私は全体重をドアにぶつけた。一回、二回、そして、ドアが完全に開くまでにもう一回ぶつからなくてはならなかった。ついにドアは、メリメリと音を立てて内側に開いた。そのとき、何か小さなすばしっこい黒いものが、私の足下を走り抜けた。私はそれを眼で追った。それがミス・トレイルの可愛がっていたマングースだと知って、実に嫌な気分になった。

「ほら、あれがいただけですよ」私は言った。「あの獣がこの部屋に閉じこめられて、出ようと必死になってあちこちをガリガリやっていたんでしょう」

「それだけではないはずです」コンスエロは囁くように言った。「わたくしには感じられるのです。さあ、入ってよく見てください」

私は敷居を越えて足を踏み入れた。明け方のかすかな光が、カーテンの掛かっていない窓から差し込んでいた。

男が一人、こちらに背を向けたまま、背もたれの高い肘掛け椅子に、なかば横になったような恰好で座っていた。男の両足は床に投げ出されていた。ぐったりした片手が、白熊の毛皮の敷物にできた、花模様にも似た真っ赤な小さな染みの上にだらりと垂れ下がっていた。

三十一章　コンスエロの許し

何と恐ろしい顔なのだろう！　かつては、絵に描かれた聖人さながらの美しさを備えた顔だったのに！　その眼は大きく見開かれ、一点を凝視していた。下顎はガクッと落ちて開いたまま、口は恐怖で引きつりねじれていた。落ち着いた表情だった目鼻立ちも今は完全に損なわれて、端正な面影は見る影もなかった。それはまさしく、極度の恐怖のあまりショックで息絶えた邪悪な極悪人の顔だった。しかし、輪郭の点で、そして色の点でどんなに変貌していようと、それは間違いなくヘインズ・ハヴィランドの顔であった。

この顔を見れば、これまで仮面を着けるように美しい顔を着けていた男が、どんな邪悪な行為でもやれる人間であったことが理解できるというものだ。激しい嫌悪感のため、私の全身にゾクッと震えが走った。私は自分が、眼の前に人の形をした邪悪と暴力の化け物を見ている、幻想の世界の住人であるかのような錯覚を覚えた。

私は、視線を男の顔から、力なく垂れ下がっている手へと移してみた。手の甲には、鋭く小さい歯の跡がくっきり残っていて、肉が深くずたずたに嚙み裂かれているのが見えた。それがマングースの歯の嚙み跡であるのは間違いなかった。しかし、あの小さな獣が突然どんなに凶暴になったとしても、大の大人がそれに嚙まれたくらいで命を落とすとは信じられなかった。これは不思議だ……。

「近寄らないで！」私は、真っ青になって震えて立っているコンスエロに向かって慌てて声をかけた。「これは、あなたが見るべきものではありません。何か恐ろしい出来事があったんです、それが何だったのか、ぼくたちにはまだわかりませんが、しかし……」

「本当にわからないのでしょうか？」コンスエロは叫んだ。その声には、彼女が突如激しい思いに駆られたことを物語る響きがあった。「わたくしにはわかります。これは天罰が下った証拠です。今、はっきりそれがわかりました（まだ確たる証拠を摑んだわけではありませんが）。ジョージ・ヘインズこそ、七年半前に、まさしくこの部屋で養母を殺害した真犯人だと、やっと納得がいきました。彼は誰にも見られずにここから逃げようとして、暗闇でわたくしと取っ組み合いになり、わたくしに血の染みを付けたのです。わたくしを殺人犯として監獄に閉じ込める証拠となった、あの忌まわしい染みをです。わたくしが助けを呼びながら彼を取り押さえようとしたとき、わたくしの手に食いついたのもこの男だったのです。もし、わたくしがハナ・ヘインズ殺しの犯人なら、彼女の部屋の敷居を跨いだとたんに、わたくしは死んでいただろうと、さっきあなたにお話ししましたね？ この男は敷居を跨ぎました。そして、命を落としたのです。まだ全てがおわかりになりませんか？ でも、わたくしにはわかります。わたくしは、あの恐ろしい運命の夜をもう一度、はっきりと思い出すことができるからです。気の毒な老女の断末魔の声を聞いたちょうどそのときに、塔の大時計が十二時を打ちました。ヘインズ・ハヴィランドに最初にお会いになった舞踏会の日のことを憶えておいででしょうか？ 大時計が鳴り始めたとき、この男の顔が急に恐怖の表情を見せて真っ青になったことを？ そして、十一時だとわかったとき、彼の顔からまるで霧が晴れていくように、恐怖の表情が消えたことを？ わたくしは、それを目の当たりにし、その意味を考えました。しかし、彼に疑わしいところは一切ありませんでした。そのときにも、またそれ以前にも、彼はけっして尻尾を捕まれるようなへまをしませんでした。もしも、わたくしが軽はずみに、この男に早々と疑いをかけたりしていたら、出だしで事態をもっと不利なものにしていただけでしょう。わたくしが嫉妬と悪意でそんなデマを口にしているのだろう、ということにされてしまったでしょうから。それにそのときはまだ、そこまではわかっていなかったのです。そうではなかろうか、と半信半疑でした。でも今は、はっきり確信しています。

ヘインズはもちろん、秘密の部屋の存在も、隠された宝物についても聞いていました。なぜ養母がこの屋敷を買ったかも知っていました。しかし、養母のしたことは馬鹿げている、と思っていたのです。そんな話は、アベイ館にまつわる数多くの世迷いごとのひとつだくらいに見なしていたのです。そんな話を信じていなかったからこそ、ヘインズは、館をウィルフレッド卿に売ったのです。しかし、最近になって、彼も考えを変えたのだと思います。あなたのおかげで取りもどすことができましたが、ミス・トレイルが、わたくしからあの図面を盗んだとき以来、二人がこっそり囁きながら歩いているのを、しょっちゅう見ていましたから。

ずっと以前、わたくしがまだ、ヘインズ・ハヴィランドが犯したとしか思えない罪のために牢に繋がれていたときでしたが、彼が一度面会に来ました。そのおりに、当時はまだナオミ・ヘックルベリの名前だったミス・トレイルが、訪問者の顔をちらっと見ていたのです。ヘインズの顔は、一度見た人は、簡単に忘れられる顔ではありません。だから、舞踏会の夜、ヘインズ・ハヴィランドがここに来たとき、彼のほうはナオミを見たわけではありませんでしたが、ナオミはヘインズを恐れたのです。でもそのころは、彼女はまだわたくしから得るものがあると思ってました。ナオミは、わたくしが隠された部屋の宝物を見つけて、それを彼女と彼女の兄にも分け与えるだろう、と期待したのです。彼らには、わたくしのために働いてやったという思いがあったのでしょう。それには、すでに二度も代価は払ってあるのですが。わたくしは愚かにも、自分が謎の宝物の存在を信じているとナオミに話していました。でも、それはまだあなたという方を知る前のことで、その権利があなた方にあって、わたくしのものではない、とはっきり思い定める前のことでした。

ミス・トレイルは、わたくしから約束を得られないと知ると、自力で秘密を見つけようとし、わたくしが持っていた図面を盗んだのです。そのあとで、ヘインズ・ハヴィランドのところへ行き、全てを話したに違いありません。その結果、ヘインズ・ハヴィランドも、ローン・アベイ館を売ったのは軽率だった、と思うようになったのでしょう。彼は、あなたの部屋から秘密の部屋に通じる隠された通路があると推測して、あなたが留守なのを見届けると、巧みにそのチャンスを利用して、秘密の通路を見つけようと決心しました。彼が養母を殺して、金を強奪しようと忍び込んだころと比べると、部屋の様子はすっかり変わっていましたが、自分の度胸に自信がありましたから、計画したことはちゃんとやり抜くつもりだったのです。しかしご存じのように、彼には持病がありました。それは、子供のときから患っていた心臓病でした。そのために、床に就かなくてはならないこともときどきありました。

　彼はその部屋に入ると、しっかりとドアを閉め切ったのだと思います。しかし、どうしてか、あのマングースも一緒について入り込んでしまったのです。時計が十二時を打ったとき、たぶんそれと同時に、物音が聞こえたのでしょう。すると、たちまちにして、これまでの勇気も消し飛び、言うに言われぬ大きな恐怖にすっかりとらわれてしまったのでしょう。

　ほら、そこの床に蠟燭が落ちているのが見えますね。これはきっと、ヘインズが手から落としたものにちがいありません。だとすれば、何かが彼を驚かしたときに、彼が蠟燭を手にしていたことを意味します。殺人犯が、自分が犯行現場の部屋で、突如、真っ暗闇の中に取り残され、あの日と同じように外では嵐の荒れ狂う音が聞こえ、あれ以来いつも耳の中で響いていたはずの十二時を打つ時計の音を実際に頭上に聞く以上の恐怖を想像できるでしょうか？　しかも、得体の知れないものが近くに蠢いていて、それが間近にやって来ても、ドアは閉め切られていて、真っ暗闇で出口を見つけるのもままならないとしたら？

　ヘインズはきっと、マングースを殴りつけるか蹴飛ばすかしたのでしょう。そうでもなければ、マングースだって、嚙みついたりはしなかったでしょうから。しかし、彼にはその正体がわかりませんでした。だから、自分の殺した女の幽霊だと思ったのでしょう。マングースに手を嚙まれたとき、彼はあの夜、自らわたくしの手を嚙んだことを、よもや忘れてはいなかったでしょう。だから、手を嚙まれて、ついに神の裁きが下ったと信じたのではないでしょうか。わたくしは、彼の命を奪ったのは、直接的には心臓の持病でしたが、本当の原因は、良心の呵責だったと信じています。ですから、これは謎めいた殺人事件ではありません」

　私たちは、ヘインズ・ハヴィランドの死体をそこに残して、ドアを閉めて外に出た。まだ四時前だったから、館の中は静まりかえっていた。遠く離れた寝室に休んでいる者は、誰ひとり、死神がこの館を訪れて、つい昨日までにこにこしながらその裏で悪事を企み、これからの生活を楽しみにしていた男の顔に、畏るべき刻印を残して去っていった事実をまだ知らなかった。

「このことは叔父には内証にしておかねばなるまい」私は心の中で思った。館には私の知る限り、ウィルフレッド叔父の他には召使たちがいるだけだった。しかし、誰かにこのことは言わねばならないだろう。館の召使たちが起き出して偶然に事態を発見するまで、あの男の死体を放っておくわけにもいかないだろうから。

これから何を為すべきかを頭の中で忙しく思い巡らせながら、私はコンスエロと一緒に黙ったまま塔の階段を下った。一番下のドアは、予想していたとおり、閉め切ったままになっていた。そうでなければ、あの真夜中の悲鳴は他の者の耳にもきっと届いていただろう。だが、私たちがそのドアを開けたとき、どこか遠くで、別のドアがそっと閉まる音が聞こえたような気がした。

「あなたは急いでご自分の部屋に戻ってください」私はコンスエロに言った。「ぼくは、自分がしなくてはならないことは何だってするつもりです。誰か人の気配がします。あなたは、ぼくと一緒にいるところを見られてはいけません。ここまでの奇妙な状況の説明はぼくに任せてください。あなたが秘密の部屋へ下りた理由は、誰にも知らせてはいけません」

コンスエロが素直に言われたとおりにする様子を見せたのは、少々意外だった。私は、〝灰色の女〟が無条件に私に従順な態度を示すところは、あまり見慣れていなかったのだ。彼女は何も言わず、私をそこに残して行ってしまった。私は彼女がホールの向こうへ歩き去るのを見送った。やがて、その姿が視界から消えて、彼女が自分の部屋に通じる廊下のほうへ向かったのがわかった。

これからどうしたらよいのか決めかねたまま、私はしばらく茫然と立っていた。そのとき、誰か下の階から上がってくる足音が聞こえた。館はまだ完全に寝静まっていた。それ以外の物音は一切しなかった。さもなければ、かすかな足音がそんなにはっきりと聞こえるわけはなかったろう。というのは、中央階段も、踊り場に光を採り入れるステンドグラスのはまった大きな窓のある広いホールも、ずっと先にあったのだから。私が今立っている廊下は、時計塔とホールを結ぶ通路に使われるだけのものだった。だが間違いなく、誰かが歩いていることを示すかすかな足音が私のところまで聞こえてきた。そして、それがどちらの方向から聞こえてきたか、聞き間違えることは絶対になかった。

私は、明け方のこんな早い時間にローン・アベイの中を歩き回っている者の正体を確かめてやろうと、音のするほうへそっと向かった。

すでにどこかで話したことであるが、この古い館は、何世代にもわたるアモリー家の住人たちによって、代々建て増しが行われてきた結果、翼棟や廊下や思いがけないところにある階段などのために、正真正銘、迷路の観を呈していた。私はアーチ形の入り口を潜ったところで、翼棟のひとつに通じる階段をゆっくりと上がって来る男と鉢合わせすることになった。そこは、二階のメインホールからコンスエロを彼女の部屋へ送っていくときに入ったことのあるところだった。

「ゴードン！」私は思わず大声で叫んだ。相手も、私の大声に肝を潰したらしく、さっと後ずさりした。ゴードン弁護士はちょうど階段の天辺まで来ていたところだったので、私が素早く飛び出して彼の腕を摑んでやらなかったら、仰向けに階段を転げ落ちていただろう。

「きみがここに来ているとは知らなかったな」ゴードンは落ち着きを取りもどすと言った。

「ぼくも、きみが来ているとは思わなかった」

私は彼を引きずるようにして階段から一、二フィート引き離してやってから、手を彼の肩から外した。

「ふむ！」とゴードン弁護士は言いながら振り向くと、階段と、はるか下のほうでぼんやりと黒く光っている、磨きあげられた床に眼をやった。「ここから落ちていたら、ひどいことになっていたろうな。あそこまで落ちたら、背骨を砕くか、頭蓋骨陥没骨折くらいは免れなかっただろうよ。ダークモア君、どうして、きみは私が落ちるに任せておかなかったんだい？　そうしたって、きみを責める者は誰もいなかったろうに。少なくとも私は責めはしないよ」

「だって、あれこれ考える間がなかったんだ」私は率直に答えた。「ぼくはとっさの衝動に従って行動しただけなんだから。でも、かりに考える時間があっても、きみが落ちるのを放っておくようなことはしなかったろうね」

「何だって！　それじゃあ、きみは自分の邪魔になる人間を取り除く絶好の機会があったというのに、いや、そこまでいかないにしても、少なくともきみの敵が不具になるくらいは避けられないとわかっていても、わざわざ救っただろうと言うのかい？」

「間違いなくそうしたろうね。きみだって、ぼくの立場にいたらそうしていたろうよ。いずれにしても、ぼくは人間として恥ずかしくないように、きみのために最善を尽くしただろうと思う。それに、ホープ嬢を救うには、きみの証言が必要であることを、きみは忘れているよ。そのプラス、マイナスをよく考えれば、ぼくには、きみを救う二重の動機があったんだ」

「そう、それは私も忘れてはいない。しかし、私が知っていること全てをマーランド刑事とウィルフレッド・アモリー卿に話してしまったという事実を、きみがまだ知らないということを忘れていたんだ。さあ、これでわかったかね、私の存在は、きみとホープ嬢に関する限り、重要性を失ってしまったんだよ」

「それについては、きみに感謝しなくてはならないね」私は言った。「でも幸いにして避けることのできた、このちっぽけな出来事については、これ以上考えたり話したりするのはもう止めよう。ホープ嬢は、無事にこの館にいるのだから。だけど、きみがここにいて、こんな時間にうろつき廻っているのはどうしてなんだい？」

「私も同じ質問をきみにしたいね。私は、きみがホープ嬢を探しにいったとばかり思っていたんだ。しかし、きみの質問に先に答えておこう。きみの電報を受け取ったとき、マーランドと私はすぐこちらへやって来た。彼とは、完全に仲直りできたよ。きみの言うとおり、彼は良い男だ。我々に何の恨みも抱いていない。彼が見当違いなほうへ容疑をかけて、愚かな真似をしたことも潔く認めているしね。しかし刑事でも、あれは間違えても仕方なかったろう。彼はいつも自分の推論の正しさに慣れきっていたから、自分が間違っているとはやすやすと信じられなかったんだろう。彼は、すでにいくつかの事実を発見し、さらに新たな発見をしようとしているらしい。マーランドはウィン嬢が隠れているところはすでに突き止めたし、濠から上がった死体の絡繰も見破っている。もっとも、あれには、手先に使われていた、哀れなジェロームが一枚噛んでいたんだろう、と彼は初めから見抜いていたがね。マーランドがもっと腰を据えてかかって、簡単に結論に飛びついたりしなかったら、いずれは、彼が全ての真実を明らかにしたんだろうが。しかし、マーランドはもう真実を知っている。私が何年もかけて解明したことを、私の口から彼に話してやったからね。だから、今回のことは彼にも良い教訓になるだろう。これからは、彼は状況証拠を絶対に鵜呑みにしないだろうよ。

マーランドと私がローン・アベイ館に着いたとき、ウィルフレッド卿は眠りから覚めていて、頻《しき》りにきみのことを尋ねていた。付き添っていた医師の話では、ウィルフレッド卿は私に会っても大丈夫だし、良いニュースであれば聞かせても大丈夫だと請け合ってくれた。それで、私はこの際、すぐに全てを知らせてしまおうと決めたのさ、知っていることを細大漏らさずにね。私としては、ウィルフレッド卿にとって、これ以上よく効く元気づけの薬はないだろうと思ったわけだよ。

ヘインズ・ハヴィランドを追っていくのは、マーランドの仕事だった。我々には、あの男がまだこちらの手の届く範囲にいるのを確かめておきたい理由がたくさんあった。医者は、ヘインズ・ハヴィランドが持病の心臓をひどく悪くしていて、まだこの屋敷にいると教えてくれた。転んで怪我をしたのは、アベイに滞在を続けるための口実に考え出した仮病だったかもしれないが、心臓病のほうは本物だった。だから、突然のショックが命取りになりかねない、と先生は思っていた。それでマーランドも、ヘインズと面会する許しをもらったとき、その点は充分用心すると約束した。

しかし、マーランドが彼の部屋へ行ってドアをノックしても返事はなかった。鍵は掛かっていなかったので、ドアを開けてみた。しかし、獲物はもう逃げたあとだった。

私から話を聞いていたので、マーランドは、ヘインズ・ハヴィランドがもしこの辺りから逃げ出すつもりなら、その前にまず、ウィン嬢のところへ行くだろうと当たりをつけた。マーランドは時を失せずヘインズ・ハヴィランドを追ったが、その捜索は無駄に終わった。マーランドはすでに、ウィン嬢が姿を消したときに使った、暖炉部屋の秘密の壁板を見つけていたから、ヘインズ・ハヴィランドも逃げるのにそれを利用したものと推測した。そう仮定すれば、ここ二、三日に起きた立ち聞き覗き見の件も、もし卿が亡くなったら、きみとホープ嬢にとってすこぶる重要な意味を持つことになる、ウィルフレッド卿の遺言書紛失の件も、きちんと説明がつくと考えたわけだ。しかし、マーランドはヘインズ・ハヴィランドを見つけることができなかった。刑事は昨晩遅く〈鳥の巣荘〉へ出かけていったが、まだ戻ってきていないようだ。たぶん、何かの手がかりを追っているのだろう。しかし、ひとつだけ確かなことがあるから、私からそれをきみに話しておこう。ヘインズ・ハヴィランドこそ、養母を殺してその金を強奪した真犯人だ。いずれ奴は見つかって、逮捕され、殺人罪で絞首刑になるだろうな。彼はその罪を、見事なまでの卑劣さで、他人に押しつけようとしたわけだがね」

「そう、いずれ見つかるだろう」私はゆっくりと答えた。「しかし、ヘインズ・ハヴィランドはもう逮捕されることも、絞首刑になることもないんだよ」

「何だって、絞首刑にならないだって！　それはまたどうしてなんだ?」

私はゴードン弁護士に全てを説明した。

「そういえば、たしかにそのころ悲鳴がしたな」弁護士は私の話を聞き終わると言った。「真夜中ごろ、うとうとしていたが、突然、何かの物音で目がすっきり覚めてしまったことを憶えている。悲鳴が聞こえて目が覚めたような気がして、しばらく耳を澄ましていたんだが、屋敷中は静まりかえったままだった。だから、夢だったのかと思っていたのさ。昨晩は、きみの叔父さんの部屋で過ごしたんだよ。私の知っているところを全て話して聞かせた後は、きみの叔父さんは、私のことを天国から来た使いの者のように思って、是非一緒にいてくれと言うんだ。二人ともときおりまどろんだ。きみの叔父さんはよく眠っているときもあったが、眠っていても、きみとコンスエロがどこへ行ってしまったかが気になって仕方ないようだったな。

たしかに、奇妙な一晩を過ごしたものだ。私はかなりの量のウイスキーを飲んだ。いっときにあれだけ飲んだことは記憶にないくらいにね。今も、十分ほど前に部屋から這いだして、下の食堂へ降りて、さらに飲んできたところさ。喉が石灰窯のように熱くてかなわなかったんだよ。この屋敷の中で眠っていないのは私だけだと思っていた。ところが、こうしてきみに出くわしたというわけさ。だから、私が驚いたのも当然だったんだよ」

「ぼくが驚いたのも当然だったんだよ」私は彼と同じ言葉を繰り返した。

「そう、きみはひどく驚いてよくも考えず、私が転げ落ちて一巻の終わりになってしまうところを、少なくとも、廃人になってしまってもおかしくないところを救ってくれた。きみは、そんなことに関係なく、私を救っただろうと言っているがね。私だって、きみがそうしてくれただろう、と心から信じているよ。そう言えば、私がきみという人物を公平に見ているとわかってくれるだろうね」

「そう言ってくれるなら、きみには大いに感謝しなくちゃなるまい」私はいくぶん冷ややかに答えた。というのは、彼の褒め言葉も、私の耳にはあまり心地よいものではなかったからだ。

「それは、それ以外に私に感謝することはないという意味かね?」ゴードンはぶっきらぼうな口調で聞き返した。

私はそれには返事をしなかった。それから、出し抜けにこう言った。

「ホープ嬢は今、自分の部屋にいる。彼女のことはもう、ぼくが心配する必要はないだろう。彼女を後見する権利は、きみに移ってしまったんだから。彼女を秘密の部屋で見つけたとき、きみとの約束は忘れずに忠実に実行した、と改めて言っておく必要もないだろう。ぼくは彼女に、ぼくのことを石のように冷たい男で、相手の服が不幸の塵で汚れているだけでそっぽを向くような俗物だ、と信じさせたんだから。ホープ嬢は大きなショックを受けて、もうぼくを軽蔑し始めているだろうよ、きっと。それは、きみにとっては嬉しいことだろうが」

「そう、そりゃ嬉しいよ」彼は鸚鵡返しに言った。「むろん、すごく嬉しいね」

私たちは揃ってウィルフレッド卿の部屋へ向かった。ゴードンがまず部屋を覗いてみてから、叔父が目を覚ましていて、新たな状況を知りたがっていることを確かめた。看護婦が一人、叔父に付き添っていたが、私たちだけにするように気を利かせて、すぐに席を外して部屋を出ていった。私が館に戻ったことは、叔父にとって有益な刺激だったのだろう。

私は叔父のベッドに屈み込んで、夜明けの冷え冷えとした明かりの中で白く光っているカメオのような顔を覗き込んだ。叔父を愛おしく思う親愛の情が私の全身に波のように広がっていった。

叔父の手を握って話しかけたのは、私がローン・アベイ館を出て蜘蛛農園に向かった夜以来、このときが初めてだった。あれから、どれほど波乱に満ちた出来事があったことか！

叔父はこれまで、いうなれば、暗い谷底に沈んでいるような状態だったが、今や再び日の当たる地上に戻って、身近にいる愛する者の優しく握る手を感じることができたのだ。

叔父はこれから先、もっと幸せになれるだろう。なぜなら、大切な一人の女性を、もう一度信じられるようになったのだから。そしてその女性は、叔父の今後の人生の優しい導きの星となるだろう。私がコンスエロと別れねばならないことを悲しむだろうが、どうしてそうなったか、理由は知らないままでいるだろう。

「おまえは、コンスエロの悲しい話の一部始終を知っていたんだってね。ゴードン君が全て話してくれたんだ」叔父は言った。「わしは、自分があんなことをしたかと思うと辛いんだよ……コンスエロに終身刑の判決を下したのが他ならぬわしだったとはね！　わしは、何という愚かな頑固者だったんだろう、彼女が有罪であることに、わしの人生を賭けるつもりだったのだから！　何ということだ！　それがコンスエロだったとは！　あの美しい、汚れを知らぬ女性を……全ての女性の中の女王ともいうべきコンスエロを！　わしの過ちだけでなく、この数日間にわしが心の中で密かに犯した不実を、コンスエロは許す気になってくれるものだろうか？」

「コンスエロは、あなたの過去の大きな過ちのことを知った上で、この館へ来たんですよ」私は答えた。「そして、最近のことでは、彼女はたぶん、あなたのお許しをもらわなくては、と思っているでしょう」

「わしがコンスエロの何を許さなくちゃならんと言うのかね?」叔父は信じがたいという顔で尋ねた。

「ある意味でコンスエロはあなたを騙していましたから」私はゆっくり答えた。

「いや、彼女はわしをも誰をも騙してはいない。これは誓って言える。わしは彼女と知り合って以来、これまであったことを全て思い出してみたが、彼女は自分について一言たりとて嘘を言っていないはずだよ。わしたちは彼女について、あれこれ勝手に思いこんでいたが、彼女はそれにいちいち反駁しなかった。ただそれだけだ。そもそも、彼女がおまえに嘘を言ったことがあったかね?」

コンスエロが私に嘘をついたことがないのは確かだった。最初の夜、あの墓のかたわらでさえ、彼女は嘘を言ったわけではなかった。たしかに彼女は寡黙な態度を押し通した。相手が誤解するままにしておきさえした。私が誤解するにまかせ、私に好きなように思わせていた。しかし、コンスエロ・ホープが偽りの言でその唇を汚したことは一度もなかったはずだ。私は叔父の言うとおりだと、心から応じることができた。

「この何時間かの待ち時間を切り抜けるのに、ゴードン君は大いに役立ってくれた」叔父は言葉を続けた。「ゴードン君はコンスエロにとって(わしは彼女のことをもう他の名前では呼べないのだが)これまでずっと、男女間の友情という点で、これ以上ないほど忠実な友人だった。ゴードン君が彼女のために傾注してくれた尽力には感謝の気持ちで一杯だ。だから、彼はこれからはわしの友人にもなるだろう。わしはこれまで、彼を心から尊敬したことはなかったがね。これからは、彼がわしの友人になるということに、おまえも異存はないだろう、テリー?」

それは実に答えにくい質問だった。私はこれまでのことに対する礼の言葉を言わねばと思ったが、強ばった私の唇からは上手い言葉が出てこなかった。

「ゴードン君はコンスエロのために、何年もかけて、運命にどんなに手荒く撥ねつけられても、けっして挫けることなく、一歩一歩闘いを進めたんだ」ウィルフレッド叔父は弁護士のほうに感謝の眼差しを向けながら続けた。「そしてついに、ヘインズ・ハヴィランドこそがコンスエロの代わりに罰を受けるべき犯人だ、という結論に達したんだ。ヘインズ・ハヴィランドが事件当日、アベイ館を留守にしていたという事実が、彼の犯罪の隠れ蓑になった。自分は事件時に遠方にいた、と言ってアリバイを主張した。しかし、彼はロンドンで寝ていたことになっている夜の時間に、こっそりとローン・アベイ館に舞い戻っていたんだ。彼は、自分に有利になるように書き換えられた遺言書が実質的には意味をなさないことを知っていた。なぜなら、金の大半は、そのとき銀行から引き下ろされていたのだから。それどころか、その遺言書が彼を護ることになり、コンスエロを破滅させるだろう、とわかっていた。誰もが思った。なぜ彼が老女を殺す必要があろう？　彼には養母を殺しても得るところはないはずだと。

しかし、その金はハナ・ヘインズが安全だと思っていたところに隠されていた。彼はそれを見つけると、絶対に見つかる心配のないところへ移し替えるまで、どこかへ埋めておいた。いや、話はまだまだあるんだよ。ゴードン君がどうやって、長年かけて、少しずつこういったこと全てを見つけだしていったのかは、また、時間の余裕があるときにおまえに話してやろう。とにかく、証拠は全て揃っている。あの殺人犯を、二度絞首刑にできるくらいね。あの男には、どんな怖ろしい罰を加えても足らないくらいだが、ひとつだけ、気がかりなことがあるんだよ、テリー。それは、あの男を裁きの場に出すと、コンスエロが、どうしてもある程度、犠牲を払わされる羽目になってしまうんだ。コンスエロとフローレンス・ヘインズが同一人物であるという事実が否応なしに表に出てしまうからね。つまり、彼女はもう一度公の場に引き出されることになってしまうんだ。その場合、彼女が最重要証人になるだろう。そうなると、コンスエロがどうして牢を抜け出したかを告白しなくてはならなくなり、自分のしてもいない罪のために、若い人生をほとんど破滅させた罪のために、結局は、女王陛下の恩赦を受けるしかなくなってしまうのだよ。

これを省けるなら、世間は何も知らずに終わるんだがね。秘密は、わしたちだけの間の秘密になるだろう。

フローレンス・ヘインズの墓が向こうの濠の側にあるという話だが、それが空《から》であることは、わしたちの他は誰も知る必要のないことだ。名誉を傷つけられた女が、それが回復される前に死んだ、と世間に思わせておいても、わしにはそう間違ったこととは思えない。しかし裁判になれば、ヘインズ・ハヴィランドがそのことも話すだろう」

「ヘインズ・ハヴィランドが口を利くことはもうありませんよ」私は言った。「彼はかつて犯した殺人と、数日前にこの館の屋根の下へやって来て企てた殺人計画で、もう充分に罰を受けたのです。厳めしい神の手があの男に振り下ろされて、彼を叩きつぶしたのです。ウィルフレッド叔父さん、ヘインズ・ハヴィランドはもう生きてはおりません」

この知らせを叔父の耳に入れるには、叔父がもう少し体力を回復するまで待つつもりだった。しかし、今これを知らせるのは少々ショックかもしれないが、叔父の心を悩ませている不安のもとを取り除くのに役立つとわかったとき、直ちにその事実を知らせるのが最善の策だろうと思ったのだ。

ゴードンは叔父の部屋に入ったとき、叔父には、私がコンスエロを見つけてここへ連れてきたことを告げただけだった。それで私は、手を嚙みちぎられた死体を見つけた経緯も全て話して聞かせたのだ。

私が全て話し終えたころには、すっかり朝になっていた。金と赤の光がきらきらと美しくきらめきながら部屋に差し込んでいた。

「さあ、わしのためにコンスエロを見つけてきてくれ、テリー」何も知らない叔父は真剣な表情を眼に浮かべて私に頼むのだった。「さあ、コンスエロのところへ行って、わしのところへ来て、わしを許すと言うように、おまえから頼んでくれ。わしの口からはとても頼めないからね。しかし、おまえを通しての頼みなら、コンスエロだって許してもよいという気になるかもしれない、と思っているんだ。彼女はおまえを心から愛しているよ、テリー。おまえが何も言い残さずここを出ていってしまった日まで、わしは、どんなに彼女がおまえを愛しているのかわかっていなかった。ゴードン君、きみも彼らが婚約しているのは知っているだろう？」

私は、ゴードンの顔をまともに見る気になれなった。叔父の顔を見ることも、私の言葉が叔父にもたらすはずの苦痛を見ることもできなかった。しかし、ここは黙っているわけにいかなかった。叔父の最後の言葉は、私に選択の余地を許さなかった。叔父はいずれ真実を知るであろうし、裏切られたという気に叔父をさせるのは、私にはできないことだったのだから。

「コンスエロと二人して決めたんです。ぼくたちの関係は兄妹以上のものでないことに決めたんです」私は言った。それから、さらに急いでこう続けた。「コンスエロはゴードン君に呼びに行ってもらいましょう。ぼくは今、のっぴきならない仕事を抱えているので、すぐにそれを片づけてしまわなくてはなりませんので」

ゴードンがいるところでは、叔父は私に詳しいことを尋ねはしないだろう。私はゴードンよりも先に部屋を出た。

全ては終わった。ローン・アベイ館でその夜起きた悲劇は、きちんと当局に伝えられた。歴史は繰り返すと俗に言われるが、やはり、その部屋でも歴史は繰り返されたのだ。推測か直感かはともかく、コンスエロが正しく見抜いていたように、ヘインズ・ハヴィランドが心臓発作で死んだことに疑問の余地は一切なかった。手の嚙み傷以外に暴行が加えられた形跡は皆無だった。その事実が真相を如実に物語っていた。私たちがすでに組み立てた推論の他に、時計塔内の錠が下りたあの部屋のドアの背後で現実に何があったかは、永久に、死者とマングースの間だけの秘密になるであろう。

私はその後しばらく、ウィルフレッド叔父に会わないでいた。口実を見つけるのが可能である限り、努めて叔父の部屋に近づかないようにしていた。そして、検死審問が終わり、私が出頭する必要もなくなったら、叔父が手近に私がいなくてもいいくらい元気になるのを待ってここを立ち去るつもりだった。

親の遺産の半分はラシュネール通りの老人に与えてしまったが、残り半分はまだ残っていたから、私が内務省のポストを捨てて、少なくとも一年ほど、もう一度外国暮らしをすると決めても、叔父は私の気持ちを汲んでくれ、悪く取ったりはしないだろう。

父親以上の存在であった叔父と別れるのは辛いことだろう。しかし、叔父にはコンスエロがついているし、それにイギリスは、私にとってしばらくは耐えがたい土地になるだろう。私はそんなことを考えていた。

暖炉部屋に入って少し休もうと腰を下ろしたのは、もう正午近いころだった。すっかり疲れてしまい、気の抜けたような、老い込んだような気分だった。私は、深々と溜息をつきながら身体を椅子に投げ出したが、そんな気分からまだ頭がはっきり覚めないうちに、ドアが開くとマーランド刑事が入ってきた。

「あなたをずっと探していたんですよ、ダークモアさん」刑事は言った。「あなたを見つけてくるように頼まれていたもんですから。私は、六時からここに来ています。つまり、あなたがウィルフレッド卿の部屋を出ていかれたころですがね。それで、私はまたしても、へまをしてしまったことがわかりました。もっとも、この件では、警察はへまのしどおしだったと言えなくもありません。でも、顧みて恥ずかしいと思わなくてはならないのはこれひとつだけです。昨日、ゴードンさんとあなたが手荒に出てくれて、かえって喜んでいるくらいです。でもあのときは、正直言って気が狂いそうに腹が立ちました。しかし、あなた方があしてくれていなかったら、簡単には取り返しのつかないような迷惑をみなさんにかけてしまったかもしれません。さあ、握手しましょう。今になるとよくわかるのですが、昨夜はまるで雲を摑むような捜査だったんです。しかし、〈鳥の巣荘〉へ向かう途中で猛烈な嵐に遭いました。落雷に遭ったわけではないんですが、私は完全に力が抜けてしまい、数時間泥の中に仰向けに倒れていましたよ。そんなことがあるっていう話は一、二度聞いていましたが。とにかく、大変な嵐でしたね」

「ええ、それに大変な夜でした」私はつけ加えた。

「たしかにそうでした。ところで、私たちはもう、お互い恨みっこなしにしようじゃありませんか。上の階でみなさんがあなたを探しているようでしたから、あなたと一言お話しするチャンスを摑もうと思って、私が捜しにいこうと申し出たというわけです。それで、今そのチャンスを摑めましたよ。あなたのことは、これからもずっと尊敬し、幸せを祈っています。あなたは私が思ったとおりの人だったから、自分が負かされたことを恥ずかしいとは思いませんよ」

私はそれに一言二言答えてから、さり気ないふうを装って、マーランド刑事が私を捜しに部屋を出たとき、ホープ嬢はウィルフレッド叔父と一緒だったかと訊いてみた。

「いや、彼女はいませんでしたね、ダークモアさん。それは、私にとっても残念でした。これまでの経緯全てについて、ミス・ホープに許しを乞うつもりでしたから。どんなに謝っても足りないでしょうがね。たまたま知ったのですが、ミス・ヘイン……いや、間違えました、ミス・ホープとウィルフレッド卿は、今朝はまだ、顔を合わせていないようです。ゴードン氏は彼女が自室のソファーで疲れ切った様子で深く眠っているのを見て、気を利かせて、起こさないことにしたらしいんです。その後で、先生が診察にいきました。先生は、まったく心配はないがこのまま寝かせておいたほうが良いだろうと言ってました」

コンスエロと顔を合わす心配がないとわかったので、私はマーランド刑事とはここで別れることにした。ところで、刑事は去り際にこんなことを教えてくれた。ミス・トレイルは、可愛がっていたマングースを残したまま姿を消してしまったようである。彼女が一昨日館を出ていくときには、二度とここへ戻るつもりはなかったはずなのに、マングースを置いていったのは、そうと知られないための用心だったのだろう。〝灰色の女〟に厄介な事態が起きそうだと知っていたのか、薄々気づいたのかはともかくとして、決定的な事態が発生したときに、自分が館にいないようにするのが賢明だと判断したのだろう。

（ミス・トレイルの姿はその後、私たちの眼から完全に消えてしまったこと、そして、私が蜘蛛農園で行われていた犯罪を暴露したとき、農園は完全に放棄されていて、そこの奇妙な住人も名無し医者も跡形なく姿を消していたという事実が明らかになったことを、ついでにここで読者にお知らせしておこう。）

マーランドが行ってしまうのを待って、私は呼び出しに応じて二階へ上がった。

ウィルフレッド叔父の部屋のドアは少し開いていた。私はドアの鏡板をそっと叩いて開けて入っていったが、コンスエロとゴードンが叔父のベッドのかたわらに立っているのが見えたので慌てて踵《きびす》を返しかけたが、気がついた叔父に呼び止められてしまい、逃げるに逃げられなくなってしまった。

「さあ、テリー、散々不当な目にあったこの人に、わしが行った不正を許してくれるよう、自らの口で頼むところを聞いていてくれないかね」叔父は言った。「コンスエロは、眼が覚めたばかりのところを、ここへ連れて来られたのだ。そして、おまえは、わしが心の底からコンスエロに謝るのを聞くのに、ちょうど間に合ったというわけだよ」

「ああ、そんなおっしゃり方をなさらないでください」コンスエロは優しい口調で言ったが、私のほうは見ていないようだった。「わたくしがお許しするような問題は何ひとつないのですから。むしろ、わたくしこそ、許していただかなければならないことがたくさんございます、ウィルフレッドさま」コンスエロはベッドの脇に膝をついた。すると日の光が反射して、彼女の髪の周りに光輪を作った。叔父はその髪に手を置いた。彼女は優しい声で続けた。

「わたくしは、このお屋敷で偽りの生活を送ってまいりましたが、それはお許しいただけるかと思っております。もっとも、これからお話ししなくてはならないことを申し上げれば、わたくしは、そんなお許しに値しない女かもしれませんが。でも、あなたさまが、わたくしの無実をお知りになった今こそ、全てをお話しするべきときなのです。わたくしは、自分の無実を信じていただけない限り、真実をお聞かせすることはしない、と心に誓っておりました。そして、わたくしの名が、何の汚れもない名になるその日まで、幸せな女たちが着るようなものはけっして着まい、わたくしの名誉が回復されるまで、そして、これまで一度も名乗ったことのない名を名のる権利を持てる日が来るまで、〝灰色の女〟でい続けようと誓いを立てたのです。

　遠い昔、一人の気の毒な女性が幼い娘をつれて、その愛を信じられなくなった良人の家をあとにいたしました。その女性はアメリカに渡りました。そして、自分が怖ろしい火事に巻き込まれて、幼子とともに焼死したと世間に伝えられたとき、彼女はそのまま、親子がその火事で死んだものと世間に思わせておくことにしたのです。ちょうどそのころ、彼女の親戚筋の屋敷で女中頭を勤めたことのある女に大金が入り、元女中頭はその母子を引き取って、気の毒な母親が死ぬまで、母子を自分のもとに匿《かくま》っていたのです。女中頭は、その娘が父親に恨みを抱いていると信じて、その子を自分の養女として育てようという気を起こしました。しかし彼女は、その子を愛してはいませんでした。娘が十八になるまで、女中頭はけっして本当のことを語りませんでした。そして、それを語った日に、女中頭は殺害されたのです。おわかりになりましたでしょうか、懐かしいお父さま？　あなたのお許しと愛を乞い願っているのは、フローレンス・ヘインズでも、コンスエロ・ホープでもなく、亡くなったわたくしの母と同じ名を持つ、フローリア・アモリーであることを？」

部屋の中にしばらく沈黙が続いた。それから、老人と美しい娘はひしと抱き合った。

私は、このような思いがけない事態の展開を夢にも思っていなかった。だが、こうしてそれが明らかにされると、なぜか、それほど大きなショックも感じなかった。たしかにあのとき、彼女は、秘密の部屋の宝を私とウィルフレッド叔父に引き渡す「権利」のある者について言及したのだ。彼女の言った意味を今やっと正確に理解できた。というのは、ずいぶん前に話したことだが、ウィルフレッド叔父は、若いとき、ローン・アベイ館の流れを汲むアモリー家の又従妹と結婚したのだった。だからコンスエロは、その母親を通してその血筋に繋がる最後の者であった。だとすれば、彼女には、ローン・アベイのアモリー家に属するものを所有する権利も譲る権利もあるという理屈になるだろう。彼女は図面を見つけ出し、そこに書かれていた意味を解き明かした。そして、彼女の無上の愛という宝とともに、隠されていた財宝をも私に与えようとしたのだろう。

だが私は、真実の宝を失ってしまっていた。別の宝のほうは、私にはもはや塵芥《じんかい》にすぎなかった。

ウィルフレッド叔父は、亡き妻を愛おしむ熱い思いのこもった言葉を最後に口にしたが、謹厳な叔父の口からそんな言葉を聞くのは初めてだった。

「コンスエロが、わしの死んだ妻に不思議なほど似ているわけがやっとわかったよ」叔父の言う声が聞こえた。そして、叔父がそう言ったとき、私は、叔父が私にさえ語ったことのない秘密を理解できた。美しく神秘的なコンスエロ・ホープが、どうしてあれほど叔父を惹きつけ、叔父に不思議な力を振るったかを。

「おまえはさっきわしに言ったね」叔父はやっと私のことを思い出したように言った。「おまえとこの娘はお互いに、これからはもう何の関係もなくなったんだと。しかし……」

「この二人は、それぞれがお互いにとって全ての存在でなくてはいけないんです！」と、ゴードン弁護士の苦悩に身を切られているような大声が響いた。「二人の仲を裂いたのは私だった。最後までそうするつもりだったが、ああ、そんなことは私にはとてもできない！　私はダークモア君に、私が彼女の無実を証明するのと引き替えに、わざと自分を彼女に憎まれるようにすると誓わせた。それは全て彼女ゆえだった。さあ、私にもダークモア君と同じ行動がとれるところを示すことにしよう。さあ、この人を受け取りたまえ、ダークモア君、この人は、もうきみのものなんだから」

コンスエロは、愛と突然の喜びで恍惚とした顔を輝かせて私のほうへ歩みよってきた。

私たちはしばらく、全てのことを忘れていた。気がつくと、ゴードン弁護士の姿はどこにもなかった。

部屋に残されたウィルフレッド叔父と私の二人の傍らには、私たちのこれからの人生を明るく照らす導きの星が……〝灰色の女〟が立っていた。

訳者あとがき

本書は、A・M・ウィリアムスンが一八九八年に発表した『灰色の女』（*A Woman in Grey*）の全訳である。底本には、一九〇〇年にニューヨークのA.L.Burt Company社から刊行された版を用いた。推理小説、ミステリ小説隆盛の今日でも、ほとんど知られていないこの作者については、推理小説の実作者であり、黒岩涙香などの研究者である小森健太朗氏の詳しい解説があるので参考にされたい。訳者も、小森氏から教示されるまでこの作者について何も知らなかった。ただ、この度この作品を訳し、また過去にウィルキー・コリンズの『白衣の女』等を訳した者として気づいた点を一、二述べて読者の参考に資したいと思う。

『灰色の女』というタイトルからも容易に想像されるように、作者はコリンズの『白衣の女』を意識して、または参考にしてこの作品を書いたことは間違いないと思われる。また、数あるコリンズ作品の場面のヴァリエイションになっていると思われる箇所も少なくない。たとえば、重要人物が心臓病を患っていることが大きな意味を持つし、墓場での出会い、恐ろしい仕掛けのあるベッド、高い階からの脱出、悪人と不利な状況で一対一で対決して見事に切り抜けるところ等々、細かく比較対照すれば類似点はまだまだ見つかるであろう。江戸川乱歩は黒岩涙香の『幽霊塔』に子供のときから心酔していたことはよく知られているが、それが『灰色の女』の翻案であるとわかった今、乱歩がコリンズの『白衣の女』を高く買っていなかったのは興味深い皮肉と思えてならない。

この作品は、いわゆるゴシック小説に使われる手法はほとんど全て取り入れられていて、その点でサービス満点のものになっている。ただ、奇怪な出来事を超自然現象で説明してしまうことは一切していない。そんなところも、コリンズに近いのではなかろうかと訳者は考えている。また、夜、部屋の壁を腕の見えない手だけが這い回るというようなところは、レ・ファニュから借りているのだろうか。

百年以上も前の作品なので、文体はいささか古めかしく、けっして読みやすいものではないが、そんな雰囲気を残しつつ、日本語としても読めるものをと心がけたつもりであるが、どの程度達成できたかはなはだ心許ない。原文には、文または語がイタリック体になっている箇所がおびただしくあり、そこを傍点を振って示したところもあるが、全てに手当てするとあまりにも煩雑になりすぎる気がしたので、訳者の判断で選択させてもらった。また、意味上傍点を振っておいたほうがわかりやすいと考え、訳者の判断で振ったところもあることをお断りしておく。

訳者は現代の推理、ミステリ小説にあまり詳しくないが、この作品は、現代の読者の鑑賞にも堪えるに充分な面白さを備えたものだという気がする。少なくとも訳者は、大いに作品を楽しみながら翻訳作業ができて幸せだったと思っている。

貴重な教示をいただいた小森健太朗氏、楽しく仕事をするきっかけを与えてくださった東京創元社の戸川安宣氏、また、出版企画等でお世話になった論創社の今井佑氏に衷心よりお礼を申し上げます。

黒岩涙香、江戸川乱歩による『幽霊塔』の幻の原作とウィリアムスン『灰色の女』

小森健太朗（作家）

1　『幽霊塔』の原作を求めて

本書『灰色の女』は、江戸川乱歩『幽霊塔』のベースとなった黒岩涙香の翻案小説『幽霊塔』の原作である。黒岩涙香が翻案した小説は、現在でも原作が不明なものがかなりあり、永らく研究者や愛好者を悩ましているものも多い。例えば、涙香の『鉄仮面』の原作は、松村嘉雄氏の精力的な調査によって、初めてデュ・ボアゴベの『サン・マール氏の二羽の鶫《つぐみ》』であることが確定したものである。『幽霊塔』は、涙香の全翻案の中でも、トップクラスの人気を誇る名作でありながら、『鉄仮面』以上に原作の確定には困難と紆余曲折を要した一作である。ほぼ一世紀にわたる『幽霊塔』の原作追求の過程を、ここで簡単に振り返ってみることにしよう。

『幽霊塔』を誰よりも愛惜し、その原作探求に誰よりも情熱を傾けたのは、他ならぬ江戸川乱歩であった。少年時代から黒岩涙香を愛読していた江戸川乱歩は、『探偵小説四十年』の初めの方で「涙香心酔」と題して、若かりし頃に涙香の『幽霊塔』に出会った感激を以下のように記している。

中学一年の夏休み、母方の祖母が熱海温泉へ保養に行っていて、私を誘ってくれたので、私は父方の祖母といっしょに、生れて初めての長い旅をして、熱海へ出かけて行った。丹那トンネルの開通したのはズッと後のことだから、小田原あたりから先は、まだ軽便鉄道の時代で、煙突だけが馬鹿にデッカク飛び出した、おもちゃのような機関車が物珍らしかった。今の熱海に比べては、まるで田舎温泉であったが、そこで湯に入ったり、海へ泳ぎに行ったり、素人写真を損したりして、一ヵ月ばかりを暮らした。ある雨の日の退屈まぎれに、熱海にも数軒あった貸本屋の一軒から、菊判三冊本の「幽霊塔」を借り出して来て読みはじめたが、その怖さと面白さに憑《つ》かれたようになってしまって、雨がはれても海へ行くどころではなく、部屋に寝ころんだまま二日間、食事の時間も惜しんで読みふけった。そして、熱海から帰って来て、一番深く残っていた感銘は何かと考えて見ると、温泉でもなく、海でもなく、軽便鉄道でもなく、新鮮な魚類などではさらさらなく、熱海へ行かなくても読み得たであろう「幽霊塔」の、お話の世界の面白さであった。(『探偵小説四十年1』講談社文庫・江戸川乱歩全集第五十三巻・二十～二十一頁)

江戸川乱歩は、後に新聞のアンケートにこたえて、黒岩涙香のベスト3として『巌窟王』『噫無情《ああ》』『幽霊塔』を挙げている。一方、乱歩の『探偵小説四十年』では、涙香作品の中で『巌窟王』と『噫無情』は「無論非常に面白かった」としつつも、それら二作より『幽霊塔』の方が「もっと鮮かに私の記憶に残っている」と記している。涙香を愛読し心酔していた乱歩にとって、最愛の一作は『幽霊塔』であったと名指しても的外れではないだろう。伊藤秀雄氏もまた、この三作の中では断然『幽霊塔』を採ると言っている。このベスト3にあげられた他の二作の原作が、デュマの『モンテ・クリスト伯』と、ヴィクトル・ユーゴーの『レ・ミゼラブル』という文学史上の有名作であることを考えると、『幽霊塔』という物語の占める位置の大きさに驚かされる。それらの世界的名作に伍してベストに挙げられた『幽霊塔』が、著者も原作も永らく不明であったという事態がいかに特異なものであったかは、容易にご想像いただけるものと思う。

このように、乱歩にとって愛読していた涙香作品の中でも、最も愛着の深い作品であったのだから、後に自ら筆をとって『幽霊塔』をリライトしている情熱も頷けるものがある。そのとき乱歩は覚え書きに次のように記している。

「白髪鬼」とこの「幽霊塔」とは黒岩涙香の翻訳をわたし流に書き改めたもので、したがって「白髪鬼」の「あとがき」にもしるした通り、涙香の息子さんの黒岩日出雄氏に諒解を求め、謝礼をした上で執筆したものである。「白髪鬼」の原作はコレリの「ヴェンデッタ」と、はっきりしているので、私もそれを読むことができたが、この「幽霊塔」の原作はどうもよくわからない。涙香本の序文にはThe Phantom Tower, by Mrs. Bendison（アメリカ作家）と明記してあるけれどもアメリカの探偵小説史、通俗小説史などにはベンディスンという作者はどこにも出ていない。これほど面白い小説がダイム・ノヴェル研究家の記録にも残っていないのは、まことに不思議というほかはない。したがって、私は原作を読まないまま、涙香の翻訳のみにもとづいて、これをわたし流に書き変えたにすぎないのだが……（『幽霊塔』自註自解より）

ここで乱歩が記したとおり、黒岩涙香の『幽霊塔』の序文には、原作は「ベンヂソン夫人」による「ファントム・タワー」と明記されている。しかし、そのような著者も著作も現存しないことが、諸家の調査によっても確かめられている。要するに黒岩涙香は、序文に虚偽の原作名と原著者を記したことになるが、その動機と背景については、今日ある程度推測がつくものになっている。

黒岩涙香が主筆を務める「萬朝報」は、明治二十七、八年当時、五万部の発行部数を誇り、東京朝日新聞（二万五千部）や読売新聞（一万二千部）といった新聞を凌いで、当代随一の人気新聞だった（斎藤久治『新聞生活三十年』による）。その人気を支えた主因の一つが、涙香が矢継ぎ早に訳出した西洋の翻案小説であったことは疑いがない。ところが、涙香の人気新聞連載を妬んだ他の新聞が、涙香が連載途中の翻案小説の原作の、その後の展開と粗筋を掲載したことがあった。そのせいで涙香は、連載の中断を余儀なくされたことがあったらしい。その轍を踏むのを恐れて涙香は、渾身の訳業である『幽霊塔』において、意図的に著者と原作名を隠したものだと推測される。

このように、涙香の意図的隠蔽によって作者と原作が不明となったために、涙香の愛読者であった江戸川乱歩や柳田泉、木村毅、伊藤秀雄といった錚々たる研究者たちの研究と追跡によっても、ついにその原作の素姓は明らかにされないままだった。その間には、『幽霊塔』は、涙香と幸田露伴の合作ではないかという珍説や、「ベンヂソンとは便利ですのもじりだろう」といった憶測まで乱れ飛び、諸説紛々たるありさまであった。

紆余曲折を極めた『幽霊塔』の原作調査の過程で、大きな進展をもたらしたのは、一九八〇年代半ば、大衆文学研究会員の藤井茂夫氏の報告である。藤井氏は、古いアメリカ映画の中に、涙香の『幽霊塔』と筋がそっくりなものを発見した。そのフィルムの原作とされているのが、A・M・ウィリアムスンの『灰色の女』となっているというのである。

黒岩涙香研究の第一人者である伊藤秀雄氏は、この報告を目にし、紀田順一郎氏から借り受けた、当時の映画カタログに掲載された映画ストーリーの粗筋によって、その物語が、『幽霊塔』と同じものであることを確認した。そのあたりの経緯は、伊藤氏の著書『黒岩涙香』(三一書房)に詳述されているので、興味のある向きは参照されたい。

筆者もこの伊藤氏の文によって『幽霊塔』の原作が判明したらしいことを知り、そのウィリアムスンの原作書を探索した一人であるが、その原本の探索と入手は困難を極めた。なにせ約百年前の書物であり、著者の没(一九三三年)後は一度も刊行されたことのない、レアな古書なのだ。国内の涙香愛好家・研究者たちも、誰一人として未だ原書を入手したり所持している人はいないようだった。大衆文学をあまり所蔵していない日本国内の大学では、図書目録を精査しても、とうとうウィリアムスンの著作を一冊も見つけ出すことはできなかった。アメリカの議会図書館には所蔵されているのは確からしいが、当時はアメリカ議会図書館に閲覧複写を申し込む方法もわからず、途方に暮れるしかなかった。

そしてまた、原作が『灰色の女』らしいとわかっても、現物を参照した者がいないために、色々と不確実な憶測が、『幽霊塔』のテキストをめぐってなされていた。たとえば、創元推理文庫収録の江戸川乱歩著『幽霊塔』の解説でジョルディ・フィリップ氏は「最初の『幽霊塔』は、外国作品を自由奔放に切り貼りした、いわば複合翻案ものであったと考えられます」と述べている。これは、本書『灰色の女』と涙香の『幽霊塔』を読み比べてみれば、まったくそうではないことが自明となる。『幽霊塔』は複合翻案ものでは全くなく、専らウィリアムスンの『灰色の女』を原作とする（原作に比較的忠実な）翻案である。

筆者が偶然にも、この原作を入手できたのは、インターネットによる古書検索によってである。古書店のページや古書オークションのページで、いくつかの探索本を求めていて、偶然ウィリアムスンの『灰色の女』が売りに出ているページを発見し、それを購入することに成功したのが、二〇〇〇年の春であった。本が届けられるやいなや、頁を繰る手ももどかしく、最初の章を読むことで、それが間違いなく涙香の『幽霊塔』の原作であることが確認できたときの喜びは、筆舌に尽くしがたいものがあった。筆者自身、高校時代に『幽霊塔』を初読して感動して以来十年以上にわたる原著捜索の成果でもあり、日本全体を見渡せば、涙香以降、およそ一世紀にわたって不明のまま放置され、江戸川乱歩らが熱心に探索してとうとう入手できなかった因縁の書物でもある。原書を完読したときに、この本の原書を通読したのは、日本人では筆者が黒岩涙香についで二人目ではなかろうかという感慨にも耽った。

東京創元社の戸川安宣社長（当時）の仲立ちによって、岩波文庫でコリンズの名作『白衣の女』や短編集『夢の女・恐怖のベッド』を訳出している中島賢二氏が、原著のコピーを一読するや、強い関心をもって、本書の訳出を快く引き受けてくれることになった。

2　著者ウィリアムスン

著者のA・M・ウィリアムスンは、本名Alice Muriel Williamson（一八六九～一九三三）。この著者について、筆者が調べた資料では、アメリカの作家であるという記述と、イギリスの作家であるという記述が両方あったために、著者の母国について、確定できずに混乱を覚えた。しかしよく調べてみると、A・M・ウィリアムスンは、イギリスに生まれたが、アメリカ人のCharles Norris（一八五九〜一九二〇）と結婚後、アメリカに渡ってアメリカに住むようになったらしい。彼女の著作の多くは、イギリスとアメリカの両国で刊行されている。そういう事情なので、彼女は、ディクスン・カーに似て、英米作家と位置づけることができるだろう。結婚後は「C・N・ウィリアムスン夫人（Mrs. C. N. Williamson）」という筆名を主に用いている。

彼女の著作は、単独著作のものと、夫妻合作のものが、両方とも多数数えられる。夫のチャールズ・ノリスは、単独の著書として、小説は皆無であるが、自動車の評論書が数冊ある。ウィリアムスン夫妻の合作小説は、自動車旅行などを題材にしたものが多いので、おそらく合作小説に関しては、夫のノリスが提供した材料を、妻が小説に仕立てるという形式だったのだろうと推測される。

ここで、ウィリアムスンの全著作リストを記す。括弧内は、同一書が違った題名で刊行されたものを示す。

【単独著書】

The Barn Stormers (1897)（Mrs. Harcourt Williamson名義）
A Woman in Grey (1898)
Fortune's Sport (1898)
The Newspaper Girl (1899)
My Lady Cinderella (1900)
Ordered South (1900)
A Bid for a Coronet (1901)
'Twixt Devil and Deep Sea (1901)
Queen Sweetheart (1901)

The Adventure of Princess Sylvia (1901)
Papa (1902)
Queen Alexandra, the Nation's Pride (1902)
The Silent Battle (1902)
The House by the Lock (1903)
The Little White Nun (1903)
The Woman Who Dared (1903)
The Sea Could Tell (1904)
The Turnstile of Night (1904)
The Castle of Shadows (1905)
The Girl Who Had Nothing (1905)
Lady Mary of the Dark House (1906)
Princess Virginia (1907)
House of the Lost Court (1908)
The Underground Syndicate (1910)
The Girl of the Passion Play (1911)
The Vanity Box (1911)
The Flower Forbidden (1911)
Bride's Hero (The Bride's Breviary) (1912)
Princess Mary's Locked Book (1912)
The Life Mask; a Novel (1913)

Second Latchkey (1920)
Name the Woman (1924)
Million Dollar Doll (1924)
The Lure of Monte Carlo (1924)
The Indian Princess (1924)
The Man Himself (1925)
Secret Gold (1925)
The Lure of Vienna (1926)
Black Incense: Tales of Monte Carlo (*Told at Monte Carlo*) (1926)
Golden Butterfly (1926)
Cancelled Love (1926)
Publicity for Anne (1926)
Bill-the Sheikh (1927)
Alice in Movieland (1927)
Black Sleeves: It Happened in Hollywood (1928)
Hollywood Love (1928)
Children of the Zodiac (1929)
Frozen Slippers (1930)
The Inky Way (1931)
The Golden Carpet (1931)
Honeymoon Hate (1931)

Bewitched (1932)
Last Year's Wife (19329)
Keep This Door Shut (1933)
The Lightning Conductor Comes Back (1933)
The Girl in the Secret (1934)

【夫婦合作】
Lightning Conductor; the Strange Adventures of a Motor-Car (1903)
The Princess Passes; a Romance of a Motor-Car (1905)
My Friend the Chauffeur (*The Motor Car Library*) (1905)
The Car of Destiny (1906)
Lady Betty Across the Water (1906)
Rosemary in Search of a Father (1906)
Rosemary: a Christmas Story (1906)
The Powers and Maxine (1907)
Botor Chaperon (1907)
Princess Virginia (1907)
The Marquis of Loveland (1908)
The Chauffeur and the Chaperon (1908)
The Scarlet Runner (1908)
Love and the Spy (1908)

Set in Silver (1909)

The Motor Maid (1910)

Lord Loveland Discovers America (1910)

The Golden Silence I (1910)

The Golden Silence II (1911)

Guests of Hercules (*Mary at Monte Carlo*) (1912)

The Heather Moon (1912)

Chaperon (1912)

To M. L. G.: or He Who Passed (1912)

Lady Betty Across the Water; ed. (1912)

The Port of Adventure (1913)

The Love Pirate (1913)

Soldier of the Legion (1914)

It Happened in Egypt (1914)

The Wedding Day (1914)

Secret History Revealed by Lady Peggy O'Malley (1915)

What I Found Out in the House of a German Prince (1915)

Lightning Conductor Discovers America (1916)

Angel Unawares; a Story for Christmas Eve. (1916)

The Shop Girl (1916)

The War Wedding (1916)

Where the Path Breaks (1916)
Tiger Lily (1917)
The Cowboy Countess (1917)
This Woman to This Man (1917)
Everyman's Land (*Crucifix Corner*) (1918)
Lord John in the New York (1918)
The Wedding Day (1919)
The Minx Goes to the Front (1919)
Lion's Mouse (1919)
Briar-Rose (1919)
The Dummy Hand (1920)
The Night of the Wedding (1921)
Vision House (1921)
The Brightener (1921)
The Great Pearl Secret (1921)
Alias Richard Power (1921)
Berry Goes to Monte Carlo (1921)
The House of Silence (1921)
The Lady from the Air (1923)
The Fortune Hunters and Others (1923)

A・M・ウィリアムスンは、一九三三年の没後は、ほぼまったく忘れられたといってよい作家であるが、生前は相当の人気作家であった。アメリカの出版年鑑のデータを筆者は閲見する機会があったのだが、一九〇〇年〜一九一〇年のアメリカの小説部門の売上げベスト10に、ウィリアムスン夫人は、数度ランクインしていて、女性作家として、アメリカではトップクラスの売上げと人気を誇っていたことが販売統計として証明されている。特に売上げがよかったのは、合作の*The Princess Passes*や*The Lightning Conductor*といった自動車小説・ロマンス小説の系列のようだ。

右記のリストはほとんどが小説作品で、ロマンス小説にあたるものが主だが、特に初期作品では、本作を初めとして、ミステリジャンルに属する著作がかなりあったと思われる。一九二七年の*Alice in Movieland*は、映画評論書、一九三一年の*The Inky Way*(インクまみれの道)は、作家としての自伝である。

日本でも、ウィリアムスンの著書は、涙香の『幽霊塔』以外に、矢野虹城訳『怪屋の奇美人』(大正九年)や春日野緑訳『花嫁誘拐』(大正十年)といった邦訳があり(伊藤秀雄『黒岩涙香の研究と書誌』による)、決して無名な作家だったわけではない。『怪屋の奇美人』の原本は、一九〇六年の*Lady Mary of the Dark House*であろうと思われる。

その中でも、本書『灰色の女』は、ウィリアムスン夫人の実質的な処女作といっていい作品であり、彼女の文名を確立した出世作でもある。実質的な処女作と言ったのは、これ以前に一作だけ、一八九七年に*The Barn Stormers*という小説を刊行しているからだが、それはウィリアムスン名義ではなく、Mrs.Harcourt Williamson名義であり、刊行出版社も小さなところだったようで、アメリカでは出版されていない。したがって本書は、名の通った出版社からの刊行作としては、ウィリアムスン夫人の第一作にあたるし、初めてアメリカで刊行された著作でもある。刊行後間をおかずに、アメリカで映画化されたことからもその人気のほどが窺えよう。

それだけ人気のあったウィリアムスンが、なぜ死後まったく省みられず、涙香の訳書の原作者としても不明となるくらいに埋没してしまったのだろうか。その一因はやはり、大衆的なロマンス小説作家という側面が大きかったために、探偵小説ジャンルの史家に無視され、評論に取り上げられる機会が僅少だったためではないかと思われる。二十世紀前半までの探偵小説の歴史を跡付けた労作と言うべきヘイクラフトの『娯楽としての殺人』（国書刊行会）の中では、ウィリアムスンの名は、一箇所だけ、「その他探偵小説ジャンルに貢献した多数の作家たち」として多くの名前が羅列されている中に登場しているに過ぎない。セイヤーズ、ヴァン・ダイン、エラリー・クイーンといった、実作者たちによる歴史的俯瞰をなす評論にも、ウィリアムスンの名はまったく登場していない。二十世紀初頭の人気作家のかくまでの忘却ぶりは、探偵小説のジャンルの歴史的位置づけが、著作の売れ行きとは必ずしも比例しない形でなされた例証とも言えるだろう。しかしながら、その扱いが公正であったかどうかは、疑問の余地がある。少なくとも、本書『灰色の女』に関するかぎり、探偵小説の歴史に名を刻んでしかるべき名作の不当なまでの忘却ぶりであると主張することができるだろう。

それはまた、英米の探偵史家とまったく異なった鑑識と評価をなした黒岩涙香の眼力に、しかるべき脚光が当てられるべきであることも告げている。

3 ウィリアムスンから涙香、乱歩へ

江戸川乱歩の『幽霊塔』は、オリジナルかどうかは度外視して評価すれば、乱歩の全長編の中でもトップクラスの面白さを有していると筆者は思っている。江戸川乱歩の全長編を解題した大内茂男の「華麗なユートピア」（『幻影城増刊・江戸川乱歩の世界』掲載）でも、『幽霊塔』は、「筋立てといい情趣といい、『孤島の鬼』と並んで第一等の出来栄えとなっている」と評されている。しかしその原典たる黒岩涙香の『幽霊塔』は、乱歩の同題作品以上に面白く、数ある涙香翻案の中でも、しばしば最高傑作にあげられている。黒岩涙香の翻案は基本的には擬古文なので、読みにくいと敬遠されることがしばしばであるが、こと『幽霊塔』に関しては、

涙香の作品の中では格段に読みやすい。その翻案にあたっては涙香は擬古文を避け、現代文を心がけたと述べている。機会があれば、是非涙香の語る『幽霊塔』の物語にもお触れいただきたいものだと思う。

今回初めて完訳されたこの『灰色の女』は、枚数の分量では、四百字詰原稿用紙にして約千百枚ほどである。黒岩涙香の『幽霊塔』の枚数は、大雑把に見積もって、原作より二割から三割ほど圧縮されている。江戸川乱歩の『幽霊塔』は、涙香のものよりさらに一、二割短くなっている。乱歩は、『幽霊塔』の物語をより現代的に、引き締まった物語に仕上げている。物語の後半に出てくる、当時として最新技術の整形手術が出てくる趣向があるが、そのあたりの描写が涙香、乱歩の筆によってどのように変形されているのかを比較してみるのも一興である。人体改造の説明などは、乱歩の『幽霊塔』の方がより詳しく熱っぽく語られているとも言え、乱歩の変身願望の一つの表れともとれ、興味深い。

このウィリアムスンの原作と涙香翻案を読み比べてみると、手際よい涙香の圧縮ぶりに感心させられるとともに、その翻案が従来よく言われていたような、原作に大胆な改変を施した自由訳では決してないことに気づかされる。枚数は圧縮されているものの、かなり原作に忠実な訳であることが読み比べればおわかりになるだろう。とはいうものの、ところどころ描写や説明が削られたせいで、唐突なところや不自然なところが涙香の『幽霊塔』に散見されることも疑えない。物語の前半でいえば、主人公の語り手をめぐる婚約者ポーラと、謎の女性をめぐる恋の軋轢の過程が、原作では涙香翻案よりはるかに丁寧に描かれていることがわかる。『幽霊塔』でヒロインを狙う虎が出現する場面や、語り手が蜘蛛農園を追跡するあたりのプロセスも、涙香訳では省略されていた背景が、原作を読んで初めて納得がゆくところがある。その一方で、涙香の名訳に感嘆させられるところもいくつかある。たとえば、本書六章に出てくる、宝のありかを示す暗号文の古文が、漢詩になっていて、しかもちゃんと脚韻を踏んだ正統の詩文になっている。漢文の素養を積み上げた明治の文化人でないとなかなかできない離れ技の訳業と言える。また、本作でペットとしてマングースを連れたトレイル夫人を、涙香訳では「猿夫人」と形容しているあたりの味わいも独特である。

今回、中島賢二氏による『灰色の女』の訳文は、正確で流麗な現代文であり、それによって百年ぶりに面目を一新して『幽霊塔』の物語を楽しむことができるようになった幸運を読者とともに慶賀したい。

4 大衆娯楽小説としての『灰色の女』

小説として『灰色の女』を見た場合、まず想起されるのは、イギリスの人気作家、ウィルキー・コリンズの、特に『白衣の女』との類似性が指摘できよう。題名自体が、コリンズの有名作『白衣の女』への挑戦と踏襲を窺わせる。作中に現れる謎の女性、イギリスの風景描写、幽霊物語風の筋立てとモチーフなど、コリンズとの親近性を指摘できる箇所は多い。この時期、イギリスの貸本界で人気を博したヒュー・コンウェイ、メアリ・ブラッドン、バーサ・M・クレー、ウォルター・ベサント、F・M・アレンといった作家たちとともに、ウィリアムスンは、ミステリとラブロマンスのジャンルを形成する主翼作家と言える。

また、本作は、ミステリとして、首斬り死体が登場し、死者の入れ替わりの趣向が出てくるところも見逃せない。その趣向に先鞭をつけたのは、コリンズと親しかったディケンズで、『バーナビー・ラッジ』においては、顔を潰された死体が登場する。しかし、「顔のない死体」による身元の偽装という単純な仕掛けが、本作の主眼となっているわけではない。本作の中程で、ポーラのものと思われる首を切られた死体が発見されるが、その死体が偽装による別人ではないかという推測と確証は、その後すぐなされ、最終的な真相にまで引っ張られているわけではない。そのあたりにも、『灰色の女』という作品の、ミステリ的な先鋭性が証されていると言えるだろう。

原作者は異なるものの、黒岩涙香の翻案作品の中で特に高い人気を博した諸作をながめてみると、ある共通のパターンに則った復讐物語が多いことに気づかされる。メアリ・コレリ『ヴェンデッタ』を原作とする『白髪鬼』、デュ・ボアゴベ『晩年のルコック』を原作とする『死美人』、同じくデュ・ボアゴベの『潜水夫（別題、名なき男)』を原作とする『海底の重罪』、やはりデュ・ボアゴベの『囚人大佐』を原作とする『執念』、そしてこのウィリアムスン『灰色の女』を原作とする『幽霊塔』。そして一世を風靡したデュマ『モンテ・クリスト伯』の翻案『巌窟王』。それらはいずれも、冤罪・殺害・裏切りといった深い恨みを負って、死んだ(または失踪した)と目される人物が、実は生きていて、素性を偽り、別人になりすまして復讐を果たす物語である。その物語のパターンを確立したのは、著名な『モンテ・クリスト伯』と言えるだろう。『灰色の女』は、十九世紀のイギリスの大衆娯楽小説の王道というべき、ラブロマンスと、ゴシックロマンスや怪奇文学の系譜に位置づけられる作品でありつつ、フランスで人気を博した大衆作品の常道をも取り入れている作品と言える。

原作刊行時から初の邦訳実現までに百年以上を要したという意味でも、本訳書の刊行は、文化的にも、ミステリ小説の歴史的にも、きわめて価値が大きいものと言える。江湖の好評を期待する次第である。

付記　この原型となる文章は、近畿大学文芸学部紀要『文学・芸術・文化』第35号(二〇〇三年十二月)に掲載したものです。

〔訳者〕
中島賢二（なかじま・けんじ）
1941年、愛知県豊橋市に生まれる。1964年に東京大学教養学部卒業。主な訳書にコリンズ『白衣の女』、サッカリー『虚栄の市』（以上岩波文庫）他がある。

灰色《はいいろ》の女《おんな》
――論創海外ミステリ 73

2008年2月15日　初版第1刷印刷
2008年2月25日　初版第1刷発行

著　者　A・M・ウィリアムスン
訳　者　中島賢二
装　丁　栗原裕孝
発行人　森下紀夫
発行所　論 創 社
〒101-0051 東京都千代田区神田神保町2-23 北井ビル
電話 03-3264-5254　振替口座 00160-1-155266

印刷・製本　中央精版印刷

ISBN978-4-8460-0756-0